KB065126

중국민간고사경전

劉守華 주편

池水湧 · 裴圭範 · 徐禎愛 공역

보고사
BOGOSA

"中國民間文化經典叢書" 總序

　　중국에서는 경전 숭배가 성행해 왔다. 유구히 이어져온 문헌 전통과 봉건시대 황권 하에 실시된 과거제도는 중국인들의 경전에 대한 숭배를 양성하고 강화했다. 유가에서는 '사서오경'이 있었고, 불가에서 『대장경』이 있었고, 도가에서 『도장(道藏)』이 있었다. 이런 경전들은 중국문화의 핵심 가치를 응축하고 있으며, 중화 문화의 대표적 상징 기호가 되어왔다.

　　하지만 일반 중국인들에게 이런 경전들이 과연 그렇게 중요할까? 60여 년 전 중화인민공화국이 성립될 무렵, 전체 인구에서 글자를 알고 책을 읽을 수 있는 백성이 차지하는 비중은 아주 적었다. 새 중국이 성립된 뒤 기초교육의 보급은 대부분 사람에게 글을 알고 책을 읽을 수 있게 만들어 주었고, 대학생과 대학원생의 수도 급격히 많아졌다. 그렇지만 누군가 얼마나 많은 사람들이 이 경전들을 읽고 있는가에 대해 조사해 본다면 그 결과는 상당히 실망스러울 것이라 본다. 이른바 경전이란 극소수 사람의 독점적 이익이자 사치품이지 일반 백성들의 문화적 소비 대상은 아니다. 백성들에게는 또 다른 경전이 있기 때문이다. 그것은 바로 민간에서 입에서 입으로 전해지는 지식이다. 여와가 하늘의 구멍을 메우고, 우임금이 치수를 하고, 부뚜막 신이 하늘로 올라가서 송사를 하고, 염라대왕이 생사를 관리하고, 여덟 신선이 바다를 건너며 제각기 재주를 피우고, 맹강녀가 너무나 애통하게 우는 바람에 만리장성이 절로 무너지고, 칠석에 견우와 직녀가 만나고…… 중국 어린이 중 이런 이야기를 듣지 않고 자란 경우가 얼마나 될까?

중국 문화 중 일종의 민간에서 유전되는 구두경전은 전통적인 문헌경전과 함께 해 왔다. 학계에서는 이런 민간의 구두전통을 '민간문화'나 '민속문화'라고 칭한다. 그중에서 사람들이 제일 좋아하고 익숙한 것이 바로 '민간문학'이다. 민간문학은 한 나라 또는 한 민족이 집단적으로 창작하고 매 세대 별로 전해지는 언어예술이다. 옛날부터 지금까지 중국 여러 민족의 구성원들이 많은 민간문학 장르를 만들어 내었다. 예를 들어서 신화, 역사시, 전설, 고사, 소화(笑話), 우화, 가요, 장시, 소희(小戱) 등등. 또한 각 장르는 수많은 종류로 나뉠 수 있다. 예를 들어서 가요 중에는 노동가, 생활가, 애정가, 동요, 시정가(時政歌), 의식가(儀式歌) 등 여러 가지가 있다. 중국은 땅이 넓고 민족이 다양해서 역사상 나타나는 여러 가지 민간 문학 작품은 바닷가 모래알과 같이 셀 수 없을 정도다.

역사 문헌의 전승과 마찬가지로 오랜 세월을 견뎌 내고 역사의 풍파를 이겨내며 대대로 선택되고 전수되어 온 민간문학 작품은 그 수량도 제한적이다. 이렇게 고금을 넘어 여전히 활기 넘치는 작품들은 영원한 가치를 가지고 있다. 이것들은 전체 민족의 집단적 사고이자 창작물이며, 몇 세기 동안 끊임없이 갈고닦는 산물이다. 또한 민족 운명의 기록이자 민족 지혜의 응결이며, 인류 모든 시대의 공통적 마음의 역정이자 영원히 시대를 초월하는 경전이다.

중국 민간문화 작품들 속에 과연 어떤 경전 작품이 있을까? 큰 바다처럼 넓은 구비 전통 속에서 어떻게 그것을 골라낼까? 또 현대인들은 그것을 어떻게 사용할까? 이것은 민간문화인들이 끊임없이 노력해야 되는 일이다. 화중사범대학교 민간문학 전공의 교수와 학생들이 정성 들여 선별 편집한 "중국민간문화경전총서(中國民間文化經典叢書)"는 바로 이런 노력이 이룬 성과 중 하나이다.

"달빛이 흰 연꽃과 같은 구름 사이를 지나다니고, 저녁 바람에 간간이 즐거운 노랫소리가 들려온다. 우리들은 높이 쌓인 노적가리 옆에 앉아, 어머니에게서 옛날이야기를 듣는다.……" 농경 사회는 이미 지난 역사가 되었고, 이런 따스한 장면은 더 이상 찾아보기 어려워져 간다. 하지만 우리는 믿고 있다. 오랜 세월 동안 매 세대마다 수없이 많은 사람들의 어린 시절과 함께 했던 민간문학 경전은 역사 속에 사라지지 않을 것이라는 걸. 그것은 문자나 그림 등의 새로운 형태로 계속 사람에게 대대로 정신적 자양분이 될 것이다.

중국의 풍부한 민간고사는 여러 가지 종류의 고사(故事) 선본(選本)을 만들 수 있게 해 준다. 이 『중국민간고사경전』도 그 덕택이라 할 수 있다. 이 책은 과학성, 전면성, 대표성을 편찬 원칙으로 삼는 동시에 옛이야기의 언어예술, 내용 표현, 가치관, 구술 풍격 등 여러 요소를 고려하였다. 편찬 과정에서 팀원들은 전형적인 이야기를 책 속에 담으려고 애썼다. 특별히 설명이 필요한 부분은 이 책에서의 '고사(故事)' 범주는 협의의 개념을 취하였기에 일반적인 신화와 전설은 포함하지 않았다는 점이다. 또한 이 책은 "중국민간문학경전총서"에 속하기에 총서 중 다른 책과의 중복을 피하여 주로 동물고사, 환상고사(민간동화), 생활고사를 위주로 편집하였다. 이 밖에 독자들의 보편성을 고려하여 이 책은 엄격한 학술적 의미에서의 '고사' 분류를 적용하지 않는다.

이 고사 선집은 주로 다음과 같은 특징을 가지고 있다.

첫째, 고사 선집의 풍부성과 전면성을 중시했다. 풍부하고 전면적인 고사 내용은 이 책은 편찬할 때 우선적으로 고려한 요소다. 고사 내용은 '동물 고사', '신기한 혼인', '인간 백태', '영웅 전기', '신기한 환경(幻境)', '생활 지혜' 등 여러 방면에 걸쳐 있다. '동물 고사'에서 선택된 고사는 주로 동물을 주인공으로 삼아 동물에게 사람의 언어, 모양과 생각을 부여하고 인정세태를 보여 주려고 했다. '신기한 혼인'에서 가장 신기한 것은 사람과 이류(異類)의 결합이다. 여기서는 사람과 뱀이나 용녀, 심지어 생물이 아닌 것이 사람으로 바뀐 수세미 선녀와의 감정 교류 등을 볼 수 있다. '인간 백태'에서는 형제간의 갈등, 자매간의 은원, 친구 사이의 의리 등 생활의 이모저모를 보여준다. '영웅전기'는 전투 장면이 많이 나온다. 〈이상한 아이 고사〉에 등장하는 주인공은 흔히 자식이 없는 노인 집에서 태어난다. 그들은 키가 몇 촌인 개구리일 수도 있고 아주 작은 대추씨일 수도 있으며 심지어 말린 염소의 꼬리가 되기도 한다. 외모로 보면 그들이 전통문학에서 등장하는 크고 용맹스러운 이미지와 적합하지 않지만 뛰어난 지혜와 능력으로 사회의 인정과 존중을 받았고 행복한 결혼까지 하게 된다. '신기한 환경(幻境)'의 고사는 산속에서 딱 7일 간 신선을 만났지만 인간 세상에서는 이미 수백 년이 지나가버린 것처럼 기묘하고 환상적인 시공을, 바닷물을 말려버리는 〈炸海幹〉은 기묘하고 환상적인 상황을 보여준다. 또한 보물을 찾는 장산(張三)이 네 번이나 보물을 알아봤지만 결국 얻지 못했다거나, 가난한 아팡(阿方)이 실수로 호랑이 오줌을 먹어 호랑이 새끼로 변했다는 것은 신기하고 환상적인 줄거리를 보여준다. 민간 고사에서 상당수는 백성의 지혜를 담고 있다. 왜 노인이 보배로운 존재인지? 또 영리한 며느리는 도대체 얼마나 영리한지? 멍청한 사위가 어떻게 우스개거리를 보여주는지? 고공이 어떻게 지주와 싸우는지? 위와 같은 여러 내용들은 민간고사의 다채로운 모습을 보여준다.

이 책의 분류 근거로는 고사의 내용 이외에도 고사의 민족성, 지역성, 그리고 시대성을 함께 고려하고 있다. 총 30여 개 민족, 20여 개 성이나 자치구, 직할시의 민간고사를 선택하여 편찬했다. 또 전문적으로 '고대고사(古代故事)'라는 부분을 편성하여 특히 『수신기(搜神記)』, 『유양잡조(酉陽雜俎)』, 『지문록(咫聞錄)』 등 민간고사 자료가 풍부한 고대문헌에서 고대 민간고사 몇 편을 골라냈다. 여기에는 세계적으로 유명한

〈신데렐라〉, 〈두 형제〉에 대한 최초의 문자기록도 있고, 〈우렁각시〉〈백조처녀〉〈호랑이 아내〉〈오래된 두 친구〉 등 중국 민간 고사에서 대표적인 것들도 포함되어 있다.

　둘째, 고사의 참신성과 전형성을 두드러지게 했다. 편찬 과정에서 편집 팀원들은 자료의 광범위성을 중시하면서도 주로 새롭게 발견된 고사 자료의 선택에 중점을 두었다. 그래서 이 책에서 새 자료가 차지하는 비중이 상대적으로 크다. 각 성이나 자치구, 직할시의 『중국민간고사집성(中國民間故事集成)』에서 골라내는 편수는 전체 고사의 ⅔를 차지한다. 『중국민간고사집성』은 재료가 풍부하고, '과학성, 전면성, 대표성'을 편집 원칙으로 삼고 있다. 또 선택된 고사는 대부분 현장조사에서 왔으니 현장성이 강하며, 고사에 대한 기록이 상대적으로 과학적이고 완전해서 현대 민간 고사의 참모습을 구현하고 있다. 『중국민간고사집성』에서 고사를 선택한 점은 이 책의 질적 수준을 확보하면서도 기존 고사 선집과의 중복을 피할 수 있다는 장점을 가진다.

　『중국민간고사경전』에 들어갈 편수는 제한적이었다. 이는 어떻게 그것만으로 중국민간고사의 모습을 제대로 보여줄 것인가 하는 고민을 던져주었다. 때문에 이 책을 편집할 때 샤오간니오(蕭甘牛)가 채록한 〈비단 한 폭(一幅壯錦)〉이나 쟝위엔(江源)이 채록한 〈석문이 열리다(石門開)〉 등 특별히 우수한 민간고사 채록가가 선택한 전통적으로 이름난 이야기들을 위주로 채록하는 방법을 택했다. 한편, 차오셴족 이야기꾼인 진더순(金德順)과 투쟈족 이야기꾼인 순쟈샹(孫家香)처럼 뛰어난 고사 강술가가 한 이야기나 우쟈거우(伍家溝) 같은 이야기 마을에 비교적 많은 관심을 두었다. 이를 통해 고사 선택의 전형성을 담보하였다.

　셋째, 고사 편찬의 예술적 감상성과 학술적 자료성을 구현했다. 한편 독자의 대중성을 고려하여 스토리가 생생하고 내용이 풍부한 고사를 선택하여 선집의 가독성과 예술적 가치를 확보하고자 했다. 최대한 구성이 치밀하고 언어적으로 민간문학 구어화라는 특징에 부합하는 작품을 선택하여 독자를 하여금 고사를 읽은 과정에서 심미적 기쁨과 기대를 조성하여 민간문학의 남다른 정취를 느끼게 하고자 하였다. 예를 들어, 〈판단이 부처에게 묻다(範丹問佛)〉는 언어가 생생하고 소박하고 문장의 길이가 적당하며 민간문학에서 자주 쓰이는 삼단식 구조를 사용하고 있다. 판단이 자신이 아니라 다른 사람을 위해 부처에게 물어보는 갈등 속에서 스토리가 흘러가다 결국 판단이 다른 사람을 위한 선택으로 인해 복을 받는다는 희극적인 결말을 맞이한다.

다른 한편 편자들이 고사를 고를 때에는 고사의 학술적 가치도 고려했다. 수많은 민간고사는 대동소이하다는 유형화의 특징을 가지고 있다. 그래서 편자들은 제한적인 편폭 안에서 중국에서도 가장 특색 있는 이야기 유형을 선택하였다. 『중국민간고사경전』에는 '두 형제', '두 친구', '노인이 보배다', '구름 속에서 비단신이 떨어지다', '은(銀)의 변신', '용녀의 보은', '은혜 갚은 동물과 은혜를 잊은 사람', '란커산(爛柯山)', '좋은 운 구하기', '일꾼과 지주의 싸움', '멍청한 사위', '똑똑한 며느리' 등 10여 개의 유형이 있다. 이렇게 유형에 맞춘 선집은 예술 감상성을 확보하는 동시에 대학의 민간문학에 대한 강의와 학술연구의 수요를 만족시킬 수 있다. 또 민간고사를 연구하려는 입문자들에게 신속하게 민간고사의 유형적 특징을 이해하는 데에 도움이 된다.

『중국민간고사경전』의 편집은 화중사범대학교 민간문학전공 박사학위 지도교수인 류소화(劉守華) 교수의 지도 아래 2012급 박사과정 학생인 후오징징(霍晶晶)과 탄루(譚璐)가 이 책의 편집에 참가했다. 2012년 9월, 이 책에 대한 편집이 정식으로 시작되었다. 화중사범대학교 캠퍼스의 계화 향기가 사방에 풍길 무렵, 편집 팀원들은 『중국민간고사집성』을 뒤지기 시작했다. 편집 과정에서 교수와 학생들이 수시로 만나 문제에 대해 토론을 진행했고, 여러 번의 선별과정을 거쳐 팀원들은 몇 백편

고사를 백여 편으로 줄였다. 마지막으로 각자가 고른 고사는 유소화 교수의 손에 모였다. 편집 과정 중 여든에 가까운 류소화 교수는 상세한 편집 원칙을 세웠고, 고사의 샘플본을 제공했을 뿐만 아니라 직접 고사 편집에 참여하여 팀원들이 선별한 고사의 편목 하나하나를 심사하고 결정하여 본 책의 최종 증삭 작업을 진행했다. 석사과정생인 왕쥔원(王俊文)과 리주웬(李娟), 그리고 모초우(莫愁)가 마지막 문자 교정 작업을 했다. 결국 스승과 제자간의 유쾌한 협력 덕분에 고사 편찬 작업이 계획대로 잘 이뤄지게 된 것이다.

고사 편찬에 참여한 지 어느덧 1년이란 세월이 지났다. 열람실에 앉아 여러 가지 자료를 볼 때마다 정채로운 이야기들은 무심코 오랫동안 잊어버렸던 기억들을 되살려 주었다. 외할머니를 생각나게 하고, 겨울밤 따뜻한 화로를 생각나게 하며, 〈똑똑한 발바리〉 이야기를 생각나게 했다. 오래지 않아 우리들도 신데렐라의 기이한 경험을 갈망했고, 가난한 총각과 선녀의 기연을 상상하게 되었다. 이제 다 커 버려서 기이하고 환상적인 스토리를 믿지는 않게 되었지만 여전히 이야기 속의 도덕적인 약속을 지키며 살아간다. 남을 도와주면 복을 받으리라 믿으며, 운명에는 항상 전환의 계기가 있음을 믿는다. 세월이 흘러가고 우리가 백발이 성성해지면 우리도 우리 할머니처럼 손주를 안고 천천히 말해줄 수 있을까? "옛날 옛날에……" 고사는 인생을 말해주며, 인생은 바로 고사 그 자체이다! 이번 고사 편집의 경험 덕분에 우리는 어린 시절의 꿈을 되새기고 고사가 생활에 주는 의미를 다시 생각할 수 있었다.

역자 서

중국은 총 56개 민족으로 구성된 다민족 국가다. 한족을 위시하여 이른바 소수민족이라 불리는 각 민족의 전통적 사고와 생활은 다양한 스펙트럼을 보여준다. 그런 점에서 중국 구비문학 연구는 다양성과 전문성에서 엄청난 가능성을 가지고 있는 분야라 할 수 있다. 더구나 각 소수민족들이 도시화 현대화 경향으로 인해 고유의 전통을 잃어가고 있는 상황에서 각 민족 고유의 문화를 보존 복원하는 일은 국가적 사업을 넘어 민족적 사명감으로서의 성격을 가지고 있다.

본서는 중국 화중사범대학출판사의 "중국민간문화경전총서" 시리즈 중 류소화(劉守華) 교수가 편한 『중국민간고사경전』을 번역한 책이다. 총서는 총 5권으로 구성되어 있는데, 고사 외에도 신화·전설·가요·소화(笑話) 등이 있다. 류소화 교수는 중국 구비문학계를 대표하는 학자로, 이 총서 시리즈의 주편이자 본서의 대표 편집자다. 평생을 구비문학 연구에 매진한 원로 학자의 진념의 결정체라 할 수 있다. 이 책에는 총 102개의 이야기가 고대 이야기·동물 이야기·신기한 결혼 이야기·세상의 온갖 이야기·영웅의 신기한 이야기·신기하고 환상적인 이야기·생활의 지혜 이야기 등 7개 분야로 나뉘어 수록되어 있다. 이 이야기 속에는 각 민족 특유의 정서와 생활환경을 엿볼 수 있는 힌트들이 숨어 있다. 멍구족(蒙古族)은 기마민족의 분위기를 한껏 풍기며, 쫭족

(壯族)은 그들의 특산품인 장금(壯錦)을 소재로 이야기를 이어가며, 창족(羌族)은 동물숭배 사상을 담고 있다. 또한 등장인물의 대사 전체가 노래로 진행되어 마치 한 편의 오페라와 같이 구성한다거나, 본문 중간중간에서 추임새 역할을 하는 등 강술자의 대사를 집어넣음으로써 구비문학의 구전성과 현장성을 돋보이게 해준다. 그런가 하면 기러기가 일자로나는 이유라든가, 원숭이 궁둥이가 빨간 이유라든가, 호랑이 이마에왕(王)자가 새겨진 이유 등을 설화적 관점에서 설명하고 있기도 하다. 또한 어딘가에서 들은 듯한 이야기가 시공을 초월하여 뒤섞여 전승되고있음도 확인할 수 있다. 그런 점에서 본 역서는 한국의 독자들에게 중국여러 민족의 다양한 옛날이야기를 가감 없이 알림으로써 서로에 대한이해를 넓히고, 인류 공통의 따스한 인간미를 느낄 수 있는 기회를 제공하리라 믿는다.

참고로 본 역서는 2017년부터 2018년까지 1년 반 동안 매주 1회씩교수와 대학원 학생들이 참가한 윤독회에서 나온 결과물을 토대로, 이후 1년 간 원문대조 및 윤문 작업을 거쳐 완성되었음을 밝혀둔다. 윤독회에는 화중사범대학 한국어학과의 裴圭範, 徐禎愛, 金水淵 교수를 비롯하여 대학원 학생으로는 柯會, 瞿佳麗, 黃佳珅, 楊茜雯이 참가했다. 매주발표지를 준비하고, 자구 하나 문장 하나를 놓고 고민했던 그 시간들을잘 이겨내었기에 이 책이 세상에 나올 수 있었다고 믿는다. 모두가 중국구비문학에 대한 이해를 넓히고, 한국어 번역 기술을 훈련할 수 있는좋은 기회였다고 평가하며 모든 공을 그들에게 돌린다.

2019년 1월 大寒을 지나고
韓國文化研究所 慧泉齋에서

제3부 신기한 결혼 이야기

제4부 세상의 온갖 이야기

제5부 영웅의 신기한 이야기

제6부 신기하고 환상적인 이야기

제7부 생활의 지혜 이야기

일러두기

1. 본 역서는 劉守華 主編, 『中國民間故事經典』(華中師範大學出版社, 2014)을 대본으로
   한다.
2. 각주는 기본적으로 편저자가 작성한 것 외에도 역자가 본문 이해에 필요하다 싶은
   부분은 추가 작성하였고 이는 [역자주]로 별도 표기했다. 단 편저자의 각주 중 원문
   해석을 위한 것은 최소한으로 줄였으며, 중국 소수민족의 풍습이나 용어 등 한국 일반
   독자들에게 보다 이해가 필요한 부분을 위주로 작성하였다.
3. 소수민족에 대한 개괄은 『국가급 중국문화유산총람』(황매희, 2010)과 정재남의 『중국
   소수민족 연구』(한국학술정보(주), 2007)를 주로 참고하였다.
4. 본문 내용은 구비문학의 현장성을 고려하여 가급적 구어체 그대로 번역을 하되, 구술자
   의 착각이나 착오 등 명백하게 논리적 오류라고 생각되는 부분은 글의 흐름을 돕기
   위해 바로 잡았다.
5. 각 이야기의 제목은 가급적 원문 그대로 살리되 본문과 거의 연관이 없는 것은 예외적으
   로 변경하였다. 예를 들어, 68.〈阿鑾吉達貢瑪〉와 같은 것은 〈앤주오나(岩佐納)〉와 사티에
   〈沙鐵〉로 바꾸었다. 원제목은 부록의 자료출전에서 확인할 수 있다.
6. 본 역서의 한자는 번체자로 표기하고, 이름과 지명 등 고유명사는 중국 발음에 가깝게
   표기했다.

제1부

고대 이야기

古代故事

¹ 치웅두현의 노파

邛都老姥

중국 스촨성(四川省) 치웅두현(邛都縣)¹에 혼자 사는 가난한 한 노파가 있었다. 밥을 먹을 때마다 머리에 뿔이 난 작은 뱀 하나가 침대 사이에 나타났다. 노파는 불쌍히 여겨 밥을 나눠주었다. 그 뒤 뱀은 점점 자라나 길이가 한 길이 넘게 커졌다. 마침 치웅두현의 사또에게는 준마가 있었는데, 그만 그 뱀이 삼켜버리고 말았다. 사또는 화가 몹시 나서 노파에게 뱀을 내놓으라고 다그쳤다. 노파가 침대 아래에 있다고 하자 수령은 침대 아래 땅을 파게 했다. 하지만 파면 팔수록 구덩이만 넓어질 뿐 뱀을 찾을 수는 없었다. 더욱 화가 난 사또는 노파를 죽여 버렸다. 그러자 그 뱀이 사람들 앞에 혼령으로 나타나 현령을 노려보며 말했다.

"어째서 우리 어머니를 죽였지? 내 어머니를 위해 복수하고 말 거야."

이 일이 있은 뒤로 매일 밤마다 천둥소리 같기도 하고 바람소리 같기도 한 게 40일이 넘게 들렸다. 백성들은 서로 쳐다보며 놀라 소리를 질렀다.

"당신 머리 위에 물고기가 있어!"²

그날 밤 사방 40리와 치웅두현의 성곽이 일시에 모두 물에 잠겨 호수로 변해 버렸다. 그 지역 주민들은 그 호수가 성곽이 무너져서 생겼다고 해서 '쎈후(陷湖)'³라고 불렀다. 그런데 신기하게도 오직 그 노파의 집만

---

1 치웅두현(邛都縣): 서한(西漢) 시대 설치한 현으로, 지금 스촨성(四川省) 량산(涼山) 이족자치주(彝族自治州)인 시창(西昌) 동남쪽에 있는 것으로 추정된다.

2 대어(戴魚): 고대 미신 중 하나로, 중국인들은 머리 위에 물고기가 보이면 그 사람이 물에 빠져 죽을 운명이라고 생각했다.

은 별 탈이 없이 지금까지도 남아 있다. 어부들이 물고기를 잡을 때면 꼭 이 집에서 묵었는데, 매번 풍랑이 쳐도 이 집 주위만은 평온하여 별 일이 없었다. 바람이 잦아들고 물이 맑아지면 물 속에서 성곽과 망루 같은 게 옛날 그대로 비쳐 보이곤 했다. 지금도 물이 빠져 얕아질 때면 주민들이 옛날 나무들을 건져내는데, 단단하고 시커먼 게 마치 옻칠을 한 것 같았다. 지금도 호사가들은 그 나무로 베개를 만들어 선물로 주곤 한다.

해설

이 고사에는 머리 위에 뿔이 난 뱀과 그것을 기르는 치옹두현의 한 노파가 등장한다. 어느 날 그 뱀은 현령의 말을 잡아 먹어버리고, 이에 화가 난 현령이 그 노파를 죽여 버렸다. 뱀은 그녀를 대신해서 복수에 나섰는데, 성 사방 40리 땅을 모두 물에 잠기게 해서 호수로 만들어 버렸다. 하지만 그 노파의 집만은 아무런 피해가 없었다. 이 이야기는 동물이 은혜를 갚고 또 복수를 하는 화소를 '셴후' 전설과 결합시켜 천재(天災)는 인화(人禍)로 이어짐을 보여준다. 그것이 담고 있는 뜻과 흥미를 보다 충실하게 만들어 새로운 풍격과 매력을 갖추게 되었다.

---

3 셴후(陷湖): 시창(西昌)에 치옹하이(邛海)라는 호수가 있는데 이곳일 가능성이 있다. 치옹츠 (邛池)라고도 한다.

2 백수소녀
白水素女

중국 푸젠성(福建省) 푸저우(福州)[1] 사람인 시에두안(謝端)은 어려서 부
모를 여의고 친척도 없었지만, 이웃 사람이 그를 거두어 길러주었다.
17, 8세가 되자 공손하고 조심하여 도리에 벗어나는 일을 하지 않았다.
처음으로 독립해서 혼자 살게 되었지만 색시를 얻지 못하고 있었다.
마을 사람들도 무척이나 불쌍하게 생각하며 그에게 아내를 구해주려고
했지만, 쉽지 않은 일이었다. 시에두안은 새벽 일찍 일어나 농사짓고
늦은 밤에나 잠드는 등 밤낮을 가리지 않고 열심히 일을 했다. 그는
마을에서 우렁이 하나를 주웠는데, 그 크기가 무려 5리터들이 주전자보
다 더 컸다. 기이한 물건이라 생각한 그는 집으로 가져와 항아리에 넣어
두고 수십 일을 길렀다. 그런데 시에두안이 아침 일찍 들에 나갔다가
돌아오면 번번이 집 안에 음식과 국 등이 차려져 있었다. 시에두안을
이웃 사람들이 고맙게도 자기를 위해서 베풀어준 것이라 생각했다. 이
런 일이 며칠 동안 계속 이어지자 시에두안은 이웃 사람들에게 감사인사
를 했다. 그러자 이웃 사람들은 "내가 그런 게 아닌데…… 감사 인사할
필요 없어."라고 하였다. 시에두안은 이웃 사람들이 시치미를 뗀다고
생각했다. 그런데 이런 일이 계속 반복되자 다시 사실을 물었다. 이웃
사람들은 웃으며 말하기를, "자네가 여자를 몰래 얻어 집 안에 감춰 놓고
서 우리에게 밥을 했다고 그러는 거 아니야?"라고 했다. 시에두안은
무슨 말을 하는 건지 어리둥절할 뿐이었다.

---

1 진관(晉官): 군 이름. 진(晉) 초기에 설치되었다. 관청은 지금 푸젠성 푸저우시인 호우관(侯
官)에 있다.

그런 일이 있은 후 시에두안은 새벽닭이 울 때 나갔다가 평소보다 일찍 돌아와 울타리 밑에서 몰래 집 안을 들여다보았다. 그랬더니 어떤 소녀가 항아리에서 나오더니 부엌으로 가서 불을 피웠다. 시에두안이 곧장 문으로 들어가 항아리에 담아둔 우렁이를 보니 껍데기만 보였다. 그리고 부엌으로 가 물었다.

"당신은 누구길래 어디서 나타나 저에게 밥을 해주십니까?"

소녀는 깜짝 놀라 당황하며 항아리로 들어가려 했으나 그러지 못하고는 다음과 같이 대답했다.

"저는 은하수의 백수(白水)소녀입니다. 하늘님께서는 당신이 어려서 고아가 된 것을 애처롭게 생각하셨습니다. 그런데 당신이 공손하고 조심스럽게 잘 사는 걸 보시고 저에게 집안일과 음식 하는 걸 돕게 하셨습니다. 10년 안에 당신이 넉넉해지고 부인도 얻게 되면 그때 저도 돌아갈 생각이었습니다. 그런데 우연히 당신에게 이렇게 들키고 말았습니다. 이제 다시 남아 있을 수 없게 되었으니 이곳을 떠나야 합니다. 지금은 비록 상황이 이렇지만 앞으로는 점점 좋아질 것입니다. 농사를 부지런히 짓고 물고기를 낚고, 나무를 해서 생계를 꾸려 가십시오. 그리고 이 껍질을 두고 가겠습니다. 곡식을 이곳에 넣어두시면 항상 부족하지 않게 될 것입니다."

시에두안은 그녀에게 남아줄 것을 부탁했지만 끝내 그녀는 떠나고 말았다. 그러자 갑자기 바람이 불고 빗줄기가 휘몰아쳤다. 시에두안은 신주를 세우고 때마다 제사를 지내주었다. 그의 살림살이는 늘 풍족하였으나 그렇다고 큰 부자가 되지는 않았다. 그러자 마을 사람들이 여자를 구해서 시에두안에게 시집을 보냈다. 시에두안은 이후에 벼슬을 하여 큰 고을의 사또가 되었다. 지금 길가에 있는 소녀의 사당이 바로 시에두안이 제사 지내던 곳이다.

해설

이 이야기는 복주시(옛날 명칭은 후관(候官)이다)를 배경으로 하고 있다. 주인공 시에두안은 부지런한 젊은이였다. 그는 물항아리에 큰 우렁이를 키웠는데, 그가 밖에 나가 농사를 짓는 동안 여자로 변해 그에게 밥을 지어주었다. 알고 보니 그녀는 하늘나라 은하수의 천녀로 하늘님의 명을 받고 세상에 내려와 시에두안에게 부(富)와 복(福)을 주었다. 시에두안이 그녀의 본래 모습을 보았기 때문에 그녀는 반드시 천상으로 돌아가야 했는데, 가면서 신기한 우렁이 껍질을 남겨주었다. 후에 시에두안은 이 우렁이 껍질 덕분에 넉넉한 생활을 할 수 있었다. 우렁이는 중국 강남의 물의 고장(水鄕)에서 흔히 볼 수 있는 것이다. 이 우렁이를 보면서 백성들은 아름다운 환상을 가지게 되었고, 그 결과 이처럼 재미있는 이야기가 생겨났다.

3 서셴
叶限

남쪽 사람들에게 대대로 전해 내려오는 이야기다. 진(秦)나라 한(漢)나라 이전 시절에 동(洞)이란 나라가 있었다. 우씨(吳氏) 성을 가진 사람이 왕으로 있었기에 그곳 사람들은 이 나라를 '우동(吳洞)'이라 불렀다. 그에게는 두 명의 아내가 있었는데, 첫 번째 부인이 갑자기 죽었다. 죽은 부인 사이에 난 딸 서셴(葉限)은 어려서부터 지혜롭고 사금을 잘 채취하여 아버지의 사랑을 듬뿍 받았다. 그런데 세월이 흘러 부친이 죽자 서셴은 계모로부터 심한 학대를 당했다. 그녀는 늘 깊은 산속에 가서 나무하고 물을 긷는 등 힘들고 위험한 일을 해야 했다.

어느 날, 길이가 7센티미터 가량이고, 붉은 지느러미와 황금빛 눈을 가진 물고기를 잡았다. 그녀는 대야에 넣어 길렀는데, 매일같이 쑥쑥 자랐다. 여러 번 더 큰 대야에 옮겼지만 더 이상 키울 수가 없을 정도가 되었다. 결국 서셴은 그 물고기를 연못에 풀어주었다. 그리고 자신의 음식을 남겨 물고기에게 던져 주었다. 그녀가 연못에 다가가면 물고기는 꼭 연못가로 고개를 내밀었다가 다른 사람들이 오면 쏙 들어가 숨었다. 계모도 그 사실을 알고 번번이 물고기가 나오길 기다렸지만, 좀처럼 물고기를 볼 수 없었다.

계모는 그녀를 속일 셈으로 "너 요즘 무척 힘들지 않니? 내가 너에게 새 옷 한 벌을 해 줄게."라고 했다. 그래서 그녀의 낡은 옷을 얻은 계모는 그녀에게 수백 리 떨어진 다른 연못에 가서 물을 길어 오라고 시켰다. 계모는 느긋하게 소녀의 옷을 걸치고 날카로운 칼을 소매에 숨긴 채 연못가로 다가가 물고기를 불렀다. 물고기가 고개를 내밀자 계모는 칼을 휘둘러 물고기를 죽여 버렸다. 물고기는 길이가 한 길 정도나 되었고 살코기도 두툼해서 다른 물고기보다 갑절 맛있었다. 계모는 물고기의 뼈를 거름더미 아래에 묻어 버렸다.

며칠이 지나, 서셴이 연못으로 가 물고기를 찾았지만 다시는 볼 수 없었다. 그녀는 들판으로가 목 놓아 울었다. 그때 갑자기 머리를 풀어헤치고 헤진 옷을 어떤 사람이 하늘에서 내려오더니 그녀를 위로하며 말했다.

"울지 말거라. 너의 계모가 물고기를 죽였단다. 거름더미 아래 뼈를 묻었으니 그 물고기 뼈를 찾아 집에 놓고, 그것에다 정성껏 소원을 빌면 그게 무엇이든 다 이뤄질 것이다."

서셴은 그 사람이 시킨 대로 했다. 그랬더니 금, 옷, 음식, 옥구슬 등 바라는 대로 모두 생겼다.

어느덧 마을의 축제 날[1]이 되었다. 계모가 축제에 가면서 그녀에게 정원의 과일 나무를 돌보라고 했다. 그녀는 계모가 멀리 떠난 것을 확인한 뒤 자기도 길을 나섰다. 그녀는 푸른색 새 깃털로 짠 옷을 입고 금신을 신었다. 그런데 계모가 낳은 딸이 그녀를 알아보고는 계모에게 쑥덕댔다.

"저 여자 꼭 우리 언니 같은데."

계모도 의심하는 눈초리로 쳐다봤다. 이를 눈치 챈 서셴은 황급히 돌아가다 그만 금신 한 짝을 떨어뜨리고 말았다. 그 금신 한 짝을 동나라 사람이 주웠다. 계모가 집에 돌아와 보니 소녀가 정원 나무를 안고 자고 있었다. 그제야 계모는 의심의 눈초리를 거두었다.

동나라와 이웃한 섬에는 투오한국(陀汗國)이란 나라가 있었다. 군사력이 강하고 수십 개의 섬을 거느렸으며 나라의 경계가 수천 리나 되었다. 금신을 주운 동나라 사람은 투오한국의 왕에게 그것을 바쳤다. 왕은

---

1 [역자주] 동제(洞節): 부락 축제로 마음에 드는 배우자를 찾아 나서는 일종의 짝짓기 축제.

그 금신을 주변 사람들에게 신어보게 했다. 금신은 아무리 발이 작은 사람에게도 꼭 3센티 이상[2]이 컸다. 그러자 왕은 금신의 주인을 찾기 위해 나라 안의 모든 부녀자들에게 신겨보았지만 누구도 맞는 이가 없었다. 금신은 마치 깃털같이 가볍고, 돌을 밟아도 소리가 나지 않았다.

투오한국의 왕은 이렇게 귀한 금신을 동나라 사람이 정당하게 얻은 것이 아닐 것이라 생각했다. 즉시 그를 가두고 어떻게 된 일인지 자초지종을 심문했다. 하지만 끝내 그 신이 어디서 난 것인지 알 수 없었다. 그래서 이번에는 금신을 길에 두고 집집마다 금신의 주인을 수소문했다. 그러다 금신이 맞는 여자가 있으면 왕에게 알리라 명했다. 어느 날 금신을 신어 보려는 어떤 여자가 있었다. 투오한국의 왕은 이상하게 여겨 그녀의 집을 수색하다 서셴을 찾아냈다. 서셴이 금신을 신고 나서야 금신의 주인이 그녀임을 알게 되었다. 푸른 색 옷을 입고 금신을 신고 사뿐히 걸어 들어오는 서셴의 모습은 마치 선녀 같았다.

비로소 자초지종을 알게 된 왕은 물고기의 뼈와 서셴을 데리고 자기 나라로 돌아왔다. 계모와 딸은 하늘에서 떨어진 돌에 맞아 죽었다. 동(洞)나라 사람이 계모와 딸을 가엾게 여겨 돌 구덩이에 묻고 '아오뉘종(懊女塚)'이라 불렀다. 훗날 동나라 사람들은 그 무덤에서 아들을 구하는 매사(禖祀)[3]를 지냈는데, 여자 아이를 원할 때에도 그곳에 가 기도를 하면 소원이 이뤄졌다.

자기 나라로 돌아간 투오한국의 왕은 서셴을 상부인으로 삼았다. 그리고 첫 번째 해에 왕은 물고기의 뼈에다 욕심껏 소원을 빌었다. 그러자 금은보화가 끝없이 쏟아져 나왔다. 그러나 다음 해부터는 응답이 없었

---

2 [역자주] 촌(寸)은 길이의 단위로, 약 3.33cm이다. 푼(分)은 1촌(寸)의 1/10로, 약 0.33cm이다. 그러므로 3촌2푼은 약 11cm이다. 척(尺), 촌, 푼 순으로 1/10씩 줄어든다.
3 [역자주] 매사(禖祀): 천자가 자식을 바라고 지내는 제사. 제비가 와서 자식을 낳는 것처럼, 자식을 청하는 제사.

다. 화가 난 왕은 그 물고기의 뼈를 옥구슬 백 말⁴과 함께 바닷가에 묻고는 금으로 가장자리를 둘러놓았다. 반란이 일어났을 때 그걸 캐내어 군자금으로 쓸 생각이었다. 그러나 하룻밤 만에 바닷물이 밀려와 모두 잠겨버렸다.

　이 이야기는 본인〔段成式⁵〕의 옛 집에 있었던 하인 리스엔(李士元)이 들려준 것을 기록한 것이다. 리스엔은 광시성(廣西省) 용저우(邕州)⁶ 동 (洞)지방 사람으로 남쪽 지방의 기괴한 이야기를 아주 많이 기억하고 있었다.

해설

이것은 당대(唐代) 유행했던 좡족(壯族) 이야기다. 계모에게 구박 당하던 착한 소녀 서셴(葉限)이 신기한 물고기 뼈의 도움으로 비단옷과 금신을 신고 동제(洞節)에 참가했는데, 허둥대다 그만 금신 한 짝을 떨어뜨리고 말았다. 이웃 섬나라 투오한국(陀汗國)의 국왕이 마침 그 금신을 주웠다. 사람을 보내 이리저리 금신을 신겨보며 주인을 찾았다. 금신의 주인인 서셴을 찾은 그는 그녀를 신부로 맞이했다. 사악한 계모와 그 딸은 나중에 아주 혹독한 벌을 받았다. 이 이야기는 착하고 아름답고 솜씨 좋은 한 소녀를 형상화하고 있다. 미국학자 제임슨(Jameson)은 다음과 같이 주장했다. "그녀는 아름다운 생활에 대한 환상을 지닌 한 소녀를 표현한 것이다.", "중국의 이 신데렐라 이야기에 대한 기록은 서양의 것보다 7백 년이나 앞선 것이다."

4　[역자주] 곡(斛): 과거 용량의 단위로, 1곡은 본래 10두(斗)였으나, 나중에 '5두'로 바뀜.
5　[역자주] 이 이야기는 두안청스(段成式, 803~863)가 엮은 기이한 이야기 모음집인『유양잡조(酉陽雜俎)』전집(속집) 권1〈지락고(支諾皋)〉상에 수록되어 있다.
6　용저우(邕州): 지금 광시(廣西) 경내에 있다.

4 팡이

旁𠅤

신라국에 김씨 성을 가진 제일 귀족이 있었다. 그의 먼 조상 이름은
팡이(旁𠅤)였다. 팡이에게는 부자인 아우 한 명 있었다. 형인 팡이는
따로 살았는데, 옷이나 먹을 것을 구걸해야 할 정도로 가난했다. 보다
못한 어떤 사람이 그에게 빈 땅 백 평 정도를 주었다. 그러자 팡이는
아우에게 누에와 곡식 종자를 빌려왔다. 그런데 아우는 누에와 곡식의
종자를 삶아서 형에게 주었다. 이런 사실을 까맣게 모르는 팡이는 누에
를 키웠고, 단 한 마리만 살아남았다. 살아남은 누에는 날마다 한 치가
넘게 자라 열흘이 지나자 황소만큼 커졌다. 그러자 뽕나무 몇 그루의
잎을 먹어도 부족했다. 아우가 이 사실을 알게 되자 틈을 타서 그 누에를
죽여 버렸다. 다음날 사방의 누에가 모두 팡이의 집으로 모여들었다.
그러자 사람들은 그를 '쥐찬(巨蠶)'이라고 불렀는데, 누에의 왕이라는
뜻이다. 이웃 사람들이 함께 도와 누에고치를 뜨거운 물에 놓고 실을
뽑아도 일손이 부족할 정도였다.

그리고 곡식도 한 줄기밖에 나지 않았으나, 그 이삭이 30센티가 넘게
자랐다. 팡이가 항상 옆에 지키고 있었는데 새 한 마리가 갑자기 날아와
이삭을 물고 달아났다. 팡이가 새를 2킬로미터 넘게 쫓아갔더니 새가
어떤 바위 틈 사이로 들어갔다. 마침 해가 저물어 길이 어두워졌다.
팡이는 바위 옆에 앉아 쉬었다. 한밤중이 되자 달이 매우 밝았는데,
붉은 옷을 입은 아이들이 함께 놀고 있는 것이 보였다.

한 아이가 "너 뭘 갖고 싶어?"라고 묻자 다른 아이는 "술을 갖고 싶어."
라고 대답했다. 그 아이가 들고 있던 금방망이로 돌을 두드리니 술과

술잔이 나왔다. 또 한 아이가 "먹을 것을 갖고 싶어."라고 했다. 또 바위를 두드리니 전과 떡, 그리고 국과 불고기가 모두 바위에서 나왔다. 아이들은 한참 동안 그 음식을 먹고 놀더니 금방망이를 바위틈에 놓아둔 채 헤어졌다. 이를 지켜보던 팡이는 매우 기뻐하며 금방망이를 얼른 주워 집으로 돌아갔다. 이제 팡이가 원하는 것이 있으면 그냥 금방망이로 두드리기만 하면 바로 얻을 수 있게 되었다. 그리하여 온 나라의 돈과 맞먹을 정도로 부자가 되었다.

팡이가 아우에게 보석들을 나눠 주자 아우는 그제야 예전에 형을 속인 것을 후회했다. 그래서 팡이에게 "만약에 형이 똑같은 방식으로 나를 속이면 나도 형처럼 금방망이를 얻을 수 있겠지?"라고 했다. 팡이는 바보짓이란 걸 알았지만 말릴 수가 없어서 결국 그의 말대로 해주었다. 아우가 누에를 키우자 단 한 마리의 누에만 얻었고, 곡식을 심자 한 줄기만 싹이 났다. 곡식이 곧 익자 또 새가 물어갔다. 아우는 너무 기뻐하며 새를 따라 산으로 갔다. 그런데 새가 들어간 바위틈에서 귀신 한 무리를 만났다. 귀신들은 화를 내며 소리쳤다.

"네가 우리 금방망이를 훔쳐간 놈이구나!"

귀신들이 아우를 잡아놓고 물었다.

"네가 우리에게 쌀겨 6자[1]를 쌓아 줄 테냐? 아니면 코를 한 장 길이로 늘려 줄까나?"

아우는 쌀겨 6자를 쌓겠다고 하고는 사흘이나 굶어가며 했지만 결국 다 쌓지를 못하고 말았다. 그는 용서를 빌었지만 귀신들은 그의 코를 잡아 뽑았다. 그는 코끼리처럼 늘어진 코를 가지고 집으로 돌아왔다. 사람들이 신기하게 생각하여 빙 둘러싸고 그를 구경했다. 그는 너무 창피하고 화가 나서 어쩔 줄 몰라 하다 화병으로 죽고 말았다. 훗날

---

1 [역자주] 판(版・板)은 성이나 담 같은 것을 쌓을 때 흙을 양쪽에서 끼는 널로, 보통 하나가 2척(尺)이니 삼판은 6척 높이를 말한다.

팡이의 자손들이 금방망이를 두드리며 농담 삼아 이리의 똥을 원했다.
그러자 천둥이 치면서 금방망이도 사라져 버렸다.

해설

이 고사는 한반도의 신라국 이야기로, 중국에서 두 형제 이야기로는
최초의 기록이다. 가난하고 부지런한 형이 심술 사납고 포악한 아우에
게서 괴롭힘을 당했지만, 결국은 화(禍)가 복(福)으로 바뀌었다. 아우도
형과 똑같이 했지만 엄한 벌을 받았다. 형은 누에를 키워 '누에왕'이란
명성을 얻었고 곡식을 심어 기이한 이삭을 얻었다. 새를 쫓아 산으로
가서 금방망이를 얻었고, 이 때문에 큰 부자가 되었다. 욕심 많은 아우도
똑같은 일을 했지만 결국 형 대신에 벌을 받고 코가 코끼리의 코만큼
늘어났다. 이 이야기는 노동생활의 모습이 풍부하게 담겨 있으며, 신기
하고 미묘한 환상, 활발하고 익살스러운 서술 스타일이 얽혀 있어서
민간 구비문학의 특이한 매력을 잘 보여주고 있다.

5 티엔장

田章

옛날에 티엔쿤룬(田昆侖)이라는 사람이 있었다. 그는 너무 가난해서 장가도 못 갔다. 집 안에 깊고 깨끗한 연못이 있었다. 곡식이 익을 무렵, 티엔쿤룬은 밭으로 가다가 미녀 세 명이 그 연못에서 목욕하고 있는 것을 봤다. 쿤룬이 가까이 가서 보려고 백 보 정도 다가가자 세 명의 미녀는 세 마리의 학으로 변했다. 그중 두 마리는 연못가의 나무로 날아올라 앉았고 남은 한 마리만 연못 가운데에서 목욕을 하고 있었다. 쿤룬은 풀 밑에 몸을 숨기고는 기어서 조금씩 앞으로 나아가 엿보았다. 미녀들은 모두 선녀였다. 언니 두 명은 선녀 옷을 입고 하늘로 날아갔다. 하지만 어려 보이는 선녀는 연못에서 나오지 못하고 있었다. 남은 선녀는 쿤룬에게 자기가 선녀이고 언니들과 같이 셋이서 내려왔는데, 잠깐 연못에서 놀다가 당신에게 들킨 거라고 털어놓았다. 두 언니는 그때 선녀 옷을 입고 날아갔고, 그 사이에 자기만 혼자 쿤룬을 만나게 되었으며, 자기의 선녀 옷을 쿤룬이 가져가는 바람에 연못 밖으로 나오지도 못하고 있다고 했다. 선녀는 쿤룬에게 자신에게 은혜를 베풀어 달라고 빌었다. 만약 선녀 옷을 돌려줘서 몸을 가리고 연못에서 나오게 해준다면 그대와 부부가 되겠다고도 했다. 쿤룬이 골똘히 생각해 보니 만약 선녀 옷을 줘버린다면 그냥 날아가 버리는 것은 아닐까 걱정이 되었다. 쿤룬은 선녀에게 말했다.

"그대가 선녀 옷을 달라고 하지만 그럴 수는 없어요. 대신 제 옷을 벗어 드릴 테니 그걸로 몸을 가리는 건 어때요?"

처음에 선녀는 연못에서 나오지 않은 채 날이 어두워지면 날아가겠다고 버텼다. 하지만 그녀는 이렇게 질질 끌다가는 결국 선녀 옷을 얻지 못할 것을 알고는 할 수 없이 쿤룬에게 말했다.

"당신 말대로 옷을 벗어 제 몸을 가려주시면 제가 물 밖으로 나와서 당신과 부부가 되겠습니다."

쿤룬은 속으로 기뻐하며 서둘러 선녀 옷을 깊이 숨겼다. 그리고는 자신의 옷을 벗어 선녀에게 주었다. 선녀는 그 옷을 입고 연못에서 나와서는 쿤룬에게 말했다.

"당신은 제가 떠날까 봐 서둘러 제 옷을 숨겼습니다. 만약 선녀 옷을 돌려주신다면 따라가겠습니다."

그러나 쿤룬은 죽어도 선녀에게 선녀 옷을 주지 않겠다고 하며 그녀를 집으로 데려가서 어머니에게 인사시켰다. 어머니는 정말 기뻐하며 바로 잔치를 벌였다. 일가친척들을 모아 놓고서 날마다 그녀를 신부라고 불렀다. 결국 그녀는 선녀였지만 인간세상에서 남자와 함께 살게 되었다. 이윽고 시간이 지나 아들 하나를 낳았다. 아이는 용모가 단정했는데, 이름을 '티엔장(田章)'이라고 했다. 마침 쿤룬은 서쪽 국경의 수비대에 갈 사람으로 뽑혔고, 다시는 돌아오지 못했다. 선녀는 혼잣말로 '남편이 떠난 뒤로 아들을 세 살까지 키웠어.'라고 하고는 드디어 시어머니에게 말했다.

"어머니, 저는 원래 선녀였어요. 이곳에 막 왔을 때에는 나이가 어렸어요. 아버지께서 저에게 선녀 옷을 만들어주시자 저는 그 옷을 입고 하늘에서 내려왔어요. 지금도 그 선녀 옷이 잘 맞는지 궁금해서 그러는데 잠깐 보여주세요. 그렇게만 해주신다면 죽어도 여한이 없겠어요."

그렇지만 쿤룬이 떠날 때 어머니에게 간곡히 당부를 해두었다.

"이것은 선녀의 옷입니다. 잘 숨기시고 절대로 색시에게 보여 주지 마세요. 그렇지 않으면 색시는 곧장 그 옷을 입고 날아가 버려 다시는 볼 수 없을 거예요."

어머니는 쿤룬에게 "그럼 선녀 옷을 어디다 숨기면 좋을까?"라고 물었다. 쿤룬과 어머니는 상의 끝에 어머니의 방보다 더 안전한 데는 없을 것 같았다. 어머니 침대 다리에 구멍을 뚫어 선녀 옷을 그 안에 넣고 베개로 덮어버리면 절대 신부에게 들키지 않을 거라고 생각했다. 이렇게 옷을 깊이 감춰두고 쿤룬은 떠났다. 쿤룬이 떠난 뒤 선녀는 자신의 옷을 생각하면 애간장이 끊어지듯 괴로워 어떤 일이든 기뻐하지 않았다. 선녀는 시어머니에게 간절하게 부탁했다.

"잠깐만이라도 선녀 옷을 보여주세요."

시어머니는 시시때때로 조르는 며느리의 뜻을 차마 거절하지 못하고 마침내 잠깐 나갔다가 들어오라고 했다. 색시는 예라고 대답한 뒤 방을 나갔다. 시어머니는 침대 다리 밑에서 선녀 옷을 꺼내 신부에게 보여줬다. 색시는 선녀 옷을 보고 울컥하며 눈물이 비 오듯 쏟아졌다. 색시는 선녀 옷을 만져보다가 그냥 입고 날아가려고도 했지만 여의찮아 포기하고는 시어머니에게 잘 보관해 달라고 부탁했다. 그 뒤로 열흘도 되지 않아 다시 시어머니에게 "잠깐 선녀 옷 좀 보여주세요."라고 부탁했다. 시어머니가 며느리에게 물었다.

"선녀 옷을 입고 날아가 버리면 어떡하니?"

"제가 원래 선녀였지만 지금은 어머니 아들이랑 부부가 되어서 아들까지 낳았는데 떠나갈 리가 있겠어요."

시어머니는 며느리가 날아갈까 봐 문 앞을 잘 지켰다. 하지만 선녀는 옷을 입자마자 창문으로 날아가 버렸다. 시어머니는 가슴을 치면서 후회했다. 서둘러 나가서 쫓아갔지만 이미 신부는 날아가 버린 뒤였다. 어머니는 며느리를 그리워했는데, 그 울음소리가 하늘까지 울려 퍼지고 눈물이 비 오듯이 흘렀다. 마음이 너무 아파서 밥도 먹을 수 없었다.

선녀는 인간 세상에서 5년 이상을 지냈지만 천상에서는 이틀에 불과했다. 선녀는 도망쳐서 하늘나라 집으로 돌아왔지만 두 언니에게 야단을 맞았다.

"계집애, 너는 인간이랑 결혼까지 하더니 왜 여기서 청승맞게 울고 있니?"

선녀의 부모님과 두 언니는 막내 선녀에게 말했다.

"그만 울어. 내일 우리 함께 인간 세상에 놀러가자꾸나. 분명 네 아들을 만날 수 있을 거야."

다섯 살이 된 티엔장은 집에서도 밭에서도 엄마 아빠를 부르며 끊임없이 울고 있었다. 그때 '동종(董仲)'이란 선생이 지나가다 티엔장이 선녀의 아들인 것을 알았다. 또한 선녀가 다시 내려올 거라는 것을 짐작하고는 아이에게 말했다.

"점심 때 쯤 연못가에 가면 흰색 치마를 입은 여자 세 명을 볼 수 있을 거란다. 그중 두 명은 고개를 들고 너를 쳐다볼 거다. 너를 안 보는 척하는 다른 한 사람, 그분이 바로 너의 어머니란다."

티엔장은 동종 선생의 말대로 점심때가 되자 연못가로 갔다. 과연 연못 속에는 선녀 세 명이 있었다. 그녀들은 흰옷을 입고 연못가에서 야채를 다듬고 있었다. 티엔장은 앞으로 다가가서 그녀들을 보았다. 선녀는 멀리서부터 티엔장이 그녀의 아들인 것을 알았다. 두 언니는 동생에게 말했다.

"네 아들이 왔어."

티엔장은 곧바로 울음을 터트리며 엄마를 불렀다. 막내 선녀는 참담한 마음에 아들을 차마 보지 못한 채 그저 슬프게 울 뿐이었다. 세 자매는 선녀 옷을 입고서는 티엔장을 데리고 하늘로 날아갔다. 하늘님은 보자마자 자신의 외손자인 줄 알았다. 그리고는 아이를 가엾게 여겨 학술과 예능, 기술과 지식 등을 가르쳐줬다. 아이는 천상에서 4~5일을 지냈을 뿐이지만 인간 세상의 기준으로는 15년 이상의 공부를 한 것과 같았다. 하늘님이 아이에게 말했다.

"내 책 8권을 가져가면 평생 부귀영화를 누릴 수 있을 거다. 그런데 만약 조정에 들어간다면 말을 조심히 해야 돼."

티엔장은 하늘에서 내려오자 천하의 모든 일을 다 알아 모르는 것이 없게 되었다. 그 소식을 들은 천자는 티엔장을 재상으로 삼았다. 하지만 티엔장은 죄를 짓게 되었고, 서쪽 황무지로 귀양을 가게 되었다.

다시 시간이 흘렀다. 천자가 사냥을 나갔다가 들판에서 학 한 마리를 잡아 요리사에게 요리를 시켰다. 요리사가 학의 모이주머니를 가르자 키가 3촌(寸) 2푼(分), 즉 11센티 정도이며 투구를 쓰고 쉬지 않고 욕설을 퍼붓는 아이가 튀어 나왔다. 요리사는 이 일을 천자에게 보고했다. 천자는 신하들을 소집하여 물었지만, 다들 모른다고들 했다. 천자가 또 사냥을 나갔다가 길이가 3촌 2푼이나 되는 앞니를 얻어서 가져왔다. 그런데 아무리 두드려도 깨지지 않았다. 다시 신하들에게 물었지만, 다들 모른다고들 했다. 그러자 천자는 칙명을 반포했다. 이 두 가지 일에 대해 아는 사람에게 황금 천 근, 봉토 만 호, 그리고 원하는 벼슬을 주겠다고 했지만 아는 사람이 아무도 없었다. 그때 신하들이 모여서 상의했지만 티엔장만이 알 뿐 다른 사람들은 알 수가 없었다. 결국 천자는 역마를 보내 서둘러 티엔장을 데려오게 했다.

"근래 네가 똑똑하고 보고 들은 게 많아 모르는 게 없다는 소문을 들었다. 내가 한 가지 질문을 하겠다. 이 세상에 큰 사람이 있느냐?"

"있습니다."

"있다면 누구냐?"

"옛날에 친구엔(秦故彦)이라는 사람이 있었는데, 황제의 아들이었습니다. 당시 노나라를 위해서 싸우다가 앞니 하나가 떨어졌다고 합니다. 어디 있는지 알 수 없지만, 누군가가 그것을 찾아 그런 사실을 확인할 수 있었다고 합니다."

천자는 그 누군가가 자신이라는 것을 눈치 채고 이제 다른 것을 물어

봤다.

"이 세상에 작은 사람이 있느냐?"

"있습니다."

"누구냐?"

"예전에 리쯔아오(李子敖)라는 사람이 키가 11센티 정도이고 투구를 쓰고 있었는데 들판에서 학이 삼켜버렸습니다. 이자오는 여태 학의 모이주머니에서 놀고 있습니다. 이 학을 잡은 사람이 있습니다. 그 학을 잡아 검증해 보면 알 수 있지 않을까요?"

신하들도 좋다고 말했다. 또 물었다.

"이 세상에 큰소리가 있느냐?"

"있습니다."

"있다면 그것이 무엇이냐?"

"7백 리까지 천둥이 치고 백칠십 리까지 벼락이 떨어지는 것이 모두 큰소리입니다."

또 물었다.

"그럼, 이 세상에 작은 소리가 있느냐?"

"있습니다."

"있다면 그것이 무엇이냐?"

"세 사람이 함께 길을 가다가 한 사람은 들었지만 남은 두 사람이 듣지 못했다면, 이것이 바로 작은 소리입니다."

또 물었다.

"이 세상에 큰 새가 있느냐?"

"있습니다."

"있다면 그것이 무엇이냐?"

"큰 붕새가 날갯짓을 하면 서왕모가 일어나고, 두 날개가 펴면 길이가 1만 9천 리에 달합니다. 그제야 먹기 시작하는데, 이것이 바로 큰 새입니다."

또 물었다.

"이 세상에 작은 새가 있느냐?"

"있습니다."

"있다면 무엇이냐?"

"굴뚝새보다 더 작은 새는 없습니다. 이 새는 항상 모기의 뿔에서 새끼 일곱을 키워도 그곳이 너무 넓다고 생각합니다. 모기도 자기의 머리에 새가 있는 줄 모를 정도입니다. 이것이 바로 작은 새입니다."

천자는 드디어 티엔장을 복사(仆射)[1]로 임명했다. 이 일 때문에 천자와 사람들은 티엔장이 선녀의 아들이란 것을 알게 되었다.

해설

이 고사에서 선녀는 백학으로 변해 인간 세상에 내려와서 목욕을 하는데, 전씨 성을 가진 남자가 선녀 옷을 숨기는 바람에 어쩔 수 없이 그 남자와 결혼을 했고, 티엔장이란 아들을 낳았다. 선녀가 선녀 옷을 다시 찾고 하늘로 돌아갔지만 아들을 그리워하다 아들 티엔장을 하늘로 데리고 가 공부를 시켰다. 티엔장은 똑똑하고 보고 들은 것이 많았다. 성인이 되자 다시 인간 세상에 돌아와서는 문제를 잘 풀고 뛰어난 재능과 지혜로 세상에 이름을 날렸다. 이 이야기는 굴곡이 많고 생동감이 있다. 환상적인 이야기에서 생활에 관한 구체적인 묘사가 뒤섞여 허구이면서도 신기하고 환상적인 이야기가 친근하고 감동적인 매력을 갖추고 있다. 글이 간단하고 질박해서 구비 문학의 특징을 드러낸다고 볼 수 있다.

---

1 [역자주] 복사(仆射): 중국에서 당송 때에 복사(仆射)는 재상의 직무를 맡을 정도로 높은 지위였다.

6 호랑이 노파

虎媼

어떤 사람이 나에게 다음과 같은 호랑이 얘기를 해주었다. 중국 안후이성(安徽省) 남부 서셴(歙縣)[1]의 첩첩 깊은 산중에는 호랑이가 많았다. 그중에 늙은 암호랑이가 이따금 사람으로 변신해서 사람들을 해쳤다. 산골에 사는 사람이 있었는데, 딸에게 대추 한 광주리를 외할머니에게 갖다드리라고 하였다. 외할머니 댁은 멀리 6리 밖에 있었다. 어린 남동생도 따라 나섰는데, 두 남매는 모두 열 살 정도였다. 부지런히 걸었지만 어느덧 해가 저물고 남매는 길을 잃었다. 문득 한 노파가 나타나 그들에게 물었다.

"너희들 어디로 가느냐?"

"외할머니 댁에 가요."

"내가 바로 너희들 외할머니란다."

"우리 엄마가 그러시는데 외할머니의 얼굴에 검은 점 7개가 있다고 하던데요. 할머니는 우리 외할머니가 아니에요."

"그래 맞아. 근데 마침 내가 키질을 하느라고 먼지를 뒤집어써서 그래. 얼른 씻고 올게."

그리고는 시냇가에서 우렁이 7개를 주워 얼굴에 붙였다. 다시 두 아이에게 가서 물었다.

---

1 [역자주] 서셴(歙縣): 중국 안후이성 남부에 있는 서셴현의 현공서(縣公署) 소재지. 안후이성 황산시(黃山市) 동부, 신안장(新安江) 상류에 있는 도시이다. 예로부터 '후이모(徽墨)'라는 이름으로 알려진 먹의 특산지이며, 황산모봉차(黃山毛峰茶)·노죽대방차(老竹大方茶) 등의 차가 유명하다.

"이제 검은 점이 보이니?"

결국 아이들은 그녀의 말을 믿고 따라갔다. 어두운 숲속 좁은 길을 지나 동굴 같은 집에 도착했다. 노파가 말했다.

"너희들 외할아버지께서 기술자들을 불러 목재를 골라 집을 짓고 있으니 오늘은 여기서 잠시 묵도록 하렴. 외할아버지께서는 너희들이 이렇게 찾아올 줄 모르셨단다. 늙은이는 동작이 느린 법이잖니."

노파는 간단하게 저녁식사를 준비했다. 저녁을 다 먹자 아이들에게 그만 자라고 하였다. 노파가 말했다.

"너희들 중 누가 더 뚱뚱하니? 뚱뚱한 애가 나를 베고 내 품에서 자도록 해."

남동생이 "제가 더 뚱뚱해요."라고 대답했다. 그래서 남동생이 노파를 베고 자고 누나는 노파의 발 옆에 누웠다. 자다 보니 누나는 할머니 몸에 수북한 털이 느껴졌다.

"할머니, 이게 뭐예요?"

노파는 대답했다.

"응. 이건 너희 외할아버지의 낡은 양 가죽옷이란다. 날씨가 추워서 내가 입고 자는 거야."

또 한참을 자고 있는데 누나는 음식 먹는 소리를 들었다.

"이건 무슨 소리지?"

노파가 대답했다.

"내가 너희들이 가져온 대추를 먹고 있단다. 밤이 춥고 길잖아? 늙은이는 원래 배고픔을 못 참는 법이란다."

누나는 "저도 배가 고파요, 할머니."라고 말했다. 그랬더니 노파가 대추 하나를 주었다. 그런데 그것은 서늘한 사람의 손가락이었다. 누나는 너무 놀라 벌떡 일어나서 말했다.

"할머니, 저 화장실에 갈래요."

"이곳은 산이 깊어서 호랑이가 많단다. 호랑이에게 잡아먹힐 수 있으니 가지 마."

누나는 대답했다.

"할머니가 긴 줄로 내 발을 묶어주세요. 급한 일이 생기면 내가 그 줄을 끌어당길게요."

노파는 그러라고 하고는 누나의 발에 줄을 매고는 그 끝을 잡았다. 누나는 일어나 줄을 질질 끌면서 걸었다. 그런데 밝은 달빛 아래서 보니 그것은 사람의 창자였다. 누나는 서둘러 그 줄을 풀고 나무 위로 올라가 숨었다. 노파는 한참을 기다리다가 누나를 불렀지만 아무런 대답이 없었다.

"애야, 내 말 좀 들어봐. 찬바람을 너무 쐬면 안 돼. 내일 감기라도 걸리면 네 어미가 날 야단칠 거야."

드디어 창자를 잡아 당겼지만 누나는 없었다. 노파는 울면서 일어나 소리를 지르고 날뛰었다. 한참을 그러다 아무래도 누나가 나무 위에 있을 거 같아 불렀지만 누나는 내려오지 않았다. 노파는 "나무 위에 호랑이가 있어!"라고 겁을 주었다. 누나는 대답했다.

"나무 위가 거기보다 나아. 너는 진짜 호랑이잖아. 내 동생을 잡아먹었지?"

노파는 어찌 하지 못하게 되자 매우 화를 내며 사라졌다. 이윽고 날이 밝았다. 마침 짐을 메고 지나가는 사람이 있었다. 누나는 "살려주세요. 호랑이가 있어요!"라고 소리를 질렀다. 짐을 멘 사람은 누나의 옷을 나무에 덮어두고는 아이를 어깨에 메고 서둘러 도망쳤다.

한참 뒤 노파가 호랑이 두 마리를 데리고 왔는데, 나무 위를 가리키며 말했다.

"사람이다!"

두 호랑이가 나무를 부러뜨리고 보니 그저 사람의 옷만 있었다. 그랬더니 두 호랑이는 노파가 자신들을 속였다고 생각하고는 엄청 화를 내며 소릴 지르더니 결국 노파를 물어 죽이고는 떠나버렸다.

해설

이 이야기는 남매가 외할머니 댁을 찾아가는 것으로 시작된다. 길에서 그들의 외할머니로 변신한 호랑이를 만나 속아서 동굴까지 갔다. 한밤 중에 호랑이 노파가 남동생을 잡아 먹어버렸지만 누나는 호랑이 노파의 흉악한 진상을 간파하였다. 결국 행인의 도움을 받아 지혜롭게 이겨냈다. 이런 서술 방식이 겹겹이 펼쳐져 있어 이야기의 줄거리가 생동감이 넘치고 재미가 있다. 동시에 사람들이 오랜 사회적 투쟁으로부터 얻은 깊은 교훈도 포함하고 있어 철학적 요소가 다분하다.

7 서형과 이제
徐兄李弟

예전에 성이 다른 두 사람이 의형제를 맺었다. 한 사람은 성이 서씨였는데, 아들 하나를 가진 장사꾼이었다. 다른 한 사람은 성이 이씨로 자식이 없으며 공부를 한 선비였다. 두 사람은 비록 길은 달랐지만 서로 마음이 맞는지라 '금란지교(金蘭之交)'를 맺어 죽을 때까지 맹세를 지킬 것을 다짐했다. 그래서 성과 나이를 따라 한 사람은 서형(徐兄), 다른 사람은 이제(李弟)이라고 부르기로 했다. 두 사람은 매일같이 만났고 또 서로 비밀이 없이 친하게 지냈다. 하루는 서형이 이제에게 말했다.

"우중(吳中) 지역에 비단이 싸다고 하는데 내가 그곳에 가서 비단을 사와 다시 팔면 돈을 벌 수 있을 거 같아. 그러면 얼마 안 가 부자가 될 거야. 그러니 내 아내와 아들 좀 부탁해."

이제는 서형에게 그러마하고 승낙했다. 그러나 서형이 떠난 지 얼마 되지 않아 그의 아내와 아들이 잇따라 세상을 떠났다. 몇 년이 지난 뒤 서형이 돌아왔다. 하지만 낡고 더러운 옷에, 얼굴도 까맣고 초췌해져 있었다. 이제가 사연을 묻자 서형은 울면서 대답했다.

"내가 동팅후(洞庭湖)에 도착했을 때 큰 풍랑이 일어 배가 뒤집혔어. 그 바람에 동행한 사람들이 모두 물고기의 밥이 되었지. 다행히 어떤 어부가 나를 구해줘서 목숨은 건졌는데, 여기까지 구걸로 연명하면서 이제야 겨우 집에 돌아온 거야. 그런데 마누라와 아들 녀석도 모두 죽어버려 나 혼자만 남게 되었으니 앞으로 누구에게 의탁하고 살아야 할지 모르겠어."

"당분간 우리 집에서 같이 살아요. 힘든 상황이겠지만 순순히 받아들이세요. 형수님과 조카가 죽은 뒤로 형네 집의 물건들을 모두 저희 집에 옮겨 두었어요. 만약에 그걸 판다면 약간의 돈은 만들 수 있을 테니 그것으로 새롭게 시작하시죠."

서형은 이제의 말대로 재산을 다 정리하여 백여 금(金)을 마련한 뒤 징저우(荊州)와 샹양(襄陽)으로 가서 약 장사를 했다. 두 달 후에 집으로 돌아와서는 이렇게 말했다.

"내 운명이 남에게 달린 것이 아니라 다 제각각의 팔자가 있나보다. 지난번에 동정호에서 풍랑을 만나더니 이번에는 샤오샹쟝(瀟湘江)에서 도적을 만났어. 어쩔 줄 몰라 하고 있는데 광풍이 불었지. 배가 바위 부딪쳐서 부서지고, 물건들은 물에 빠지고, 사람은 파도에 따라 겨우 언덕에 도착했어. 사람들에게 부탁해서 남은 물건을 건졌지만 반도 되지 않더군. 이번에도 망했어. 무슨 운명이 또 이렇단 말이냐? 내 다시는 나갈 생각이 없어졌구나."

그리고는 이제의 집에 눌러 붙어 살았다. 서형은 도박과 술을 좋아했다. 이제는 형에게 말했다.

"형님은 혼자 몸으로 책임져야 할 가정이 없지만 그대로 어떻게 평생 술과 도박으로 탕진하시려고 합니까? 좋은 직업을 찾아 생계로 삼으십시오."

어느 날 갑자기 서형은 이제에게 말했다.

"친구 주 씨(周氏)가 나한테 같이 장사를 하자고 그러네. 아무리 기술이 좋은 아낙이라도 쌀이 없으면 밥을 지을 수 없잖아! 동생이 나를 위해 돈을 좀 준비해 줄 수 있겠어?"

이제는 즉시 자기 땅 여러 묘(畝)를 팔아 그 돈을 이형에게 주었다. 서형은 돈이 생기자 신나게 나간 뒤 며칠 동안 집에 돌아오지 않았다. 할 수 없이 이제가 수소문해 보니, 서형이 그 돈을 도박으로 탕진하고 술빚을 갚은 뒤 먼 곳으로 달아나 버렸다고 했다. 땅을 팔아버린 이제는 점점 가난해져서 끼니를 해결하기도 어렵게 되었다. 천장을 바라보며 탄식하다 앞으로 어떻게 해야 할지 잘 몰라 고민했다. 그러다 집 뒷산 아래에 있는 토지신의 묘를 찾아가 자살을 하려고 했다. 마침 신을 섬기는 한 사람이 향을 사르며 제사를 지내고 있었다. 이제는 토지신상 옆에 숨은 채 앉았다가 잠시 잠이 들었다. 어렴풋 잠결인 듯한데 신이 묘당에 내려온 것이 보였다. 신은 웃으며 그에게 말했다.

"깊고 우거진 산속은 사나운 짐승들이 사는 곳이다. 서둘러 내 누대로 오는 것이 좋을 거다."

잠에서 깨어보니 토지신의 묘 안에는 누대가 없었다.

"신께서 나에게 그런 말씀을 하신 이유가 있을 거야. 비록 누대가 없지만 우선 지붕 위에 올라가서 봐야지."

이제는 원숭이가 나무를 타듯 담 옆에 있는 고목에 기어올랐다. 지붕 위에 오르자마자 수풀 아래에서 갑자기 쏴쏴 하는 소리가 들렸다. 그리고는 호랑이 한 마리가 묘당에 들어와 신 앞에 무릎을 꿇고 빌었다.

"며칠 동안 못 먹어 배고파 죽을 지경입니다. 제발 먹을 것을 주십시오."

신이 대답했다.

"내일 정오에 마을 서쪽으로 가면 한쪽 귀가 없는 돼지 한 마리가 밭에서 풀을 뜯어먹고 있을 거다. 너는 그것을 잡아먹어라. 하지만 굶는 것이 너의 운명이라 못 먹을 수도 있을 것이다."

범이 절을 하며 인사를 한 뒤 물러갔다.

또 서늘한 바람이 한바탕 불어왔다. 신이 물었다.

"늙은 여우야, 너는 무슨 일로 왔느냐?"

그러자 부녀자의 목소리로 대답했다.

"저는 동촌 산 뒤에 가시가 많고 바위투성인 곳에 살고 있습니다. 그 바위 위에 좁은 동굴 하나가 있는데 겨우 몸 하나가 들어갈 수 있습니다. 동촌 근처의 하 씨에게는 15~16세가 된 아들 하나가 있는데, 총명하고 여자 못지않은 용모를 가져 평소에 가깝게 지냈습니다. 그곳은 사람들이 먹고 살기에 적당한 곳입니다. 다만 마을이 산에 있기 때문에 근처에 우물과 샘이 없습니다. 그래서 마을 사람들이 먼 곳까지 가서 물을 길러다 먹어야 하기에 정말 힘듭니다. 이 마을의 언덕 위에 깎아지른 절벽이 있고, 그 절벽에 있는 작은 구멍이 샘이 나올 천맥(泉脈)입니다. 하지만 바위들에 막혀 있어 어찌할 수 없습니다. 도끼질로 뚫을 수만 있다면 샘물이 콸콸 흘러나와 사람들뿐만 아니라 농작물에도 물을 줄 수 있을 것입니다. 그러나 그걸 아는 사람들이 없습니다."

신이 말했다.

"너는 장차 득도할 것이니 앞으로 사람들을 홀려서는 아니 될 것이다. 항상 삼가고 또 삼가야 할 것이다."

그러자 여우도 물러갔다.

다음 날, 이제가 그곳을 찾아가니 과연 동촌이 있었다. 이제는 마을 사람들에게 말했다.

"내가 요즘 이 마을에 요괴가 있다는 말을 들었습니다. 저는 도술을 잘 부리니 그 요물을 항복시킬 수 있습니다. 근데 제가 지금 목이 마르니 차 한 잔만 주시겠습니까?"

마을 사람들이 대답했다.

"샘물을 긷기 위해선 왕복 십여 리를 걸어야 합니다."

이제가 말했다.

"제 도술로 산에서 물이 나오게 할 수 있습니다. 그러니 그곳까지 갈 필요가 없습니다."

이제는 여우의 말대로 절벽의 동굴에 도착하여 도끼를 휘둘러 바위를 부셔버렸다. 그러자 과연 샘물이 쏟아져 나왔다. 그리고 또 산 뒤의 동굴로 가서는 땔감이 쌓아놓고 불이 피웠다. 그러자 까만 여우가 뛰어나와 도망쳤다. 마침 마을의 아이들이 병에 걸렸는데 드디어 다 나았다.

온 마을 사람들이 감사하며 은 3천 냥과 수레 10여 대를 선물로 주었다.

다음으로 서촌에 도착하니 그곳이 황량하고 사람의 흔적이 보이지 않았다. 다만 거리 끝에 낡은 우물이 있었다. 왼쪽 귀가 반이 떨어져 나간 여자가 병을 들어 물을 긷고 있었다. 이제는 서둘러 그 여자의 옷을 잡아당겼다. 그녀가 놀라 도망하려고 했지만 이제는 그녀를 안아서 집 안으로 던졌다. 이를 본 마을 사람들이 난리가 나서 주먹과 몽둥이로 그를 때렸다. 이제는 소림권법을 익혔기 때문에 한편으로 그들을 막으면서 한편으로 소리쳤다.

"저는 이 여자를 구하려는 것이니 그만 때리십시오."

그제야 사람들이 멈췄다. 이제는 어제 신에게 들은 말을 마을 사람에게 들려주었다. 그때 갑자기 호랑이 울음소리가 온 마을에 울려 퍼졌다. 그 여자가 집에 있었는데, 그 울음소리가 마치 암퇘지가 짝을 찾는 소리와 같이 온 집 안을 꽥꽥거렸다. 또 잠시 뒤에는 다시 사람 소리로 변하였다. 마침 그녀의 남편이 집으로 돌아오자 마을 사람이 그 일을 그에게 말해 주었다. 그 부부는 감사의 표시로 술을 올렸고, 이제는 그것을 마신 뒤 또 떠났다.

다음 해, 이제는 서울에 가서 과거시험에 합격하여 고을 사또가 되었다. 막 임지에 도착하여 마을을 둘러보는데 갑자기 길옆에 한 사람이 다가와 인사했다. 가만히 보니 바로 서형이었다. 이제는 마차에서 내려 관청으로 그를 초대하고 그동안 자기가 겪은 일들을 낱낱이 말해주었다. 몇 달이 지나자 서형에게 노자를 챙겨 주면서 고향으로 돌아가라고 했다. 서형은 헤어진 뒤에 동생의 말을 생각했다. 그 신기한 일을 확인하기 위해 또 산 아래 묘당에 가서 기도했다. 꿈을 꾸려고 했지만 새벽 3시가 되도록 꿈을 꾸지 못했다. 그래서 나무를 붙잡고 묘당 지붕에 올라갔다. 갑자기 등골이 서늘한 바람이 불어왔다. 신의 소리가 들렸다.

"요사스런 여우와 호랑이야, 너희들이 어찌 함께 왔느냐?"

여우가 말했다.

"지난번에 뵙고 간 다음 날, 어떤 사람이 마을에 와서 천맥을 찾아 파내어 물을 길러 마시기가 많이 편해졌습니다. 그런데 악운을 당해 거의 죽을 뻔했습니다."

이번에 호랑이가 말했다.

"신께서 저에게 귀가 하나만 남아 있는 돼지를 잡아먹으라고 하셨는데 어떤 사람이 구해주었고 저도 거의 잡힐 뻔했습니다. 근데 지금 이 산속에서 사람 기운이 풍겨 나옵니다."

신이 아무런 대답을 하지 않자 여우와 호랑이가 함께 사람을 찾기 시작했다. 호랑이는 사방을 둘러보고 여우는 나무에 올라가 찾았다. 여우가 묘당 지붕에 누워있는 서형을 발견하고 돌을 밀어 서형을 지붕에서 떨어뜨렸다. 호랑이는 큰소리로 으르렁거리며 그를 씹어 먹었다. 그 뒤로 서형은 이제의 꿈에 나타나 말했다.

"나는 생전에 나쁜 짓을 하고 맹세를 어기는 바람에 이제 이렇게 사나운 짐승에게 잡아 먹혀 버렸구나."

서형은 이렇게 말한 뒤 울면서 떠났다. 이제는 놀라 잠에서 깨어났다. 그리고 그 수풀 아래로 찾아가 음식을 차려 서형을 위해 혼백을 부르며 제사를 지내주었다.

이 이야기는 내가 어렸을 때 사람들로부터 들었던 것이다. 약간 황당무계하지만 성실함과 거짓, 선과 악 사이의 구분은 매번 다 틀림없다. 친구에게 제 이익만 찾고 또 친구를 속인 사람들에게 주는 어떤 경계이다.

해설

이 이야기는 친구관계에 관해 사람들에게 깊은 깨달음을 준다. 한 장사꾼과 한 선비가 의형제를 맺었다. 서형은 고향을 떠나 장사했지만 계속 실패했고 또 도박으로 이제가 제 땅을 팔아 준 돈마저 날려버렸다. 살 길이 없어진 이제가 자살하려고 했지만 토지신의 배려를 받아 호랑이 요괴와 여우 요괴의 비밀을 알게 되었다. 이제는 두 가지 좋은 일을 베풀어 사람들부터 감사의 보답을 받았다. 한편 밖에서 떠돌던 서형은 우연히 과거시험에 급제하여 현령이 된 이제를 만났다. 전후 사정을 다 들은 서형은 이제를 따라하려고 했다. 그러나 지난 일을 되갚으려고 하는 호랑이 요괴와 여우 요괴에게 물려 죽고 말았다. 친구를 잘 대하는 성실한 이제는 사기를 당해 곤경에 빠지지만 끝내 전화위복이 되었다. 친구에게 해를 끼친 교활한 서형은 끝내 짐승에게 잡아먹히는 벌을 받았다. 이 이야기는 의미가 깊고 줄거리가 복잡하고 완전하며 구성이 정교하고 감동적이다. 그리고 구전 예술가들의 이야기 편집 기술이 거의 완벽한 수준에 이르렀음을 보여준다. 그런 점에서 이 이야기는 본보기라고 할 수 있다.

8 자라와 뱀과 여우를 구한 보살
現为大理家身済鳖及蛇狐

옛날에 어떤 보살이 집안 살림을 잘 관리해서 큰 재산을 모았다. 항상
석가모니(釋迦), 문수보살(文殊), 보현보살(普賢)을 잘 공경하고 사람들
에게 자비를 베풀었다. 어느 날 시장에서 구경을 하다 자라 한 마리를
보았다. 보살은 매우 가엽게 여겨 그 값을 물었다. 자라의 주인은 보살이
자비로운 마음으로 항상 사람들을 도와주는데다가, 재산이 엄청나 물건
값을 따지지 않는다는 것을 알고 있었다. 주인이 대답했다.

"백만 냥이면 사실 수 있습니다. 사지 않으신다면 그냥 제가 잡아먹어
버리겠습니다." "좋다."

보살은 자라를 가지고 집에 돌아와 씻기고 상처 난 곳을 치료한 뒤
물가에 놓아주었다. 자라는 유유히 헤엄쳐 갔다. 어느 날 밤 자라가
보살집의 문을 이로 긁었다. 이상한 소리에 나가 보게 하였더니 하인이
사실대로 보살에게 말하였다. 자라는 보살을 보고 사람의 말을 하였다.

"제가 큰 은혜를 입어 생명을 보전하게 되었는데 보답을 못 했습니다.
저는 물에 사는 동물로 물이 차고 비는 것을 알 수 있습니다. 머지않아
홍수가 오고 이곳도 큰 피해를 당할 것입니다. 속히 튼튼한 배를 만드십
시오. 그때가 되면 제가 모시겠습니다." "알겠다."

다음날 보살은 궁궐로 가서 왕에게 사실대로 아뢰었다. 왕이 말했다.

"오래전부터 보살의 명성을 들었다. 너의 말을 따라 낮은 곳에 있는
거처를 높은 곳으로 옮기겠다."

때가 되자 자라가 찾아와서 말했다.

"홍수가 났습니다. 속히 배에 올라타십시오. 제가 가는 곳으로 따라오

시면 반드시 재앙을 피할 수 있을 것입니다."

보살이 탄 배는 자라의 뒤를 쫓았다. 이때 뱀 한 마리가 배를 따라왔다. 보살은 "뱀을 구해줘."라고 말했다. 자라는 "알겠습니다."라고 대답했다. 또 여우 한 마리가 떠내려왔다. 보살은 "여우를 구해줘."라고 말했다. 자라는 "알겠습니다."라고 대답했다. 또 떠내려오는 사람을 보았다. 그는 허우적대면서 하늘을 향해 부르짖었다.

"제발 목숨을 구해주십시오."

보살이 "사람을 구해줘."라고 하자, 자라가 반대했다.

"구하면 안 됩니다. 사람의 마음은 간사하고 거짓이 많습니다. 은혜를 저버리고 권세를 따르고 흉악한 짓을 일삼습니다."

보살이 말했다.

"미물들까지도 구했는데 사람을 버린다면 어찌 어질다고 할 수 있겠는가? 나는 차마 그럴 수 없다."

그리고는 사람을 구해주었다. 자라는 "후회할 것입니다."라고 말했다. 이윽고 풍요로운 땅에 닿았다. 자라가 작별인사를 하면서 말했다.

"은혜를 갚았으니 이제 가보겠습니다."

보살이 대답했다.

"내가 부처가 되어 깨달음을 얻게 될 때 너를 제도(濟度)할 것이다."

"좋습니다. 감사합니다."

자라가 떠나고 뱀과 여우도 각각 떠났다. 여우는 굴을 파서 집으로 삼았다. 그곳에서 옛사람이 숨겨놓은 자마금(紫磨金) 백 근을 얻었다. 여우는 기뻐하며 "이것으로 보살님께 은혜를 갚아야겠다."라고 말하고는 보살에게 달려갔다.

"제가 은혜를 입어 미천한 생명이나마 보전할 수 있었습니다. 저는 굴에 사는 동물이라 굴을 파서 집으로 삼는데 그 굴에서 황금 백 근을 찾았습니다. 이 굴은 농사짓는 땅도 아니고 사람의 집도 아닙니다. 이자마금은 빼앗거나 훔친 것도 아닙니다. 저의 지극한 정성으로 얻은 것이기에 이것을 보살님께 바치고자 합니다."

보살이 깊이 생각해보니 이것을 받지 않으면 헛되이 버려져 가난한 백성들에게는 아무런 도움이 없게 될 것이다. 만약 이것을 받아 보시한 다면 중생들을 널리 구제할 수 있을 것이니 또한 좋지 않겠는가? 보살은 여우와 함께 찾아가 금을 얻게 되었다. 물에 빠졌던 사람이 그것을 보고 말했다.

"보살님, 저에게 반을 나눠 주십시오."

보살이 금 10근을 주었다. 그러자 그 사람이 말했다.

"당신은 농사짓는 땅을 파서 금을 빼앗은 것이니 그 죄를 어떻게 할 것입니까? 만약 나머지 반도 주지 않는다면 관청에 신고하겠습니다."

"나는 가난한 백성들에게 나눠주려는 것이다. 네가 전부를 원한다면 너무 과한 것이 아니냐?"

하지만 그 사람은 관리에게 고발하였다. 보살은 옥에 갇혔지만 억울한 사정을 말할 수 없었다. 오직 삼존 부처님만 따르며, 후회와 자책을 했다.

"대자대비(大慈大悲)하신 부처님께 원하옵니다. 원하옵건대 중생들이 하루바삐 팔난(八難)[1]에서 벗어나고 지금의 저처럼 원한을 맺지 않게 해 주시옵소서."

이때 뱀과 여우가 모여서 의논했다.

"이 일을 어찌하지?"

뱀이 대답했다.

"내가 해결할 수 있어."

이윽고 뱀은 약(藥)을 물고서 문을 열고 옥으로 들어갔다. 감옥의

---

1 [역자주] 팔난(八難): 인간세상의 배고픔, 목마름, 추위, 더위, 물, 불, 칼, 전쟁 등 갖은 어려움을 말한다.

보살을 보니 몹시 상한 얼굴에 슬픔이 가득했다. 뱀이 보살에게 말했다.

"이 약을 가지고 계십시오. 내가 태자를 물 건데요. 이 독은 매우 심한 것입니다. 그러면 왕은 태자를 구할 사람을 찾을 것입니다. 보살께서는 이 약을 가지고 있다 발라주면 태자가 나을 것입니다."

보살은 묵묵히 있었다. 뱀은 과연 그가 말한 대로 했다. 태자의 병이 위독해 생사가 오락가락하자 왕은 명령을 내렸다.

"만약 태자를 치료할 수 있는 자가 있다면 그를 재상에 임명하고 그와 함께 나라를 다스리겠다."

보살이 그 소식을 듣고 나서서 약을 발라주자 태자는 곧 나았다. 왕이 기뻐하며 사정을 묻자 보살은 저간의 사정을 다 아뢰었다. 왕은 슬프게 자책한 뒤 그 사람을 죽였다. 그리고는 나라의 죄인들을 사면하고 보살을 재상으로 임명하여 정사를 맡겼다. 마침내 나라가 태평하게 되었다.

부처님이 제자들에게 이르기를, "보살이 바로 나다. 국왕은 미륵(彌勒)이고, 자라는 아난(阿難)이며, 여우는 사리불(舍利弗)이며, 뱀은 목련(木蓮)이며, 사람은 조달(調達)[2]이다."[3]라고 하였다.

해설

이 이야기는 부처님 본생담 중 하나이다. 이 이야기에서 말하는 것은 다음과 같다. 부처가 전생에 집안 살림을 잘 운영하여 모은 재산을 항상 중생을 구제하는 데 썼다. 뒤에 자라를 구해줘서 홍수가 날 것을 미리 알아 배를 타고 재난을 피할 수 있었다. 부처는 물에서 차례로 뱀, 여우, 사람을 구하였다. 하지만 물에서 구해준 사람이 은혜를 원수로 갚을 줄 어찌 알겠는가. 보살은 옥에 갇히게 되었지만 결국 뱀과 여우의

2　[역자주] 조달(調達): 부처의 사촌동생, 아난(阿難)의 형.

3　寶唱, 『經律異相』, 上海古籍出版社, 2011, 59쪽.

도움을 받아 재앙이 복으로 바뀌었다. 이 이야기의 참신한 부분은 은혜를 갚은 동물과 은혜를 저버린 인간을 선명하게 대비시켜 보여줬고, 세 가지 구성을 통해 이야기의 줄거리를 교묘하게 함께 결합시킨 것이다. 이 이야기는 풍부한 상상력과 함께 현실생활의 정취를 많이 느끼게 해 준다. 그 가운데에서도 '사람의 본성은 악하다'는 관념을 일관되게 드러내 독자에게 이 점을 깊이 생각하게 한다.

제2부

동물 이야기

動物故事

⁹ 쥐의 사위 찾기

耗子嫁女

옛날 옛날에 아주 큰 포부를 지닌 쥐 한 마리가 있었다. 그 쥐는 언제나 자기 딸을 귀한 집에 시집보내고 싶어 했다. 어느 날, 그 쥐는 해를 찾아가 말했다.

"위대한 해님, 저는 쥐입니다. 그렇지만 저는 당신과 가족이 되고 싶습니다."

해가 말했다.

"나와 어떻게 가족이 된단 말이냐?" "제게 아주 어여쁜 딸아이가 있는데 그 아이를 해님께 시집보내고 싶습니다." "난 안 되겠네. 구름은 단번에 나를 가려 버리거든. 그러니 구름을 찾아가보게."

그래서 쥐는 구름을 찾아갔다. 구름한테 가서 말했다.

"위대한 구름님, 저는 쥐입니다. 저는 당신과 가족이 되고 싶습니다."

구름이 물었다.

"나와 어떻게 가족이 된단 말이냐?" "제게 아주 어여쁜 딸아이가 있는데 그 아이를 구름님께 시집보내고 싶습니다."

구름도 동의하지 않았다.

"난 안 되네. 바람은 한 번에 나를 휙 날려 보내 버리거든. 그러니 바람을 찾아가보게."

쥐는 또 바람을 찾아갔다. 바람한테 가서 말했다.

"위대한 바람님, 저는 쥐입니다. 저는 당신과 가족이 되고 싶습니다."

바람이 물었다.

"나와 어떻게 가족이 된단 말이냐?" "제게 아주 어여쁜 딸아이가 있는데 그 아이를 바람님께 시집보내고 싶습니다."

바람도 말했다.

"난 안 되네. 비는 한 번에 나를 쫓아 버리거든. 그러니 비를 찾아가보게."

그래서 쥐는 비를 찾아갔다. 비한테 가서 말했다.

"위대한 비님, 저는 쥐입니다. 저는 당신과 가족이 되고 싶습니다."

비가 물었다.

"나와 어떻게 가족이 된단 말이냐?" "제게 아주 어여쁜 딸아이가 있는데 그 아이를 비님께 시집보내고 싶습니다." "난 안 되네. 내가 땅에 내려가 바위를 만났는데 어찌나 단단하던지 바위 안까지 비를 적실 수가 없었네. 그러니 바위를 찾아가보게."

이렇게 해서 귀한 집에 시집보내는 일은 성사되지 않았다. 쥐는 하늘에서 지상으로 내려왔다. 땅에 도착한 쥐는 바위를 찾아가 말했다.

"위대한 바위님, 저는 당신과 가족이 되고 싶습니다." "나와 어떻게 가족이 된단 말이냐?" "제게 아주 어여쁜 딸아이가 있는데 그 아이를 바위님께 시집보내고 싶습니다." "난 안 되네. 조만간 사람들이 나를 옮겨다 벽을 쌓을 거야. 그러니 벽을 찾아가 보게."

그래서 쥐는 또 벽을 찾아갔다.

"위대한 벽님, 저는 당신과 가족이 되고 싶습니다." "나와 어떻게 가족이 된단 말이냐?" "제게 아주 어여쁜 딸아이가 있는데 그 아이를 벽님께 시집보내고 싶습니다." "난 안 되네. 너희 쥐들이 벽에 구멍을 몇 개 뚫기라도 하면, 하늘에서 비가 오고, 물도 흘러 들어와 난 무너지고 말 거야. 그러니 네 딸은 너희 구멍으로 들어가 짝을 찾아보는 편이 나을 거야."

쥐가 들어보니 그 말이 일리가 있었다. 그래서 곧바로 구멍으로 도로 들어갔다.

¹⁰ 원숭이와 자라가 의형제 맺다

猴子和鳖打老庚

원숭이 한 마리가 몸을 씻기 위해 강물에 들어가다가 자라가 바위 위에서 몸을 말리고 있는 것을 보았다. 서로 얘기를 나누다 보니 둘이는 같은 년 같은 월 같은 일에 태어난 것을 알게 되었다. 그리하여 둘은 의형제를 맺었다. 이때부터 매일 강가에서 만나 사귀다 보니 몹시 친해졌다. 얼마 뒤 원숭이는 자라에게 자기 집에 놀러 오라고 초대했다. 그런데 원숭이가 바위굴에 살다 보니 특별히 대접할 만한 것이 없었다. 그래서 야생 복숭아, 땅콩, 콩, 옥수수와 같은 것들을 내놓았다. 자라는 이틀을 보낸 뒤 돌아가려고 했다. 원숭이는 아쉬워하며 말했다.

"한번 오기가 쉽지 않은데 며칠 더 놀다가 가."

자라는 대답했다. "됐어. 내가 돌아가 준비해서 또 너를 초대해 며칠 함께 놀자꾸나."

"네가 물에서 사는데 내가 어떻게 가니?" "내가 업어줄게. 나와 함께 가면 물속이나 땅이나 같을 거야. 내일 아침에 네가 강가에서 좀 기다리고 있어. 내가 데리러 갈게."

다음날 아침, 원숭이는 강가에서 자라를 기다렸다. 잠시 후 자라가 물속에서 기어 나와서는 원숭이를 업고 물 아래 동굴까지 헤엄쳐 갔다. 자라는 생선과 새우 등 맛있는 음식을 차려 놓았다. 원숭이는 당연히 기뻐했다. 밥을 다 먹고 나자 자라는 갑자기 원숭이에게 중요하게 할 얘기 있다고 했다. 원숭이가 물었다. "무슨 중요한 일이야? 얼마든지

---

1 [역자 주] 타노경(打老庚): 중국 남방 지역만의 독특한 풍습인데 같은 년 같은 월 같은 일에 태어난 두 사람이 의형제를 맺은 것이다.

얘기해 봐."

자라가 말했다. "어젯밤에 용왕님께서 나에게 편지를 보내며 자기가 심장병에 걸렸는데 원숭이의 심장을 먹으면 낫는다고 하셨어. 용왕님께서는 우리가 의형제인 것을 알고 계시기에 너의 심장을 구해 달라고 부탁하신 거야. 나는 네가 나를 위해 꼭 심장을 줄 거라고 믿어."

원숭이는 자라의 말을 듣자 갑자기 마음이 편치 않았다. 잠자코 생각하더니 이렇게 말했다. "기왕 네가 내 심장을 용왕님께 바치려고 마음을 먹었는데 내가 어찌 거부할 수 있겠니? 그런데 내가 아침에 하천 둑에서 공중제비 연습을 했는데, 심장을 너무 많이 흔드는 바람에 아플까 걱정이 돼서 심장을 꺼내 버드나무가지 끝에 걸어두었어."

원숭이의 말이 끝나기 전에 자라의 안색이 확 변했다. "그럼 어떻게 해! 용왕님께서 사람을 보내 심장을 찾으러 올 텐데 나는 변명할 수도 없을 뿐더러 너도 달아날 수 없을 거야!"

원숭이가 다시 말했다. "어이, 자네. 너무 조급해 하지 마. 우리가 지금 바로 가서 가져오면 되지. 미안하지만 다시 나를 업어서 강가로 데려가 줘."

자라는 오직 원숭이의 심장을 얻고 싶은 마음에 바로 원숭이를 업고 물 위로 올라갔다. 강가에 도착하자마자 원숭이는 공중제비를 해서 강가에 뛰어올랐다. 그리고 눈 깜짝할 새에 또 버드나무 위로 기어올랐다. 자라는 원숭이가 나무에 올라가 심장을 가져올 줄 알았다. 그런데 자세히 보니 버드나무에는 아무 것도 없었다. 다만 원숭이의 외침만이 울려 퍼졌다.

"자라야, 어서 돌아가렴. 나는 이곳에서 복숭아나 먹고살 거야. 의리 없는 것들과는 사귀지 마. 원숭이 심장이 걸린 버드나무가 어디 있겠니?"

¹¹ 비가 새다, '옥루'

屋漏

아주 가난한 노부부가 있었다. 그들은 몹시 야윈 나귀 한 마리를 키우면서 허름하고 작은 두 칸짜리 방에서 살고 있었다. 아랫목에 앉으면 별과 달빛을 볼 수 있었지만, 비 오는 날이면 여기저기 아랫목까지 물이 샜기 때문에 노부부는 피할 데도 없었다. 둘은 중얼거리기 시작했다.

"하늘도 땅도 두렵지 않아. 근데 다만 지붕이 새는 것(屋漏)이 두려울 뿐이야."

이날 한밤중, 하늘이 캄캄해졌다. 부부가 걱정돼서 또 중얼거리기 시작했다.

"하늘도 땅도 두렵지 않아. 근데 다만 '옥루(屋漏)'가 두려울 뿐이야."

그때 호랑이 한 마리가 방 앞에 있는 구유 아래에 엎드려 있었다. 호랑이는 노부부가 잠들면 나귀를 잡아먹으려던 참이었다. 그런데 하늘도 땅도 두렵지 않은데 다만 옥루가 두려울 뿐이라는 말을 듣자 걱정되었다.

'나는 하늘이 두려워. 번개가 쳐서 나를 죽일 수 있잖아. 또 나는 땅이 두려워. 홍수가 나면 빠져죽을 수 있잖아. 그런데 이 사람들은 하늘도 땅도 두렵지 않고 다만 옥루만 두렵다고 하네. 그렇다면 이 옥루가 어떤 사람이나 천지보다 더 무섭다는 말이군. 도대체 이 옥루가 뭐지?'

호랑이가 놀란 마음으로 안절부절못하고 있는데 마침 어떤 도둑도 나귀를 훔치러 왔다. 도둑은 컴컴한 속에서 호랑이 몸을 더듬었다. 호랑이는 이렇게 생각했다.

'내 엉덩이를 감히 만질 사람이 하나도 없는데 누구지? 어이쿠, 설마

옥루인가?'

도둑은 이 '나귀'를 만져보니 정말 통통히 살이 올라 있었다. 그는 고삐를 풀고 나귀를 끌고 가려 했다. 그는 이리저리 찾아봤지만 고삐를 잡을 수 없었다. 그러자 도둑은 '이 나귀는 아마도 묶여 있지 않을 가능성이 높아. 그냥 타고 가면 되겠다!'라고 생각했다. 도둑은 다리를 뻗어 호랑이 위에 걸터앉았다. 호랑이가 무서워서 막 떠나려던 참이었는데 도둑이 확 호랑이 위에 걸터앉았다. 호랑이가 속으로 외쳤다.

'어이구, 큰일 났어. 옥루가 내 몸에 붙었어. 빨리 도망가야지.'

호랑이는 후닥닥 뛰어 도망갔다. 도둑은 나귀가 날뛰는 걸 보고 너무 무서워서 목덜미를 꽉 잡았다. 도둑은 눈을 감은 채 그것이 뛰어가는 대로 몸을 내맡겼다. 귓가에는 휘휘 부는 바람소리만 들렸다. 도둑은 생각했다.

'이 나귀는 보통 나귀가 아니야. 아마 천리마일 거야. 아싸, 이번에 내가 부자가 되겠구나.'

호랑이는 등에 도둑을 싣고 나는 듯 달렸다. 날이 환하게 밝아 올 무렵, 호랑이는 깊은 숲으로 들어갔다. 호랑이 몸에 옥루가 딱 붙어 있는 것을 보고서 어떻게 하든 이걸 떼어낼 수 없으니 그럼 긁어서라도 떨어드리기 위해 호랑이는 큰 나무에 붙어 달렸다.

이윽고 날이 밝았다. 그제야 도둑은 자기가 밤새 타고 달린 것이 호랑이인 걸 알고 놀라 죽을 뻔했다. 호랑이가 멈추지 않고 계속 달리기 때문에 도둑은 내리고 싶어도 그러질 못했다. 도둑은 마음이 급해졌다. 마침 호랑이가 깊은 숲 속에 들어가서 나무에 바짝 붙어 달리는 것을 보고 잽싸게 가지를 붙잡고 나무 위로 올라가 버렸다. 호랑이는 드디어 옥루가 떨어져 나가자 아주 기뻐했다. 옥루가 다시 쫓아와서 자기를 괴롭힐까 봐 머리도 돌리지 않고 앞쪽으로 내달렸다. 한참을 달려가다 원숭이 한 마리를 만났다. 원숭이는 호랑이가 씩씩거리며 가쁜 숨을 내쉬는 모습을 보고 물었다.

"호랑이 형님, 호랑이 형님. 왜 이리 달리세요?" "옥루가 쫓아왔어!"

"옥루? 옥루가 뭐예요?"

호랑이는 어떻게 된 일인지 원숭이에게 죄다 말해주었다. 원숭이는 사정 이야기를 딱 듣자 옥루가 사람인 걸 알았다. 그렇지만 호랑이에게 그 사실을 알려주지 않고 은근 자기의 능력을 과시하려고 했다. 또 물었다.

"호랑이 형님, 근데 옥루는 지금 어디에 있어요?"

"저쪽의 숲 속에 있어."

"저를 데리고 가 보여 주실 수 있어요?"

호랑이가 깜짝 놀랐다.

"나는 무서워서 못 가."

원숭이가 웃으면서 말했다.

"무서워하지 마세요. 제가 옥루 해결 전문가예요."

"됐어! 입만 살아가지고. 네가 무슨 그런 능력이 있어?"

"겉모습만 보고 판단해서는 안 되죠. 바닷물은 헤아릴 수 없는 법. 제가 어찌 형님을 속이겠어요?"

호랑이가 꼼꼼히 생각하더니 말했다.

"간사한 놈아! 만약 네가 나를 데리고 가다가, 응. 네가 옥루를 처리하지 못하고 그만 날 버리고 도망가 버리면 어떡하니? 안 가! 안 가!"

원숭이가 눈을 깜박거리며 말했다.

"제가 형님을 버리고 혼자 도망칠까 봐 걱정이 된다면 밧줄로 우리 둘을 묶으면 어떨까요? 밧줄 한쪽은 형님의 허리를 묶고 다른 쪽은 제 목을 묶으면 제가 도망가려고 해도 도망갈 수 없잖아요?"

호랑이가 말했다.

"옳거니, 그러면 되겠구나."

둘은 밧줄로 서로를 묶은 채 나무 밑까지 왔다. 원숭이가 나무 위를 보니 옥루가 과연 사람인 것을 알게 됐다. 그는 도둑을 잡아 호랑이에게 바치려고 했다. 도둑은 호랑이가 원숭이를 데리고 자신을 잡으러 오는 걸 보고 깜짝 놀라서 나무 꼭대기까지 올라갔다. 하지만 원숭이가 나무에 오르는 속도가 사람보다 빠른지라 순식간에 도둑을 쫓아왔다. 원숭이는 한 손으로 도둑의 바지를 잡아 내렸다. 도둑은 너무 놀라서 그만 설사를 하고 말았다. "뿌지직" 도둑의 똥은 원숭이 얼굴로부터 온몸에 떨어졌다. 악취가 너무 심해서 원숭이가 소리를 쳤다.

"어이쿠, 샜어〔漏〕!"

'샜다〔漏〕'는 말을 듣자 호랑이는 방향을 돌려 나무 아래로 달려 내려갔다. 그 바람에 원숭이는 질질 끌려가 죽고 말았다. 호랑이는 더 이상 달릴 수 없을 만큼 달린 뒤 멈춰 섰다. 거친 숨을 내쉬며 고개를 돌려보니 원숭이가 목에 밧줄이 묶인 채 험상궂은 꼴을 하고 있었다. 그런데 그 모습이 꼭 비웃는 듯한 표정이었다.

"못생긴 원숭이야, 못생긴 원숭이야! 간사한 놈! 도대체 친구가 될 수 없구나! 나는 죽을 듯 힘들게 달렸는데 너는 웃고 있니!"

12 거북이 하늘을 날다

乌龟上天

기러기가 높이 날다가 땅에 내려와 강변에서 햇볕을 쬐고 있는 거북이와 친구가 되었다. 거북이는 기러기의 높이 날 수 있는 능력이 몹시 부러웠다.

어느 날 거북이가 기러기에게 말했다. "기러기 형님, 저를 하늘로 데리고 가 마음껏 놀게 해 줄 수 있나요?"

기러기가 말했다. "내가 높이 날 수 있는 것은 날개가 있기 때문이야. 너는 날개가 없잖아? 그런데 내가 어떻게 널 데리고 하늘을 날 수 있겠니?"

"괜찮아요. 제게 방법이 있으니 꼭 그럴 수 있을 거예요."

"무슨 방법? 어서 말해 봐."

기러기가 다그쳤다. "형님은 다른 친구 한 명을 찾고, 저는 적당한 굵기의 막대기를 찾는 거예요. 둘이서 그 막대기의 끝을 물고 저는 그 가운데를 물어요. 그렇게 하고 형님들이 날면 저도 같이 날게 되는 거잖아요?"

이 말을 듣고 기러기는 거북이를 칭찬했다. 곧 기러기가 친구를 찾아왔고, 계획대로 거북이와 함께 셋이서 허공을 날았다. 땅에 있던 동물들은 거북이가 하늘을 나는 것을 보고 일제히 환호를 보냈다. 환호성을 들은 거북이는 너무 기뻐 온몸이 근질근질해졌다. 다들 큰소리로 물었다.

"누가 이렇게 좋은 방법을 생각했대? 정말 대단해!"

두 기러기는 말을 할 수 없었다. 오직 거북이만 그 환호 소리를 참지 못하고 자기도 모르게 입을 확 벌리고 말했다.

"바로 나야."

거북이는 그만 '꽈당' 땅에 떨어져 죽고 말았다.

¹³ 기러기가 줄 지어 나는 이유

大雁排队飞

원래 기러기들은 줄을 지어 날아가지 않았다. 기러기들은 낮에 하루 종일 날다가 밤이 되면 물가 풀숲에 내려앉아 쉰다. 쉬는 동안 한 마리씩 교대로 야간 망을 보았다.

어느 날, 어린 기러기 차례가 되었다. 늙은 기러기는 마음이 놓이지 않아서 이렇게 당부했다. "오늘 밤은 네 차례니 졸지 말고 주위를 잘 살펴. 기척이 나면 바로 날개를 치고 큰소리로 울어 다른 기러기들을 깨우도록 해."

어린 기러기는 성가셔하며 말했다. "저 다 알아요. 빨리 주무세요."

한밤중에 눈이 조금 내렸다. 어린 기러기는 춥고 또 졸렸다. 풀숲에 잠을 자고 있는 다른 기러기들을 보며 중얼거렸다.

'재수 없이 왜 하필 오늘이 내 차례야? 이런 지독한 날씨에 설마 사냥꾼이 오겠어? 좀 자도 되겠지?'

이런 생각을 하면서 자기도 모르게 점점 잠이 들었다.

사냥꾼도 자기 나름의 묘책이 있었다. 지독한 날씨를 틈타 날이 밝을 무렵 총을 들고 사냥에 나선 것이었다. "쾅" 총소리가 나며 한바탕 연기가 일어났다. 결국 기러기 무리 중 늙은 기러기 한 마리만 도망쳤고 나머지 기러기들은 모두 총에 맞아 죽었다.

겨우 살아남은 늙은 기러기는 다른 기러기들에게 이 소식을 알렸다. 한 기러기의 실수 때문에 온 기러기 떼가 총에 맞아 죽어버린 이 쓰라린 교훈을 잊지 말라고 했다. 이후로 모든 기러기 떼는 매일 밤 두 마리 기러기를 배치하여 야간 망을 보게 했다. 그리고 날 때도 항상 '일(一)'자 형이나 '인(人)'자형의 대형을 짓게 되었다.

¹⁴ 매가 양식을 빌리다

老雕借粮

어느 해 겨울, 까치와 매의 집에 양식이 떨어졌다. 까치가 쥐의 집에 양식을 얻으러 갔는데, 문 앞에서 작은 쥐 두 마리를 만났다. 까치가 말했다.

"작은 은인님,¹ 집에 가서 양식을 좀 빌려줄 수 있는지 큰 은인님에게 물어봐 주실래요? 열 되만 빌려주시면 제가 열다섯 되로 갚을게요. 내년에 양식을 찧으면 그때 갚을게요."

두 마리 작은 쥐는 집으로 들어가 큰 쥐에게 물었다.

"할아버지, 문 밖에 누가 양식을 빌리러 왔어요."

큰 쥐가 말했다.

"어떻게 생겼니?"

"머리에는 흑갈색 모자를 쓰고, 몸에는 자주색 두루마기를 입었어요. 키는 뭐, 크지도 작지도 않던데요."

"뭐라고 하더냐?"

"그가 이렇게 말했어요. '작은 은인님, 집에 가서 양식을 좀 빌려줄 수 있는지 큰 은인님에게 물어봐 주실래요? 열 되만 빌려주시면 제가 열다섯 되로 갚을게요. 내년에 양식을 찧으면 그때 갚을게요.'"

그러자 큰 쥐가 말했다.

"곡식을 빌려줘라!"

두 마리 작은 쥐들은 양식 한 짐씩을 지고 나가 까치에게 주었다.

---

1 [역자주] 첨광(沾光)은 은혜를 베풀어 준다는 뜻이다.

까치는 양식 두 짐을 지고서 즐거운 마음으로 집으로 향해 갔다. 도중에 매를 만났다. 매가 물었다.

"까치 형님, 어디서 양식을 구해 오시는 거요?"

"쥐한테 빌려왔어."

"어떻게 빌렸는지 빨리 말해주쇼."

까치는 매에게 말해주고 싶지 않았다. 하지만 만약 매의 기분을 상하게 하면 자기 곡식을 빼앗아갈까 걱정도 되었다. 그래서 이렇게 일러주었다.

"내가 쥐의 집 앞에서 두 마리 작은 쥐를 만났는데, 그것들에게 말하기를, '작은 고양이 먹이야, 집에 가서 곡식 있으면 줄 수 있는지 큰 고양이 먹이에게 물어봐줘. 열다섯 되를 빌려주면 열 되로 갚을게. 내년에 곡식을 찧으면 돌려줄지는 모르겠다.'라고 했어."

매는 까치를 보낸 후 곡식을 빌리러 쥐의 집으로 갔다. 매는 쥐의 집 문 앞에서 작은 쥐 두 마리를 만나자 이렇게 말했다.

"작은 고양이 먹이야, 집에 가서 곡식 있으면 줄 수 있는지 큰 고양이 먹이에게 물어봐줘. 열다섯 되를 빌려주면 열 되로 갚을게. 내년에 곡식을 찧으면 돌려줄지는 모르겠다."

작은 쥐 두 마리는 집으로 들어가 큰 쥐에게 말했다.

"할아버지, 문 밖에서 누가 양식을 빌려달라는데요."

큰 쥐가 물었다.

"어떻게 생겼니?"

"매우 씩씩해 보이던데요. 검은색 모자를 쓰고, 검은색 긴 두루마기를 입었어요."

"뭐라고 하더냐?"

"그가 '작은 고양이 먹이야, 집에 가서 곡식 있으면 줄 수 있는지 큰 고양이 먹이에게 물어봐 줘. 열다섯 되를 빌려주면 열 되로 갚을게.

내년에 곡식을 찧으면 돌려줄지는 모르겠다.'라고 말했어요."

"당장 가서 빌려줄 수 없다고 말해라."

작은 쥐는 매에게 줄 수 없다고 말했지만 매는 귀머거리인 척했다. 그리고 말했다.

"나는 귀가 잘 안 들려. 그러니 가까이 와서 크게 말해봐."

작은 쥐가 매 앞으로 다가와 큰소리로 말했다.

"빌려줄 수 없어요!"

매는 여전히 "귀가 잘 안 들려. 좀 더 가까이 와봐."라고 말했다. 작은 쥐가 앞으로 한 걸음 다가가자 매는 날카로운 부리로 작은 쥐를 낚아채고는 날아가 버렸다. 이를 본 큰 쥐가 다급하게 소리쳤다.

"매 형님, 매 형님! 우리 아이를 놓아주시면 곡식 두 짐을 드리리다."

하지만 매는 날아가 버리고 보이지 않았다.

¹⁵ 호랑이와 자라와 마른 소나무

老虎、老鱉和枯老松

아주 오래 전, 우당산(武當山)¹ 아래는 넓고 넓은 바다였다. 산 위에는 호랑이가, 바다에는 자라가 살고 있었는데, 호랑이는 늘 바다로 가 물을 마셨고, 자라는 자주 바닷가로 나와 몸을 말렸다. 그렇게 오다가다 만난 호랑이와 자라는 친구가 되었다. 호랑이는 자라를 산속 동굴로 불러 손님 대접을 했고, 자라도 자주 호랑이를 바닷속으로 데리고 가 같이 놀았다. 그래서 둘이는 마치 친형제처럼 친하게 지냈다. 바닷가에 있던 마른 소나무가 이걸 지켜보고 있었다. 소나무는 은근히 속으로 질투가 나 호랑이와 자라를 해칠 나쁜 계책 하나를 생각했다. 어느 날, 호랑이가 바닷가에서 물을 마시려는데 마른 소나무가 고개를 저으며 말했다.

"호랑이 형, 호랑이 형. 자라가 형을 물에 빠뜨려 죽이려고 해!"

호랑이가 어리둥절해 하며 생각했다.

'자라는 내 친구인데 왜 날 죽이려 한단 말이야?'

호랑이는 소나무의 말에 개의치 않고 물을 마신 뒤 산으로 돌아가 버렸다. 잠시 후, 자라가 몸을 말리려 바닷가로 나왔다. 마른 소나무가 또다시 고개를 저으며 말했다.

"자라 형, 자라 형. 호랑이가 널 물어 죽이려고 해!"

자라가 어리둥절해하며 생각했다.

'호랑이는 내 친구인데 왜 날 죽이려 한단 말이야?'

자라도 소나무의 말에 개의치 않고 몸을 다 말린 뒤 바다 속으로 들어

---

1 [역자주] 우당산(武當山): 중국 후베이성(湖北省) 쥔셴(均縣)의 남쪽에 있는 도교(道敎)의 영산(靈山).

가 버렸다. 모두들 자신의 말에 개의치 않았지만 마른 소나무는 포기하지 않고 계속 호랑이와 자라를 부추겼다. 그러자 호랑이와 자라의 마음에서 의심이 생기기 시작했다. 며칠이 지나, 호랑이와 자라가 다시 바닷가에서 만났다. 자라가 말했다.

"호랑이 형, 호랑이 형. 형과 종종 산속 동굴에서 놀았는데 오늘은 바닷속으로 가서 놀자."

호랑이가 황급히 손을 내저으며 말했다.

"안 돼, 안 돼! 나는 수영을 못해. 바다로 갈 수 없어!"

그러자 자라가 대답했다.

"걱정할 것 없어. 형이 내 등에 타면, 내가 형을 바다로 데려갈 수 있어. 그런데 내가 부를 때까지 절대로 눈을 떠서는 안 돼."

호랑이는 눈을 꼭 감고 자라의 등에 올라타 바다 속으로 내려갔다. 그랬더니 귓가로 "콸콸콸콸" 하는 물소리만 크게 들렸다. 호랑이는 참지 못해 눈을 떴다. 이런, 눈앞에는 파도가 넘실대고 끝도 없이 펼쳐진 망망대해가 펼쳐졌다. 호랑이는 엄청나게 무서웠다. 순간 호랑이는 마른 소나무의 말이 떠올랐다.

"호랑이 형, 호랑이 형, 자라가 형을 죽이려고 해!"

호랑이는 생각했다.

'좋아! 네가 나를 죽이려고 하니 나도 너를 살려둘 수가 없지.'

호랑이는 시뻘건 아가리를 떡 벌리고 자라의 목을 덥석 물었다. 막 물살을 가르며 나아가던 자라는 목에 심한 통증을 느꼈다. 고개를 돌려 보니 호랑이가 이를 드러내고 자기를 물고 있는 것이었다. 갑자기 마른 소나무의 말이 생각났다.

"자라 형, 자라 형, 호랑이가 형을 물어 죽이려고 해!"

그래서 자라도 생각했다.

'그래! 네가 나를 죽이려 한다면 나도 널 살려 두지 않을 거야.'

자라는 입을 꾹 다물고 바닷물이 호랑이한테로 직접 들이치게 했다. 호랑이는 안간힘을 쓰며 자라목을 물고 놓지 않았다. 잠시 후 자라는 물려 죽은 채 바다 밑으로 가라앉았다. 그리고 호랑이도 물에 빠져 죽어 바람을 타고 바닷가 쪽으로 떠내려왔다.

이때, 한 나무꾼이 바닷가를 걸어오고 있었다. 마른 소나무가 머리를 흔들며 말했다.

"나무꾼 형, 나무꾼 형. 여기서 잠시만 기다리시면 죽은 호랑이 한 마리가 떠내려올 거예요."

나무꾼은 의아해 하며 어떻게 된 일이냐고 물었다. 마른 소나무는 득의양양한 목소리로 자기가 어떤 계책을 세워 호랑이와 자라를 속였는지 자랑스럽게 말했다. 나무꾼은 반신반의하며 물가에 앉아 기다렸다. 과연 죽은 호랑이 한 마리가 떠내려왔다. 나무꾼은 호랑이 시체를 건져 낸 뒤 몸을 돌려 도끼를 들고 마른 소나무를 찍어 버렸다. 마른 소나무가 머리를 흔들었다.

"아야. 제가 당신에게 호랑이를 얻게 해 줬는데, 왜 저를 베는 거예요?"

마른 소나무의 말에 나무꾼은 그저 "킬킬" 하고 웃을 뿐이었다. 그의 웃음은 이런 뜻이었다. '남을 해침은 결국 자기를 해침이니, 호랑이와 자라를 속였어도 부질없었지. 호랑이 고기를 삶으려면 마른 소나무를 베어야 하니까.'

16 나무꾼

樵哥

옛날에 산속에 두 모자가 살고 있었다. 어머니는 눈이 멀었고 아들은 어머니를 모시기 위해 매일 산에 가서 나무를 했다. 사람들은 그를 나무꾼이라고 불렀다. 어느 날 나무꾼이 일찍 일어나서 산에 들어가려고 했다. 어머니는 아들에게 늑대나 호랑이를 조심하고 절벽을 절대 올라가지 말라고 신신당부했다. 나무꾼은 어머니에게 걱정하지 말고 집에서 편하게 쉬고 계시라고 한 뒤 낫과 지게를 들고 집을 나섰다. 해 질 무렵이 되자 그는 땔감을 메고 산에서 내려오는데 산허리에 있는 작은 평지가 보였다. 나무꾼은 지게를 내려놓고 잠시 쉬었다. 시원한 바람이 휙 불어와 자기도 모르게 졸기 시작했다.

갑자기 으르렁거리는 소리가 들려오고, 수풀이 양쪽으로 갈라지며 호랑이 한 마리가 그에게 달려들었다. 나무꾼은 열 몇 살이 넘도록 호랑이를 한 번도 본 적이 없었다. 그래서 선잠에서 깨어 눈을 뜨자마자 놀라 기절했다. 잠시 후 깨어나 보니 호랑이가 바로 앞에 똑바로 앉아 있었다. 이번에는 호랑이 몸에 있는 무늬까지도 선명히 보였다. 나무꾼은 마음속으로 생각했다.

'호랑이가 내 앞까지 왔는데 나를 공격하지 않았네. 참 이상해!'

그래서 용기를 내서 말했다.

"호랑이야, 너 날 잡아먹을 거야?"

호랑이는 고개를 내저었다. 나무꾼이 또 물어봤다.

"호랑이야, 혹시 내 도움이 필요하니?"

호랑이는 고개를 세 번 끄덕인 뒤 입을 벌렸다. 나무꾼이 일어나 다가

가 보니 호랑이 목에 꼬챙이 세 개가 꽂혀 있었다. 멧돼지를 먹다가 가시가 목에 걸린 것이었다. 그는 호랑이 입으로 손을 밀어 넣어 가시를 뽑으려고 몇 번이나 넣었다 뺐다를 반복했다. 잠시 뒤 그는 낫을 호랑이 입에 집어넣어 천천히 가시를 뽑아냈다. 한참 동안 애를 쓴 끝에 목에 걸린 가시 3개를 다 뽑아냈다. 호랑이는 큰 입으로 새까만 피를 뱉어냈다. 그리고는 나무꾼에게 꼬리를 흔들며 "어홍" 하고 소리 지르며 산으로 뛰어갔다.

한편 어머니는 집에서 아들을 눈이 빠지게 기다리며 중얼거렸다.

'우리 아들은 매일 해가 지면 꼭 집에 돌아왔는데 오늘은 어쩐 일로 해가 다 져도 보이지 않을까? 설마 다리를 다친 걸까? 아니면 호랑이를 만난 걸까?'

이렇게 어머니가 초조하게 기다리고 있을 때 마침 나무꾼이 땔감을 메고 집에 들어왔다. 아들은 부엌에 들어가서 누룽지 죽을 먹으며 오늘 호랑이 가시를 뽑아준 것을 얘기했다. 두 모자는 참 신기하고 드문 일이라고 생각했다. 그런데 한밤중에 갑자기 산이 무너지는 듯한 소리가 들렸다. 이어서 "쿵" 하며 마치 큰 바위가 굴려 내려오는 듯한 소리가 났다. 어머니는 산사태가 난 게 아닐까 서둘러 나무꾼을 깨우고 등불을 켜서 살펴봤다. 문을 열자 산비탈에서 앉아 있는 호랑이가 보였다. 호랑이 두 눈이 등불처럼 반짝였다. 다시 그 아래를 보니 큰 돼지 한 마리가 있었다. 나무꾼이 말했다.

"어머니, 겁먹지 마세요. 제가 살려준 그 호랑이가 돼지를 선물로 준 거예요."

어머니는 밖으로 나가 말했다.

"호랑이야, 정말 착하구나. 난 평생에 아들 하나뿐이야. 네가 괜찮다면 우리 집에 와서 내 둘째 아들이 되거라. 두 형제가 서로 도우면서 살면 얼마나 좋겠니."

호랑이가 이 말을 듣고 산비탈에서 내려와 꼬리를 흔들면서 어머니 주위를 맴돌았다. 그 이후로는 호랑이가 정말 이 집에 머물며, 며칠 간격으로 산에서 동물을 물고 돌아왔다. 그들은 그것은 먹기도 하고 남는 것은 팔기도 하였다. 나무꾼이 산에 가서 나무를 하는 동안 호랑이가 집 앞에서 어머니의 곁을 지켜주었다. 이렇게 지내다 보니 그들의 생활이 점점 좋아졌다.

어느 날, 어머니가 호랑이의 머리를 쓰다듬으면서 한숨을 지었다.

"둘째야, 네 도움으로 살림살이가 펴지긴 했어. 그런데 네 형이 스무 살이 다 되어가는데 아직도 장가를 못 가고 있어. 가난한 우리 집에 언제쯤이면 며느리가 들어오겠니."

호랑이가 이 말을 듣더니 휙 사라졌다. 나무를 하고 돌아온 나무꾼은 자초지종을 듣고 어머니를 원망했다.

"어머니는 참 욕심도…… 여태 잘 살고 있었는데. 어머니 그 말 때문에 동생이 화가 나서 가 버렸잖아요."

호랑이가 몇 개의 산을 넘어서 다른 고을에 도착했다. 마침 두 양반이 사돈을 맺어 혼례를 올리고 있었다. 일꾼들은 가마를 메고 신랑은 말을 타고 있었으며 풍악도 울리고 폭죽을 터뜨리며 몹시 떠들썩하였다. 호랑이는 가마가 조용한 산모퉁이를 지나갈 때를 기다려 갑자기 풀숲에서 뛰쳐나왔다. 가마와 폐백을 메고 있던 사람들, 그리고 결혼식에 참석한 사람들이 모두 놀라 도망쳐 버렸다. 호랑이가 가마의 문을 박차고는 신부의 한 팔을 물어 등에 태우고 달렸다. 호랑이는 산을 넘어 반나절 만에 백여 리를 달려 날이 저물 무렵 집에 돌아왔다. 어머니는 호랑이가 사람을 물고 돌아온 것을 알고 혼을 냈다.

"세상에, 너는 아직 짐승의 본성을 고치지 못했구나. 이런 못된 짓을 하다니!"

신부는 일찌감치 정신을 잃었었다. 어머니가 몸을 살펴보니 상처 하나 없이 멀쩡했다. 나무꾼에게 어서 생강차를 끓여 먹이라고 하였다. 정신이 든 신부가 호랑이 옆에 앉아있는 것을 보고 놀라 울었다. 어머니가 말했다.

"이 호랑이는 우리 집 둘째야. 마음이 착하고 사람을 해치지 않는단다. 그러니 무서워하지 말거라. 네가 가난한 집도 괜찮다면 우리 큰아들이랑 결혼해서 함께 살자꾸나!"

신부는 자상하고 친절한 어머니와 듬직하고 잘생긴 나무꾼을 보고는 미소를 지으며 그러겠다고 했다. 호랑이는 형이 장가도 들고 어머니 곁에 형수가 있는 것을 보고 산으로 돌아갔다.

한편 신부를 호랑이에게 뺏긴 뒤 두 양반은 관아에 소송을 제기했다. 신랑 집에서는 신부네 집이 더 좋은 집안에 시집을 보내기 위해 신부를 빼돌렸다고 주장했다. 또 신부 집에서는 가마가 이미 처가를 나갔으니 신랑 집 사람인데 신부가 못생긴 것을 꺼려해서 도중에 몰래 팔아버린 것이라고 주장했다. 두 집안은 모두 자기의 말이 맞다고 우겼다. 그런데 살았건 죽었건 신부를 찾지 못했기 때문에 사또는 판결을 내리지 못하고 있었다. 한 반 년쯤 지나서 산 너머에서 아주 신기한 일이 있었다는 소문이 들려왔다. 바로 호랑이가 신부를 뺏어다 나무꾼의 짝으로 주었다는 것이었다. 그러자 두 양반 집안은 다시 관아를 찾아와 하소연을 했다. 결국 포졸들이 나무꾼을 잡아왔고, 사또는 그가 일반 여성을 강탈한 죄를 추궁하였다. 어머니는 급한 마음에 하루에도 몇 번이고 근처 산비탈에 올라가 울면서 외쳤다.

"둘째야, 둘째야. 너의 형이 지금 억울한 일을 당했단다. 어서 돌아와 구해다오!"

나무꾼은 관가에서 전후 사정을 사실대로 아뢰었다. 하지만 사또는 그의 말을 믿지 못해 경당목으로 탁상을 세게 치며 말했다.

"헛소리 하지 말거라. 세상에 호랑이가 신부를 훔쳐다 주는 일이 어디 있겠느냐? 정 그렇다면 호랑이를 불러 증명을 해봐라."

그러나 호랑이가 진짜 산에서 내려올 줄 누가 알았을까. 사또가 호랑이 사건을 판결한다는 소식을 듣고 마을 사람들 모두 구경을 와 있었다. 호랑이가 거리에 들어서자 마을 사람들은 제비가 날듯 빠르게 길을 비켰다. 그리고는 가게 안에 숨어서 문틈으로 밖을 내다봤다. 호랑이가 어슬 렁어슬렁 관아 안으로 걸어가더니 나무꾼 옆에 앉아 심문을 기다렸다.

나무꾼이 말했다.

"얘가 바로 제 호랑이 동생이에요. 신부는 얘가 데려온 것입니다. 나리, 현명하게 판결해 주세요."

사또는 호랑이를 보고 너무 놀라서 온몸을 덜덜 떨었다. 그리고는 이미 돌이킬 수 없는 일이니 신부는 나무꾼에게 보낸다고 판결을 내렸다. 호랑이는 나무꾼을 집에다 데려다주고 엄마와 형수를 한 번 쳐다보더니 문밖으로 나가 사라졌다.

그렇게 평화롭게 3년이란 세월이 지났다. 그런데 북방의 요(遼)나라 군사가 중국 중원을 침략했다. 전란으로 세상이 어수선한 상황이라 황제가 장군감을 뽑기 위해 방을 부쳤다. 마침 나무꾼이 장작을 팔아 쌀을 사기 위해 도성에 들어갔다. 많은 사람들이 관아 앞에 붙은 방을 보고 있는 것을 보고 호기심에 밀고 들어가 보았다. 사람들로부터 요나라 군사가 중원을 침략하고서 불을 지르고 강탈하고 백성들을 해친 만행들을 들은 나무꾼은 피가 솟구쳐 참지 못하고 그 방을 떼어내 버렸다. 방을 지키던 포졸은 어깨가 딱 벌어지고 허리가 굵고 풍채가 당당한 그의 모습을 보고 분명 산속의 인재임을 알았다. 당장 그를 관아 안으로 데리고 갔고, 사또는 그를 위해 잔치를 베풀고 잘 대접했다. 나무꾼은 그 방이 군인을 뽑기 위한 것일 줄 알았는데 알고 보니 황제가 장군감을 선발하기 위한 것이었다. 전세가 급박하여 열흘 안에 상경해 황명을 받아야만 했다. 그는 집에 돌아온 뒤 걱정이 돼서 영 밥맛이 없었다.

그러자 부인이 말했다.

"산에 동생이 있잖아요. 호랑이 동생에게 도움을 구하는 게 어때요?"

나무꾼은 떡 몇 개를 들고 산으로 들어갔다. 황량하고 인적이 없는 산속을 걸으면서 외쳤다.

"호랑이 동생, 호랑이 동생! 나, 나무꾼 형이야."

사흘 밤낮을 헤맨 끝에 드디어 큰 바위 아래에서 호랑이를 만날 수 있었다. 나무꾼은 그동안의 일을 호랑이에게 말해주었다.

"동생아, 네가 만일 나를 도와 군대를 통솔할 수 있다면 나랑 같이 이 산에서 내려가자."

호랑이 동생은 그를 보고 너무 반가워 머리를 흔들고 꼬리를 흔들었다. 그리고 땅에 엎드리더니 나무꾼을 태우고 한달음에 산에서 내려왔다. 두 형제가 집으로 돌아오자 어머니와 부인은 너무 기뻐했다. 형수가 호랑이에게 말했다.

"도련님, 형님은 장작 패는 힘밖에 없어요. 어떻게 군대를 거느리고 전쟁을 할 수 있겠어요? 이번에 정말 꼭 도와주세요."

호랑이는 형수님을 향해 연신 고개를 꾸뻑거렸다.

서울로 올라간 뒤 나무꾼은 황명을 받아 장군이 되었다. 그는 군대를 거느리고 변방으로 달려갔다. 호랑이 동생은 붉은 비단을 목에 걸치고 다른 호랑이 백여 마리를 이끌고 뒤를 따랐다. 전쟁터에 도착하여 아직 병영을 설치하고 주둔하기도 전에 요나라 군사들이 쳐들어왔다. 나무꾼은 군대를 인솔하여 좌우 쪽에서 적군을 포위하였고, 호랑이 동생은 으르렁대며 다른 호랑이들을 이끌고 적군에게 달려들었다. 요나라 군사들은 호랑이들에게 물려 죽거나 밟혀 죽었다. 남아 있는 병사들도 울면서 소리 지르며 도망쳤다. 요나라 군사들은 전쟁터에 등장한 호랑이들을 보고 싸우기는커녕 고양이 앞의 쥐처럼 달아나기에 바빴다. 결국 빼앗긴 중원 땅도 되찾게 되었다. 나무꾼은 전쟁에서 이긴 뒤 군대를 거느리고 조정으로 돌아왔다. 황제는 나무꾼을 치하하며 요나라 군사를 평정했다는 의미로 '핑랴오왕(平遼王)'에 임명했다. 나무꾼은 황제에게 아뢰었다.

"이번에 승전은 다 제 호랑이 동생 덕분입니다."

그리하여 황제는 호랑이를 산림의 왕으로 임명했다. 그러나 호랑이를 사람처럼 임명하기가 곤란했기 때문에 조정의 재상은 "황상께서 직접 '왕(王)' 자를 써 호랑이의 이마에 붙여주는 것이 좋겠습니다."라고 아뢰었다. 나무꾼은 서울에서 계속 관리로 지내는 것을 원하지 않았기에 황제에게 말했다.

"노모께서 고향에 계시므로 집에 가서 효도를 다하고 싶습니다. 나중에 변경에 무슨 일이 생기면 우리 형제는 다시 돌아와서 국가를 위해 온 힘을 기울이겠습니다."

나무꾼은 호랑이 등에 올라타고 산속에 있는 고향집으로 돌아갔다. 그리고 호랑이는 산속에 들어가서 산림의 왕이 되었다.

해설

호북성 서부지역[1]에는 '의리 있는 호랑이'에 관한 이야기가 많다. 예를 들어, 라이펑셴(來鳳縣)[2]의 우완칭(吳萬清)이 구술한 〈은혜 갚은 호랑이〉가 그중 하나이다. 바위에서 미끄러져 나뭇가지 위에 떨어진 얼룩무늬 호랑이를 한 모자가 살려줬고, 호랑이가 멧돼지를 물어다 주며 은혜를 갚았다. 이로 인해 한바탕 소송이 일어났다는 이야기이다.

....

1 [역자주] 악서(鄂西): 악(鄂)은 호북성의 옛 이름이다. 그러므로 악서는 호북성 서부지역을 말하는데, 샹양(襄陽)·징저우(荊州)·이창(宜昌)·스옌(十堰)·징먼(荊門)·수이저우(隨州)·언스(恩施)·선농쟈(神農架) 등 8개의 도시가 포함된다.
2 [역자주] 내봉현(來鳳縣): 중국 호북성 은시 투자족 묘족 자치주(恩施土家族苗族自治州)에 속한 현이다.

또한 쉬구어정(徐國正)이 말한 〈사람과 호랑이의 인연〉이라는 이야기
도 있다. 호랑이가 돼지를 물어다 주며 은혜를 갚는다는 줄거리에다
호랑이가 사또의 딸을 납치해서 사내에게 보내 결혼을 시켜준다는 내용
을 뒤에 붙였다. 10여 년 뒤 사또는 부관(府官)으로 승진을 했는데, 딸과
사위를 데려갔을 뿐만 아니라 호랑이에게도 "너희들은 앞으로 백성과
가축을 헤치는 대신 멧돼지, 승냥이와 이리만 잡아먹으면 호랑이 한
마리당 매일 고기 2백 그램씩을 줄게."라고 했다. 이 이야기는 이렇게
마무리된다. "지금까지 민간에는 이런 전설이 전해진다. '어떤 마을에서
호랑이 두 마리가 살았는데 호랑이마다 매일 고기 2백 그램만 먹었다.
이렇게 한 끼만 먹어도 열흘이나 보름 안에 아무 것도 먹지 않아도 되어
사람과 가축을 함부로 헤치지 않았다.'"

　　〈나무꾼〉 이야기를 전해준 사람이 이렇게 말했다. "이 이야기의 발단
에 관해서는 두 가지 설이 있어요. 하나는 호랑이가 멧돼지를 먹다가
목구멍에 가시가 걸렸다는 설이고, 다른 하나는 호랑이가 어떤 여자를
잡아먹다가 목구멍에 여자의 금비녀가 걸렸다는 설입니다."

　　위에서 말했던 이야기 외에도 창양(長陽)³의 〈의리 있는 호랑이〉, 〈의
사를 찾는 호랑이〉라는 전설이 있다. 그리고 청나라 사람이 지은 『용미
기유(容美記遊)』 중에서 사람이 호랑이로 변했다는 이야기가 있는데, 투
자족(土家族)이 숭배한 백제천왕(白帝天王) 삼형제는 수난을 당한 뒤 백호
세 마리로 변했다는 전설이다.

3　[역자주] 창양(長陽): 창양 투자족 자치현(長陽土家族自治縣). 호북성 의창시에 속한 자치현
　　으로, 호북성 서남쪽에 있다.

17 우물에 빠진 돼지

猪哥精

옛날 옛날에 어떤 할머니가 땔감을 주우러 산속을 가다 똥을 누러가는 돼지를 만났다. 돼지는 그 할머니에게 똥구멍을 닦을 나뭇잎을 달라고 했다. 그러자 할머니는 거절하며 말했다.

"내가 쓸 것도 아직 못 구했는데, 어떻게 너한테 줄 수 있겠니?"

돼지는 화를 내면서 말했다.

"내가 오늘 밤 반드시 너의 집에 가서 물어버릴 거다."

할머니는 돼지의 말을 듣고 걱정이 돼서 문 앞에서 울고 있었다. 마침 잡동사니를 파는 사람이 그곳을 지나다가 할머니를 보고 물었다.

"할머니 왜 울고 계세요?"

할머니가 대답했다.

"내가 우는 건 다른 게 아니라 오늘 밤 돼지가 나를 물러 올 것이기 때문이야."

장사치가 말했다.

"울지 마세요. 제가 바늘을 많이 드릴 테니 문 위에다 꽂아두세요. 만약 오늘 밤 돼지가 오면 문 위에 꽂아놓은 바늘에 찔려 다치고 말 거예요."

얼마 뒤 말을 파는 사람이 그곳을 지나다가 할머니를 보고 물었다.

"할머니 왜 울고 계세요?"

할머니가 대답했다.

"내가 우는 건 다른 게 아니라 오늘 밤 돼지가 나를 물러 올 것이기 때문이야."

할머니는 어떤 사람이 바늘을 주었다고 말했다. 말장수가 말했다.

"울지 마세요. 제가 말 한 마리를 드릴 테니 침대 머리에 묶어놓으세요. 오늘 밤 돼지가 방에 들어오면 말이 차 버릴 거예요."

얼마 뒤 징과 북을 파는 사람이 그곳을 지나다가 할머니를 보고 물었다.

"할머니 왜 울고 계세요?"

할머니가 대답했다.

"내가 우는 건 다른 게 아니라 오늘 밤 돼지가 나를 물러 올 것이기 때문이야."

할머니는 사람들이 바늘과 말을 주었다고 말했다. 악기 장수가 말했다.

"울지 마세요. 제가 징과 북을 드릴 테니 그것을 침대 발치에 달아두세요. 오늘 밤 돼지가 방에 들어오면 징과 북에 부딪혀 큰소리가 날 거예요. 그 소리를 말이 듣고 놀라 뛰면서 돼지를 세게 차 버릴 거예요."

얼마 뒤 똥을 파는 사람이 그곳을 지나다가 할머니를 보고 물었다.

"할머니 왜 울고 계세요?"

할머니가 대답했다.

"내가 우는 건 다른 게 아니라 오늘 밤 돼지가 나를 물러 올 것이기 때문이야."

할머니는 사람들이 바늘과 말, 징과 북을 주었다고 말했다. 똥장수가 말했다.

"울지 마세요. 제가 똥을 한 짐 줄 테니 문 위에 발라놓으세요. 오늘 밤 돼지가 와서 손에 똥이 묻으면 양 손에서 지독한 냄새가 날 거예요."

얼마 뒤 기름을 파는 사람이 그곳을 지나다가 할머니를 보고 물었다.

"할머니 왜 울고 계세요?"

할머니가 대답했다.

"내가 우는 건 다른 게 아니라 오늘 밤 돼지가 나를 물러 올 것이기 때문이야."

할머니는 다른 사람들이 바늘과 말, 징과 북, 똥을 주었다고 말했다. 기름 장수가 말했다.

"울지 마세요! 내가 기름을 한 짐 줄 테니 방에다 뿌려놓으세요. 오늘 밤 돼지가 방에 들어오다가 미끄러져 넘어지면 온몸이 기름범벅이 될 거예요."

얼마 뒤 게를 파는 사람이 그곳을 지나다가 할머니를 보고 물었다.

"할머니 왜 울고 계세요?"

할머니가 대답했다.

"내가 우는 건 다른 게 아니라 오늘 밤 돼지가 나를 물러 올 것이기 때문이야."

할머니는 다른 사람들이 바늘과 말, 징과 북, 똥, 기름을 주었다고 말했다. 게장수가 말했다.

"울지 마세요! 내가 게를 몇 마리 줄 테니 그걸 물항아리 안에 넣어두세요. 오늘 밤 돼지가 와서 물항아리에 손을 씻으면 게가 돼지를 물어버릴 거예요."

얼마 뒤 계란을 파는 사람이 그곳을 지나다가 할머니를 보고 물었다.

"할머니 왜 울고 계세요?"

할머니가 대답했다.

"내가 우는 건 다른 게 아니라 오늘 밤 돼지가 나를 물러 올 것이기 때문이야."

할머니는 다른 사람들이 바늘과 말, 징과 북, 똥, 기름, 게를 주었다고 말했다. 계란장수가 말했다.

"울지 마세요! 제가 계란을 몇 개 줄 테니 그것을 아궁이에 묻어두세요. 오늘 밤 돼지가 와서 거기에 불을 붙이면 그게 터질 거예요."

얼마 뒤 담배를 파는 사람이 그곳을 지나다가 할머니를 보고 물었다.

"할머니 왜 울고 계세요?"

할머니가 대답했다.

"내가 우는 건 다른 게 아니라 오늘 밤 돼지가 나를 물러 올 것이기 때문이야."

할머니는 다른 사람들이 바늘과 말, 징과 북, 똥, 기름, 게, 계란을 주었다고 말했다. 담배장수가 말했다.

"울지 마세요! 내가 담배를 좀 줄 테니 부뚜막에 놓아두세요. 오늘 밤 돼지가 와서 담배를 보면 부뚜막으로 가서 불을 붙여 피우려고 할 거예요. 그때 계란이 터지면 다치게 될 거에요."[1]

얼마 뒤 땅콩을 파는 사람이 그곳을 지나다가 할머니를 보고 물었다.

"할머니 왜 울고 계세요?"

할머니가 대답했다.

"내가 우는 건 다른 게 아니라 오늘 밤 돼지가 나를 물러 올 것이기 때문이야."

할머니는 다른 사람들이 바늘과 말, 징과 북, 똥, 기름, 게, 계란, 담배를 주었다고 말했다. 땅콩 장수가 말했다.

"울지 마세요! 내가 땅콩을 줄 테니 우물을 하얀 종이로 덮고 그 위에 땅콩을 올려놓으세요. 오늘 밤 돼지가 와서 그걸 보면 거기에 앉아서 먹으려고 할 거예요. 그러면 하얀 종이가 찢어지면서 밑으로 떨어질 거예요."

그날 밤 할머니는 모든 준비를 마친 뒤 구석에 숨어서 돼지를 기다렸다. 잠시 후 드디어 돼지가 왔다. 돼지가 처음에는 침실로 들어가 할머니를 찾다가 징과 북에 부딪혔다. 그러자 침대 머리맡에 있던 말이 놀라 미쳐 날뛰기 시작했다. 말이 돼지를 차 버리자 돼지는 너무 아팠다. 돼지가 거실의 큰 문을 열자 똥이 묻어 양손에서는 지독한 냄새가 났고,

---

1   이 이야기는 여러 판본이 있다. 이 이야기에서는 계란이 나오지만 다른 판본에서는 폭탄이 나오기도 한다. 그래서 계란이 폭탄처럼 터지는 것처럼 이야기하고 있다.

바늘에 찔려 몹시 따끔거렸다. 거실로 뛰어넘어 들어가자 이번에는 기름칠 때문에 자빠졌다. 부엌으로 가서 손을 씻는데 게가 돼지 손을 물었다. 고개를 돌리자 부뚜막 위에 담배통과 담배가 있는 것이 보였다. 돼지는 담배가 피고 싶어 불을 붙이려 했다. 아궁이 옆에 갔을 때 계란이 펑 하고 소리를 내며 터졌고, 돼지는 한쪽 눈이 보이지 않게 되었다.

다시 돼지가 더듬더듬 밖으로 나가자 어슴푸레하게 뭔가 하얀 것이 보였다. 그 위에는 어떤 물건이 놓여 있었다. 앞으로 다가가 만져보니 구수한 냄새가 나고 바삭한 땅콩이었다. 돼지는 잠시 생각했다.

'이걸 앉아서 먹으면 얼마나 좋을까.'

돼지가 그 위에 앉자마자 하얀 종이가 찢어지면서 밑으로 떨어졌고, 결국 돼지는 물에 빠져죽었다. 이때 방에 있던 할머니는 그 소리를 듣고 돼지가 우물에 빠졌다는 것을 알았다. 그리고 서둘러 이웃 사람에게 알렸다. 이웃사람들이 돼지를 건져내서 큰 솥에 삶아 모두가 배불리 먹었다.

¹⁸ 개미가 타이산을 무너뜨리다 ¹

蚂蚁虫拉倒泰山

아주 옛날에, 어떤 집에 세 아들이 있었다. 제일 큰 아들은 산에 들어가 스님이 되었고, 둘째 아들은 집에서 농사를 지었고, 막내아들은 학교에 들어가 공부하였다. 막내아들의 이름은 산단(三旦)이었는데, 약간 통통하면서도 잘생겼으며 문학적인 재능도 뛰어났다.

어느 날, 산단이 학교에 가는 길에 청개구리 한 마리를 보았다. 그런데 이유는 알 수 없지만 청개구리의 한쪽 다리가 부러져 있었다. 산단은 불쌍해서 자기의 수건을 찢어 청개구리의 다리를 싸매어 주었다. 그리고 청개구리가 지나가는 사람들에게 밟힐까 봐 길가에 있는 토굴에 놓아주었다. 날이 저물 무렵 수업을 마치고 집으로 돌아가는 길에 토굴로 가 보니 청개구리가 아직도 거기에 있었다. 입을 빠끔빠끔 벌리는 것을 보니 목이 마르거나 배가 고파 보였다. 산단은 먹다 남은 찐빵을 꺼내 청개구리에게 먹여보았다. 청개구리는 한 입 한 입 잘도 받아먹었다. 그날 이후로 산단은 매일같이 자기의 도시락을 거의 다 청개구리에게 먹였다. 그리고 작은 물병에 든 물도 청개구리에게 먹였다. 며칠이 지나자 청개구리의 다리가 다 나았다. 그런데도 청개구리는 다른 곳에 가지 않았다. 날이 갈수록 커지고, 커질수록 더 잘 먹었다. 산단이 가져가는

---

1 중국 후이족(回族)에 전해오는 이야기. 전체 인구 980만 명으로 중국 내 소수민족 중 가장 광범위하게 분포하는데, 영하(寧夏)회족자치구에 중국 내 회족 전체 인구의 약 19%인 186만 명이 거주한다. 7세기 중반 중국 당나라 때 페르시아와 아랍에서 중국으로 이주한 무역 상인이 조상으로, 겨울이 되면 중동으로 갔다가 따뜻해지면 다시 중국으로 돌아온다는 의미로 돌아올 회(回)를 쓴다. 후이족이 믿는 종교는 이슬람교 하나피파로, 시아파와 달리 온건하며 교리를 생활 속에서 실천하는 데 중점을 두어 다른 민족과의 갈등이 없는 편이다.

밥도 날마다 늘었지만 그걸 죄다 청개구리에게 먹였다. 날이 지날수록 산단은 점점 말라갔다. 어머니가 안타까워하며 물었다.

"너 매일같이 밥을 그렇게 많이 가져가는데 왜 그렇게 말라가니?"

산단이 사실대로 말하지 못하고 거짓말로 둘러댔다.

"가난한 친구들이 많아서 나눠줘서 그래요."

"내 새끼가 마음이 착한 것은 좋은데 네가 굶으면 안 되잖니. 이제부터는 밥을 더 많이 가져가 가난한 아이들에게 나눠 주거라."

그 뒤로 산단은 매일같이 밥을 두 배로 챙겨갔지만 여전히 그의 몸은 말라만 갔다.

어느 날, 산단이 집을 나서자 아버지가 멀리 뒤에서 따라가 보았다. 산단이 학교로 가던 도중 다른 옆길로 새자 아버지도 뒤를 따랐다. 모퉁이를 돌자 산단이 토굴로 들어갔다. 아버지가 조용히 다가가 안을 들여다보니 바구니²에 큰 두꺼비가 있었다. 입을 삼태기만큼 벌리자 산단은 가져간 찐빵을 청개구리 입에다가 던져주었다. 이를 본 아버지는 너무 놀라 기절했다. 한참 만에 정신이 들었지만, 집으로 돌아가자마자 칼을 갈기 시작했다. 수업을 마치고 산단이 청개구리를 보러 갔다. 청개구리가 말했다.

"생명의 은인이시여, 당신은 이제 집에 갈 수가 없습니다."

"왜?"

"당신 아버지가 칼을 갈고 있습니다. 우리를 죽일 겁니다."

"그럼 어떡하지?"

"제가 당신을 업고 달아나야겠습니다."

청개구리가 산단을 업고 큰 산 하나를 넘으며 말했다.

"이제 당신에게 생명을 구해준 은혜를 갚겠습니다. 내 두 뺨에는 알

---

2 바구니(箥籃): 넓적하고 둥근 대나무 그릇으로 곡식을 담는 데 사용한다. 직경은 크고 작은 차이가 있다.

두 개가 있어요. 이걸 꺼내서 가지십시오. 이 두 알 중 하나는 진짜지만 다른 하나는 가짜입니다. 어떤 죽은 것도 진짜 알에 닿으면 다시 살아납니다. 물론 가짜는 안 되겠지요."

둘이 헤어질 때 청개구리가 신신당부를 했다.

"꼭 기억하세요. 모든 동물을 구할 수 있지만 오직 머리가 검은 동물만은 절대로 구해주면 안 됩니다."

산단은 청개구리가 준 보물 알을 들고 길을 가다 죽은 뱀을 만났다. 산단이 보물 알로 죽은 뱀을 한 번 건드리자 그 뱀이 살아났다. 또 걷다가 죽은 쥐를 보았다. 그는 보물 알로 죽은 쥐를 한 번 건드리자 그 쥐도 살아났다. 또 길을 가다가 죽은 개미 몇 마리를 보았다. 보물 알로 그들을 한 번 건드리자 그 죽은 개미들도 다시 살아났다. 그 이후로도 산단은 이름도 모르는 수많은 동물들을 살려냈다.

어느 날, 그는 구비진 강을 지나다 죽은 사람의 시체를 발견했다. 보물 알로 그 사람을 한 번 건드리자 그 사람은 되살아났다. 그런데 그 사람은 도리어 "네가 물건을 빼앗은 것도 모자라 나까지 때려 죽었어."라며 산단에게 행패를 부렸다. 산단은 어이없어 하며 말했다.

"무슨 소리야! 내가 널 살렸잖아."

그러자 그 사람은 말을 싹 바꾸었다.

"네가 무슨 수로 나를 구했단 말이냐?"

산단은 두 개의 보물 알을 깨내 보여주며 사실대로 말해주었다.

그 사람은 황급히 안색을 바꾸며 말했다.

"생명의 은인이시여, 제가 어떻게 감사해야 할 줄 모르겠군요. 우리가 의형제가 되는 게 어때요?"

순진한 산단이 대답했다.

"그래요, 좋은 생각이네요."

서로 나이를 따져보니 그 사람이 형뻘이었다. 그 사람은 산단에게 보물 알을 달라고 하더니 그것을 가지고 함께 길을 떠났다. 어느 구석지고 조용한 곳에 이르자 그 사람은 산단을 속일 셈으로 깊은 동굴 앞에서 보라고 했다.

"이 굴 안에 무슨 괴물이 있는지 한번 봐봐."

산단이 한 걸음 더 앞으로 나아가 내려다보니 동굴은 끝을 보이지 않을 정도 깊었다. 그 순간 그 사람이 난데없이 뒤에서 산단을 밀어버렸다. 그 사람은 기뻐하며 보물 알을 가지고 서울에 도착했다. 마침 황제의 아들이 막 죽었다. 그는 이번이야말로 보물 알을 쓸 좋은 기회라고 생각했다. 그래서 소리를 지르며 황제 앞에 나아가 보물 알을 바쳤다. 황제는 기뻐하며 그를 재상으로 임명했다.

깊은 동굴 아래로 떨어진 산단은 다행히 크게 다치지는 않았다. 그는 동굴의 바닥을 더듬으며 출구를 찾았다. 하지만 이곳은 물만 겨우 흘러 갈 뿐 사람이 통과할 수 없는 곳이었다. 사흘쯤 지나자 나그네 두 명이 이 근처를 지나게 되었다. 그들은 어슴푸레 살려달라는 소리를 듣고는 줄을 던져서 산단을 끌어올려 주었다. 두 사람은 어찌된 일이냐고 물었고, 산단은 지초지종을 다 얘기해주었다. 그들은 산단의 처지를 동정하며 그에게 먹을 것을 조금 나눠주고 떠났다.

어느 날, 산단은 구걸하면서 서울에 도착하여 큰 거리에 걷고 있었다. 마침 재상이 가마를 타고 순찰을 하다 그를 발견했다. 재상은 단번에 산단임을 알아채고 깜짝 놀랐지만 이내 계책 하나를 생각해냈다. 그는 왕성을 더럽히면 안 된다는 이유를 붙여 포졸에게 거지를 잡으라고 명령했다. 재상은 산단을 굶어 죽일 속셈으로 감옥에 가두었다. 이때 쥐가 그를 발견하곤 물었다.

"생명의 은인이시여, 어쩐 일로 당신이 여기에 있나요?"

산단은 그간의 사연을 말해주었다. 쥐는 자기가 먹을 것을 산단에게 가져다주었을 뿐만 아니라 몰래 가짜 알로 진짜 알을 바꿔 훔쳐다 산단에게 갖다 주었다. 이번에는 뱀이 나타나 물었다.

"생명의 은인이시여, 어쩐 일로 당신이 여기에 있나요?"

그는 또 그간의 사연을 뱀에게 말해주었다.

"걱정하지 마세요. 제가 구해드릴게요."

"어떻게?"

"내일 공주가 꽃밭에 놀러갈 때 제가 그녀를 물 겁니다. 찬물을 찍은 흰색 천으로만 그 상처를 치료할 수 있을 겁니다."

이튿날, 공주는 정말로 꽃밭에 갔다가 독사에게 물렸다. 하지만 아무런 약도 소용이 없었다. 황제가 마음이 급해서 전국에 방을 부쳤다. 그리고 공주를 살릴 수 있는 사람이 부마가 될 것이라고 했다. 산단은 큰소리로 자기가 공주를 살릴 수 있다고 말했다. 옥졸은 그 일을 태감에게 보고하고 태감은 또 황제에게 아뢰었다. 황제는 산단을 궁으로 데려와 공주를 치료하게 하였다. 산단은 뱀의 말대로 공주의 상처를 치료하고 결국 공주를 살렸다. 산단이 공주의 병을 잘 치료하자 재상은 매우 두려웠다. 그가 만일 황제의 사위가 된다면 자기의 비밀을 다 폭로할 것이기 때문이었다. 그래서 나쁜 꾀를 내어 기회를 엿봐 황제에게 말했다.

"곡식 3리터와 아마 씨 3리터를 섞어서 그에게 주십시오. 만약에 날이 밝을 때까지 잘 추려내면 사위로 맞아들이고 그렇게 하지 않으면 죄를 물어 죽여 버리십시오."

그의 말을 들은 왕은 마음에 딱 들었다. 그래서 재상을 감독관으로 보내 그렇게 하게 했다. 재상은 곡식과 아마 씨를 골고루 섞어서 산단에게 하룻밤 만에 종류별로 추려내라고 했다. 만약 성공한다면 공주와 결혼할 수 있겠지만 그렇게 하지 못하면 죽을 것이라고도 했다. 산단이 몹시 걱정에 빠졌지만 개미가 나타나 말했다.

"걱정하지 마세요. 당신은 그저 편하게 주무세요."

다음날 아침, 일어나서 보니 곡식과 아마 씨가 다 추려져 있었다.

재상은 계책이 실패로 돌아가자 또 다른 꾀를 생각해냈다. 이번에는 후원에 아주 큰 나무가 있는데, 만약에 그것을 사흘 안에 뽑을 수 있다면 결혼할 수 있고 그렇게 하지 못하면 목을 베겠다고 했다. 산단이 나무 밑에 쭈그리고 앉아 걱정하고 있었다.

'누가 이 두 아름이나 되는 큰 나무를 뽑을 수 있단 말이지?'

그때 나무를 쪼아 먹는 벌레가 나타나 말했다.

"걱정하지 마세요. 사흘째 되는 날 당신이 나무를 뽑기만 하면 돼요."

그 벌레는 자기의 수많은 친척들을 모아 같이 나무뿌리를 물어 끊었다. 사흘째 되는 날 산단이 슬쩍 밀치자 나무가 바로 넘어졌다.

이 소식을 전해들은 재상은 깜짝 놀라 속으로 중얼거렸다. 그러다 문득 보물 알을 떠올리고는 '설마 신선이 이 자식을 도와주고 있는 건 아닐까?'라고 생각할수록 더 무서워졌다. 그는 또 생각했다.

'아무리 신기한 능력이 있어도 산을 움직일 수는 없을 거야. 암.'

재상은 산단이 일주일 안에 소리를 질러 서울에서 10리 밖에 있는 타이산(泰山)을 무너뜨리면 공주와 결혼할 수 있지만 그렇지 않다면 참형을 시키겠다는 명령을 내렸다. 산단은 타이산 위에 올라가 살펴보고는 몹시 걱정했다. 그리고 내려오다 산비탈에서 잠시 누워서 곰곰이 생각에 빠졌다. 그러다가 스르륵 잠이 들었다. 꿈속에서 소처럼 큰 개미가 그에게 말했다.

"생명의 은인이시여, 걱정하지 마세요. 그냥 삽을 들고 산 주위를 한 바퀴 돌면서 걸음마다 흙 한 삽 정도 뜨고 그걸 밟으세요. 일곱 번째 되는 날 당신이 '무너져라' 하고 세 번 외치면 산이 무너질 거예요."

산단은 한편으로 깜짝 놀라면서도 한편으로 기뻤다. 산단은 꿈에서 깨어나 개미의 말대로 했다. 일곱 번째 되는 날 재상은 몰래 자기의 부하를 보내 산단이 산에 대고 외치는 것을 감시하라고 했다. 산단은 산 아래에서 내려와 큰소리로 외쳤다. "무너져라!" 하지만 산은 꿈쩍도 하지 않았다. 재상의 부하들은 속으로 기뻐하며 산단을 비웃었다. 산단은 다시 큰소리로 외쳤다. "무너져라!" 여전히 산은 움직이지 않았다. 재상의 부하들이 눈짓을 하며 시시덕거렸다. 산단은 온 힘을 다해 다시 큰소리로 외쳤다. "무너져라!" 바로 그때 높디높은 타이산이 큰소리와 함께 우르르 무너졌다. 수많은 개미들이 산 아랫부분을 파내어 속이 텅 비었기 때문이었다. 이것이 바로 "개미가 타이산을 무너뜨렸다"는 이야기이다.

그때 황제는 산단이 타이산에 대고 고함을 지르고 있다는 말을 듣고 많은 신하들과 함께 와 구경을 하고 있었다. 눈앞에 펼쳐진 사실에 깜짝 놀라고 말았다. 재상은 두려움에 부르르 떨며 왕에게 말했다.

"이 녀석은 요괴가 분명합니다. 차라리 일찌감치 죽여 버리는 것이 나을 것입니다."

그때 산단이 달려가 왕이 입을 열기도 전에 자기가 어떻게 보물을 얻었고 고통을 받았는지 그 과정을 왕에게 쭉 설명했다. 그리고는 죽은 개미 몇 마리를 찾아와 그 자리에서 보물 알의 효험을 증명해 보이겠다고 했다. 재상이 보물 알을 가져왔지만 가짜인지라 어떻게 해도 개미를 살릴 수 없었다. 하지만 산단이 진짜 보물 알로 살짝 건드리자 그 개미들은 살아나 곧장 기어갔다. 결국 재상은 끌려 나가 죽임을 당했다. 산단은 보물 알을 바친 공으로 진보장원(進寶狀元)에 임명되었고, 또 황제의 사위가 되었다.

19 토끼 판사 [1]
兔子判官

굶주린 이리 한 마리가 숲 속에서 먹을 것을 찾고 있었다. 그러다가 실수로 발을 헛디뎌 사냥꾼이 파 놓은 함정에 빠졌다. 이리는 아무리 노력해도 함정에서 빠져나올 수 없었다. 그래서 큰소리로 "살려 주세요. 살려 주세요."라고 외쳤다.

이때 마침 산양 한 마리가 지나갔다. 이리는 눈물 콧물을 흘리며 애원했다.

"살려 주십시오. 자비로운 산양님. 저는 여기서 죽어도 괜찮습니다만, 우리 집에 있는 새끼들이 굶어죽을 것입니다."

산양은 말했다.

"안 돼. 너를 구해 주면 네가 나를 잡아먹을 거잖아."

이리가 말했다.

"살려만 주신다면 저는 절대로 산양님을 해치지 않겠습니다. 맹세하겠습니다."

산양은 애걸복걸하는 이리를 차마 둘 수 없었다. 그래서 밧줄을 찾아 한쪽 끝을 자기의 뿔에 묶고, 다른 한쪽 끝을 함정 아래로 던졌다. 그리고 이리에게 밧줄을 잡으라고 한 뒤 이리를 함정에서 끌어냈다. 그런데 이리는 자유를 얻자마자 산양한테 달려들어 한 끼 밥으로 잡아먹으려고

---

1 중국 티베트족(藏族)에 전해오는 이야기. 주요 거주지는 칭장고원(靑藏高原), 쓰촨성(四川省), 칭하이성(靑海省), 간쑤성, 윈난성(雲南省) 등지이며, 2000년 통계상 인구는 약 541만 명이다. 티베트족(藏族, 장족)은 농업과 목축을 위주로 하며, 삼림이 무성한 지역에서 약초 채취 등을 영위하고 있으며 대다수가 티베트 불교를 믿고 있어 유명한 사원이 많이 있다. 또한 독자적인 문자와 언어 및 역법을 가지고 있다.

했다. 그런데 산양에게 말 몇 마디라도 해야 될 것 같아 이렇게 말했다.

"자비로운 산양님. 제 목숨을 구해주신 김에 끝까지 도와주십시오. 저는 지금 굶어죽을 듯 배가 고픕니다."

"나를 해치지 않겠다고 맹세했잖아?"

"나는 태어날 때부터 고기를 먹고 살았는데, 어떻게 당신을 살려줄 수 있겠어요?"

산양은 이리로부터 달아날 방법이 없어 꼼짝없이 죽게 되었다. 마침 그때 토끼 한 마리가 다가왔다. 산양은 말했다.

"똑똑한 토끼님. 이 상황을 판정해 주십시오."

토끼는 이리와 산양으로부터 일의 자초지종을 다 듣고 나더니 다음과 같이 말했다.

"너희들의 말은 다 일리가 있어. 그런데 너희들이 말한 걸 다 믿을 수 없거든. 지나간 모든 일들을 다시 보여주면 내가 자세히 보고 잘 판정할 수 있을 거야."

그래서 이리에게는 다시 함정에 뛰어내리고 산양에게는 이리를 다시 구해보라고 했다. 이리가 뛰어내리자 그때 토끼는 함정의 위에서 말했다.

"배은망덕한 놈. 여기서 사냥꾼의 밧줄이나 기다리거라."

산양은 아주 기뻐하며 토끼를 따라갔다.

20 곰 할머니 [1]

熊家婆

어떤 집에 엄마와 두 딸, 이렇게 세 모녀가 살고 있었다. 그들은 마을에서 멀지 않은 산비탈 외딴집에서 살았다. 엄마는 밭을 일구며 생계를 꾸렸고, 마을에 사는 할머니가 자주 와서 어린 외손녀들을 돌봤다. 어느 날, 엄마가 장을 보러 나가면서 두 딸에게 말했다.

"애들아,[2] 엄마가 오늘 장에 가야 해. 그러니까 너희 둘은 대문을 꼭 잠그고 옥상에서 놀아라. 누가 문을 열어달라고 소리쳐도 열어주지 말고 그냥 엄마가 집에 없다고만 말해. 만약 무슨 일이 생기면 옥상 위에서 할머니한테 오시라고 소리쳐."

엄마는 말을 마친 뒤 약재를 등에 지고 시장으로 나섰다. 언니는 대문을 단단히 잠그고, 동생을 업고 옥상 위로 올라갔다. 잔소리하는 어른이 없으니 둘은 모든 것을 잊고 신나게 놀았다. 어느새 날이 어두워졌지만 엄마는 아직도 집에 돌아오지 않았다. 언니는 할머니한테 이리로 와서 자기들과 같이 있어달라고 소리쳐야지 하고 생각했다. 언니는 옥상 위에서 크게 소리를 질렀다.

"할머니! 이리로 와서 같이 있어주세요, 할머니!"

막 이 소리를 들은 곰은 할머니인 척 대답했다. "간다, 간다고!"

---

1 중국 창족(羌族)에 전해오는 이야기. 주요 거주지는 쓰촨성(四川省) 아패티베트족창족자치구(阿壩藏族羌族自治州, 아패티베트족강족자치주)의 마오현(茂縣, 무현)과 원촨현(汶川縣, 문천현)이며 2008년에 발생한 원촨대지진의 진앙지 중의 하나로 막대한 피해를 입었다. 2000년 통계상 인구는 30.6만으로, 이들은 원시종교를 신봉하며 만물에 영혼이 깃들어 있다고 믿는 자연숭배 신앙을 지니고 있다.
2 소길(尕吉): 창족(羌族)의 방언으로, '내 딸'이란 의미이다.

언니는 할머니의 대답을 듣고, 다시 소리치지 않았다. 자매는 집으로 내려와 기다렸다. 좀 있으니 곰 할머니가 집 앞으로 와 문을 열라고 소리쳤다. 자매는 문을 열어 곰 할머니를 데리고 옥상으로 올라갔다.

언니가 등에 불을 밝히려고 하자 곰 할머니가 막으며 말했다. "불을 밝히지 마. 할머니는 눈병이 나서 밝은 것을 보면 안 돼."

언니가 곰 할머니에게 의자를 갖다 주면서 앉으시라고 했더니 됐다고 하면서 말했다. "의자에 앉지 못해. 할머니는 엉덩이에 종기가 났거든."

언니가 곰 할머니를 부축하자 몸 위의 수북한 털이 만져져 깜짝 놀랐다. "할머니. 어째서 할머니 등이 온통 털로 뒤덮여 있어요?"

곰 할머니가 대답했다. "이 바보야! 할머니가 가죽 저고리를 뒤집어 입은 거잖아."

언니가 곰 할머니의 웅얼거리는 소리를 듣고 물었다. "할머니, 왜 할머니 목소리가 예전 같지 않아요?"

"그거야, 어제 비를 좀 맞았더니 감기에 걸려서 그래. 이것저것 꼬치꼬치 묻고, 너 정말 말이 많구나. 얼른 자, 일찍 자고 일찍 일어나야지. 안 그러면 내일 아침에 너희 엄마가 올 때 너희들에게 아무 것도 안 사다 주실 거야."[3]

잠을 자는데, 동생은 굳이 곰 할머니와 같이 자고 언니는 발 아래쪽에서 잤다. 한참 자다 보니 탁탁거리는 소리에 언니는 놀라 잠에서 깼다. 자세히 들어보니 곰 할머니가 뭘 먹고 있었다.

언니가 물었다. "할머니 뭘 먹고 있어요?"

곰 할머니가 말했다. "별거 아니고 네 할아버지가 준 콩 몇 알을 먹고 있어."

언니가 말했다. "저도 좀 주세요."

---

3 긴주(緊走): 창족(羌族)의 방언, 공기(空氣) 또는 숫자 0, 즉 아무 것도 없다는 의미.

"없어."

언니가 또 말했다. "못 믿겠어요. 제가 기어가서 할머니 가방을 뒤져 볼게요."

"자라. 감기 들어! 여기 콩 한 알이 있으니 가져가 먹어!"

언니가 건네받아 만져보니 끈적끈적한 것이 콩이 아니라 뾰족한 손가락이었다. 이 곰 할머니는 마치 무 먹듯이 동생의 종아리를 먹고 있었다. 그제야 모든 것을 알게 된 언니는 놀라서 온몸이 부들부들 떨렸다. 언니는 속으로 생각했다. '이제 다 끝이야. 도망치려 해도 도망칠 수 없고, 소리를 질러도 구해줄 사람이 없잖아.'

그래도 어쨌든 도망갈 궁리만 생각했다. 언니가 똥이 마려운 척하면서 소리쳤다. "할머니, 저 화장실에 가고 싶어요."

곰 할머니는 이제 배도 불렀으니 언니가 똥을 누고 깨끗해지면 좀 더 맛있겠다고 생각했다. "그럼 침대 옆에다 누렴."

"방에 똥 냄새가 지독하게 날 텐데 돼지우리 입구에 가서 누면 안 돼요?"

곰 할머니는 언니가 도망갈까 봐 걱정이 되었다.

"잠깐만. 네가 줄을 가져와서 한쪽 끝을 네 허리에 묶고, 한쪽 끝을 내가 붙잡고 있도록 하자. 그러면 네가 넘어지지 않을 거잖아."

"맞아요! 제가 가서 줄을 가져올게요."

언니는 조심스레 가위와 송곳을 품에 숨긴 채, 아궁이 앞에 있는 칼을 들고 엄마가 장작을 질 때 쓰던 줄을 풀었다. 그리고 한쪽 끝은 자기의 허리에 매고, 한쪽 끝은 곰 할머니에게 준 뒤 사다리를 타고 내려가 돼지우리 입구로 갔다. 잠시 후 줄을 잡고 있던 곰 할머니는 언니가 도망갈까 봐 걱정이 되어 줄을 끌어당기며 물었다. "똥 다 눴니?"

언니가 돼지우리 입구에서 말했다. "아직요."

그렇게 묻고 또 물으며 곰 할머니는 줄을 계속 잡아 당겼다. 언니는 얼른 허리에 묶인 줄을 풀어서 돼지 구유에 묶은 뒤 조심조심 문을 열고 도망쳤다. 집에서 나온 뒤 언니는 생각했다.

'날이 이렇게 어두운데 어떻게 내가 달리기로 곰을 따돌릴 수 있겠어?'

그래서 언니는 얼른 문 앞에 있는 배나무로 기어 올라가 숨었다. 그 사이 침대에서 줄을 잡고 누워 있던 곰 할머니는 몇 번을 물어도 아무런 대답이 없자 언니가 잠이 든 줄 알았다. 그래서 힘껏 줄을 당기니 와르르 소리와 함께 돼지 구유가 뒤집혔다. 곰 할머니는 벌떡 일어나 얼른 문 밖으로 쫓아 나갔다. 나무 아래로 가니 언니가 말하는 소리가 들렸다.

"할머니. 이 배가 정말 달아요. 내가 배를 따서 드릴 테니 할머니는 입을 크게 벌리세요. 내가 우선 큰 배 하나를 떨어뜨릴 테니 한번 맛보세요."

곰 할머니는 달콤한 배를 맛보고 싶어서 나무 아래에서 입을 크게 벌렸다. 언니는 송곳을 꺼내며 말했다. "잘 받아요!"

곰 할머니의 입 쪽으로 던진 송곳은 곰 할머니의 목구멍을 꿰뚫었다. 곰 할머니는 비명을 지르며 나무 위로 올라오려 했다. 언니가 가위를 잡고 힘껏 가위의 뾰족한 부분으로 곰 할머니의 눈을 찔렀다. 곰 할머니는 너무 아팠지만 필사적으로 나무 위로 기어올랐다. 언니는 칼로 곰 할머니의 앞 발 두 개를 잘라버렸다. 결국 곰 할머니는 미끄러져 배나무에서 떨어져 죽고 말았다.

21 고양이와 개는 왜 원수가 되었을까 [1]
猫和狗怎样成了冤家

개와 고양이를 좋아하는 어떤 나무꾼이 있었다. 개는 문을 지키며 집을 보고, 고양이는 쥐를 잡았다. 한가할 때면 개와 고양이는 주인 앞에서 뒹굴며 장난을 쳤다. 개와 고양이는 매우 사이가 좋았다. 나무꾼은 매일 산에 가서 나무를 벴다. 어느 날 우연히 둥글고 긴 모양의 죽통 같은 물건을 주워 집으로 돌아왔다. 마침 쌀을 찧는 데 쓸 수 있을 거 같아서 쌀 항아리 속에 넣어두었다. 다음날 쌀을 찧으려고 보니 쌀 항아리 속에는 흰쌀이 가득 차 있었고, 그 죽통 같은 물건이 위에 놓여 있었다. 나무꾼은 매우 이상하게 생각하고는 그것을 나무상자에 넣어두었다. 나무상자에는 원래 동전 몇 푼만이 있었는데 이튿날 열어보니 동전이 상자에 가득 차 있었다. 그제야 나무꾼은 이 물건이 보물임을 알고 매우 기뻐했다.

나무꾼은 일하러 나가면서 개와 고양이에게 집을 잘 보고 보물을 잘 지키라고 당부했다. 그리고 누가 와서 불러도 절대 문을 열어주지 말라고 했다. 주인이 나간 뒤 얼마 되지 않아 누군가가 급하게 문을 두드렸다. 개는 주인의 말을 기억하고 있다가 조용히 소리를 내지 않고 문 옆에서 자는 척을 했다. 그런데 고양이는 몸을 구부렸다 기지개를 켜는 사이 주인이 당부한 것을 완전히 잊어먹었다. 고양이는 문을 두드리는

---

1 중국 둥족(侗族)에 전해오는 이야기. 주요 거주지는 구이저우성, 후난성(湖南省), 광시좡족자치구(廣西壯族自治區)의 경계 지역이다. 2000년 통계에 따르면 인구는 약 296만 명. 둥족은 다신교를 믿으며, 조상, 특히 여성조상인 살모(薩母)를 숭배하며, 많은 지역에 살모사(薩母祠)를 건립하였다. 둥족의 언어는 둥어이나 대다수가 한어를 구사한다.

소리를 듣고 코를 골고 있는 개를 쳐다봤다. 그리고 개에게 물었다.

"오빠! 어젯밤에 닭을 훔쳤어? 아니면 오리를 훔쳤어? 해가 중천인데 아직도 자? 누가 와서 문 두드리는 것 들리지 않아?"

개가 낮은 소리로 말하였다.

"쉿! 누가 와서 문 두드리면 절대 열어주지 말라고 주인님이 분부하셨 잖아."

문 밖의 사람은 고양이가 하는 말을 듣고는 이렇게 말했다.

"고양이 아가씨, 집에 있어요? 나는 당신 주인의 형수예요. 빨리 문 열어주세요. 지금 내 주머니에 사탕이 있어요."

고양이는 "고양이 아가씨"라는 말을 듣고, 괜스레 기분이 좋아져 한숨에 뛰어나가 문을 열었다. 개는 막고 싶었지만 이미 늦었다. 형수가 뒤뚱뒤뚱 대문을 들어오다 눈을 크게 뜨고 개를 보았다. 그러고는 주머니에서 사탕을 꺼내 고양이에게 내밀었다.

"나는 고양이가 영리하고 사람을 잘 도와주는 줄 진즉에 알고 있었지. 언제 우리 집에 놀러와."

고양이는 사탕을 빨면서 배시시 웃었다. 형수는 주인이 없는 것을 보고 몰래 쌀 항아리 근처로 가서 뚜껑을 열고 쌀을 꺼내려고 했다.

"와! 찹쌀이 이렇게 많이 있네."

고양이는 입가를 핥으며 뭔가를 다 안다는 듯이 으쓱해하며 재빨리 말하였다.

"우리 주인님의 보물이 이렇게 만든 거죠. 아주머니는 거기 나무상자에 가득 찬 동전이 안 보이세요? 동전 위에 있는 그게 바로 보물이에요."

개는 화가 나서 발을 동동 굴렀지만, 고양이는 개를 거들떠보지도 않았다.

"야! 이렇게 귀한 보물이! 내게 좀 빌려줘. 네 집주인이 동생이잖아. 나는 형수야. 내일 내가 돌려줄게."

개는 한사코 안 된다고 했지만, 고양이는 그냥 보물을 주고 말았다. 형수는 포대에다 찹쌀과 보물을 싸서 돌아갔다. 개는 화가 나서 왕왕 짖었다.

　나무꾼이 집에 돌아와서 보물을 찾았지만 보이지 않았다. 개에게 묻자 개는 고양이한테 물어보라고 했다. 다시 고양이에게 물으니 형수가 빌려갔다고 했다. 형수는 탐욕스러운 사람이었다. 예전에 그녀는 형을 부추겨서 동생을 깊은 산속으로 쫓아냈다. 그러니 지금 형수가 보물을 빌려간 것은 호랑이가 돼지를 빌려간 것이나 다름이 없었다. 하루, 이틀, 사흘이 지났는데도 형수는 보물을 돌려주지 않았다. 나무꾼은 어서 가서 가져오고 싶었지만 형수가 시치미를 뗄까 봐 걱정이 되었다. 그래서 고양이를 불러 몰래 가져오라고 했다. 고양이가 개를 데리고 가겠다고 하자 나무꾼은 그러라고 했다. 개는 어쩔 수 없이 고양이와 함께 형수네 집을 향했다. 고양이는 서둘러 앞으로 계속 갔고, 개는 모퉁이마다 오줌을 싸면서 앞으로 뛰어갔다. 형수의 집에 도착했을 때는 문이 굳게 잠겨 있었다. 고양이가 개에게 말했다.

　"오빠는 문을 지켜. 내가 들어가서 찾아볼게."

　고양이가 기와지붕으로 올라가자 큰 쥐가 한 마리 보였다. 고양이는 쥐에게 보물을 보았냐고 물었지만, 큰 쥐는 모른다고 말했다. 고양이는 야옹 하고 한입에 쥐를 잡아 먹어버렸다. 고양이는 그렇게 매달려 있다가 또 작은 쥐 몇 마리를 보았다. 고양이가 물었다.

　"너희들은 보물을 봤니? 말 안 하면 모두 잡아먹어 버릴 거야."

　쥐들은 너무 놀라 떨면서 말하였다.

　"봐, 봤어요. 주인 여자가 그걸 상자 안에 두는 걸 봤어요."

　고양이는 뛰어내려와 상자를 뒤집어 보았더니 과연 보물이 있었다. 고양이와 개는 보물을 찾아서 집으로 돌아갔다. 그런데 고양이는 도중에 길을 잃어버렸다. 하지만 개는 자기가 싼 오줌 냄새를 맡고 어디로 가야 할지 정확히 알았다. 개는 고양이를 데리고 집으로 향했다. 앞에는 작은 강이 흐르고 있었다. 고양이가 말했다.

"오빠, 올 때랑 똑같아요. 오빠가 나를 업고 강을 건너요."

"그런데 보물이 있으니 두 번에 나눠서 강을 건너야겠다. 한 번은 보물을 가지고서 건너고 한 번은 너를 업고서 건너도록 하자."

고양이는 별 수 없이 개가 먼저 보물을 가지고 강을 건너갔다 돌아오기를 여기서 기다릴 수밖에 없었다. 개는 보물을 물고 강을 건넜다. 그런데 고양이를 데리러 다시 돌아오지 않았다. 고양이가 강 저쪽에서 울고 있자, 강 이쪽에서 개가 소리쳤다.

"보물을 여기다 두었다가 잃어버리면 어떻게 하겠니? 이렇게 할 수밖에 없어. 내가 보물을 물고 집에 갔다가 다시 와서 너를 건너게 해줄게."

개는 말이 끝나자, 보물을 물고 집으로 가버렸다. 고양이는 너무 속상해서 엉엉 울었다. 거북이가 그 소리를 듣고 이유를 물었다. 고양이는 강을 건너고 싶다고 했다. 고양이는 거북이의 등에 올라타자 가슴이 조마조마해졌다. 거북이는 고양이를 태우고 세차게 흐르는 강물을 건너갔다. 고양이는 언덕 위에 올라가자 거북이에게 고맙다는 인사도 하지 않은 채 그냥 집을 향해서 달려갔다. 나무꾼을 만난 고양이는 숨을 헐떡이며 개를 욕하며, 보물을 찾은 자기 공을 과장해서 말했다. 나무꾼은 고양이를 달래며 큰 물고기를 주었다. 반면 개 밥그릇에는 뼈다귀 몇 개를 던져주었다. 개는 화를 내며 고양이에게 달려들어 따졌다. 깜짝 놀란 고양이는 개가 자기를 무는 줄 알고 기둥 위로 올라가서 숨어버렸다. 이때부터 고양이와 개는 원수지간이 되었다.

병아리의 복수 [1]

小鸡报仇

얼룩 암탉이 병아리 세 마리를 낳고는 아주 기뻐했다. 밤마다 닭장에
들어가 병아리 세 마리를 날개 밑에 품어 따뜻하게 해줬다. 아침이면
닭장에서 나와 새끼들을 데리고 마당이나 잔디밭에서 놀거나 먹을 걸
찾았다. 그리고 얼룩 암탉은 새끼들에게 항상 듣기 좋은 노래를 가르쳐
주었다. "꼬꼬꼬꼬, 찍찍찍찍……" 병아리들이 점점 자라면서 엄마를
따라 스스로 먹을 것을 찾을 수도 있었고, 또 엄마의 은혜도 알게 되었
다. 그래서 병아리들은 항상 어떻게 엄마의 은혜에 보답해야 할지를
상의했다.

그런데 어느 날, 암탉이 새끼들을 데리고 숲 근처에서 먹을 걸 찾고
있었다. 그때 갑자기 들고양이 한 마리가 달려들어 암탉을 끌고 가 버렸
다. 병아리들이 엄마를 애타게 불렀지만, 암탉의 털 몇 가닥만을 찾을
수 있었다. 병아리들은 커서 꼭 엄마의 복수를 하겠다고 맹세했다.

엄마를 잃은 병아리 삼남매는 서로 의지하며 살아갔다. 가을이 되자
암평아리 두 마리는 볏이 붉어지고 "꼬꼬" 하는 소리가 엄마의 소리랑
닮아졌다. 그리고 수평아리 한 마리는 "꼬끼오" 하고 소리 내 울기 시작
했다. 어느 날 삼남매는 둘러앉아 함께 상의했다.

"엄마가 우리를 잘 키워주셨지. 우리들이 엄마에게 보답도 하지 못했

---

1   중국 하니족(哈尼族)에 전해오는 이야기. 윈난성(雲南省) 서남부 위엔장 하니족 이족 다이족
    자치현(元江哈尼族彝族傣族自治縣, 원강합니족이족태족자치현)을 중심으로 거주하고 있으
    며 2000년 통계에 따른 인구수는 144만이다. 하니어를 사용하나 문자가 없어 1957년 로마자
    알파벳을 제정하여 사용하고 있다.

는데 그만 엄마가 들고양이에게 물려가고 말았어. 이제 우리가 컸으니까 복수할 시간이 된 거 같아."

그리고 삼남매는 들고양이가 도망갔던 방향으로 걸어갔다. 그들이 산가지 숲에 들어서자 산가지 열매[2]가 물었다.

"수평아리야, 암평아리야. 여기는 들고양이가 출몰하는 곳인데, 너희들은 어떻게 겁도 없이 들어왔니?"

병아리 삼남매는 저마다 한마디씩 하며 암탉이 들고양이에게 끌려간 일을 산가지 열매에게 알려줬다. 산가지 열매는 그 말을 듣고 대답했다.

"그 들고양이는 진짜 나쁜 놈이야. 내가 여기서 걔가 닭이나 오리를 물고 뛰어가는 걸 자주 봤지. 나도 너희들을 따라갈게. 조금이라도 도움이 될지도 몰라."

병아리들은 기뻐하며 입으로 산가지 열매를 물고 갔다. 그들이 도랑 근처에 이르렀을 때 도랑 속에는 게 한 마리가 물놀이하고 있었다. 게가 물었다.

"수평아리야, 암평아리야. 너희들이 어쩐 일로 여기까지 왔어?"

병아리들이 자기가 온 이유를 게에게 말해주자 게는 안타까워하며 말했다.

"들고양이가 얼룩 암탉 한 마리를 물고 여기를 지나간 적이 있었어. 나도 봤지. 나도 너희들을 따라갈게."

병아리 삼남매는 아주 고마워했다. 그리고 게에게 집게로 수평아리의 꼬리를 꽉 붙잡으라고 하고는 함께 떠났다. 그들은 얼마 가지 않아 채소밭에 도착했다. 거기에는 큰 동과(冬瓜)[3] 하나가 땅에 누워 있었다. 동과

---

2 [역자주] 고자과(苦子果): 가지과 식물. 윈난에서 생산되고 있다. 열매의 쓰기, 형태, 크기에 따라 큰 산가지 열매와 작은 산가지 열매로 나눌 수 있다.

3 [역자주] 동과(冬瓜): 호박과. 여름에 생산되고 있다. 아시아 열대, 아열대 지역에서 자라는 야채이다.

가 그들을 막고 물었다.

"얘들아, 어디 가니? 들고양이의 밥이 되려고?"

병아리들은 자기들이 당한 일을 다시 한번 얘기해 주었다. 다 듣고 난 동과는 크게 화를 냈다.

"나도 그 들고양이를 너무 싫어해. 개는 매일 여기서 제멋대로 뛰어다니며 우리 많은 친구들을 짓뭉개 놓았어. 나도 너희들과 같이 가서 분풀이를 해야겠어."

병아리들은 아주 기뻐하며 덩굴 세 줄기를 잡아 뜯었다. 그리고는 한쪽은 자기의 발에 묶고 다른 한쪽으로 동과를 묶었다. 그렇게 동과를 끌고 밭 옆에 있는 숲으로 들어갔다. 숲 속에서는 꿀벌 한 무리가 부지런히 일을 하고 있었다. 그들은 병아리들을 보더니 바로 여왕벌에게 보고했다. 병아리 삼남매는 여왕벌에게 이곳에 온 이유를 설명했다. 여왕벌은 매우 화를 내며 말했다.

"그 들고양이 정말 나쁘답니다. 그는 이곳에서 멀지 않은 곳에 살고 있어요. 우리 아이들이 당신들을 거기까지 데려다 가 줄 거예요."

삼남매는 여왕벌에게 감사의 인사를 한 뒤 작은 꿀벌을 따라갔다. 얼마 가지 않아 소똥 한 덩어리가 그들을 가로막았다. 병아리들이 돌아서 가려고 하자 소똥이 다급하게 말했다.

"야, 너희들. 더 이상 앞으로 가지마!"

병아리 삼남매와 친구들은 이상하게 여기며 그 이유를 물었다. 소똥은 목소리를 낮추어 말했다.

"바로 요 앞이 들고양이의 집이야. 너희들이 가면 아마 돌아오지 못할 거야."

"우리는 지금 그를 찾아가 엄마의 복수를 하려고 해요!"

병아리 삼남매는 소똥에게 자초지종을 얘기해 주었다. 소똥도 화를 내며 큰소리로 외쳤다.

"그 들고양이는 진짜 겁도 없이 제멋대로야. 나도 너희들을 도울 테니 함께 복수하러 가자."

이렇게 해서 병아리 삼남매는 친구들과 함께 계속 앞으로 나아갔다. 들고양이는 작은 대나무 숲속 집에서 살았다. 마침 무더운 점심때라 들고양이는 코를 드르렁거리며 낮잠을 자고 있었다. 병아리와 친구들이 대나무집 아래에까지 이르자 소똥이 말했다.

"나는 여기서 지키고 있을게."

계단을 올라가자 동과가 말했다.

"난 여기서 지키면 딱 좋겠어."

그리고 꿀벌이 문턱에 남았다. 방에 들어가자 게는 물이 없으면 안 된다며 바로 물항아리 속으로 기어 들어갔다. 산가지 열매는 병아리 입에서 튀어나와 신나게 화로에 뛰어 들었다. 병아리 삼남매는 친구들이 중요한 곳에 배치된 것을 확인하고는 곧장 들고양이를 둘러싸고 큰소리로 외쳤다.

"야, 일어나 봐!"

들고양이는 놀라서 눈을 번쩍 떴다. 그랬더니 바로 자기 옆에 포동포동한 병아리 세 마리가 보였다. 생각지도 않은 횡재가 생기자 그는 흥분되었다. 그리고는 이게 꿈인가 싶어 눈을 껌벅거렸다. 그때 병아리들이 외쳤다.

"우리들은 너에게 복수를 하러 온 거야!"

들고양이는 흥분되어 펄쩍 뛰다가 앞에 서 있는 병아리들을 하나하나 쳐다보았다. 어떤 걸 먼저 먹을까? 그는 흐뭇한 표정으로 빵빵한 배를 두드리며 말했다.

"아직도 배가 부른데."

이때 암평아리 두 마리가 목을 옴츠리고 달려들 자세를 취했다. 그리고 수평아리가 고개를 들어 싸울 태세를 갖추고 말했다.

"너 기억나? 지난여름, 네가 우리 엄마를 잡아먹었잖아. 우리가 엄마의 복수를 하려고 온 거야."

이 말을 들은 들고양이는 목을 쭉 내밀어 "내가 아니야."라고 애써 변명했다. 그와 동시에 확 뛰어나오면서 병아리 한 마리를 덥석 물더니 달아나려고 했다. 바로 그때, 화로에 달구어져 부풀어 오른 산가지 열매가 "팍" 하고 터지더니 그 과즙이 들고양이의 얼굴은 덮쳤다. 들고양이가 깜짝 놀라며 방방 뛰다가 마침 물항아리에 뛰어들었다. 그러자 이미 날카로운 집게발을 벌리면서 기다리고 있는 게가 고양이의 다리를 꽉 물었다. 들고양이는 마구 소리를 질렀다. 들고양이는 발버둥을 치며 겨우 게의 집게발에서 벗어났다. 들고양이는 물항아리에서 나오자 문밖으로 도망쳤다. 이번에는 문턱을 지키고 있는 꿀벌들이 붕붕거리며 흩어졌다가 들고양이를 한꺼번에 쏘았다. 들고양이는 계단에서 "퉁퉁" 하며 굴러 떨어졌다. 쓰러진 머리 위로 소똥에 떨어졌고, 입과 눈은 소똥이 가득 찼다. 겨우 소똥을 닦고 도망치려고 했지만 큰 동과가 계단에서 굴러 내려와 그의 머리를 딱 맞추었다. 거의 소똥 덩어리 안에서 깔려 죽을 지경이었다. 들리는 소문에 의하면, 그 이후로 들고양이는 아무리 배가 고파도 얼룩 암탉은 잡아먹지 않는다고 한다.

23 녹두 참새와 코끼리 [1]

绿豆雀和象

녹두 참새 한 쌍이 물가 근처의 풀숲에 둥지를 틀었다. 봄이 되자 그들은 알을 낳았다. 매일 같이 알을 품어 드디어 새끼가 태어날 때가 되었다. 어느 날, 숲 속에서 코끼리 한 무리가 뛰쳐나왔다. 그중 큰 코끼리가 녹두 참새의 둥지를 향하여 다가와 호수의 물을 마시려고 했다. 깜짝 놀란 녹두 참새는 허겁지겁 코끼리 앞으로 날아가 빌면서 말했다.

"코끼리님, 걸음을 멈춰 주세요. 바로 이 앞이 우리 집이에요. 곧 우리 아기들이 태어날 거예요. 코끼리님, 제발 저쪽으로 돌아가 주세요. 아직 태어나지도 않은 아기들이 밟혀 죽는다면 우리 마음이 너무 아플 거예요. 제발, 코끼리님, 저쪽으로 돌아가 주세요."

큰 코끼리는 녹두 참새를 거들떠보지 않고 코를 한 번 위로 쳐들고 귀를 펄럭이며 말했다.

"작은 참새 주제에 감히 나를 막아. 난 내 길을 갈 거야. 너희들이 죽든 말든 나랑 무슨 상관이야. 꺼져, 당장 꺼지라고. 비키지 않으면 너희들을 먼저 밟아 죽여 버릴 거야."

큰 코끼리는 코를 휘두르고 성큼성큼 곧장 나아가더니 녹두 참새의 둥지를 밟아버렸다. 그 바람에 둥지 안의 알들이 모두 깨져버렸다. 녹두 참새를 복수를 다짐했다. 녹두 참새는 딱따구리 아저씨 집으로 날아가

---

1 중국 다이족(傣族)에 전해오는 이야기. 태국의 다수를 차지하는 타이족과 역사, 문화 및 언어 등 연관성을 보이고 있는 민족이다. 2000년 통계에 따르면 인구수는 대략 115만 명이며, 주요 거주지는 시솽반나다이족자치주(西雙版納傣族自治州), 더훙다이족징포족자치주(德宏傣族景頗族自治州) 등의 현(縣)이다. 최대 명절은 발수절(潑水節)이다.

방금 일어난 일을 말해주었다. 딱따구리도 몹시 화가 나서 서둘러 강가로 날아가 얼룩 물참새를 불렀다. 그들은 녹두 참새와 같이 코끼리 뒤를 쫓았다. 이윽고 그들은 큰 코끼리가 있는 곳에 이르렀다. 딱따구리는 큰 코끼리의 머리와 코 위에 앉아 눈 근처를 쪼기 시작했다. "딱따르르르" 딱따구리가 쉴 새 없이 쪼자 큰 코끼리는 소리를 질렀다.

"이 나쁜 놈, 뵈는 게 없어? 감히 나한테 덤비다니!"

딱따구리는 못 들은 척 여전히 "딱따르르르" 쪼아댔다. 큰 코끼리의 눈과 코에선 피가 흘렀고, 잠시 후 얼굴은 피투성이가 되었다. 큰 코끼리는 물을 마시고 싶었지만 앞이 잘 보이지 않아 그럴 수 없었다. 그런데 갑자기 바로 앞에서 얼룩 물참새가 우는 소리가 들렸다. 큰 코끼리는 생각했다.

'으응. 얼룩 물참새는 물가에 사니까 걔가 우는 곳이라면 반드시 물이 있을 거야.'

그래서 그는 비틀거리며 앞으로 걸어가 얼룩 물참새가 우는 곳까지 이르렀다. 그리고는 물을 마시기 위해 코를 쭉 뻗었다. 그런데 아이쿠, 코가 바위에 부딪쳤다. 사실 얼룩 물참새가 있었던 곳은 물속이 아니라 바위 위였던 것이었다. 큰 코끼리는 코가 아플수록 갈증이 더 났다. 다시 앞쪽에서 얼룩 물참새가 우는 소리를 들렸다. '방금 내가 잘못 들은 것 같아.'라고 생각하며 또 앞으로 걸어갔다. "쿵" 소리를 내며 코끼리는 절벽 아래로 떨어졌다. 사실 이번에 얼룩 물참새가 울고 있던 곳은 절벽 끝이었다.

이 이야기 때문에 우리 다이족(傣族)에는 이런 속담이 전해온다.

녹두 참새가 큰 코끼리를 이긴 것은 친구들의 도움 때문이다.

24 세 발 고양이와 세 발 개[1]
三脚猫和三脚狗

어떤 마을에 금슬이 좋은 부부가 있었다. 남편의 이름은 판산(盤山)이었다. 그는 매일 산에 가서 나무를 해다 팔아 가족을 부양했지만 살림살이가 몹시 가난했다. 어느 날, 아내가 결혼 지참금을 꺼내 놓으며 남편에게 말했다.

"여보, 내일부터 나무를 그만하고 밖에 나가 장사를 해요. 이 3백 냥을 밑천으로 삼아서."

판산도 다른 살 길을 찾으려는 참이었다. 마침 아내가 지참금을 내놓으며 장사를 권하자 감동해서 눈물이 나려고 했다. 그런데 판산이 말했다.

"이 돈은 당신 지참금이니 당신이 가지고 써야지."

"그런 게 어디 있어요. 돈이란 게 제대로 써야 돈이죠."

아내는 그 돈을 판산의 품속에 넣어 주었다. 다음날 새벽, 판산은 짐을 짊어지고 길을 나섰다. 어느덧 날이 저물자 그는 어떤 마을에 묵었다. 주인은 아주 착한 노인이었는데 판산과 말이 잘 통하였다. 두 사람이 얘기를 나누고 있을 때, 다리 하나가 없는 고양이가 판산 앞으로 와 기지개를 켜며 "미아오~" 소리를 내었다. 주인은 그 고양이를 뚫어져라 쳐다보는 판산을 보고 말했다.

---

1 야오족(瑤族)에 전해오는 이야기. 야오족은 광둥(廣東)·광시성(廣西省)의 산간지역을 중심으로 거주하는데, 인구는 2000년 조사기준으로 260만 명이다. 종교는 조상제사가 두드러지지만 신령과 성령을 믿으며 거기에 통달한 무사(巫師)가 있으며, 일반적으로 도교(道敎)의 영향이 현저하고, 또한 개를 시조로 하는 '반호신화(槃瓠神話)'를 공통으로 소유한다.

"이 고양이 말이야, 태어날 때부터 다리가 셋이었어. 이렇게 작아 보여도 쌀을 반 근이나 먹어. 이렇게 많이 먹는데 누가 키울 수 있겠어."

노인이 한숨을 짓자 판산이 물었다.

"이 고양이가 쥐를 잡을 수 있어요?"

"잡긴 잘 잡지. 근데 키우기가 힘들어."

판산이 한참 생각하다가 다시 물었다.

"이 고양이를 제게 파시겠어요?"

"자네가 살 텐가?"

"예. 사고 싶어요. 백 냥이면 충분할 거 같은데……."

"그래, 가져가. 자네가 잘 실어갈 수 있게끔 대바구니를 만들어줄게."

날이 밝자 판산은 세 발 고양이를 데리고 다시 길을 떠났다. 바구니에 든 고양이는 기쁜지 슬픈지 모르겠지만 쉬지 않고 울면서 푸르고 큰 눈으로 판산을 쳐다보았다. 날이 저물자 판산은 묵을 곳을 찾아 앞에 보이는 흙집을 향해 갔다. 이때 검은 개 한 마리가 판산에게 다가왔다. 그 개는 아무 소리도 내지 않은 채 판산의 바짓가랑이 냄새를 맡고 있었다. 잠시 후 머리와 꼬리를 흔들며 사라졌다. 판산은 이 개도 다리가 셋 뿐인 것을 보고 너무 놀라 멍해졌다. 그때 흙집의 문을 열고 할머니 한 분이 나왔다. 판산은 인사를 하고 하룻밤 묵을 것을 청했다. 할머니가 웃으며 그러라고 했다. 판산은 짐을 내려놓으면서 그 개에 대해 물었다.

할머니가 대답했다.

"그 개는 주인이 누구인지도 몰라. 아주 어릴 때부터 우리 집에 왔지. 그때는 정말 조그맣고 바싹 말랐었어. 내가 불쌍해서 먹을 걸 주다보니 지금까지 키우게 된 거야. 그런데 아무리 먹어도 배가 부르지 않은지 자꾸 다른 걸 훔쳐 먹어. 그래서 매도 많이 맞지."

판산이 물었다.

"이 개를 파시겠어요?"

"이런 개를 누가 사려고 할까?"

판산이 진지하게 말했다.

"제가 사겠습니다. 백 냥이면 될까요?"

할머니는 너무 기뻐서 한동안 입을 다물지 못하였다. 해가 저물 무렵, 할머니의 아들이 집으로 돌아왔다. 그는 어머니에게 손님이 백 냥을 주고 이 세 발 개를 샀다는 말을 들었다. 그는 바로 닭을 잡고 술을 올리며 판산에게 정성껏 대접하였다.

이튿날, 판산은 바구니에 고양이를 넣어 들고, 개는 묶어서 끌며 굽이진 산길을 걸어갔다. 오후쯤 어떤 마을 앞에 다다랐을 때 들판에서 사람들이 한 길쯤 되는 구렁이 한 마리를 나무 몽둥이로 때리고 있는 것을 보았다. 구렁이는 만신창이가 되어 겨우 숨만 붙어 있었다. 판산은 구렁이가 가여워서 앞으로 나가 몽둥이를 휘두르는 사람을 막아서며 말했다.

"때리지 마세요. 제발 부탁이니 때리지 마세요."

어떤 사람이 그를 흘겨보았다.

"뭐라고? 네가 키울 거야?"

그러면서 또 구렁이에게 몽둥이를 휘둘렀다.

"좋아요. 은화 백 냥을 주고 내가 그 구렁이를 사겠소."

판산은 은화 백 냥을 사람들한테 던지고는 구렁이를 끌고 갔다. 사람들은 이상한 행동을 하는 판산을 멍하니 쳐다만 볼 뿐 아무런 말도 하지 않았다. 마을을 나온 뒤, 구렁이는 차츰 기운을 차렸다. 판산은 가는 덩굴을 찾아서 구렁이를 묶은 뒤 끌고 갔다. 아내가 준 3백 냥을 이미 다 써버린 판산은 마음속으로 생각했다.

'돈은 요긴한 곳에 쓴 거야. 나가서 저것들을 팔면, 적어도 본전은 건질 수 있을 거야.'

그렇지만 다시 생각해 보니, 이 고양이와 개는 너무 말랐고, 구렁이의 상처도 아직 낫지 않았으니 집으로 돌아가 잘 먹이고 낫게 해 준 다음에 다시 팔러 가는 게 나을 것 같았다. 나흘 뒤, 판산이 집으로 돌아왔다. 그는 구렁이를 유자나무에 걸어둔 뒤, 고양이와 개만 데리고 집으로 들어갔다. 옷을 깁고 있던 부인이 그에게 물었다.

"왜 이렇게 빨리 돌아왔어요?"

판산이 대답했다.

"이것 좀 봐. 내가 보물을 얻었어! 얼마나 예쁘고 희귀한 고양이와 개인지 몰라. 밖에 용 한 마리도 있어."

부인은 어이없어 쓴웃음을 지으며 밖으로 나가 보았다. 그런데 용이 아니라 큰 구렁이가 있는 것을 보고 그녀는 질겁해서 놀라 소리치며 달아났다.

"당신이 이 구렁이를 데리고 뭘 할 생각이에요? 빨리 놔줘요."

"안 돼. 은화 백 냥이나 주고 산 거란 말이야."

그러자 부인은 눈이 휘둥그레졌다.

"샀다고요?"

판산은 신이 나서 말했다.

"고양이와 개도 샀어. 한 마리당 은화 백 냥 씩. 이것 좀 봐요! 모두 다리가 세 개씩이잖아. 지금은 말랐지만 잘 먹여 키운 다음 다시 팔 거야."

부인은 자기의 소중한 은화 3백 냥이 이렇게 헛되이 없어진 걸 알고는 무척 화가 났다. 판산은 부인이 화가 난 것도 개의치 않고, 여전히 신이 났다. 그는 고양이를 바구니 안에서 꺼내주고, 또 개도 풀어 주었다. 그리고 밖에 나가 실눈을 뜨고 구렁이를 자세히 살펴보니 구렁이도 그를 쳐다봤다. 그는 손을 뻗어 덩굴을 잡아당기며 구렁이에게 장난을 걸었다. 그런데 살짝 당기자 끊어져버렸고, 판산은 덩굴을 다시 이으려 했다. 그때 갑자기 구렁이가 머리를 들더니 입에서 구슬 하나를 토해 내고는 사라져 버렸다. 땅에 떨어진 구슬은 금빛을 사방으로 뿜어냈다. 판산은 구슬을 손에 받쳐 들고 집으로 성큼성큼 들어가며 큰소리로 외쳤다.

"보물 구슬이야! 보물 구슬!"

부인이 나와서 그걸 보자 화가 싹 가셨다.

"아유, 눈 부셔라. 어디서 난 거예요?"

판산은 보물 구슬을 손에 받쳐 들고 춤을 추기 시작했다.

"용이 토한 거야!"

보물 구슬은 쌀과 은을 나오게 할 수 있어서, 구슬에 대고 원하는 것을 말하기만 하면 무엇이든 만들어 주었다. 판산의 집은 보물 구슬 덕에 금은보화로 넘치게 되었다. 판산은 고향 사람들을 잊지 않고 양식과 돈을 나눠 주었다. 그래서 원래 가난했던 산촌 마을이 넉넉하게 되었다. 판산이 보물을 얻어 부자가 되었다는 소식은 무척 빨리 퍼져 나가 대부호의 귀에까지 들어갔다. 대부호는 탁자를 치며 소리쳤다.

"앞으로 판산의 재산이 나보다 많아질지도 몰라!"

그는 돌아서서 집사에게 명령을 내렸다.

"얼른 병사들을 이끌고 가서 판산에게 보물 구슬을 달라고 해라. 만약 순순히 주지 않으면 뺏어버려!"

그날, 한 무리의 병사들이 판산 집으로 들이닥쳤다. 집사는 다짜고짜 판산에게 보물 구슬을 내놓으라고 했다. 판산은 무슨 보물 구슬이냐며 시치미를 뗐다. 집사가 무척 화가 나서 손짓을 하며 소리쳤다.

"뒤져라!"

수십 명의 병사들이 우르르 달려가 집안 곳곳을 수색했다. 결국 방 안의 베개 밑에서 보물 구슬을 찾아냈다. 집사는 판산을 향해 냉소를 지은 뒤 말했다.

"가자!"

판산은 저 멀리 떠나는 병사들을 쳐다보며 소리를 지르다 정신을 잃고 쓰러졌다. 부인도 억울해서 울다 기절을 했다.

세 발 고양이와 개는 주인의 보물 구슬을 병사들이 빼앗아가는 것을 보고, 어떻게 찾아올까 의논했다. 둘이는 밤이 되자 슬그머니 집을 나와 말발굽 자국을 쫓아갔다. 한밤중이 되어서야 부호의 집을 찾아내고는 집 마당으로 들어가 창 아래에 멈춰 섰다. 창 안에서 누군가가 보물 구슬에 대해 이야기하고 있었다. 여자가 말하였다.

"이 보물 구슬은 반드시 여러 사람들을 시켜 지켜야 할 겁니다."

남자가 말하였다.

"오늘 밤에 보물 구슬을 창고 대들보 위 아홉 번째 상자 안에 넣어두면 무사할 거야. 내일은 다시 자리를 바꾸어 사람들에게 지키도록 합시다."

세 발 고양이와 개는 재빨리 창고를 찾아봤다. 온 집을 한 바퀴 돌다보니 문 앞에 쌀알이 떨어져 있는 것이 보였다. 세 발 고양이는 문 아래 네모난 구멍으로 기어들어갔다. 세 발 개는 밖에서 주위를 살폈다. 세 발 고양이가 고개를 들어 보니 대들보 위에는 열 개가 넘는 나무 상자가 매달려 있었다. 보물 구슬은 그중 아홉 번째 상자 안에 있었다. 세 발 고양이는 날카로운 발톱을 세우고 기어 올라갔다. 위로 얼마쯤 올라갔지만 바로 떨어지고 말았다. 이렇게 몇 번을 반복하자 다시 앉아 방법을 생각했다. 그때 생쥐 한 마리가 벽 밑 구멍에서 나와 기름통 근처로 뛰어가 기름을 훔쳐 먹는 것을 보았다. 세 발 고양이는 달려들어 생쥐를 잡았다. 살려달라고 애원하는 생쥐에게 세 발 고양이가 말했다.

"죽고 싶지 않으면 나를 위해 한 가지 일을 하거라."

"예. 어떤 일이든 시키는 대로 하겠습니다."

"대들보 위 아홉 번째 상자 안에 보물 구슬이 있을 거다. 그러니 네가 가서 가져와라. 그러면 살려주겠다."

"알겠습니다. 저것은 나무상자이니 구멍을 내서 가지고 오겠습니다."

"나를 속여서는 안 돼!"

쥐는 고양이가 시키는 대로 벽 모서리를 타고 올라가더니 한입씩 한

입씩 상자를 갉아냈다. 잠시 후 나무상자에 구멍이 났고, 그 사이로 보물 구슬을 꺼냈다. 세 발 고양이는 보물 구슬을 받아서 창고 밖으로 나왔다. 세 발 개는 고양이가 보물 구슬을 가지고 온 것을 보고 뛸 듯이 기뻐했다. 고양이는 개의 큰 주둥이에 보물 구슬을 물리고 서둘러서 집으로 돌아갔다. 그런데 너무 서두르다 보니 길을 잘못 들었다. 올 때는 보지 못했던 큰 강이 길을 가로막고 있었다. 강에는 다리도 배도 보이지 않았다. 세 발 개가 말했다.

"여기에서 강을 건너면 돌아가는 것보다 더 빨리 갈 수 있어. 내가 여기 와 본 적이 있어."

그런데 세 발 개는 수영을 할 줄 알았지만, 세 발 고양이는 천성적으로 물을 무서워했다. 결국 고양이가 개의 꼬리를 물고 강을 건너기로 했다. 물살이 너무 세차서 물결이 세 발 고양이를 향해 덮치는 바람에 몇 번이나 떠밀려 갈 뻔했다. 고양이는 죽기 살기로 개의 꼬리를 물었고, 이에 개는 아픈 걸 참지 못하고 소리를 지르고 말았다. 그러자 세 발 개가 꽉 물고 있던 보물 구슬이 물속으로 떨어져 버렸다. 겨우 맞은편 강 언덕에 도착한 개와 고양이는 털썩 주저앉아 엉엉 울었다. 고양이와 개는 너무 후회스러웠다. 너무 꽉 물지 말 걸. 그렇게 소리를 지르지 말 걸. 둘은 한참을 울더니 멍하게 앉아 있었다. 날이 밝자, 통통한 수달 한 마리가 물에서 기어 올라왔다. 세 발 개는 쏜살같이 달려가 수달을 물었다. 수달이 살려달라고 하자 세 발 개가 말했다.

"네가 살고 싶다면 나를 위해 한 가지 일을 해줘야겠어."

"무슨 일인데요?"

"내가 물에 보물 구슬 한 개를 떨어뜨렸다. 네가 가서 찾아오면 살려줄게."

"알겠어요."

개가 또 말했다.

"만약 날 속인다면 너는 오늘부터 이 강에서 살 생각은 하지 말아야 할 거야."

개는 수달을 놓아주었다. 수달은 도저히 달아날 수 없었기에 개가
말한 대로 강으로 다시 들어갔다. 얼마 지나지 않아 수달이 물속에서
떠올랐다. 앞발에 반짝반짝 빛나는 보물 구슬을 쥐고 있었다. 개는 보물
구슬을 다시 찾게 되자 뛸 듯이 기뻐했다. 세 발 고양이와 개는 집으로
돌아와 판산에게 그것을 주었다. 판산은 마치 친자식처럼 개와 고양이
를 끌어안고 입을 맞추었다. 이후 판산 부부와 마을 사람들은 행복하게
살았다.

제3부

신기한 결혼 이야기

神奇婚姻

장다엔춘과 이댜오위

张打鹌鹑李钓鱼

어느 마을에 장(張)씨 성을 가진 사람과 이(李)씨 성을 가진 사람이 의형
제를 맺고 살고 있었다. 장 씨는 항상 메추리를 키웠기에 사람들은 그를
장다엔춘(張打鵪鶉)이라고 불렀고, 이 씨는 물고기를 잡으며 지냈기에
이댜오위(李釣魚)라고 불렀다. 어느 날 장 씨가 메추리를 팔아 쌀과 땔감
을 사 짊어지고 왔다. 그리고 그는 어머니께 식사를 차려 드린 뒤 이
씨를 보러 갔다.

"형님이 집에 없네. 낚시하러 간 모양이군."

이렇게 말하고 있는데 마침 이 씨가 큰 잉어 한 마리를 짊어지고 돌아
왔다. 잉어의 금빛 지느러미가 마치 문짝처럼 아주 컸다.

"오래 기다렸어, 동생. 얼른 물고기를 잡아 밥을 해먹자. 나 좀 나갔다
올게."

장 씨는 칼을 갈면서 물고기를 보았다. 그리고 생각했다.

'이렇게 큰 물고기를 나더러 잡으라고?'

그런데 물고기가 주룩주룩 두 줄기 눈물을 흘리며 울고 있었다.

"야, 신기하기도 하지. 물고기가 울기도 하네."

그래서 그가 말했다.

"물고기야, 네가 만약 신이라면 꼬리를 세 번 탁탁 쳐 봐."

그러자 물고기는 얼른 꼬리를 "탁, 탁, 탁" 하고 세 번 쳤다. 이 씨가
돌아와 말했다.

"어? 동생. 물고기를 여태 안 잡았어? 아이고, 너는 맨밥을 먹을 셈이
야? 이리 줘봐. 내가 잡을게!"

장 씨가 말했다.

"형! 형이 나를 의형제로 여긴다면, 이 물고기를 죽이지 말아요. 안 그러면 차라리 나를 죽여요." "아니, 무슨 말을 그렇게 하니! 평소에 잘 오지 않던 네가 모처럼 왔길래 내가 물고기를 잡아 너도 좀 먹이고, 너희 어머니에게도 좀 드리려 한 거지. 네가 안 먹을 거라면 갖고 가렴."

장 씨는 두말도 없이 물고기를 등에 메고 나섰다.

"좀 앉았다 가지 그래, 동생!"

"됐어요."

장 씨는 강가에 이르러 물고기를 물속에 놓아주려 했다. 물고기는 꼬리를 세 번 탁탁 치고 그를 향해 고개를 까딱이더니 "풍덩" 소리와 함께 물속으로 들어갔다. 이 물고기는 오해(五海) 용왕의 다섯째 아들이었다. 아들이 살아서 집에 돌아온 것을 보자 용왕 부부는 너무 좋아서 울음을 멈추지 못했다. 그가 말했다.

"이댜오위(李釣魚)라는 사람이 나를 낚았는데, 장다엔춘(張打鶴鶉)이란 사람이 나를 구해줬어요."

용왕은 몹시 다급하게 물었다.

"너를 구해준 사람은 어딨느냐?"

"강가 기슭에 있을 겁니다."

"저런, 얼른 바다순찰 야차를 보내 그를 모셔 와라. 고맙게도 너를 구해주셨는데."

장 씨가 마침 강가를 거닐고 있다 갑자기 물속에서 괴물이 쑥 튀어나오는 것을 보았다.

푸른 얼굴, 붉은 머리.
날카로운 사냥개의 송곳니를 가졌다네.
허리에는 스물네 개의 가죽인형을 찼으니

걸을 때마다 응애, 응애 소리 나는구나.

야차를 보고 깜짝 놀란 그는 황급히 달아났다. 야차는 뒤를 쫓으며 소리쳤다.

"서라, 서라!"

장 씨는 뒤도 돌아보지 않고 달렸다. 야차가 생각했다.

'설마 내가 무서워서 저러는 건가?'

그래서 야차는 모래집에서 한바탕 뒹굴더니 희고 통통한 젊은이로 변했다. 그리고 목소리도 고치고는 다시 소리쳤다.

"저기 형님, 고개 좀 돌려 봐요. 제가 형님과 할 얘기가 있어요."

장 씨가 고개를 돌리자 착하게 생긴 젊은이가 보였다. 그제야 걸음을 멈췄다. 야차가 물었다.

"왜 그렇게 도망가요?"

"아, 말도 말게나.[1] 얼마나 놀랐는지 몰라."

"당신이 오해(五海) 용왕님의 다섯째 아들을 구해줬어요. 그래서 용왕이 저를 보내 당신을 모셔 오라고 했답니다."

"너희들은 물속에 살고 나는 땅에 사는데 어떻게 갈 수 있단 말이냐?"

"갈 수 있습니다. 당신은 제 등에 올라타 엎드리고 눈을 꼭 감으면 됩니다."

그래서 장 씨는 야차의 등 위에 엎드렸다. 그러자 "쏴아, 쏴아"하는 물소리만 들렸다.

"도착했습니다."

장 씨가 눈을 떠보니 앞에는 자욱한 푸른 안개가 속에 저택이 있었다. 자세히 보니 용궁 대문 앞에 자기가 서 있는 것이었다. 야차가 말했다.

---

1 불설파(不說罷): 네이몽구(內蒙古)의 구어(口語)로, '말할 필요가 없다, 말하지 않는 게 좋다'는 뜻이다.

"부족한 게 있으면 저에게 말씀해주십시오."

장 씨는 생각했다.

'부족한 게 뭐였지? 돈은 많아도 소용이 없지. 어머니께서는 내가 이 나이 되도록 장가 못 간 걸 늘 걱정하셨어.'

이윽고 그가 말했다.

"나와 마음이 잘 맞는 아내를 갖고 싶어요."

"그건 어렵지 않습니다. 잠시 뒤 용왕님께서 당신에게 선물을 내려주실 텐데 다른 건 필요 없다고 하십시오. 용왕님 앞에 있는 세 마리 발바리² 중 제일 작은 녀석을 달라고 하십시오. 당신이 그 개를 가지고 돌아가면 무엇이든 얻을 수 있을 겁니다."

"알겠어."

이제 그는 용왕 앞에 이르렀다. 다섯째 아들은 물론 오해의 용왕도 기뻐서 어쩔 줄 몰라 했다.

"형님 오셨어요?"

"착한 젊은이, 왔는가?"

"예, 예."

그들은 차를 마시고 나서 술을 마셨다. 술을 마시고 난 후 음식이 올라오자 그에게 맛있게 드실 것을 권했다. 식사를 마치자 장 씨는 집에 돌아가려고 했다. 오해의 용왕은 그를 말렸고, 다섯째 아들 역시 그에게 돌아가지 말라고 했다. 그가 말했다.

"집에 어머니가 계시답니다. 제가 잠시 온 거라 집에 쌀이 반 되밖에 남아 있지 않으니 어서 돌아가야만 합니다."

용왕은 육지에서는 이미 여러 해가 지났으니 그의 어머니가 돌아가셨을 거라 생각했다. 그래서 오해 용왕의 다섯 번째 아들에게 말했다.

---

2 [역자주] 발바리(哈巴狗狗): 하바견은 약 400년 전부터 중국에서 길러온 토종견의 종류로 경바견(京巴犬)이라고도 한다. '발바리' 종류로 보면 된다.

"집으로 돌아가 다시 고생스럽게 살지 않도록 네가 형님에게 금과 은 한 말씩을 드리도록 해라."

장 씨가 말했다.

"저는 금, 은, 보물 같은 거라면 모두 가져가지 않겠습니다."

"어허, 그럼 내가 마음이 편할 수 있겠느냐? 그렇다면 이렇게 하자. 궁 안에 있는 것 중 네가 가져가고 싶은 것을 가져가도록 해라."

"제가 보니 용왕님 앞에 작은 발바리 개가 참 좋아 보입니다. 그걸 가지고 가서 집을 지키게 하면 좋겠습니다."

용왕은 차마 말도 못하고 눈물을 글썽이며 생각했다.

'왜 하필 이것 원하지?'

다섯째 아들이 옆에서 말했다.

"형님에게 그것을 주십시오."

"원하는 것을 주거라."

또 야차에게 명하였다.

"너는 이분을 육지까지 잘 모셔다 드리거라."

장 씨는 바다에서 나와 서둘러 집으로 갔다. 멀리 땔감 무더기가 반쯤 쌓인 집 대문이 보였다. 집 가까이 가서 어머니를 몇 번 불렀지만 집 안에서는 아무런 대답도 들리지 않았다. 집 안에 들어서서 보니 그의 어머니는 이미 늙어 죽은 채 침대에 누워 있었다. 그는 엉엉 큰소리로 울었다. 얼마 뒤 그는 어머니 장례를 잘 치렀다. 그는 발바리를 집에 가둬둔 채 밖으로 나가 메추라기를 잡고 땔감도 하러 갔다. 땔감을 한 짐 해서 돌아오는데 이웃 왕 씨 아줌마가 그에게 기름떡 두 개를 주었다. 장 씨는 집에 돌아와 발바리에게 주었지만 먹지를 않았다.

"내일은 내가 메추리를 잡아서 쌀을 사야겠다. 발바리랑 호떡을 해 먹어야지."

다음 날 그가 일을 하고 돌아와 솥을 열어보니 위에는 기름떡이 있고 아래에는 고깃국이 끓고 있었다. 그는 한 끼 배불리 먹은 뒤, 다시 왕 씨 아줌마에게 음식을 갖다 주었다.

다음 날 왕 씨 아줌마는 그에게 찐빵 두 개를 보내주었다. 그는 발바리에게도 주었지만 먹지 않았다. 그는 찐빵을 먹으면서 말했다.

"내일은 내가 메추라기를 잡고 땔감도 지고 나가 팔아야겠다. 그래서 발바리하고 찐빵을 먹어야지."

다음 날 그는 일을 하고 돌아와 솥을 열어 보니 위에는 뜨끈뜨끈한 찐빵이 있고, 아래에는 쏸라탕(酸辣湯)이 끓고 있었다. 그는 배불리 먹고 또 왕 씨 아줌마에게 음식을 갖다 주었다. 왕 씨 아줌마가 말했다.

"애야. 쌀 사는 것도 쉽지 않을 텐데 너는 어쩜 좋은 것만 먹고 사니?"

"아주머니, 전 아주머니가 만든 기름떡을 얻어먹었는데요, 다음 날 바로 기름떡을 먹을 수 있었어요. 찐빵을 먹고 싶다고 생각하면 다음 날 바로 찐빵을 먹을 수 있어요."

"그럼 이제 집에 돌아가서 여기서 물만두 먹었다고 말해봐. 그리고 가만히 어떤 일이 생기는지 두고 봐라."

다음 날 일찍 일어나서 장 씨는 발바리에게 말했다.

"오늘은 내가 메추라기를 잡고 땔감을 짊어지고 나가 팔아서 기름진 고기를 사와야지. 그리고 발바리랑 물만두를 먹어야겠다. 어제 난 왕 씨 아줌마 집에서 물만두를 먹었지."

말을 마치고 그는 밖으로 나갔다. 삐걱하고 문을 닫았지만 잠그지는 않았다. 그는 집 뒤에 숨어있었는데 부엌 연통에서 푸른 연기가 올라오는 것이 보였다. 창문을 통해 안쪽을 들여다보니 꽃처럼 예쁜 아가씨가 있었고, 부뚜막 위에는 고기 한 접시와 면 한 그릇이 있었다. 아가씨는 만두를 빚더니 솥 안에 넣었다. 재빨리 하나 빚고, 하나 넣고. 장 씨는 신발을 벗고 집 안으로 들어갔다. "스르륵" 하고 문을 밀치자 빗장 위에 발바리의 가죽이 걸쳐 있었다. 그는 곧장 그것을 가져다 아궁이에 넣고 태웠다.

"나의 옷을 돌려주세요. 옷을 돌려주세요."

아가씨는 소리 지르며, 밥을 하다 말고 부뚜막에 앉아 계속 울었다.

"아휴."

장 씨가 말했다.

"예쁜 아가씨, 왜 울어요? 당신은 왜 개가 되려고 해요?"

장 씨는 짓다만 밥을 자기가 마저 짓고는 아가씨에게 먹으라고 했다. 하지만 아가씨는 고개만 저을 뿐이었다. 에잇! 아가씨는 먹지도 마시지도 않고 버텼지만 별 수 없었다. 마침내 아가씨와 장 씨는 부부가 되었다. 말 그대로 결혼을 하자 신랑은 신부를 너무 좋아해서 하루 종일 부인만 졸졸 따라다녔다. 이제는 메추라기를 잡지도 땔감을 하러 나가지도 않았다. 신부가 말했다.

"당신이 하루 종일 내 곁에만 있으면 우린 어떻게 먹고살 수 있겠어요? 메추라기를 잡거나 땔감을 하기 싫으면 집 뒤 모래밭에 가서 밭이라고 갈아주세요."

"밭이 있지만 소가 없다면 밤새 걱정해야 할 거야. 도대체 난 뭘로 밭을 갈란 말이야?"

"당신이 소가 필요하다면 걱정하지 마세요."

신부는 수숫대를 세운 뒤 검은 종이를 붙여 검은 소를 만들고, 또 노란 종이를 붙여 황소를 만들었다. 쟁기도 하나 만들었다. 그리고 "후" 하고 몇 번을 불자 소가 살아 움직이고 종이쟁기도 진짜 쟁기로 변했다.

다음 날 장 씨가 쟁기를 메고 소를 몰면서 밭을 갈러 갔다. 하지만 그는 평소 세 번 쟁기질할 동안 한 번 집에 돌아오곤 했는데 이제 두 번 쟁기질을 하고는 이내 돌아와 버렸다. 신부가 말했다.

"당신, 왜 자꾸 집으로 달려와요?"

"아휴, 난 잠시라도 당신이랑 헤어지고 싶지 않아서 그래."

"어머, 이이가!"

신부가 웃으면서 남편을 뚫어져라 쳐다보더니 이어서 수숫대로 골격을 세우고 색종이로 미녀 네 명을 만들었다. 아내가 후하고 몇 번을 불자 종이 미녀들은 자기와 같은 모습이 되었다. 아내는 남편에게 그녀들을 데리고 가서 밭을 잘 갈라고 했다. 장 씨는 미녀들을 밭의 네 모퉁이에 세워두고 밭을 갈기 시작했다. 그가 서쪽에서 동쪽으로 밭을 갈면 종이아내가 동쪽 끝에서 웃으면서 기다리고, 동쪽에서 서쪽으로 갈면 종이아내가 서쪽 끝에서 웃으면서 기다렸다. 그가 남쪽으로 밭을 갈면 종이아내가 남쪽 끝에서 웃고 있고, 북쪽으로 밭을 갈면 종이아내가 또 북쪽 끝에서 웃고 있었다.…… 이렇게 그는 밭만 갈다 보니 시간이 얼마나 지났는지도 까맣게 잊어버렸다. 신부가 생각했다.

'이 바보 같은 양반이 저녁 다 되었는데 아직도 쟁기질을 멈출 줄 모르네.'

누런 모래 바람이 온 하늘에 한바탕 불자 네 개의 종이인형이 모두 날아가 버렸다. 그제야 장 씨는 힘도 들고 배도 고파져서 집으로 돌아갔다. 신부가 말했다.

"왜 오후에는 집으로 돌아오지 않았어요?"

"아휴, 난 밭을 갈면서 당신을 보느라 그건 생각도 못 했어. 근데 모래 바람을 불어서 종이인형이 다 날아가 버렸지 뭐야."

"그중에서 세 개는 바다에 떨어지고 한 개가 왕 원외랑 어르신의 마당에 떨어졌어요. 근데 그의 나쁜 아들이 그것을 주워갔어요."

"그래? 주울 테면 주우라지."

"그 아들이 주워갔다면 분명 그게 뭔지 조사를 할 거예요. 종이인형이랑 닮은 사람을 찾아서 제 여자로 만들려고 할 거예요."

신부의 말이 끝나기도 전에 그 나쁜 아들이 찾아와 말했다.

"장 씨, 집에 있나? 아, 있구나. 우리 집에 종이인형이 하나 있는데 사람과 농담을 할 줄도 알아. 사람들이 그 종이인형이 네 마누라와 똑같이 생겼다고 하더구나. 그 종이인형도 네 마누라가 만든 것이지?"

"맞아요."

"네 마누라 손재주도 참 좋구나. 우리 서로 마누라를 바꾸자! 만약 네가 바꿔주기 싫다면 우리 내기를 하는 거야. 네가 계란 한 개를 갖고 내가 궁글대[3] 한 개를 가질게. 네 계란이 내 궁글대를 깨면 네가 이기는 거지만 그렇지 않으면 네 마누라는 내 거야."

장 씨는 감히 그의 말을 어길 수 없어서 그 내기를 받아들였다. 아내가 말했다.

"걱정하지 마세요. 내일 아침에 당신은 우리 아버지에게 찾아가세요. 그리고 야차에게 우리 어머니가 키운 마른 닭이 낳은 새하얀 계란 하나를 찾아오라고 하세요."

다음 날 아침, 장 씨는 강가에 가서 큰소리로 외쳤다.

"야차야, 야차야! 용왕님의 셋째 딸이 말하길, 너더러 어머니가 키운 닭이 낳은 새하얀 계란 하나를 찾아오라고 했어."

말이 떨어지자마자 자세히 보니, 하얀 계란이 물 위로 떠올랐다. 그는 계란을 손에 쥐면서 생각했다.

'과연 이 계란이 궁글대를 부술 수 있을까?'

드디어 계란으로 궁글대를 부딪치는 내기가 시작되었다. 나쁜 아들이 말했다.

"내 궁글대가 산비탈 위에 있고, 네 계란이 산비탈 아래에 있어. 자, 이제 굴린다!"

"좋아요!"

첫 번째는 궁글대가 계란을 납작하게 갈아버렸다. 하지만 두 번째는

---

3 [역자주] 녹독(碌碡): 탈곡을 하는 데 쓰는 원추형의 돌로 된 농기구.

궁글대가 두 개로 쪼개졌고, 세 번째는 "뚝뚝" 소리를 내더니 궁글대가 깨져 버렸다.

"이제 됐죠?"

장 씨가 말했다.

"됐다니? 우리 내일은 말 경주를 하자. 네 말이 내 말보다 오십 걸음 더 빠르면 네가 이기는 거고 그렇지 않으면 네 마누라는 내 거야."

장 씨는 집에 돌아가 아내에게 말했다.

"내일 경마를 하게 됐어. 그런데 우리는 너무 가난해서 말도 없으니 어떻게 경주를 하지?"

"걱정하지 마세요. 당신은 야차에게 우리 아버지의 마른 말 한 마리를 달라고 하세요. 살찐 말은 당신이 탈 수 없어요."

다음 날 아침, 장 씨는 강가에 가서 큰소리로 외쳤다.

"야차야, 야차야! 용왕님의 셋째 딸이 이렇게 말했어. 너더러 아버지의 마른 말 한 마리를 달라고 하더구나."

말이 떨어지자마자 자세히 보니, 흰 말 한 마리가 물 위로 떠올랐다. 환하게 빛이 났지만 금방이라도 넘어질 것처럼 바싹 말랐다. 그는 속으로 생각했다.

'그 녀석의 말은 살이 쪘고 내 말은 이렇게 말랐는데 과연 이길 수 있을까?'

하지만 그가 말에 올라타자 웬걸, 마른 말은 날듯이 잘 달렸다. 그는 너무 어지러워서 얼른 눈을 감았다. 드디어 말 경주가 시작됐다. 백 보를 달리기로 했다. 나쁜 아들의 말이 한 번 큰소리로 울자 장 씨의 여윈 말은 너무 놀라서 넘어졌다. -사실은 여윈 말이 일부러 그런 것이다.

"흥, 금방이라도 뒤지겠구나!"

나쁜 아들이 말했다. 장 씨는 아무런 대꾸도 하지 않았다. 나쁜 아들의 말이 오십 보를 달렸을 때에야 장 씨가 말에 올랐다. 그가 휘두른 채찍이 엉덩이에 닿기도 전에 말은 벌써 백 보를 달려 버렸다. 나쁜 아들의 말은 구십 보도 채 못 가서 너무 서두르다 그만 넘어져 죽고 말았다. 나쁜 아들은 빈 말안장을 업고 돌아왔다. 장 씨가 말했다.

"제가 말 경주를 하지 말자고 했는데 당신이 굳이 하자고 했잖아요? 이제는 재미없지요?"

"재미없다고? 그럼 '재미없다'를 가져와. 만약 내일까지 못 가져오면 네 마누라는 내 거야."

장 씨가 집으로 돌아와 아내에게 사정을 말해줬다.

"걱정하지 마세요. 우리가 가지고 있는 게 바로 '재미없다'예요. 당신이 야차를 찾아가서 어머님 옷장 안에 붉고 작은 상자가 있는데, 내가 그것이 필요하다고 전해주세요."

다음 날 아침, 장 씨가 강가에 가서 큰소리로 외쳤다.

"야차야, 야차야! 용왕님의 셋째 딸이 어머님 옷장 안에 있는 붉고 작은 상자를 달라고 했어."

말이 끝나자마자 자세히 보니 물에서 강낭콩만 한 붉은 상자가 떠올랐다. 장 씨는 상자를 붙잡았다.

'이게 바로 그 '재미없다'인가?'

그가 집에 돌아가자 아내가 말했다.

"이번에는 저랑 같이 가요."

장 씨 부부가 나쁜 아들의 집에 이르렀다. 나쁜 아들은 그들을 보자마자 말했다.

"손에 있는 붉은 상자⁴가 바로 '재미없다'야?"

"그래요."

신부가 말했다.

4　[역자주] 흘달(疙疸): 둥근 모양이나 덩어리 모양의 물건이라는 뜻의 중국 방언.

"큰 걸 원하십니까? 작은 걸 원하십니까?"

"허, 그게 커질 수도 있고 작아질 수도 있어? 그럼 완두콩만 한 걸 보여줘 봐."

다시 붉은 상자를 봤더니 상자가 이미 완두콩만 한 것으로 변해 있었다. 나쁜 아들이 말했다.

"그럼 없어지는 걸 보여줘 봐."

다시 보니 '재미없다'가 사라졌다. 왕 원외랑의 온 가족이 마당에 나와 시끌벅적하게 구경하러 있었다. 나쁜 아들은 매우 기뻐하여 큰소리로 외쳤다.

"방만큼 큰 걸 보여줘 봐. 나랑 결혼해 살 수 있게."

"'재미없다'야, 커져라."

신부가 큰소리로 외치고는 장 씨의 손을 잡고 문 밖으로 달려 나갔다. 그때 "우르르 쾅쾅" 하는 소리가 들렸다. 얼마 뒤 왕 원외랑 집에서는 큰불이 활활 타올랐다. 나쁜 아들의 가족들이 모두 불구덩이에 빠졌다. 살아나온 사람이 한 명도 없었다.

26 루지아오좡에 사는 장바오쥔[1]

轆角庄

백왕(白王)에게는 백학(白鶴) 공주 백와(白娃) 공주라는 두 딸과 백림(白林) 태자라는 아들이 하나가 있었다. 어느 날, 백왕은 큰 딸 백학 공주에게 물었다.

"백학아, 네가 입고 먹고 하는 것이 다 누구 덕분이냐?"

백학 공주가 대답했다.

"제가 입고 먹는 것은 다 아바마마 덕분입니다."

백왕은 또 아들 백림 태자에게 물었다.

"백림아, 네가 입고 먹고 하는 것이 다 누구 덕분이냐?"

태자가 답했다.

"제가 입고 먹는 것은 다 아바마마 덕분입니다."

이 말을 들은 백왕은 기분이 아주 좋아졌다. 또 싱글거리며 막내딸 백와 공주에게 물었다.

"백와야, 네가 입고 먹고 하는 것은 누구 덕분이지?"

백와 공주는 별 생각 없이 말했다.

"그게 뭐 누구 복으로 먹겠어요? 다 자기 복으로 먹는 거죠."

이 말을 들은 백왕은 화가 나 말했다.

"그래? 네 복으로 먹는 게 그렇게 좋다면 그럼 앞으로 네 복으로 잘

---

1 바이족(白族)에 전해오는 이야기. 바이족은 민차[民家]라고 불려 왔으나, 신중국이 되면서 바이족[白族]으로 개칭되었다. 인구는 약 60만 명으로, 다리[大理]·덩촨[鄧川]·이우유엔[洱源]·첸촨[劍川]·허칭[鶴慶] 등에 분포한다. 그들의 조상은 예로부터 얼하이[洱海] 주변에 세력을 쌓아, 당나라 때 남조국(南詔國), 송나라 때 대리국(大理國)의 주요 부족이었던 백만(白蠻)이다. 일찍부터 수도(水稻)를 경작하였고, 한문화(漢文化)의 영향도 깊은 편이다.

먹고 잘 살거라."

그러자 백와 공주는 아버지에게 큰 물소 한 마리를 달라고 했다. 그녀는 물소 등에 올라타더니 물소 등을 가볍게 치며 말했다.

"물소야, 물소야. 날 태우고 어디든 데려가줘. 난 그곳에서 살 거야."

백와 공주는 물소 등에 거꾸로 탄 채 물소 마음대로 가게 두었다. 회색 큰 물소는 느릿느릿 백왕의 깊은 왕궁을 걸어 나와 쉬지 않고 앞으로 걸어갔다. 그리고 수없이 많은 언덕과 둑을 넘어 작은 시골마을에 도착했다. 물소가 이 마을 한가운데에서 오줌을 쌌다. 그 이후로 사람들은 이 마을을 '시에덩(歇登)'²이라고 했다. 물소가 앞으로 계속 걸어가 또 다른 곳에 이르렀다. 그러더니 갑자기 축축한 갯벌에 누워 굴렀다. 그 이후로 사람들은 이 마을을 '시에바오(契保)'³라고 했다. 한참 누워 있던 물소가 일어나 또 앞으로 계속 걸어갔다. 물소는 걷고 또 한참을 걷다가 힘들 무렵 또 어떤 곳에 도착했다. 물소는 절로 허리가 휘었다. 그 이후로 사람들은 이곳을 '모덩커(墨等柯)'⁴라고 했다. 물소는 여전히 공주를 싣고 계속해서 앞으로 걸어갔다. 또 어떤 곳에 이르자 물소는 뿔로 흙담을 박았다. 그 바람에 벽에 붙어 있던 흙이 "우르르" 바닥에 쏟아져 버렸다. 그 이후로 사람들은 이곳을 '다오추(倒處)'⁵라고 불렀다. 물소는 도처에서 아래로 죽 내려가다가 또 어떤 곳에 이르렀다. 공주는 소 등에 탄 지 너무 오래되어 몹시 배가 고프고 피곤했다. 그 마을 사람들은 매우 피곤해 보이는 공주를 보고 불쌍하게 여겼다. 그들은 김이

---

2 시에덩(歇登): 바이족(白族)의 언어로, 비린내라는 뜻이다. 지금까지도 이 마을을 시에덩이라고 한다.

3 시에바오(契保): 바이족의 언어로, 몸의 반이 젖었다는 뜻이다. 지금까지도 이 마을은 시에바오라고 한다.

4 모덩커(墨等柯): 바이족의 언어로, 소의 허리가 휘었다는 뜻이다. 지금까지도 모덩커라는 마을이 있다.

5 도처(倒處): 바이족의 언어로, 소의 뿔에 부딪쳤다는 뜻이다. 지금까지도 도처란 마을이 있다.

나는 쌀밥을 공주에게 주었다. 공주는 배부르게 먹었다. 그 이후로 사람들이 이곳을 '보모주어(波墨作)'⁶라고 하였다. 물소는 공주가 밥을 다 먹기를 기다려 다시 공주를 업고 뒤뚱거리며 원래 가던 길로 되돌아갔다. '시에바오'를 향해 난 좁은 골목길로 쭉 걸어갔다. 그런데 물소의 뿔이 긴 데 비해 골목길은 너무 좁았다. 물소가 고개를 물 긷는 도르래처럼 이리저리 흔들고 나서야 겨우 좁은 골목길을 지나갈 수 있었다. 이 골목이 바로 '루지아오좡(轆角莊)'이다.

이 좁은 골목길에는 장 씨 모자가 살고 있었다. 어머니는 두 눈이 멀어 집 안에서 꼼짝도 못했고, 아들인 장바오쥔(張保君)⁷이 나무를 해서 살아갔다. 물소는 백와 공주를 업고 이 가난한 숯쟁이의 집에 이르러서야 걸음을 멈췄다. 백와 공주가 아주 다정하게 어머니에게 말했다.

"아주머니, 물소가 저를 아주머니 댁까지 태워주었어요. 앞으로 저는 아주머니 집에서 살겠어요. 다른 식구는 누구 없어요?"

어머니는 젊은 처녀가 하는 말을 듣고 사실대로 말했다.

"우리 집에는 이 눈 먼 늙은이 말고도 아들이 하나 있어요. 그 아이가 힘들게 나무를 하고 숯을 구워서 겨우 살아간답니다."

공주가 또 말했다.

"물소가 저를 아주머니 댁까지 태워주었어요. 이제 저는 아주머니 집에서 살겠어요. 앞으로 저는 아주머니의 며느리가 될 거예요."

이 말을 들은 어머니는 손사래를 치며 여러 번 거절했다.

"안 돼요, 안 돼요! 우리 집은 너무 가난해서 그럴 수가 없어요. 당신

---

6 보모주어(波墨作): 바이족의 말로 흰쌀 마을이란 뜻이다. 지금 이 마을이 남아 있다.
7 장바오쥔(張保君): 바이족 이야기에 자주 등장하는 주인공 중 한 명이다. 윈난성(雲南) 얼위엔(洱源)·시에덩(歇登)·시에바오(揳保)·모덩커(墨等柯)·다오추(倒處)·보모주어(波墨作) 등 마을의 주인이기도 하다.(전서(滇西) 바이족(白族)이 집집마다 섬기는 신이기도 함). 윈난성 이원(洱源) 일대에는 집집마다 백와 공주와 숯쟁이 장바오쥔의 감동적인 이야기가 전해지고 있다.

은 부잣집 아가씨라 고생만 하는 숯쟁이 아들에게 과분한 분이에요."

이런 말을 나누고 있을 때 숯쟁이 장바오쥔이 집으로 돌아왔다. 어머니는 이 일을 아들에게 말해 주었다. 숯쟁이가 말을 꺼내기도 전에 백와 공주가 먼저 말했다.

"오빠, 저 오빠 집에서 살겠어요!"

"당신이 우리 집에서 살겠다고 하지만 저는 당신을 먹여 살릴 재간이 없어요."

"저는 이런 고생 따윈 무섭지 않아요. 제가 기꺼이 감당할 수 있어요. 그런 걱정일랑 하지 마세요!"

두 모자는 공주가 진심으로 함께 살고 싶어 하는 것을 보고 한참을 상의한 끝에 공주를 받아 주었다. 백와 공주는 드디어 숯쟁이의 아내가 되었다.

백와 공주가 물소를 거꾸로 타고 황궁에 떠난 뒤 백왕은 딸이 어떤 사위를 찾아올까 걱정이 되었다. 그는 궁녀 몇 명을 보내 공주의 뒤를 몰래 따라가 수시로 공주의 상황을 보고하게 했다. 궁녀들은 백와 공주의 모든 행동을 낱낱이 지켜보았다. 그들은 공주가 숯쟁이와 결혼한 것을 알고는 황급히 황궁으로 달려가 백왕에게 아뢰었다. 백왕은 둘째 딸이 가난한 숯쟁이와 결혼했다는 말을 듣고 결심했다. 더 이상 둘째 딸과는 연락하지 않을 뿐더러 다시는 황궁에 돌아오지 말라고 했다. 백와 공주는 장바오쥔과 결혼한 뒤 남편을 데리고 아버지가 있는 황궁으로 찾아갔다. 그리고는 아버지를 집으로 초대했다. 백왕은 무뚝뚝한 표정으로 말했다.

"나를 너희 집으로 초대하고 싶다면 네 집에서 황궁까지 통하는 큰 길을 은 벽돌로 만들고, 또 금으로 만든 다리를 놓아야 해. 그렇게 하지 못한다면 내가 네 집으로 가는 것은 꿈도 꾸지 말거라!"

이 말을 듣자마자 백와 공주는 골치가 아팠다.

'분명 아버지는 가난한 사람을 싫어하고 부자를 좋아하기 때문에 나와 연락하기 싫은 거야. 좋아. 은 벽돌로 길을 닦고 금으로 다리를 만들지 못한다면 난 오늘부터 절대로 아버지를 만나지 않을 거야.'

공주는 너무 화가 나서 아무 말도 하지 않고 남편을 데리고 집으로 돌아갔다. 장바오쿤은 매일같이 산골에 들어가 숯을 구웠다. 그는 잘 구어진 숯을 한 짐 한 짐 메고 집으로 돌아왔다. 그렇지만 가족들은 여전히 잘 먹지도 잘 입지도 못했다. 백와 공주는 가족들이 배고픔에 시달리는 모습을 보다 못해 자기가 가져온 은덩이 세 개를 남편에게 주며 쌀을 사 오라고 했다. 장바오쿤이 은덩이 세 개를 가지고 '시에바오'로 떠나려는데 멀리서 큰 누렁이 개 한마리가 어떤 거지에게 사납게 달려드는 것을 보았다. 거지는 도저히 피할 수 없어서 막 흉악한 누렁이에게 물릴 판이었다. 그는 쌀을 사려던 은덩이 한 개를 흉악한 개에게 급히 던졌다. 거지는 가까스로 개에게서 벗어나 물리지 않게 되었다. 하지만 그 은덩이는 흔적도 없이 사라져버렸다. 장바오쿤은 남은 은덩이 두 개를 들고서 어느 네모반듯한 논밭을 지났다. 참새떼가 재잘재잘 지저귀면서 누렇게 익은 벼이삭을 먹고 있었다. 이를 본 장바오쿤은 화가 나 품에서 은덩이 한 개를 꺼내 농부들을 괴롭히는 참새에게 세게 던졌다. "쿵" 소리와 함께 참새들은 다 날아가 버렸다. 역시 쌀을 사려던 은덩이도 어디론가 사라져버렸다. 이제 장바오쿤의 손에는 은덩이 한 개만 남았다. 남은 은덩이를 가지고 또 앞으로 걸어갔다. 한참을 가자 큰 말 한 마리가 채소밭에 들어가 남의 옥수수를 훔쳐 먹고 있었다. 부드럽고 잘 자란 옥수수밭이 죄다 망쳐졌다. 장바오쿤은 은덩이가 이제 하나밖에 남지 않은 것을 깜박하고 그것을 큰 말에게 던졌다. 은덩이에 맞은 큰 말은 도망갔다. 하지만 그 은덩이도 함께 사라져버렸다. 그렇게 장바오쿤은 공주가 준 은덩이 세 개를 다 써버렸다. 아무 것도 사지 못한 채 빈 손으로 집으로 돌아왔다.

공주는 쌀을 사러간 남편이 돌아오길 기다리고 있었다. 그녀는 남편이 문턱을 넘자마자 물었다.

"쌀을 사 왔어요?"

장바오쥔은 도중에 있었던 일들을 모두 공주에게 말해줬다.

"길에서 사나운 개 한 마리가 사람을 물려고 하는 걸 보고 내가 은덩이 한 개를 개에게 던졌어요. 그 뒤 또 참새떼가 벼이삭을 쪼아 먹고 있는 걸 보고 또 은덩이를 던졌어요. 마지막에 말 한 마리가 채소밭에 뛰어들어 옥수수를 훔쳐 먹는 걸 보고 마지막 은덩어리를 던졌어요. 그래서 은덩이 세 개를 다 써버렸어요."

얘기를 다 들은 공주는 화를 내지 않고 웃으면서 말했다.

"그게 다 은덩이인데요? 다 던져 버렸으니 우리 이제 뭘 먹고 살죠?"

장바오쥔이 쌀을 사려던 은덩이를 다 던져 버렸기 때문에 온 가족은 굶을 수밖에 없었다.

어느 날, 장바오쥔의 어머니가 병으로 드러누웠다. 하지만 약 살 돈이 없었다. 공주는 어쩔 수 없이 자기가 가진 마지막 금화 하나를 꺼내 남편에게 줬다. 그리고 이 금화를 시장에 가져가서 팔아 그 돈으로 어머니 약을 사 오라고 했다. 장바오쥔은 금화를 손에 받자마자 말했다.

"이게 무슨 대단한 거라고 그래요? 내가 맨날 숯을 굽는 산골에는 이렇게 번쩍번쩍하고 묵직한 것들이 꽉 차 있는데요."

공주는 남편의 말을 듣고 반신반의했다.

"일단 시장에 가서 어머님 약을 사오세요. 그리고 내일 산골에 가서 숯을 구울 때 금화 몇 개를 가져와 보여주세요."

다음 날, 장바오쥔은 정말로 가마터에서 금화 몇 개를 가져와 공주에게 보여줬다. 금화를 받은 공주는 매우 기뻐하며 황급히 말했다.

"당신 이제 숯을 구울 필요가 없어요. 당신은 매일 산골 가마터에 가서 이 금화를 지고 돌아오면 돼요."

그로부터 장바오쥔은 매일같이 산골에 들어가 금화를 지고 돌아왔다. 산골에 있던 금화가 모두 없어질 무렵, 그는 마지막 금화 밑에서 수많은 금덩이와 은덩이를 발견했다. 그는 또 그 많은 금덩어리와 은덩어리를 메고 집으로 돌아왔다. 장바오쥔의 작은 초가 안팎에는 금화와 금덩어리, 은덩어리가 가득 쌓였다. 그래서 장바오쥔은 이제 부자가 되었다.

백와 공주는 자기 집 곳곳에 쌓인 금덩이 은덩이를 보더니 아버지의 말씀이 생각났다. 그래서 공주는 남편과 같이 밤낮없이 금덩어리로 다리를 놓고 은덩어리로 길을 닦았다. 열흘이 안 돼 시에바오(契保)부터 백왕의 황궁까지 반짝반짝 빛난 은 길이 만들어졌다. 금빛 찬란한 황금 다리도 놓아졌다. 백와 공주와 남편 장바오쥔은 다시 황궁에 가서 아버지를 자기 집으로 모시겠다고 했다. 백왕이 궁문 밖으로 나오자마자 반짝반짝한 은 길과 금빛이 찬란한 황금다리가 눈에 보였다. 백왕은 아무런 말도 하지 않은 채 딸과 사위를 따라 그들의 집으로 걸어갔다. 황금다리를 건넜고 은 길을 걸었다. 백왕은 문턱을 넘자마자 계속하여 칭찬했다.

"우리 딸이 복이 참 많네. 정말 이게 다 우리 딸 백와의 복이구나."

27 일곱 포기 배추와 꽃 심는 총각 이야기

七棵大白菜与种花小伙的故事

예전에, 등짐장수 한 명이 있었는데 그에게는 자식이 없었다. 그는 매일 땡땡이[1]를 흔들며 거리에서 재봉용품을 팔았다. 어느 날, 한 처녀가 땡땡이 소리를 듣고 집에서 뛰어나와 말했다.

"등짐장수! 등짐장수! 잠시만요. 바늘이랑 실은 됐고요, 붉은 비단 두 자만 끊어주세요."

등짐장수는 짐을 내려 붉은 비단 두 자를 찢어 주었다. 등짐장수가 돈을 달라고 하자 처녀는 돈은 무슨 돈이냐는 듯 멍한 표정을 지었다. 등짐장수는 그녀의 집 채소밭에 싱싱하고 맛있어 보이는 푸릇푸릇한 배추 일곱 포기가 있는 걸 보고 말했다.

"그럼 배추 일곱 포기와 바꾸면 되겠네!"

처녀는 좋다고 했다. 등짐장수는 배추 일곱 포기를 상자에 담아 메고 갔다. 그런데 등짐장수는 걸으면 걸을수록 상자가 점점 무거워지는 것 같았다.

'이게 어떻게 된 일이지?'

걸음을 멈추고 상자를 열어보니, 상자 안에 여자아이 일곱 명이 앉아 있었다. 제일 큰 여자 아이의 얼굴에 곰보자국이 있는 것을 제외하고 나머지 여섯은 아주 예쁘게 생겼다. 등짐장수는 생각했다.

'이렇게 많은 여자 아이들은 나도 키울 수가 없어. 몇 명은 버려야겠

---

1 [역자주] 땡땡이(撥浪鼓): 땡땡이는 원래 고대 악기였지만 점차 연주 작용을 잃고 어린이들의 놀잇감으로 발전되었다. 땡땡이는 하나의 작은 북으로서 손잡이를 돌릴 때마다 양측에 걸린 작은 공이 북면을 두드려 소리를 낸다.

어. 누굴 버리지?'

첫째가 말했다.

"아버지, 저를 버리지 마세요! 밥하고 요리하는 건 다 제가 할게요."

둘째가 말했다.

"아버지, 저를 버리지 마세요! 밭일은 다 제가 할게요."

셋째가 말했다.

"아버지, 저를 버리지 마세요! 돼지 밥 주고 개 키우는 건 다 제가
할게요."

넷째가 말했다.

"아버지, 저를 버리지 마세요! 바느질은 다 제가 할게요."

다섯째가 말했다.

"아버지, 저를 버리지 마세요! 땔감을 줍고 야채 다듬는 건 다 제가
할게요."

여섯째가 말했다.

"아버지, 저를 버리지 마세요! 빨래하고 설거지는 다 제가 할게요."

일곱째가 말했다.

"아버지, 저를 버리지 마세요! 아버지 옷이랑 모자는 다 제가 챙겨
드릴게요."

등짐장수가 그 말을 들으니 제각각 쓸모가 있을 것 같아 누구도 버릴
수가 없었다.

'그럼 다 데리고 가자!'

집에 도착한 등짐장수는 부인에게 이 사실을 말해주었다.

"우린 평생 아들도 딸도 없이 정말로 외로웠는데, 오늘 내가 여자아이
일곱 명을 데리고 왔어. 이제부터 우리 딸들이야."

그러자 부인도 좋아서 입을 다물지 못했다. 싱글벙글 웃으면서 아이
들을 집으로 들여 불을 피우고 밥을 해 주었다. 등짐장수가 말했다.

"첫째야, 밥 짓는 일은 네가 한다고 하지 않았니? 어서 가서 밥을 지으렴."

첫째는 양미간을 찌푸리며 입을 삐죽이며 말했다.

"머리가 좀 아파요. 어머니더러 밥 지으라고 해요!"

그러자 막내가 와서 말했다.

"제가 어머니 식사 준비를 도와드릴게요."

식사준비를 다 마치자 첫째의 두통은 씻은 듯 나았는지 밥은 또 누구보다 많이 먹었다. 이렇게 식탐이 있고 게으른 첫째를 제외하고 나머지 딸들은 모두 매일같이 부지런히 일을 했다.

어느 날, 여자아이 몇이서 등짐장수에게 말했다.

"아버지가 밖에 물건을 팔러 가실 때 꽃 몇 송이만 저희들에게 따다 주실래요?"

등짐장수는 등짐을 메고 고개 위를 걸어가다 아주 예쁜 꽃이 무더기로 피어있는 것을 보았다. 붉은 꽃, 노란 꽃, 보라 꽃들이 얼마나 예쁜지 몰랐다. 그는 '이 꽃을 따서 애들한테 한 송이씩 줘야겠다.'라고 생각하고는 손을 뻗어 한 송이를 꺾었다. 그때 뜻밖에도 눈앞에 젊은이 하나가 나타났다. 그는 웃으며 말했다.

"아저씨, 꽃을 꺾었네요. 이 꽃은 절대 꺾으면 안 되는데. 이것은 제 '약혼꽃'이랍니다. 이 꽃을 가진 사람은 제 부인이 되어야 해요."

등짐장수가 잠시 생각을 했다.

'나한테는 딸이 일곱이나 있는데 겁날 게 뭐가 있겠어?'

그러고는 대답했다.

"젊은이, 걱정하지 말게나. 내게는 딸이 일곱이나 있으니 부인을 못 얻을까 걱정하지 말라고. 기다려 봐요!"

등짐장수는 꽃을 등짐에 꽂은 채 집으로 돌아왔다. 등짐장수가 문에 들어서자 딸들이 꽃을 보고 주위로 몰려들었다. 그리고는 서로 그 꽃을 차지하려고 했다. 그걸 보고 등짐장수가 말했다.

"애들아, 싸우지 말고 내 말을 들어봐. 이 꽃을 가지려면 조건이 있어. 이 꽃의 주인은 어떤 젊은이인데, 이 꽃을 가진 사람은 그의 아내가 되어야 한다고 말했어."

그 말을 듣자마자 첫째가 대답했다.

"저는 아버지와 어머니와 헤어지기 싫어요. 거저 얻어먹을 수 있는 우리 집도 나는 떠나기 싫어요."

둘째도 말했다.

"저도 아버지와 어머니와 헤어지기 싫어요. 어머니 혼자 밭을 가느라 힘들까 봐 걱정이에요."

셋째도 말했다.

"저도 아버지와 어머니와 헤어지기 싫어요. 돼지와 개를 키우느라 어머니가 힘들까 봐 걱정돼요."

넷째도 말했다.

"저도 아버지와 어머니와 헤어지기 싫어요. 어머니께서 바느질하느라 힘들까 봐 걱정돼요."

다섯째도 말했다.

"저도 아버지와 어머니와 헤어지기 싫어요. 땔감 줍고 야채 다듬느라 어머니가 힘들까 봐 걱정돼요."

여섯째도 말했다.

"저도 아버지와 어머니와 헤어지기 싫어요. 어머니 혼자 빨래하고 설거지하느라 힘들까 봐 걱정돼요."

일곱째가 말했다.

"저는 아버지, 어머니와 헤어져도 괜찮아요. 제가 나중에 옷과 모자를 준비해서 때가 되면 집으로 꼭 돌아올게요."

그리고 일곱째는 꽃을 머리에 꽂았다. 일곱째는 원래 예뻤는데 꽃을 꽃으니 훨씬 더 예뻤다. 정말 하늘나라 선녀보다 더 고운 것 같았다. 등짐장수가 기뻐하고, 부인도 아주 좋아했다.

이튿날, 등짐장수 부부는 일곱째의 머리를 빗기고 화장을 시킨 뒤 꽃을 꽂아주었다. 그리고 그 젊은이에게 보내 결혼을 시켰다. 사흘 뒤 일곱째와 젊은이가 즐거운 마음으로 등짐장수의 집을 찾아왔다. 둘은 등짐장수 부부에게 절을 하고 여섯 언니들에게도 인사를 했다. 그런데 둘이 너무 사랑하는 모습을 보고 첫째만은 후회를 했다.

'왜 내가 그 꽃을 안 가졌을까? 이렇게 좋은 일을 일곱째가 차지하고 말았잖아. 어떻게든 저 젊은이를 내가 빼앗아 버려야지.'

골똘히 머리를 굴리던 첫째는 나쁜 꾀 하나를 생각해 냈다. 사흘째 되는 날, 일곱째와 젊은이가 집으로 돌아가려고 할 때였다. 첫째가 동생을 배웅해 주겠다며 같이 따라나섰다. 젊은이는 첫째 언니와 일곱째가 이야기 나누는 것을 보고 앞장서서 걸었다. 첫째와 일곱째가 우물가에 다다랐을 때 첫째가 말했다.

"막내야, 애들이 모두 네가 예쁘다고 하는데, 사실 난 못 믿겠어. 우리 우물에 누가 더 예쁜지 비춰볼래?"

일곱째는 순진하게 언니의 말을 믿고 함께 우물을 들여다봤다. 아무리 비춰 봐도 일곱째가 예쁜 걸 보고 첫째가 말했다.

"막내야, 네 꽃을 내 머리에 꽂아줘 봐. 그럼 누가 더 예쁠까?"

첫째가 꽃을 꽂고 우물을 들여다봤지만 여전히 일곱째가 더 예뻤다. 그러자 첫째가 또 말했다.

"그럼 우리 옷을 바꿔 입고 다시 한번 비춰보자. 누가 더 예쁜지?"

옷을 바꿔 입고 비춰보아도 여전히 일곱째가 더 예뻤다. 화가 치밀어 오른 첫째는 일곱째를 우물 속으로 밀어 버렸다. 첫째는 일곱째의 꽃을 머리에 꽂고, 일곱째의 옷을 입은 채 젊은이를 쫓아가며 말했다.

"천천히 좀 가요. 내가 뒤따라갈 수가 없잖아요."

그녀를 본 젊은이는 놀라 멍해졌다. 이 사람이 내 아내라니! 그러나 옷도 꽃도 모두 일곱째 것이라 의아해하면서 첫째에게 물었다.

"당신 얼굴에 어쩌다 곰보자국이 생겼어요?"

첫째가 대답했다.

"큰언니랑 장난치다가 돌에 긁혔어요."

"당신의 입은 왜 이렇게 커요?"

"입이 크면 복이 있어 양고기와 돼지고기를 많이 먹을 수 있잖아요."

"당신의 발은 왜 이렇게 커요?"

"발이 크면 잘 걸어 다닐 수 있잖아요."

다음 날 아침 젊은이는 또 이상한 생각이 들었다. 매일 아내는 일찍 일어나서 밥을 하고 그를 기다렸는데 오늘은 어쩐 일인지 젊은이가 밭에서 일을 마치고 돌아왔을 때까지도 여전히 자고 있었다. 젊은이가 말했다.

"일어나서 밥을 해야죠?"

"쌀통이 어디 있어요?"

젊은이는 더욱 이상하게 여겼다. 그는 요괴가 아내를 잡아 먹어버렸다고 생각했다. 그럼 저 여자가 요괴란 말인가! 그는 멜대를 메고 물을 길러가다 우물가에서 물총새를 보았다. 그 새는 아름다운 노래를 부르면서 젊은이의 주위를 빙빙 날았다. 문득 젊은이는 이 새가 아내일지도 모른다고 생각했다.

"당신이 내 아내라면 모자 안으로 들어와 봐요."

새는 진짜 모자 안으로 날아 들어왔다. 젊은이가 또 말했다.

"당신이 내의 아내라면 나의 저고리 소매 속으로 들어와 봐요."

파란 물총새가 진짜 소매 속으로 들어왔다. 젊은이는 새를 데리고 집으로 돌아와 마루 가운데에 걸려 있는 새장 속에 넣어 두었다. 작은 새는 젊은이를 볼 때마다 아름다운 노래를 했다.

어느 날, 젊은이가 밭으로 일을 하러 갔다. 첫째는 거울을 들고 자기의 얼굴을 비추어 보았다. 작은 새가 또 노래했다.

"곰보야, 부끄럽지도 않니? 내 거울을 들고 개 대가리를 비추는 게."

첫째가 빗으로 머리를 빗자 작은 새가 노래했다.

"곰보야, 부끄럽지도 않니? 나의 빗으로 개 대가리를 빗는 게."

첫째는 화가 나서 새장을 부수고는 작은 새를 집어던져 죽여 버렸다. 젊은이가 돌아와서 보니 작은 새가 없어졌다. 첫째에게 묻자 이렇게 대답했다.

"그 새가 욕을 하길래 내가 던져 죽여 버렸어요."

두 사람은 죽은 작은 새를 찾아와서 털을 뽑고 장을 담가 먹었다. 그런데 여자가 한 입을 먹자 그만 새 뼈가 목구멍에 걸려 버렸다. 여자는 화가 나서 그 장을 마당 가운데 쏟아버리고 화를 내며 계속 욕을 했다. 젊은이가 일하러 나갔다 돌아와서 그 새장을 찾았다. 첫째가 대답했다.

"새장은 제가 버렸어요."

몇 달이 지나자 새장을 버렸던 곳에서 나무 한 그루가 자라났다.

가을이 되었다. 젊은이가 그 나무 밑에 누워 있었는데 열매가 떨어졌다. 그 열매를 먹으니 맛있고 달았다. 젊은이가 일하러 나가자 첫째도 그 나무 아래에 누워 있었다. 얼굴을 들고 하늘을 향해 열매가 떨어지길 기다렸다. 나무 위에는 까마귀가 있었는데, 까악까악 울면서 그 여자의 입에 똥을 쌌다. 여자는 화가 나서 나무를 베어버렸다. 젊은이가 돌아와서 물었다.

"나무는?"

"나무는 제가 베어버렸어요."

젊은이는 그 나무로 방망이 두 자루를 만들었다. 사람들이 빌려가 다듬이질을 하면 옷감이 쫙 반듯하게 펼쳐졌다. 하지만 첫째가 다듬이질을 하면 옷감에 구멍이 났다. 그리고 방망이가 계속 첫째의 머리를 쳤다. 첫째는 화가 나서 방망이를 아궁이에 넣어버렸다. 이웃집 친척

아주머니가 말했다.

"너 불 피울 줄 아니? 내가 담배를 좀 피우고 싶은데 불 좀 붙여줘."

"아궁이를 헤집어보세요."

아주머니가 아궁이를 헤집다가 금을 주웠다. 아주머니는 그걸 집으로 가져가 상자에 넣어 잠근 뒤 마실을 나갔다. 그런데 아주머니가 나간 뒤 상자가 저절로 열리더니 일곱째가 상자에서 나왔다.

그런데 아주머니는 매일같이 조금씩 밥이 없어지고, 또 매일같이 자기 옷감이 조금씩 바느질되어 있는 것을 보고 이상하다 생각하고 있었다.

'무슨 일인지 내가 그걸 잡아서 그게 사람인지 귀신인지 보고 말거야.'

다음 날 아주머니는 또 마실을 나가는 척했다. 그러자 일곱째가 상자에서 나와 바느질을 했다. 노래하면서 바느질했다.

"아주머니, 아주머니. 매일매일 집에 없으니 제가 밥을 훔쳐 먹었어요. 대신 제가 아주머니를 위해 바느질을 2자 8푼 정도 조금씩 해드릴게요."

아주머니가 집 밖에서 숨어서 보니 바로 일곱째였다. 집으로 뛰어 들어가 그녀를 꽉 안았다.

"애야 너 어떻게 된 거야? 조카가 널 얼마나 보고 싶어 했는데."

친척 아주머니는 젊은이를 불러왔고, 젊은이는 일곱째를 집으로 데리고 갔다. 집에는 첫째가 보이지 않았다. 다만 땅 위에 암호랑이가 한 마리가 죽어 있었다.

수세미 선녀[1]
刷帚仙姑

옛날, 어떤 산속에 할머니 한 분이 살고 있었는데, 남편은 죽었고 자식도 없었다. 어느 해 질 무렵 한 아가씨가 할머니 집 앞에 찾아와 말했다.

"할머니, 제가 여기서 잠깐 쉬어가도 될까요?"

할머니는 그러라고 하며 아가씨를 방으로 데리고 들어갔다.

"아가씨는 어디에서 왔어요?"

"사실 우리 집이 변고를 당했는데 저 혼자만 겨우 살아남았어요."

그날부터 아가씨는 할머니를 도와 바닥을 청소하고, 물을 긷고, 또 요리하고, 밭을 갈고, 수도 놓았다. ……그리고 할머니에게 "어머니"라고 불렀다. 할머니는 이 아가씨와 헤어지기 싫었고 아가씨도 마찬가지이었다. 그래서 두 사람은 친 모녀처럼 같이 살게 되었다.

어느 날, 아가씨가 밭에서 돌아오다 젊은 등짐장수를 만났다. 등짐장수는 물었다.

"아가씨, 필요한 물건이 없어요?"

그러자 아가씨는 일곱 빛깔 비단실을 몇 뭉치를 골랐다. 마침 돈을 가지고 있지 않았기 때문에 등짐장수에게 말했다.

"우리 집에 같이 가서 돈을 드려도 돼요?"

"그럼요."

---

1 투자족(土家族)에 전해오는 이야기. 투자족은 중국의 후난성(湖南省)과 후베이성(湖北省), 쓰촨성(四川省), 구이저우성(貴州省)에 분포하는 소수민족이다. 인구는 2000년 통계상 802만 8133명이다. 중국티베트어계 티베트미얀마어족에 속하는 투자어를 사용하는데, 대부분의 주민들이 중국어를 쓰고 문자는 없으며 한문을 통용한다. 종교는 다신교이며 조상을 숭배한다.

등짐장수는 아가씨를 따라갔다. 그런데 시간이 너무 늦어 등짐장수는 그 집에서 하룻밤을 묵게 되었다. 할머니는 두 사람의 중매를 섰고 얼마 뒤 그들은 결혼을 했다. 등짐장수는 농사를 짓고 아가씨는 집안일을 했다. 할머니도 노년을 편안하게 보냈다. 그들의 생활은 점점 나아졌다.

다음 해, 부부는 아들을 낳았다. 아들이 돌이 되자 할머니는 잔치를 벌이자고 말했다. 멀고 가까운 곳에서 많은 손님들이 찾아와 말했다.

"그렇게 외롭던 분이 복도 참 많으시네."

그런데 할머니 이야기가 관리[2]에게까지 알려졌다. 그러자 관리가 말했다.

"대대로 내려온 관습에 따라 새로 결혼을 하면 관리가 꼭 신부와 첫날밤을 보내야 해.[3] 그런데 그 집에서 결혼도 하고 아이까지 생겼다는데 어떻게 내가 모를 수 있지?"

그는 말을 타고서 부하들을 데리고 할머니의 집을 찾아왔다. 관리는 선녀보다 더 예쁜 색시를 보자 한편으로 기뻐하면서도 또 한편으로도 원통하게 생각했다.

"너희들이 결혼을 하면서 감히 나의 허락을 받지 않다니. 대대로 내려온 관습을 어겼다니 이게 어디 될 만한 말이냐!"

할머니가 관리에게 용서를 빌었다. 관리가 말했다.

"내가 원래 이 색시를 관아로 데려가려고 했지만 너를 봐서 그들이 부부인 것은 인정하마. 하지만 신부는 나와 서른 날 밤을 함께 자야 해!"

등짐장수 부부는 관리의 제안에 동의할 수밖에 없었다. 밤이 되자 색시는 잠자리를 깔고 관리에게 말했다.

"나으리, 먼저 잠자리에 드시면 제가 금방 오겠습니다."

---

2 [역자주] 토사(土司): 소수 민족 지역에서 부족의 수장을 가리키는 말이다.

3 간희(赶喜): 초야권(初夜權). 관리가 신혼 첫날밤에 신부와 자는 풍습이다.

관리는 침대에 올라가 눕자마자 정신을 잃었다. 다음 날 밤에도 색시는 관리에게 먼저 침대에 누우라고 했다. 그런데 관리가 침대 옆으로 다가가자마자 또 정신을 잃고 땅에 쓰러지고 말았다. 이렇게 스물아홉 날 밤을 지내는 바람에 관리는 아직도 색시의 손도 잡지 못했다. 마지막 날 밤이 되어 관리가 색시를 꽉 껴안았지만 이번에도 정신을 잃었다. 아가씨는 그의 두 팔에서 벗어나면서 개 한 마리를 끌어다가 관리의 품에 밀어 넣었다. 다음 날 아침, 관리가 깨어나서 보니 개 한 마리가 그의 입술을 핥고 있었다. 그는 몹시 화를 내며 급하게 외쳤다.

"토선생[4]을 찾아와."

그러자 부하 몇 명이 토선생, 즉 무당을 찾아왔다. 관리는 지금까지 상황을 말해주었다. 무당은 할머니네 집을 빙 한 바퀴 돌고 난 뒤 말했다.

"이 여자는 요정이에요."

관리가 놀라 떨면서 말했다.

"그럼 그 요정을 없애 버려!"

무당은 등짐장수를 관리 앞으로 불렀다. 관리는 그에게 말했다.

"네 아내는 요정이야. 얼마 뒤면 그녀가 너를 죽일 거야. 그녀를 처치하는 데 만약 네가 동의하지 않는다면 너를 관아로 보내 죽여 버릴 거야."

등짐장수는 관리를 만나고 나온 뒤 슬픔에 빠졌다. 색시가 그에게 말했다.

"당신이 말하지 않아도 저도 잘 알아요. 우리가 곧 헤어져야 한다는 걸요. 오늘 제가 당신에게 진실을 하나 말해 드릴게요. 저는 원래 수세미 선녀인데 어머니를 불쌍하게 여겨 어머니의 시중을 들러 여기에 온 것이랍니다. 또 당신과는 전생의 인연이 있었기 때문에 이번 생에서 부부가 되었어요. 제가 요정이란 말을 무서워하지 마세요. 요정 중에는

---

4 [역자주] 토선생(土老師): 소수 민족 지역에서 무당을 가리킨다.

좋은 요정도 있답니다. 저는 사람을 해치지 않아요. 제가 떠난 뒤라도 어머니를 잘 모시고 우리 아이를 잘 키워 주세요. 그리고 당신은 내일 창문 아래에 수세미가 하나 있을 텐데 그것을 불태워 주세요. 절대로 그들의 손에 들어가면 안 돼요. 그렇게 하지 않는다면 그들은 수세미를 나쁜 일에 쓸 거예요."

다음 날, 등짐장수는 정말로 창문 아래에서 낡은 수세미 한 개를 찾아 냈다. 빗자루 위에는 그녀가 그날 샀던 일곱 빛깔 비단실이 매어 있었다. 등짐장수는 찢어지는 마음을 참으며 수세미를 불 속에 집어넣었다. 불 속에서는 비명 소리가 났고, 한 줄기 푸른 연기가 하늘로 날아갔다.

²⁹ 노래상자
歌箱

중국에는 "황허를 보지 못하면 심장의 고동이 멈추지 않다가, 황허를 보고서야 심장이 멈춘다."[1]라는 속담이 있다. 이 말에는 다음과 같이 매우 슬픈 사연이 깃들어 있다.

옛날 옛적, 강남에 사는 황 원외랑에게 딸이 하나 있었다. 이름이 황허(黃河)였는데, 얼굴도 예뻤다. 어느 날, 황허 아가씨가 방에서 수를 놓고 있었는데 갑자기 아름다운 노랫소리가 들려왔다. 노랫소리는 들을 수록 좋았고 또 친근했다. 그 뒤로 그녀는 매일같이 일찍 일어나서 자수방[2] 앞에 앉아 노래를 들었다.

어느 날, 황허 아가씨는 시녀에게 가서 노래하는 사람이 누군지를 알아보라고 시켰다. 하지만 시녀는 그 사람이 누구인지를 이미 알고 있었다. 아가씨의 질문에 시녀는 얼른 대답했다.

"노래하는 남자는 옆집 이 원외랑 댁의 목동이에요. 이름이 쿠얼(苦兒)이라고 하는데, 일곱 살 때부터 원외랑 댁에서 소를 키웠대요. 지금은 열여덟 살이고요."

시녀는 계속해서 물었다.

"근데, 아가씨. 그걸 왜 물어보세요?"

황허 아가씨는 얼굴이 빨개지더니 부끄러워 고개를 숙였다. 시녀는 또 말했다.

---

1 [역자주] 이 속담은 목적을 달성하기 전에는 그만두지 않는다는 비유를 담고 있는 말이다.
2 [역자주] 자수방(繡樓): 옛날 젊은 여자의 규방을 말한다.

"근데요, 쿠얼은 참 못생겼다고 하던데요. 얼굴이 누렇고 마른데다가 머리에는 기계총[3]도 있대요."

얘기를 들은 황허 아가씨는 믿을 수 없다는 듯 고개를 가로저으면서 생각했다.

'그가 부른 노래는 진짜 듣기 좋은데.'

시녀는 말했다.

"그 사람의 노래가 아가씨의 마음을 사로잡았지요?"

황허 아가씨는 빙그레 미소를 지었다.

다음 날, 시녀는 쿠얼을 찾아가 자수방 앞에서 노래를 해 달라는 황허 아가씨의 부탁을 전해줬다. 이 말을 들은 쿠얼은 아주 기뻐하였다. 서둘러 집으로 돌아가 이 일을 어머님께 알려드렸다. 어머니가 말했다.

"그 아가씨는 양반 집의 아가씨이고, 너는 가난한 목동일 뿐이란다. 만약 아가씨가 너를 사랑하게 된다고 해도 아가씨의 부모님이 허락하시 겠니? 아들아, 가지 말거라. 다들 너를 비웃을 거야."

쿠얼은 어머니의 말을 듣지 않고 가겠다고 고집했다. 어머니는 어쩔 수 없이 아들에게 깨끗한 옷을 갈아입히고 시녀를 따라가게 했다. 쿠얼이 자수방 앞에서 노래하고 있을 때 황허 아가씨는 위층에서 그를 보고 있었다. 쿠얼은 얼굴빛이 누렇고 마른데다가 머리에는 기계총도 났지만 성격이 유쾌했다. 특히 그의 노랫소리는 마음에 쏙 들었다. 그녀는 머리에서 금비녀 한 개를 뺐다. 그리고 시녀를 시켜 사랑의 징표라며 그에게 갖다 주라고 했다. 황허 아가씨의 금비녀를 받은 쿠얼은 너무 기뻐하며 노래를 흥얼거리며 집으로 돌아갔다.

그런데 황 원외랑이 이 일을 알게 되었다. 그는 황허 아가씨를 호되게 꾸짖었고 사람을 보내 쿠얼한테서 금비녀를 뺏어왔다. 그 뒤로 쿠얼은

---

3 [역자주] 나자(癩子): 중국 방언으로 황선(黃癬), 또는 기계총이라고 한다. 의학적으로 머리
   카락 밑에 딱지가 생기고 고약한 냄새가 나는 곰팡이 질환의 하나이다.

속이 너무 상해 큰 병에 걸리고 말았다. 침대에 누워 꼼짝할 수 없는 위중한 지경에도 황허 아가씨를 한 번이나마 만나고 싶어 했다. 쿠얼의 병세가 위중한 걸 알게 된 황허 아가씨는 직접 그를 찾아가 보려고 했다. 그런데 엄하게 지키고 있는 아버지 때문에 그럴 수 없었다. 그래서 두 사람은 멀리 떨어져 서로를 그리워할 수밖에 없었다. 쿠얼의 병세는 점점 더 심각해져갔다. 쿠얼은 죽기 전 어머님께 말씀드렸다.

"제가 죽으면 제 심장을 꺼내 검은 천으로 싸서 작은 나무상자 안에 넣어주세요. 그 다음에 쇠로 고정시켜 주세요. 그렇게 하면 그 상자는 노래를 하라고 하면 노래를 부르고 그치라고 하면 그칠 거예요. 그러면 어머님께서는 그 상자를 들고 찻집이나 술집에 가서 노래를 파세요. 노래를 들은 손님들이 다 돈을 낼 거예요. 하지만 절대로 나무상자를 다른 사람에게 팔면 안 돼요. 만약 황허 아가씨가 상자를 사려고 한다면 한 가지 서약서를 받은 뒤에 상자를 팔도록 하세요. 어머니가 살았을 때는 잘 모시고 또 돌아가시면 장례도 잘 치러주겠다는 약속을 말이에요."

말을 마치자 쿠얼은 죽었다. 쿠얼이 죽은 뒤 어머니는 그의 유언대로 상자를 들고 사방을 다니며 노래를 팔았다. 어느 날, 황허 아가씨는 자수방에서 쿠얼을 그리워하며 시무룩이 앉아 있었다. 그런데 갑자기 아름다운 그의 노랫소리가 들려왔다. 황허 아가씨는 서둘러 시녀한테 내려가서 노래하는 사람이 누군지를 찾아보라고 했다. 시녀가 자수방 밑으로 내려가자 어떤 할머니가 나무상자 한 개를 들고 있었다. 노랫소리는 바로 그 나무상자에서 나오고 있었다. 시녀는 서둘러 이 일을 황허 아가씨에게 알려드렸다. 황허 아가씨는 바로 부모님한테 이 노래 상자를 사 달라고 했다. 그리고 어머니의 요구대로 그녀를 집으로 모시고 와 잘 공양했다.

황허 아가씨는 이 노래상자를 항상 침대 머리맡 탁자 위에 놓아두었다. 노래상자는 노래를 하라고 하면 노래를 부르고 그치라고 하면 그쳐서 마치 쿠얼이 살아서 옆에 있는 것 같았다. 이렇게 몇 개월이 지나자 황허 아가씨는 점점 이상한 생각이 들었다. 어느 날, 아가씨는 시녀에게 말했다.

"이 상자가 좀 이상해. 그냥 나무판자 몇 개에다가 못을 박아 만든 건데 어떻게 이렇게 사람 말을 잘 알아듣지? 그리고 그 노래는 어떻게 이렇게 아름다운지 꼭 쿠얼의 노랫소리 같지 않니?"

시녀도 이상하다고 생각했지만 뭐라고 설명할 수 없었다. 그래서 상자를 한번 열어보자고 했다. 황허 아가씨도 그러자고 하자 시녀가 상자를 열었다. 상자 안에는 컵 정도 크기의 물건이 검은 천으로 싸여 있었다. 황허 아가씨가 그것을 손으로 들자 노랫소리가 흘러나왔다. 그리고 싸인 천을 풀자 노랫소리가 멈췄다. 그들이 자세히 보니 그 물건은 바로 사람의 심장이었다. 황허 아가씨는 너무 놀라서 시녀에게 서둘러 상자 안에 다시 넣으라고 소리쳤다. 하지만 더 이상 노랫소리는 나오지 않았다. 황허 아가씨가 아무리 불러도 노래상자는 더 이상 노래를 부르지 않았다. 왜 그런 건지 아주 궁금해진 아가씨는 쿠얼의 어머니를 찾아 그 이유를 물었다. 쿠얼의 어머니가 노래상자의 사연을 차근차근 설명해 주자 황허 아가씨는 기절하고 말았다.

왜 황허 아가씨가 심장을 보자마자 노랫소리가 멈췄을까? 그것은 바로 황허 아가씨와 결혼을 약속할 때 쿠얼은 아가씨의 얼굴을 보지 않은 채 그녀가 주는 금비녀만 받았기 때문이었다. 그래서 쿠얼은 비록 죽었지만 그의 심장이 아직 멈추지 않았던 것이었다. 이것이 바로 "황허를 보지 못하면 심장의 고동이 멈추지 않다가, 황허를 보고서야 심장이 멈춘다."는 속담의 의미이다.

30 구름 속에 떨어진 꽃신

云中落绣鞋

어느 해 8월 보름, 서울에서 사람들이 꽃등놀이를 하고 있었다. 큰 거리는 북적대는 사람들로 대단히 흥청거렸다. 황제의 딸도 사람들 속에 끼여 꽃등을 구경했다. 모두가 한참 흥미롭게 꽃등 구경에 빠져있을 때 갑자기 먹구름 하나가 몰려와 한치 앞도 보이지 않을 만큼 캄캄해졌다. 모두가 한바탕 놀란 뒤에야 먹구름이 걷혔다. 그러나 공주가 감쪽같이 사라지고 말았다. 다급해진 황제는 공주를 찾는 방을 부쳤다. 누구든 공주를 찾아온다면 그 사람이 관리라면 승진을 시켜주고, 관직이 없다면 관직을 내릴 뿐만 아니라 부마로 삼겠다고 했다.

당시 활쏘기로 이름을 난 천처젠(陳車劍)이라고 하는 사람이 있었다. 8월 보름날, 그는 먹구름 하나가 자기 머리 위로 스쳐 지나가는 것을 보았다. 얼른 활 하나를 쏘았는데 꽃신 한 짝이 떨어졌다. 그는 매우 이상하다고 생각해서 그 일을 친구인 왕두라오(王杜佬)에게 얘기했다. 왕두라오는 발이 넓고 정보가 빠른 사람이었기에 이미 황제가 방을 부친 소식을 알고 있었다. 지금 친구 천처젠의 이야기를 들어보니 아마도 이것은 공주와 관련한 일이라 생각되었다. 그래서 천처젠에게 물었다.

"그 먹구름이 어느 쪽으로 가는지 봤어?"

"취저우(衢州) 쪽으로 갔어."

두 사람은 함께 의논한 뒤 공주의 행방을 찾기 위해 출발했다. 두 사람은 이곳저곳을 한 달 남짓이나 샅샅이 뒤졌지만 단서조차 찾을 수 없었다. 어느 날, 그들은 통산위엔(銅山源)¹의 어떤 산꼭대기에 이르렀다. 그곳에서 아주 깊고 깊은 동굴 하나를 발견했다. 그런데 오래된

제3부 신기한 결혼 이야기 153

덩굴 하나가 동굴 안으로부터 뻗어 나와 있었다. 이것을 본 천처젠은 그것이 실마리라고 생각하며 왕두라오에게 동굴 안으로 내려가 보라고 했다. 하지만 왕두라오가 겁이 많은지라 할 수 없이 천처젠이 덩굴을 잡고 동굴로 내려갔다. 동굴 속에서 두 가닥으로 갈라진 대나무 껍질 같은 비단뱀이 있었다. 천처젠은 재빨리 그 뱀을 향해 활을 쐈다. 상처를 입은 비단뱀은 꼼짝도 못 한 채 한 켠으로 쓰러졌다. 아래쪽 옆으로 또 입구가 좁은 동굴 하나가 있었다. 천처젠은 다시 동굴 속으로 나아가자, 그 안에 환하고 탁 트인 곳이 나타났다. 그리고 거기에 한 여자가 앉아 있었다. 천처젠은 그녀에게 다가가 물었다.

"당신은 누구시죠?"

소녀가 대답했다.

"난 황제의 딸이에요. 8월 보름날, 제가 거리에서 꽃등놀이를 보고 있었는데 이 동굴 주인이 나를 여기로 업고 왔어요. 돌아가고 싶어도 돌아갈 방법이 없어요."

이 말을 들은 천처젠은 황제가 방을 부쳐 그녀를 찾고 있다는 소식을 알려주었다. 또한 반드시 그녀를 구해낼 것이니 걱정하지 말라고 했다. 그는 또 그 꽃신 한 짝을 꺼내 보여주었다. 그 꽃신을 보자 공주는 말했다.

"네, 맞아요. 제 것이에요."

천처젠은 또 동굴 안에 있는 한 자루의 칼을 보았다. 그 칼을 빼어들고는 동굴 주인에게 데려가 달라고 했다. 사실 동굴의 주인은 바로 그 비단뱀 요괴였다. 요괴는 방금 화살을 눈에 맞아 고통스러워하며 침대에 누워 있었다. 그의 부하들은 그를 위해 약초를 캐러 밖으로 나간 상태였다. 천처젠은 그 동굴 주인을 보자마자 그가 요괴라는 것에 아랑곳하지 않고 힘껏 단칼에 그를 베어버렸다. 동굴 주인은 고통스러워하

---

1 통산위엔(銅山源): 취셴(衢縣) 북쪽에 있는 시냇물. 통산(銅山)에서 발원하였기에 그렇게 부른다.

며 원래 모습을 드러냈다. 천처젠이 다시 몇 번이고 칼을 휘두르자 그 비단뱀 요괴는 마침내 죽었다. 공주는 동굴 주인의 원래 모습을 보고서 너무 놀라 기절했다. 천처젠은 공주를 안고 입구가 좁은 동굴에서 나간 뒤 다시 큰 동굴 아래 아래에서 공주를 받쳐 위로 들려주었다. 그러자 동굴 입구에서 기다리고 있던 왕두라오가 그녀를 받아 끌어 올렸다.

그런데 왕두라오는 그녀를 본 순간 선녀같이 예쁜 모습에 넋이 나갔다. 이렇게 예쁜 여자를 천처젠이 데려가면 정말 아까울 것 같았다. 왕두라오는 순간 나쁜 마음이 생겼다. 그는 덩굴을 잘라버리고 바위 몇 개를 들어 동굴 입구를 막아 천처젠을 동굴 안에 가두어버렸다. 그리고 자신이 공주를 데리고 서울로 갔다.

황제는 공주가 돌아온 것을 보고 매우 기뻐했다. 왕두라오는 황제 앞에서 자기가 어떻게 공주를 구했는지 허풍을 떨어가며 말했다. 황제는 약속대로 왕두라오를 부마로 삼고, 다음 해 8월 15일에 공주와 결혼시키겠다고 했다. 하지만 공주는 왕두라오가 자기를 구해낸 사람이 아니라는 잘 알고 있었다.

다음 해 결혼식 날이 되자, 공주는 한 가지 꾀를 생각해냈다. 그녀는 '신랑시험'이라는 두 가지 문제를 내서 만약 그 문제를 풀지 못한다면 신혼 방에 들어갈 수 없게 한 것이다. 공주는 왕두라오에게 물었다.

"동굴 안에서 어떻게 날 구했지요? 또 동굴에서 무슨 일이 일어났죠?"

왕두라오는 오만 가지 생각이 다 났지만 뭐라고 대답해야 할 줄 몰라 횡설수설했다. 그러자 공주는 그의 대답이 틀렸으니 당연히 신혼 방에 들어갈 수 없다고 했다.

한편 왕두라오 때문에 동굴에 갇힌 천처젠은 빠져나갈 방법이 전혀 없었다. 그래서 여기저기를 더듬거리다가 다른 동굴을 찾았다. 그 속에는 동굴 벽에 손발이 박힌 어떤 사람이 있었다. 그 사람은 천처젠을 보자마자 말했다.

"여보시오, 날 좀 살려 주시오" "당신은 누구인가요? 왜 여기에 이렇게 묶여 있는 건가요." "나는 동해 용왕의 셋째 아들이랍니다. 지난 해 이곳에서 비단뱀이랑 무예를 겨루었다가 지는 바람에 이렇게 됐어요."

이어서 그는 또 말했다.

"당신이 날 살려주신다면 제가 이곳을 빠져나가게 도와드릴게요."

천처젠은 어떻게 해야 당신을 구할 수 있냐고 물었다.

"내 몸에 물을 뿌리기만 하면 돼요"

천처젠은 쭈그려 앉아 그에게 물을 뿌렸다. 용왕의 아들은 역시 용인지라 몸에 물이 닿자마자 힘차게 몸부림을 쳤다. 그러자 그의 몸에 박힌 못들이 모두 떨어져 나갔다. 용왕의 셋째 아들은 허리를 펴서 온몸을 쭉 펴며 원래 모습을 드러냈다. 그러더니 그는 점점 작아져서 미꾸라지만 해졌다. 그리고 천처젠에게 자기의 꼬리를 꼭 잡고 눈을 감으라고 했다. 천처젠이 그의 말대로 했다. 그 '미꾸라지'는 바위 틈 사이로 흘러나왔다. 천처젠은 귓가에 "후" 하는 소리가 들렸을 뿐인데 어느덧 그를 따라 밖으로 나와 있었다.

용왕의 셋째 아들은 천처젠에게 함께 용궁에 가 보자고 했다. 용왕은 아들로부터 천처젠이 생명을 구해준 은인이라는 말을 듣고 매우 고맙게 여기며 놀다가라고 했다. 그리고는 1년의 세월이 지났다. 천처젠이 이젠 집으로 돌아가야 하겠다고 하자 용왕이 말했다.

"그대에게 몇 가지 보물을 주려고 하니 원하는 것을 골라라."

용왕의 셋째 아들이 슬쩍 천처젠에게 말했다.

"다른 것을 달라고 하지 말고 조롱박, 퉁소, 그리고 낡은 대나무 삿갓, 딱 이 세 가지만 달라고 하세요. 이 세 가지는 모두 보물이라 제각각 쓸모가 있을 거예요."

천처젠은 셋째 왕자의 조언을 따라 용왕에게 그 세 가지 보물을 달라고 했다. 천처젠이 인간 세상에 돌아왔을 때는 이미 깜깜한 저녁 무렵이었다. 그는 배가 고파서 조롱박에 대고 말했다.

"조롱박아, 조롱박아. 나는 술과 밥을 좀 먹고 싶은데."

말이 끝나자마자 그의 앞에 술과 고기, 그리고 밥이 차려졌다. 밥을 다 먹고 그는 또 말했다.

"조롱박아, 조롱박아. 나는 여자가 노래를 부르는 것을 듣고 싶은데."

말이 끝나자마자 한 여자가 나타나 그의 앞에서 노래를 부르기 시작했다. 한 소절이 끝나자 그가 또 말했다.

"놀이패를 불러와서 시끌벅적하게 연극을 좀 봤으면 좋겠어."

말이 끝나자마자 그가 서 있는 곳은 극장으로 변했고 한 놀이패가 무대 위에서 공연을 하고 있었다. 이때, 옆에 숨어있던 한 무리의 강도들이 떠들썩한 공연 소리를 듣고는 달려 나와 구경했다. 그들은 천처젠에게 물었다.

"낮에 이곳은 평지였는데 어떻게 저녁이 되자 무대도 생기고 놀이패가 공연을 하고 있는 거죠?"

천처젠은 이 사람들이 강도인 것을 몰랐다. 그래서 자신이 용왕의 셋째 아들을 어떻게 구했는지, 용왕이 어떻게 그에게 보물들을 주었는지 처음부터 끝까지 모두 얘기해 주었다. 강도들은 그가 이렇게 좋은 보물들을 가지고 있다는 말을 듣고 나쁜 마음을 품게 되었다. 그들은 천처젠을 그 자리에서 때려죽이고 조롱박과 퉁소를 빼앗아 갔다. 그들은 그 낡은 대나무 삿갓이 보물인 줄을 몰랐다. 그래서 그것을 주워 천처젠의 머리에 덮어두고는 줄행랑을 쳤다.

실은 그 낡은 대나무 삿갓은 환혼모, 즉 죽은 혼백을 돌아오게 하는 모자였다. 사람이 죽었어도 뼛가루가 조금만 남아있다면 다시 살릴 수 있었다. 천처젠이 비록 맞아죽었지만 다행히 그 낡은 대나무 삿갓이 머리에 씌워져 있었기에 날이 밝자 그는 다시 살아났다. 그는 조롱박과 퉁소를 강도에게 빼앗긴 것을 알고 할 수 없이 낡은 대나무 삿갓만 가지고 집으로 돌아갔다.

한편 그 강도들은 두 가지 보물을 뺏어갔지만 이번에는 서로 가지려고 자기들끼리 크게 다투었다. 그러다 공평하게 나눌 수가 없어서 결국 불로 태워 버렸다. 조롱박과 퉁소는 한 줄기 연기로 변해 다시 동해용왕에게 돌아갔다. 용왕의 셋째 아들은 천처젠이 변고를 당했으리라 짐작했다. 그렇지만 낡은 대나무 삿갓이 아직 돌아오지 않은 것을 보고 천처젠이 반드시 집으로 돌아갔으리라는 생각에 마음이 놓였다.

천처젠이 집으로 돌아와 문지방을 넘자마자 대청 위에 위패 하나가 놓여 있는 것을 보았다. 위패 위에는 그의 이름이 쓰여 있었다. 마침 어머니가 위패를 마주하고 종이돈을 태우고 있었다. 그가 "어머니"라고 부르자 어머니는 고개를 돌려 아들을 한참 쳐다보았다.

"네가 죽었다고 들었는데, 어떻게 살아 돌아온 거니? 지난 일 년 동안 도대체 어디를 갔다 온 거야?"

"어휴" 천처젠이 한숨을 쉬었다.

"어머니, 말하자면 이야기가 길어요."

이윽고 그는 지난 1년 동안 겪은 일을 하나부터 열까지 다 어머니에게 말했다.

"저는 서울에 가야겠어요. 공주를 구한 공을 왕두라오에게 뺏긴 것을 참을 수가 없어요."

어머니는 그를 말렸다.

"이미 엎질러진 물인데 아직도 꿈을 꾸고 있니. 아무런 증거도 없이 누가 네 말을 믿어 주겠니? 더구나 왕두라오와 공주는 부부가 된 지 이미 오래되었잖아. 네가 지금 가서 무슨 의미가 있겠니?"

하지만 천처젠은 어머니의 말을 듣지 않고 서울로 갔다. 천처젠은 서울에 도착하여 황제를 찾아가 자신이 공주를 어떻게 구했는지를 다 말했다. 황제는 그의 말을 믿지 않고 호위병을 불러 그를 체포하라고 했다. 그리고 내일 오전 11시 45분에 궁궐 밖에서 참수형에 처하라고 했다. 이 소식이 서울 전역에서 쫙 퍼졌다. 공주의 시녀가 이 소식을 듣고 공주에게 알려줬다. 공주가 말했다.

"호들갑 떨지 마. 내가 내일 가서 보면 확실히 알 수 있을 거야."

이튿날, 밧줄에 묶인 천처젠이 형장으로 끌려 나왔다. 공주도 시녀를 데리고 일찌감치 그곳에 나와 있었다. 그녀는 호위병에게 '범인'을 직접 신문을 할 수 있게 해 달라고 했다. 호위병이 공주님의 말을 감히 어길 수가 없었다. 공주가 천처젠에게 다가가 예전에 왕두라오에게 냈던 두 가지 문제를 말하고 풀어보라고 했다. 천처젠은 망설임 없이 답을 적어 냈다. 공주가 받아 보니 틀림이 없었다. 그녀는 얼른 아버지에게 보여주고 말했다.

"진정한 은인이 왔어요."

황제는 천처젠이 누명을 쓴 것을 알고 곧바로 명령을 내렸다.

"천처젠을 석방하고 부마로 삼아라. 그리고 왕두라오는 공을 탐하여 공신을 모함해서 임금을 속인 죄를 지었으니 잡아 목을 베어라!"

³¹ 야단났네!

不得了

왕샤오우(王小五)가 낚시를 하는데 사흘 동안 한 마리도 잡지를 못했다. 나흘 째 해 질 무렵, 왕샤오우는 백로 한 마리가 작은 금붕어를 문 채 모래사장으로 날아오는 것을 보았다. 왕샤오우가 말했다.

"그렇군. 어쩐지 물고기가 안 잡힌다 했더니, 네 놈이 다 잡아간 게로군."

그리고는 집히는 대로 돌을 던졌는데 마침 백로의 머리를 정통으로 맞췄다. 백로는 날개를 푸드덕거리다 이내 죽어버렸다. 왕샤오우가 다가가 살펴보니 금붕어는 아직 살아있어 그것을 주워 집으로 갔다. 밤이 되어 칼로 물고기의 배를 가르려 하는데, 물고기의 눈동자가 빙글빙글 돌아가고 있었다.

"이런! 물고기가 눈동자를 돌리다니. 분명 이건 물고기가 아니야. 이 물고기는 놓아줘야겠어."

그리고는 강으로 가 물고기를 풀어줬다. 며칠 뒤, 그는 강가에서 낯선 사람을 만났다. 그가 말했다.

"왕샤오우님, 왕샤오우님. 용왕님께서 아들을 구해준 당신의 은혜에 감사를 하고 싶어 하십니다. 그래서 저를 보내 당신을 수정궁으로 모시고 오라고 하셨습니다."

왕샤오우가 말했다.

"난 용왕님의 아들을 구해준 적이 없는데?"

그러자 그 사람이 대답했다.

"당신이 백로로부터 구해준 금붕어가 바로 용왕님의 아들이랍니다."

왕샤오우이 말했다.

"아, 어쩐지 물고기가 눈동자를 굴리더라니…… 그래서 그런 것이었군. 그런데 수정궁은 바다 속에 있을 텐데 내가 어떻게 갈 수 있단 말인가?"

"당신은 눈을 감고 제 허리띠를 꼭 잡고 있으면 제가 당신을 모시고 갈 겁니다."

왕샤오우는 그의 말대로 했다. 귓가에 물소리만 들리더니, 순식간에 수정궁에 도착했다. 붉은 얼굴에 붉은 머리, 붉은 옷을 입은 젊은이가 맞은편에 서서 그를 맞았다. 안내를 했던 사람이 그에게 말했다.

"당신이 구해준 이가 바로 저분입니다."

그 젊은이는 왕샤오우의 손을 잡으며 기뻐 어쩔 줄을 몰라 했다.

"왕샤오우님, 왕샤오우님. 이따가 우리 아버지께서 당신에게 감사인사를 하러 오실 거예요. 아버지께서 금 한 덩이를 주실 텐데, 받지 마세요. 은 한 덩이도 주실 텐데 그것도 받지 마세요. 당신은 그냥 아버지 손에 안겨있는 작은 얼룩 고양이 한 마리만 달라고 하세요."

왕샤오우는 그 말을 잘 기억해 두었다. 잠시 후, 용왕이 작은 얼룩 고양이 한 마리를 안고 나타났다. 그는 하인을 시켜 왕샤오우에게 금 한 덩이를 갖다 주라고 했다. 하지만 왕샤오우는 싫다며 고개를 저었다. 이번에는 은 한 덩어리를 내놓고 왕샤오우에게 주려했지만 그는 싫다며 또 고개를 저었다. 용왕이 말했다.

"왕샤오우야, 왕샤오우야. 금도 싫다, 은도 싫다하니 그럼 뭘 원하는 것이냐?"

"저는 용왕님이 안고 있는 작은 얼룩 고양이를 갖고 싶습니다."

"금이 적다면 내가 더 줄 것이고, 은이 적다면 내가 더 줄 것이다. 다른 것은 달라는 대로 다 주겠지만 이 작은 얼룩 고양이는 줄 수가 없네."

"금이 산처럼 많아도 싫고, 은이 산처럼 많아도 싫습니다. 용왕님께서 작은 얼룩 고양이를 주시지 않는다면 수정궁을 준다 해도 싫습니다."

그러자 젊은이가 나섰다.

"아버지, 저 사람은 제 생명의 은인이잖아요! 작은 얼룩 고양이를 그에게 주세요!"

용왕은 곰곰이 생각한 뒤 말했다.

"좋다. 네 고집을 꺾을 수 없구나. 그만 네가 가져가거라."

왕샤오우는 작은 얼룩 고양이를 안고 집으로 돌아왔다. 그런데 집에 도착하자 작은 얼룩 고양이가 아름다운 아가씨로 변할 줄 누가 알았겠는가. 왕샤오우는 너무너무 기뻐했다. 그날 밤 바로 둘 사람은 부부가 되었다. 그런데 밤에 비가 내리기 시작했다. 집 안 곳곳에 비가 새어들자 용왕의 딸이 말했다.

"이런 집에서 어떻게 살 수 있담!"

왕샤오우가 말했다.

"이런 집이라도 없다면 우리는 길에서 살아야 해요. 무슨 다른 방법이 있겠어요?"

용왕의 딸이 말했다.

"그야 식은 죽 먹기지요!"

그녀는 머리핀 하나를 빼 들더니 땅에다 집을 그렸다. 그러자 눈 깜짝 새에 쓰러져가던 집이 높고 큰 멋진 집으로 바뀌었다. 날이 밝자, 이 신기한 일에 대한 소문은 사방으로 퍼졌다.

때마침 이날 고을의 관리인 타이리화이(胎裏壞)가 이곳을 지나가다 집을 보고서 매우 이상하다고 여겼다.

'내가 어제 여기를 지날 갈 때는 분명 쓰러져 가던 집이었는데 오늘은 으리으리한 새 집으로 변했군. 누가 하룻밤 새 이렇게 큰 집을 지었을까?'

타이리화이는 마을 행정관[1]을 불러 상황을 물어보고서야 왕샤오우가

---

1 [역자주] 지보(地保): 청나라 때 이후 중국 지방 자치 제도로 마을의 치안을 담당하거나 부역 또는 재물 징발을 맡아보던 사람이다.

선녀 부인을 얻은 것을 알게 되었다. 타이리화이는 곰곰이 생각해보았다.

'세상에 예쁜 여자는 수없이 봤지만, 선녀는 본 적이 없으니 이번에 한번 봐야겠다.'

이렇게 생각하며 가마에서 내려 곧장 왕샤오우의 집으로 갔다. 이윽고 왕샤오우의 집 문에 들어섰을 때 용녀를 처음 보았다. 과연 엄청 아름다웠다.

'흥, 무슨 방법을 써서라도 저 선녀를 내 첩으로 삼아야겠다.'

그는 머리를 굴리더니 한 가지 방법을 생각해냈다. 그래서 눈을 크게 부릅뜨고 말했다.

"왕샤오우, 내가 키우는 메추리 한 마리가 너희 집으로 날아갔다. 그러니 얼른 가져와라."

"나으리, 저는 보지 못했습니다."

"헛소리 마라. 내 메추리는 2킬로나 나가는 보물이야. 내일까지 말미를 줄 테니 가지고 와라. 가져오지 않으면 대신 네 마누라로 갚아야 한다."

그는 말을 마치고는 가버렸다. 왕샤오우는 마음이 급해져서 용왕의 딸에게 말했다.

"제일 큰 메추리도 1킬로가 안 나가는데 이 세상에 2킬로나 나가는 메추리가 어디 있겠어요. 저 사람이 일부러 나를 해치려고 하는 거예요."

"조급해하지 말아요. 2킬로 나가는 메추리가 있어요."

용녀의 딸은 이렇게 말 하고는 강가로 나가 진흙을 팠다. 그리고는 족히 2킬로 정도의 진흙 덩어리로 메추리를 빚었다. 신기하게도 순식간에 진흙 덩어리는 산 메추리로 변했다. 하루가 지나자 왕샤오우가 신이 나서 메추리를 타이리화이에게 보냈다. 타이리화이는 이를 보고 계획이 틀어졌음을 알고 또 다른 계략을 생각해냈다.

"왕샤오우, 너희 마을에 강도가 있다고 하는데 본관이 내일 가서 조사해 보겠다. 너는 당나귀 백 마리를 구해서 백 그루의 버드나무 위에 묶어 일렬로 늘어놓고 나를 맞이하도록 해라. 만약 그렇게 하지 못하면 네 마누라를 내게 바쳐야 한다."

이렇게 말하고는 왕샤오우를 쫓아내버렸다. 왕샤오우는 또 급해져서 용의 딸에게 말했다.

"그거야 쉬운 일이죠!"

그녀는 왕샤오우와 함께 버드나무 가지 백 개를 꺾어다 땅에 꽂았고, 진흙으로 당나귀 백 마리를 빚었다. 신기하게도 눈 깜짝할 사이 버드나무 가지는 백 그루의 버드나무가 되어 있었다. 그리고 그 버드나무 아래에는 백 마리의 당나귀가 가지런히 메어 있었다.

다음 날 타이리화이가 이 마을에 왔다. 백 마리의 당나귀들이 소리를 내며 그를 맞이하였다. 타이리화이는 계략이 또 실패한 걸 알고는 심기가 더욱 불편해졌다.

'내가 이 세상에서 없는 걸 원한다면 네가 어떻게 구해오는지 두고 보자.'

"왕샤오우, 너는 대단한 능력을 가졌구나. 그러면 이번엔 '야단났네 (不得了)'를 찾아와. 내일 내가 와서 그걸 가지고 가겠다. 만약 그렇게 하지 않으면 네 마누라를 내놓아야 해."

그는 말을 마치고 가버렸다. 왕샤오우는 이번에도 급해졌다. 세상에 '야단났네'라는 게 어디 있겠어? 용녀는 골똘히 생각했다.

"괜찮아요. '야단났네'를 찾을 수 있어요. 제가 오빠들을 불러서 도와 달라고 하면 돼요."

그렇게 말하고서 하늘을 향해 뭐라고 소리를 지르면서 손을 흔들자, 하늘에서 세 사람이 내려왔다. 첫 번째 사람은 흰 색 옷을 입고 있었다.

"큰 오빠에요."

두 번째 사람은 푸른색 옷을 입고 있었다.

"둘째 오빠에요."

세 번째 사람은 빨간색 옷을 입고 있었다. 왕샤오우가 말했다.

"이쪽은 셋째 형님이네요. 우리 본 적이 있지요?"

용의 딸이 말했다.

"오빠들, 고을의 관리인 타이리화이가 저와 저의 남편을 괴롭히고 있어요. 한사코 남편에게 '야단났네'를 내 놓으라고 하니 오빠들이 그걸 구해주세요!"

세 오빠들은 고개를 끄덕였다. 용의 딸은 큰 항아리를 꺼내 우물가에 놓아두었다. 세 오빠가 항아리 안에 들어가자 용녀는 뚜껑을 덮었다. 그리고 왕샤오우에게 말했다.

"됐어요. 이제 '야단났네'를 구했어요."

다음 날이 되자 타이리화이가 찾아왔다. 그는 문에 들어서자마자 큰 소리로 말했다.

"빨리 '야단났네'를 가져와라. 그렇지 않으면 네 마누라를 내놓든지."

"여기 있어요. '야단났네'는 항아리에 있으니 와서 가지고 가세요."

타이리화이는 '야단났네'가 진짜 있다는 말을 듣고는 도대체 믿을 수 없었다. 바로 달려가 항아리의 뚜껑을 열어보았다. 항아리 속에서 백룡한 마리가 나오더니 타이리화이를 향해 고개를 흔들었다. 그리고 그에게 별다른 해코지를 하지 않고, 하늘로 날아갔다. 다시 뚜껑을 여니 항아리에서 청룡이 나오면서 타이리화이를 향해 고개를 흔들었다. 그역시 별다른 해코지를 하지 않고 하늘로 날아갔다. 이것을 본 타이리화이는 아주 재미있어 했다. 순간 그는 그걸 잡아보고 싶은 욕심이 생겼다. 천천히 뚜껑을 열었다. 하지만 이번에는 화룡이 나올 줄 어떻게 알았을까. 화룡은 곧장 타이리화이의 옷소매로 파고들었다가 곧장 바지통으로 나갔다. 그리고 뒤도 안 돌아보고, 하늘을 향해 날아갔다. 타이리화이는 온몸이 불에 탄 채로 소리쳤다.

"야단났네! 야단났어!"

왕샤오우가 웃으면서 말했다.

"맞아요. 그게 바로 '야단났네'에요."

해설

이 이야기는 채록자가 50년대 초반에 채록한 것으로 이야기를 해 준 사람의 이름과 상황은 기억나지 않는다. 이 작품은 강소인문출판사에서 1980년 4월에 출판한 민간고사집 『새벽을 알리는 닭(報曉鷄)』에 실려 있다.

32 쟝와피엔

蔣瓦片

옛날, 단투셴(丹徒縣)에 쟝지아춘(蔣家村)이란 마을이 있었다. 그 마을
에는 무예가 뛰어난 사나이가 있었는데 그의 이름이 쟝와피엔(蔣瓦片)
이었다. 쟝와피엔은 몸집이 아주 컸지만 아이 얼굴을 가져서 몹시 귀여
웠다. 그는 일고여덟 살 때 부모님이 돌아가시자 남의 집 소를 키우며
살았다. 그 뒤에 추이산(圌山)¹에서 어떤 떠돌이 스님을 만났고 그에게
서 경공(輕功)²을 배웠다. 어떤 경공이냐고? 그가 '제비공(燕子功)'을 펼
치면 눈 깜짝 사이에 소리 없이 천산 보탑의 꼭대기까지 올라갔다. 그가
강가에서 기와로 물수제비를 뜨면 수면을 부딪치면서 남안에서 북안까
지 십여 리를 날아갔다. 책상 위에 파리 열 마리가 있는데 그가 손바닥으
로 살짝 덮었다가 손가락을 쫙 펴면 열 마리를 모두 잡을 수 있었다.
쟝와피엔은 경공 실력은 뛰어났지만 집이 가난하다 보니 스무 살이 넘도
록 장가를 못 갔다.

어느 날 산동(山東)에서 떠돌이 부녀가 마을을 찾아왔다. 두 부녀는
공연을 한바탕하더니 아가씨가 대바구니에 들어가 앉았다. 아가씨의
아버지는 사방으로 절을 하며 말했다.

"여러 영웅호걸 여러분, 누가 이 대바구니를 머리 위로 들어 올릴
수 있다면 저는 그 사람에게 제 딸을 주겠습니다. 그런데 들기 전에
순은 열 냥을 먼저 내야 됩니다."

---

1 [역자주] 추이산(圌山): 쟝쑤성(江蘇) 전쟝시(鎭江市)에 있다.
2 [역자주] 경공(輕功): 몸을 가볍게 해서 날리는 무공으로 나무에서 나무 위로, 먼 거리를
   바람처럼 빨리 달릴 수 있는 무예를 말한다.

주변에 구경하는 사람이 많았는데 그중에는 무술 꾀나 한다는 젊은이들도 있었다. 그 아가씨는 분홍빛 얼굴이 마침 한 떨기 모란꽃과 같이 예뻤다. 젊은이들은 그녀를 보고 안달이 나 다투어 그 바구니를 들려고 했다. 그렇지만 머리 위까지 드는 사람은 아무도 없었다. 그 젊은이들이 이 아가씨가 무술을 할 줄 아는데다가 또 다른 속셈도 가지고 있다는 사실을 어찌 알까? 어떤 무술이냐고? 그것은 바로 좌공(坐功)이었다. 아가씨가 바구니에서 앉아 좌공을 한번 펼치면 천 근 무게로 버틸 수 있었다. 그런데 다른 속셈은 뭐냐고? 바로 아가씨는 잘생긴 신랑감을 찾고 있었다. 이때 쟝와피엔은 구경꾼 사이에서 아가씨를 빤히 쳐다보고 있었다. 그는 곰곰이 생각했다.

'내가 배운 것은 경공인데 아무래도 이 무거운 아가씨를 들 수 없을 거 같아. 만약 내가 들지 못하면 사람들이 비웃을 거야.'

생각이 여기에 마치자 그는 몸을 돌려 바로 가려고 했다. 이때 눈치가 빠른 아가씨는 이 잘생긴 젊은이가 가려고 하는 것을 보고 부끄러움을 불구하고 큰소리로 불렀다.

"거기요, 가지 마세요."

쟝와피엔도 처음에는 개의치 않고 사람들 밖으로 빠져나가려고만 했다. 그렇지만 주변 사람들이 말했다.

"와피엔아! 아가씨가 너를 부르잖아."

쟝와피엔은 돌아서서 아가씨가 앉은 바구니 옆에 가서 섰다. 두 사람의 시선이 마주치자 아가씨는 가슴이 더 두근거렸다.

"오빠, 한번 들어보세요."

쟝와피엔은 똑바로 서서 기를 모았다. 두 손으로 바구니의 양쪽을 잡고 힘을 좀 쓰자 바구니가 땅에서 떨어졌다. 오른손으로 바구니를 떠받들면서 재빨리 오른손을 빼면서 다시 두 손으로 그 바구니를 받쳐 들었다.

'이상하네. 하나도 무겁지 않아.'

살짝 힘을 줘서 들자 바구니는 머리 위까지 올라갔다. 주위의 구경꾼들이 "우와!" 소리를 쳤다. 이 광경을 본 아버지는 어안이 벙벙해졌다. 딸한테 물었다.

"얘야, 어떻게 된 거야?"

아가씨는 바구니에서 뛰어나와 아버지에게 귓속말로 말했다.

"아버지, 제 나이 몇인 줄 아세요?"

딸의 말을 듣자마자 아버지는 딸이 일부러 그렇게 한 것임을 알게 되었다. 어쩔 수 없이 입을 다문 채 짐을 싸기 시작했다. 결국 쟝와피엔은 그 아가씨랑 결혼을 했다. 그럼 아가씨의 아버지가 이 혼인이 마음에 들지 않았음을 어느 대목에서 알 수 있을까? 이 글 앞에서 아버지가 아가씨한테 "얘야, 어떻게 된 거야?"라고 말했었다. 이 말 속에는 아버지의 뜻이 담겨 있다. 아버지는 집안 대대로 내려오는 어떤 무술, 즉 좌공을 쟝와피엔이 깨뜨려 버렸으니 그에게 딸을 주지 않으면 안 된다고 생각했다. 사람들 앞에서 한 말은 꼭 지켜야지! 우리같이 강호를 떠돌아다니는 사람들에게 신의는 무엇보다 중요한 법이니까. 아버지는 그들이 결혼식을 마치자 딸에게 말했다.

"난 산동으로 돌아가련다. 가서 표창던지기 연습이나 더 해야겠다."

말을 마친 아버지는 떠나 버렸다. 아버지가 떠난 뒤 아가씨는 눈물을 흘렸다. 쟝와피엔은 애가 타서 아가씨에게 왜 그러냐고 묻자 아가씨가 대답했다.

"아까, 우리 아버지가 표창 연습이나 해야겠다고 했잖아요? 사실대로 말할게요. 당신과 내가 우리 집안 대대로 내려온 무술을 깨뜨렸으니 아버지가 가만두지 않을 거예요. 날이 밝기 전에 빨리 이곳을 떠나야 돼요. 그렇지 않으면 당신은 우리 아버지가 던지는 표창에 맞아 죽을 거예요."

쟝와피엔은 깜짝 놀라며 어떻게 해야 할지를 물었다. 아가씨가 대답했다.

"우리는 이미 부부가 됐으니 죽어도 같이 죽고 살아도 같이 살아야 해요. 날이 밝기 전에 우리는 반드시 3백 리 밖으로 달아나야 해요. 그렇지 않으면 아버지의 표창을 피할 수 없을 거예요."

이 말을 들은 쟝와피엔은 마음이 더 급해졌다.

"동이 틀 때까지 얼마나 남았어요? 내가 어떻게 해야 3백 리 밖으로 달아날 수 있겠어요?"

"제가 경공을 할 줄 아니 당신을 업으면 돼요. 당신은 가게에 가서 우산 하나와 닭 한 마리를 사 오세요. 제가 표창의 소리를 알아들 수 있으니 소리를 듣자마자 당신한테 우산을 펴라고 외칠 거예요. 그리고 제가 닭으로 당신을 막아줄게요. 표창은 피가 묻으면 방향을 돌릴 거예요."

부부는 길을 재촉했다. 여자는 남자를 업고 2백여 리를 달려 나갔다. 여자는 표창 소리를 듣자마자 서둘러 큰소리로 외쳤다.

"우산을 펴세요!"

쟝와피엔은 얼른 우산을 펴고 여자는 닭으로 남편의 머리를 가렸다. 표창이 닭의 머리를 베더니 되돌아갔다. 아버지가 표창을 받아보니 묻은 피가 사람의 것이 아니라 닭 피인 걸 대번에 알았다. 곧장 두 번째 표창을 던졌다. 그런데 두 번째 표창에 묻은 피도 여전히 닭 피였다. 아버지는 또 세 번째 표창을 던졌다. 아가씨는 오늘 밤에는 아버지가 그들을 봐 주지 않으리라는 걸 잘 알고 있었다. 그녀는 아버지가 무서운 사람이라는 것을 알고 있기에 쟝와피엔에게 우산 밖으로 손가락을 내밀라고 했다. 얼마 안 돼 세 번째 표창이 날아왔다. 표창은 쟝와피엔의 손가락 하나를 베고 돌아갔다. 아버지는 그 피가 사람의 피인 걸 보더니 더 이상 표창을 던지지 않았다.

이윽고 부부는 다시 집으로 돌아왔다. 그들은 농사를 지으면서 무예를 연마했다. 쟝와피엔은 아내로부터 '와섬퇴(臥閃腿)', '취군한(醉軍漢)', '강상비(江上飛)', '오지발산(五指拔山)' 등의 무술을 배웠다. 그리하여 그는 외공3과 경공을 모두 할 수 있게 되었다.

---

3 [역자주] 경공(硬功): 무술 중에서 신체의 한 부분에 갑자기 위력을 발휘할 수 있는 무공으로 외공이라고도 한다.

黃黛琛

옛날 옛날에, 위구족(裕固族)에 황다이천(黃黛琛)이란 똑똑하고 아름다우면서 착한 아가씨가 있었다. 그녀의 집안은 매우 가난하여 대대로 촌장인 바우얼웨이(保爾威)의 노예가 되어 살아왔다. 황다이천은 향기롭고 달콤한 야생 사미얼(沙米爾)을 먹고 맑고 시원한 호수 물을 마시고 살았다. 백조처럼 자유로운 생활을 꿈꾸었으나 날개를 펴고 하늘 높이 날지 못하는 것을 안타깝게 생각했다.

열입곱 살이 된 황다이천은 두면(頭面)²을 써야 할 때가 되었다. 그녀는 솜씨가 좋아 어머니를 도와 가늘고 고른 털실을 뽑을 수 있었다. 또한 건강하고 아름다운 그녀는 호숫가 풀밭에서 아버지를 도와 큰 무리의 소와 양을 길들일 수 있었다. 게다가 그녀의 아름다운 얼굴과 낭랑한 웃음소리는 뭇 새들을 지저귀게 할 수 있었다. 어머니는 성인이 된 자기 딸이 예전부터 수얼단(蘇爾旦)을 마음이 두고 있다는 사실을 알고 있었다. 그래서 남편과 딸의 혼사에 대하여 상의하기 시작하였다. 그러나 그녀의 아버지는 두둑한 결혼지참금을 받기 위하여 그녀를 먼 곳에 시집보낼 것을 고집했다. 어머니는 딸을 사랑하는 마음으로 가까운 곳에서 자기 마음에 드는 신랑감과 결혼시켜 줄 것을 남편에게 간청하였다.

---

1 위구족(裕固族): 중국 간쑤성(甘肅)에 거주하는 소수민족으로 인구는 1만 3,719명(2000년)이다. 언어는 알타이어계의 돌궐족 위구어와 몽골어족 위구어, 그리고 한어(漢語) 세 가지를 쓰는데, 문자가 없고 한자를 통용한다. 선조는 위구르인(回紇人)이고 종교는 라마교를 믿는다.
2 두면(頭面): 위구족 풍속이다. 여자아이가 일정한 나이가 되면 머리에 쓰는 장식품이었다. 이것을 쓰면 결혼할 나이나 자격을 갖추었다는 뜻이다.

황다이천과 수얼단은 어렸을 때부터 함께 자랐다. 함께 양을 방목하고 땔감을 줍고 물을 길었고 함께 나가 놀고 호숫가에 갈대밭에서 야생오리 알도 주웠다. 아침이나 저녁이나 둘은 그림자처럼 붙어 다녔다. 어른이 된 두 사람은 마음으로는 서로 헤어지길 원치 않았지만 흐르는 시간은 어쩔 수가 없었다. 그래서 두 사람은 늘 부모님과 오빠와 올케, 그리고 뭇사람들의 눈을 피해 한 쌍의 백조처럼 항상 호숫가 갈대밭에서 몰래 만났다.

어느 날 저녁 무렵, 황다이천은 또 무성한 갈대밭에서 애인을 기다리고 있었다. 이날은 아홉 번째 되는 날이었다. 그녀는 아흐레에 한 번씩 갈대밭에서 만나기로 수얼단과 약속했기 때문이었다. 바람도 비도 그들의 만남을 막을 수 없었다. 그 만남은 매달, 매년 이렇게 이어졌다. 매번 두 사람이 만난 뒤 헤어진 여드레는 서로에게 8년같이 길게 느껴졌다. 수얼단은 아가씨 집에서 멀리 떨어져 살았기 때문에 그들은 매일 볼 수가 없었다. 부득이 인내심을 가지고 아홉 번째 날을 기다려야만 했다. 황다이천은 날랜 바느질 솜씨로 앞으로 결혼할 때 달아야 할 두면을 짜고 있었다. 두면 위에 달린 장식인 '동' 하나하나는 모두 수얼단이 흰 돌로 갈아 만든 것이었다. 그녀는 정성을 기울여 두면을 짜면서 정다운 노래를 흥얼거렸다.

두 손으로 두면을 수놓았는데
두 눈이 빠지도록 초원을 바라봤다네.
오빠, 오빠. 어떡하라고 그대 얼굴 보지 못하다니.
한 마리 백조가 된다면,
당신 마음으로 날아가 단잠 자리라.

갑자기, 갈대밭 깊은 곳에서 맑은 낭랑한 천아금(天鵝琴)[3] 소리가 들려왔다. 알고 보니 수얼단이 먼저 와 기다리고 있었던 것이다. "탕탕탕"

천아금 소리에 맞춰 수얼단이 마음속 노래를 부르기 시작했다.

가난 속 우정은
달보다 순결하고
고난 속 사랑은
해보다 따뜻하네.
우리 둘 해와 달과 같았으면,
꽃구름 속 날아가 단잠을 자리라.

황다이천은 이 가슴을 파고드는 노래를 듣고 부끄러워서 고개를 숙였다. 수얼단은 진주목걸이를 황다이천의 목에 걸어 주었다. 황다이천은 특별히 수얼단을 위해 만든 꽃무늬 털모자를 슬그머니 꺼내더니 덥석 애인의 머리 위에 씌워 주고는 몸을 돌려 바로 뛰어갔다. 수얼단은 매우 기뻐했다. 오늘은 둘이서 몰래 결혼하기로 약속한 날이었기 때문이다. 지금 두 사람은 사랑의 증표를 주고받은 것이다. 하지만 수얼단은 무슨 이유에선가 불안하기 짝이 없었다.

그런데 누가 알았겠는가? 황다이천과 수얼단이 갈대밭에서 서로 사랑의 단꿈에 빠져 있을 때, 황다이천의 올케가 마침 물을 기르기 위해 호숫가에 왔다. 그녀는 두 사람을 발견하고 살금살금 다가갔다. 두 연인이 밀어를 나누고 있는 것을 본 순간 올케는 화가 났다. 올케는 평소에도 아가씨를 질투하고 미워했는데 이제야 꼬투리를 잡았다. 그녀는 서둘러 집으로 돌아가 자신이 본 것과 들은 것을 몇 배나 과장하여 시부모님과 남편, 그리고 동생들에게 알려주었다. 그녀는 그들 앞에서 황다이천을 막 욕하며 수얼단을 잡아와 어찌 된 일인지 따져봐야 한다고 했다. 마음

---

3 [역자주] 천아금(天鵝琴): 위구족의 전통 악기. 대략 400년 전 위구족이 동쪽으로 옮겨와 살면서부터 전해지지 않는다. 현재 위구족의 역사시나 가요에 신기한 마력을 지닌 천아금과 사이시타얼(賽斯塔爾)의 전설이 기록에 전한다.

착한 어머니가 몇 번이나 말려서야 호숫가로 두 연인을 잡으러 간다는 사람들을 막을 수 있었다. 대신 어머니는 당장 황다이천을 멀리 시집을 보내 집안의 추문을 막아 집안 망신을 막겠다고 다른 가족들에게 약속을 했다.

그런데 올케의 부추김 때문에 그녀의 남편은 당장 촌장인 바우얼웨이에게 편지를 보내 자기 여동생의 좋은 혼처를 골라줄 것을 부탁했다. 그런데 누가 알았으랴? 온갖 나쁜 짓을 다해 온 바우얼웨이는 미소를 지으며 자신의 야욕을 드러냈다. 그는 이미 서너 명의 부인이 있었지만 황다이천도 가지려고 했다. 계책을 세운 바우얼웨이는 그날 밤 집사를 황다이천의 집으로 보내 청혼했다. 황다이천의 부모님과 오빠는 촌장이 황다이천과 결혼하고 싶다는 얘기를 듣고는 모두 깜짝 놀랐다. 그런데 촌장이 이미 마음을 먹은 이상 누가 감히 그의 명을 따르지 않을 수 있을까? 바우얼웨이의 흉폭하고 잔인함으로 보건데 만약 이 혼사를 거부한다면 사흘도 못 되어 황다이천 집안은 분명 풍비박산이 될 것이었다. 그래서 온 가족들은 벙어리 냉가슴 앓듯 괴로워도 아무런 말을 못했다. 아버지가 집사에게 말했다.

"우리의 준비가 다 될 때까지 기다렸다가 다시 신부를 맞으러 와주게."

다른 가족들도 다른 방도가 없어 모두 묵묵히 있을 뿐이었다. 사흘이 지나도록 온 가족 중 황다이천만 이 모든 사실을 몰랐다. 바우얼웨이가 은 열두 냥, 차 열두 봉지, 열두 살짜리 말 한 마리, 젖소 열두 마리, 보물 구슬 열두 알, 소의 등심 열두 근, 어린 양 열두 마리와 술 열두 병을 황다이천 집에 예물로 보내 혼사를 밀어붙였다.

풀밭에서 소를 치던 황다이천은 집사가 자기네 집을 들랑날랑하는 것을 보고 이상한 생각이 들었다. 과연 예상대로 오후에 황다이천이 집에 돌아왔을 때, 아빠가 은화를 세고 엄마가 찻잎을 정리하고 여동생이 알록달록한 보물 구슬을 차고 남동생이 소고기를 먹고 있는 것을 보았다. 또 올케는 문 밖에서 우유를 짜고 오빠가 준마를 위해 예쁜 안장과 말다래를 준비하고 있었다. 그리고 탁자 위에는 술 열두 병이 놓여 있고 외양간에는 양 새끼가 열두 마리나 들어 있었다. ……

그제야 그녀는 우려했던 바가 진짜 현실이 된 것을 알게 되었다. 너무 화가 나고 초조해진 그녀는 까무러칠 듯이 슬프게 울었다. 그녀의 엄마도 별다른 방법이 없었다. 그저 불쌍한 딸을 보면서 두 눈이 다 붓도록 울 뿐이었다. 수얼단은 바우얼웨이가 황다이천과 결혼하려고 한다는 소식을 뒤늦게 들었다. 두 사람은 몰래 먼 곳으로 도망갈 것을 약속했다.

그날 밤 황다이천은 꿈속에서 수얼단을 보고 또 그의 이름을 큰소리로 부르면서 자기를 데리고 먼 곳으로 도망쳐달라고 외쳤다. 그런데 올케가 그녀의 잠꼬대를 다 들어버렸다. 올케는 황다이천이 진짜 도망가 버린다면 사람도 재물도 모두 잃어버려 큰일이 날 것이라 생각했다. 그래서 그녀는 그날 밤 남편더러 바우얼웨이에게 이 소식을 알려주라고 했다. 남편이 어쩔 수 없이 일어나 밖으로 나가 말을 준비했고 올케도 함께 나가 도왔다. 그런데 황다이천도 이미 오빠 부부의 소리를 듣고 잠에서 깬 상태였다. 그녀는 오빠 부부가 말을 준비하는 틈을 타서 슬그머니 집 밖으로 나가 수얼단의 집으로 도망갔다. 올케는 다시 집 안으로 들어서자마자 황다이천이 없어진 것을 발견했다. 집 밖으로 나가 여기저기 모두 찾아봐도 그녀는 그림자도 볼 수 없었다. 그녀는 서둘러 남편을 불러 세우고는 빨리 가서 바우얼웨이에게 알려주라고 했다.

"황다이천이 이미 도망갔어요. 촌장에게 얼른 수얼단의 집으로 사람을 보내 그녀를 잡으라고 하세요. 이 일은 시각을 지체하면 안 돼요."

한편 수얼단은 황다이천의 애기를 듣고는 곧장 고향을 떠나 하이즈후(海子湖)를 따라서 도망쳐버렸다. 황다이천의 오빠는 말을 타고 바우얼웨이의 집으로 달려가 단잠을 자고 있는 촌장을 깨워 여동생이 도망가 버렸다고 말했다. 바우얼웨이는 미친 듯이 황다이천 오빠의 따귀를 두 대나 때리더니 욕설을 퍼부었다. 그리고는 집사를 시켜 노비들을 데리고 가서 황다이천을 잡아오라고 했다. 그들이 수얼단의 집에 이르러 집 안팎을 몇 번이나 샅샅이 뒤집었지만 수얼단과 황다이천의 그림자조차 찾을 수 없었다. 그들은 두 사람이 이미 도망가 버린 것을 알고 네 갈래로 나눠 그들을 쫓았다.

날은 이미 훤히 밝아왔다. 가여운 두 연인은 호숫가를 따라 밤새 달렸지만 삼십 리도 채 벗어나지 못했다. 그때 갑자기 뒤에 한 무리의 사람들이 말을 타고 쫓아오는 것이 보였다. 그들은 바우얼웨이가 보낸 사람들이었다. 두 사람은 서둘러 갈대숲에 몸을 숨기고 고개를 숙였다. 그렇지만 교활한 집사가 사냥개까지 데리고 올 줄 누가 알았으랴? 사냥개는 갈대숲 주변에서 낯선 사람의 냄새를 맡고 끊임없이 짖어댔다. 노비들은 말에서 내려 갈대숲을 뒤지기 시작했다. 수얼단은 더 이상 숨어만 있으면 안 될 것 같아서 서둘러 황다이천을 업고 갈대숲 깊숙한 곳으로 한 걸음 한 걸음 걸어갔다. 갑자기 "푹" 하고 두 사람 앞에서 한 무리의 노란 오리들이 놀라 날아올랐다. 그러자 사냥개는 목표물을 확인하고 미친 듯이 달려들었다.

수얼단은 '아오라오웨이(奧老畏)'[4]를 꺼내 사냥개에게 던져 죽이려고 했다. 그렇지만 그는 돌을 던지기도 전에 악독한 집사가 쏜 화살을 맞아 피를 쏟으며 쓰러졌다. 수얼단은 아픔을 꾹 참고 화살을 뽑았다. 황다이천은 그를 부축하여 함께 호수에 뛰어들었다. 집사는 이 상황을 보고 깜짝 놀라며 노비들에게 서둘러 물에 들어가 둘을 건져 내라고 했다. 결국 황다이천은 붙잡혀 집사의 말꼬리에 묶여 끌려갔다. 그녀는 잡혀가면서도 부러진 화살을 꽉 쥐고 있었다.

교활한 바우얼웨이는 바로 황다이천과 결혼하지 않았다. 오히려 가여

---

4 아오라오웨이(奧老畏): 돌같이 던져서 사냥할 때 쓰는 도구이다.

운 황다이천을 아주 먼 곳으로 보내 방목을 시켰다. 황다이천은 원래 죽음으로써 저항하려고 했다. 하지만 수얼단의 죽음이 너무 억울해서 꼭 복수를 하겠다고 결심했다. 그래서 그녀는 슬픔과 고난 속에서도 악착같이 살았고, 그렇게 한을 품은 채 일 년을 보냈다.

다음 해, 수얼단이 죽은 날이 되었다. 황다이천은 또 호숫가에 찾아와 울면서 기도했다. 그리고 연인을 대신해 반드시 복수를 하겠다고 맹세했다. 갑자기 뒤에서 바우얼웨이의 간사한 웃음소리가 들려왔다. 그녀는 알았다. 일 년을 기다렸던 바우얼웨이가 바로 지금 짐승과 같은 야욕을 드러내고 있는 것임을. 그래서 그녀는 태연자약하게 손에는 날카로운 화살촉을 꽉 쥔 채 그가 다가오길 기다렸다. 바우얼웨이는 황다이천이 저항하려는 뜻이 전혀 없는 것으로 보고 그녀의 마음이 돌아섰다고 생각했다. 그래서 미친 듯이 황다이천한테 달려들어 껴안으려고 했다. 누런 이를 드러낸 채…… 순간, 바우얼웨이는 "아!" 하는 비명소리를 내며, 온몸을 부들부들 떨면서 땅에 넘어졌다. 그의 가슴에 번쩍이는 화살촉이 꽂혀 있었다. 그 화살촉 주위에서는 더러운 피가 마치 오수처럼 뿜어져 나왔다. 얼마 뒤, 그는 흰 눈깔을 뒤집고 혀를 깨문 채 한 마리 늑대처럼 죽고 말았다.

황다이천은 이제 복수가 끝난 것을 보고 미친 듯 웃으며 하이즈 호숫가를 달렸다. 집사와 노비, 그리고 황다이천의 부모, 그리고 올케 모두가 달려왔다. 그들은 피를 흥건히 흘린 채 죽어 있는 바우얼웨이를 보고 놀라고는 흙빛이 된 얼굴로 털썩 주저앉았다. 호숫가에서 황다이천은 그들을 큰소리로 꾸짖으며 노래했다.

열두 냥 은은 당나귀 똥이 되었고,
열두 포 찻잎은 썩어버렸네.
열두 살 잘 달리는 말은 다리가 부러졌고,

열두 마리 젖소는 늑대 먹이로 줘버렸네.

열두 알 진주는 양 똥이 되었고,

열두 근 소고기에 구더기가 생겼네.

열두 마리 새끼 양은 전염병에 걸렸고,

열두 병 썩은 술은 잿더미에 부어 버렸네.

그대들은 기다리소!

내 눈이 등롱으로 변해서,

내 선홍빛 피가 하이즈 호수로 변해서,

내 머리카락이 갈대로 변해서,

내 백골이 제단⁵으로 변해서

위구족 사람들이 모두 알도록 하리라!

내 얼마나 원통하게 죽었는지.

    말을 마친 뒤 그녀는 고개를 들어 크게 한 번 웃고는 몸을 날려 하이즈 호로 뛰어들었다. 그녀도 사랑하는 수얼단과 영원히 함께 잠이 들었다.

    얼마 뒤, 하이즈호 하늘 위로 큰 백조 여러 쌍이 솟구쳤다. 그 백조들은 꽃구름을 향해 날아갔다. 노인의 말에 따르면, 그중 한 쌍이 수얼단과 황다이천이 변한 것인데, 그들은 항상 위구족 고향 하늘을 날아다닌다고 한다.

---

5 악박(鄂博): 위구족이 산신에 제사지낼 때 제단이다. 멍구족의 아오서(敖色)와 같다.

³⁴ 태양미녀 ¹
太阳美女

옛날에 한 과부가 있었는데 그녀에게는 외아들이 있었다. 집안에 가진 거라곤 염소 열 마리뿐일 정도로 아주 가난했다. 두 모자는 이 열 마리 염소에 의지하여 살아갔다.

어느 날, 그 아들이 산에서 염소를 치다가 산속에서 한 무리의 산양 떼를 보았다. 그중에는 황금색 뿔이 난 수산양이 있었다. 그 후로도 며칠 동안 또 몇 번을 보았다. 그는 이 수산양을 잡아 왕에게 바쳐 상을 받아야겠다고 생각했다. 그는 이 생각을 어머니에게 말하자 어머니도 좋아했다. 아들은 마침내 산양을 잡았고, 왕에게 바칠 준비를 했다. 아들이 왕에게 가던 도중에 재상을 만났다. 재상은 산양을 보자 갖고 싶은 생각이 들었다. 하지만 젊은이는 한마디로 거절하였다. 보물을 얻은 왕은 너무 좋아하며 산양 곁을 잠시도 떠나지 않았다. 왕은 이 젊은이에게 무슨 상을 주는 게 좋을지 재상과 상의했다. 그러자 앙심을 품은 재상이 말했다.

"존경하는 왕이시어. 왕께서 보물을 얻은 것이 참으로 기쁜 일입니다. 그런데 산양이 제일 좋아하는 보물 자리가 있는데, 한쪽이 금으로 장식되고 다른 한쪽은 은으로 되어 있다고 합니다. 그 보물 자리를 찾아와야 완벽한 보물이 될 것입니다. 왕께서는 그에게 그것을 찾아오라 명을 내리십시오. 만약 찾아온다면 그때 상을 주셔도 늦지 않습니다."

---

1 키르키즈족(柯爾克孜族)에 전해오는 이야기. 키르키즈족은 키르키스스탄과 타지키스탄의 국경 근처, 중국 서쪽 변방에 사는 유목민으로서, 사실상 일 년 내내 떠돌며 산지에서 양과 소 등을 방목하며 살아간다. 인구는 16만 명 정도로 신장위구르자치구에 주로 거주한다.

이 말을 들은 탐욕스러운 왕은 아들에게 보물 자리를 찾아오라고 명했다. 원래 상이나 받으려고 했던 아들은 생각지도 않게 골치 아픈 일에 휘말린 것이다. 또 그렇다고 왕명을 거역할 수도 없었다. 집으로 돌아오자 궁궐에서 있었던 일들을 어머니에게 말했다. 어머니는 아들을 격려했다.

"애야, 의지는 나이와 관계없다는 말이 딱 맞구나. 남자는 강하고 용감해야지. 나는 네 아버지가 하늘에서 너를 지켜줄 거라 믿어. 그러니 용기를 가지고 떠나거라."

아들은 어머니의 기대와 기도를 품고 길을 떠났다. 그가 밤낮으로 보물 자리를 찾아다니다가 산속에서 한 노파가 갈라진 땅의 틈새를 메우고 있는 것을 보았다. 아들은 노파에게 인사를 드렸다. 노파는 그가 이곳에 온 목적을 알게 되자 다음과 같이 말했다.

"아! 네가 내 산양을 잡아갔구나. 늙은 어머니를 봐서 일단 너를 용서해 주마. 나는 모든 동물을 관리하고 있단다. 내 너에게 길을 알려 주마. 네가 찾는 보물 자리는 뒷산에 사는 장인이 만든 거야. 그런데 1천 디리단(迪裏丹)[2]이 아니면 그는 절대 팔지 않을 거야. 그러니 돈을 준비해서 가야 할 거야."

아들은 노파에게 감사 인사를 드리고 집으로 돌아왔다. 염소와 모두 돈 될 만한 것은 모두 팔고 어머니가 바이(巴依)네 집에서 일하기로 하고 선불로 돈을 받아 겨우 1천 디리단을 모았다. 아들은 갖은 고생 끝에 노파가 말한 장인을 찾아가 왕이 요구한 대로 보물 자리를 만들었다. 그러나 이 보물 자리에는 금도 은도 없었다. 젊은이는 이해가 되지 않아 물었다.

"장인이시어, 왜 보물 자리에 금과 은을 두르지 않았나요?"

---

2 디리단(迪裏丹): 고대 키르기즈(柯爾克孜)족이 사용하던 화폐.

장인이 대답했다.

"이봐 젊은이, 그냥 이걸 들고 가서 왕에게 바쳐봐. 만약 알라신이 너에게 황금뿔이 난 산양을 내리셨다면 금은으로 된 보물 자리도 주실 거야."

아들은 장인과 헤어진 뒤 몇 날 며칠을 걸었다. 걷고 또 걷다가 멀리서 울창한 숲을 발견했다. 목이 말라 참기 힘들던 아들은 숲속으로 들어가 물을 찾아 마셨다. 그때 그는 그 울창한 숲이 사실은 한 그루의 백양나무였고 그 양쪽으로 두 개의 호수가 있는 것을 발견했다. 그런데 한쪽 호수는 금빛으로 빛났고, 다른 한쪽 호수는 은빛으로 빛나고 있었다. 아들은 보물 자리를 차례로 그 호수에 담갔다. 순식간에 보물 자리의 한쪽은 금으로 다른 한쪽은 은으로 변했다. 아들은 너무 기뻐서 힘든 것도 아랑곳하지 않고 밤낮으로 발길을 재촉해 보물 자리를 왕에게 바쳤다. 왕은 산양을 보물 자리에 올렸다. 그랬더니 산양이 순간 각종 색깔로 바뀌더니 펄쩍펄쩍 뛰기 시작했다. 이 광경을 본 왕궁의 모든 사람들이 깜짝 놀랐다. 질투심으로 활활 타오른 재상은 또다시 계책을 꾸며 왕에게 말했다.

"존경하는 왕이시여, 이 젊은이가 모든 사람들에게 이런 즐거움을 주었으니 어떤 것을 상으로 준다 해도 과하지 않다고 생각합니다. 다만 한 가지 매우 중요한 임무가 있는데, 그것을 할 적임자로는 이 사람밖에 없는 것 같습니다. 젊은이가 이렇게 대단한 능력을 가졌으니 반드시 완수할 거라고 봅니다. 만약 땅 속에 있는 황금나무를 궁궐 문 앞에 심고, 하늘 선녀같이 아름다운 태양국 왕의 딸과 결혼한다면 어찌 더 아름답지 않겠습니까?"

왕은 황금나무와 미녀 소리를 듣자마자 순간 다른 생각들은 머리에서 사라졌다. 그는 아들에게 황금나무와 태양미녀를 찾아오라 명을 내리고, 만약 그러지 못하면 목을 베겠다고 했다. 아들은 어쩔 수 없이 어머니께 작별 인사를 드리고 또다시 길을 떠났다. 길을 가던 중에 흰 수염이 난 노인 한 분을 만났다. 그는 아들의 딱한 사정을 듣고는 말했다.

"젊은이, 이번에는 정말로 힘든 문제를 만났네 그려. 그 나무는 40명의 도적 손에 있어서 그들을 제거하지 않고는 도저히 얻을 수가 없다네. 자고로 왕의 욕심이 끝이 없으면 백성의 적이 될 거라는 말이 있다네. 금고 안에 금은보화가 가득해도 그는 만족할 줄을 모르고 황금나무마저 얻으려 하다니. 자네가 이 길을 따라 쭉 내려가면 높은 산이 보일 걸세. 산꼭대기까지 올라가면 토끼 한 마리를 만날 수 있을 거야. 자네가 그 토끼를 쫓아갈 때 토끼는 두 개의 동굴 입구 중 한 곳으로 뛰어 들어갈 걸세. 자네는 토끼가 들어가지 않은 동굴로 들어가면 40명의 도적을 만날 수 있을 거야. 그들이 자네를 죽이려고 할 텐데 그때 이렇게 말하게나. 나는 눈 깜짝하는 사이에 한 솥의 고기를 익힐 수 있다고. 그러면 도적들이 매우 신기해하면서 자네에게 고기 한 솥에 물을 넣고 익혀보라고 할 거야. 자네는 고기를 섞는 척하다가 내 이 비수로 솥을 가볍게 두드려. 그러면 고기가 순식간에 익을 거야."

노인은 비수를 젊은이에게 주며 계속 말했다.

"그러면 도적들은 구태여 자네를 죽이려 않고 살려서 자네더러 밥을 하라고 할 걸세. 그러면 그들이 집에 없을 때를 기다려서 자네는 동굴 깊숙한 곳을 찾아보게. 그곳에 흰색 상자 하나가 있을 텐데 그것을 열면 그 안에 푸른색 상자 하나가 또 있을 걸세. 다시 그 상자를 열면 그 안에 가루약을 싼 종이가 있을 거야. 그 가루약을 끓는 고기 솥 안에 넣기만 하면 도적들은 모두 그걸 먹고 죽을 걸세. 그런 뒤 계속해서 동굴 안으로 들어가 보면 동굴의 끝에 한 그루 황금나무가 있을 거야. 자네는 그저 두 손으로 나뭇잎을 잡고, 두 다리로 가지와 줄기를 힘껏 밟고, 두 눈을 감고 있으면 돼. 날이 밝으면 그 황금나무는 왕궁 안에 있게 될 걸세. 태양미녀는 알라께서 알아서 해주실 거야. 위대한 알라신이시여!³"

이렇게 해서 젊은이는 노인이 말한 대로 산 위로 올라갔다. 황금나무를 찾은 그는 두 손으로 나뭇잎을 잡고 발로 가지와 줄기를 밟고서 눈을 감았다. 그랬더니 다음 날 황금나무가 정말로 왕궁 안에 나타났다. 왕이 새벽에 나와 보니 산양이 전보다 더 흥분한 것 같았다. 알고 보니 궁궐 문 앞에 황금나무가 있었다. 왕은 크게 기뻐하며 다시 아들에게 태양미녀도 찾아올 것을 재촉했다. 아들은 왕궁을 나서 길을 떠났다. 도중에 힘센 거인 하나를 만났다. 그는 양손에 각각 산 하나씩을 가볍게 움켜쥔 채 놀고 있었다. 아들은 그와 친구가 되었다. 힘센 거인은 아들의 사정을 듣고서 그를 도와주기로 하고 함께 길을 떠났다.

며칠을 걷자, 지하 세계의 소리를 들을 수 있는 또 다른 거인을 만났다. 거인은 자기를 '순풍이(順風耳)'라고 소개하고, 지하 7층까지의 모든 소리를 다 들을 수 있다고 했다. 순풍이도 작은 힘이나마 보태고 싶다며 이들과 함께 가겠다고 했다. 세 사람이 가던 중 또 한입에 호수를 다 마실 수 있는 거인을 만났다. 그는 입 안에 두 개의 호수 물을 머금고 있었는데, 그것은 평소 사용하는 양칫물보다 적었다. 이렇게 해서 같은 길을 걷는 친구가 더 늘어나게 되었다. 어느 날 네 사람은 두 발에 큰 돌을 묶은 거인을 만났다. 그는 걷는 것이 바람처럼 빨라서 다리에 큰 돌을 묶어야만 했다. 이 발 빠른 거인도 이들과 함께 가게 되었다. 그들은 순풍이의 인솔을 따라 함께 가던 중 개미 일가족이 물에 빠진 것을 보았다. 아들은 물속에서 개미들을 구해주었다. 개미는 감격해서 말했다.

"마음씨 좋은 분이시여! 당신은 우리들을 죽음에서 구해주셨어요. 당신께 어려움이 생긴다면 제가 기꺼이 도와드리겠습니다."

개미는 머리 위 더듬이를 잘라 젊은이에게 주었다.

---

3 아오민아라아니크바이얼(奧敏阿拉艾克拜爾): 이슬람교 기도문, 알라는 '위대하시다'라는 의미이다.

"제 도움이 필요할 때면 이 더듬이에 불을 붙이세요. 그러면 제가 바로 당신 앞에 나타날 겁니다."

태양미녀는 일곱 봉우리 큰 산 너머 화염산 위에서 살았다. 그래서 그녀를 태양 아래의 미녀라고 불렀다. 그녀의 아버지는 그곳의 국왕이었다. 왕궁 앞에는 당나귀만큼 큰 푸른 개 한 마리가 있었다. 그녀를 흠모해서 찾아오는 자들은 모두 예외 없이 문 밖에서 쫓겨났다. 아들과 친구들이 막 왕궁 앞에 도착했을 때 큰 개가 그들의 앞을 막아섰다. 양손에 큰 산을 움켜주고 있던 힘센 거인이 그 가운데 하나를 개를 향해 던졌다. 푸른 개는 그 자리에서 죽어버렸다. 국왕은 불청객이 왔음을 알게 되었다. 그들이 좋은 뜻을 가지고 온 것이 아님을 직감했다.

"이런! 너희들이 어떻게 이곳에 들어왔지?"

아들이 대답했다.

"당신의 뼈다귀만 남은 개가 문 앞에서 미친 듯이 짖기에 내 친구가 돌덩어리로 살짝 쳤더니 바로 뻗어버렸소."

국왕은 아들이 가리키는 힘센 거인을 보았다. 그런데 그의 손에 든 돌덩이는 바로 큰 산이었다. 국왕은 깜짝 놀라 허둥지둥하며 그들에게 물었다.

"당신들은 어느 쪽 신들이오? 어디에서 왔소? 이곳에는 왜 오셨소?"

아들은 국왕에게 이 거인들은 모두 자기의 친구로, 태양미녀를 찾으러 온 것이라 했다. 그들이 온 이유를 들은 국왕은 그들의 부탁을 호락호락 들어주지 않기로 결심했다.

"내일 내가 나라 안 장사들을 모을 테니 너희들이 그들을 이길 수 있다면 내 딸을 주마. 만일 너희들이 진다면 죽더라도 나를 원망하지 말거라."

다음 날, 국왕은 쇠사슬에 묶여 있는 장사들을 모았다. 이에 아들이 힘센 거인더러 나서라고 하자 얼마 뒤 왕의 장사들은 힘없이 쓰러졌다.

그런데도 국왕은 약속을 지키지 않았다.

"다시 달리기 시합을 하자. 만약에 너희들이 이긴다면 내가 요구를 들어주마."

국왕은 말을 끝내고 무당에게 나서라고 했다. 그러자 아들은 발 빠른 거인에게 시합에 나서라고 했다. 시합 도중 무당은 발 빠른 거인에게 억지로 술을 먹여 취하게 하곤 앞서서 달려갔다. 순풍이는 발 빠른 거인이 잠든 바람에 무당이 앞서고 있는 소리를 듣고는 황급히 아들에게 알려 주었다. 아들이 노인이 준 비수를 땅바닥에 꽂았다. 그랬더니 발 빠른 거인이 즉시 정신을 차렸다. 주위에 아무도 없는 것을 발견한 발 빠른 거인은 자신이 속은 것을 알았다. 그래서 다리에 묶은 큰 바위를 떼고 날듯이 달려 순식간에 무당을 따라잡았다. 발 빠른 거인은 무당의 눈에 모래 한 줌을 뿌리고 여유 있게 결승점을 넘었다. 달리기 시합에서도 지자 국왕은 교활하게 말했다.

"이번에는 내가 딸을 어떤 곳에 숨겨두었는데, 만약 너희들이 딸을 찾아내기만 한다면 너에게 주마."

그런 뒤 국왕은 딸을 땅 밑에 있는 밀실에 숨겼다. 이번에는 순풍이가 귀를 쫑긋 세웠다. 마침 태양미녀가 땅 밑 밀실에서 수를 놓다가 잘못해서 바늘을 땅에 떨어뜨렸다. 그 소리를 들은 순풍이는 아들에게 알려주었다. 아들은 미녀가 숨은 곳을 국왕에게 아뢰었다. 이번에도 국왕은 아무런 대꾸도 못 한 채 시간만 끌더니 내일 답해주겠다고 했다.

그날 밤, 국왕은 그들을 사방이 막힌 쇠로 된 방에서 자라고 했다. 그런 뒤 사방에 불을 붙였다. 다행히 입에 호수를 머금은 거인이 물을 뿜어서 불을 껐다. 다음 날 국왕은 이번에는 반드시 성공해서 그들이 이미 불고기가 되었으리라 생각했다. 그래서 사람들에게 그 방을 열라고 했다. 하지만 그들은 드르렁 코를 골며 단잠을 자고 있었다. 왕은 당황스러웠지만 또 진 것을 인정하기 싫어서 억지로 아무렇지 않은 척 말했다.

"정말 너희들 대단하구나. 그렇지만 마지막 관문이 하나 더 남아 있어. 내 딸을 비슷하게 생긴 여자 40명과 함께 둘 테니 너희들이 그 속에서 내 딸을 찾아내면 되는 것이다."

젊은이가 친구들에게 도와달라고 했지만 다들 뾰족한 수가 없었다. 이 긴급한 순간, 젊은이는 문득 개미가 생각났다. 개미 더듬이에 불을 붙이자 개미가 곧 나타났다. 개미는 그들이 처한 어려움을 듣고는 젊은이를 위로하며 말했다.

"걱정하지 마세요. 저는 태양미녀를 알아볼 수 있어요. 제가 틈을 타서 그녀의 옷깃에 몰래 들어가 그녀의 목을 물게요. 그러면 그녀는 틀림없이 가려움을 참지 못하고 목을 긁을 거예요. 그러면 당신이 그녀를 찾아낼 수 있을 거예요."

아들이 왕이 지정한 곳에 도착하자 생김새와 모습이 똑같은 아가씨 40명이 일자로 늘어서 있었다. 젊은이가 눈여겨보니 그중에서 한 아가씨가 안절부절못하고 옷깃에 손을 넣어 긁는 것이 보였다. 젊은이는 그녀가 태양미녀인 것을 확신하고 달려가 그녀의 손을 잡으며 말했다.

"갑시다. 태양미녀님! 당신 아버지가 당신을 40명 속에 숨기든 80명 속에 숨기든 나는 언제라도 당신을 찾아낼 수 있어요."

아들은 태양미녀의 손을 잡고 국왕 앞으로 나아갔다. 더 이상 방법이 없게 된 국왕은 순순히 딸이 젊은이와 함께 가도록 허락했다. 아들은 태양미녀를 데리고 좋은 친구들과 함께 고향에 돌아왔다. 그리고 네 명의 친구들은 각자 집으로 돌아갔다. 마지막으로 아들과 태양미녀만 남게 되자 그녀는 어떻게 자신을 찾아오게 되었는지 물었다. 젊은이는 지금까지 있었던 일들을 하나부터 열까지 다 말해주었다. 태양미녀는 젊은이의 용기에 감탄했고 그에게 반해서 말했다.

"왕궁에 도착하기 이틀 전에 당신이 먼저 왕에게 가서 보고하세요.

그리고 왕과 대신들을 데리고 저를 맞이해 주세요. 반드시 기억하셔야 할 것은 제일 앞에는 왕이 있고 재상이 그 뒤를 바싹 따르고 당신은 맨 뒤에 서 있어야 한다는 점이에요. 아시겠어요?"

그리하여 두 사람은 길을 재촉해 떠났다. 드디어 왕궁까지 거리가 이틀이 남게 되자 아들이 먼저 왕을 찾아가 태양미녀를 찾았다고 보고했다. 왕은 얼굴 가득 기쁜 빛을 띠고는 즉시 재상을 데리고 태양미녀를 맞이하기 위해 출발했다. 그들이 태양미녀에게 다가갔을 때 그녀는 흙한 줌을 집어 들고 주문을 외우며 왕과 재상에게 뿌렸다. 그러자 곧바로 왕은 늑대로, 재상은 여우로 변했다. 늑대와 여우는 서로를 쫓으며 쏜살같이 달아났다.

아들은 태양미녀를 데리고 고향집으로 돌아왔다. 백성들은 아들의 뛰어난 용기와 재능에 감탄하여 모두 그를 새 왕으로 섬겼다. 또 아들과 태양미녀를 위해 성대한 결혼식을 치러 주었다. 결혼식은 며칠 밤낮으로 계속되었고 온 나라가 기쁨으로 들끓었다. 그 뒤로 아들은 아주 똑똑하고 공정하게 나라를 다스렸다. 또 어머니에게 효도하고 태양미녀와도 행복하게 살았다.

35 올챙이 기수[1]
青蛙骑手

가난하고 외로운 할머니가 있었다. 그녀는 병이 나면 울면서 두 손 모아 기도했다.

> 인자하신 부처님, 제게 아들 하나를 내려 주십시오.
> 말은 태어날 때부터 가엾어요.
> 바리가 무거울 뿐만 아니라 채찍도 맞아야 되니까요.
> 그런데 말에게 행복할 때도 있어요.
> 망아지가 옆에 있어서죠.
> 소는 태어날 때부터 불쌍해요.
> 논밭을 갈아야 할 뿐만 아니라 채찍도 맞아야 되니까요.
> 그런데 소에게 행복할 때도 있어요.
> 송아지가 옆에 있어서죠.
> 작은 아들 하나가 있었으면 좋겠어요.
> 청개구리처럼 못생겨도 괜찮아요.

어느 날, 할머니는 종아리가 아팠는데 갈수록 통증이 심해졌다. 그녀는 신음소리와 함께 기절해 버렸다. 이때 종아리가 쫙 갈라져 터지더니 작은 청개구리 한 마리가 튀어나왔다. 청개구리는 할머니의 다리에 뛰어올라 연거푸 "엄마"라고 불렀다. 깨어난 할머니는 청개구리의 말을 듣고 아주 기뻐하며 양모 적삼이 젖을 정도로 눈물을 흘렸다. 청개구리

---

1 티베트(藏族)에 전해오는 이야기.

가 개굴개굴 말했다.

어머님, 이제부터 걱정하지 마세요.
목마르면 향기로운 차가 있고, 답답하면 맛있는 술이 있어요.
어머님, 이제부터 고생하지 마세요.
아들과 며느리가 검은 머리가 파뿌리 되도록 모실게요.

할머니가 한숨을 내쉬었다.

우리 작은 새끼야. 난 너만 있으면 충분해!
네가 이렇게 작고 못생겼는데 누가 너랑 결혼하겠니?
양털로 짠 오타²에 돌을 담으면 산양머리가 돌에 맞을 수 있어.
어리석은 사람이 허튼 생각을 하면 재난을 초래할 수 있어.
우리 작고 못생긴 아가야. 엄마랑 같이 지내자!

청개구리가 개굴개굴 웃으면서 말했다.

엄마, 기뻐하세요. 엄마, 걱정 안 해도 돼요.
저를 기다려주세요. 제가 며느릿감을 데리고 올게요.

말이 끝나자마자 청개구리는 폴짝폴짝 뛰어 문을 나섰다. 곧장 왕궁
에 이르러 국왕에게 말했다.

하늘에서 오색구름이 불어오고,
봉황이 자단림에 날아 내려왔습니다.
작은 청개구리가 청혼하러 왔습니다.
아름다운 공주님은 하늘신의 짝이거든요!

---

2 오타(烏朵): 양의 털로 짜서 만든 것으로, 돌을 담아 가축을 몰거나 할 때 사용하는 도구이다.

국왕이 한편으론 화가 나고 한편으론 기뻐하며 물었다.

너의 주인은 어떤 신이냐?
네가 왜 그분을 대신해 청혼하러 온 거냐?
상세하게 말해 보거라.
향기로운 차와 맛있는 술로 대접하마!

청개구리가 말했다.

저는 다른 사람이나 어떤 신을 위해서가 아니라,
내 자신을 위해 청혼하러 왔습니다.
당신의 딸을 제게 주십시오.
죽을 때까지 행복하고 즐겁게 해주겠습니다.

말을 듣고 국왕은 큰소리로 어서 청개구리를 내쫓으라고 명령했다.
그러자 청개구리가 폴짝폴짝 이리저리 뛰었다. 사람들이 그를 쫓으며
공중제비도 하고 달려들며 큰소리로 외쳤지만 어떻게 해도 청개구리의
몸에 손조차 댈 수 없었다. 국왕은 화가 났지만 쳐다만 볼 수밖에 없었
다. 청개구리는 또 말하기 시작했다.

국왕께서 허락해 주지 않는다면
제가 웃기 시작하겠습니다!

국왕이 말했다.

내 칼을 무섭지 않다면
마음대로 웃어봐!

청개구리는 개굴개굴 큰소리로 웃기 시작했다. 쯧쯧, 그런데 그의
웃음소리는 높은 산이나 폭포수처럼 힘차게 내뿜어졌고, 청룡이 길게

우는 것처럼 웅장했다. 웃음소리가 갈수록 커지자 국왕은 깜짝 놀라서 자리에서 굴러 떨어졌다. 대신들도 똑바로 서있지 못하고 제각각 나뒹굴어졌다. 병사들도 궁녀들도 비틀거리며 비명을 크게 질렀다. "와르르" 한 무리의 사람들이 서로 깔리고, "꽈르릉" 한 더미 사람들이 굴렀다. 집이 흔들리고 깃발이 정신없이 휘날려 마치 세상의 모든 바람이 눈 깜짝 사이에 다 이리로 몰려온 것 같았다. 국왕은 너무 무서워서 두 손을 흔들며 큰소리로 말했다.

청개구리야, 청개구리야.
어서 그만 웃거라.
첫째 딸을 네게 줄 테니,
빨리 집으로 데려가거라.

첫째 공주는 왕궁을 떠나면서 시집에 가져가서 쓰게 빗자루 하나를 달라고 했다. 그녀는 말 위에 올라 두 손으로 빗자루를 꽉 잡았다. 청개구리는 앞에서 폴짝폴짝 뛰며 말을 이끌었다. 한참을 가다 첫째 공주는 청개구리를 향해 빗자루를 힘껏 던졌다. 그러자 청개구리는 길옆으로 풀쩍 뛰며 피했다. 그리고는 떨어진 빗자루를 집어 어깨에 짊어졌다. 그는 방향을 돌려서 말을 끌고 다시 왕궁으로 돌아왔다. 국왕은 첫째 딸이 돌아온 걸 보고 정말 기뻐했다. 그런데 청개구리는 씩씩거리며 말했다.

배가 아무리 고파도
독이 있는 오디는 안 먹는 법입니다.
당신의 첫째 딸은 심보가 나빠요.
빨리 둘째 딸이랑 결혼시켜 주세요!

이 말을 들은 국왕이 너무 화가 나서 두 손을 부들부들 떨었다. 하지만 청개구리가 외쳤다.

　국왕께서 허락해 주지 않으신다면
　제가 울기 시작할 것입니다!

국왕은 꾸짖으며 소리쳤다.

　네가 뱃가죽이 찢어지는 게 두렵지 않다면
　마음대로 울어 봐!

청개구리가 개굴개굴 큰소리로 울기 시작했다. 세상에나, 그의 눈물은 큰 강물처럼 콸콸 흘러내렸고, 홍수가 난 것처럼 세차게 출렁였다. 눈 깜짝할 새 궁궐에 물이 들이쳤다. 물은 갈수록 높이 불어나 왕좌도 물에 잠겨버렸다. 궁궐 안에 울음소리와 아우성이 하늘을 찔렀다. 궁궐 안팎에 파도가 용솟음쳐 뒤죽박죽이 되었다. 국왕은 패배를 인정하고 큰소리로 외쳤다.

　청개구리야, 청개구리야.
　어서 그만 울거라.
　둘째 딸을 네게 줄게.
　빨리 집으로 데려가거라!

둘째 공주가 떠나면서 시집에 가져가서 쓰게 맷돌 하나를 달라고 했다. 그녀는 말 위에 앉아 맷돌을 꽉 껴안았다. 청개구리는 아주 기분 좋게 폴짝폴짝 뛰며 말을 이끌었다. 한참을 가다가 둘째 공주가 청개구리를 향해 맷돌을 힘껏 던졌다. 그러자 청개구리는 길옆으로 풀쩍 뛰며 피했다. 그러더니 떨어진 맷돌을 집어 들고 어깨에 짊어졌다. 그는 몸을 돌려서 말을 끌고 왕궁으로 돌아갔다. 국왕은 둘째 딸도 돌아온 걸 보고 놀랐다. 청개구리는 씩씩거리며 말했다.

목이 아무리 말라도
더러운 흙탕물은 안 마시는 법입니다!
당신의 둘째 딸은 심보가 너무 나빠요.
빨리 셋째 딸이랑 결혼시켜 주세요!

이 말을 듣자마자 국왕은 화가 치솟아 눈앞이 아찔해졌다. 하지만 청개구리가 외쳤다.

국왕께서 허락해 주지 않으신다면
제가 뛰기 시작할 것입니다!

국왕은 소리를 질렀다.

네가 발톱이 빠지는 게 두렵지 않다면
네 마음대로 뛰어봐!

청개구리가 "개굴개굴"하며 힘껏 뛰기 시작했다. 세상에나, 청개구리는 어디서 이렇게 큰 힘이 나오는 것일까? 쿵하고 울리자 집에 바른 흙이 부스스 떨어졌고, 쾅하고 밟자 땅바닥이 쫙 갈라졌다. 삐거덕삐거덕하며 궁궐은 금방이라도 넘어갈 듯 흔들거렸고, 쾅쾅하며 산봉우리는 무너질 듯 흔들렸다. 국왕은 놀라서 바닥에 풀썩 쓰러져 울며 말했다.

청개구리야, 청개구리야.
어서 그만 뛰거라.
셋째 딸을 네게 줄게.
빨리 집으로 데려가거라!

셋째 공주는 큰언니처럼 잔소리를 하지도 않고, 둘째 언니처럼 울고 불고도 하지 않았다. 그녀는 조용하고 고분고분하게 말에 올랐다. 가는 도중에 노래까지 불렀다.

　　남들 시집가는 걸 보면 좋아보였는데,
　　막상 내가 시집가려니 외롭기 그지없네요.
　　앞뒤를 둘러봐도 함께하는 이 없어요.
　　산을 넘을 동안 저 탑 하나만 내 곁에 있네요!

청개구리도 노래하기 시작했다.

　　공주님도 기뻐해야지요.
　　공주님이 외롭다고 누가 그랬나요?
　　제가 영원히 공주님을 떠나지 않을 거예요.
　　탑 하나만 곁에 있다고 누가 그랬나요?

공주가 또 노래했다.

　　남들이 시집가는 걸 보면 좋아보였는데,
　　막상 내가 시집가려니 쓸쓸하기 그지없네요.
　　좌우를 돌아봐도 배웅하는 친척 하나 없어요,
　　언덕을 오를 때 작은 깃발만이 나를 동정하네요!

청개구리가 노래했다.

　　공주님도 기뻐해야지요.
　　배웅하는 가족이 있는지 없는지는 개의치 마세요.
　　우리가 자유스럽게 살 수 있으니
　　남의 동정을 받을 필요가 없어요.

공주가 또 노래했다.

다른 남편들은 일도 잘하고 즐겁게 사는데,

작은 청개구리가 남편이라고 생각하면

앞으로 어떻게 살아갈 수 있을까요?

강을 건널 때 파도마저 슬픈 노래를 부르고 있잖아요!

청개구리가 화답했다.

공주님도 즐겁게 살아야 해요.

일을 제일 잘 하는 사람이 바로 저예요.

수많은 사람들이 국왕을 무서워하는데

위풍당당한 국왕도 나를 무서워하잖아요!

그제야 셋째 공주가 웃기 시작했다. 그녀는 청개구리가 처음에 웃었고, 그 다음에 울었고, 또 그 다음에 풀쩍 뛴 것이 확실히 예사롭지 않은 능력이라고 생각했다. 게다가 청개구리는 똑똑하고 노래도 잘 불렀다. 그녀는 마음이 편안해지자 그가 그리 못생겼다는 생각도 들지 않았다. 셋째 공주는 청개구리와 같이 즐겁게 집으로 돌아갔다. 그 뒤로 청개구리 모자와 함께 편안하게 살았다.

경마대회 철[3]이 되자 셋째 공주가 초원으로 나가 구경을 하려고 했다. 청개구리도 가겠다고 하자 셋째 공주는 그를 자신의 소매 안에 넣었다. 경마장에 도착할 즈음 청개구리가 소매 안에서 말했다.

공주님, 이 하얀 꽃밭이 보이시죠?

저는 여기서 좀 쉬고 싶어요.

앞쪽에는 사람들이 많아서 밟힐까 걱정되니

----

3 [역자주] 사이마제(賽馬節): 말타기는 항상 말과 함께 하는 장족 사람들이 좋아하는 운동이자 생활이다. 여기서 사이마제는 장족 사람들이 부족 차원에서 함께 모여 벌이는 경마대회 주간을 말하는 것으로 보인다.

여기서 혼자 놀게 해 주세요!

공주는 청개구리를 하얀 꽃밭 근처에 내려놓은 다음 경마를 구경하러 갔다. 집에 돌아갈 때가 되자 청개구리가 꽃밭 근처에서 공주를 기다리고 있었다. 그는 공주에게 오늘 누가 일등을 했냐고 물었다. 공주가 대답했다.

어떤 미소년이 있었는데,
사람이라기보다 신선같이 생겼어요.
흰옷을 입고 백마를 타고
줄곧 맨 앞에 달리고 있었어요.

다음 날, 청개구리는 또 공주와 함께 갔다. 경마장에 다다르기 전에 청개구리가 또 말했다.

공주님, 이 보랏빛 꽃밭이 보이시죠?
저는 여기서 좀 쉬고 싶어요.
앞쪽에는 사람들이 많아서 밟힐까 걱정이니
여기서 혼자 놀게 해 주세요!

공주가 청개구리를 보랏빛 꽃밭 근처에 내려놓았다. 공주가 즐겁게 놀고 돌아왔는데 청개구리가 또 누가 일등을 했냐고 물었다. 공주가 한숨을 내쉬고 말했다.

오늘도 그 사람이라기보다 신선같이 생긴 미소년이었어요.
그는 오늘 보라색 옷을 입고 절따말을 탔어요.
사람들이 환호하며 그를 막고
서로 다투어 그에게 흰색 스카프[4]와 꽃을 바쳤어요.
그러다 소년이 걸려 넘어져서

가시덤불에 얼굴을 긁히고 말았어요!

여기까지 듣자 청개구리가 "피식" 웃었다. 공주는 그를 쳐다보고 깜짝 놀랐다. 청개구리 얼굴에는 두세 군데에 작은 상처가 나 있었다. 공주는 의심이 갔지만 아무 말 하지 않았다.

셋째 날이 되자, 청개구리가 또 가겠다고 했다. 노란 꽃밭 근처에 도착했을 때 그는 또 부탁했다.

공주님, 이 노란 꽃밭이 보이시죠?
저는 여기서 좀 쉬고 싶어요.
앞쪽에는 사람들이 많아서 밟힐까 걱정이니
여기서 혼자 놀게 해 주세요!

공주가 그를 꽃밭 근처에 내려두고는 경마장에 가지 않고 조용히 한편에 숨어서 지켜보았다. 아아, 공주가 뭘 봤을까? 청개구리가 세 번 땅바닥을 뒹굴자 노란 옷을 입은 미소년으로 변하였다. 미소년은 사방을 둘러보더니 가볍게 청색 준마 위에 올라타 경마장으로 질주했다. 공주는 웃다가 울다가 하면서 달려갔다. 그녀는 청개구리 가죽을 찾아 재빨리 품속에 안고는 혼자서 집으로 뛰어갔다.

집에 돌아온 공주는 청개구리 가죽을 꺼내 아궁이 안에 넣고 태워버렸다. "다그닥 다그닥" 말굽 소리가 세차게 들렸다. 공주가 고개를 들어 보니 노란 옷을 입은 소년이 벌써 집 안으로 들어오는 것이 보였다. 공주도 달려 나가 그의 품에 안겼다. 행복한 눈물이 옷섶을 적셨다. 소년은 그녀의 머리를 쓰다듬으며 말했다.

성질 급한 공주님, 어서 가죽의 재를 뿌리세요.

---

4 티베트족과 일부 몽골족 사람들이 경의나 축하를 표시할 때 신에게 바치거나 상대방에게
   선사하는 (긴) 비단 스카프(scarf). 주로 흰색이 많음.

뿌릴 때 다음 세 마디를 꼭 하세요.
산은 더 이상 크고 작음이 없고
물은 더 이상 맑고 탁함이 없으며
사람은 더 이상 부유함과 가난함이 없기를!

공주는 너무 기뻐서 머리가 어지럽고 말도 제대로 못할 지경이었다. 그래서 공주는 이 말을 잘못 알아들었다. 그녀는 후다닥 옥상으로 뛰어 올라가 가죽의 재를 뿌리면서 종알종알 외쳤다.

산은 크고 작음이 있고
물은 맑고 탁함이 있으며
사람은 부유함과 가난함이 있기를!
그리고 나와 우리 오빠는 영원히 서로 아끼며 사랑하길!

세상이 지금처럼 된 것은 모두 셋째 공주의 탓이었다. 그녀가 말만 제대로 했다면 이 세상이 정말로 아름다워졌을지도 모른다.

³⁶ 두꺼비 색시 찾기¹

癞疙宝讨媳妇

옛날 옛날에 한 부부가 있었는데 여든이 넘도록 자식이 없었다. 어느 날 밤에 두 사람은 같은 꿈을 꾸었다. 꿈에서 용왕이 그들에게 이렇게 말하였다.

"너희 두 사람은 평생 좋은 일을 하였고 한 번도 남을 해치는 일을 하지 않았으니 절대 후사가 끊어지지 않을 것이다. 내 셋째 아들을 너희 에게 보내주마."

잠에서 깬 노파는 정말로 임신하였는데, 낳고 보니 두꺼비(癞疙寶)²였 다. 늙은 부부는 무척 상심했다. 하지만 이 두꺼비가 태어나자마자 말도 할 줄 알고 똑똑해서 그냥 키우기로 했다. 어느 날, 두꺼비가 말했다.

"아빠, 엄마. 제가 이제 성인이 되었으니 며느리를 구해 올게요."

이 말을 들은 부부는 그를 놀렸다.

"네 얼굴이 그렇게 못생겼는데 누가 너한테 시집을 오겠니? 정말 두꺼 비가 고니 고기 먹는 소리로구나.³"

두꺼비가 말했다.

"두 분은 걱정하지 마세요. 생긴 것만으로 나를 싫어하지 않는 마음씨 좋은 아가씨가 설마 세상에 한 명도 없겠어요? 저는 꼭 젊고 예쁜 아내 를 얻어서 돌아올 거예요."

두꺼비는 집을 나서 남쪽으로 길을 떠났다. 두꺼비는 남쪽의 어떤

---

1 티베트족(藏族)에 전해오는 이야기.

2 [역자주] 라거바오(癞疙寶): 귀주 지역에서는 두꺼비를 이렇게 부른다고 한다.

3 [역자주] 중국 속담으로 말도 안 되는 소리라는 뜻이다.

나라에 도착하였다. 그 나라의 국왕에게는 딸 세 명이 있었다. 모두 꽃같이 아름다웠는데 특히 셋째 딸이 제일 총명하고 영리했다. 두꺼비는 왕궁 문 앞으로 가 문지기에게 말했다.

"저는 당신 국왕의 딸에게 청혼하러 왔습니다. 말씀 좀 전해 주십시오."

문지기는 못생긴 얼굴을 보고 그를 쫓아버리려고 했다. 그런데 어떻게 해도 쫓아버릴 수 없었다. 두꺼비는 문지기를 붙잡고 꼭 국왕에게 말씀을 전해달라고 했다. 문지기는 어쩔 수 없이 국왕에게 이 사실을 알렸다. 그 말을 들은 국왕은 무척 화를 내며 차갑게 말했다.

"흥! 두꺼비 주제에 감히 내 딸을 아내로 삼겠다고? 무슨 대단한 능력이라도 있다는 거야? 그를 한번 불러와 봐. 도대체 어떤 능력이 있는지 내가 직접 봐야겠다."

문지기는 국왕 앞에 두꺼비를 데리고 왔다. 국왕이 말했다.

"네가 도대체 무슨 능력이 있길래 겁도 없이 나에게 청혼을 하는 것이냐?"

두꺼비는 말했다.

"제가 별 다른 재주는 없지만 첫째 딸을 제게 주십시오. 만일 제 부탁을 들어주지 않는다면 저는 울어 버릴 겁니다."

국왕은 하하 큰소리로 웃었다.

"못생긴데다가 재주도 없는 너에게 내 딸을 줄 수는 없다. 울고 싶으면 마음껏 울어 보거라."

두꺼비는 바로 울기 시작하였다. 그런데 울기 시작하자마자 산과 땅이 흔들리고 모진 비바람이 몰아치기 시작하였고 집도 무너질 듯 흔들렸다. 이를 본 국왕은 두꺼비가 이렇게 대단한 능력이 있다는 것을 알게 되었다. 그래서 마음을 숨기지 못하고 급히 말했다.

"그만 울어, 그만 울어. 내 딸을 너한테 주면 되지."

두꺼비는 국왕의 승낙을 듣고 울음을 그쳤다. 그러자 산과 땅은 더 이상 흔들리지 않고 해도 다시 나왔다. 국왕은 딸을 두꺼비에게 시집보

냈다. 공주는 싫었지만 국왕의 말을 거역하지 못하고 그저 두꺼비를
따라갔다. 도성을 나오자 공주는 두꺼비에게 앞에서 말을 끌라고 했다.
공주가 이렇게 생각했다.

'작고 못생긴 두꺼비 주제에 감히 나더러 네 부인이 되라고? 꿈도
꾸지 마! 내가 말을 채찍질해서 날듯이 달려 밟아버리고 말거야.'

잠시 뒤, 공주가 채찍을 두 번 치자 말이 뛰기 시작했다. 그런데 아무
리 빨리 달려도 두꺼비를 밟을 수 없었다. 그는 늘 멀지도 가깝지도
않게 일정한 거리를 유지하며 앞에서 고삐를 끌고 있었다.

날이 저물자, 그들은 어떤 동굴에 이르러 그곳에서 밤을 지내려고
했다. 공주가 말했다.

"나는 귀신도 들짐승도 무서워해. 내가 안에서 잘 테니 너는 입구를
지켜줘."

두꺼비가 "좋아요."라고 말했다. 사실 공주는 귀신이나 들짐승이 두꺼
비를 잡아먹어버려 자기가 왕궁으로 돌아갈 수 있게 되었으면 좋겠다고
생각했다. 하지만 그날 밤에는 아무 일도 생기지 않았다. 다음 날 아침,
두꺼비가 공주에게 말했다.

"당신은 마음씨가 좋지 않아요. 저는 당신이랑 결혼하지 않을 거예요.
돌아가세요."

"정말이야?"

"그럼요."

궁궐로 돌아간 공주는 두꺼비에게 거절당한 게 아니라 길에서 말이
두꺼비를 밟아 죽이는 바람에 돌아오게 되었다고 거짓말을 했다. 그런
데 다음 날 오후, 두꺼비가 다시 왕을 찾아 와서 둘째 공주와 결혼하겠다
고 할 줄 누가 알았겠는가? 국왕은 말했다.

"큰 딸을 너에게 시집보냈잖아. 그런데 왜 또 왔어? 안 돼, 절대 안 돼!"

두꺼비가 말했다.

"큰 따님은 마음씨가 좋지 않아서 제가 원하는 사람이 아닙니다. 둘째 따님과의 결혼을 승낙해 주지 않으시면 이번에는 제가 웃겠습니다."

순간 왕은 생각했다.

'다행히 울겠다고 하지 않는구나. 쟤가 울면 정말 큰일 나거든.'

그리고는 말했다.

"안 된다고 말했으면 안 되는 거야! 웃으려면 마음껏 웃어봐!"

두꺼비가 즉시 하하거리며 크게 웃기 시작했다. 그 웃음소리에 산과 땅이 흔들리고 비바람이 사납게 몰아쳤다. 국왕은 승낙해 주지 않으면 궁전이 곧 무너질 것 같아 다급하게 소리를 질렀다.

"그만 웃어! 그만 웃어! 결혼해!"

두꺼비가 웃음을 그치자 산도 땅도 흔들리지 않았다. 국왕은 어쩔 수 없이 둘째 공주를 두꺼비에게 시집보냈다. 길을 떠난 뒤, 둘째 공주도 두꺼비에게 앞에서 고삐를 끌라고 했다. 그녀도 두꺼비를 밟아 죽이려고 채찍질을 해 말을 미친 듯이 달리게 했다. 그렇지만 말이 아무리 빨리 달려도 두꺼비를 밟을 수 없었다. 밤이 되자 그들은 그 동굴에서 묶게 되었다. 둘째 공주도 귀신이나 들짐승이 두꺼비를 잡아먹으라고 두꺼비에게 입구를 지키라고 했다. 다음 날 아침, 두꺼비가 둘째 공주에게 말했다.

"당신은 돌아가세요. 당신이 마음씨가 좋지 않아서 저는 당신과 결혼하지 않을 겁니다."

그래서 둘째 공주는 혼자서 궁궐로 돌아갔다.

하루가 지나, 두꺼비는 또 국왕을 찾아와 이번에는 셋째 공주를 자기에게 달라고 했다. 국왕은 둘째 공주가 이미 집으로 돌아온 것을 알고 있었지만 시치미를 떼고 말했다.

"내가 이미 둘째 공주를 너한테 시집보냈는데, 왜 또 와서 그러는 것이냐?"

두꺼비가 대답했다.

"둘째 공주는 마음씨가 안 좋아서 제가 결혼하고 싶지 않아요. 그래서 둘째 공주를 돌려보낸 겁니다. 그러니 이번에는 셋째 공주를 제게 주세요."

"안 되네, 안 돼! 첫째, 둘째, 이젠 다시 셋째까지 달라고 하는 게 말이나 되는가?"

"만약 제 청을 들어주지 않으시면 저는 울기도 하고 웃기도 할 것입니다!"

국왕은 그가 울거나 웃으면 왕궁이 무너지지 않는 게 더 이상할 정도로 끔찍한 일이 생긴다는 것을 잘 알고 있는 터라 그의 요구를 안 들어줄 수가 없었다.

"알겠다! 알겠어! 알겠다고! 울지 마, 웃지도 마. 내가 네 소원을 들어줄 테니."

두꺼비는 셋째 공주를 데리고 성을 나간 뒤 셋째 공주에게 말했다.

"당신은 말을 타세요, 내가 말을 끌게요."

셋째 공주가 대답했다.

"기왕 당신과 결혼하기로 했으니 나는 당신의 사람입니다. 당신은 너무 말랐고, 나는 이렇게 큰데, 내가 말을 타고 가면 당신이 어떻게 따라올 수 있겠어요? 또 말이 당신을 밟으면 어떡해요? 그러니 당신이 말을 타세요. 제가 걸어갈게요."

두 사람이 길을 가며 이런저런 이야기를 나누다보니 어느새 그 동굴 앞에 도착했다. 그날 밤, 그들은 그 동굴에서 밤을 보내게 되었다. 두꺼비가 말했다.

"셋째 공주님, 당신은 동굴 안에 들어가 쉬세요. 내가 불을 피워 밥을 할게요."

밥을 먹은 뒤 셋째 공주가 말했다.

"당신은 마르고 왜소하니 안에서 주무세요. 귀신과 짐승들이 당신을 잡아먹지 않도록 조심해야 해요. 나는 키가 크니 들짐승들이 삼킬 수가 없어요. 그러니 제가 동굴 입구를 지킬게요."

날이 밝자 두 사람은 계속 길을 걸었다. 셋째 공주는 또 두꺼비에게 말을 타게 하고, 자기가 말을 끌었다. 그리고 혹시 두꺼비가 떨어질까 봐 말이 빨리 달리지 못하게 했다. 사실 두꺼비가 용왕의 셋째 아들이라 매우 능력이 있고, 말 등에서 끄떡없이 앉아 있을 수 있다는 것을 그녀는 알 턱이 없었다. 가까이서 보면 두꺼비가 말을 타고 있지만, 멀리서 보면 비단 옷을 입은 잘생긴 젊은이가 씩씩하게 말을 타고 있는 모습이었다. 길을 가던 사람들도 모두 입을 모아 말했다.

"저 젊은이는 정말로 인물이 좋고 총기도 넘치는 걸. 하늘에서 내려온 신선 같아."

이윽고 두 사람은 집에 도착했다. 아빠와 엄마는 두꺼비가 젊고 예쁜 부인을 데리고 돌아온 것을 보고 몹시 기뻐했다. 셋째 공주는 비록 시부모의 누추한 모습을 보았지만 조금도 싫어하지 않고, 친절하고 다정스럽게, 그리고 공경하는 마음으로 두 분을 대했다.

얼마 지나지 않아 그들이 사는 곳에서 사흘 동안 경마 대회가 열렸다. 그곳에 사는 모든 남자들이 그 대회에 참가를 해야 했다. 대회 첫날, 두꺼비가 셋째 공주에게 말했다.

"당신은 아빠 엄마와 먼저 가세요. 나는 못생겨서 당신들과 같이 가면 보기 좋지 않으니 뒤따라갈게요."

그들의 집에서 풀이 덮인 둑까지는 두 갈래 길이 있었다. 하나는 평탄하지만 좀 먼 편이고, 다른 하나는 가깝지만 산등성이를 넘어야 했다. 두꺼비는 그들에게 평탄한 길로 가라고 했다. 셋째 공주는 시부모를 모시고 경마 대회장에 도착했다. 셋째 공주가 젊고 예쁜데다 잘 차려입은 것을 보고 사람들이 셋째 공주 주위로 몰려들었다. 그녀는 부끄러워했다. 어떤 사람들은 공주를 보고 감탄하기도 하고, 애석해하기도 했다. 이렇게 예쁜 아가씨가 두꺼비에게 시집간 것이 몹시 안타까웠던 것이다.

두꺼비는 아빠와 엄마가 멀리 가기를 기다렸다 가죽을 벗고, 곧 잘생긴 젊은이로 변했다. 그는 용왕이 준 말을 타고 지름길을 달려 경마장에 도착했다. 젊은이가 풀이 덮인 둑 가까이로 다가가자 모두의 시선이 그를 향했다. 그는 흰색 옷을 입고 흰색 말을 탔는데 매우 늠름해 보였다. 그는 그날 경마 경기에서 일등을 했다. 경기가 끝난 뒤 그는 다시 지름길을 달려 집으로 돌아갔다. 집 근처에 이르러 벗어놓은 가죽을 걸치자 원래의 개구리 모습으로 돌아갔다.

아빠와 엄마, 그리고 셋째 공주는 집으로 돌아와 보니 두꺼비가 조용히 집에 앉아 있었다. 당연히 그가 경기에 참가하지 않았다고 생각하고는 그에게 오늘 일에 대해 늘어놓았다. 오늘 경마 경기에 어떤 흰옷을 입은 젊은이가 백마를 타고 출전했는데 인물도 좋고, 말도 잘 타서 경기에서 일등을 했다, 사람들이 그가 누구인지, 그가 어디서 온 사람인지 몰랐다 등등. 그들은 그 젊은이를 쉴 새 없이 칭찬했지만 두꺼비는 아무런 말도 하지 않고 시큰둥한 반응이었다.

둘째 날 두꺼비는 또 그들에게 먼저 가라고 했다. 그들이 멀리 가기를 기다렸다 가죽을 벗고 작은 길로 서둘러 경기에 나가 또 일등을 했다. 그런데 아쉽게도 젊은이가 말을 세웠을 때 말이 앞발굽을 잘못 디디는 바람에 말 위에서 굴러 떨어졌다. 덕분에 앞니 하나가 부러졌다. 경기가 끝난 뒤 두꺼비는 또 지름길로 먼저 집으로 돌아가 원래의 모습으로 변했다.

아빠와 엄마, 셋째 공주가 집으로 돌아온 뒤 또 그날 경마 시합에 대해 말했다.

"어제 1등한 젊은이가 오늘도 또 일등을 했어요. 안타깝게도 시합이 다 끝난 뒤 말 위에서 떨어졌는데 그 바람에 앞니가 하나 부러지고 말았어요."

이 말을 들은 두꺼비는 피식 웃었다. 그는 입을 벌리고 웃다가 바로 다물었다. 그 순간 셋째 공주는 그의 이가 하나 빠진 것을 보았다. 셋째 공주는 '이 사람이 어쩌다 이가 빠졌지? 오늘 이 사람을 경마장에서 본 적이 없는데.'라고 의심하기 시작했다. 겉으로는 별다른 내색을 하지 않았지만, 가만히 생각을 해보았다.

'내일 다시 보자.'

셋째 날 두꺼비는 또 그들이 먼저 가기를 기다렸다가 가죽을 벗고 지름길로 서둘러 달려갔다. 셋째 공주는 경마장으로 가던 중 일부러 놓고 온 물건이 있다고 핑계를 대고 집으로 돌아왔다. 집에 이르자 안에는 아무도 없었다. 다만 침대 위에는 두꺼비 가죽이 놓여 있었다. 그녀는 단번에 그 젊은이가 자기 남편이라는 것을 직감했다.

'가죽을 숨기고 그가 변하는지 안 변하는지 두고 보자.'

그런데 막상 가죽을 숨기려고 할 때 이런 생각이 들었다.

'아냐. 만일 그가 찾아내면 어쩌지? 차라리 가죽을 태워버리자. 그러면 그는 다시는 개구리로 돌아가지 않을 거야.'

셋째 공주는 두꺼비 가죽을 불 속에 넣고 태워버렸다. 그녀가 가죽을 태우고 있을 때 두꺼비가 허겁지겁 돌아왔다. 그는 이 상황을 보고 재빨리 불 속에서 가죽을 꺼내려고 했으나 때는 이미 늦었다. 가죽의 대부분이 이미 타버려서 입을 수가 없었다.

그는 애석해 하며 말했다.

"아휴우~! 당신은 가죽을 태우지 말았어야 했어요. 보름만 더 기다려 주었더라면 좋았을 것을. 그랬다면 이곳이 더 좋아지고, 모든 사람들이 다 잘 살 수 있었을 텐데. 이렇게 가죽이 타버려서 다시는 입을 수 없게 되어버렸어요. 이젠 나도 능력이 없어졌어요. 이제 남은 방법은 한 가지뿐이에요. 당신이 남은 저 가죽을 들고 풀이 덮인 둑으로 가 태우면서 이렇게 말을 하는 거예요. '세상에는 이제부터 높은 산도 평지도 없고, 가난한 사람도 부유한 사람도 나뉘지 않고, 군대도 필요 없어요. 사람들이 모두 똑같이 잘살게 될 거예요.'라고 말이에요. 정확하게 이렇게 말해야지 절대 다른 말을 하면 안 돼요."

셋째 공주는 남편의 본래 모습이 못생긴 두꺼비가 아닌 것이 매우 기뻤다. 그런데 너무 기쁜 나머지 두꺼비가 가르쳐 준 말을 거꾸로 하고 말았다. 그녀는 가죽을 태우면서 말했다.

"세상은 이제부터 높은 산과 평지가 있고, 가난한 사람과 부유한 사람이 있고, 관리도 군대도 있을 거예요. 사람들이 모두 잘살 거예요."

그녀가 이렇게 말을 잘못하는 바람에 지금까지도 세상에는 가난한 사람과 부유한 사람이 있게 되었고, 높은 산도 평지도 있게 되었고, 관리와 군대가 생겨 불평등한 사회가 되어 버렸다.

³⁷ 항아리 만드는 젊은이¹

烧土罐的儿子

난창강(瀾滄江)² 가에는 항아리를 잘 만든다고 소문난 젊은이가 있었다. 강가에 사는 티베트족(藏族) 주민들의 집에 있는 차 끓이는 다관이나 고기 삶는 항아리는 모두 그가 구워 만든 것이다. 하지만 그는 지위가 낮은 장인이라 아무도 그를 존중하지 않았다. 그래서 그는 서른 살이 넘도록 결혼도 못한 채 혼자 살았다. 사랑의 신 바이두무(白度母)³가 이것을 보고 인간 세상에 내려와 항아리를 만드는 젊은이에게 말했다.

"너는 똑똑하고 능력이 있으니 상부국(桑布國) 왕의 공주를 아내로 맞을 수 있을 거다."

젊은이가 말했다.

"공주님은 세상에 둘도 없는 미녀이고, 저는 괄시받는 항아리 장인일 따름입니다. 나무 안장이 어찌 진귀한 말과 어울릴 수 있겠습니까?"

바이두무는 해가 지자 몰래 젊은이를 데리고 국왕이 사는 궁궐 꼭대기 방으로 갔다. 그를 향로 안에 세우더니 이러쿵저러쿵 그에게 알려 주었다. 다음 날, 상부국 왕이 누대에 올라 향을 피우려고 할 때 향로 안에 어떤 사람이 있는 것을 보았다. 국왕은 어디서 온 누구냐고 물었다.

---

1 티베트족(藏族)에 전해오는 이야기.
2 [역자주] 난창강(瀾滄江): 중국 남서부에 있는 강. 칭하이성(靑海) 남부의 탕구라(唐古拉) 산맥 북쪽 사면에서 발원하여 시장(西藏)자치구를 거쳐 티베트고원 동부를 거쳐 남동 방향으로 흘러 윈난성(雲南)으로 들어간다.
3 바이두무(白度母): '두무(度母)' 또는 '치오두무(救度母)' 혹은 '두어루어무(多羅母)'라고도 한다. 불교에서 여자 보살이다. 전해지기로 관음보살(觀音菩薩)이 사람으로 변해 고난에 처한 사람을 구해주는 신이라고 한다. 21가지 모습을 가지고 있으며, 각각 다른 색으로 구분된다. 하지만 흔히 바이두무(白度母)와 뤼도무(綠度母)의 모습으로 가장 자주 나타난다.

젊은이가 대답했다.

"존경하는 왕이시여! 아니, 저는 아버님이라고 불러야겠네요. 저는 신의 아들이고 천계에서 내려왔습니다. 신께서 저에게 당신의 사위가 되라고 하셨습니다. 그러니 제가 지금 바로 당신께 절을 올리겠습니다."

이렇게 말하며 무릎을 꿇고 절을 하려고 했다. 상부국 왕은 급하게 그를 일으켜 세우며 말했다.

"무릎을 꿇지 마시오. 당신은 신이 내리신 사위지 않소. 신이 내리시지 않았으면 우리가 어찌 이 혼인을 맺을 수 있겠소!"

국왕은 아무런 예물도 받지 않았지만 마음에 드는 사위를 얻어 기쁘기 짝이 없었다. 얼른 백성들을 모아 공주를 위해 성대한 결혼식을 올렸다. 항아리를 만들던 젊은이였지만, 화려하게 차려 입으니 마치 신선과 같은 풍모를 풍겼다. 그래서 결혼식에 참석한 손님들 중 아무도 그를 알아보는 사람이 없었다. 하지만 신혼 첫날 밤, 젊은이는 잠꼬대를 하다가 그만 사실을 말해 버리고 말았다.

"정말 부처님께서 도와주신 덕택에 항아리나 만들던 내가 국왕의 사위가 되었구나."

이 말을 들은 공주는 아침이 되자 울면서 아버지에게 말했다.

"우리가 속았어요. 그 사람은 신의 아들이 아니라 항아리나 만들던 사람이래요."

그리고는 어젯밤의 상황을 국왕에게 말했다. 국왕은 딸의 말을 반신반의하면서 깊이 생각한 뒤 말했다.

"신선은 원래 재주가 뛰어나 구름과 안개를 탈 수 있어. 그러니 그에게 하늘을 나는 새를 잡아오게 하자. 만약에 그가 새를 잡아오면 틀림없이 신의 아들일 거야."

그리하여 젊은이는 빈손으로 산에 올라갔다. 산꼭대기에 이르자 따뜻한 해가 떠올랐다. 그는 큰 바위를 기어올라 거기에 누워 햇볕을 쬐고 있었다. 그때 한 무리의 까마귀가 날아가며 바위 위의 누워 있는 사람을 보았다. 그런데 악취를 맡고는 그것이 시체인 줄 알았다. 그래서 까마귀들이 그의 곁으로 우르르 날아와 앞 다투어 그를 쪼기 시작했다. 젊은이는 손을 쭉 뻗어 까마귀 한 마리를 잡았다. 그가 까마귀 한 마리를 잡아오자 이를 본 공주는 어젯밤에 그가 한 말이 말도 안 되는 잠꼬대라고 믿게 되었다. 그러나 그날 밤 젊은이는 또 잠꼬대를 했다.

"정말 운이 좋구나. 난 일개 항아리나 만드는 사람에 불과한데 너무도 쉽게 까마귀를 잡았다네!"

공주는 반신반의하면서 그 일을 또 아버지에게 알려 주었다. 국왕은 공주에게 말했다.

"쓸데없는 생각을 하지 말거라. 네가 착각하는 게 아니냐? 만일 정말 의심스럽다면 그에게 표범을 잡아오라고 해봐. 만일 그가 그런 능력이 있다면 그는 확실히 신의 아들일 것이야."

젊은이는 활을 메고 산에 올라갔다. 그는 매우 가파른 어떤 바위 꼭대기에 도착해 그곳에 잠시 누웠다. 그런데 잘못하여 화살 통에 든 독화살이 미끄러져 나와 바위 아래로 떨어졌다. 그 화살은 마침 바위 아래에 있던 표범에 명중했고 표범은 그 자리에서 죽고 말았다. 그는 죽은 표범을 둘러메고 궁으로 돌아왔다. 젊은이가 표범을 잡아온 것을 본 공주는 의심이 사라졌다. 그러나 이날 밤에도 젊은이는 또 잠꼬대를 했다.

"정말 행운에 행운이 거듭되는구나. 항아리나 굽던 주제에 난 정말 복이 많구나. 화살이 저절로 떨어져 표범을 맞히다니."

이 말을 들은 공주는 꿈인지 의심이 되어 몸을 돌려 남편을 보았다. 죽은 듯이 잠자고 있는 남편의 얼굴은 득의양양한 웃음을 띠고 있었다. 다음 날, 공주는 또 어젯밤의 일을 국왕에게 알렸다. 국왕은 화를 내며 공주를 야단쳤다.

"넌 자꾸 네 남편이 항아리 굽는 사람이라고 얘기하는구나. 이건 자꾸 황금을 황동이라 여기고, 은을 백동이라 여기는 짓이야. 너는 이미 신의 아들을 남편으로 얻었으니 세상에서 가장 행복한 사람이야. 넌 만족하는 법을 배워야 해."

그렇지만 공주는 어젯밤의 일이 정말이라고 우겼다. 그러자 부녀 사이에 실랑이가 한판 벌어졌다.

한편, 상부국 왕이 신선을 사위로 얻은 것을 알게 된 이웃나라 국왕 디디(滴地)는 대장군 니엔냥(念娘)과 함께 병사들을 거느리고 신선을 뺏으려고 쳐들어 왔다. 공주는 부왕에게 말했다.

"만일 아바마마의 사위가 정말 신선이라면 디디 왕의 병사가 아무리 강하다 해도 그를 이기지 못할 것입니다. 그러니 그에게 디디 왕의 군사를 막게 하십시오."

상부국 왕은 사위에게 디디의 군대를 막으라고 했다. 출정하기 전 국왕은 그에게 말을 선택하라고 했다. 그러자 그는 잠시 망설임도 없이 "꽁쟈(貢駕)"라고 말했다. 이 말은 들은 국왕은 깜짝 놀랐다. 실은 국왕에게는 나는 듯이 달리는 전마 세 마리가 있었는데, 그중에서 가장 빠른 말의 이름이 바로 '꽁다(貢達)'였기 때문이다.[4] 국왕은 사위가 그 뛰어난 준마인 '꽁다'를 알아보았다고 생각하고는 사위가 분명 신선이라고 깊게 믿게 되었다.

이때, 젊은이는 애가 타서 어쩔 줄 몰랐다. 이런 와중에 문득 한 가지 좋은 수가 생각났다. 그는 국왕에게 병사나 창 대신 밀가루[5] 두 포대만 달라고 했다. 그리고 밀가루를 말에 실은 뒤 말에 올라타 채찍질하며 날듯이 적진을 향해 달려갔다. 디디의 군대가 있는 곳에 도착하자마자 그는 밀가루 주머니를 풀었다. 순식간에 말 좌우에 실려 있던 밀가루가

---

4 사실 젊은이가 말한 꽁쟈(貢駕)는 "그중에서 아무 말이나 골라 탄다"는 의미의 티베트 말이다. 국왕은 그가 말한 꽁쟈(貢駕)를 준마 꽁다(貢達)로 잘못 알아들은 것이다.
5 찰파(糌粑): 쌀보리 밀가루로, 티베트족의 전통 주식의 하나이다.

쏟아져 바람에 날렸다. 마치 그 모습이 두 줄기 기류처럼, 또 피어오르는 안개구름 같았다. 그러자 사람들은 신마를 탄 '신선'이 안개구름을 타고 싸움터로 달려오는 줄 착각하고 탄식하기에 바빴다. 이에 디디의 군사는 놀라 이리저리 달아나버렸다. 신마가 달려 디디 왕과 대장군 니엔냥의 옆에 이르렀을 때 갑자기 비틀거렸다. 그 바람에 '신선'이 말에서 떨어졌다. 그는 큰소리로 주문을 외웠다.

"디디 니엔냥 푸루구이 푸루구이…."

그러자 디디와 니엔냥은 큰 재앙이 닥쳐올 줄 알고는 머리를 감싸고 도망쳤다. 바닥에 떨어진 '신선'이 기어서 도망치려고 할 때는 이미 그들의 그림자도 보이지 않았다. 멀리서 직접 이 아슬아슬한 장면을 지켜보던 국왕과 공주는 감탄해 마지않았다. 국왕은 사위를 대장군으로 승진시켰다.

그 뒤로 '신선'은 여전히 매일 밤 자기가 항아리나 굽는 사람이라고 말했지만 공주는 그것을 잠꼬대라 여기고 다시는 의심하지 않았다.

一幅壮锦

옛날에 큰 산자락 아래에 널찍한 평지가 있었다. 평지에는 초가집 몇 채가 있었는데, 거기에 다부(姐布)라는 아낙이 살고 있었다. 남편은 이미 죽고 그녀 혼자 아들 세 명을 키웠다. 큰 아들은 르모(勒墨), 둘째 아들은 르뚜이(勒堆), 그리고 막내아들은 르르(勒惹)라고 했다. 다부는 비단 짜는 솜씨가 아주 뛰어났다. 그녀가 비단에 수놓은 화초와 동물들은 마치 살아 있는 것같이 생생했다. 사람들이 다들 그녀가 수놓은 비단을 사서 어깨끈이나 이불, 침대보 등을 만들었다. 그렇게 네 식구는 다부가 짠 비단에 의지해 살아갔다.

어느 날, 다부는 자기가 짠 비단 몇 폭을 가지고 시장에 가서 팔려고 했다. 그러다 가게 안에서 화려한 그림 한 장을 보았다. 그림에는 높다란 집, 예쁜 꽃밭, 넓은 논밭, 과수원, 채소밭, 양어장 그리고 한 무리의 소, 양, 닭, 오리가 있었다. 그녀는 그 그림을 보고 또 보았다. 그럴수록 마음속은 기쁨으로 가득 찼다. 원래 비단을 팔아 모두 쌀을 사려고 했는데 그녀는 이 그림을 샀다. 그 바람에 쌀은 조금밖에 사지 못하고 집으로

---

1 좡족(壯族)에 전해오는 이야기. 중국 남부나 베트남 북부에 사는 태국계의 민족으로 광시자치구 중서부나 윈난성(雲南省) 남서부, 광둥성(廣東省) 동부 및 구이저우성(貴州省) 남부, 후난성(湖南省) 남부에 1,800만이 살고 있는데, 55개 소수민족 중 최대 인구이다. 언어는 티베트어, 장어(壯語), 태국어를 사용하고 있다. 좡족은 예로부터 가무를 좋아하였고 공예품으로 오색의 실로 아름답게 자수를 입힌 장금(壯錦)이 유명하며 전통복식은 남녀 모두 흑색을 사용하고 있다. 좡족은 전통적으로 손님맞이를 좋아해 낯선 사람이라도 후하게 대접하는 풍습이 있고 같은 민족 간에 단합이 잘 되어 산채를 짓고 집단으로 거주하기도 하며, 농업에는 근면하지만 상업을 싫어하는 경향이 있다. 태국계 민족에서 일반적인 여성이 농사일을 맡아 하는 특징이 있다.

돌아왔다. 집에 돌아오자 그녀는 그림을 펼쳐 아이들에게 보여줬다. 큰 아들에게 말했다.

"르모야, 우리가 이런 마을에서 살 수 있었으면 좋겠구나."

르모는 입을 비쭉거리며 말했다.

"어머니², 꿈같은 소리를 하시네요."

다부가 둘째 아들에게 말했다.

"르뚜이야, 우리가 이런 마을에서 살 수 있었으면 좋겠구나."

르뚜이도 비쭉거리며 말했다.

"엄마, 다음 세상에서나 그러세요."

다부가 눈살을 찌푸리며 막내아들에게 말했다.

"르르야, 내가 이런 마을에서 살 수 없다면 답답해 죽을 거야."

이렇게 말 하고는 한숨을 길게 내쉬었다. 르르가 곰곰이 생각하더니 어머니를 위로했다.

"엄마는 비단을 잘 짜시잖아요. 어머니가 수놓은 것들은 마치 살아 있는 것같이 생생해요. 그러니 엄마가 이 그림을 비단에 수놓았으면 좋겠어요. 그러면 엄마가 비단을 볼 때마다 아름다운 마을에서 사는 것과 같은 기분이 들 거예요."

다부가 잠깐 생각해 보더니 아들을 칭찬하며 말했다.

"네 말이 정말 맞구나. 내가 그렇게 해야겠다. 그렇게라도 하지 않으면 답답해 죽을 것 같구나."

다부는 오색 비단실을 사 오고 베틀을 알맞게 놓고 그림대로 비단을 짜기 시작했다. 이렇게 하루하루가 지나갔고, 한 달 한 달이 지나갔다. 르모와 르뚜이는 엄마가 이렇게 하는 것이 너무 못마땅했다. 항상 엄마의 손을 붙잡고 하소연했다.

---

2 아미(阿咪): 장족의 언어로 어머니란 뜻이다.

"엄마, 엄마가 그 비단만 짜고 팔지 않는 바람에 우리들이 하는 땔감만으로 쌀을 사고 있어요. 우리들이 너무 힘들어요."

르르가 큰형과 둘째 형에게 말했다.

"엄마가 천을 짜게 해 주세요. 엄마는 이것도 못 하면 답답해 죽을지도 몰라요. 형들이 땔감을 하는 게 힘들다면 제가 혼자 다 할게요."

이제 이 가족의 생활은 르르가 매일 산에 올라가서 땔감을 하는 것으로 이어갔다. 다부는 밤낮으로 부지런히 비단을 짰다. 밤이면 잣나무를 태워 불을 밝혔다. 그런데 잣나무 연기가 너무 나서 다부의 눈이 연기에 그을리고 말았다. 그래도 다부는 베틀에서 손을 떼지 않았다.

1년이 지난 뒤, 다부의 눈물이 비단 위에 똑 떨어졌다. 그녀는 눈물이 떨어진 곳에 맑은 개울을 짜고 동그란 연못도 짰다. 2년이 지난 뒤, 다부의 피눈물이 비단 위에 똑 떨어졌다. 그녀는 피눈물 위에다 붉은 태양을 짜고 산뜻한 꽃을 짰다. 이렇게 줄곧 3년을 지나서야 큰 비단이 완성되었다. 이 비단은 참으로 아름다웠다. 비단 속에는 푸른 기와, 청색의 벽, 붉은 기둥과 노란 대문이 있는 높고 큰 집이 몇 칸이 있었다. 대문 앞은 큰 화원이었는데 산뜻한 꽃들이 피어 있었다. 화원에는 연못이 있고 금빛물고기가 꼬리를 흔들고 있었다. 집 왼쪽은 과수원으로, 과일 나무에 붉은 열매가 주렁주렁 달려 있고 다양한 새들이 깃들고 있었다. 집 오른쪽은 채소밭인데, 푸릇푸릇한 채소과 누르스름한 참외가 가득했다. 집 한쪽은 넓은 풀밭이었다. 풀밭에는 소와 양의 축사와 닭과 오리의 집이 있었다. 풀밭에서 소와 양은 풀을 뜯고 있고, 닭과 오리는 벌레를 쪼고 있었다. 집에서 가까운 거리 산기슭에는 넓은 논밭이 있었다. 논밭에는 노란 옥수수와 벼가 가득 차 있었다. 맑은 개울은 마을 앞으로 흘러가고 하늘에는 붉은 태양이 내리쬐었다.

"세상에, 세상에. 이 비단은 정말로 아름다워요!"

세 아들들이 감탄했다. 다부가 기지개를 켜고 붉게 충혈된 눈을 닦으며 입을 벌리고 환하게 웃었다. 그런데 갑자기 서쪽에서 한바탕 큰 바람이 불어왔다. "휘익" 소리와 함께 비단은 말려서 하늘로 솟구치더니 동쪽으로 날아가 버렸다. 다부는 서둘러 쫓아나가서 두 손을 흔들고 머리를 쳐들어 큰소리로 외쳤다. "아이고!" 눈 깜짝할 사이에 비단이 사라진 것이다. 다부는 대문 앞에서 쓰러지고 말았다. 세 형제가 엄마를 부축해 집으로 들어왔다. 침대에 눕히고 생강 국을 한 그릇을 먹이자 그녀는 서서히 깨어났다. 그리고 큰 아들에게 말했다.

"르모야, 네가 동쪽으로 가서 비단을 찾아와 주렴. 그건 엄마의 목숨이야!"

르모가 고개를 끄덕이고는 짚신을 신고 동쪽으로 달려갔다. 한 달을 가다보니 큰 산의 협곡 입구에 이르렀다. 그 입구에는 돌로 지은 집이 있었고, 그 왼쪽에는 돌로 만든 큰 말 한 마리가 있었다. 그런데 이 석마가 입을 벌리고 있는 게 바로 옆 양매(楊梅) 나무의 열매를 먹고 싶은 모양이었다. 문 앞에는 흰 머리의 할머니가 앉아 있었다. 할머니는 르모가 지나가는 것을 보고 물었다.

"젊은이, 어디로 가는 거야?"

"저는 비단 한 폭을 찾으러 가요. 그것은 제 어머니가 3년 동안 짠 것인데 바람에 실려 동쪽으로 날아가 버렸거든요."

할머니가 말했다.

"비단은 동방의 태양산 선녀들이 가져갔어. 선녀들이 네 엄마가 짠 비단을 보고 가져다가 자기들도 그렇게 짜려고 한 거지. 그렇지만 선녀들이 있는 곳에 가는 건 결코 쉽지 않은 일이야. 우선 너의 이 두 개를 빼서 내 석마의 입에 넣어 보렴. 석마는 이빨이 있어야 움직여서 주위에 있는 양매 열매를 먹을 수가 있거든. 석마가 양매 열매 열 개를 먹으면, 그때 석마의 등에 올라타렴. 그러면 석마가 태양산으로 너를 데려다 줄 거야. 그런데 가는 도중에 활활 타오르는 발화산을 지나야 해. 석마가 불 속으로 들어갈 때 너는 이를 꽉 물고 참아야 해. 절대로 아프다고 소리치면 안 돼. 만약 소리를 치면 그 길로 불에 타 재가 되어 버릴 거야. 그리고 발화산을 지나면 큰 바다에 이를 거야. 그곳에선 얼음까지 섞인 차가운 풍랑이 매우 세차게 너를 덮칠 거야. 그래도 너는 이를 꽉 물고 견뎌야 해. 온몸을 부들부들 떨면 안 돼. 만약 그러지 못하면 파도가 너를 바다 아래에 묻어버릴 거야. 그렇게 큰 바다를 건너가면 바로 태양산에 도착하게 될 거야. 그때 선녀들에게 니 엄마의 비단을 돌려달라고 하려무나."

르모는 자기의 이를 만지면서 몸이 불에 타고, 파도에 부딪히는 모습을 상상했다. 그러자 얼굴빛이 새파랗게 질렸다. 노파는 그의 얼굴을 바라보며 웃으면서 말했다.

"젊은이는 어려움을 견뎌내지 못할 테니 가지 말게. 내가 철로 된 상자에 든 작은 황금 하나를 줄 테니, 집에 돌아가 편히 살게나."

할머니는 돌로 된 집 안으로 들어가더니 황금이 든 철 상자 하나를 르모에게 꺼내 주었다. 르모는 이 상자를 받고는 되돌아갔다. 르모는 집으로 돌아가면서 생각했다.

'이 작은 상자 속 황금으로 나 혼자 사는 것은 괜찮을 거야. 그러나 집으로 갖고 가는 건 안 돼. 이걸 네 명이 같이 쓰면 별로 여유롭게 쓸 수는 없을 거잖아.'

그는 집으로 돌아가지 않기로 결심하고 도시로 향했다.

어머니 다부는 병이 들어 여위어만 갔다. 침대에 누워 두 달을 기다렸지만 르모는 돌아오지 않다. 이번엔 둘째에게 말했다.

"르뚜이야, 네가 동쪽으로 가서 비단을 찾아오렴. 그 비단은 이 어미의 목숨과도 같아."

르뚜이는 고개를 끄덕이며 짚신을 신고 동쪽을 향해 집을 나섰다. 그렇게 한 달을 걸어 큰 산 입구에 도착했다. 그는 돌로 된 집 입구에 앉아 있는 할머니와 만났다. 할머니는 첫째에게 말했던 그대로 둘째에게도 말을 했다. 르뚜이는 자기의 이를 만지면서 몸이 불에 타고, 파도에 부딪히는 모습을 상상했다. 그러자 얼굴빛이 새파랗게 질렸다. 할머니는 이번에도 둘째에게 철로 된 작은 상자에 든 작은 황금 하나를 주었다. 둘째는 상자를 받고는 첫째와 똑같이 집으로 돌아가지 않고, 도시로 발길을 돌렸다.

다부는 침대에 누운 채 또 두 달을 기다렸다. 몸은 마치 장작처럼 바싹 말랐다. 어머니는 매일 문밖을 쳐다보며 울었다. 원래 붉게 충혈되었던 어머니의 눈은 너무 울어서 이제 더 이상 앞을 볼 수가 없게 되었다. 어느 날, 르르가 어머니에게 말했다.

"어머니, 큰형과 작은 형이 돌아오지 않는 걸 보니 아무래도 도중에 무슨 일이 생긴 것 같아요. 내가 가서 반드시 비단을 찾아 돌아올 게요."

다부는 한참을 생각한 뒤 말했다.

"그래, 르르야. 너도 가려무나. 가는 길에 몸조심하는 거 명심하고."

르르는 짚신을 신고 가슴을 쭉 펴고 성큼성큼 동쪽으로 걸어갔다. 반 개월쯤 갔을까 큰 산 입구에 이르렀다. 그는 여기서 돌집 앞에 앉아 있는 할머니를 만났다. 할머니는 전처럼 그에게 말을 했다.

"젊은이. 네 큰형과 둘째 형은 이 작은 상자에 든 황금을 가지고 돌아갔단다. 너도 이걸 가지고 가렴."

르르가 가슴을 치며 말했다.

"안 돼요. 나는 비단을 찾으러 갈 거예요."

그는 돌덩이를 들더니 자기의 이 두 개를 두드려 뽑았다. 그리고는 이것을 큰 석마 입안으로 넣었다. 드디어 석마가 움직이기 시작했다. 석마는 입을 내밀어 양매 열매를 먹었다. 르르는 석마가 매실 열 알을 먹는 것을 보고는 말 등에 올라타 두 발을 말굽에 끼었다. 석마는 고개를 들고 길게 울더니 동쪽으로 달려갔다. 사흘 낮밤을 달려 불화산에 도착했다. 새빨간 화염이 사람과 말을 향해서 덮쳐왔다. 너무 뜨거워 피부에서 지지직 소리가 났다. 르르는 말 등에 엎드려 이를 깨물고서 참았다. 반나절만에야 불화산을 지나 물결이 넘실거리는 큰 바다로 뛰어 들어갔다. 큰 얼음이 섞인 파도가 세차게 밀려와 때리니 이번에는 차갑고 아팠다. 르르는 이를 꽉 깨물고 참았다. 반나절이 지나자 그는 맞은편 언덕에 도착했다. 이곳이 태양산이었다. 태양이 르르의 몸을 내리쬐니 따뜻해지고 편해졌다. 태양산 꼭대기에는 금빛으로 휘황찬란한 큰 집이 있었다. 그 안에서는 여자들의 노래 소리와 웃음소리가 들렸다. 르르가 두 발을 말에 딱 붙이자 석마는 네 발로 공중에 차고 올라가서 눈 깜짝할 사이 큰 집 문 앞에 도착했다. 르르는 말에서 내려 대문으로 걸어갔다. 그곳에는 아름다운 선녀들이 거실에 모여 비단을 짜고 있었다. 어머니의 비단이 중간에 펼쳐져 있었고 모두가 그것을 본떠 그대로 짜고 있었다. 선녀들은 르르가 갑자기 뛰어 들어오는 것을 보고 깜짝 놀랐다. 르르는 자신이 이곳에 온 이유를 설명했다. 그러자 어떤 선녀가 말했다.

"좋아요. 우리들은 오늘 밤이면 비단을 다 짤 수 있을 거예요. 내일 아침에 이걸 드릴 테니 여기서 하룻밤을 기다리세요."

르르는 그렇게 하겠다고 했다. 날이 어두워지자 선녀들은 거실에 야명주를 하나 걸어놓았다. 거실은 매우 밝았다. 그녀들은 밤을 새서 비단을 짰다. 빨간색 옷을 입은 선녀가 손과 발이 재빨라 제일 먼저 비단을 짰다. 그녀는 자기가 짠 것과 다부가 짠 것을 한번 비교해보더니 다부가 짠 것이 더 좋다고 생각했다. 빨간색 옷을 입은 선녀는 혼잣말로 '이런 비단 위에서 산다면 참 좋겠는걸.'라고 했다. 다른 사람들은 아직도 비단을 다 짜지 않았다. 빨간색 옷을 입은 선녀는 손이 가는 대로 비단 실을 들고 다부의 비단 위에다 연못에 서서 선홍색 꽃을 보는 자기의 모습을 수놓았다.

르르가 깨어보니 깊은 밤이었다. 선녀들은 모두 방으로 돌아가 잠들었다. 그는 밝은 야명주 아래서 어머니의 비단이 탁자 위에 놓여 있는 것을 보았다. 그는 생각했다.

'만일 내일 이 여자들이 비단을 안 주면 어떡하지? 어머니가 병이 난 지 오래되어서 더 이상 미룰 수가 없어. 내가 비단을 가지고 당장 지금이라도 돌아가야겠어.'

르르는 일어나 엄마의 비단을 잘 접어서 가슴 속에 넣었다. 그는 대문을 나서자 말 등에 올라타고는 달리기 시작했다. 르르는 말 등에 딱 엎드려 큰 바다를 건너고 또 불을 뿜는 높은 산을 넘었다. 금방 또 큰 산 입구에서 도착했다. 르르가 말에서 뛰어내렸다. 할머니가 말 입에서 이를 뽑아 르르의 입에 끼워 주었다. 그랬더니 말은 양매 나무 옆에 꼼짝 않고 서서 다시 석마로 돌아갔다. 할머니가 돌집에 들어가 사슴가죽 신발 한 켤레를 꺼내 르르에게 부며 말했다.

"착한 젊은이야. 이 신발을 신고 어서 돌아가. 네 엄마가 지금 죽어 가고 있으니."

르르가 사슴가죽 신발을 신고 두 발을 쭉 뻗자 눈 깜짝할 사이에 집에 도착했다. 침대에 누운 엄마는 장작개비처럼 바싹 여위어져 힘없이 끙끙거리고 있었다. 정말로 금방이라도 죽을 것 같았다. 르르는 침대 앞으로 다가갔다. "엄마"라고 부르면서 가슴에서 그 비단을 꺼냈다. 르르가 그 비단을 엄마 눈앞에 펼치자 엄마의 눈이 번쩍 뜨였다. 그녀는 벌떡 자리에서 일어나서 싱글벙글 웃으면서 자기가 3년 동안 손수 만든 비단을 찬찬히 살펴보았다.

"아들아, 우리 집이 너무 어두우니 밖에 나가 태양 아래에서 보자꾸나."

두 모자는 문 밖으로 나가 비단을 땅 위에 쫙 펴서 깔았다. 향기로운 바람이 불자 비단이 천천히 펼쳐지더니 사방의 평지를 다 덮었다. 그러자 다부가 살던 초가집은 사라지고 대신 으리으리하고 큰 집 몇 칸이 생겨났다. 또 주위에 화원, 채소밭, 논밭, 소, 양이 다 생겨났는데 비단에 수놓은 것과 똑같았다. 다부와 르르는 큰 집 문 앞에 서 있었다. 그런데 화원의 양어장 옆에서 빨간 옷을 입은 어떤 아가씨가 꽃구경을 하고 있는 것이 보였다. 다부가 서둘러 다가가 물었다. 아가씨는 자기가 선녀인데 자기의 모습이 비단에 수놓인 바람에 여기로 오게 되었다고 했다. 다부는 선녀를 집으로 초대했고 이후 같이 살게 되었다. 르르는 이 예쁜 아가씨와 결혼해 행복하게 지냈다. 다부는 또 주변 사람들에게 자기 마을에서 같이 살자고 했다.

어느 날 거지 두 명이 이 마을을 찾아왔다. 그들은 바로 르모와 르뚜이였다. 그들이 할머니로부터 황금을 받은 뒤 도시에 가서 살았다. 그렇지만 그들은 멋대로 먹고 마시는 바람에 얼마 안 되어 그 황금을 다 써버렸다. 결국 빌어먹고 사는 처지가 되었다. 그들은 이 아름다운 마을의 화원에서 엄마와 르르 부부가 즐겁게 노래를 부르는 것을 보았다. 그들은 옛날 일을 생각하고는 너무 창피해서 지팡이를 끌고 어디론가 떠나고 말았다.

39 백 마리 새 깃털 옷[1]
百鸟衣

옛날에 헝저우성(橫州城)으로부터 먼 산골 마을에 장(張)씨 성을 가진 가난한 사람이 있었다. 그에게는 '야위엔(亞原)'이라고 하는 아들이 하나 있었다. 그런데 야위엔이 돌도 채 되지 않은 나이에 아버지가 죽었다. 밭도 없고 땅도 없이 어머니가 하는 삯바느질에 의지해 근근이 살았다. 그러다 보니 날이 갈수록 처량하고 힘들었다. 야위엔이 열두세 살이 되었을 때 어머니의 두 눈에 병이 생겨 바느질 속도가 느려졌다. 그래서 수입이 줄어들었고, 생활은 더욱 어려워졌다. 야위엔은 산에서 땔감을 해다 시장에 내다 팔아 생활을 도왔다. 그러던 어느 해 초여름 무렵, 비가 끊임없이 내리는 바람에 산길이 무너져 끊겨버렸다. 야위엔은 산에 올라 나무를 할 수 없게 되었다. 마침 집 안의 양식도 곧 떨어지게 되었다. 두 모자는 집에 앉아 걱정했다. 야위엔은 생각을 바꿔 장사를 하려고 했지만, 어머니는 밑천이 없어 고민했다.

"어머니, 찹쌀튀김[2]을 만들어 팔아요. 노인이나 아이들이나 모두 찹쌀튀김을 좋아하잖아요. 게다가 갠 날이건 비 오는 날이건 다 만들 수 있어요. 그리고 밑천도 많이 들지 않아요. 제게 좋은 생각이 있어요. 둘째 삼촌한테 밑천으로 삼을 돈을 빌려달라고 하면 빌려주실 거예요."

어머니가 고개를 끄덕이며 그러자고 했다. 야위엔이 둘째 삼촌한테서 3백 원을 빌려 가지고 시장에서 기름, 설탕과 찹쌀을 사 왔다. 다음

1 　좡족(壯族)에 전해오는 이야기다.
2 　요두이(油堆): 찹쌀가루로 만든 튀김. 민간에서 튀김이라 부르기도 한다.

제3부 신기한 결혼 이야기　223

날 아침, 두 모자는 찹쌀튀김을 만들기 시작했다. 이렇게 만든 찹쌀튀김을 광주리에 담아 메고 시장에 있는 학교 앞에 가서 팔았다. 찹쌀튀김 한 짐은 얼마 되지 않아 모두 팔렸다. 야위엔이 빈 광주리를 메고 집으로 돌아가는데, 다리 위에서 수탉 한 마리가 "꼬끼오" 하고 있었다. 수탉은 왔다 갔다 하면서 그를 보고 고개를 끄덕였다. 야위엔이 수탉에게 말했다.

"수탉아, 수탉아! 왜 우니? 누가 네 주인이니? 어서 네 주인한테 돌아가."

수탉이 그의 말을 듣자 큰소리로 세 번 울었다. 그러더니 확 광주리로 뛰어들었다. 할 수 없이 둘은 함께 집으로 갔다. 야위엔이 집에 들어가자마자 어머니한테 말했다.

"어머니, 어서 와 보세요. 큰 수탉 한 마리가 제 광주리에 뛰어들어 저와 함께 왔어요."

어머니가 다가오자 큰 수탉은 두 눈이 뚫어져라 그녀를 바라보았다. 어머니가 말했다.

"우리 것이 아니라면 함부로 가지면 안 돼. 내일 아침 이 수탉을 제자리에 갖다 놓거라."

다음 날 아침이 되자 그는 어머니의 말씀대로 수탉을 메고 다릿목에 놓아줬다.

"수탉아, 수탉아! 누가 네 주인이니? 어서 네 주인한테 돌아가."

이렇게 말하고는 빈 광주리를 메고 집으로 돌아왔다. 그런데 대문을 들어서기도 전에 뜻밖에도 수탉이 먼저 집에 도착해 "꼬끼오" 하고 울고 있었다. 거푸 이틀 동안 이랬다. 어머니가 이상하다고 생각해서 사흘째 되던 날 직접 수탉을 안고 다리에 갖다 놓았다.

"수탉아, 수탉아! 어서 가거라! 나는 네 주인이 아니니 받아줄 수가 없어."

그런데 어머니가 집에 돌아오자 수탉은 또 이미 집에 와 있었다. 야위엔이 어머니에게 말했다.

"어머니, 우리가 그 닭을 키우도록 해요. 나중에 주인이 찾아오면 그때 돌려줘도 늦지 않잖아요?"

어머니도 그 말에 일리가 있다고 생각해서 더 이상 말하지 않았다. 반년이 지나자 그 큰 수탉은 갑자기 아름다운 아가씨로 변하였다. 야위엔과 아가씨는 부부가 되었다. 두 사람은 알콩달콩 행복하게 지냈고, 찹쌀튀김 장사도 대박이 났다. 세 식구의 생활은 갈수록 나아져 편안해졌다. 어느 날, 아가씨가 야위엔에게 말했다.

"내일부터 우리 이런 찹쌀튀김 장사 같은 건 하지 말아요. 우리 시장에 큰 점포 하나를 얻어 더 큰 장사를 해봐요."

다음 날, 야위엔은 평소 눈 여겨 보았던 점포 주인을 만나 그녀의 말대로 1년 임대료로 은자 3백 냥을 주기로 계약했다. 그리고 장인을 찾아 '야위엔 잡화점'이라는 간판을 주문했다. 셋째 날, 수탉이 세 번 울자 가게는 간판을 높이 달고 문을 열었다. 가게 문 양쪽에는 붉은 종이에 금색 글자로 다음과 같이 썼다.

큰 백화점에 없는 물건도
작은 야위엔 잡화점에는 다 있습니다.

아가씨가 "개장" 하고 외치자 폭죽이 탁탁 후두둑 터지기 시작했다. 어젯밤, 마을의 여관에는 새 관리 하나가 묵고 있었다. 그는 과거시험에 장원급제하여 광서(廣西) 지역의 관리로 부임해 가는 사람이었다. 그는 아침에 깨어나 폭죽 소리를 듣고 여관 주인에게 밖이 왜 이렇게 시끄럽냐고 물었다. 여관 주인은 오늘이 장야위엔의 가게가 개업하는 날이라고 했다. 장원은 호위병들을 데리고 가게를 구경하러 나왔다. 그는 가게 대문 양쪽에 붙은 대련(對聯)[3]을 보고 생각했다.

---

3 [역자주] 대련(對聯): 중국에서 문과 집 입구 양쪽에 대구(對句)를 써서 붙인 것을 말한다.

'내가 황성을 포함하여 전국의 많은 도시를 다 가봤는데, 어떤 장사치도 이런 대련을 쓰지 못했어. 그런데 이런 시골 상점에서 감히 이런 말을 쓰다니.'

그는 다시 앞으로 몇 걸음 더 나아가 가게 안을 들여다보았다. 그런데 가게 안에는 텅 비어 있고 아무런 물건도 없었다. 다만 몇 사람만이 싱글벙글 웃으며 앉아 있을 뿐이었다. 장원은 여남은 명의 호위병들을 가게로 보내 물건을 사게 했다. 그들은 야위엔에게 말했다.

"우리 나리께서 우산 천 개를 사려고 하신다네. 돈은 얼마든지 줄 수 있지만, 반드시 내일까지 납품해야 해."

야위엔이 우산을 제때에 납품하지 못할까 봐 순간 고민하자 그녀는 걱정 말라고 하며 호위병들에게 말했다.

"우산 천 개의 가격은 백 냥입니다. 내일 꼭 와서 물건을 가져가세요. 약속을 어기면 안 됩니다."

다음 날, 호위병들은 은 백 냥을 가져와 우산 천 개를 찾아갔다. 우산은 모양이나 질 모두 아주 좋았다. 장원은 야위엔 잡화점을 문 닫게 하지 못하자 이번에는 또 호위병을 시켜 사이즈가 다른 신발 천 켤레를 사오라고 했다. 야위엔이 이 일을 못 할까 봐 걱정하자 아가씨는 걱정 말라고 하면서 답했다.

"요구한 대로 만들 수 있어요. 손님 마음에 꼭 들 겁니다."

셋째 날, 호위병들이 은을 가져와 천 켤레의 신발을 사갔다. 돌아가자마자 자로 재어보니 과연 신발마다 사이즈가 달랐다. 장원은 이번에도 야위엔 잡화점의 문을 닫게 하지 못하자 다시 호위병들을 시켜 마리 당 무게가 딱 한 근인 수컷 새 천 마리를 사오라고 했다. 야위엔은 이번 일이 더 어려워서 못 할까 봐 걱정하자 아가씨는 그를 안심시키며 말했다.

"요구한 대로 만들 수 있어요. 손님 마음에 꼭 들 겁니다."

나흘째, 호위병들이 돈을 갖고 와 새 천 마리를 사갔다. 돌아가 살펴보니 모두 다 수컷 새이고, 저울로 달아보니 정확히 한 근이었다. 장원이 야위엔 잡화점을 세 번이나 난처하게 하려고 했지만 모두 실패했다. 물건도 이처럼 신속하게 제공했고, 힘든 조건도 모두 잘 해낸 것이 더 이상해 여관 주인에게 물었다. 여관 주인이 대답했다.

"장야위엔에게 예쁜 아내가 있는데 똑똑하고 일솜씨도 있습니다. 그녀는 그림을 잘 그리는데, 종이에다가 무엇을 그리든 다 그것으로 변한다고 합니다. 세 가지는 고사하고 백 가지나 천 가지라도 다 만들어 줄 수 있을 거예요."

장원은 이 말을 듣고는 딴 마음을 품었다.

'이 예쁜 여자를 황제에게 바치면 황제의 마음에 꼭 들 거야. 그러면 내 출세는 걱정하지 않아도 될 거야.'

장원은 이런 마음을 먹고 십여 명 호위병을 보내 야위엔의 아내를 강탈해 왔다. 그녀는 떠나기 전 남편에게 당부했다.

"저의 몸은 뺏을 수 있어도 마음만은 그럴 수 없을 거예요. 이 원수를 반드시 갚을 거예요. 명심하세요. 제가 떠난 뒤 활과 화살을 만들어 매일같이 산에 올라가 새를 잡으세요. 새 백 마리를 잡아 깃털을 뽑아서 옷 한 벌을 만드세요. 그리고 북과 징을 하나씩 사세요. 장[4]이 서면 장을 지나고 저잣거리가 있으면 저잣거리를 지나세요. 징을 치고 북을 두드리면서 백 마리 깃털 옷을 입고 춤을 추며 서울을 향하여 곧바로 달려가세요. 도성에 도착하면 저를 만날 수 있어요. 그때가 되면 우리의 원수를 갚을 수 있을 거예요."

말을 마친 예쁜 색시는 붙잡혀 갔다. 야위엔은 아내의 말대로 화살을 만들었고, 비가 오든 안 오든 매일같이 새를 잡으러 산에 올랐다. 그리하여 3년 동안 꼬박 새 백 마리를 잡았다. 한 마리를 잡을 때마다 깃털을

4　[역자주] 우(圩): 중국 호남, 강서, 복건, 광동 등 지역의 장날을 가리키는 말이다.

다 뽑았다. 어느덧 새 백 마리의 깃털로 복슬복슬하고 오색찬란한 백 마리 깃털 옷 한 벌이 만들어졌다. 그리고 장에 가서 북과 징을 하나씩을 샀다. 색시가 일러준 대로 만반의 준비를 마친 다음, 백 마리 깃털 옷을 입고 서울로 길을 떠났다. 몇 달을 걸어 도성을 이르자 야위엔은 징을 치고 북을 두드렸다. 그는 거리에서 춤을 추면서 걸어와 도성을 뒤흔들 었다. 온 거리 사람들이 그의 뒤를 따르면서 구경을 했다.

한편 황제에게 바쳐진 색시는 3년 동안 황제와 한마디 말도 하지 않았다. 그녀는 매일 근심스런 얼굴로 오만상을 찌푸리고 누구에게도 웃지 않았다. 그러자 황제는 그녀를 볼수록 얻기 힘든 예쁜 여자라고 생각했다. 때문에 온갖 방법을 다하여 그녀의 환심을 사려고 했다. 이 날, 그녀는 먼 곳에서 들려오는 징 소리와 북소리를 듣고 야위엔이 온 것을 알았다. 그래서 그녀는 황제를 요청하여 같이 궁루에 올랐다. 그녀 는 웃으면서 황제에게 말했다.

"길거리에서 백 마리 깃털 옷을 입고 춤을 추는 사람이 정말 보기 좋습니다."

그리고 아래를 손가락질까지 하면서 얼굴에 함박웃음을 지었다. 황제 는 그녀가 이렇게 방글방글 웃으면서 자기에게 말하는 것을 보고 정말 기뻐했다. 그래서 그는 춤을 추고 있는 사람을 궁으로 데리고 오라고 명을 내렸다. 야위엔은 백 마리 깃털 옷을 입고서 북을 두드리다 징을 치다 열심히 춤을 추면서 궁으로 들어왔다. 그녀가 좋아서 입도 다물지 못하자 황제는 너무나 기뻐하여 물었다.

"그대는 무슨 수로 나의 왕비를 이렇게 기쁘게 만들었느냐?"

야위엔이 대답했다.

"제가 입은 옷은 신선의 옷입니다. 이 옷을 입으면 왕후의 환심을 살 수 있습니다!"

"그럼 네가 입은 그 신선의 옷이 얼마냐? 벗어라. 과인이 살 테니."

"팔지 않습니다. 팔지 않습니다. 하지만 폐하께서 원하신다면 제가 벗어 드리겠습니다. 단 폐하의 용포와 한번 바꿔 입어보기를 청합니다."

황제의 관심은 온통 그녀의 환심을 사려는 것이었다. 그래서 바로 용포를 벗어 야위엔에게 주고 자기는 깃털 옷을 입었다. 예쁜 그녀가 웃는 것을 보고 황제도 웃으면서 한참이나 춤을 추었다. 그런데 춤을 출수록 깃털 옷이 점점 자기를 졸라매어져 왔다. 황제는 불편해져 벗으려고 했지만 아무리 노력해서 벗을 수 없었다. 황제가 급한 대로 힘을 줘서 찢어버리려고 했지만 깃털 옷은 점점 더 조여 왔다. 이때 색시가 갑자기 큰소리로 외쳤다.

"이게 어디서 나타난 괴물이야? 아무도 없느냐? 빨리 치거라!"

내시나 궁녀들이 모두 나무 몽둥이를 갖고 들어와 깃털 옷을 입은 황제를 두들겨 팼다. 황제는 데굴데굴 뒹굴며 꿩으로 변하더니 숲속으로 날아가 버렸다. 그제야 야위엔은 용포를 벗고 아내와 함께 고향으로 돌아갔다.

해설

〈백 마리 새 깃털 옷〉 이야기는 쫭족 민간에서 매우 널리 전해온다. 헝셴(橫縣) 쟈이전(交椅鎭) 샹원춘(鄕文村)[5]에 전해지는 이야기다. 민간에서 전해지는 원래 이름은 〈기름떡 파는 장야위엔〉이었다. 다른 강술자에 의하면, 색시가 남편에게 흰 비둘기 백 마리를 사서 그 깃털로 옷을 만들었다. 그 뒤 아들을 데리고 도성에 들어가 황제를 죽이고 아들인 야더(亞德)가 황위에 오른다고 한다. 또 다른 강술자에 의하면, 야위엔이 낚시를 하면서 큰 골뱅이를 잡았고, 그 골뱅이가 아가씨(원래는 용왕의 셋째

---

5 [역자주] 횡현(橫縣) 교의진(交椅鎭) 향문촌(鄕文村): 광시성(廣西) 장족자치구 남부에 위치한 마을이다.

딸)로 변해 둘이 결혼했다. 이를 황제가 알게 되어서 그녀를 빼앗아 황궁
으로 들였다는 것이다.

다쟈 이야기¹
达架的故事

숲 속에 독충을 부리는 무녀가 살고 있었다. 마음씨가 아주 사악하여 사람들은 모두 그녀의 뱃속에 털이 있다고 생각했다. 그녀는 딸 하나를 낳았는데 딸은 태어날 때부터 얼굴이 곰보였다. 사람들은 무녀의 뱃속에 있는 털에 찔려서 딸의 얼굴이 그렇게 되었다고 믿었다. 무녀는 곰보 딸을 아주 사랑했다. 그 딸을 너무 사랑한 나머지 예쁘게 생긴 여자 아이를 특히 미워했다. 그래서 어디에 예쁘게 생긴 아가씨가 있다는 소리가 들리면 무녀는 그녀를 해치려고 갖은 꾀를 짜내곤 했다.

숲 근처의 어떤 마을에 아버지, 어머니, 딸 이렇게 세 식구가 아주 행복하게 살고 있었다. 그런데 그 딸이 무척 예쁘게 생겼기에 무녀는 그녀를 손봐야겠다고 결심했다. 어느 날, 무녀는 거지 행세를 하며 밥을 구걸하러 그 집을 찾아갔다. 예쁜 딸과 어머니는 가난한 사람들을 무척 불쌍히 여겼다. 그래서 무녀에게 밥을 줬을 뿐만 아니라 자기들의 집에서 지내게 해주었다. 무녀는 예쁜 딸의 어머니를 따라 산으로 가 땔감을 할 기회가 생겼다. 무녀는 주문을 외우면서 "꽉" 하는 소리와 함께 손으로 어머니의 등을 쳤다. 어머니가 고개를 돌리자, 순식간에 소로 변했다. 무녀는 그 소를 끌고 집으로 가 말했다.

"예쁜 아가씨, 어머니가 이 소의 뿔에 받혀 산골짜기 아래로 떨어지고 말았어요. 그래서 죄 값을 치르게 하기 위해 이 소를 데리고 왔어요."

그 말을 들은 딸은 목 놓아 크게 울기 시작했다. 아버지는 반드시

---

1 쫭족(壯族)에 전해오는 이야기다.

이 소를 죽여 원수를 갚아야 한다고 했다. 무녀가 말했다.

"잡아 죽이는 건 쉬운 일이지요. 그렇지만 우리에겐 소가 없잖아요. 이 소를 이용해 쟁기로 논밭을 갈게 해서 무척이나 힘들게 한다면 마음속 원한도 조금은 풀리지 않겠어요?"

딸이 어머니를 부르며 울자 무녀가 말했다.

"오늘부터 내가 너의 엄마가 되어 줄게."

아버지가 이 무녀를 부인으로 들인 뒤부터 무녀는 백방으로 그 딸을 괴롭힐 생각을 했다. 딸에게 밥을 안 주기 일쑤였다. 어느 날 아버지가 막 밭에서 돌아왔을 때 무녀가 탕위엔(湯圓)²을 만들고 있었다. 딸을 불러 와서 먹으라고 했지만 그녀에게는 그릇을 주지 않았다. 딸이 손을 뻗어 뜨거운 탕위엔을 받으려 했지만 도저히 맨손으로 받을 수가 없었다. 결국 탕위엔은 대나무집 아래로 떨어져 버렸다. 무녀는 소리를 높여 딸을 혼냈다.

"배가 부르다고 이렇게 식량을 함부로 낭비하다니. 탕위엔을 아래 똥통에 떨어뜨리면 안 되지. 도대체 넌 이 음식이 너희 아버지가 고생고생해서 얻은 것이란 걸 모르니?"

이 말을 들은 아버지는 딸의 말도 듣지 않은 채 대나무 회초리를 들어 딸을 때리기 시작했다. 그러자 무녀는 이번에는 또 맘씨 좋은 사람인 척하며 회초리를 맞고 있는 딸 앞을 막아섰다.

어느 날 집에서 쟈에모(蕉葉饃)³를 만들었다. 그런데 무녀는 딸에게는 하나도 주지 않고 쟈에모를 벗기고 남은 바나나 잎을 그녀에게 던져줄 뿐이었다. 아가씨는 바나나 잎을 혀로 핥아먹을 수밖에 없었다. 무녀는

---

2 [역자주] 탕위엔(湯圓): 찹쌀로 빚은 쫀득쫀득한 새알심에 팥, 흑설탕, 견과류 등 소를 넣어 만든 음식이다. 교자만두가 북방의 대표적인 설날 음식이라면 탕위엔(湯圓)은 남방을 대표하는 명절 음식이다.

3 [역자주] 쟈에모(蕉葉饃): 바나나 잎으로 싸서 만든 떡.

그녀에게 쟈에모를 밭에 있는 아버지에게 갖다 주라고 했다. 그러고서는 "만약 네가 몰래 훔쳐 먹고 돌아온다면 가죽을 벗기고 힘줄을 뽑아버릴 거야."라고 무섭게 말했다. 쟈에모를 받아든 아가씨는 잔뜩 겁을 먹어 부들부들 떨면서 밭으로 갔다. 밭에서 그녀의 아버지는 밥을 먹었느냐고 딸에게 물었다. 아가씨가 일곱 잎을 먹었다고 하자 아버지는, "너는 왜 그렇게 많이 먹었니?"라고 했다.[4] 이에 아가씨는 아무런 대답도 못 한 채 멍하니 아버지가 먹는 것을 바라보았다. 아버지가 바나나 잎을 벗겨서 버리려고 할 때 아가씨가 그것을 받아 혀로 핥아 먹었다. 아버지가 이상해서 물었다.

"너는 열네 개나 먹었다고 하지 않았니? 근데 아직도 바나나 잎을 핥아 먹니?"

아가씨가 슬프게 대답했다.

"방금처럼 이렇게 일곱 잎을 먹었어요."

그제야 아버지는 계모가 못된 짓들을 하고 자기 딸에게 억울한 누명을 씌웠음을 알게 되었다. 아버지는 딸을 끌어안고 한바탕 통곡한 뒤 무녀와 결혼한 것을 후회했다. 그런데 알고 보니 이때 무녀는 몰래 아가씨의 뒤를 쫓아왔었다. 방금 일어난 일을 다 지켜본 무녀는 아버지가 돌아와 자신을 질책할 것이라고 생각하고 주문을 외웠다. 그러자 그녀의 아버지도 죽어 버렸다. 이제 아가씨는 아버지도 어머니도 없는 고아가 되었다. 때문에 사람들은 그녀를 '다쟈(達架)'[5]라고 불렀다.

아버지가 죽은 뒤 다쟈는 계모와 함께 살았다. 계모는 이번에는 자기 곰보 딸을 데려왔다. 그 곰보 딸은 나이가 어려 '다룬(達侖)'[6]이라고 했

---

4 일곱 잎: 쟝족의 쟈에모는 일반적으로 한 장의 잎으로 두 개를 싸므로 일곱 잎으로 14개를 쌀 수 있다. 쟈에모를 14개나 먹었다는 말이기에 아버지가 이렇게 말한 것이다.

5 다쟈(達架): 쫭족(壯族) 말로 고아라는 뜻이다.

6 다룬(達侖): 쫭족(壯族) 말로 가장 어린 딸이라는 뜻이다.

다. 또 당시에 어린 아이가 매우 귀했기 때문에 그녀를 '다구이(達貴)'라고도 했다. 이때부터 계모의 학대는 한층 더 심해졌다. 다쟈는 매일 땔나무를 하고 물을 기르는 것 외에도 소를 방목하는 시간에는 길쌈을 해야 했다. 삼 한 근을 실로 다 뽑지 않으면 집에 돌아와도 계모는 밥을 주지 않았다. 그래서 다쟈는 매일 소를 방목하고 길쌈을 하면서 울었다. 다쟈가 기르는 암소는 그녀의 처지를 매우 불쌍하게 여기며 말했다.

"울지 마세요. 그럼 삼 껍질을 저에게 먹이세요. 밤에 우리로 돌아올 때면 제가 흰 마사(麻絲) 실을 뽑아 당신에게 줄게요."

다쟈는 암소의 말을 듣고 정말로 삼 껍질을 암소에게 먹였다. 저녁 무렵 암소는 꼬리를 치켜들고 희고 가는 실을 한 무더기를 쌌다. 다쟈는 재빨리 치마를 들어 그것을 받았다. 이날 밤 집으로 돌아와 다쟈는 흰 마사 실을 계모에게 주었다. 계모는 이렇게 희고 가는 실를 본 적이 없었다. 그래서 다쟈가 다른 사람의 것을 훔쳤다고 생각해 채찍을 들고 때렸다. 그러자 다쟈는 사실대로 이야기할 수밖에 없었다. 계모는 암소가 삼 껍질을 먹으면 희고 가는 마사 실을 싼다는 것을 알고 생각했다.

'암소가 삼 껍질 한 근을 먹으면 희고 가는 마사 한 근을 쌀 수 있겠지. 내일 내가 암소에게 3~4근을 주면 3~4근의 마사를 얻을 수 있지 않을까? 만약 매일 다섯 근씩 준다면 1년이 안 돼서 부자가 될 거야.'

그래서 다음 날 다룬에게 소를 방목하라 하면서 삼 껍질 3근을 가져가게 했다. 다룬은 암소를 산야로 물고 다니며 거짓으로 삼을 삼는 척하더니 이내 우는 시늉을 냈다. 그랬더니 과연 암소가 말했다. 다룬은 한꺼번에 3근의 삼을 모두 암소에게 먹였다. 해가 지고 소가 집으로 돌아왔다. 암소가 과연 꼬리를 세웠다. 다룬은 틀림없이 또 희고 가는 마사 실이 나올 줄 알고 옷자락을 걷어들고 받을 준비를 했다. 그런데 이런 뜻밖에도 암소는 똥 한 무더기를 뿌지직 쌌다. 다룬의 온몸은 더럽고 지저분해졌다. 이 사실을 알게 된 계모는 암소를 죽여 버렸다. 암소가 죽고 난 뒤 다쟈는 집 뒤에서 울고 있었다. 그때 갑자기 하늘에서 날아온 까마귀 한 마리가 말했다.

애, 애, 애! 다쟈야, 다쟈야! 울지도 무서워하지도 마.
소의 뼈를 파초 뿌리에 묻어보렴. 나중에 원하는 게 다 나올 거야.

다쟈는 까마귀의 말대로 했다. 다른 사람들은 소의 고기나 힘줄을 나눠가졌지만 다쟈는 소뼈만 달라고 했다. 그리고 그 소뼈를 가져다 파초 뿌리 아래에 묻었다.

어느 날, 다쟈의 외할머니 집에서 잔치가 열렸다. 이 잔치는 젊은 남녀가 짝을 찾는 기회이기도 했다. 계모는 못생겨서 아직 시집을 못 간 다룬을 생각해서 예쁜 다쟈를 일부러 가지 못하게 했다. 그리고는 다룬에게만 옷을 잘 차려 입힌 뒤 외할머니네 잔치에 갔다. 그리고 출발하기 전에 다쟈에게 말했다.

"집에 참깨 서 말과 녹두 서 말이 섞여 있으니 네가 다 골라내도록 해. 네가 빨리 골라낸다면 외할머니 집으로 와도 돼."

다쟈는 뒤섞여 있는 참깨 서 말, 녹두 서 말을 가져와 나누기 시작했다. 어지럽고 눈앞이 아찔할 정도로 했지만 반 그릇 정도도 못 골랐다.

애, 애, 애! 다쟈야, 다쟈야! 울지도 무서워하지도 마.
삼태기와 체를 찾아오렴, 깨와 녹두가 저절로 나눠질 테니.

다쟈는 까마귀가 가르쳐 준 방법대로 했더니 금방 일이 다 끝나 버렸다. 그리하여 때맞춰 외할머니 집 잔치에 참석할 수 있게 되었다. 얼마 뒤 시장에서 공연이 있다는 소식을 들은 많은 젊은이들이 공연을 보기 위해 모여들었다. 물론 다룬과 계모도 그곳에 갔다. 다쟈도 가고 싶어 했지만 계모가 말했다.

"가고 싶다면 가도 돼. 네가 먼저 물을 길어 그 물 항아리 세 개를 다 채운다면 말이야."

계모와 다룬이 떠난 뒤 다쟈가 멜대와 물통을 찾아왔다. 그런데 그것을 보니 기가 막혔다. 알고 보니 계모가 물통을 부셔놨기 때문이었다. 물통 밑은 벌어지고 주둥이는 헐거워져 있었다. 이것으로 어떻게 물을 기른 담! 그래서 참지 못하고 또 울기 시작했다. 이때 그 까마귀가 또 다쟈의 앞에 날아와 말했다.

얘, 얘, 얘! 다쟈야, 다쟈야! 울지도 무서워하지도 마.

우선 통 테두리를 꽉 죄고 삼으로 빠진 부분을 채운 다음에 진흙으로 발라보렴.

다쟈가 까마귀 말대로 했더니 얼마 안 돼 물통 밑바닥이 메워졌다. 물을 길어다 부었지만 한 방울도 새지 않았다. 금방 큰 물 항아리 세 개를 다 채웠다. 그리하여 그녀는 제때에 시장에 가서 연극을 볼 수 있었다.

1년에 한 번 있는 축제날이 다가왔다. 마을의 젊은 남녀들은 모두 새 옷과 새 두건, 그리고 각종 장신구까지 준비하고선 축제날을 눈이 빠지게 기다렸다. 하지만 계모는 다쟈가 축제에 참가하지 못하게 하기 위해 천 한 조각 명주실 한 올도 주지 않았다. 다른 아가씨들은 제 각각 새 옷을 입고 새 두건을 두르고 있었지만, 다쟈는 낡고 찢어진 옷을 입고 있었다. 다룬은 새 옷, 새 두건뿐만 아니라 금비녀, 은팔찌까지 하고 있었지만, 다쟈는 아무 것도 없었다. 계모는 다룬을 데리고 축제에 가면서 다쟈에게 말했다.

"너는 집이나 지키거라. 다른 일은 할 필요가 없어. 아, 저기 베틀이 있으니 네가 직접 베를 짜 새 옷을 만들어 보렴. 새 옷, 새 두건과 금은 장신구가 생긴다면 축제에 가도 돼."

비록 마사 실과 새 천은 모두 다쟈가 만든 것들이지만 계모는 이것들로 다룬만 꾸며주었다. 다쟈는 거지처럼 남루한 옷차림인지라 차마 누군가를 만나러 나설 수가 없었다. 이렇게 생각하자 참지 못한 다쟈는 또 울기 시작했다. 이때, 그 까마귀가 또 나타났다.

애, 애, 애! 다쟈야, 다쟈야! 울지도 무서워하지도 마.
귀걸이는 마오르 나무에 걸려 있고 옷은 파초 밑에 숨겨져 있어.
금띠 신발 한 켤레도 있어, 파초 봉오리를 열어보면 있을 거야.

다쟈는 울음을 그쳤다. 그녀가 마오르 나무에 다가가 보니 온 나무에 황금 귀걸이가 걸려 있었다. 다쟈는 그중에서 한 쌍을 골라 귀에 걸었다. 또 소뼈를 묻었던 파초나무 더미에 다가가 괭이로 팠더니 파초 잎으로 싼 보따리가 하나 나왔다. 그것을 열어봤더니 파초 잎같이 파르스름한 비단으로 만든 새로운 옷이 들어 있었다. 그리하여 다쟈는 새로운 옷을 입을 수 있게 되었다. 다쟈는 파초나무에 걸려 있는 파초 봉오리를 쳐다보더니 죽순 껍질을 벗기듯이 그것을 쪼갰다. 아하! 거기에는 정말 빛나는 금띠 신발 한 켤레가 있었다. 다쟈는 조심스럽게 발을 씻은 뒤 신발을 신었다. 신발은 크지도 작지도 않았으며, 느슨하지도 팽팽하지도 않아 발에 딱 맞았다. 그리하여 다쟈는 좋아서 어쩔 줄 몰라 하며 축제로 달려갔다. 다쟈는 출발이 너무 늦은지라 길을 재촉했다. 다리를 건널 때 다리 아래 흐르는 강물이 매우 깊고 푸르러 사람의 그림자가 또렷이 비칠 정도였다. 다쟈는 자신의 차림새가 어떤지 보기 위해 다리 옆에 멈춰 섰다. 강물에 비친 자신의 그림자를 쳐다본 순간 그저 멍해졌다. 물에 비친 그림자가 선녀처럼 아름다웠기 때문이다. 다쟈는 마음의 꽃이 활짝 피었다. 다쟈가 기뻐하고 있을 때 뒤에서 말굽 소리가 들려왔다. 떠들썩한 말소리도 들려왔다.

"촌장님의 아들이신 도련님이 말을 타고 축제에 오셨어요!"

다쟈는 아가씨인지라 본능적으로 피했다. 하지만 조급한 마음에 비틀거리다 미끄러졌다. "어머!" 그만 금띠 신발 한 짝이 물에 떨어졌다.

그녀는 물에 뛰어들어 건지려고 했지만 너무 깊어 보였다. 그래서 대나무 장대 하나를 찾아 건지려고 애를 써봤다. 그때 뒤에서 말굽 소리가 점점 가까워져 왔다. '됐어, 어쨌든 이 신발도 내 것도 아니잖아. 지금은 축제에 가는 게 더 급해.' 다쟈는 이렇게 생각하고 서둘러 축제 장소로 뛰어갔다. 뒤에서 점점 가까워진 말굽 소리는 바로 축제에 가는 마을 촌장님의 아들이었다. 그런데 말이 다릿목에 이르자 갑자기 서서 휘이 잉거리기만 할 뿐 꼼짝을 안 했다. 도련님이 채찍질을 세 번이나 했지만 말이 여전히 움직이지 않았다. 그러자 도련님이 시종들에게 다리 아래에 도대체 무엇이 있는지 살펴보라고 했다. 다리 아래를 살펴본 시종들은 모두 놀랐다.

"다리 아래에 무엇이 있느냐?"

"강바닥에 눈부시게 반짝이는 것이 있습니다."

도련님은 물에 들어가 건져오라고 했다. 그것은 바로 황금빛으로 빛나는 신발 한 짝이었다. 도련님이 말했다.

"어느 집안 아가씨가 이 신발을 잃어버렸는지 잘 모르겠지만 분명 많이 속이 상했을 거야. 이 신발을 찾지 못한다면 부모님께 야단을 많이 맞을 텐데…… 우리가 축제에 가서 이 신발의 주인을 찾아주자."

이 도련님은 마을의 영웅이자 준수한 청년이기도 했다. 축제에 온 그는 이번에도 축제를 뜨겁게 만들었다. 그렇지만 그는 이번에는 짝을 찾아 마주보고 노래하는 대신, 시종에게 그 금띠 신발을 장대에 매달라고 했다. 그리고 시종들이 큰소리 외쳤다.

"우리 도련님이 오늘 금띠 신발 한 짝을 주었는데 신발의 주인은 어서 나타나 찾아가세요."

이 소식은 기름 솥에다가 소금을 뿌린 것처럼 삽시간에 퍼졌다. 도련님이 금띠 신발 한 짝을 주었다고? 정말 신기한 신발인가 봐! 사람들은 황금으로 만든 신발은 한 번도 본 적이 없었다. 그래서 모두들 이 신발이 어떻게 생겼는지 궁금해 도련님이 있는 곳으로 모여들었다. 그러자 금세 도련님의 주위는 빈틈없이 사람들로 에워싸졌다. 금띠 신발을 원하는 어떤 욕심이 많은 사람들도 그 신발을 찾으러 왔다. 도련님은 찾아온 사람들 모두에게 신어보라고 했다. 그런데 발이 너무 크거나 너무 작거나 모두 그 신발에 맞지 않았다. 그 반짝반짝한 금띠 신발을 본 계모도 눈에 불이 켜졌다.

'이 신발이 얼마짜리냐? 이것을 얻으면 평생 먹고살 걱정은 없겠다.'

그래서 다룬에게 신어보라고 했다. 하지만 다룬은 신발이 너무 컸다. 이것을 본 도련님은 말했다.

"아가씨 거 아니면 신어보지 마세요."

다룬은 얼굴이 확 빨개지면서 그 자리에서 떠나버렸다.

이때, 사람들 무리 속에서 선녀처럼 연한 파초 잎과 같은 비단 윗도리를 입는 아가씨가 나왔다. 그녀는 넘실대는 듯한 치마를 입고 사뿐히 개울물이 흐르는 것처럼 나풀거리면 도련님 앞에 다가왔다. 도련님은 이 예쁜 아가씨를 바라보며 말했다.

"아가씨, 당신의 신발이 아니면 신어보지 마세요. 크기가 안 맞으면 사람들이 당신을 욕심쟁이라고 할 거예요. 그렇게 되면 부끄럽지 않겠어요?"

아가씨가 대답했다.

"제 말은 제가 탈 거예요. 그리고 제 신발은 제가 신을 거예요."

도련님이 말했다.

"저에게 신발이 하나 있어요. 만약 이게 당신 거라면 당신이 다른 하나를 가지고 있어야 할 텐데요."

아가씨가 대답했다.

"원앙새는 한 마리만 있으면 살 수 없어요. 신발도 한 짝만 있으면 신을 수가 없어요. 제가 한 짝을 잃어버려서 다른 한 짝은 제가 이렇게 품고 있어요."

말이 끝나자 아가씨는 품에서 다른 한 짝을 꺼냈다. 이 한 짝 신발도 황금빛으로 빛나고 있었다. 이를 본 모두가 환호했다. 어떤 사람이 물었다.

"이 아가씨는 누구 집의 아가씨예요?"

다들 아무리 쳐다봐도 도저히 알 수가 없었다. 우리 동네에 이렇게 예쁜 아가씨는 없는데…… 혹시 선녀가 내려온 것인가? 역시 다룬이 눈이 밝긴 밝았다. 한눈에 다쟈인 것을 알아보고 엄마의 옷자락을 끌면서 말했다.

"엄마, 저 사람 다쟈 언니야!"

계모는 화가 났다.

"넌 벌써 눈이 침침해졌니? 다쟈는 지금 집에서 낡은 옷을 입고 거지보다도 못하게 있는데, 어디서 저런 비단 옷과 치마가 있겠니? 그리고 금신발도 신었잖아!"

다룬이 또 자세히 보니 다쟈의 귀 아래에 작은 점이 보였다.

"엄마! 다쟈 언니 맞아!"

그녀는 말이 끝나자마자 바로 뛰어가 그 예쁜 아가씨를 안고 계속 언니, 언니라고 아주 친하게 불렀다. 계모가 화를 참지 못하고 다가가서 손을 들어 다쟈의 뺨을 후려치려고 했다. 도련님이 이것을 보고 손으로 막으며 물었다.

"당신은 어째서 이렇게 많은 사람이 쳐다보고 있는데 사람을 때리려고 하나요?"

계모가 대답했다.

"이 계집애가 집안의 물건을 훔쳐 나왔으니 좀 때려야겠어요."

그리고 옷과 치마도 금신발도 모두 다룬의 것이며, 두 사람이 집을 비운 사이 다쟈가 훔쳐서 나왔다고 헛소리를 지어내서 말했다. 도련님이 물었다.

"두 사람이 자매라면 왜 여동생은 이렇게 예쁜 옷과 장신구가 있는데 언니는 없나요?"

"얘는 고아라고. 부모는 벌써 죽었어. 그런데 누가 애한테 이런 것을 준비해 주겠어?"

계모의 말이 끝나자 옆에 듣는 사람이 노래를 불러서 그녀를 비꼬았다.

루오왕쯔(羅望子)[7]도 껍질이 9층밖에 없는데 계모의 뱃가죽은 10층이라네.

"하하" 소리를 내며 사람들이 웃기 시작했다. 계모도 민망했던지 얼굴이 빨개졌다. 도련님이 다쟈에게 말했다.

"아가씨, 이제 신발을 신고 우리에게 보여주세요."

다쟈는 신발 두 짝을 다 신었다. 모두들 이 신발이 그녀에게 길지도 짧지도 않고 작지도 크지도 않았다고 생각했다. 사뿐사뿐 걸을 때면 신발은 마치 잉어 두 마리가 물에서 놀고 있는 것처럼 보였다. 도련님이 계모에게 물었다.

"방금 당신의 딸이 신었을 때는 쥐꼬리가 쌀독에 떨어진 것처럼 컸어요. 그런데 지금 이 아가씨가 신으니 이렇게 잘 맞네요. 할 말이 더 있나요?"

하지만 계모는 계속 우겼다.

"얘는 발이 커서 이 신발을 신기 힘들어!"

"좋아요. 내가 보기에 당신 발이 그녀보다 더 큰 것 같은데 이리 와서 신어 봐요. 만약 당신 발에 딱 맞으면 당신 거라고 해줄게요."

계모는 정말로 신발을 들고 신어봤다. 그런데 발이 그렇게 클지 누가 알았겠나. 그녀는 발을 막 신발 안에 밀어 넣으려 하자 마치 펜치에 집힌 것처럼 아팠다. 그러나 계모는 포기하지 않고 있는 힘껏 발뒤꿈치

---

7   루오왕쯔(羅望子): 좡족(壯族)이 사는 곳에서 자라는 과일. 흔히 '구층피(九層皮)'라고도 하는데, 좡족말로 '마황(痲黃)'이라 하기도 한다.

를 신발 안으로 밀어 넣었다. 결국 피부 껍질이 벗겨져 선홍빛 피가 계속 흘러내렸다. 도련님이 말했다.

"욕심 좀 그만 부려요!"

모두들 오늘 도련님이 아주 공정하게 일을 처리한 것을 칭찬했다. 다만 계모와 다룬만이 풀이 죽어 집으로 돌아왔다. 도련님은 다쟈가 고아라서 집으로 돌아가면 틀림없이 계모한테 혼날 거라 생각했다. 그래서 그녀의 처지를 매우 안타까워했다. 다쟈는 도련님이 매우 잘생기고 정직하다고 생각했다. 이렇게 두 사람은 서로 사랑하다가 얼마 지나지 않아 결혼까지 하게 되었다. 두 사람은 결혼한 지 일 년 뒤에 아이를 낳았다. 도련님은 다쟈에게 집으로 가 계모를 보고 오라고 했지만 다쟈는 가고 싶어 하지 않았다. 아이가 돌이 되었을 때, 도련님은 다시 다쟈에게 계모한테 다녀오라고 했지만 다쟈는 여전히 내켜하지 않았다. 도련님이 말했다.

"부귀한 사람도 가난한 친척에게 인사를 해야 하지요. 그렇지 않으면 사람들이 당신을 가난한 사람을 싫어하고 부자만 좋아한다고 흉볼 거예요."

다쟈도 생각을 해보니 일리가 있는 말이었다. 그래서 계모를 찾아가기로 결심했다. 다쟈가 집에 돌아오자 계모와 다룬은 매우 반겼다. 밥을 먹은 뒤 계모가 말했다.

"너희 자매가 떨어져 지낸 지 3년이나 되었으니 달라진 것이 얼마나 많은지 모르겠구나. 우리 같이 집 뒤에 있는 연못에 가서 한번 비춰 비교해 보자꾸나."

정직한 다쟈는 그 말을 곧이곧대로 믿었다. 정말 다룬과 함께 깊은 연못가에 가서 서로 어깨를 맞대고 섰다. 다쟈가 막 고개를 숙이고 연못 물에 비친 그림자를 들여다볼 때였다. 갑자기 계모가 뒤에서 밀었고 다쟈는 깊은 연못 아래로 떨어졌다. 계모는 다룬을 데리고 집으로 돌아와 다쟈가 입고 온 옷으로 다룬을 갈아입히고, 다쟈처럼 분장을 시켰다.

그런 뒤 다룬을 도련님 집으로 보냈다. 계모가 말했다.

"마음을 대담하고 독하게 가져야 해. 이제 도련님의 부인이 되어 한평생 행복하게 지내렴."

다룬이 밤늦게 도련님 집에 도착하는 바람에 도련님은 구분을 잘하지 못했다. 단지 이 여자가 말하는 것이 약간 탁하고 쉰 것 같이 느껴져 물었다.

"친정에 며칠 다녀온 사이 왜 이렇게 목소리가 탁하게 쉬었나요?"

"어머니께서 너무 잘 대해주셔서 매일 기름진 음식을 해 주셨어요. 그걸 너무 많이 먹었더니 목이 상했나 봐요."

아이가 엄마에게 안기며 물었다.

"엄마, 외갓집에 가지 않았을 때는 피부가 아주 희고 부드러웠는데, 이제 왜 이렇게 곰보자국이 많아졌어요?"

"으응. 내가 외할머니를 도와 식용유를 만들다가, 실수로 소금 한 줌을 떨어뜨렸는데 기름이 튀어 올라서 얼굴에 화상을 입은 거란다."

도련님은 다쟈가 친정에 한 번 다녀온 뒤 전혀 딴 사람이 된 것 같다고 느꼈다. 하지만 경솔한 거 같아 자세히 묻지 않았다. 이날, 그는 답답해서 뒷마당을 거닐고 있었다. 마침 가마우지 한 마리가 날아와 지저귀었다.

깍깍깍, 예쁜 부인이 참새 반점으로 바뀌었네!

도련님은 그 소리를 듣자 귀에 거슬려 물었다.

"네가 만약 정말 내 아내의 혼령이라면, 내 옷 소매로 날아오너라."

이렇게 말한 뒤 소매 폭을 벌렸다. 그 가마우지는 도련님의 옷소매를 향해 날아왔다. 도련님은 가마우지를 데리고 집으로 돌아와 새장 속에 넣고 길렀다. 도련님은 집 안에 가짜 부인이 늘어져 있는 것을 보고 말했다.

"당신이 친정집에 가기 전에 짜던 그 비단을 아직 다 짜지 않았잖소?

그러니 그걸 다 짜야지요!"

다룬은 비단을 짤 줄 몰랐지만, 할 수 없이 베틀에 올라가 시늉이라도 해야만 했다. 그때 가마우지가 갑자기 새장에서 나와 베틀 앞으로 날아와서는 비단의 씨실을 흐트러뜨렸다. 다룬이 까마귀를 잡으려 했지만 까마귀는 창문 앞으로 날아가 짖어댔다.

깍깍깍, 다룬이 다쟈를 해쳤다네! 남편을 빼앗아 그 자리 차지했지.
나중에 반드시 칼에 맞아 죽을 거야, 네 가슴을 열어보면 분명 속이 다 시커멀 거야.

다룬은 이 말을 흘려듣지 않았다. 자신의 꿍꿍이를 죄다 말하는 것을 듣고, 베틀북을 들어 까마귀의 머리를 조준해 던졌다. 거기에 맞은 까마귀를 그 자리에서 죽어버렸다. 다룬은 죽은 까마귀가 원한을 풀지 못하도록 까마귀의 털을 다 뽑고, 배를 갈라 내장을 꺼내 칼로 조각을 내서 냄비에 넣고 끓였다. 물이 끓기 시작하자 "삐삐탁탁" 하는 소리가 났다. 그 소리는 마치 그녀를 욕하는 소리 같았다.

삐삐탁, 삐삐탁, 다룬은 악독한 부인이라네.
음모를 꾸며 사람을 죽였으니, 나중에 기름 솥에 들어가고 말거야.

다룬이 이 말을 듣고 매우 화가 났다. 그녀는 솥을 받쳐 들고 까마귀를 끓인 물을 모두 창문 밖으로 쏟아 버렸다. 얼마 지나지 않아 까마귀를 끓인 물이 쏟아진 그곳에서 한 떨기 푸른 대나무가 자라기 시작했다. 이 푸른 대나무가 바람을 타고 흔들릴 때면 춤을 추듯 우아하고 매혹적인 모습이었다. 특히 그늘을 만들어주니 뜨거운 날 사람들이 그 아래에 앉아 쉴 때면 무척 시원함을 느낄 수 있었다. 도련님은 매일같이 이 대나무 아래에서 쉬고 싶어 했다. 다룬도 이곳에서 쉬는 걸 좋아했다. 하지만 그녀가 그곳에 가면 푸른 대나무는 늘 흔들흔들하면서 그 가지를 길게 뻗어 다룬의 머리카락을 잡아 당겼다. 그러자 다룬은 무척 화를 내며 대나무를 다 베어 버리고, 불을 놓아 태워버렸다.

그런데 불을 피울 죽통을 찾는 한 노파가 있었다. 노파는 불에 타 눌러 붙은 대나무 안에서 죽통 하나를 골랐다. 그리고는 집으로 돌아가 그것을 대나무 화통으로 썼다. 이 노파가 매일 밖으로 나가 일을 하고 돌아오면 상 위에 음식이 차려져 있었다.

'누가 이렇게 요리를 해놓았을까?'

그녀는 정말 이상하다고 생각했다. 어느 날, 그녀는 밖으로 나가는 척하며 방 안에 숨어서 지켜보았다. 얼마 되지 않아 어떤 아가씨가 화통에서 나오더니 불을 지피고 요리를 했다. 노파는 매우 기뻐하며 뛰어나와 아가씨를 붙잡고 말했다.

"내가 자식이 없는데 내 딸이 되어 주지 않겠니?"

그러자 화통 아가씨는 그러겠다고 했다. 그날 도련님 집에서는 명절을 보내기 위해 다룬이 닭을 잡았다. 식사를 하는데, 아이가 닭다리를 하나 들어 먹으려고 했다. 그런데 갑자기 고양이 한 마리가 사납게 달려들어 그것을 빼앗아 갔다. 아이가 큰소리로 울면서 고양이를 잡으러 달려 나갔다. 도련님은 아이가 우는 것을 보자 마음이 아파서 자기도 뒤따라 달려 나갔다. 마침 그 고양이는 노파의 집으로 뛰어 들어가자 두 부자도 함께 쫓아 들어갔다. 대문을 연 순간 그들은 깜짝 놀랐다. 바로 그곳에 다쟈가 있었기 때문이다. 아이는 후닥닥 엄마의 품에 달려가 엉엉 울기 시작했다. 도련님도 다쟈에게 다가가 그녀를 붙잡고 눈물을 흘렸다. 세 사람은 그동안 헤어져 살았던 괴로움을 얘기하고 또 앞일을 의논하면서 함께 집으로 돌아왔다. 다쟈가 집에 돌아오자 다룬의 입장이 무척 곤란해졌다. 친엄마가 돌아왔으니 가짜 엄마한테 갈 리가 없었기 때문이다. 또 진짜 아내를 찾았다면 어떤 남편도 가짜 아내를 불쌍히 여길 리 없기 때문이다. 결국 다룬은 혼자서 외롭게 방에서 숨어

지내며 밖으로 나오지도 못했다.

어느 날 다쟈가 다룬의 방에 들어왔다. 다룬이 보기에 그녀는 별로 화가 나지 않은 것 같았다. 그래서 뻔뻔하게도 아주 친한 척을 하며 말을 걸었다.

"언니, 언니. 언니가 깊은 연못에 떨어진 뒤에 내가 넋이 나간 것 같아요. 형부가 친정에 와서 언니를 찾고 조카는 엄마를 잃어버렸다고 울까봐 어쩔 수 없이 내가 아내인 척했어. 언니는 나를 이해해 줄 수 있지요?"

다쟈가 말했다.

"이렇게 착한 동생은 없을 거야. 내가 참 고맙게 생각해야겠네."

다룬은 예쁜 다쟈를 부러워하며 또 생글생글 웃으며 어르며 말했다.

"언니, 언니! 언니가 깊은 연못에 떨어졌다가 돌아오자 예전보다 피부가 더 하얘졌어요. 언니는 대체 무슨 수로 이렇게 매끄럽고 뽀얀 피부를 갖게 되었어요?"

다쟈가 말했다.

"우리가 평소에 방아를 찧어 쌀을 만드는 것을 봤지? 현미는 찧을수록 하얘지고 윤기가 난단다. 내가 깊은 연못에 떨어진 뒤 다른 사람에게 방아를 찧어 주었기 때문에 이렇게 매끄럽고 뽀얀 피부를 갖게 되었어."

다룬은 예뻐지는 비법을 찾았다고 생각해 집으로 돌아와 계모에게 자기를 방아로 찧어 달라고 했다. 더 매끄럽고 뽀얀 피부를 갖게 된다면 좋은 남편을 만날 수 있을 거라고 생각했기 때문이다. 다룬을 매우 예뻐한 계모는 곧바로 그렇게 해주겠다고 했다. 다룬이 방아확 위에 눕자 계모는 방아의 디딤판을 밟았다. 발을 떼자 방아공이가 확 다룬의 얼굴 위로 떨어졌다. "아악, 아이쿠" 소리와 함께 다룬은 방아공이에 맞아 죽었다. 계모는 친딸을 자기 손으로 찧어 죽인 것을 알고는 충격을 받아 그 자리에서 쓰러져 죽고 말았다.

⁴¹ 독사 낭군님¹

蛇郞君

옛날 옛날에, 스보룬한(什伯倫翰)이라는 노인이 있었는데 자주 산에 가서 사냥을 했다. 어느 날, 노인이 어떤 작은 산을 지나갈 때 온 산에 가득 핀 백합을 보았다.

'이 백합들을 꺾어다 딸아이에게 갖다 줄 수 있다면 얼마나 좋을까?'

그래서 노인이 꽃을 막 꺾으려 하는 순간, 갑자기 꽃밭에서 무서운 백보사(百步蛇)² 한 마리가 나와 노인에게 말했다.

"너는 왜 내가 심은 꽃을 꺾으려고 하는가?"

노인은 깜짝 놀라며 벌벌 떨면서 답했다.

"내 딸들이 모두 백합을 좋아하기 때문입니다."

"네 딸이 몇 명이나 있나?"

"세 명입니다."

"그럼 네 딸들 중 하나를 내게 시집보내야 해. 그렇지 않으면 너를 물어죽일 거다."

너무 놀란 노인은 승낙할 수밖에 없었다. 그러자 뱀은 세 딸에게 주는 선물로 자수를 놓은 바지, 치마, 스카프와 예쁜 꿩의 깃털을 노인에서 주었다. 그것은 그가 사냥한 것과 바꾼 것들이었다. 드디어 노인은 집으로 무사히 돌아갔다. 노인의 딸들은 아버지가 가져온 물건을 보고는 아주 기뻐했다. 하지만 아버지는 걱정이 얼굴 가득이었다. 그런 아버지

---

1   루카이족(魯凱族)에 전해오는 이야기. 루카이족은 타이완 섬의 고산지대에 사는 소수민족이다.
2   [역자주] 백보사(百步蛇): 한번 물리면 백보를 못 가서 죽는다는 독사.

를 보며 물었다.

"왜 그러세요? 무슨 일이 있으세요?"

"내가 집으로 오는 도중에 독사 한 마리를 만났어. 그런데 그는 너희 셋 중에서 하나를 자기에게 시집보내라고 하네. 그렇지 않으면 나를 물어죽이겠대."

그는 산에서 일었던 일을 세 딸에게 자세히 말해 주었다. 큰 딸에게 뱀이랑 결혼할 수 있냐고 물었다. 평소에 뱀을 너무 싫어하던 큰 딸은 거절했다. 그는 또 둘째 딸에게 물었다. 둘째 딸도 독사의 아내가 되고 싶지 않다면서 거절했다. 마지막으로, 그는 막내딸에게 물었다.

"너는 그 뱀과 결혼해 줄 수 있니? 만약 네가 싫어한다고 하면 나를 물어죽일 거야."

그러자 효성스러운 막내딸이 말했다.

"예, 좋아요. 아버지를 살릴 수 있다면 무엇이든 다 하겠어요."

백보사는 노인이 집에 돌아갈 때 쭉 노인의 뒤를 따라왔다. 그래서 집 밖에서 세 딸의 말을 다 듣고 있었다. 마침 셋째 딸의 말을 듣고는 바로 잘생긴 미남자로 변했다. 그는 멋진 표범 가죽 옷을 입고 집 안으로 들어가 거실의 의자에 앉았다. 이것을 본 큰 딸과 둘째 딸은 아버지에게 따졌다.

"왜 아버지는 독사라고 말씀하셨어요? 이분은 사람이잖아요? 게다가 잘생긴 미남자인데."

"아니야. 내가 본 건 정말 백보사였어……."

그 잘생긴 사내가 말했다.

"당신들은 본 것이 모두 맞아요. 그때는 내가 뱀이었지만 지금은 보시다시피 사람이에요. 셋째 딸이라고 했나요? 당신, 지금 나랑 결혼해줄 수 있겠어?"

그들은 결혼한 뒤, 예쁜 아들을 낳고 온 가족이 행복하게 잘 살았다.

제4부
세상의 온갖 이야기
人間百態

⁴² 은혜 갚은 호랑이¹

老虎報恩

약초를 캐고 사냥도 하는 사람²이 있었다. 어느 날 사냥하러 산에 갔다가 어떤 큰 나무 아래에서 죽은 지 얼마 되지 않은 호랑이 뼈 한 무더기를 발견했다. 그는 무척이나 궁금하게 생각했다.

'이게 뭐지, 누가 호랑이를 잡아먹었을까? 아, 그게 무엇이든 벌써 호랑이를 먹어 치웠고, 여기 호랑이 뼈라도 남았으니 다행이야. 이걸 주워다 팔면 돈이 될 거야.'

그가 허리를 굽혀 호랑이 뼈를 주우려고 할 때, 멀리 산등성이에서 호랑이 한 마리와 표범 한 마리가 싸우면서 이쪽으로 오는 것이 보였다. 호랑이와 표범이 이 나무 쪽으로 달려오는 것을 보고 그는 호랑이 뼈는 생각도 못한 채 사냥총을 둘러매고 서둘러 나무에 올라갔다. 그가 나뭇가지 사이로 몸을 막 숨기자마자 호랑이와 표범이 나무 아래에 도착했다. 그가 위에 숨어서 둘이서 싸우는 것을 보니, 호랑이는 사나운 표범을 이기지 못했다. 표범이 순식간에 호랑이를 제압하고 크게 입을 벌려 물어뜯으려는 순간 그의 머리에 문득 이런 생각이 스쳤다.

'이 호랑이를 살려야 해.'

그러자 손을 뻗어 표범을 조준하고 "탕" 하고 총을 쏘았다. 그랬더니 머리가 박살나면서 표범이 "컹" 하며 땅에 쓰러져 죽었다. 목숨을 건진

---

1 멍구족(蒙古族)에 전해오는 이야기. 멍구족은 몽골, 러시아 및 중국의 네이멍구자치구(內蒙古自治區)에 거주하는 민족으로 8,500만 정도로 추산되며 통계적으로 2,300만 명이 몽골에, 400만 명이 중국 네이멍구자치구에 거주하며, 200만 명이 러시아 및 나머지 지역에 거주한다. 과거 원 제국을 세운 민족으로 파스파문자 등 고유한 문화를 갖추고 있다.
2 파두(把頭): 민간에서 어떤 생산 기술을 가지고 있는 사람.

호랑이는 주변을 둘러보았다. 고개를 들어보니 나뭇가지 위에 총을 든 사람이 앉아 있는 것이 보였다. 호랑이는 그가 표범을 쏘아 죽이고 자기를 구해 준 것을 알았다. 호랑이는 나무 아래에 쪼그리고 앉아 꼬리를 흔들고 앞발도 흔들면서 사람에게 내려오라는 표시를 했다. 사냥꾼은 호랑이가 자기를 쳐다보자 덜컥 겁이 났다. 감히 내려갈 엄두를 못 내고 무서워서 어쩔 줄 몰랐다. 그런데 호랑이가 좀체 가지도 않고 나무를 빙빙 돌면서 털을 털고 꼬리를 흔들면서 땅에서 뒹구는 것을 보고 생각했다.

'이 호랑이는 나를 잡아먹을 생각이 없는가 봐.'

그는 용기를 내어 나무 아래로 내려갔다. 뜻밖에도 호랑이는 집 고양이처럼 꼬리도 흔들고 다가와 몸을 비비고 땅에서 뒹구는 등 그를 해칠 뜻이 하나도 없어 보였다. 사냥꾼은 한참을 생각했다.

'내가 표범을 죽이고 이 호랑이를 살려줘서 지금 얘가 나에게 감사하는 거야. 나를 잡아먹지 않을 것 같아.'

이렇게 생각하고 있는데 그 호랑이가 또 다가와 그의 옷자락을 물어 등 위로 당겼다. 그는 한참을 쳐다보다 비로소 눈치를 챘다.

'아하, 지금 나보고 등에 타라는 뜻이구나.'

그는 용기를 내서 호랑이 등에 탔다. 호랑이는 그를 태우고 산을 넘고 고개를 넘어 금세 집에까지 데려다 주었다. 이 호랑이는 사냥꾼의 집도 알고 있었군! 그는 호랑이 등에서 내려와 집에 들어갔다. 그리고 호랑이는 집 밖에 잠깐 있다가 어디론가 사라졌다.

생각지도 않았는데 이틀 뒤, 호랑이가 다시 왔다. 이번에는 예쁜 아가씨를 업고 왔다. 원래 호랑이가 먹이를 찾으러 나섰다가 당나귀를 끌고 산길을 올라오는 늙은이를 보았다. 당나귀 위에는 예쁘게 생긴 아가씨가 타고 있었다. 부녀 사이로 보이는 두 사람은 친척을 찾아 가는 길이었다. 호랑이는 예쁜 아가씨를 보고 산길로 달려가 당나귀에서 아가씨를 끌어내려 자신의 등에 태웠다. 그런 뒤 아가씨를 사냥꾼의 움막으로 데려온 것이었다. 노인은 호랑이를 보자 놀라서 기절하고 말았다. 당나귀도 놀라서 땅에 바싹 엎드린 채 꼼짝도 하지 않았다. 호랑이는 아가씨를 업고 움막 앞으로 가서는 아가씨를 땅에 내려놓았다. 그리고는 "어흥, 어흥" 하며 움막을 향해 소리를 질렀다. 움막에 있던 사람들은 호랑이가 온 것을 보고 얼른 사냥꾼을 찾았다. 사냥꾼이 문을 열고 쳐다보자 호랑이가 그를 보고 고개를 끄덕이더니 또다시 산으로 들어가 버렸다. 땅 위에는 예쁜 아가씨가 누워 있었다. 온몸에 상처는 하나도 없었지만 기절한 채 아직 깨어나지 못했다. 사냥꾼은 사람들에게 소리쳐 아가씨를 움막 안으로 데려가는 걸 도와달라고 했다. 잠시 뒤 아가씨가 깨어나자 그는 아가씨를 돌려보내 주려고 했다. 그러자 아가씨가 말했다.

"저희 가족은 아버지와 저 둘뿐입니다. 아버지는 저를 데리고 친척집에 가던 길이었는데 도중에 호랑이를 만났어요. 그때 너무 놀라서 어떻게 여기까지 오게 되었는지도 모르겠어요. 제 아버지, 그리고 당나귀는 분명히 호랑이한테 변을 당했을 거예요. 당신이 저를 데리고 왔으니 저는 이제 집도 가족도 없는 사람이 되었어요. 그런데 어디로 가라는 말이에요? 당신과 여기서 함께 지내는 게 낫겠어요."

그 말을 들은 남자는 별 뾰족한 수가 없었다. 주변 사람들도 그렇게 하라고 부추겼다. 그래서 두 사람은 하늘과 땅에 절을 하고 합방하여 부부가 되었다.

20일쯤 지난 어느 날 호랑이가 또 찾아왔다. 움막 밖에서 엎드린 채 꼬리를 흔들면서 "어흥, 어흥" 하고 사냥꾼을 불렀다. 사냥꾼이 보니 바로 그 호랑이였다. 또 무슨 일인가 하고 얼른 호랑이에게로 나갔다. 호랑이는 남자의 옷자락을 물더니 자기의 등에 타라고 했다. 사냥꾼은 무슨 일인지 모르겠지만 함께 가봐야겠다고 생각했다. 그는 집으로 들어가 총을 집어 들고 호랑이 등에 올라탔다. 호랑이는 그를 업고 바람같이 달렸다. 얼마나 많이 달렸을까. 호랑이는 대여섯 시간쯤을 달려 아주 높고 가파른 산 위에 다다랐다. 나무 수풀 앞에 멈춰 서서는 사냥꾼을 등에서 내리게 했다. 호랑이는 사냥꾼의 옷자락을 물고 앞으로 세차게 잡아끌었다. 그러더니 또 앞을 보고 고개를 끄덕거렸다. 사냥꾼은 그제야 앞에 뭔가가 있다는 것을 알았다. 나무 수풀더미를 젖히고 앞을 보니 몇십 미터 떨어진 산언덕 위에 대들보처럼 굵고 큰 뱀 한 마리가 보였다. 그 뱀 앞에는 산삼 한 뿌리와 붉은 빛으로 반짝이는 산삼 종자들이 있었다. 얼추 보아도 그 산삼은 1,800년은 되어 보였다. 원래 그것은 곧 산삼으로 자랄 것들이라 이 뱀이 그것들을 지키고 있었던 것이다. 남자는 이제야 호랑이의 뜻을 알 것 같았다. 바로 이 뱀을 치우고 귀한 산삼을 캐 가라는 것이었다. 호랑이는 남자를 부자로 만들어 주고 싶었던 것이다. 그런데 무슨 수로 이 크고 무서운 뱀을 처치하지? 그가 이런 생각을 미처 끝내기도 전에 호랑이는 그를 등에 태우고, 바람처럼 날아 다시 그의 움막으로 그를 데려다 주었다. 호랑이는 그를 한참 쳐다보더니 또 사라졌다.

사냥꾼은 어떻게 큰 뱀을 없앨 수 있을까 온종일 생각하고 또 하다가 결국 묘안을 떠올렸다.

'그래, 뱀이 제일 무서워하는 것이 담뱃진이지.'

그는 담뱃진을 구하러 마을을 돌아다니기 시작했다. 그는 한 달 남짓 걸어 다니며 수없이 많은 집들을 찾은 결과 담뱃진 두 근을 모았다. 그는 담뱃진을 손으로 뭉쳐 계란만 한 경단 십여 개를 만들었다. 이번에는 또 돼지피를 구해서 경단에 묻혔다. 이렇게 만든 것을 햇빛 아래 두고 잘 말렸다. 피가 엉겨 붙어 마르면 다시 돼지피를 묻혔다. 이렇게 또 한 달이 지나자 경단은 거위 알 만큼 커졌다. 이제 독사를 제거할 독 미끼가 드디어 완성되었다. 어느 날 동틀 무렵, 호랑이가 찾아왔다. 사냥꾼은 십여 개의 큰 경단과 도구를 챙겼다. 호랑이는 그를 태우고 다시 그 산 위에 이르렀다.

사냥꾼과 호랑이는 나무 뒤에서 계속 정오가 될 때까지 그 큰 뱀을 지켜보았다. 이글이글 끓는 태양이 내리쬐자 사냥꾼은 진땀을 흘렸고, 호랑이도 헐떡헐떡하며 거친 숨을 몰아쉬었다. 이때, 그 큰 뱀이 산 계곡을 향해 기어가기 시작했다. 아마도 너무 더워서 견디기 힘들었던지 계곡의 물을 마시려는 모양이었다. 사냥꾼은 경단을 앞 나뭇가지 위에 걸어두고, 얼른 호랑이를 타고 산꼭대기 위로 돌아갔다. 사냥꾼과 호랑이가 막 산꼭대기 위에 도착했을 때, 그 큰 뱀이 물을 마시고 돌아가는 것이 보였다. 그 큰 뱀은 산삼 앞에 가자, 머리를 들고 사방을 둘러보며 마치 무슨 냄새를 맡은 것처럼 붉은 혀를 날름거렸다. 잠시 후, 나무가지 위에 있는 경단을 발견한 뱀은 나무 가지 앞으로 기어갔다. 그러더니 몸을 한 번 세우고서 한 개, 또 몸을 다시 세우고서 한 개. 이렇게 눈 깜짝할 사이에 십여 개의 피 경단을 모두 다 뱃속으로 삼켜버렸다. 그렇게 또 얼마 지나지 않아, 담뱃진은 뱀의 뱃속에서 독약으로 변했다. 너무 아픈지 큰 뱀은 데굴데굴 굴렀다. 언덕에서 한바탕 소란이 벌어졌다. 수풀은 모두 뱀에게 짓눌려졌다. 한바탕 소란이 일더니 큰 뱀은 땅 위에 쭉 뻗은 채 꼼짝도 않고 있었다. 사냥꾼은 호랑이를 타고 큰 뱀 앞으로 갔다. 과연 큰 뱀은 죽어 있었다. 호랑이는 큰 뱀의 눈을 가리켰다. 사냥꾼은 칼을 꺼내 뱀 눈을 파내었다. 그것은 바로 두 개의 엄청 큰 야명주였다. 호랑이는 또 산삼을 가리켰다. 사냥꾼은 산삼도 캐서 손으로 만져보니 한 근이 족히 넘어보였다. "일곱 냥은 산삼이고, 여덟 냥은 보물"이라는데, 이 산삼은 한 근이 넘으니 사냥꾼은 기뻐서 입을 다물지 못했다. 호랑이는 또다시 사냥꾼을 태우고 움막으로 돌아왔다.

뒷날, 호랑이는 사냥꾼을 다시 태우고 그의 장인을 만나러 갔다. 원래 노인은 죽지 않고 살아 있었다. 기절한 지 얼마 되지 않아 깨어났는데,

깨어나 보니 딸이 보이지 않아 딸이 호랑이에게 잡혀 먹힌 줄로 생각했다. 그래서 그는 서럽게 울다가 친척들한테 가지도 않고, 당나귀를 끌고 집으로 돌아가 버렸던 것이다. 사냥꾼은 노인을 보고 그동안 있었던 일을 말해주었다. 노인은 매우 기뻐했다. 딸이 살아 있는데다가 이렇게 좋은 사위까지 얻었으니 말이다. 사냥꾼은 외롭게 살고 있는 노인을 보고 아내와 상의해서 모셔와 함께 행복하게 살았다. 호랑이는 사냥꾼이 색시를 얻어 장가가게 해주었고, 또 두 개의 야명주와 큰 산삼을 찾도록 도와주었다. 사냥꾼이 이제 한평생 걱정 없이 잘 지낼 수 있게 되자 호랑이는 이후 다시는 얼굴을 내밀지 않고, 깊은 산속으로 들어가 유유자적하며 지냈다.

43 금물 은물

金水银水

옛날에 돈도 땅도 아주 많은 큰 부자가 있었다. 부자는 그 밖에도 누르스름하고 반짝거리는 금 은 항아리 다섯 개씩을 모았다. 이렇게 부유한 그였지만 손이 귀해 평생 자식이라곤 아들 하나뿐이었다. 하지만 아들은 글도 잘 하고 인근 아이들 중에서 손꼽힐 정도로 잘생겼다. 아들이 결혼할 나이가 되자 집안과 인품을 따져 혼담을 전하는 중매쟁이들이 문턱이 닳도록 수없이 찾아왔다. 맞선 상대들 중에는 꽃처럼 옥같이 예쁜 아가씨도 있었고 글을 잘 아는 부잣집 딸도 있었다. 하지만 아들의 마음에 드는 아가씨는 한 명도 없었다. 그는 "싫어요."라는 단 한마디만을 내뱉을 뿐이었다. 부자는 아들을 일찍 장가보내 손자를 안고 싶은 욕심에 온갖 수로 아들을 설득했다. 하지만 아무리 권하고 어떤 말로 설득해도 아들은 고집불통이었다.

"난 이렇게 겉만 번지르르한 빛 좋은 개살구들과는 결혼하기 싫어요."

부자는 하는 수 없이 아들의 뜻을 따라 본인이 원하는 사람과 결혼하라고 했다. 부자는 매일 자기의 재산과 보물들을 살펴보는 습관이 있었다. 그날도 그는 방 안 가득 쌓인 비단들을 보고 또 진주보석과 옥그릇을 둘러보았다. 그것들은 여전히 눈부시게 번쩍이고 있었다. 그리고 금과 은이 가득 차 있는 항아리 앞에 다가가 덮개를 열었다 "아뿔싸!" 번쩍이던 은과 누르스름하던 금은 어디로 갔을까? 세 항아리에 든 금과 두 항아리에 든 은은 모두 물로 변해 있었다. 이때 부자는 가슴이 쿵 내려앉았다. "망했다!" 하지만 그는 금과 은은 보배롭지 않은 곳에는 주어지지 않는다는 것을 잘 알고 있었다. 그래서 속으로 생각했다.

'이건 내가 망친 거야! 내가 모두 평소에 좋은 일을 하지 않았기에 이런 일이 벌어진 거야! 재산이 다 없어지기 전에 서둘러 아들을 장가보 내 후손이 끊기는 것을 막아야겠어.'

어느 날, 부자는 좋은 생각이 나 아들에게 말했다.

"우리 집 대문 앞에 무대를 설치하고 사흘 동안 공연을 하자. 사람들이 모이면 관중들에서 네가 직접 신붓감을 잘 골라봐. 그렇게 하면 네가 원하는 대로 할 수 있을 거야."

아들은 이 말을 듣고 말했다.

"좋아요. 그럼 제 안목이 어떤지 보세요. 일단 고르면 절대로 딴소리 를 하시면 안 돼요."

공연을 시작하는 날, 사방 수십 리의 남녀노소가 모두 공연을 보러 찾아왔다. 부자가 며느리를 찾는다는 소리를 들은 각 마을의 적지 않은 관리들은 자기 딸도 데리고 왔다. 첫째 날이 지나자 아들이 고개를 내저 었다. 둘째 날이 지났지만 아들은 손까지 내저었다. 셋째 날 오전이 되자 아들은 싱글벙글 웃으면서 부자에게 말했다.

"아버지, 골랐어요. 저기, 바로 큰 나무 아래에 서 있는 아가씨예요."

하인들은 도련님이 고른 아가씨가 틀림없이 선녀처럼 아름다울 거라 생각했다. 그런데 막상 그녀의 앞에 다가서자 모두 깜짝 놀랐다. "세상 에!" 모두 말없이 그 자리를 서둘러 피했다. 알고 보니 그 아가씨는 열 일고여덟 살쯤 되어 보이는데 온 머리에 백선[1]이 나 있어 파리와 모기들 이 그녀의 머리 주변을 윙윙거리며 날아다녔다. 또 그녀는 찢어진 옷을 입고 발가락이 바깥으로 드러나 있는 신발을 신고 있었다. 이 광경을 본 부자는 몹시 화가 났다.

"너 미쳤어? 이런 대머리 여자나 고르다니."

---

1 [역자주] 독창(秃瘡): 백선(白癬). 머리에 생기는 피부병의 하나. 군데군데 둥글고 붉은 반점 이 생기고 나중에는 머리털이 빠진다.

아들은 느긋하면서도 단호하게 대답했다.

"이 아가씨는 집안이 너무 가난한데다가, 온 머리에 백선까지 났어요. 우리 집안에 들어와야만 그녀의 병은 완치될 수 있어요."

부자는 아들의 마음을 바꿀 수 없다는 것을 알고 하는 수 없이 허락했다. 하인들을 시켜 그 대머리 아가씨를 집으로 데려오게 했다. 또 사방으로 의사를 찾아 진료를 해 주고 정성껏 간호해 주었다. 이삼 일 뒤, 백선만 전문적으로 치료한다고 자처하는 어떤 스님이 찾아왔다. 그 말을 들은 부자는 서둘러 하인들을 보내 그 스님을 맞이했다. 그리고 아직 시집오지 않은 며느릿감의 치료를 부탁했다. 스님은 아가씨의 백선을 살펴보고 말했다.

"저는 이 병을 치료할 때에는 침이나 약은 쓰지 않습니다."

"그럼 무엇이 필요한가요?"

"금물과 은물만 있으면 바로 치료할 수 있습니다. 혹시 여기에 그런 물이 있나요?"

부자는 연거푸 말했다. "있어요. 있어요!"

그는 항아리로 달려가 금물과 은물 한 숟가락씩을 떠왔다. 스님이 금물과 은물을 받아 주문을 외우면서 그것을 대머리 아가씨 머리 위에 뿌렸다. 또 크게 한 번 훅 불며 말했다.

"자라나라!"

눈 깜짝할 사이에 대머리 아가씨의 머리에는 검은 머리카락이 자라났고, 무척 예쁜 아가씨로 변했다. 부자는 바로 사람을 시켜 돈을 가져오라고 했다. 하지만 그 스님은 돈을 거절하며 몸을 돌려 밖으로 나가면서 말했다.

"못생긴 아내와 집에서 가까운 밭은 집의 보물입니다. 마음씨가 착하면 재물을 잘 보존할 수 있는 법입니다."

말을 마친 스님은 떠나버렸다. 새카맣게 머리가 자란 대머리 아가씨가 몸에 잘 어울리는 옷을 입고 머리 위에 귀금속 장신구까지 했더니 마치 선녀와 같았다. 이 광경을 본 부자와 온 집안사람들은 모두 입을 다물지 못하고 기뻐했다. 부자는 아들의 결혼식을 마친 뒤 생각했다.

'내 다섯 항아리의 금과 은이 물로 변하지 않았다면 몇 대까지 쓰고도 남았을 텐데⋯⋯.'

이렇게 생각하면서 그는 금물과 은물이 담겨있는 항아리 앞에 다가가 뚜껑을 열어 보았다. '아!' 금물은 모두 누르스름한 황금으로, 은물은 모두 반짝이는 은덩어리로 변해 있었다. 다만 각각 한 덩이씩만 빠져 있었는데, 그것들은 대머리 아가씨를 치료하면서 사용된 것이었다. 이제야 부자는 어떻게 된 영문인지를 알게 되었다. 착한 아들 덕분에 금은보화가 사라지지 않았던 것이다.

지금도 민간에서는 "금물과 은물이 백선이나 황선을 치료한다"는 처방이 전해져 온다. 그 처방이 효과가 있는지 없는지는 누구도 확실히 말할 수는 없다. 하지만 멋진 도련님이 대머리 아가씨에게 백선을 치료해 준 이야기는 민간에서 계속 전해 내려오고 있다.

44 수삼 할아버지
水参爷爷

옛날에 우뚝 솟은 바위 아래 작은 가게 하나가 있었다. 가게에는 어린 점원이 있었는데 나이가 겨우 아홉 살이었다. 아이의 부모님은 원래 산하이관(山海關) 동쪽에 살고 있었는데 너무 가난해서 도저히 살기 어려워 둥베이(東北) 지역으로 이사를 했다. 세 식구는 작은 배를 타고 압록강 어귀에 이르렀다. 배에서 내려 다시 압록강을 따라 북쪽으로 가다가 이 가게에 잠시 머물렀다. 그런데 부부가 갑자기 병에 걸려 죽는 바람에 아이만 가게에 남게 되었다. 가게 주인은 부자였지만 공짜로 밥을 주는 법은 없었다. 그래서 아이에게 점원 일을 시켰다. 먼저 설거지, 청소, 불 피우기, 이어서 물을 긷고 장작을 패라고 했다. 아이는 하루 종일 눈코 뜰 사이 없이 시킨 일을 하느라 원숭이처럼 말라갔다. 어느 날, 아이가 샘에 가서 물을 기르고 있는데 갑자기 뒤에서 부르는 소리가 들렸다. "애야!" 아이가 고개를 돌려보니 뒤에서 어떤 할아버지가 서 있었다. 흰 수염에 붉은 빛 얼굴을 한 할아버지는 손에 작은 부채 하나를 들고 있었다. 할아버지는 허허 웃으며 말했다.

"애야, 키가 멜대보다 작은데 어떻게 물을 기를 수 있니? 네 아버지는?"

부모님이 돌아가신 뒤로 자기에게 이렇게 관심을 가지고 친절하고 말을 건네는 사람이 없었다. 그래서 아이는 할아버지의 말을 듣자마자 울기 시작했다. 그리고 할아버지에게 자기의 신세를 다 털어놓았다. 할아버지는 한숨을 쉬며 그에게 말했다.

"애야, 울지 말거라. 근데 항아리에 물은 들어 있니?"

"하나도 없어요."

"그럼 항아리를 메고 돌아가거라. 다시는 물을 길을 필요가 없을 거야. 여기서 물을 한입만 머금고 돌아가서 이 작은 부채를 항아리에 넣고 물을 뿜어 보렴. 그리고 조금만 기다리면 항아리가 물로 가득 찰 거야. 그렇게 일이 다 끝나고 나면 부채를 꺼내서 나한테 돌려주면 돼. 그런데 명심해야 할 것은 절대로 다른 사람에게 보여서는 안 돼."

말이 끝나자 들고 있는 작은 부채를 아이에게 줬다. 아이는 더 이상 물을 안 길어도 된다는 말을 듣고 아주 기뻤다. 서둘러 물 한 모금을 머금고 가게로 뛰어갔다. 작은 부채를 항아리에 넣고 물을 뿜자 눈 깜짝할 사이에 항아리는 물로 가득 찼다. 아이가 얼른 작은 부채를 항아리에서 꺼내 할아버지에게 뛰어가 돌려주었다. 할아버지는 말했다.

"물이 부족하면 언제든지 나를 찾아와."

어느 날, 어린아이는 또 할아버지에게 가서 그 작은 부채를 빌려왔다. 항아리에 놓고 물을 뿜을 때 마침 가게주인이 들어왔다. 그는 한눈에 그 물에 뜬 부채를 알아보고는 손을 뻗어 부채를 잡아챘다. 아이는 갑자기 뺏겼기 때문에 가게주인을 콱 밀어 넘어뜨렸다. 그리고는 너무 다급해져 울기 시작했다.

"이것은 제 할아버지가 주신 거예요, 다시 돌려드려야 해요."

가게주인은 부채를 들고 나가다가 이 말을 듣더니 돌아보며 웃는 척하면서 물었다.

"어떤 할아버지가 준 거야? 어디에 계시는데?"

"바로 샘터에 계세요."

가게주인은 아무런 말없이 붉은 털실을 가지고 밖으로 나갔다. 얼마 되지 않아 홍송나무 껍질로 여섯 잎 큰 수삼을 싸 왔다. 이 인삼은 뿌리가 엄청 길고 붉은 열매도 있는데 잎이 하나 떨어져 있었다. 가게주인은 홍송나무 껍질을 어루만지면서 아이에게 말했다.

"이게 바로 네가 말한 그 할아버지야. 어린 놈이 눈이 있어도 타이산을 알아보지 못했구나. 이것은 수삼이야. 물에 놓으면 물이 끝이 없이 콸콸 쏟아져 나올 거야. 난 이걸 황제에게 바칠 거야. 황제가 군대를 인솔하여 전쟁을 할 때 이게 요긴하게 쓰일 수 있거든. 메마르고 황폐한 산이든 사막의 화염산이든, 병사와 말이 얼마든지 마실 수 있는 물이 생기는 거야. 황제는 틀림없이 나에게 큰 벼슬을 내릴 거야."

가게주인은 이렇게 말하며 그 작은 부채를 수삼의 빠진 가지에다 붙였다. 그러자 그 부채는 수삼 가지에서 잎으로 변했다. 아이는 이 인삼이 바로 그 할아버지라는 말을 듣자 자기가 실수를 깨달았다. 자기 때문에 가게주인이 이 귀한 수삼을 찾아낸 것을 알고는 친절했던 할아버지가 생각나 더욱 슬프게 울었다. 가게주인은 이 수삼을 겹겹이 폭 싸서 큰 궤짝에 넣고 잠겼다. 그는 궤짝 위에 구멍을 하나 뚫고는 이 구멍으로 잠깐씩 안을 들여다보면서 너무너무 좋아했다.

저녁이 되자 가게주인은 술에 잔뜩 취해 뻗었다. 그는 부뚜막 위에서 죽은 돼지처럼 누워 그의 아내도 함께 잠들었다. 가게주인은 이미 아이를 별당에 가두었다. 아이는 방에서 울다 목이 다 쉬었다. 그는 어떻게 여기서 도망쳐 수삼 할아버지를 구할까 생각했다. 밤이 깊어 고요해지자 아이는 도끼로 창문을 부수고 기어서 나갔다. 그리고 조용히 가게주인의 방 안으로 들어갔다. 궤짝 앞에 서서 보니 난감하게도 잠든 가게주인이 손을 뻗어 자물쇠통을 꽉 쥐고 있었다. 도끼로 부수면 가게주인이 깰 게 분명했다. 아이는 가게주인의 허리띠에 묶여있는 열쇠를 빼서 자물쇠를 열려고 했지만 그마저도 여의치 않았다. 아이는 궤짝을 몇 바퀴나 돌면서 생각을 했지만 방법을 찾지 못했다. 새벽닭이 울고 날이 밝을 때가 거의 다 되었을 무렵, 가게주인은 침대에서 굴러 떨어졌다. 아이는 급히 궤짝에 엎드렸다. 궤짝에 난 작은 구멍을 통해 안에 있는 수삼을 보더니 아이는 또 울기 시작했다. 그 바람에 가게주인이 깨고 말았다. 그는 울고 있는 아이를 잡아서 질질 끌었다. 바로 그 사이 아이의 눈물이 구멍을 통해 궤짝 안 수삼에 떨어졌다. 이번에 정말 큰일이 났다. 물은 언강물이 녹은 것처럼 궤짝 밖으로 쏟아져 나왔다. 가게주인은 서둘러 도끼를 휘둘러 궤짝을 부수고 손을 뻗어 수삼을 집으려 했다. 그런데 물살이 가게주인 위로 쏟아져 그는 둥둥 멀리 떠내려갔다. 물에 잠긴 아이도 물을 잔뜩 먹고는 기절하고 말았다.

아이가 정신이 차렸을 때에는 온통 새하얀 홍수가 나서 가게도 물에 떠 있고, 가게주인과 그의 아내 역시 풍덩거리며 금세 압록강까지 떠밀려갔다. 아이는 부채처럼 생긴 수삼 잎 위에 앉았다. 수삼 잎은 물 위에 둥둥 떴고 덕분에 아이는 물에 빠지지 않았다. 아이는 물결을 따라 흘러 압록강 가 어떤 산골에 이르렀다. 아이는 여기에 내려 집을 짓고 자리를 잡아 잘 살았다. 수삼 할아버지는 항상 지팡이를 짚고 그를 보러 왔다. 둘이는 아주 친하게 행복하게 잘 지냈다.

⁴⁵ 진주잡이

采珍珠

청나라 때 우라지에(烏拉街)는 지린 장군(吉林將軍) 대신 청나라 내무총
관 관아가 직접 관할하는 지역이었다. 황제에게 바칠 공물을 모으기
위하여 조정에서 관리 한 명을 보냈다. 그는 우라지에 관청을 짓고
자기를 도울 부하들을 뽑았다. 그리고 오로지 이 일대 백성들에게만
관리를 보내 산삼, 담비 가죽, 진주, 철갑상어, 잣 등을 공물로 바치게
했다. 해마다 12월 초가 되면, 관청 앞에는 노란 비단으로 잘 싸여진
공물이 수레마다 가득 실려 있었다. 마부들은 처음 사흘 동안 집에 돌아
갈 수도 없을 정도로 바빴다. 마부들은 몸을 씻고 새 옷으로 갈아입었으
며 수레의 마구들도 모두 새 것으로 마련했다. 대추나무 끌채 위에는
모두 공물이라는 뜻의 '공(貢)' 자를 수놓은 살굿빛 삼각형 깃발이 꽂혀
있었다. 수레 행렬이 대오를 이루고 사람들은 한 줄로 걸었다. 그렇게
한 달을 가서야 겨우 북경에 도착할 수 있었다. 공물을 실은 수레가
가는 곳이면 관직이 높건 낮건, 지린 장군조차도 말에서 내려 옆으로
비켜서서 허리를 굽히고 맞이해야 했다.

어느 해, 관청에서는 송화강(松花江) 가의 우라지에 어민들에게 관리
를 보내 진주를 캐라고 했다. 집집마다 진주를 언제, 얼마나 캐야 하고,
또 크기는 얼마 정도인지 모두 정해져 있었다. 기한이 되도록 진주를
바치지 못하거나 수량이 부족하거나, 아니면 크기가 충분하지 않으면
모두 잡혀가야만 했다. 그중에서 상황이 가벼울 때는 감옥에 갇히는
걸로 끝났지만 심할 때에는 목이 달아났다.

나루터 근처에 어떤 만주족(滿族) 젊은이가 혼자 살고 있었다. 그는

낡은 배로 물고기를 잡으며 생계를 유지했다. 그런데 관청에서는 그에게 7일 안에 술잔만 한 큰 진주를 캐오라고 했다. 젊은이는 걱정하기 시작했다.

'진주를 캐는 건 어렵지 않지만 그렇게 큰 것을 찾기는 어려워. 만약 바치지 못하면 목이 달아날 거야.'

그는 낡은 배를 타고 송화강 가에서 진주를 찾았다. 그는 물속에 들어갔다 기슭에 올랐다하기를 반복하며 꼬박 며칠 밤낮을 찾았다. 하지만 이미 캔 것 중에서는 큰 것이 없을 뿐만 아니라 빛나는 것이 더욱 없었다. 젊은이는 너무 걱정이 돼서 눈이 움푹 들어가고 얼굴이 홀쭉해졌다. 여섯째 날이 되었다. 그는 물속에서 날이 저물도록 헤맸지만 여전히 빛나는 진주를 찾지 못하였다. 그는 너무 피곤하고 졸려 강가에 있는 작은 방에 쓰러져 어렴풋이 잠이 들었다. 그가 깨어났을 때는 삼성[1]이 이미 서쪽으로 기울었다. 그는 마음이 급해졌다. 내일까지 진주를 제때 바치지 못하면 목이 달아나기에 서둘러 강가로 달려갔다. 낡은 배를 타고 강으로 들어가 다시금 운에 맡겨보려고 했다. 그런데 강가에 도착하자 아뿔싸, 자신의 작은 배가 사라졌다. 여기저기 다 찾아봤지만 배는 그림자도 안 보였다. 그러다 고개를 들어보니 작은 배가 강 한 가운데 떠 있었다. 배 위에는 붉은 초롱 두 개가 켜져 있고, 아가씨 한 명이 앉아 있었다. 젊은이가 생각했다.

'저 아가씨 정말 이상한 사람이야. 남은 급해서 죽겠는데 지금 물놀이 할 정신이 있어!'

또 이런 생각이 들었다.

'밤이 이렇게 깊었는데 어느 집 아가씨가 강가에 왔을까? 아마도 어쩔 수 없이 진주를 캐러 왔을 거야.'

---

1 [역자주] 삼성(三星): 음력 12월이 되어 매일 밤 7시에 동쪽에서 떠오른 밝은 별이다. 삼성이 하늘 가운데에 있을 때는 밤 11~12시이다.

젊은이는 곧장 물속으로 뛰어들어 천천히 강 가운데에 있는 작은 배로 헤엄쳐 갔다. 아가씨는 젊은이가 자기 쪽으로 헤엄쳐 오는 것을 보았다. 하지만 놀라거나 피하지 않고 바로 배를 세우고 젊은이를 태웠다. 아가씨가 말했다.

"저기요, 무슨 일이에요?"

"아가씨, 이 배는 제 것인데요. 아가씨는 강을 건너려고 하나요? 그렇다면 제가 모셔다 드릴게요. 대신 저는 아주 급한 일이 있으니 서둘러 돌아와야 해요."

"무슨 일이길래 그렇게 서두르세요?"

"관청에서는 저보고 7일 안에 황제에게 공물로 보낼 술잔만큼 큰 진주를 캐오라고 하네요. 만일 7일 안에 바치지 못하면 저는 목이 달아날 거예요."

젊은이는 이렇게 말하며 눈물을 흘렸다. 아가씨가 위로하며 말했다.

"걱정하지 마세요. 제가 진주 하나를 드릴 테니 내일 관청에 바치면 될 거예요. 내일 밤 이 시간, 이곳에서 다시 만나요."

이 말은 들은 젊은이는 마음으로 기뻤다. 하지만 한편으로 진주를 제때에 바치지 못할까 봐 걱정이 태산이었다. 하지만 아가씨가 거듭 설득하는데다가 또 그녀도 정말 진실해 보여서 그 말을 믿었다. 두 사람이 배를 저어 강가에 이르자 젊은이가 내려 배를 매 두었다. 아가씨는 머리에서 비녀 하나를 빼서 젊은이에게 주고 떠났다. 젊은이가 몇 걸음쯤 갔을 때 문득 이런 생각이 들었다.

'그녀에게 고맙다는 말도 하지 않았네. 그래서는 안 되지.'

그리고 고개를 돌려보았더니 이미 그녀는 사라진 뒤였다. 젊은이는 비녀를 자기 집의 온돌 위에 놓았더니 집 안이 금세 환하게 밝아졌다. 젊은이가 종일 바빠서 자세히 살펴보지 못한 채 쓰러져 잠이 들었다. 이튿날 잠에서 깨어 보니 비녀가 어디로 갔을까? 온돌 위에는 술잔보다 더 큰 진주가 놓여 있었다. 그제야 젊은이는 어떻게 된 영문인지를 알게 되었다. 젊은이는 싱글벙글 웃으며 관청에 가 진주를 바쳤다. 그 날 저녁, 아가씨가 정한 시간에 젊은이는 강가로 나갔다. 얼마 지나지 않아, 다른 어부들은 멀리서 젊은이와 아가씨가 배 위에 앉아 이야기를 나누고 웃으며 송화강 위를 떠가는 것을 볼 수 있었다.

다시 관청으로 이야기를 돌려 보자. 관리는 정말로 손에 넣게 된 커다란 진주를 보고는 도자기[2]로 만든 큰 꽃받침에다 노란 비단을 덧대고 진주를 그 위에다 올리고 정면 대청의 향안 위에 그것을 두었다. 그러자 이 진주는 관청의 안팎까지 환하게 비춰 주었다. 이걸 본 관리는 좋아서 어쩔 줄 몰라 했다. 관리는 속으로 생각했다.

'이번에 내가 직접 서울로 가서 황제에게 이걸 바쳐야겠어. 황제께서는 적어도 중앙의 벼슬을 내리실 거야.'

서둘러 하인에게 옥을 다듬는 장인을 불러오도록 했다. 그리고 제일 좋은 옥으로 진주를 가지고 노는 두 마리 용을 새긴 옥 상자를 만들고, 그 안에는 노란색 비단을 깔고 밖은 노란색 비단으로 쌌다. 그리고는 가장 믿을 수 있는 사람을 보내 함께 그것을 지키며 서울로 떠날 날을 기다렸다. 12월이 되기만을 눈이 빠져라 기다리던 그는 드디어 옥 상자를 가지고 서울로 향했다. 북경에 도착하자 우선 내무부에 통보를 한 뒤, 관리는 무릎을 꿇고 이 거대한 진주를 황제에게 바쳤다. 황제는 그것을 보고 무척 기뻐하며 그에게 사흘 뒤 벼슬을 내릴 것이라고 말했다. 관리는 얼른 감사인사를 하며 세 번 고개를 조아리고 물러났다.

그런데 이상하게도 그 진주는 황제의 손에 들어가자 어떻게 해도 빛이 나지 않았다. 사흘 내내 마찬가지였다. 황제는 화가 머리끝까지 치밀

---

2 [역자주] 경태람(景泰藍): 청동 그릇 표면에 구리선으로 무늬를 내고 파랑(법랑)을 발라서 불에 구워 낸 공예품. 명대 경태(景泰) 연간부터 대량으로 제작하기 시작하였으며, 유약이 주로 '파란색'을 띠기 때문에 붙여진 이름이다.

었다. 마침, 관리가 벼슬을 받기 위해 궁전으로 들어왔다. 황제는 그에게 자기를 속인 죄를 물어 즉시 궁궐 문 밖으로 내쫓고 그의 목을 베 버렸다. 그리고 먼 친척들까지 함께 죽여 버렸다. 전하는 말에 따르면, 우라지에의 무덤 언덕이 바로 그의 일가가 묻힌 곳이라고 한다.

⁴⁶ 양심을 저당 잡히다
当良心

오래 전부터 많은 곳에서 전당포가 있었다. 돈을 쓸 사람들은 물건을 전당포에 저당 잡히고 돈을 빌렸다가 돈이 생기면 대금을 치르고 저당 잡힌 물건을 도로 찾아 갔다. 여러분은 여러 물건이 저당 잡히는 전당포에서 '양심'을 저당 잡혔다는 소리를 들어본 적이 있는가? 과연 '양심'은 도대체 한 근에 얼마나 할까요? 어떻게 셈을 해야 할까? 정말로 이런 일이 있었다고 한다.

아내는 도대체 믿을 수가 없었다. 자기 집에는 저당 잡힐 만한 물건이 없는데…… 그래서 허둥대며 물었다.

"뭘 저당 잡혔다고요?"

장 씨가 말했다.

"내 양심을 저당 잡혔어."

아내는 남편의 말을 듣자마자 초조해서 말했다.

"이 돈은 쓸 수가 없어요. 만약 설이 지난 뒤에도 돈이 없어서 저당 잡힌 것을 찾을 수 없다면, 당신은 양심이 없는 사람이 되는 거 아니에요? 그러니 얼른 돈을 돌려주고 오세요. 5일 안에 돌려주면 이자는 없잖아요. 마음이 불안해서 설 쇠는 것도 편치 않을 거예요."

장 씨는 그 말을 듣고 일리가 있다는 생각이 들었다. 다시 전당포를 찾아갔다. 마침 전당포 주인과 점주가 함께 있었다. 장 씨는 얼른 품에서 돈과 전표를 꺼내며 말했다.

"저 돈 갚으러 왔습니다."

주인이 물었다.

"왜 이렇게 빨리 갚는 거죠?"

장 씨가 대답했다.

"아까 제가 좀 생각이 짧았어요. 집에 돌아간 뒤 생각할수록 후회가 되었답니다. 아무리 가난하다 해도 양심을 어떻게 팔겠어요? 만에 하나 나중에 돈이 없어서 저당 잡힌 걸 되찾지 못한다면 저는 양심을 잃게 되잖아요? 그러면 사람으로서 어떻게 살 수 있겠어요?"

주인은 그의 일리 있는 말을 듣고 바로 물었다.

"당신은 무얼 하는 사람인가요? 무얼 하길래 이렇게 가난한가요?"

장 씨가 탄식을 하며 말했다.

"솔직히 말하면, 저도 장사꾼입니다. 북방에서 몇 년 고생을 해서 돈도 좀 벌었지만, 돌아오는 도중에 다 써버릴 줄 누가 알았겠어요."

그는 자신의 사정을 처음부터 끝까지 주인에게 말했다. 주인이 말했다.

"당신은 선량한 사람이군요. 매우 보기 드문 사람이네요. 자, 이렇게 합시다. 설 쇠고 북쪽으로 장사하러 가지 마세요. 마침 내 전당포에는 점주가 한 명 모자랍니다. 내가 당신을 믿으니, 이 은 스무 냥을 당신 월급으로 먼저 주는 것으로 치겠습니다. 설을 쇠고 전당포로 와서 일을 하세요."

주인은 이렇게 말하면서 돈을 장 씨에게 돌려주면서 전표를 찢어 버렸다. 장 씨는 그 말을 듣고 무척 기뻤다. 그는 돈을 다시 받아들고 집으로 돌아가 아내에게 말했다. 아내는 기뻐서 어쩔 줄을 몰라 했다. 온 가족 모두 즐겁게 설을 보내게 되었다.

초사흗날이 되어 상점이 문을 열었다. 장 씨는 전당포로 가 전당포 점장이 되었다. 주인은 마침 부인과 자녀를 데리고 남쪽으로 귀성을 가야 했다. 떠나기 전 점주는 장 씨에게 당부를 했다.

"전당포를 모두 당신에게 맡깁니다. 오늘은 가게 문을 여는 첫날이니, 누가 와 무엇을 맡기든 모두 받으세요. 가격이 비싸든 싸든 따지지 말고.

사고파는 것에 행운이 들기를 바랍니다."

장 씨는 그러겠다고 대답했다. 그런데 주인이 식구들을 데리고 떠나자마자 일이 벌어졌다. 장 씨가 점원들을 데리고 "펑펑펑" 폭죽을 터뜨리고 전당포 문을 열었다. 이때 건장한 젊은이 네 사람이 큰소리를 외치면서 시체 한 구를 메고 전당포에 들어왔다. 장 씨와 점원들이 깜짝 놀랐다. 그중 한 젊은이가 말했다.

"어이 사장, 어서 담보물을 받아. 우리 아버지가 돌아가셨는데 시체를 둘 데가 없어. 먼저 여기에 시체를 저당 잡히고 다음에 다시 처리할 거야."

그 말을 듣자 장 씨는 놀라서 가슴이 울렁거렸다. 그리고 생각했다.

'내가 설날 전에 양심을 저당 잡히러 온 것도 충분히 이상한 일인데, 이제 죽은 아버지를 저당 잡히려는 사람도 있네. 세상에, 이런 일도 있구나.'

점원들은 모두 서로 눈만 멀뚱멀뚱 거리며 새 주인이 뭐라고 대답할지 지켜보고 있었다.

'내가 이 거래를 할까 말까? 하지 말까? 그런데 물주가 개업하는 첫날에는 무슨 거래든지 다 하라고 했는데. 할까? 그런데 이 죽은 사람의 시체로 어떻게 거래를 하지?'

한참동안 고민하던 장 씨는 드디어 시체를 담보로 받기로 했다. 어쩌면 주인양반도 이런 일이 있을 줄 짐작하고 그런 말을 남겼는지도 몰라. 장 씨는 젊은이들한테 물었다.

"얼마에 저당 잡히길 원하세요?"

"은 5백 냥."

이 말을 들은 장 씨가 너무 비싸다고 생각할 무렵, 젊은이들은 그 마음을 읽고 말했다.

"왜? 비싸? 이건 사람이란 말이야! 우리 형제들의 아버진데 은 5백 냥 가치가 안 된다고?"

장 씨는 아무 말도 못한 채 어쩔 수 없이 전당표를 끊고 그들에게 은 5백 냥을 주었다. 그 형제들이 거들먹거리며 전당포를 나갔다. 개시가 별로 좋지 않았다. 장 씨는 스스로 재수가 없다고 생각할 수밖에 없었다. 점원들을 시켜 시체를 들고 창고에 잘 갖다놓으라고 했다. 그리고 시체가 개나 쥐에게 뜯어 먹히지 않도록 날마다 점원 한 명을 시켜 지켜보라고 했다. 안 그러면 나중에 그 형제들이 담보를 되찾으러 올 때 완전한 시체를 돌려줄 수 없기 때문이다. 낮에는 한 사람만 지키면 되었지만 밤에는 다들 무서워해 점원 두 명을 배치해야만 했다. 점원들 누구도 이 일을 하기 싫어했다. 누구나 차례가 되면 뒤에서 장 씨를 욕했다. 이렇게 겨우 한 달을 보낸 뒤 주인이 돌아왔다. 점원들이 다 같이 주인에게 장 씨가 한 일을 고자질했다. 주인이 들어보니 이 일은 사람을 불쌍히 여겨서 한 일이 아니었다. 주인도 장 씨를 원망했다.

'내가 무슨 거래든지 다 하라고 그랬지만 어떻게 시체를 받을 수 있지? 차라리 내 돈을 거리에 버렸다면 이런 신경까지는 안 써도 됐잖아? 이제 그 형제들이 담보를 되찾으러 오기까지 기다려야 할 뿐만 아니라 점원을 시켜 시체를 지켜봐야 돼. 게다가 날씨가 점점 더워지는데 시체에서 냄새가 날 거잖아?'

주인도 탄식하면서 한 달을 겨우 보냈다. 하지만 시체를 되찾으러 오는 사람이 없었다. 주인은 도저히 참지 못하고 장 씨를 불러 말했다.

"내 사업은 크지 않아서 사람이 많이 필요 없어요. 우선 당신은 집에 돌아가 있어요. 나중에 사람이 필요하면 당신에게 연락할게요."

주인의 뜻은 명확했다. 그러니 장 씨도 더 이상 할 말이 없었다. 어쩔 수 없이 이불을 둘둘 말고 짐을 챙겨 집으로 돌아가기로 했다. 떠나기 전에 주인이 말했다.

"그동안 품삯을 정확히 계산할 필요가 없을 거 같네요. 내가 당신한테

은 5백 냥을 줄게요. 하지만 현금이 없으니 이 시체를 들고 가요. 그 형제들이 담보를 되찾으러 올 때 당신한테 은 5백 냥을 돌려줄 거잖아요."

장 씨는 억울한 마음을 꾹 참았다. 자기가 애당초 이런 거래를 시켰으니 어쩔 수 없지 뭐. 주인은 당장 점원 몇 명을 보내 시체를 들고 장 씨 집에 갖다놓으라고 했다.

집으로 돌아온 뒤 장 씨는 아내에게 저간의 사정을 말했다. 아내도 짜증이 났다. 이게 무슨 일이람? 밖에서 몇 달 동안 일을 했는데 결국 건진 건 시체 한 구라니. 게다가 시체를 이렇게 두면 어른이나 아이나 무서워서 어떻게 하란 말이지. 그래서 장 씨는 북쪽 침대 위에 깔고 있는 돗자리를 걷어 올려 그것으로 시체를 잘 싸서 부엌 모퉁이에 놓았다. 그 뒤에 아내나 아이들은 모두 혼자 부엌에서 불을 때고 밥을 지을 수가 없었다. 언제나 머리털이 쭈뼛해져서 부엌에 가면 꼭 남편을 데리고 들어갔다.

어느새 한 달이 또 지났지만 담보를 찾으러 오는 사람은 없었다. 장 씨는 정말 걱정이 되었다. 이제 익숙해져 가족들도 그렇게 무서워하지 않았지만 시체를 여기에 계속 둘 수는 없었다. 어느 날 밤, 아내가 부엌에 물건을 찾으려고 혼자 들어갔다. 문턱을 넘는 순간, 땅에 누운 시체의 온몸에서 눈부시게 빛이 나는 것을 봤다. 아내가 너무 놀라서 황급히 장 씨를 불렀다.

"큰일 났어요. 시체에서 불이 났어요!"

이 말을 들은 장 씨는 '큰일 났다. 시체가 타 버리면 돌려줄 수 없잖아.'라고 생각했다. 그는 신을 질질 끌며 부엌으로 뛰어갔다. 가까이 다가가 보니 불은 무슨 불. 시체는 사람 모양의 황금덩어리로 변했다. 그리고 그 등에는 이렇게 네 글자가 새겨져 있었다.

"천지양심(天地良心)!"

장 씨는 아내와 상의했다. 이 황금이 어떻게 5백 냥만 할까? 이걸 혼자서 다 가지는 건 아닌 것 같았다. 천지양심에 맞으려면 전당포에 보내야만 했다. 다음 날 장 씨는 주인을 찾아가 말했다.

"주인님, 내가 가져간 것은 시체가 아니고 황금으로 된 사람이었어요. 당신이 돈을 벌 팔자였나 봐요. 어서 사람을 보내 그것을 옮겨가세요."

주인은 처음에는 그 말을 믿지 않았다. 세상에 그런 일이 어디 있을까? 주인은 장 씨네 집에 달려가서 시체 등에 있는 네 글자를 보았다. 그러더니 아무런 말을 못한 채 한참을 있더니 말했다.

"이 돈은 내가 못 가집니다. 솔직히 말하면 다른 사람은 가지고 싶어도 그럴 수 없어요. 이 황금 시체는 당신에게 온 것이지요. 다른 사람에게 간다면 그저 시체에 불과할 뿐입니다."

장 씨가 말했다.

"설마 그럴 리가 있어요?"

주인은 황금 시체의 등을 툭툭 치며 말했다.

"'천지양심' 이 네 글자가 잘 설명하고 있잖아요. 이 황금 시체는 하늘이 당신에게 주는 상입니다. 이제 보니 사람이 일을 할 때 왜 양심을 지켜야 하는지 가르쳐주네요."

결국 장 씨는 황금 시체를 가지게 되었고, 그들은 이후로 행복하게 잘 살았다고 한다.

⁴⁷ 향기로운 방귀

香香屁

옛날에 부모님을 여읜 두 형제가 서로 의지하며 살고 있었다. 하지만 두 사람이 결혼을 하자 형은 마음이 변했다. 그래서 반년도 못 되어 동생에게 분가를 재촉했다. 형수가 남편에게 말했다.

"당신은 집안의 맏이잖아요. 동생도 키우고 장가도 시켜줬으니 분가할 때는 아무 것도 주지 말아요."

동생은 아내한테 말했다.

"어려서부터 형님이 저를 잘 대해주셨어요. 그러니 형님네의 뜻대로 분가하고 또 주시는 대로 받도록 해요."

형은 큰 황소 한 마리를 가지고, 동생은 개와 고양이 각 한 마리를 가졌다. 집에서 가깝고 비옥한 땅은 모두 형의 것이었고, 멀고 메마른 언덕 밭은 동생의 것이었다. 봄에 되자 형은 황소로 밭갈이하고 동생은 개와 고양이로 했다. 그런데 동생네는 형네보다 밭을 더 빠르고 잘 갈았다. 이를 본 형님 내외는 배 아파하더니 동생 집의 개와 고양이를 빌려달라고 했다. 형이 개와 고양이에게 쟁기를 지우고 채찍질을 했지만 개와 고양이는 꼼짝도 하지 않았다. 화가 무지 난 형은 심하게 채찍을 휘둘렀고, 결국 개와 고양이를 때려죽이고 말았다. 동생은 불쌍한 개와 고양이의 시체를 자기 땅에 옮겨와 구덩이를 파고 묻어 주었다. 어느 날, 개와 고양이의 무덤에서는 나무 한 그루가 자라났다. 아무 생각 없이 나무를 탁 쳤더니 "푸드덕 푸드덕" 하더니 묵직하고 반짝이는 금덩이 몇 개가 나무에서 떨어졌다. 동생이 고개를 들어 나무를 쳐다보니 나무에는 금은보화가 주렁주렁 매달려 있었다. 그 이후로 동생은 돈이 필요할 때마다 나무를 흔들었다. 그래서 동생네는 점점 생활이 나아져 갔다.

형수는 동생네가 점점 나아지자 샘이 나서 아랫동서에게 물었다.

"동생네는 어디서 재물을 얻어 그렇게 여유 있게 살아?"

아랫동서는 사람이 너무 착해서 형수에게 돈줄의 비밀을 알려주었다. 형수는 남편에게 말했다.

"동생네는 흔들면 돈이 떨어지는 나무가 있대요. 당신도 흔들면 되잖 아요? 내일 가서 금덩이를 많이 얻어 와요."

다음 날 새벽 날이 새기 전에 형은 큰 광주리를 들고 '돈나무'가 있는 곳으로 가 나무를 꽉 안고서 세게 흔들었다. 그러나 "우두둑, 우두둑" 떨어진 것은 금덩이가 아니라 주먹만 한 돌덩이였다. 형은 너무 아파서 "아빠야, 엄마야" 소리를 질렀다. 머리를 만져보니 혹도 나고 피까지 났다. 너무 화가 난 형은 그 길로 돌아가 도끼를 들고 와 거리낌 없이 돈나무를 베어버렸다.

쓰러진 돈나무를 본 동생은 땔감으로라도 쓰기 위해 나무줄기를 집으로 메고 왔다. 그리고 부드러운 가지로는 바구니 하나를 짜서는 처마에 매달아 두었다. 두견새가 날아와 바구니에 앉아 알 하나를 낳았다. 꾀꼬리도 날아와 바구니에 앉아 알 하나를 낳았다. 이렇게 바구니에 머물다 간 새들이 모두 여기다 알을 낳았다. 이렇게 3~5일 정도 지나자 바구니는 알로 가득 찼다. 형님과 형수는 이것을 보고 또 샘이 났다. 형님은 형수에게 둘째의 바구니를 빌려오게 해서 자기 집 처마 밑에 걸었다. 사나흘이 지나자 형님이 생각했다.

'이제 바구니에 새알이 가득 찼겠지.'

그는 바구니를 걷어서 내려 보니 웬걸 새알은 무슨. 바구니는 새똥이 꽉 차 있었다. 형님은 화가 나서 바구니를 내팽개치더니 아궁이에 던져 태워 버렸다. 동생이 자기의 바구니를 돌려받으려 하자 형님은 자기가 벌써 불태워 버렸다고 했다. 동생은 그러면 재라도 가져가게 어디에 있냐고 물었다. 형님은 이미 쏟아버렸다고 대답했다. 동생은 형이 쏟은 재를 들추어 황금 콩알 하나를 찾아냈다. 그리고 콩알의 냄새를 맡아보니 매우 향긋했다. 그리고 맛을 보았더니 향기가 진동했다. 잠시 후, 동생이 집으로 돌아가 방귀를 뀌었다. 동생의 아내는 그 냄새를 맡더니 연거푸 말했다.

"좋은 향기네요, 좋은 향기예요!"

동생이 방귀를 한 번 더 뀌었다. 그의 아내가 말했다.

"정말 향기로운데요, 정말 향기로와요!"

계속해서 몇 번을 더 뀌었는데 갈수록 더 좋은 향기가 났다. 동생의 아내가 말했다.

"이렇게 좋은 냄새가 나는데 당신이 이 방귀를 팔아보는 건 어때요?"

"거 좋은 생각이네. 내일 시내에 나가서 팔아 볼게."

다음 날, 동생은 시내에 나갔다. 그리고 길거리에 쪼그리고 앉고서 외쳤다.

"향기로운 방귀 사세요!"

얼마 되지 않아, 사람들이 몰려들었다. 향기로운 방귀를 판다고? 여태 그런 건 본 적이 없었다. 어떤 사람이 말했다.

"네가 먼저 뀌어봐!" "푸웅!"

동생은 방귀를 한 번 뀌었다. 사람들이 냄새를 맡아 보니 정말 코를 찌를 듯 향기로웠다. 그 사람은 방귀를 샀다. 또 다른 사람이 산다고 하자 둘째가 또 방귀 한 번을 뀌었다. 여전히 향기로웠고 그 사람이 방귀를 사갔다. 반나절도 안 되었지만 동생은 향기로운 방귀를 얼마나 팔았는지 모를 정도였다. 사또의 부인이 그 소식을 듣고 자기도 향기로운 방귀를 사려고 했다. 그래서 사또는 사람을 시켜 동생을 집으로 불러왔다. 동생이 방귀를 뀌자 순식간에 방 안은 향기로 가득 찼다. 사또는 동생에게 많은 돈을 주며 방귀를 샀다.

　형님 부부가 이 소식을 듣고는 자기도 향기로운 방귀를 팔아 돈을 벌고 싶어졌다. 형수가 아랫동서에게 물었다.

　"도련님의 향기로운 방귀는 어떻게 된 거야?"

　"콩 한 알을 먹더니 향기로운 방귀가 나오게 되었어요."

　형수는 그러면 콩을 많이 먹을수록 더 향기로운 방귀를 많이 뀔 수 있겠다고 생각했다. 그래서 형님에게 볶은 콩 두 되를 먹고 찬물 한 바가지를 마시라고 했다. 한참을 지나서 형님은 방귀가 뀌고 싶어졌다. 형님은 부랴부랴 시내로 나가 향기로운 방귀를 팔러 갔다. 사또 부인이 동생의 향기로운 방귀를 산 뒤 온 마당이 며칠 동안 향기가 가득 찼었다. 이번에도 향기로운 방귀를 판다는 사람이 있다고 하자 서둘러 사람을 시켜 그를 집으로 모셔오게 했다. 형님은 참을 수가 없어서 방귀를 연속으로 뀌었다. 그러자 구린내가 진동했다. 사또는 화가 나서 사람을 불러와 형님을 심하게 매질하고 그의 엉덩이에 나무 쐐기를 박아버렸다. 형님이 집에 돌아와 구들 위에 엎드리고 누워 끙끙거리고 있었다. 형수는 왜 그러고 있냐고 물었다. 형님은 말하기도 귀찮아 손가락으로 엉덩이를 가리켰다. 형수가 그의 바지를 풀어보고 깜짝 놀라 멍해졌다. 형님은 힘없이 말했다.

　"나 아파 죽겠어. 빨리 뽑아줘!"

　형수가 나무 쐐기를 잡고 확 당기자 "뿌지직" 소리와 함께 뽑혔다. 그러자 형님은 마누라의 온몸과 얼굴에 물똥을 내뿜어 똥칠갑을 만들고 말았다.

⁴⁸ 석교 아래 황금 돼지

石桥底下的金猪

티엔진(天津) 옛 성의 북문에서 북쪽으로 가다 베이다관(北大關)을 지나면 별로 넓지 않은 큰 길이 나온다. 계속 가다보면 베이잉먼(北營門)에 이르게 되는데 그곳을 '허베이다지에(河北大街)'라고 부른다. 이 길 북쪽 근처에 또 길 하나가 있는데 사람들은 그 길을 '스챠오(石橋)'라고 불렀다. 지금은 다리를 볼 수 없지만 예전에 이곳에는 정말 튼튼한 삼공석판교(三孔石板橋)가 있었다. 전해지는 말에 의하면, 예전에 석교 아래에는 맑은 강물이 흘렀다고 한다. 이것은 남쪽 운하 지류까지 이어졌는데 물이 맑아 바닥이 보일 정도였고, 강에는 연꽃이 가득 피었었다고 한다. 이 작은 강에는 특별한 것이 있었다. 탁하고 누런 운하의 물도 이 작은 강물로 흘러 들어오면 바로 바닥이 보일 정도로 맑고 빛났다는 것이다. 그것은 무슨 이유 때문이었을까? 원래 석교 아래에는 보석이 있었기 때문이다. 이 보석은 바로 "보물을 잘 찾는" 남쪽 사람 이야기에 나온다.

어느 해 5월 단오가 막 지났을 때, 석교 근처 강변에 중년의 한 남방 사람이 왔다. 그는 머리에 산호구슬이 달린 모자를 쓰고, 흰 항라로 만든 두루마기를 입고 발등이 푸른 비단으로 된 신발을 신고 있었다. 그는 석교 주위를 대여섯 번 돌더니 두세 시간 동안 쳐다보다 갑자기 몸을 돌려 그곳을 떠났다. 날이 바뀌고 이른 아침이 되었다. 석교에서 멀지 않은 곳에 있는 한 두부가게가 막 문을 열고 장사를 시작하려고 했다. 갑자기 낯선 손님 한 명이 그 가게에 들렀다. 남방 사투리를 쓰는 그는 두부 찌꺼기를 찾았다. 두부 찌꺼기 한 덩어리는 약 대여섯 근이 나갔다. 그는 첫날 세 덩어리를 샀고, 5~6일이 지나자 다시 한 덩어리를 더 사갔다.

이렇게 시간이 지난 어느 날, 그와 친해진 두부집 주인이 물었다.

"선생. 당신은 매일같이 두부 찌꺼기를 사서 뭐하는 겁니까?"

그러자 그는 얼버무리며 말했다.

"뭐, 제가… 먹지요."

주인은 속으로 생각했다.

'저 사람은 입은 본새는 제법 화려하고 있어 보이는데 왜 두부 찌꺼기 같은 것을 석 달째 먹고 있는 거지?'

그 사람이 사가는 두부 찌꺼기는 날이 갈수록 많아졌고, 최근 며칠은 남은 것 전부를 통째로 사갔다. 두부집 주인은 당연히 무척 기뻐했지만 그 때문에 또 다른 누군가는 골치가 아팠다.

원래 석교 서쪽으로 가면 자오지아창(趙家場) 부근에 한 지주가 살았다. 그의 별명은 매우 인색하다는 뜻의 '츠꽁지(瓷公雞)'였다. 그의 집에는 20여 명의 일꾼들이 있었다. 매일 일꾼들의 밥을 할 때 옥수수 가루에 두부 찌꺼기를 섞었다. 그는 사람들을 속이며 말했다.

"두부 찌꺼기에는 영양분이 많아 기와 혈을 보충해 힘이 세지지. 너희들도 돼지가 두부 찌꺼기를 먹는 거 봤지? 그래서 돼지가 살찌고 튼튼한 거야."

그가 일꾼들을 돼지에 빗대자 모두들 화가 났다. 이를 부득부득 갈면서 뒤에서 그를 도자기 닭 즉, '츠꽁지'라고 욕했다. 요 며칠, 츠꽁지는 일꾼들을 시켜 두부 찌꺼기를 사오라 했지만, 이미 다 팔려버려 며칠 동안 살 수가 없었다. 츠꽁지는 속이 쓰렸지만 일꾼들에게 제대로 된 음식을 줄 수밖에 없었다. 그는 일꾼의 다리를 한 번 아프게 걷어차고는 "아무 쓸모도 없는 것 같으니라고." 하며 욕을 했다. 화가 난 그는 직접 두부를 사러 갔지만, 두부 찌꺼기는 벌써 다 팔려 버리고 없었다. 그는 주인장을 노려보면서 물었다.

"두부 찌꺼기를 몽땅 누구에게 팔았소? 왜 나에게 좀 남겨주지 않는 거요?"

주인장이 대답했다.

"어떤 남방 사람이 매일 새벽같이 와서 두부 찌꺼기를 모두 사갖고 간다오. 만약 사고 싶으면 당신도 일찍 오면 되지요!"

츠꽁지는 더 이상 어찌할 방법이 없어 '남방 놈이 두부 찌꺼기로 뭘 하는 거야?'라고 중얼거리기만 했다. 다음 날 여명이 밝아올 무렵, 새벽 3시도 되지 않은 시각에 그는 또 두부 가게로 달려갔다. 그런데 저 멀리서 어떤 사람이 두부 찌꺼기를 짊어 매고 두부 가게를 나오더니 석교 쪽으로 가고 있는 것이 보였다. 그는 눈알을 굴리며 몰래 그 남자를 쫓아갔다. 석교 아래로 내려간 그 남자는 짊어진 짐을 내려놓더니 "어이, 어이, 어이!" 하고 소리쳤다. 그러자 갑자기 석교 아래에서 금빛으로 번쩍번쩍하는 뭔가가 튀어 나왔다. 츠꽁지는 살금살금 다가가 자세히 보았다. 아! 그것은 황금 돼지였다. 그가 세어보니 엄청 큰 황금 돼지 두 마리와 작은 돼지 몇 마리가 있었다. 그 남자는 두부 찌꺼기를 꺼내 황금 돼지 한 마리 한 마리에게 주었다. 먹이를 주면서 한편으로는 돼지 한 마리 한 마리의 머리와 등을 어루만져 주었다. 황금 돼지들은 그 남자와 매우 친숙한 듯 조금도 무서워하거나 피하지 않았다.

츠꽁지는 이 광경을 보고 생각했다.

'사람들이 말하길 남쪽 오랑캐들은 보물을 잘 찾는다던데. 저 사람은 분명 남쪽 오랑캐일 거야. 절대로 저 사람이 황금 돼지를 독차지하지 못하게 무슨 방법을 생각해야겠어.'

츠꽁지는 어두운 곳에 몸을 숨기고 빤히 쳐다봤다. 시간이 좀 흘러 두부 찌꺼기를 다 먹이자 날도 밝아졌다. 츠꽁지도 배를 쑥 내밀고 의기양양하게 집으로 돌아왔다.

츠꽁지는 집에 돌아온 뒤, 하루 종일 그 황금 돼지 생각을 했다. 밤이 되었지만 잠을 자지 않고, 밖으로 뛰쳐나가 딱따기 소리에 귀를 기울였다. 막 12시를 알리는 딱따기 소리가 들리자 그는 십여 명의 일꾼들을 깨웠다. 그리고 그들을 재촉해 지게를 메고, 밧줄과 광주리를 들게 하고는 자기를 따라오게 했다. 일꾼들은 하루 종일 일을 하느라 피곤해서 단잠을 자고 있었다. 아직 피곤이 다 풀리지도 않았는데 잘 밤에 또 깨워서 일을 시키자 무척 화가 나 투덜거렸다. 그러자 츠꽁지는 평소와 다르게 웃음을 띤 얼굴로 사람들을 달래듯 말했다.

"하하, 형제들. 소란 떨지 말게. 오늘 급한 일이 있으니 나를 도와 돼지 몇 마리를 잡으러 가세. 돼지를 잡아 오면 내가 큰 상을 주겠네. 한 사람당 은 열 냥을 주겠단 말이야. 그렇지만 말을 듣지 않는 사람은 내일 관아로 보내 버리겠어!"

일꾼들은 별도리가 없이 그를 따라갈 수밖에 없었다. 두부 가게에 도착해 보니 아직 문이 열리지 않았다. 초조해진 츠꽁즈는 기다리지 못하고 가게 문을 힘껏 두드렸다. 두부 가게의 노부부는 마침 콩을 갈고 있다가 문 두드리는 소리에 문을 열었다. 밖에는 밧줄과 지게를 메고 있는 십여 명의 장정들이 서 있었다. 노부부는 그들이 도둑이라 생각해 놀라 어쩔 줄 몰라 했다. 츠꽁즈가 얼른 그들 앞으로 가 말했다.

"주인장, 놀라지 마쇼. 나는 두부 찌꺼기를 사러 왔소."

가게 주인이 그를 보고선 그제야 마음을 놓으며 말했다.

"시간이 너무 일러서 콩도 아직 다 갈지 못했소. 이제 막 두부 찌꺼기 세 덩이가 나왔을 뿐이오."

"세 개라도 괜찮소. 얼른 내게 주시오. 돌아와서 계산하겠소."

말을 마친 그는 두부 찌꺼기를 챙겨 일꾼들을 데리고 급하게 달려나갔다. 주인은 영문을 몰라 어리둥절했다. 츠꽁지는 한달음에 석교 강변으로 달려가더니 일꾼들을 돌아보고 조용히 말했다.

"너희들은 우선 여기에서 움직이지 말고 가만히 있어. 아무 말도 하지 말고 있다가 내가 묶으라고 소리치면 얼른 달려와서 한 사람당 돼지 한 마리씩 묶으면 돼. 절대로 놓치지 말고! 잊지마. 돼지 한 마리를 잡으면 은 열 냥이란 걸."

츠꽁즈가 이렇게 신신당부를 한 뒤 그 남자가 한 것처럼 소리를 냈다.

"어이, 어이, 어이!"

그러자 정말로 황금 돼지가 석교 아래에서 천천히 나왔다. 수를 세어 보니 딱 열한 마리였다. 황금 돼지 두 마리가 천천히 가까이 다가왔다. 츠꽁즈가 앞쪽으로 두부 찌꺼기를 던지며 소리쳤다.

"얼른 묶어!"

앞에 있던 황금 돼지가 이 소리를 듣더니 놀라 고개를 돌려 뛰기 시작했다. 작은 황금 돼지들도 꿀꿀거리며 달아났다. 츠꽁지는 빨리 달려가 큰 황금 돼지를 있는 힘을 다해 껴안았다. 그러나 이 황금 돼지의 힘이 얼마나 엄청난지 몰랐다. 츠꽁지를 질질 끌고 가더니 둘이는 함께 강 아래로 굴러 떨어졌다. 신호를 기다리고 있던 십여 명의 일꾼들이 그 소리를 듣고 달려 왔을 때는 황금 돼지는 물론 츠꽁즈의 그림자도 보이지 않았다.

이때 남쪽 사람도 두부 찌꺼기를 짊어지고 왔다. 그는 강변에 서 있는 장정들을 보고 무척 놀랐다. 그는 자초지종을 알고 지게를 내려놓고 울기 시작했다. 그는 말했다.

"이 황금 돼지는 백 일 동안 먹여 키워야 손에 넣을 수 있는 거랍니다. 이제 사흘만 지나면 되는데, 저 츠꽁지가 모든 걸 망쳐 버렸어요."

츠꽁지의 시체는 사흘 뒤 석교 아래에 떠올랐다. 이때부터 강물에서는 고약한 냄새가 났고, 연꽃조차 죽어버렸으며, 은어와 게도 사라져 버렸다. 석교 아래에 맑은 물은 냄새나는 하수구로 변했다. 그래서 오늘 날까지도 석교 동쪽에 있는 마을의 이름을 냄새나는 구덩이라는 뜻의 '초컹엔얼(臭坑沿兒)'이라 부른다고 한다.

⁴⁹ 부처님께 물어볼게
范丹问佛

옛날에 판단(範丹)이라는 고아가 있었다. 부모님은 돌아가시면서 땅 한 두렁, 서까래 한 개비도 남겨주지 않았다. 그래서 판단은 사당에 머물러 살면서 걸식으로 살아갔다. 판단이 스무 살이 되는 그해 이상한 일이 생겼다. 그는 구걸해서 받은 쌀을 한 되들이 나무그릇에 쏟았지만 언제나 그릇은 차지 않았다. 어느 날, 판단이 누워서 쉬고 있었다. 눈을 지그시 감았지만 아직 잠은 들지 않은 상태였다. 그런데 흰 쥐 한 마리가 쌀을 훔쳐 먹는 것이 보였다. 그가 잽싸게 그 쥐를 잡아 죽이려고 했다. 그러자 갑자기 쥐가 "판단님, 저를 죽이지 마세요."라고 말했다. 판단은 쥐가 말하는 것을 보고는 너무 이상하게 여겨서 물었다.

"너 왜 내 쌀을 훔쳐 먹니?"

쥐가 대답했다.

"부처님께서 저에게 훔쳐 먹으라고 하셨기 때문이에요."

"부잣집 큰 창고에는 훨씬 더 많은 곡식이 있는데 왜 하필 내 거를 먹니?"

"당신 운명은 쌀 8홉만 가질 수 있는 거래요. 쌀 한 되는 가질 수가 없지요."

"누가 그래?"

"부처님이요."

"왜?"

"글쎄요, 부처님께 물어보세요."

"부처님이 어디 계시는데?"

"강 49개를 건너고, 또 산 81개를 넘어가야 돼요. 부처님은 바로 서천 (西天)에 계세요."

판단은 서천에 가서 부처님에게 물어보리라 다짐했다. 다음 날 바로 길을 떠나 계속 서쪽으로 걸어갔다. 그는 낮에는 머리 위 햇살을 받고 밤에는 달과 함께 걸었다. 그는 며칠이나 지났는지 모를 정도로 걷고 또 걸었다. 어느 날 판단이 종일 걸었지만 마을 하나 나타나지 않았다. 구걸할 곳이 없어 배가 고프고 머리가 어지럽고 눈이 침침했다. 해 질 무렵이야 그는 겨우 한 집을 찾았다. 비틀거리며 그 집 문 앞까지 왔지만 눈앞이 캄캄해지며 쓰러지고 말았다. 판단이 깨어났을 때 어떤 노인이 쌀죽 한 그릇을 들고 그의 옆에 서 있었다. 판단이 쌀죽을 다 먹고 나자 머리가 어지럽지도 눈이 침침하지도 않았다. 늙은이가 물었다.

"젊은이, 어디를 가는 건가?"

판단이 대답했다.

"부처님께서 제가 쌀 8홉만 가질 수 있는 운명이래요. 한 되도 못 가진다네요. 그래서 제가 서천에 가서 부처님에게 왜 그런지 물어보려고 해요."

"서천에 가는 건 쉽지 않아. 그냥 돌아가."

"아니에요. 저는 이미 결심한 걸요. 꼭 가고 말거예요."

"그래? 자네가 꼭 가야 한다면 부탁이 하나 있네. 내 딸이 올해 열여덟 살인데 말을 못 해. 부처님에게 왜 그런지를 물어봐 줄 수 있겠어?"

"그럼요. 제가 꼭 대신 물어봐 드릴게요."

노인은 판단을 하루 더 머물게 했다. 다음 날 판단이 떠날 때 노인은 그에게 먹을 것 한 봉지를 주며 말했다.

"가는 길에 먹어."

판단은 노인에게 감사하고 또 서쪽을 향해 걸어갔다. 그는 여러 개의 강을 건너고 여러 개 산을 넘었다. 얼마나 많은 낮과 밤을 보냈는지 몰랐다. 또 어느 날, 판단은 걷기가 힘들어 토지신을 모시는 어떤 사당에 들어가 쉬려고 했다. 그가 사당 문에 들어서자 토지신이 물었다.

"너 어딜 가니?"

"부처님께서 제가 쌀 8홉만 가질 수 있는 운명이래요. 한 되도 못 가진다네요. 그래서 제가 서천에 가서 부처님에게 왜 그런지 물어보려고 해요."

"서천에 가는 건 쉽지 않아. 그냥 돌아가."

"아니에요. 저는 이미 결심한 걸요. 꼭 가고 말거예요."

"네가 꼭 가야 한다면 부탁이 하나 있어. 내가 여기서 토시신이 된 지 천 년이 되었는데 아직도 하늘로 올라갈 수 없어. 부처님에게 왜 그런지를 물어봐 줘."

"제가 꼭 대신 물어봐 줄게요."

판단이 일어나 가려고 하자 토지신이 말했다.

"요 앞에 통천하(通天河)가 있었는데 그걸 건너면 바로 서천이야. 근데 통천하를 건너기가 참 어려워. 네 결심에 달려 있어."

판단이 토지신에게 감사하고 또 서쪽으로 갔다. 걷고 또 걷자 큰 강 하나가 길을 막았다.

'이게 바로 토지신이 말한 통천하겠구나. 마지막 난관이니 기필코 건너고 말거야!'

판단은 강을 헤엄쳐 건너기로 하고 강물에 뛰어들었다. 그 순간 큰 자라의 껍데기 위에 떨어졌다. 원래 이 자라는 판단을 업어 강을 건네주려는 것이었다. 자라가 물었다.

"당신은 부처님을 만나러 강을 건너가는 거죠?"

"맞아."

"왜 부처님을 만나려고요?"

"부처님께서 내가 쌀 8홉만 가질 수 있는 운명이래. 한 되도 못 가진다네. 그래서 내가 서천에 가서 부처님에게 왜 그런지 물어보려고 해."

"부처님을 만나면 부탁이 한 가지 있어요. 내가 여기서 천 년 동안 수련했는데도 아직 용이 되지 못했어요. 부처님에게 왜 그런지 물어봐 주세요."

"내가 꼭 대신 물어봐 줄게."

자라는 판단을 업고 통천하를 건너갔다. 판단은 자라한테 고맙다는 인사를 하고 부처님의 집에 이르렀다. 부처님은 가부좌한 채 그에게 물었다.

"판단아, 네가 내게 물어볼 게 있어 이리 온 걸로 아는데, 네 일을 물어볼 거니? 아님 남들 일을 물어볼 거니?"

판단이 대답했다.

"제 일도 여쭤보고 싶고 남의 일도 여쭤보고 싶습니다."

"네 일을 물어보면 남의 일은 물어볼 수가 없단다. 또 남의 일을 물어보면 네 일은 물어볼 수가 없단다. 자, 네 일을 물어볼 거니? 아님 남들 일을 물어볼 거니?"

이 말을 들은 판단은 곤란해졌다. 내 일을 여쭤볼까? 그런데 다들 부탁을 했으니 그것도 지켜줘야지. 그럼 남들 일을 여쭤볼까? 그런데 내가 이 고생을 다하며 여기까지 온 이유가 있잖아? 그는 이리저리 생각해 보더니 드디어 결심했다. 약속을 어기면 안 돼. 내 일은 여쭤보지 않더라도 남들 일을 여쭤봐야 돼. 그는 대답했다.

"남들 일들을 여쭤보겠습니다."

부처님이 고개를 끄덕였다. 판단은 자신을 살려준 늙은이의 일, 길을 알려준 토지신의 일, 자신을 업고 강을 건너가게 해준 자라의 일을 모두 부처님에게 여쭈었다. 부처님으로부터 세 가지 일에 대한 대답을 얻어 돌아왔다. 판단이 통천하 근처에 이르렀다. 그를 기다리고 있는 자라가 물었다.

"부탁한 일을 물어봤어요?"

"그럼, 여쭤봤어."

"제가 왜 용이 될 수 없대요?"

"부처님 말씀이 네가 가지고 있는 물을 피할 수 있는 진주, 불을 피할 수 있는 진주, 바람을 피할 수 있는 진주를 모두 네 목숨을 지키는 데만 쓰고 다른 사람을 위해 쓰지 않아서 용이 될 수 없는 거라고 하셨어."

자라가 고개를 끄덕이더니 서둘러 판단을 업고 강을 건너갔다. 그는 입을 열어 진주 세 개를 토해내며 말했다.

"부처님한테 여쭤봐 줘서 정말 고마웠어요. 이것들은 당신에게 줄게요."

자라는 순식간에 용이 되어 하늘로 날아갔다. 판단이 토지신을 모신 사당에 이르렀다. 토지신이 물었다.

"부탁한 일은 물어봤겠지?"

"네, 여쭤봤습니다."

"내가 왜 하늘로 올라갈 수 없대?"

"부처님 말씀이 토지신이 재물에 너무 욕심을 냈다고 하셨어요. 뒤에 묻은 황금을 남에게 주시면 하늘로 올라갈 수 있다고 하셨어요."

토지신은 판단에게 황금을 파내라고 하면서 말했다.

"부처님한테 여쭤봐 줘서 고마웠어. 이것들은 다 너한테 줄게."

토지신은 말을 마치자마자 하늘로 올라갔다. 판단이 노인의 집에 이르렀다. 노인과 그의 벙어리 딸은 마을 입구에서 판단을 기다리고 있었다. 벙어리 딸이 멀리서 판단을 보고는 큰소리로 외쳤다.

"아버지! 그가 돌아왔어요!"

소리를 지르면서 집으로 뛰어가서 어머니한테 알려드렸다. 판단이 노인을 보자마자 말했다.

"부탁하신 일을 여쭤봤습니다."

"우리 딸이 열여덟 살이 되도록 왜 말을 못한다던가?"

"부처님 말씀이 따님은 남편감을 만나면 말을 할 수 있다고 하셨습니다."

"그래? 그럼 우리 딸을 자네에게 주겠네. 걔가 방금 자네를 보자마자 말을 하더구먼."

"정말이요?"

"그럼."

"그런데 저는 거지나 다름없는데 어르신의 사위가 될 수 있겠어요?"

"자네는 기백과 의지가 있고 또 성실하기까지 해. 내 딸과 꼭 결혼해주게."

노인은 이렇게 말하면서 판단을 데리고 집으로 갔다.

"오늘은 정말 좋은 날이야. 너희 둘 결혼해."

50 귀신 친구
鬼友

황위룽(黃玉龍)이라는 아주 가난한 선비가 있었다. 설날이 되었지만 생선과 고기, 쌀과 밀가루, 식용유과 소금, 모든 것이 없었다. 심지어 제사를 지낼 때 피울 향초와 종이까지 없었다. 이웃집에서 술 마시며 떠들썩하게 획권놀이(劃拳)¹하는 소리와 폭죽이 터지는 것을 소리를 들으며 그는 갈수록 자기가 세상에서 사람으로서 살아갈 체면이 없다고 생각했다. 생각이 여기까지 미치자 그는 줄을 가지고 들판 나무로 가 목을 매려고 했다. 황위룽이 나무에 줄을 매어 올가미를 만든 뒤 목을 막 걸려고 할 참이었다. 아래에서 어떤 사람이 외쳤다.

"목을 맬 필요가 없어요. 당신의 발밑에 은 열 냥이 있으니 어서 주워 집에 돌아가 세간도 장만하세요. 먹는 것도 걱정할 게 없어요."

황위룽은 사방을 둘러보았지만 아무도 보이지 않았다. 또 발밑을 쳐다보니 풀숲에 정말 은 열 냥이 있었다. 이 은은 누구 거지? 그는 은을 멀뚱멀뚱 바라보면서도 감히 줍지 못했다.

"황위룽, 뭐 하고 있어요? 어서 은을 주워 집으로 돌아가세요."

황위룽이 또 사방을 둘러보았지만 여전히 사람이 안 보였다. 그때, 그는 하늘을 보며 말했다.

"당신은 누구십니까?"

"저는 한방쥐(韓邦擧)입니다."

1　[역자주] 획권(劃拳): 놀이의 요령은 두 사람이 숫자를 부르며 동시에 손가락으로 수를 표시하는데, 말하는 수와 내민 손가락의 총수가 같으면 이기는 것이다. 이때 손가락으로 표시한 수는 입으로 부르는 수보다 적거나 같아야 한다. 진 사람이 벌주를 마시며 벌주는 석 잔이다.

"실례하지만 연세가 어떻게 되세요? 저보다 많은가요? 아니면 더 어리신가요? 제가 당신을 어떻게 불러야 하나요?"

"저는 당신 보다 6개월 반을 더 먹었습니다."

"아, 그럼 한 다꺼(大哥)군요. 한 다꺼! 이 은은 제가 주울 수 없어요. 전 이런 불의한 재물은 받을 수가 없어요."

"괜찮아요, 주워도 돼요. 이것은 주인이 없는 재물입니다."

원래 황위롱이 나무에 줄을 걸었을 때 저편에서 허둥지둥 달려온 좀도둑이 있었다. 그는 막 훔친 은 열 냥을 손에 들고 있었다. 그가 나무 밑에 이르렀을 때 한방쥐가 그에게 흙 한줌을 눈에 뿌렸다. 그래서 그 좀도둑은 누가 자길 쫓아온 줄 알고 은을 떨어뜨린 채 달아났던 것이다. 황위롱은 은을 줍고는 하늘을 보며 말했다.

"한 다꺼, 전 이제 집에 가야 해요. 형님께서 절 살려주셨으니 이제부턴 제 형님이에요. 별일 없으시면 우리 집에 함께 가시죠."

황위롱은 속으로 확신을 가졌다.

'이 한 다꺼는 신이 아니면 귀신이고, 요괴가 아니면 괴물일 거야. 그런데 그게 뭐든 사람을 해칠 마음이 없으니 친형으로 생각해야 해.'

정월 초이틀이 되자 황위롱의 누나가 아들을 데리고 그의 집에 세배하러 왔다. 집 안에 들어서자 생선과 고기가 있고, 술과 채소가 있고, 쌀과 밀가루가 있는 것을 보자 그녀는 동생에게 돈이 생긴 것을 알고 물었다.

"위롱아, 여태 너 혼자 살면서 혼자 밥 짓고 치우고 밖에 나가 일하고 돌아와선 빨래하고…… 세상의 반이 남자고 반이 여자인데, 이렇게 사는 건 좋은 방법이 아니야. 그러지 말고 어서 장가를 들도록 해."

황위롱의 매형은 왕씨 성을 가진 부자였다. 황위롱의 집을 다녀간 누나는 며칠도 안 지나 동생에게 신붓감을 소개해 주었다. 상대는 왕씨 집안의 딸이었는데 매우 가난했다. 황위롱이 금방 장가를 들었다. 하지만 은 열 냥을 며칠 되지 않아 다 써버렸다. 그날 밤, 황위롱이 혼자 집에 앉아서 답답해하고 있는데 한 다꺼의 소리가 들렸다.

"아우야, 부유하면 책을 읽어야 되고, 가난하면 돼지를 키워야 된대. 어서 돼지 한 마리를 사서 키워 봐."

황위롱의 부인은 돼지를 키우기 시작했다. 그녀가 매일 돼지를 먹일 때면 항상 흰 병아리들이 나타나 돌구유에서 돼지와 음식을 다투어 먹었다. 때려도 쫓아낼 수 없었다. 돼지는 배불리 먹을 수 없어서 키울수록 점점 말라 갔다. 마른 돼지 껍질을 침으로 찌르면 바람 빠진 풍선처럼 높이 올라 날아가 버릴 것 같았다. 황위롱이 또 고민하고 있자 갑자기 이런 소리가 들렸다.

"아우야, 걱정하지 마. 네가 돼지 구유를 좀 옮겨 봐."

황위롱은 한 다꺼가 또 그에게 방법을 일러주는 것임을 알았다. 바로 돼지 구유를 옮기자 그 밑에 은 항아리 하나가 있었다. 황위롱은 이 때문에 부자가 되었다. 그래서 "가난하면 돼지를 키워야 돼"라는 말도 널리 퍼지게 되었다. 황위롱은 이 은 항아리로 밭도 사고 땅도 사고 집도 지었다. 얼마 되지 않아 닭과 오리는 무리를 이루었고 소와 양도 온 산에 가득했다. 사람들은 그를 황원외(黃員外)라고 불렀다. 그는 갈수록 그 은인에게 감사하는 마음을 가졌다. 그날 밤, 황위롱은 허공을 향해 소리를 질렀다.

"한 다꺼, 한 다꺼. 형님께서는 제 목숨도 구해주고 또 부자로 만들어 주셨어요. 저의 친형보다 더 친하게 생각합니다. 정말 형님을 한번 뵙고 싶으니 나와 주세요."

"네가 나한테 잘해주고 또 내가 너한테 잘해주고, 할 말이 있으면 그냥 허공에 대고 말하면 되지. 뭐, 굳이 만나야겠니?"

이날부터 두 형제는 매일 밤 함께 웃고 얘기도 나누며 속에 있는 말도 했다. 하지만 황위롱은 아무 것도 볼 수 없었다. 어느 날 밤, 한방쥐는 황위롱에게 말했다.

"아우야, 우리는 곧 헤어지게 될 거야."

"형님, 어디 가세요?"

"염라대왕은 나보고 대체할 사람을 찾으라고 하는구나. 그렇게 한다면 나는 환생할 수 있어."

황위롱은 이제야 그의 생명을 구해준 은인이 귀신이었음을 알게 되었다.

"누구를 찾아야 합니까?"

"내일 네가 대문 밖에 지켜 보거라. 바로 너희 집 건너편 큰 강의 다리 위로 어떤 나무꾼이 지나갈 거야. 염라대왕은 나보고 그를 넘어뜨려 강물에 빠트려 죽이라는구나."

황위롱은 한방거가 일찍 환생하는 것을 간절히 바랐다. 다음 날, 그는 대문 밖에 의자를 옮겨놓고 앉아서 지켜봤다. 정오가 다가오자 역시 나무꾼이 나타났다. 그런데 나무꾼은 장작을 메고 다리 위를 노래를 부르며 무사히 지나갔다. 저녁이 되자, 황위롱은 하늘을 쳐다보며 말했다.

"한 다꺼, 형님은 왜 그 나무꾼을 강물로 떨어뜨리지 않았습니까? 그가 죽지 않았잖아요! 형님은 환생하고 싶지 않은 겁니까?"

"동생, 누가 환생하고 싶지 않겠나? 내가 들어보니 그의 집에는 칠순이 넘은 모친이 계시다고 하네. 내가 그를 죽여 버리면 누가 노모를 모시겠니? 나도 몇 번이나 고민하다가 그냥 보내줬단다."

깊은 밤, 황위롱은 생각했다.

'귀신이 저렇게 덕행을 쌓다니 참으로 대단한 거야.'

그는 가운데 손가락을 깨물어 혈서로 한방쥐가 쌓은 덕행에 대해 써서 옥황상제에서 올렸다. 그리고 향불 앞에서 태웠다. 황위롱의 마음은 옥황상제가 한방쥐가 한 좋은 일을 알았으면 하는 것이었다.

다시 어느 날 밤, 한방쥐가 또 황위롱에게 말했다.

"동생, 염라대왕께서 또 나를 불러 희생양을 찾아 환생하라고 하시는

구나."

"누구를 찾아야 합니까?"

"내일 오후에 다리를 건너는 한 여인이 있을 거야. 내가 그녀를 물속에 빠뜨려 죽이면 된단다."

이튿날, 황위롱은 지난번처럼 또 의자를 문 앞에 옮겨 놓고 앉았다. 석양이 막 지려고 할 때, 한 부인이 다리를 건넜다. 그녀 역시 별 일 없이 다리를 잘 건너갔다. 흔들거리지도 않고 앞으로 곧장 잘 걸어갔다. 저녁이 되자, 황위롱이 한방쥐를 원망하며 말했다.

"형님, 오늘은 왜 대체할 사람을 만들지 않았습니까? 도대체 한 평생 귀신으로 살 생각입니까?"

"동생, 누가 그렇게 되고 싶겠어? 나는 정말로 그 여인을 물에 빠뜨릴 생각이었단다. 그렇지만 다가가 보니 그녀는 쌍둥이를 임신했더구나. 내가 어떻게 두 눈 똑똑히 뜨고서 세 사람을 죽일 수 있겠나? 난 도저히 그렇게 할 수가 없었어."

황위롱은 진심으로 한방쥐의 덕행에 탄복했다. 그는 또 전처럼 이 일을 적은 혈서를 써서 불에 태우며 한방쥐의 마음을 염라대왕에게 알렸다.

또 얼마간 시간이 흘러 한방쥐가 황위롱에게 말했다.

"동생, 좋은 일이 생겼단다!"

"무슨 좋은 일입니까?"

"옥황상제가 내 마음이 착하다고 하시면서 관리에 임명해 주셨네. 나에게 스촨(四川) 총칭부(重慶府)에 가서 성황당을 지키라고 하셨다네. 내일 오후에 부임을 하는데 너희 집 문 앞을 지나갈 거야. 그래서 오늘 밤 너에게 작별 인사를 하러 왔다네. 며칠 뒤 우리 총칭에서 만나 같이 놀기로 하자꾸나."

이튿날 정오, 황위롱은 문 밖으로 나갔다. 허공에서 희미하게 음악 소리만 들릴 뿐 사람은 그림자도 보이지 않았다. 그는 얼른 향을 태우고 형님을 축하했다. 신선계의 음악 소리가 점점 멀어지다 완전히 들리지 않게 되자 그는 집으로 돌아왔다. 반년이 지나자 황위롱은 한 다꺼가 너무 그리웠다. 그래서 짐을 챙겨 홀로 길을 나서 총칭부로 향했다.

한편 총칭부의 성황묘에서는 도사가 밤에 꿈을 꿨다. 성황당 귀신이 그에게 말했다.

"내일 네게 귀한 손님이 올 거네. 그는 키가 크고, 파란 옷을 입고, 등에는 노란 보따리를 멨을 거야. 그 손님을 잘 모시게."

이튿날 이른 새벽, 도사가 대문 밖에서 기다렸다. 황위롱이 도착하자 얼른 방으로 모시고 사탕과 과일을 내고, 향차를 올리며 마치 가족처럼 대접을 했다. 밤에 도사들이 돌아가자 한방쥐는 그제야 황위롱 앞에 모습을 드러냈다. 두 사람은 집에서처럼 밤이 새도록 얘기를 나누었다. 황위롱이 보름동안 성황묘에서 머문 뒤 떠나게 되었다. 한방쥐가 말했다.

"아우야, 네가 떠나는데 줄 만한 것이 이 대추색 말 한 마리밖에 없구나. 이 말을 타고 가다 보면 객잔을 지나게 될 거야. 아마 그 객잔 주인이 이 말을 무척 사고 싶어 할 터이니 그 사람한테 말을 팔아 버려라. 내 너에게 비밀 한 가지를 말해주마. 나는 원래 과거시험에 합격을 했었는데 바로 그 객잔에서 주인에게 살해당하고 말았단다. 내 시체는 아직도 그의 침대 아래 묻혀 있어. 네가 꼭 이 형의 복수를 대신해 주었으면 한다."

황위롱은 한방쥐의 말을 새겨듣고 길을 나섰다. 이틀 뒤 한낮 무렵 그 객잔에 도착했다. 객잔 주인은 황위롱이 탄 대추색 말을 보고 무척 마음에 들어 했다. 암 그렇지. 그 말은 살집이 좋고, 붉은 색에 검은 빛이 도는 털빛은 반짝거렸다. 말은 객잔 주인을 보더니 고개를 쳐들고 히잉히잉 거렸다. 그러자 주인은 눈알을 부라리며 말을 둘러보았다.

"이보시오, 손님, 이 말을 팔 거요?"

"사고 싶다면 팔지요."

"그럼 얼마에 팔지 말해 보시오."

"은 2백 냥. 더도 덜도 안 받겠소."

"가격 협상은 없다는 말이요?"

"가격은 이미 정해진 것이니 안 살 거면 말도 꺼내지 마시오."

주인은 별 수 없이 마지못해 은 2백 냥을 내놓고 말을 샀다. 그런데 주인의 손에 들어가자마자 말은 뛰고 물며 날뛰는 바람에 도무지 진정시킬 수가 없었다. 그것을 보고 황위롱이 말했다.

"이 말이 지쳐서 목이 마를 것이오."

주인이 말을 끌고 강가로 가 물을 마시게 했다. 그런데 놀랍게도 말이 물을 보자마자 순식간에 진흙으로 변해 버렸다. 주인은 만만한 사람이 아니었다. 그는 다시 객잔으로 달려가 황위롱의 멱살을 잡고 돈을 내놓으라고 했다. 황위롱도 당연히 돈을 돌려주지 않았다. 두 사람은 치고받고 싸웠는데 할 수 없이 관아를 찾아갔다. 황위롱은 심문 과정에서 몇 년 몇 월 며칠에 살해당한 한방쥐의 사건에 대해 말했다. 사또는 직접 객잔을 수색했다. 주인의 침대 밑을 다섯 자 정도 파자 큰 항아리가 나왔다. 바로 그 항아리 안에서 한방쥐의 시체가 나왔다. 객잔 주인에 의해 시신이 여덟 조각 나 있었지만 살점과 피는 여전히 선홍빛을 띠고 있었다. 이를 본 사람들은 모두 눈물을 떨구었다. 사또는 사람을 죽인 사람은 목숨으로 보상하도록 판결을 내려 주인에게 사형을 구형했다. 결국 가을이 지난 뒤 주인은 참형에 처해지고 말았다. 한방쥐의 원한은 그제야 갚게 되었다.

51 교묘한 판단으로 의문 사건을 해결하다

巧斷疑案

어떤 곳에 천(陳)씨 성을 가진 선비가 있었다. 그는 여러 번 과거시험을 봤지만 한 번도 통과하지 못해서 이웃사람들에게 항상 비웃음을 샀다. 그래서 공부를 포기하고 장사를 하기로 마음먹고 기왕이면 제대로 한번 사업을 해 보겠다 결심했다. 그래서 그는 결혼한 지 얼마 안 되는 색시와도 작별하고 또 친척들과 친구들과도 인사한 뒤 길을 떠났다. 눈 깜짝할 사이 몇 년이 지나갔고, 그는 외지에서 아주 큰돈을 벌었다. 어느 날 그가 안방에서 조용히 앉았는데 지난 일이 떠오르고 문득 아내 생각이 났다. 그래서 그는 집으로 돌아가 아내를 데려와 함께 한가롭고 편안하게 살기로 했다. 집으로 출발하기 전 그는 전 재산을 한 친구에게 맡겼다. 도중에 어떤 작은 도시를 지났는데 무슨 일인지 한 무리의 사람들이 빙 둘러싸 떠들고 있었다. 천 씨가 다가가 보니 어떤 부유해 보이는 남자가 한 민간의 여자를 데려가려는 중이었다. 알고 보니 어떤 가난한 집에서 부자에게 빚을 지었는데 그걸 갚지 못했고, 그 딸을 빚 대신 갚으라고 한바탕 난리가 난 것이었다. 천 씨는 그들이 너무 불쌍해서 주머니에 든 은을 아낌없이 꺼내 주었다. 이렇게 가난한 집의 어려운 문제를 해결해 주고는 곧장 길을 떠났다.

그는 걷고 또 걸었다. 한참을 걷다가 어느덧 강가에 이르러 어떤 스님을 만났다. 스님은 천 씨에게 어디를 가냐고 물었다. 천 씨가 대답했다.

"고향집에 착한 아내를 데리러 갑니다."

스님이 한참을 쳐다보더니 말했다.

"당신의 관상을 보니 이번에 가면 흉조가 많고 길조는 적을 거 같군요."

"뭘 보고 그렇게 말하는 겁니까? 스님께서 그렇게 헛소리를 하시면 됩니까?"

스님은 천 씨가 집에 돌아가고 싶은 마음이 굴뚝같은 것을 보고 다시 몇 마디를 해주었다.

"물굽이에서 배를 세우지 마십시오. 그리고 물로 머리를 감아서는 안 됩니다. 뒤주에 쌀 한 말 중 세 되가 남아 있을 겁니다. 파리가 붓 끝에 앉을 것입니다."

스님은 그에게 혹시 재앙을 만나도 복으로 바꿀 수 있으니 이 말들을 단단히 기억하라고 당부했다. 말을 마치자 몸을 돌려 가버렸다. 이 말을 들은 천 씨는 아무리 생각해도 그게 무슨 뜻인지 알 수 없었다. 그의 집으로 가려면 뱃길로 가야 하기에 강가에서 배를 탔다. 그가 탄 작은 배가 호수 물굽이에 이르렀을 때 이미 날이 저물었다. 할 수 없이 배를 세웠는데 얼마 안 되어 호수에서 갑자기 큰 바람과 큰 비가 내리기 시작했다.

그때 천 씨는 갑자기 스님의 말이 생각났다.

'터무니없는 말이라고 생각지 말고 한번 믿어보는 게 좋을 거 같아.'

그래서 뱃사공에게 얼른 출발해서 이곳이 아닌 다른 곳으로 가 비바람을 피하자고 했다. 천 씨가 말했다.

"배를 띄워 이곳을 벗어나면 내가 뱃삯을 두 배로 낼게요."

뱃사공은 그가 두 배로 뱃삯을 내겠다는 것을 보고 뭔가 사정이 있으려니 해서 그러마고 했다. 배가 호수 물굽이에서 4백 미터쯤 벗어났을 때 "우르릉 쾅" 하는 큰소리가 들려왔다. 절벽이 무너지고 거친 파도가 솟구쳐 아까 배를 세웠던 곳에 있던 많은 배들을 부셔 버렸다. 천 씨와 뱃사공은 너무 놀라서 눈이 휘둥그레지고 입이 쩍 벌어져 한참이나 정신을 차리지 못했다. 뱃사공이 천 씨 앞에 무릎을 꿇고 절을 하며 그에게 감사했다. 또 뱃삯은 한 푼도 받지 않겠다고 했다. 천 씨가 말했다.

"우리는 둘 다 운이 좋게 재난을 피한 것이니 꼭 그렇게까지 할 필요는 없습니다."

그는 뱃사공에게 말한 대로 뱃삯을 다 쳐 주었다.

얼마 뒤 천 씨가 고향집에 이르렀다. 남편을 본 아내는 너무 기뻐서 계속 찻물을 따라주었다. 저녁 무렵, 어찌된 일인지 모르겠지만 아내는 자신도 모르게 손을 떨면서 등잔 기름을 천 씨의 머리 위에 쏟고 말았다. 그녀는 황급히 물을 데워 남편에게 주며 머리를 감으라고 했다. 불현듯 천 씨의 머릿속에서 '물로 머리를 감지 마라'는 스님의 당부가 떠올랐다.

"됐어. 오늘은 너무 피곤하니 일찍 자고 싶어. 내일 감을게."

다음 날 아침 일어나 보니 아내가 죽어 있었다. 도대체 언제 살해된 것인지도 알 수 없었다. 천 씨가 너무 놀라 큰소리로 외쳤다.

"살려주세요!"

사람들이 이 상황을 보고 의견이 분분했다. 어떤 사람들은 천 씨가 밖으로 떠돌다 오랜만에 집에 돌아왔으니 반드시 밖에 첩을 두었을 것이라고 했다. 또 어떤 사람들은 일찍 죽지도 못하고 늦게 죽지도 못하는데 하필 천 씨가 돌아오자 이런 일이 생긴 걸 보면 반드시 뭔가 있다고들 했다. 그래서 잘잘못을 가리기 위해 천 씨를 묶어 관아로 보냈다. 사또가 재판을 시작하자 천 씨는 큰소리로 억울함을 호소했다. 사또는 사건의 정황상 천 씨가 자기 부인을 살해했다고 확신했다. 그래서 판결문을 써서 선고를 내리려고 했다. 하지만 붓을 들자마자 파리 한 마리가 날아와 붓 끝에 앉았다. 이리저리 쫓아봤지만 파리는 다시 붓 끝에 앉았다. 사또는 '내가 재판을 한 지 여러 해가 되었는데 이런 일을 처음 봐. 혹시 뭔가 억울함이 있을지도 몰라.'라고 생각하면서 판결을 미루고는 다시 상황을 확인한 뒤 재판을 지속하겠다고 했다.

그날 밤 사또는 서재에 앉아 조용히 생각했다. 도저히 이 사건을 해결하기가 힘들자 천 씨를 불러오게 했다. 천 씨는 사또가 청렴하고 공정한 사람이란 걸 알고 있었다. 그래서 사건의 경과를 처음부터 끝까지 제대로 말씀을 드렸다. 사또가 그 말을 듣고 또 생각했다.

'스님이 하신 말씀 네 가지 중 벌써 세 가지가 들어맞았어. 그럼 마지막 '벼 한 말 중 쌀이 석 되다'는 또 어떻게 해석해야 되지?'

밤이 깊어지자 인적이 드물고 아주 고요했다. 8시를 알리는 종이 울리고 이어 10시가 되었다. 사또는 이마를 치면서 환하게 웃었다. 좋은 방법이 생각났기 때문이다. 다음 날, 사또는 아전을 시켜 여기저기 공고문을 붙이라고 했다. 그 공고문에는 "장 씨 부인 살해 사건의 심리가 매우 어렵다. 해서 사흘 뒤 몇 시 몇 분에 관음묘에서 관세음보살님께 이 사건의 판결을 부탁할 것이다. 원하는 백성 누구라도 와서 볼 수 있다."라고 적혀 있었다. 사흘 뒤, 관음묘 마당에는 구경꾼들로 가득 차 매우 떠들썩했다. 사또의 호령에 포졸들이 마당을 둘러싸고 지켜 사람들의 출입을 막았다. 사또가 관세음보살 앞으로 나가 읍을 하며 말했다.

"소관이 재주가 모자라서 천 씨 부인 사건을 판결할 수가 없습니다. 보살님께서 신통력을 발휘하여 보잘것없는 저를 도와 살인자를 잡게 해 주십시오."

말이 끝난 사또는 관세음보살 쪽으로 머리를 기울였다. 그는 고개를 끄덕이는 한편 또 이렇게 말했다.

"관세음보살님, 목소리를 좀 크게 해 주십시오. 범인이 바로 ……로군요! 알겠습니다!"

그리고 사또는 얼굴을 돌리더니 큰소리로 말했다.

"다들 잘 들어보시오. 관세음보살님께서 범인이 캉치(康七)라는 사람이라고 말씀하셨습니다."

관세음보살에게 지명을 당한 캉치는 자신의 죄를 인정할 수밖에 없었다. 그는 사또 앞에 마늘을 다지는 것처럼 무릎을 꿇고 머리를 조아리며 용서를 빌었다.

"잘못했습니다. 잘못했습니다."

사건의 전모는 이런 것이었다. 천 씨 부인은 천 씨가 떠난 뒤 홀몸으로 지내다 외로움을 견딜 수 없어서 백정 캉치와 바람을 피웠다. 그날, 생각지도 않게 천 씨가 집으로 돌아오자 백정과 천 씨 부인은 서로 작당해서 천 씨를 죽이려고 했다. 그래야만 두 사람이 오랫동안 함께 지낼 수 있기 때문이었다. 캉치가 날카로운 칼을 들고 천 씨 집에 숨어들어 기회를 엿보고 있었다. 하지만 방 안이 캄캄한지라 남녀를 구분할 수 없었다. 그런데 옛날 여자들은 머릿기름을 바르는 습관이 있었고, 캉치도 머리에 기름이 많은 자가 반드시 부인일거라 생각했다. 그래서 사람을 바꿔 죽인 것이었다.

이렇게 사건의 진상이 밝혀졌다. 사람들은 모두 관세음보살이 신령스러웠다고 칭찬했지, 사또의 대단한 지혜가 있었다는 사실을 상상도 하지 못했다. 사또는 이렇게 생각했다.

'벼 한 말 중 쌀이 석 되라면 남은 일곱 되는 쌀겨잖아. 그러니 범인은 쌀겨 강(糠) 자와 일곱 칠(七) 자인 캉치(糠七)란 말이지. 그런데 이 사람이 어디서 뭘 먹고 살고 있을까?'

그래서 관세음보살한테 사건을 판결하라는 신선한 방법을 생각해 냈고 결국 범인을 잡게 된 것이었다.

⁵² 세 아들의 효도 경쟁
三子爭孝

어떤 노인이 있었는데 아들 셋이서 기간을 나눠 봉양했다. 맏아들은
아버지를 한 달간 모셨는데 마침 음력으로 30일이었다. 또 둘째아들은
마침 29일을 모셨다. 그런데 막내아들 차례가 되자 그는 아버지 모시는
것을 거절하며 말했다.

"큰형은 30일을 모셨는데 왜 둘째 형은 29일예요? 하루라도 부족하
면 안 돼요."

이 말을 들은 노인은 무척 화가 치밀었다. 노인은 원래 부자였는데
나이를 먹어 가면서 아들들을 분가시켜 주느라 남은 게 별로 없었다.
상황을 보아하니 오늘 하루는 굶어야만 할 것 같았다. 노인은 평소에
자주 가던 가게로 갔다. 다음 날이 되었다. 한 점원이 웃으며 그에게
인사를 하였다.

"할아버지, 오늘 안색이 많이 안 좋아요. 괜찮으세요?"

늙은이는 그간의 사연을 모두 그에게 말해주었다. 그러자 점원이 말
했다.

"할아버지, 저한데 좋은 방법이 있어요. 집에 들어가서서 좋은 궤짝
하나를 만들고 좋은 자물쇠를 채우세요. 그게 다 만들어지면 저를 찾아
오세요. 할아버지의 아들과 며느리들이 분명 할아버지에게 효도하게
만들 수 있어요."

처음에 노인은 그 말을 믿지 않았지만 속는 셈치고 그의 말대로 했다.
며칠이 지나자 노인은 가게를 찾아와 준비가 다 되었다고 했다. 점원은
노인의 귀에 대고 말했다.

"매일 날이 막 어두워질 때 가게에 한번 오세요. 그리고 집으로 돌아갈 때 길에서 돌 몇 개를 주워 몰래 들고 가세요. 손에 가진 돌을 아드님에게 보여는 주되 그게 무엇인지 뚜렷하게 보여주면 안 됩니다."

노인은 점원이 시킨 대로 했다. 과연, 노인이 뭔가 가져온 것을 본 아들은 그의 아내에게 말했다.

"아버지가 오늘 앞치마로 뭔가 하얀 것을 잔뜩 싸왔어. 그리고 내게 보여주지 않아."

며느리가 생각했다.

'이 노인네가 뭔가 꿍꿍이가 있구나. 틀림없이 남겨둔 금이나 은일거야.'

이렇게 되자 세 아들과 세 며느리는 모두 다투어 노인에게 효도를 했다. 노인이 원하는 것이 있으면 다 해주고 맛있는 게 있으면 노인이 먹게 했다. 이렇게 해를 넘기게 되었는데 노인이 자식들에게 말했다.

"난 병에 걸렸으니 곧 세상을 떠날 거야."

아들과 며느리들은 다투어 말했다.

"아버지, 아버지가 이 고비를 무사히 넘길 수 있을지 잘 모르겠어요. 그러니 아버지, 궤짝에 있는 금과 은을 좀 나눠주세요. 그래서 혹시나 아버지가 떠나시더라도 형제들이 싸우지 않게 해주세요."

노인이 대답했다.

"유언장은 다 써서 궤짝 안에 두었다. 너희들이 내 장례를 잘 치르고 나서 친척들 앞에서 나누도록 해라."

얼마 지나지 않아 노인이 죽었다. 세 아들은 아버지의 장례를 잘 치른 뒤 친척들을 모시고 아버지의 유산을 나누려고 했다. 그런데 궤짝을 열어보니 새하얀 돌멩이 밖에 없었다. 그리고 유서에는 이렇게 적어 있었다.

"난 아들이 셋인데 돌보다 못한 신세야. 이 돌멩이가 없었다면 벌써 죽었을 거야."

⁵³ 길이 멀어야 말의 힘을 알 수 있다
路遥知马力

루(路)씨 성을 가진 원외랑이 있었다. 그는 돈이 많아 가정교사를 모셔서 아들 루야오(路遙)를 가르쳤다. 그의 집 남쪽 끝 창고에는 마 씨와 그녀의 아들인 마리(馬力)가 빌붙어 살고 있었다. 이날, 마리는 루야오가 공부하는 곳에 가 창가에 기대 루야오가 책 읽는 소리를 듣고 있었다. 루 원외랑이 산책을 하다 마리가 그러고 있는 것을 보고 물었다.

"너는 왜 공부를 안 하니?"

"저의 집이 너무 가난해서 공부를 할 수가 없어요."

"그럼, 너는 공부할 생각이 있느냐?"

"네! 하고 싶어요."

루 원외랑은 마리가 똑똑한 것을 보고 그를 루야오와 함께 공부하라고 했다. 두 사람이 어른이 되자 루야오는 결혼을 해서 아이도 있었다. 하지만 마리는 집이 너무 가난해서 결혼은 말도 못 꺼냈다. 어느 날 루야오와 마리가 얘기를 나누었다.

"마리야, 너 결혼하고 싶어?"

마리가 대답했다.

"나야 하고 싶지. 그런데 누가 나 같은 가난뱅이랑 결혼하고 싶겠어. 살 집도 없는 주제인데."

"내가 세 칸 집을 줄게. 그리고 결혼할 때 필요한 옷과 이불, 돈과 음식도 내가 다 마련해 줄게. 필요한 게 무엇이든 모두 내가 해 줄 테니 너는 어서 여자나 찾아봐."

"정말?"

"그럼. 내가 설마 널 속이겠니. 대신 한 가지 조건이 있어."

"좋아. 열 가지라도 좋아."

"한 가지뿐이야. 약속할 수 있겠어?"

"그럼."

"네가 결혼하면 내가 준비한 곳에 가 있어. 신혼 첫날밤은 나에게 양보해 줘."

이 말을 들은 마리는 충격을 받았다. 세상에서 절대로 양보하면 안 되는 세 가지가 있다는데 자기 여자를 양보하는 사람이 어디 있을까? 그렇지만 자기는 지금 너무 가난해서 여자랑 도저히 결혼할 수가 없는 상황이었다. 그런데 지금 루야오가 결혼을 할 수 있게 해주겠다고 하잖아. 마리는 할 수 없이 이를 악물며 개의치 않다는 듯 "알았어"라고 대답했다. 루야오가 나서자 모든 일들이 잘 되었다. 그는 아주 빨리 마리에게 예쁜 아가씨를 찾아주었다. 한편 루야오는 매파를 불러 납폐를 보내고 날도 잡으라고 하는 한편, 사람들을 불러 신혼집을 꾸미고 주안상을 준비하고 마리를 위해 새 옷도 만들어 주었다. 바로 그날, 신부가 꽃가마를 타고 왔다. 취고수 여러 명이 나팔을 불고 북을 쳐서 흥을 돋우었고, 주위는 잔칫집처럼 아주 흥청거렸다. 마리는 신부와 결혼식을 마친 뒤 신혼방에 들었다. 마리는 들러리가 한눈을 파는 사이 몰래 서재로 갔다. 루야오는 이미 거기에 기다리고 있었다. 마리가 자신의 새 옷을 루야오에게 입혔다. 루야오는 빙그레 웃으며 마리에게 말했다.

"여기에 먹을 거며 마실 거가 다 있어. 마음 놓고 하룻밤만 잘 지내. 나 간다."

루야오는 신혼 방에 들어간 뒤 소매에서 책 한 권을 꺼내 책상 위에 두고 의자를 옮겨 앉아서 책을 보기 시작했다. 저녁 7시가 되었지만 루야오는 여전히 책상에 앉아 책을 보고 있었다. 집사가 들어와 빨리 자라고 새신랑을 재촉했다.

"잠깐만요. 아직 늦지 않았어요."

9시가 되자 집사는 신랑이 아직도 침대에 오르지 않는 것을 보고 또 들어와 재촉했다.

"새신랑, 빨리 침대에 올라가서 주무세요."

루야오는 "잠깐만요. 아직 늦지 않았어요. 늦지 않았어요."라고 하면서 여전히 책을 보았다. 11시가 되었지만 새신랑이 아직도 침대에 오르지 않는 것을 보고 들러리가 다시 재촉했다. 루야오는 여전히 늦지 않았다고 말했다. 새벽 1시가 되었을 때도 마찬가지였다. 새벽 3시가 되었지만 새신랑이 아직도 책상에 앉아있기에 집사가 다시 와서 말했다.

"새신랑, 오늘 저녁부터 여기서 꼼짝도 않고 있는데, 이제 곧 날이 밝을 거예요. 어서 침대에 올라가 주무세요."

루야오가 일어나서 말했다.

"저 나가서 바람 좀 쐬고 올게요."

루야오는 곧장 서재에 가서 새 옷을 벗어 마리에게 주며 싱글벙글 웃으면서 말했다.

"마리야, 너 지금 들어가도 돼. 이제 우리 계산은 이제 다 끝났어."

이튿날 저녁, 마리는 기분이 여전히 좋지 않았다. 자신이 가난해서가 아니었다.

'어떻게 결혼 첫날밤 신부를 루야오에게 내줄 수가 있지? 이런, 남이 꺾어버린 꽃은 이제 재미가 없어.'

그는 책상 위에 놓인 책을 보고는 앉아서 읽기 시작했다. 저녁 8시가 되자 집사는 신랑이 여전히 앉아서 책을 보고 있는 것을 보고 화가 치밀었다. 집사는 서재에 들어와 책을 뺏으며 말했다.

"어젯밤 당신이 매 시간마다 한 번씩, 다섯 번이나 재촉해도 침대에

---

1 [역자주] 집사(伴媽): 전통 혼례에서 신랑과 신부를 옆에서 도와 집례하는 사람을 좌집사, 우집사라고 한다. 신랑 신부가 신방에 들기까지 시중을 든다.

들지 않더니만, 오늘 밤에도 또 여기서 책을 읽고 있네요. 도대체 무슨 생각을 하는 거예요? 밤새 의자에 붙어 있을 셈인가요?"

마리는 집사의 야단을 듣고 신부를 쳐다보았다. 신부는 침대에 앉아 눈물을 닦고 있었다. 그제야 루야오가 자기를 놀린 걸 알게 되었다. 그는 얼른 집사에게 말했다.

"알겠어요. 이제 잘게요."

"그래야요. 결혼을 했으면 그렇게 해야지." 하고 말한 뒤 빙그레 웃으며 책을 끼고 신혼방을 나갔다. 마리가 옷을 벗고 침대에 들어가려 할 때 신부는 농으로 그에게 말했다.

"오늘 밤도 책 읽으러 가셔야죠. 뭘 그리 서두르세요."

두 사람은 밤새도록 사랑을 나눴다. 그렇게 한 달이 지났다. 마리는 색시와 함께 루야오의 집에 가서 차를 마시며 이야기를 나눴다. 루야오가 말했다.

"앞으로 뭘 하며 살 생각이야?"

그러자 마리가 한숨을 쉬며 말했다.

"좋은 방법이 없어. 되는 대로 살아야지."

"내 생각에 너는 관리가 되는 게 좋을 것 같아."

마리가 쓴 웃음을 지었다.

"지금까지 몇 년 동안 과거시험이 열리지 않았잖아. 무슨 수로 관리가 되겠어."

"그럼 돈 주고 하나 사지 그래?"

"내가 그렇게 많은 돈이 어디 있니."

마리가 고개를 저으며 말했다. 루야오가 이어서 말했다.

"내가 은 천 냥으로 벼슬을 하나 사서 널 줄게."

그러자 마리가 말을 급히 막았다.

"루야오 형, 형의 큰 은혜는 평생 갚아도 다 갚지 못할 정도야. 이제 절대로 더 이상 나 때문에 걱정하지 마."

그러자 루야오는 빙그레 웃으며 일어나 서랍에서 문서 하나를 꺼내 마리에게 주었다.

"내가 벌써 네 대신 지부(知府)에 난 벼슬 하나를 샀어. 이걸 가져가 얼른 부임을 해."

마리가 그 말을 듣고 털썩 무릎을 꿇고 머리를 조아렸다. 루야오는 마리를 잡아 일으키며 말했다.

"마리야, 이러지 마. 내가 미리 작별주를 마련해 뒀어. 가자. 우리 실컷 마셔보자."

마리는 색시를 데리고 관리가 되기 위해 떠났다. 루야오는 관리가 되고 싶지 않아서 집에서 한가롭게 세월을 보내고 있었다. 그러나 얼마 뒤 그의 집에 큰 불이나 모든 것이 불타 없어졌다. 졸지에 루야오의 집은 가난해져 끼니도 이을 수 없을 정도가 되었다. 어떻게 하지? 루야오는 마리가 생각났다. 서둘러 그를 찾아가 돈을 빌린 뒤 생활비에 보태야겠다고 생각했다. 루야오는 작은 보따리를 싸서 마리를 찾아 떠났다. 몇 달이 지나자 여비도 다 떨어져 구걸을 하며 고생고생 끝에 겨우 마리가 있는 곳에 도착했다.

마리의 아내는 구걸하고 있는 루야오를 보고는 그를 쫓아내며 가까이 오지 못하게 했다. 루야오는 탄식을 하며 만약 마리였다면 저렇게 할까 생각했다. 그래서 문지기에게 말했다.

"내가 자네 마 대인과 먼 친척 사이라네. 얼른 들어가서 알리게."

마리는 루야오가 왔다는 소리를 듣고 얼른 문을 열라고 하고는 직접 루야오를 관아 안으로 안내했다. 한쪽에는 세수할 물을 한쪽에는 향기로운 차를 마련하게 했다. 마리는 술상을 차리라 시켰다. 그리고 루야오와 함께 술을 마시기 시작했다. 두 사람은 술을 마시며 마음속 애기도 나누며 참으로 다정한 모습이었다. 저녁이 되자 마리는 부드러운 침대를 준비하고 이불을 준비시켰다. 또 몇 명을 보내 루야오의 시중을 들게 해 매일 아침저녁이며 술상을 준비시켰다. 루야오는 이곳에서 잘 먹고, 잘 자고, 잘 놀았다. 그런데 마리에게 돈까지 빌려달라는 말이 차마 안 떨어졌다. 순식간에 석 달이 지나 새해를 맞았다. 루야오가 이제 집에 돌아가겠다고 하자 마리가 말했다.

"겨우 석 달밖에 안 지났는데 집에 간다니. 내년에 가."

또 금세 봄이 되었다. 루야오는 정말로 더 있을 수가 없어 마리가 무슨 말을 하더라도 집에 돌아가겠다고 했다. 마리도 더 이상 잡을 수가 없어서 루야오에게 말했다.

"형, 나도 형에게 줄 돈이 별로 없어. 2백 전뿐이니 가는 길에 차나 사 먹어."

마리는 2백 전을 루야오에게 건넸다. 루야오는 속으로 화가 났다.

'마리. 네가 날 잘못 대한 건 아니지만, 이렇게 길을 떠나는데 고작 2백 전이라니! 이건 차 사먹기도 부족한데. 또 밥은? 집에 가 아내랑 아이에게 뭐라 말하지? 그냥 이 돈은 받지 말자.'

하지만 또 마리가 곤란해 할까 걱정도 되고 해서 루야오는 2백 전을 받아 품 안에 넣었다. 마리는 또 말했다.

"형, 나한테 전달해야 하는 공문이 몇 개 있어. 마침 형이 가는 김에 가져가 줘. 사람을 시켜 전달시키면 또 돈이 드니까. 그리고 이 서류는 형한테 주는 거니 꼭 집에 도착한 뒤에 봐. 형, 부탁할게."

이렇게 말하면서 루야오에게 서류를 건넸다. 루야오는 그걸 받아 보따리 안에 넣고 관아를 나왔다. 마음이 썩 좋지 않은 루야오가 답답한 마음으로 성문을 나설 때였다. 어떤 사람이 그를 가로 막았다.

"혹시 북쪽으로 가세요?"

"그렇소."

"내게 가마가 있는데 마침 북쪽으로 가는 길이니 타세요."

"난 돈이 없어요. 됐어요, 됐어."

"타세요, 타. 2백 전만 받을 테니. 이리 오세요. 미안해 말고."

그는 옆에서 좋은 가마를 들고 오더니 억지로 루야오를 들어가 앉혔다. 루야오는 속으로 생각했다.

'이 사람 정말 장사를 잘하네. 손님을 막 끌어 앉히네. 여하튼 나는 2백 전이 있잖아.'

한낮이 되자 가마는 관아 문 앞에 멈춰 섰다. 그 사람은 루야오를 가마에서 내리라 하더니 관아를 가리키며 말했다.

"당신은 첫 번째 공문을 저곳에 갖다 주세요."

이렇게 말한 뒤 가마를 들고 가버렸다. 루야오는 서둘러 소리쳤다.

"가마 탄 돈 가져가시오."

그 사람이 고개를 돌려 말했다.

"다른 사람이 대신 줬어요."

루야오는 누가 자기 대신 돈을 치렀는지 알 수 없었다. 루야오는 관아로 들어가 공문을 전달했다. 사또는 직접 나와 맞이하고는 루야오를 객실로 데리고 들어갔다. 물을 길어 세수를 하게 하고, 차를 끓여 내왔다. 좋은 술과 음식을 차려 루야오에게 대접했다. 저녁에는 부드러운 침대와 이불에서 루야오는 아주 편하게 단잠을 잤다. 이튿날 아침, 누군가 차려주는 아침을 먹은 뒤 사또는 관아에서 루야오를 배웅했다. 이때 어떤 사람이 말 한 필을 끌고 와 루야오에게 말했다.

"이 말을 타고 가세요."

루야오는 이 사람이 누구인지 몰랐지만 그 사람이 또 말했다.

"공문을 전달하려면 이 말을 타고 가야 합니다."

이렇게 말하더니 루야오를 말에 태웠다. 말을 타고 한낮이 될 때까지 달리다 보니 한 관아 앞에 이르렀다. 공문을 전달하러 안으로 들어가니 한 관원이 직접 나와 반겼다. 그리고 루야오를 아주 잘 대접했다. 다음 날 아침을 먹은 뒤 이번에도 관아를 나왔다. 길을 나설 때 루야오는 말을 타지 않고 가마를 탔다. 매번 관아에 도착할 때마다 관아에서는 루야오를 어르신으로 모시고 잘 대접했다. 루야오는 마리가 준 공문을 다 전달하고 나서야 집에 도착할 수 있었다. 다시 집에 온 루야오는 눈이 휘둥그레졌다. 겨우 두 칸 남짓이던 자기 집이 앞뒤로 대문이 세 개나 되는[2] 큰 기와집으로 변해 있었기 때문이다. 그가 놀라고 있을 때 부인과 아이가 집에서 뛰쳐나와 그를 반겼다. 루야오가 어리둥절해하며 어떻게 된 일이냐고 물었다. 부인이 대답했다.

"당신이 떠난 뒤 얼마 안 되었을 때 어떤 사람이 와서 우리에게 집을 지어줬어요. 그래서 제가 다른 집을 잘못 짓는 거 아니냐고 물었거든요. 그런데 그 사람이 묻지 말라고 하고는 돈이랑 곡식도 주고, 집을 다 짓더니 우리더러 들어와 살라고 했어요. 전에 팔아먹은 땅도 되찾아왔구요."

루야오는 그제야 모든 것을 알게 되었다. 이것은 모두 마리가 그를 위해 마련한 것이었다. 그는 얼른 마리가 준 편지를 꺼내 열어 봤다. 그 편지에는 이렇게 씌어 있었다.

길이 멀어야(路遙) 말의 힘(馬力)을 알 수 있고,
세월이 흘러야 사람의 마음을 알 수 있다지.
형은 하룻밤 나를 속였지만,
나는 두 해 동안 형을 속인 거야.

---

2 [역자주] 삼진(三進): 종사문화(宗祠文化)를 위주로 한 중국 민거문화(民居文化)에서 대저택은 일반적으로 3진(三進), 4진(四進) 혹은 5진(五進)으로 이루어져 있다. 삼진이란 문을 세 개 지나야 안채에 도착한다는 뜻이다.

孔姬和葩姬

옛날에 두 자매가 있었다. 언니 이름은 콩지(孔姬)였고 죽은 엄마가 낳은 아이였으며, 동생은 파지(葩姬)라고 계모가 낳은 아이였다. 이 두 자매에 대해 말하자면, 언니 콩지는 예쁘고 마음씨도 좋고 손발도 부지런하고 잽쌌다. 동생 파지는 얼굴도 곰보자국이 있고 자랄수록 못생겼을 뿐만 아니라 마음씨도 나쁘고 또 돼지처럼 게을렀다. 그런데 이 마음씨 나쁜 계모는 친딸 파지만 딸로 보고 전처의 딸인 콩지는 사람으로 여기지도 않았다. 맛있는 것 있으면 다 파지에게 주었고 예쁜 옷도 다 파지에게만 입혔다. 힘든 일이 있으면 콩지에게 혼자 하라고 시켰으며, 또 아무 때나 온갖 방법으로 콩지를 부려먹었다.

한번은 계모가 두 딸에게 밭을 매라고 시켰다. 밭은 두 개로 나눠주었지만 도구는 다른 것을 주었다. 파지에게는 날카롭고 쓰기 좋은 호미를 주었고, 콩지에게는 무디고 녹슬었으며 쓰기 안 좋은 호미를 주었다. 게다가 파지가 파는 땅은 모래밭이고 콩지가 파는 것은 돌밭이었다. 콩지가 땅을 파고 또 파자 손바닥에선 피가 났다. 한참을 팠지만 한 줄도 다 파지 못했다. 콩지가 친엄마가 살아계실 때와 또 지독한 계모를 떠올리자 참지 못하고 슬프게 울었다. 이때 갑자기 하늘에서 오색구름 한 조각이 내려왔는데 구름 위에는 검은 암소 한 마리가 있었다. 검은 암소는 땅에 내리자마자 콩지를 도와주었다. 정말 눈 깜짝할 사이에

---

1 차오셴족(朝鮮族)에 전해오는 이야기. 차오셴족의 인구는 2000년 현재 1,923,842명인데, 길림성과 흑룡강성, 요녕성 등 동북3성에 전체의 약 92%가 분포하고 있다. 오늘날 차오셴족은 19세기부터 한반도에서 정치적 경제적 이유로 인한 유입으로 형성된 과계민족(跨界民族)이다.

밭을 깨끗이 갈아버렸다. 콩지가 검은 암소에게 고맙다는 인사를 하려고 했지만 암소는 이미 구름을 타고 하늘로 올라간 뒤였다. 계모는 콩지가 파지보다 더 일찍 돌아오는 것을 보고 다짜고짜로 욕을 했다.

"게으른 년! 틀림없이 밭을 다 갈지 않고 돌아왔을 거야."

콩지가 말했다.

"어머니, 그 땅을 다 갈았어요. 믿지 못하겠으면 가서 한번 보세요."

계모는 그 말을 믿지 못해 서둘러 밭으로 달려갔다. 정말 그 돌밭은 깨끗이 잘 갈아져 있었다. 그녀는 울화통이 치밀었다.

또 한번은 다른 마을에 있는 친척집에서 잔치가 열렸으니 다들 놀러 오라는 소식이 전해졌다. 날이 채 밝지도 않았지만 계모는 콩지에게 일어나 밥을 하라고 했다. 그리고 자기와 파지는 씻은 뒤 머리도 빗고 연지도 찍고 분도 바르며 단장을 했다. 계모와 파지는 콩지가 해 준 밥을 먹고 길을 떠났다. 출발하기 전, 계모는 콩지에게 집에서 해야 할 일 세 가지를 말했다. 그게 뭐냐면, 첫 번째는 큰 항아리에 가득 물을 긷는 것이었고, 두 번째는 큰 세 개의 대야에 모시풀을 삶는 것이었고, 마지막 세 번째는 돌피 석 되를 다 찧는 것이었다. 이것은 잔치에 오지 말라는 뜻이었다.

콩지는 설거지를 마친 뒤 바로 물을 길었다. 한 번 또 한 번 여러 번을 길었지만 물 항아리에는 물이 차지 않았다. 콩지는 물 항아리 가장자리를 잡고 안쪽을 쳐다봤다. 물 항아리 바닥에는 구멍이 하나 나 있었다. 이런데 물을 어떻게 담으라는 말이람! 그래서 콩지는 문턱에 앉아 슬프게 울기 시작했다. 콩지가 울고 있을 때 갑자기 두꺼비 한 마리가 부엌에 펄떡펄떡 뛰어 들어왔다. 그리고 바닥이 뚫린 큰 항아리에 다가가 제 몸으로 바닥의 구멍을 꽉 막았다. 콩지는 다시 물동이로 물을 이기 시작했다. 그러자 얼마 되지 않아 물 항아리는 물로 꽉 찼다.

콩지는 물을 기른 다음 잠시도 쉬지 않고 모시풀을 삶기 시작했다.

하지만 땔감이 젖어 태우기가 어려웠다. 태울수록 매운 연기만 났다. 이렇게 많은 모시풀이 언제 다 삶을 수 있을까? 콩지는 또 슬프게 울기 시작했다. 이때 하늘에서 오색구름 한 조각이 내려왔다. 구름 위에는 검은 암소 한 마리가 있었다. 자세히 보니 지난 번 그 검은 암소였다. 암소는 땅에 내리자마자 모시풀을 먹기 시작했다. 암소가 입을 열어 후두둑 후두둑 배속으로 삼키면 또 찌직 찌직 엉덩이에서 뭔가가 나왔다. 콩지가 다가가 보니 모시풀이 소의 배속으로 들어갔다 나오면 다 익어져 나왔다. 바로 김까지 무럭무럭 나고 있었다! 콩지가 검은 암소에게 고맙다는 인사를 하려고 했지만 암소는 이미 구름을 타고 하늘로 올라간 뒤였다.

모시풀을 다 삶은 뒤 이번에는 돌피를 찧기 시작했다. 그녀는 돌피를 나무절구에다 쏟고서 찧고 또 찧었다. 검고 맑고 매끄러운 돌피가 찧을 때마다 벼룩처럼 튀었다. 한참을 찧었지만 겨우 돌피 한 줌뿐이었다. 어휴, 언제 저 돌피 석 되를 다 찧을 수 있을까? 콩지는 또 슬프게 울기 시작했다. 콩지가 울고 있는데 갑자기 "와르르" 하는 소리가 들려왔다. 한 무리의 참새들이 하늘과 땅을 뒤덮을 기세로 날아왔다. "재잘재잘" 하는 소리만 들리는가 싶더니 얼마 안 돼서 돌피 석 되가 다 까졌다. 참새들은 또 "와르르" 하며 날아가 버렸다. 콩지가 돌피를 한 줌 쥐고 보았더니 사람이 빻은 것보다 더 깨끗했다. 하늘의 도움 덕분에 콩지는 반나절 만에 세 가지 일을 다 끝낼 수 있었다.

그녀는 신이 나서 잔치에 가려고 했다. 잔치에 가면 예쁜 옷을 입어야 되는데, 콩지는 너덜너덜 기운 옷을 입고 발끝이 드러난 신발을 신고 있었다. 그녀는 눈물을 또 줄줄 흘렸다. 콩지가 울고 있는데 갑자기 눈앞이 번쩍였다. 그녀가 눈물을 닦고 보니 맑은 하늘에 무지개가 생겨났다. 그 무지개를 따라 선녀 한 명이 내려왔다. 선녀는 콩지 앞으로 다가와 빙그레 미소만 지을 뿐 아무런 말을 하지 않았다. 선녀는 자신의 옷과 신발을 벗어 콩지에게 주었다. 콩지가 공손히 선녀에게 고개 숙여 인사를 했다. 그런데 고개를 들자 무지개가 사라지고 선녀도 없어졌다. 콩지가 옷을 입어 보니 딱 맞았다. 또 신발을 신어 보니 크기가 딱 맞았다. 콩지는 원래 예쁘게 생긴데다가 선녀의 옷과 신발을 신자 봄에 막 돋아난 나비같이 아름다웠다. 콩지는 신나게 잔칫집으로 걸어갔다. 가는 길에 콩지는 집에 돌아오는 계모와 파지를 만났다. 그들은 콩지를 보고 처음에는 하늘에서 내려온 선녀인 줄 알았다. 계모는 다가가보더니 그녀가 콩지인 것을 알고 그녀의 옷을 잡아당기며 말했다.

"너, 이 예쁜 옷은 누가 준 거야?"

파지는 허리를 구부리며 콩지에게 물었다.

"이 좋은 구두는 어디서 났어?"

콩지는 사실대로 대답했다. 이 말을 들은 계모는 엄청 분하게 생각되었다.

'내가 이 계집애를 혼내주고 싶은데 하늘이 번번이 얘를 도와주네. 왜 자꾸 나를 방해하지? 쳇, 그럴 순 없어.'

잠시 후 계모는 콩지가 말을 꾸며서 거짓말을 한다고 우겼고, 파지도 콩지가 다른 사람의 옷을 훔쳤다고 말했다. 그들은 그 자리에서 콩지의 옷을 벗겼다. 거기서 끝난 것이 아니었다. 큰 연못으로 끌고 가 콩지를 빠뜨려 죽이려고 했다. 콩지의 다리 하나가 이미 물속으로 들어간 순간, 갑자기 파지는 구두 생각이 나 콩지에게 한쪽 신발이라도 벗으라고 했다. 그리고는 "풍덩" 콩지를 물속으로 밀어버렸다. 그들은 옷과 구두를 가지고 도망갔다. 이런 일이 벌어졌을 때 국왕의 신하들이 그곳을 지나가다 살려달라는 소리를 듣고 급히 콩지를 구해주었다. 국왕의 신하들은 콩지를 구한 뒤 그녀가 신발을 한 짝만 신고 있는 것을 보고 물었다.

"다른 한 짝은 어떻게 된 겁니까?"

콩지가 다른 한 짝은 계모에게 뺏겼다고 했다. 신하들은 신발 한 짝을 국왕에게 바쳤다. 구두의 한 짝을 받은 젊은 국왕은 이 구두를 보며 그동안 보아온 어떤 구두보다 예쁘다고 생각했다. 그리고 신하들로부터 이 신발의 주인이 엄청 예쁘다는 말을 듣자 신발의 주인을 찾아 왕비로 삼겠노라며 어서 찾아오라고 했다. 하지만 신하들은 신발의 주인이 누구인지 이름이 무엇인지 사는 곳은 어딘지 전혀 알 수 없었다. 하는 수 없이 마을 집집마다 다니며 찾아볼 수밖에 없었다.

어느 날, 신하들이 콩지 집까지 찾아왔다. 계모가 그들을 맞이하자 신하들은 신발 한 짝을 보여주며 물었다.

"이 신발은 당신 딸의 것인가?"

계모는 그들이 조정에서 내려온 사람인 것을 보고는 얼른 "그럼요, 그럼요."라고 대답했다. 신하들이 다시 물었다.

"그럼 다른 한 짝은 어디에 있느냐?"

계모는 얼른 신발장에서 다른 한 짝을 꺼내 보여주었다. 신하가 마당 안을 둘러보다 이 집에 예쁜 아가씨와 못생긴 아가씨가 있는 것을 보고 물었다.

"이 신발은 누구 것이냐?"

콩지가 막 대답하려고 할 때 계모가 얼른 막으며 대답했다.

"이것… 이것은 우리 파지의 것입니다."

그리고는 파지를 신하들 앞에 데려왔다. 신하들이 파지를 보자 뭔가 좀 이상함을 느꼈다.

'이 신발의 주인은 엄청 예쁜 아가씨라고 들었는데, 이 아가씨는 얼굴에 곰보자국이 가득해. 진짜인지 가짜인지 신겨보면 알겠다.'

그래서 신하는 파지에게 말했다.

"이 신발이 네 것이라면 한번 신어 보거라."

파지는 신발을 가져와 신어보았다. 발끝은 어찌어찌 들어갔지만 발꿈치가 밖으로 삐져나왔다. 무지 좋은 꿈을 꾸었지만 날 때부터 크게 태어난 발은 도저히 맞지가 않았다. 신하들은 이 모습을 보고 무척 화가 났다. "어휴!" 하며 칼을 빼고선 계모를 향해 외쳤다.

"이 여자가 감히 나를 속이려 들다니. 어서 말해! 이 신발이 도대체 누구 것이냐?"

계모는 너무 놀라 혼비박산이 되어 떨면서 사실을 털어놓고 말았다. 그래서 콩지가 신발을 신어보자 크지도 작지도 않고 딱 맞았다. 콩지는 또 선녀가 주신 옷을 달라고 했다. 신하들의 앞에서 계모는 감히 거절할 수 없어 그 옷을 콩지에게 주었다. 콩지는 선녀의 옷으로 갈아입고 선녀의 신발을 신었다. 그녀는 원래 선녀 같은 미모가 있기 때문에 마치 선녀와 별 차이가 없었다. 곧장 신하들은 그녀를 화려한 가마에 태우고 가버렸다. 화려한 거마를 타고 가버린 콩지를 본 계모는 샘도 나고 또 화도 났다. 그래서 파지를 끌고 와 때렸다. 왜 파지를 때렸냐고? 계모는 아마도 이런 뜻이었을 거다.

"누가 너더러 이렇게 멍청하게 발이 크라고 했어? 네가 왕비가 되어야 내가 뭐라도 좀 얻어먹을 거 아냐!"

55 두 형제와 보물 산삼[1]

小哥倆和宝参

이 이야기는 아주 오래 전 이야기다. 창바이산(長白山) 아래에 두 형제가 살고 있었다. 형인 찐바오(金寶)는 19세였고 동생인 인뻬이(銀貝)는 17세였다. 동생은 어렸을 때부터 몸이 허약해서 잔병치레를 많이 했는데, 이때도 동생은 갑자기 심각한 병에 걸렸다. 형은 천지를 찾아다니며 세상에서 뛰어난 의사를 모셔와 동생에게 대략 810첩의 약을 먹였다. 그런데 병은 차도는커녕 갈수록 더 심해져 갔다. 어느 날, 형이 동생 옆을 지키고 있었다. 한숨만 남은 동생을 보고 자기도 모르게 슬퍼져 눈물이 흘렀다. 부모도 없이 형제 둘이서 어렸을 때부터 고생고생하며 자랐었다. 배부르게 먹어본 적도, 새 옷을 입어본 적도 없었던 걸 생각하면 바늘에 찔린 것처럼 마음이 아팠다. 하염없이 흐르는 눈물은 줄 끊어진 구슬처럼 한 줄 한 줄 이어져 떨어졌다. 그는 몇 날 며칠 밤을 울었는지 모른다. 다만 기억나는 거라곤 하늘의 별이 빛났다가 다시 흐려지고, 또 산 아래 수탉이 울다가 멈추고 또 다시 멈추었다 울고 하는 것뿐이었다. 그날, 형은 울다 울다 지쳐 동생 옆에서 엎드려 잠들고 말았다. 얼마나 잠들었을까? 갑자기 누군가 자기를 툭툭 치면서 나지막이 말했다.

"애야, 애야! 참 고생이 많은 아이야! 형제간의 정이 이리도 깊다니 참으로 쉽지 않은 일이지. 피도 눈물도 없는 사람도 너에게 감동받을 거야. 내가 너에게 한마디를 해주마. 창바이산의 묵은 산삼은 해마다 수명을 더해 가는구나. 어서 가서 캐거라, 사람 살리는 게 급하나니."

---

[1] 차오셴족(朝鮮族)에 전해오는 이야기.

형이 깨어 보니 아무도 없었다. 방금 꿈을 꾼 것이었다. 그런데 다시 생각해 보니 창바이산 산삼이라면 어쩌면 동생의 병을 고칠 수 있을지도 모를 일이었다. 그래서 독한 마음을 먹었다.

'내가 죽는 한이 있더라도 꼭 창바이산의 산삼을 캐 와서 동생의 병을 고쳐 줄 거야.'

다음 날 날이 밝자 형은 산에 들어갈 준비를 마쳤다. 동생은 정신이 들어서 형이 자기 때문에 산에 들어간다는 것을 알고 형의 손을 잡고 눈물을 흘렸다.

"형! 여태 산에 들어가서 산삼을 캐러 간 사람들 중 살아서 돌아온 사람은 열에 한두 명밖에 없어. 형, 제발. 산에 들어가지 마."

형도 눈물을 흘리며 동생에게 말했다.

"형은 죽어서도 창바이산의 산삼을 캐 와서 네 병을 고쳐 줄 거야. 형이 며칠 동안 먹을 식량도 준비해 두었으니까 배고프면 알아서 챙겨 먹어. 동생아, 내 사랑하는 동생아. 형이 돌아올 때까지 꼭 버티고 기다려야 돼."

형은 눈물을 흐리면서 동생과 작별인사를 하고 혼자 창바이산으로 들어갔다. 끝도 없이 깊은 숲속을 사흘 밤낮으로 걸었다. 걸으면서 내내 모든 산비탈과 풀숲을 뒤져봤지만 산삼의 잎도 볼 수 없었다. 그러던 어느 날, 형은 두메산골에 이르렀는데 너무 피곤하고 배고파서 눈앞이 갑자기 깜깜해지며 휙 풀숲에 쓰러지고 말았다. 얼마 뒤 정신이 오락가락하는 가운데 선녀같이 예쁜 여자가 보였다. 그녀가 자기 앞으로 다가오더니 빙그레 웃으면서 말했다.

"두메산골엔 보물 같은 산삼이 많아요. 한 뿌리를 먹으면 몸이 든든해지고, 두 뿌리를 먹으면 온갖 병이 낫지요."

이렇게 말한 뒤 그의 얼굴에 훅 입김을 불었다. 그랬더니 푸른 구름으로 변해 눈 깜짝할 사이에 사라지고 말았다. 형은 온몸이 시원해짐을 느끼며 정신을 차리고 깨어났다. 그런데 자기가 누워있는 곳 주변으로 큰 산삼 꽃이 송이송이 피어 있는 것이 보였다. 그는 겨우 일어나 앉아 조심스럽게 한 뿌리를 캐서 잎부터 뿌리까지 몽땅 먹었다. 한 입이 들어가자 정신이 확 맑아지더니 두 입을 삼키자 몸에서 열이 후끈 올랐다. 한 뿌리를 다 먹은 뒤에는 온몸에 힘이 흘러 넘쳤다. 형은 중병을 걸린 동생을 잊지 않고 제일 크고 좋은 산삼 두 뿌리를 캐서 조심스럽게 품고는 산 아래로 내려갔다.

집에 도착해 보니 동생은 겨우 숨이 붙어 있었다. 형은 얼른 산삼을 탕으로 끓여 한 모금 한 모금 동생 입에 넣어주었다. 한 모금을 먹였더니 동생이 눈을 떴다. 두 모금을 먹이니 말을 하기 시작했고, 세 모금을 먹이니 동생은 일어나 앉을 수 있었다. 산삼탕을 다 마시자 동생은 언제 아팠냐는 듯 송아지처럼 튼튼해졌다. 형은 너무 기뻐서 동생에게 말했다.

"아우야, 형이 산삼이 나는 두메산골을 찾았어. 우리 다시 그곳에 가 몇 뿌리를 더 캐오자. 우리 여태 고생만 하고 살았는데 이제는 좋은 세월을 보내야지."

동생도 좋아하며 그러자고 했다. 다음 날 날이 채 밝기도 전에 둘은 두메산골을 찾아 갔다. 둘은 산삼을 캐고 또 캤다. 계속 캐다 보니 해가 서쪽으로 기울었다. 형이 말했다.

"아우야, 이렇게 많은 산삼은 우리 둘이서 다 쓰지도 못해. 너무 욕심을 부리지 말자. 날이 아직 어두워지지 않았으니 이제 산을 내려가자."

동생은 형이 산삼을 자루에 넣은 뒤 둘러메고 산을 내려가는 것을 지켜보았다. 동생이 가만히 보니 형의 어깨에 있는 산삼 자루가 황금덩어리로 보였다. 동생의 마음에선 불쑥 이상한 생각이 피어났다.

'만약 형이 없다면 이 많은 산삼은 다 내 것이 될 거야.'

이런 생각이 들자 동생은 형을 그냥 밀어버리고 싶다는 생각을 참을 수가 없었다. 그러나 다른 한편으로는 '형이 내 병을 낫게 하려고 얼마나 많은 위험을 겪었는데 어떻게 그럴 수 있지?'라는 생각도 들었다. 그래서 동생은 형에게 이렇게 말했다.

"형. 이런 말하면 이상하긴 한데, 내가 형의 어깨에 있는 산삼 자루를 보니 욕심이 생겨서 형이 없었으면 하는 생각이 잠시 들었어. 산삼 자루를 보면 욕심이 생기는 것을 같으니까 내가 그 산삼 자루를 멜게."

형은 그저 씩 웃으며 산삼 자루를 동생에게 주고 동생에게 앞서 가라고 했다. 이렇게 말을 해놓고 동생의 뒤를 따르다 보니 정말 이상하게도 형도 동생과 똑같은 생각이 들었다. 산삼 자루를 본 순간 자루 안의 산삼이 황금덩어리로 변하는 것 같았다. 자기도 모르게 동생을 없애고 혼자서 산삼을 독차지하고 싶다는 생각을 하게 되었다. 형은 골똘히 생각하다 동생을 불러 세웠다.

"아우야, 방금 형도 너랑 같은 생각이 들었어. 산삼 자루를 보니 나쁜 생각이 떠오르네. 그래서 생각해 본 건데, 우리 이 산삼을 도로 두메산골에 갖다 놓자. 생각해 보렴. 우리 둘만해도 산삼을 보니 욕심이 생기잖아. 만약 다른 사람이 우리가 이렇게 많은 산삼을 가진 걸 알게 되면, 우리를 해치려 할 게 분명해. 그때가 되면 우리 둘은 목숨도 재산도 모두 잃게 될 거야. 그러니 우리 산삼을 도로 갖다 놓는 게 좋겠어."

동생도 형의 말이 옳다고 생각했다. 둘은 다시 두메산골로 가 캐 온 산삼을 하나하나 원래 있었던 곳에 다시 심었다. 그러다 보니 어느새 날이 저물었다. 둘은 잠시 쉬었다가 어둠을 헤치고 산을 내려 왔다. 하지만 가다 보니 길을 잃고 말았다. 날은 점점 더 어두워졌고, 이리와 호랑이 울음소리가 끊임없이 들려왔다. 형제는 힘이 들고 배고픈데다가 이젠 무서워지기까지 했다. 그래서 잠시 쉬기 위해 몸을 숙이고 늙은 소나무 아래로 기어 들어갔다. 빽빽한 깊은 수풀 속에서 반딧불이 한 무리가 나는 것이 보였다. 반딧불이는 형제 앞을 왔다갔다 날아다녔다. 순간 백발홍안의 한 노인이 품속에 두 명의 아이를 안고서 그들 앞으로 다가왔다.

"너희같이 재물에 욕심내지 않는 사람은 보기 드물구나. 오늘 곤경에 처했으니 내가 너희들에게 살길을 알려 주겠다. 반딧불이의 방향을 따라 산을 내려가라. 그리고 이 두 명의 아이는 부모가 없다. 너희들이 데리고 가 잘 키워라."

이렇게 말하면서 두 아이를 형제들에게 주고는 바람처럼 휙 남쪽으로 사라졌다. 형제는 너무 놀랐지만 아마도 산신령이었다고 생각하고는 얼른 남쪽을 향해 몇 번이고 절을 올렸다. 그리고 아이들을 안고 반딧불을 따라 산을 내려갔다. 두 아이를 품에 안은 형제는 얼마나 기뻤는지 몰랐다. 아이들을 보물처럼 불면 꺼질까 쥐면 터질까 애지중지하며 키웠다. 대낮에 산을 올라갈 때는 등에 업고 갔고, 밤에는 안고 자면서 지극히 아꼈다. 두 아이도 착하고 귀여웠는데 내내 형! 형! 부르며 형제를 기쁘게 했다. 순식간에 3년이 지나 두 아이는 일곱 살이 되었다. 어느 날, 두 아이가 밖에서 놀다가 저녁 무렵에야 집에 돌아왔다. 둘이는 형제 앞에 와 공손하게 고개를 숙이며 말했다.

"지난 3년 간 형님들이 우리를 키워 주신 은혜는 산처럼 큽니다. 내일 만약 저희가 안 보이면 마을 남쪽 강변으로 찾으러 오세요."

형제는 그저 귀엽다고 여기며 좋아할 뿐 그들의 말에 별로 개의치 않았다. 다음 날 이른 아침, 형제가 깨어나 보니 두 아이가 보이지 않았다. 급히 사방으로 나가 찾아봤지만 그림자도 보이지 않았다. 그제야 어젯밤 아이들이 했던 말이 생각나서 서둘러 강변으로 달려갔다. 그러나 강 위에는 뿌연 안개만 피어 있었다. 자세히 보니 강 중앙에 큰 접시만 한 꽃 두 송이가 나란히 피어 있었다. 매우 붉은 그 꽃은 형제를 향해 고개를 숙였다. 형제는 매우 이상하게 생각했다. 그러자 꽃은 두 아이로 변한 뒤 매우 공손하게 형제에게 말했다.

"저희는 창바이산에서 오랫동안 수련한 보물 산삼(寶蔘)이에요. 삼 년 전 산신령이 두 형제분의 선량한 마음을 보고 저희를 당신들에게 보냈지요. 우리는 천 년이 되려면 삼 년이 부족했기 때문에 아이가 되어 계속 수련을 한 것입니다. 오늘에서야 수련을 마치고 보삼이 되었습니다. 두 형님께서는 안개가 사라지기 전에 우리를 캐 가세요. 이때를 놓치면 우리는 원기가 빠져서 다시 아이로 변해버릴 것입니다. 그러면 또 다시 삼 년을 수련해야 하니, 형님들은 절대로 때를 놓치지 마세요!"

말을 마친 아이들은 다시 꽃으로 변했다. 강가에 멍하니 섰던 형제는 몹시 마음이 아팠다. 삼 년 동안 마치 친형제처럼 밤낮으로 함께하며 공들여 두 아이를 키운 일이 생각났다. 오늘 이후로 그들을 다시 만나지 못한다고 생각하니 얼마나 서운한지 어느새 눈물이 뚝뚝 떨어졌다. 두 형제는 큰소리로 이렇게 소리쳤다.

"우리는 마음의 정을 중요하게 생각하지 절대 재물에 욕심을 내지 않아. 두 동생들이 다시 아이가 되기를 간절히 빌며 기다릴 거야. 우리와 영원히 함께 살자."

그러자 하늘에서 기쁜 소리가 들리더니 남쪽으로부터 오색구름이 떠왔다. 구름 속에는 백발홍안의 노인이 서 있었다. 형제가 보니 바로 창바이산에서 만났던 산신령이었다. 산신령은 강가로 내려와 강 속을 향해 손짓을 하며 말했다.

"두 명의 산삼 동자는 듣거라. 이 두 형제가 이처럼 정과 의리를 알고 있으니, 내 특별히 너희들이 원하는 대로 변해 이들에게 보답하도록 허락하겠다."

이 말을 듣자마자 꽃이 수면 위로 떠올랐다. 눈 깜짝할 새에 그 꽃은 두 명의 아리따운 소녀로 변했다. 그리고 강가로 올라와 수줍어하며 형제에게 말했다.

"저희 소녀 둘은 형제분과 부부가 되어 평생 함께 살고 싶습니다."

형제는 뜻밖의 상황에 뭐라 말해야 할지 몰랐다. 한참 만에 산신령이 생각나 고개를 들어보니 벌써 산신령은 사라지고 말았다. 이후로 형제와 자매는 결혼해 두 쌍의 부부가 되었고, 날마다 잘 살았다고 한다.

56 황금주전자[1]

金壺

옛날에 두 형제가 있었다. 부모님은 다 돌아가셨고 두 형제는 몇 마지기 남짓 되는 땅에서 함께 농사를 짓고 살았다. 그런데 형이 결혼을 하고 난 뒤 상황이 완전히 달라졌다. 형은 아내의 말만 믿고서 동생을 때리거나 욕을 하곤 했다. 동생의 몫으로 일을 시켰지만 먹거나 입는 것을 제대로 챙겨주지 않았다. 형수는 그것도 부족하다고 생각하고선 남편과 상의해서 동생을 집에서 내쫓았다. 동생은 산으로 들어가 초막을 지어 이슬을 피하고 또 화전을 일구었다. 며칠 동안 도끼질을 한 뒤 동생이 막 불을 피우려 할 때 형수가 달려와 말했다.

"도련님. 옥수수의 씨를 산에 뿌린 뒤 불을 피우면 더 많고 더 큰 옥수수가 열릴 거예요."

동생은 소를 키우고 풀을 벤 적은 있지만 옥수수를 심어본 적은 없다. 그래서 그는 형수의 말을 믿고 옥수수 씨를 뿌린 뒤 불을 붙였다. 시간이 지나 집집마다 옥수수가 다 잘 자랐지만 동생의 땅에 심은 옥수수의 이삭도 볼 수 없었다. 그가 너무 다급해져 온 산을 뒤졌지만, 바위 틈에서 한 줄기 뿌리만 찾을 수 있었다. 그는 매일 이 옥수수 싹을 지켰고, 거름도 주고 잡초도 뽑고 흙도 북돋아 주었다. 8월이 되자 드디어 큰 옥수수가 열렸다. 그는 도둑이 훔쳐갈까 봐 밤낮으로 옥수수의 줄기 아래에서 지켰다.

어느 날, 그가 몸을 돌려 오줌을 누었는데 그 사이에 까마귀 한 마리가

---

1 투자족(土家族)에 전해오는 이야기.

옥수수를 물고 날아갔다. 동생은 그 까마귀를 필사적으로 쫓아갔다. 언덕 몇 개를 건너자 까마귀가 어떤 산의 동굴로 들어갔다. 동생도 따라 들어갔지만 너무 어두워서 아무 것도 보이지 않았다. 동생은 더듬으며 앞으로 나아갔다. 앞에서 반짝이는 빛이 보였고, 그는 조금이나마 마음이 놓였다. 앞으로 갈수록 더 밝아졌다. 갑자기 사람들의 말소리가 들렸다.

"형, 오후도 다 되었는데 밥 먹자!"

"그래. 나도 배가 고프구나. 셋째야, 황금주전자를 가져와."

동생은 말소리를 따라 계속 걸어갔고, 앞에는 깨끗한 돌집 한 칸이 있었다. 방 중간에는 탁자와 의자가 있고 수염을 하얗게 기른 노인 두 명이 마주앉아 있었다. 한 여자아이가 금빛 찬란한 주전자를 가져와 오른쪽 노인에게 주었다. 그러자 노인이 주문을 외웠다.

"황금주전자를 흔들 테니, 고기와 술이 빨리 나와라."

말이 끝나자 탁자 위에는 고기와 술이 가득 차려져 있었다. 그 사람들은 배부르게 먹고 취하게 마신 뒤 비틀거리며 어떤 문으로 걸어 들어갔다. 동생은 그들이 사라지고 한참동안 소리가 없는 것을 보고 황금주전자를 들고 다시 어둠 속을 더듬어 집으로 돌아왔다. 동생도 동굴에서 본대로 주문을 외웠다.

"황금주전자를 흔들 테니, 고기와 술이 빨리 나와라."

진짜 신기하게도 그의 허름한 탁자 위에 고기와 술을 잔뜩 차려졌다. 동생이 배불리 먹었다. 다음 날 동생은 다시 황금주전자에게 집, 가구, 농구를 달라고 했다. 이렇게 동생은 원하는 모든 것을 다 가지게 되었다. 그렇지만 그는 여전히 예전처럼 언덕에 올라가 농사를 짓고 눈앞에 만들어진 것을 그냥 먹지 않았다. 그래서 날이 지날수록 생활은 더욱 좋아졌다.

형은 동생이 산에서 큰돈을 벌어 큰집도 지었다는 소문을 들었다. 너무 이상해서 곧장 동생의 집으로 달려가 물었다.

"동생아, 너 작년에 옥수수 한 뿌리만 있더니 어디서 이 큰 집을 얻은 거야?"

동생은 말을 하나도 보태지도 않고 사실 그대로 황금주전자를 얻은 과정을 형에게 알려 주었다. 형은 욕심이 일어나 말했다.

"아우야, 나와 함께 그 동굴에 한번 가 보자. 나도 보물 하나를 가져올 수 있을 거 아니냐."

동생은 형 말대로 그 동굴까지 형을 데려다준 뒤 돌아왔다. 형은 동굴 속으로 더듬어 갔고 또 그 돌집도 볼 수 있었다. 그는 바위 뒤 숨어 기다렸다. 얼마 안 되어 수염을 하얗게 기른 노인 두 명과 아이 한 명이 나왔다. 앞에 있는 그 노인이 말했다.

"어! 낯선 사람 냄새가 난다. 빨리 찾아봐!"

결국 도망치지 못한 형은 돌집으로 끌려 나갔다. 한 노인이 말했다.

"흥, 감히 내 보물 동굴에 들어와? 아우야, 칼을 가져와라. 내 이 놈을 죽여 버릴 거야!"

다른 노인이 말했다.

"단칼에 죽이면 그건 너무 잘해주는 거야. 차라리 그의 코를 길게 늘어뜨려 평생 못생긴 얼굴로 살아가게 하는 건 어때?"

그가 손가락 두 개를 형의 콧구멍에 넣고 끌어당기자 형의 코가 3미터나 늘어났다. 그 사람들은 크게 웃더니 형을 동굴에서 쫓아냈다. 형은 울면서 집으로 돌아왔다. 형수는 남편에게 코가 왜 이렇게 길어졌냐고 물었다. 형이 그간의 사정을 다 얘기해 주자 그녀가 말했다.

"당신, 동생에게 가서 황금주전자를 빌려와요. 주문을 외우면서 코가 들어갈 수 있는지 없는지 한번 해봐요."

아내의 말이 끝나자마자 형은 산으로 뛰어가 동생을 데리고 왔다. 동생은 황금주전자를 꺼내 말했다.

"황금주전자를 한 번 내리치면 코 한 촌이 짧아지고, 두 번 내려치면

두 촌이 짧아져라."

과연 주문은 효과가 있었다. 형수는 그것을 보고 자기 남편의 코가 빨리 짧아지길 원하는 마음에 동생 손에서 황금주전자를 빼앗았다. 그리고는 내려치면서 주문을 외웠다.

"황금주전자를 한 번 툭툭 내려치면 코 십 촌이 짧아지고 두 번 내려치면 백 촌이 짧아져라."

이렇게 외우자 다 망해버렸다. 형의 코가 원래 3미터나 길어졌는데 백여 촌이라니? 원래의 코까지 다 배 속으로 들어가 버렸고 코가 있던 곳은 뻥하고 구멍이 되었다.

57

황표마 이야기[1]
黄骠马的故事

하스차오루(哈斯朝魯) 강변에 양치기 소녀 한 명이 있었다. 이 소녀는 꾀꼬리가 즐겁게 우는 것 같이 노래를 잘했는데, 자랄수록 백합처럼 아름다워졌다. 서둘러 길을 가던 사람들도 그녀를 보면 걸음을 멈추었다. 한여름이면 소 떼과 양 떼를 몰고 풀들이 무성한 곳에 방목을 하러 가야 하는 청년들도 그녀를 보면 떠나길 싫어했다. 사람들은 모두 이 소녀를 백합이라는 뜻으로 '바이허치치거(百合其其格)'라고 불렀다.

바이허치치거의 집에는 세 명의 식구가 있었다. 아버지는 바오인투(寶音圖)라고 했고, 어머니는 아이건화(愛根花)라고 했다. 노부부에게는 평생 아이라곤 그녀밖에 없었다. 그들은 매우 가난했다. 천막집은 너무 낡고 찢어져서 비바람을 막을 수 없었으며, 받침대는 썩어서 당장이라도 무너질 것 같았다. 집에는 젖소 한 마리와 늙은 암말 한 마리밖에 없었다. 이 늙은 암말은 배가 항상 불러 있었다. 유목민들이 바오인투를 보면 보음도를 보자마자 "바오인투 형님, 누런 암말이 곧 새끼를 낳을 것 같아요."라고 말하곤 했다. 보는 사람들마다 이렇게 말했지만 누런 암말은 결국 한 마리의 망아지도 낳지 않았다.

많은 날들이 또 지났다. 어느 날 아침, 바오인투의 늙은 암말이 드디어 망아지 한 마리를 낳았다. 갈기도 누렇고 털도 누래서 마침 황금망아지 같았다. 바오인투는 너무 기뻐서 입을 다물지 못했다. 바이허치치거도 너무 좋아서 껑충껑충 뛰었다. 아이건화도 너무 신이 나서 얼굴의

---

1 몽구족(蒙古族)에 전해오는 이야기.

주름살이 활짝 펴졌다. 그들은 낡은 양가죽 두루마기로 망아지를 싸서 안고 집으로 들어갔다. 하지만 늙은 암말은 망아지를 낳자마자 죽고 말았다. 온 가족은 무척 마음이 아팠지만, 어쩔 수 없이 슬퍼하며 늙은 암말을 묻어 줬다.

어린 황표마(黃驃馬)[2]는 갈수록 예뻐졌다. 낮에 해가 나오면 누런 갈기와 털은 황금색으로 빛났다. 밤에 달이 나오면 누런 갈기와 털이 은색으로 빛났다. 또 달리면 하늘의 유성보다 빠른 것 같았다. 황표마가 세 살이 되자 바이허치치거는 그를 타고 항상 방목을 하러 갔다. 네 살이 되자 그녀는 황표마를 타고 남자 유목민들이랑 경마에 참가했는데, 번번이 일등이었다. 바이허치치거는 황표마를 아주 좋아했고, 작은 황표마도 그녀를 한시도 떠나지 않았다.

어느 날 밤, 하늘에는 별이 하나도 없었다. 어둡고 으스스한 게 검은 소가죽 같은 밤이었다. 겨울바람이 천막집의 문을 쿵쿵하고 부딪쳤다. 먼 곳에서 굶주린 이리가 울부짖은 소리도 들려왔다. 아이건화는 너무 무서워서 밤새 잠을 이루지 못했다. 날이 밝아올 무렵, 겨울바람이 거세게 몰아쳐 문을 거세게 때렸다. 탕하는 소리와 함께 문짝은 떨어져나가고 말았고, 왕의 신하들이 곧장 집으로 들어왔다. 그 신하는 한 손을 허리에 붙이고, 또 한 손으로는 왕의 검은 가죽 채찍을 들고 있었다. 그는 송아지처럼 큰 눈으로 쳐다보면서 크게 소리쳤다.

"왕에게 내야 하는 세금 날짜가 이틀이나 지났다. 왜 아직도 내지 않고 있는 것이냐? 만약 다섯 마리의 양을 바치지 않으면 사람을 끌고 갈 것이다!"

아이건화는 사람을 끌고 간다는 말을 듣고는 털썩 무릎을 꿇으며 신하에게 애원했다.

---

2 [역자주] 황표마(黃驃馬): 흰 점이 뒤섞인 누런 말.

"나리, 나리! 살려주세요! 저희 집에는 양 반 마리도 없는데 어떻게 양 다섯 마리를 세금으로 낸다는 말입니까?"

그녀는 이렇게 말하면서 신하의 옷자락을 당겼다. 그러자 신하는 손을 들어 두 번이나 채찍질을 하면서 발로 그녀를 차버렸다. 아이건화는 땅바닥에 쓰러졌다. 바오인투가 아이건화를 부축하려 하자 신하의 가죽 채찍은 빗방울처럼 바오인투의 머리와 온몸에 떨어졌다. 곧 두 사람은 채찍 아래 쓰러지고 말았다. 신하가 손을 흔들자 십여 명의 부하들이 바이허치치거를 묶어 데리고 나갔다. 부부가 깨어나서 둘러보았지만 딸은 보이지 않았다. 밖으로 뛰쳐나가 보니 마구간에 있는 황표마도 빼앗긴 것을 알게 되었다. 바이허치치거는 부모님의 심장과 같이 애지중지하는 혈육이었다. 두 노인은 텅 비어 있는 파오와 조용한 마구간을 보며 통곡을 했다. 바이허치치거는 왕궁으로 끌려가 왕의 무희가 되었다. 그녀는 하루 종일 늙은 부모님과 사랑하는 황표마를 그리워하느라 춤 연습을 할 마음이 어디에도 없었다. 그러다 보니 매일 매질과 욕을 먹었다. 그들은 그녀의 마음을 바꿔놓기 위해 때리고 또 때렸다. 낮에는 먹지 못하고 밤에는 자지 못하는 나날이 계속되자 그녀는 점점 말라갔다.

어느 날, 자사투치(紮薩圖旗)의 왕이 가축과 노예 바꾸는 것을 상의하기 위해 왔다. 왕은 파티를 열어 그를 대접하였다. 옥돌 탁자 위에는 고기와 마유주(馬乳酒) 등 산해진미가 차려져 있었다. 두 사람의 왕은 마니주가 달린 옷을 입고 마주보고 앉았다. 샤오푸진(小福晉)은 직접 자사투치 왕에게 술을 따랐다. 왕의 신하가 탁자 앞에 와 은근히 아부를 하며 말했다.

"무희들이 춤을 잘 익혔습니다. 한번 공연을 하게 하여 취흥을 돋우는 게 어떻겠습니까?"

왕이 생각해도 자사투치 왕 앞에서 자기 체면을 세우기 위해 당장 무대에 올리라고 했다. 바이허치치거는 끌려 나왔다. 불쌍한 그녀가 어떻게 춤을 출 수 있을까? 몇 바퀴를 돌더니 정신을 잃고 쓰러졌다. 왕은 즉시 안색이 변해 무섭게 신하를 노려봤다. 신하는 자신의 왕이 체면을 잃자 바로 왕에게 잘못을 고했다. 그리고는 포악스럽게 그녀를 무대에서 끌고 나간 뒤 다짜고짜 그녀를 때리기 시작했다. 온몸에 성한 곳이 없게 된 바이허치치거는 마구간에 갇혔다.

그녀는 사흘 밤낮으로 아무 것도 먹지 않고 누워만 있었다. 나흘째 밤이 되자 그녀는 몽롱하게 잠이 들었다. 잠에 들자마자 그녀는 황표마가 자기를 구해주는 꿈을 꾸었다. 그녀는 너무 기뻐하며 잠에서 깨어났다. 그런데 눈을 뜨자 황표마가 정말 자기 앞에 서서 혀로 자기의 상처를 훑어주고 있었다. 그녀는 기뻐서 눈물을 흘리며 황표마의 목을 안고 황표마의 이름을 불렀다. 그녀가 잠에서 깬 것을 본 황표마가 말했다.

"어서, 어서, 서둘러요. 제가 당신을 구해주러 왔어요. 다른 것을 필요 없고 참빗, 나무빗, 그리고 거울만 가지고 도망쳐요."

바이허치치거는 왜 그래야 하는지 물어볼 틈도 없이 황표마의 말대로 그것들을 챙겼다. 그리고 황표마를 타고 달아났다. 왕이 거실에서 한가롭게 앉아있는데 갑자기 철청마(鐵靑馬)가 발굽으로 땅을 타며 히이힝 소리를 지르는 것을 들었다. 철청마는 무슨 심각한 일이 생겨야만 소리를 지르는 것이었다. 동시에 신하가 황급히 뛰어 들어와 보고했다.

"바이허치치거가 황표마를 타고 도망갔습니다!"

"뭐! 도망갔다고? 빨리 쫓아가거라!"

신하는 부하들을 데리고 그녀의 뒤를 쫓았다. 황표마는 앞에서 뛰고 부하들은 뒤에서 바짝 쫓았다. 그들이 쏜 독화살은 황표마의 옆을 획획 지나갔다. 그런데 온몸이 상처투성인 데다가 힘도 없이 약해진 그녀 때문에 황표마는 나는 듯 달리지 못했다. 왕의 부하들이 지르는 소리가 점점 다가왔다. 바이허치치거는 놀라서 심장이 콩딱콩딱 뛰었지만, 단단히 말 등 위에 엎드리며 말했다.

"황표마야! 어서 네 주인을 살릴 방법을 생각해보렴."

황표마는 머리를 끄덕였다. 그때 눈앞에 부하들이 나타났다. 황표마는 길게 소리를 크게 한번 지르더니 그녀에게 말했다.

"어서, 어서, 어서! 주인님, 참빗을 제 입에 넣어 주세요!"

그녀는 손을 뻗어 두루마기에서 참빗을 꺼냈고, 황표마는 머리를 뒤로 돌려 입으로 참빗을 물었다. 그리고 "획" 소리와 함께 그 참빗을 밖으로 내던졌다. 그랬더니 뒤쪽에 갈대연못이 금방 생겼다. 왕의 부하들은 말고삐를 당기지 못하고 그냥 갈대연못에 떨어지고 말았다. 어떤 사람은 말과 함께 연못에서 잠겨버렸다. 또 어떤 사람은 기어서 겨우 빠져나왔다. 신하는 명령을 내려 계속 그들의 뒤를 쫓게 했다. 바이허치치거는 황표마를 타고 목장을 뛰어넘고 모래언덕을 달렸다. 하지만 뒤에서 또 추적자의 소리가 들려왔다. 그녀가 뒤를 돌아보자 수많은 부하들이 다가오고 있었다. 황표마는 길게 큰소리로 두 번 울더니 뒤를 돌아보고 말했다.

"어서, 어서, 어서! 주인님, 나무빗을 제 입에 넣어 주세요!"

그녀는 손을 뻗어 두루마기에서 나무빗을 꺼냈고, 황표마는 머리를 뒤로 돌려 입으로 나무빗을 물었다. 그리고 "획" 소리와 함께 그 나무빗을 밖으로 던졌다. 나무빗이 땅에 떨어지자 즉시 큰 숲이 되었다. 뛰는 말들이 어떻게 멈출 수 있었을까? 뒤를 쫓던 부하들 중 어떤 사람은 큰 나무에 부딪혀 말에서 떨어졌고, 남은 사람은 신하의 호통에 다시 그들의 뒤를 쫓았다. 신하가 데려온 부하들이 바짝 그녀를 쫓아오는 걸 보자 황표마는 길게 큰소리를 세 번 울더니 말했다.

"어서, 어서, 어서! 주인님, 거울을 제 입에 넣어 주세요!"

바이허치치거는 거울을 말의 입에다 넣었고 황표마는 머리를 돌렸다. 그리고 입에서 은빛 광선이 뿜어져 나왔다. 그들 뒤에는 즉시 거울같이 잔잔한 호수가 생겼는데, 얼마나 깊은지 바닥이 보이지 않았다. 그때 날듯이 달리던 부하들은 말고삐를 잡아당길 새도 없이 "풍덩풍덩" 호수에 떨어졌다. 신하는 겨우 호수에 떴지만, 입을 열면 "후룩후룩" 물을 마셨고 또 입을 열면 "후룩후룩" 물을 마셨다. 결국 아무런 소리도 내지 못하고 깊은 호수 바닥으로 가라앉고 말았다.

이로부터 이 호수는 점점 깊어졌다. 왕이 이 호수를 지나갈 때마다 호수물이 끓어올라 마치 밀물처럼 달려왔기에 왕은 무서워서 경거망동하지 못했다. 바이허치치거는 집으로 돌아가 아버지와 어머니, 그리고 사랑하는 황표마와 함께 편안히 잘 살았다.

58

뱀의 말[1]
蛇语

옛날 충직하고 성실한 젊은 목동이 하나 있었다. 어느 날 그가 서둘러 말 떼를 방목하러 가려고 하는데 매우 큰 뱀 한 무리를 만났다. 큰 것은 말 몰 때 쓰는 막대기보다 더 굵었고, 작은 것은 버드나무의 잎보다 가늘었다. 수를 셀 수 없이 많은 뱀들이 무리를 이뤄 앞으로 오더니 큰 파란색 바위 앞을 기었다. 그리고는 고개를 치켜들고 파란색 바위를 한 번 핥더니 사라졌다. 어? 한 마리가 사라지고, 두 마리가 사라지고, 세 마리가 사라지더니 얼마 안 가 모든 뱀이 다 사라져 버렸다. 큰 파란색 바위 주위를 살펴보니 구멍도 하나 없었다. 그는 이상하게 생각하고 자기도 허리를 굽혀 바위 위를 한 번 핥아 봤다. 그러자 금세 큰 개울로 떨어지는 듯한 느낌이 들더니, 얼마 안 가 바닥에 떨어졌다. 살펴보니, 사라진 뱀들이 모두 여기에 있었다.

이때, 그는 몹시 시장기가 느껴졌다. 뭐 먹을 게 없나 찾아보았지만 아무 것도 없었다. 그래서 그는 풀을 뜯어 먹었다. 그런데 정말 이상하게도 풀을 먹자마자 배가 고프지 않았다. 게다가 머리가 맑아졌을 뿐만 아니라 뱀들이 뭐라고 하는 지 모두 알아들을 수 있었다. 뱀들은 모두 지쳐 보였다. 두목 뱀은 모두에게 그만 자라고 했고, 그렇게 밤이 지나갔다. 목동도 피곤해져서 비몽사몽 간에 잠이 들었다. 얼마나 시간이 흘렀는지 모르겠지만 그가 문득 깨어났을 때, 뱀들은 떠날 준비를 하고 있었다. 뱀들은 또 큰 흰색 바위 앞으로 기어가 그 바위를 한 번 핥고 사라졌

---

1 몽구족(蒙古族)에 전해오는 이야기.

다. 이에 목동도 뒤에 서 있다가 뛰어가 바위를 한 번 핥았다. 갑자기 얼떨떨한 느낌이 들더니 순간 땅 위로 되돌아왔다. 두목 뱀은 그가 온 것을 보고 다가와 말했다.

"네가 우리 뱀 나라에 와서 우리들의 비밀도 알고, 또 말도 알아들을 수 있게 되었구나. 하지만 이후에 여기서 들은 어떤 것도 다른 사람에게 말하면 안 된다. 만약 이 경고를 지키지 않을 경우, 너는 큰 화를 당할 것이다."

목동은 두목 뱀에게 그렇게 하겠다고 약속했다. 그는 초원에서 말 떼를 찾아 집으로 돌아왔다. 아내는 그에게 어디 갔다 왔냐고 물었다. 목동은 거짓말로 둘러대며 산 북쪽에 살고 있는 친구네에 다녀왔다고 했다. 그때부터 목동은 늘 뱀들이 하는 말을 들을 수 있었다. 그때마다 매우 신통했다. 한번은 뱀들이 산에 이리 떼가 있다고 하는 말을 들었다. 그때 마침 산으로 올라가는 목동이 있었는데, 결국 그 목동은 이리에게 물려 죽임을 당했다. 또 한번은 뱀들이 큰 비가 온다고 말하는 것을 들었다. 이때 마침 이웃이 막 털을 깎은 양을 방목하였는데, 결국 큰비를 맞아 많은 양들이 죽고 말았다. 그는 매우 성실한 사람이라 이웃들이 피해를 입은 것을 보고 도와주지 못해 마음이 괴로웠다.

어느 날 새벽, 그가 막 잠에서 깨어났는데 뱀들이 기어가고 있는 것을 보았다. 뱀들은 산에 홍수가 나 이곳이 모두 잠겨버릴 것이라고 말했다. 그는 매우 다급해져서 즉시 사람들에게 빨리 대피할 것을 알려줘야겠다고 생각했다. 그러나 한편으로는 비밀이 새 나가면 자기가 화를 당할지도 모른다는 생각도 들었다. 순간 그는 후회가 밀려왔다. 사람이 세상에 무엇이나 다 알 필요가 없을뿐더러 알아서도 안 되는 것이다. 명백하게 아는 것이 너무 많으면 고민도 많을 수밖에 없기 때문이다. 하지만 그는 어떤 대가를 치르더라도 이웃에게 알려주기로 했다. 그는 사람들에게 홍수가 나 모두 잠겨 버릴 것이니 빨리 도망치라고 알려주었다. 이렇게 말을 끝내자마자 평평한 바닥에서 수많은 뱀들이 튀어나오더니 젊은 목동을 휘감았다. 결국 그는 죽었지만 모두는 무사할 수 있었다.

제5부

영웅의 신기한 이야기

英雄傳奇

⁵⁹ 대추아이

枣核儿

8월 15일 보름, 아들도 딸도 없이 외롭게 지내던 가난한 노부부가 저녁
에 달을 쳐다보며 월병을 먹고 있었다. 할머니가 갑자기 월병 속에서
대추씨를 꺼내더니 남편에게 말했다.

"아! 이 대추씨만 한 아들이라도 있으면 얼마나 좋을까요?"

말이 채 끝나기 전에 대추씨는 "펑" 하는 소리를 내며 바닥으로 뛰어내
렸다. 그리고 땅에 떨어지자마자 "아빠" "엄마" 하고 말을 했다. 그 소리
가 얼마나 듣기 좋은지 몰랐다! 노부부가 대추씨를 주워 보니, 이런!
목, 다리, 코, 눈이 모두 붙어 있었다. 그들은 무척 기뻤다. 아들이 생긴
것이다. 그러나 이 대추씨 아들은 언제나 자라지 않고, 온종일 "왁자지
껄"하면서 가끔씩 사람들을 괴롭히기도 했다.

어느 날, 사또의 아전이 술 두 병을 들고 노부부의 문 앞을 지나가다
오줌을 누기 위해 술병을 창문틀 위에 두었다. 대추씨 아들이 그 병을
보니 몹시 재미있어 보였다. 그래서 폴짝폴짝 뛰며 술병 앞으로 가 잡으
려고 했다. 그런데 그만 실수로 술병을 깨뜨리고 말았다. 큰일이 났다.
아전은 대추씨 아들을 사또에게 데려갈 수밖에 없었다. 사또가 관청에
나와 미처 말을 꺼내기도 전에 대추씨 아들이 폴짝폴짝 뛰면서 사또를
크게 욕을 했다. 사또는 화가 나 소리쳤다.

"이리 오너라!"

이렇게 '오라'는 말을 하자, 대추씨 아들은 펄쩍 뛰더니 사또의 입속
으로 쏙 들어갔다. 그러더니 목구멍을 통해 뱃속까지 들어가 버렸다.
사또의 뱃속에서 무엇을 했을까? 대추씨 아들은 창자를 잡아 그네를

뛰었다! 사또는 아파 죽을 것 같아서 계속 애원을 했지만 대추씨 아들은 뱃속에서 오히려 노래를 불렀다.

"그네를 뛰자. 그네를 뛰자. 3,600년 동안 그네를 뛰자."

이 소리를 들은 사또는 3,600년이 아니라 잠시도 견딜 수 없었다. 사또는 간절히 애원했다.

"빨리 나와, 빨리 나와라. 빨리 나오면 상을 줄게!"

대추씨 아들이 말했다.

"너 이제 욕심 부릴 거야, 안 부릴 거야?"

"안 할게. 안 해. 절대 안 할게."

말이 끝나기도 전에 대추씨 아들이 "펑" 하더니 입 속에서 튀어나왔다. 사또가 이것을 보고 더 화가 났다.

"발칙한 녀석, 보아하니 네 놈 장난이 아주 심하구나. 이리 오너라!"

또 이렇게 '오라'라는 말을 하자, 대추씨 아들은 펄쩍 뛰더니 사또의 입으로 뛰어 들어가 뱃속까지 미끄러져 갔다. 대추씨 아들은 뱃속에서 또 노래를 불렀다.

"그네를 뛰자. 그네를 뛰자. 이번에는 36,000년 동안 그네를 뛰자."

사또가 이 소리를 듣고 더 놀라 오줌을 쌀 뻔했다. 그래서 얼른 말했다.

"빨리 나와, 빨리 나와라. 이번에는 네가 하자는 대로 다 할게."

"아니, 이번에는 내가 뱃속에서 재판을 하겠어!"

사또는 어쩔 도리가 없어 감옥에 갇힌 모든 죄인을 나오게 해 하나하나 심문을 했다. 사또가 죄인에게 말했다.

"너는 억울하다고 생각하느냐?"

"네."

그러자 대추씨 아들이 뱃속에서 말했다.

"얼른 석방시켜라!"

사또가 말했다.

"알겠다!"

그래서 범인을 풀어줬다. 사또가 또 심문을 했다. "너는 가난하냐?" 하니 그 죄인이 대답했다. "네." 그러자 대추씨 아들이 뱃속에서 말했다.

"얼른 석방시켜라!"

사또가 말했다.

"알겠다!"

그래서 죄인을 풀어줬다. 이렇게 해서 모든 죄인들을 하나하나 다 풀어줬다. 마지막에 사또가 말했다.

"너 때문에 감옥이 텅 비었다."

그러자 대추씨 아들이 말했다.

"나쁜 지주 놈들을 잡아라!"

사또가 대답했다.

"알겠다. 아전, 당나귀 두 마리를 타고 가서 잡아와라!"

아전들이 달려갔다. 아전들이 막 떠나자 대추씨 아들이 "펑" 하는 소리를 내며 튀어나와 사또에게 말했다.

"또다시 말을 듣지 않을 때는 너의 이를 때리겠다!"

이렇게 말하고는 폴짝폴짝 뛰어서 집으로 갔다. 집에 도착하니 아빠 엄마가 너무 좋아하며, 밤늦도록 피곤한지도 모르고 그를 쓰다듬었다. 그런데 별안간 아들의 몸에서 "탁탁" 소리가 났다. 노부부는 등을 켜고 봤다. 이런, 아들의 몸에서 딱딱한 껍질이 벗겨지고 희고 통통한 몸이 드러났다. 얼마나 기쁘던지! 노부부는 또 달콤한 잠에 빠졌다. 이튿날 새벽 일어나 보니 옆에 있던 대추씨 아들이 성인 남자로 변해 있었다. 아들은 아궁이에서 후다닥 일어나 다정하게 "아빠 엄마"라고 불렀다. 아이고, 노부부에게 이렇게 멋진 아들이 생기다니!

해설

동쥔룬(董均倫)과 쟝위엔(江源)이 기록한 〈대추씨(棗核)〉는 『땅꽈리를 찾아서(找姑鳥)』라는 책에 수록되어 있다. 여기의 〈대추씨 아들(棗核兒)〉과 세부 내용이 많이 다르니 참고하기 바란다.

⁶⁰ 지혜로운 신안이 나쁜 황제를 이기다
辛安智斗惡皇帝

옛날 옛적에 흉악하고 잔인한 황제가 있었는데, 하루 종일 자기 자리를 뺏길까 봐 걱정만 했다. 그래서 한 무리의 심복들을 키워 사방을 잘 살피고 은밀하게 조사도 하게 했다. 만약 자기보다 똑똑한 사람이 있다고 하면 계략을 써서 그 사람을 죽였다. 어느 날, 한 측근이 황제에게 은밀히 보고했다.

"어떤 지방에 신안(辛安)이라는 아이가 있습니다. 총명하고 영리해서 사람들이 신동이라 부른다고 합니다."

황제가 바로 심복을 보내 이 아이를 잡아오라고 했다. 그리고 붉은 칠을 한 나무 상자 안에 넣고 강에 던져버리라고 했다. 그런데 신안이 이런 위험에도 죽지 않고 살아날 줄 누가 알았을까? 어떤 할아버지 어부가 그를 구해준 것이었다. 신안이 비록 나이가 어리지만 황제가 자기를 죽이려고 하니 절대 자기의 신분을 드러내면 안 된다는 것도 알고 있었다. 그래서 그는 자기가 어떤 사람인지 거짓말로 숨긴 채 그냥 할아버지 집에 머물며 물고기나 잡으며 지냈다.

그렇게 살면서 눈 깜짝할 사이 10년이 지났다. 어느 날, 황제가 신하들과 궁녀들을 데리고 용선을 타고 놀고 있었다. 갑자기 강 위에서 세찬 바람이 불어왔다. 한바탕 물결이 용선을 뒤집어 놓았다. 용선에 탄 사람들이 모두 강바닥에 가라앉아 버렸지만, 오직 황제만은 할아버지 어부에 의해 구출되었다. 황제는 할아버지를 따라 그의 집에 이르렀다. 황제는 옷을 갈아입고 관리를 불러 자신을 모실 어가를 가져오라고 할 때였다. 갑자기 붉은 칠을 한 나무상자가 눈에 들어왔다. 그래서 할아버지에게 물었다. 할아버지는 10년 전 자신이 아이를 구한 이야기를 상세히 해주었다. 그 말을 들은 황제는 신안이 여태 살아 있는 걸 알게 되었다. 황제는 그 아이가 어디 있는지를 물었다. 할아버지는 마을 시장에 물고기를 팔러 갔다고 대답했다. 황제는 또 나쁜 마음을 먹었다. 그때 관리가 소식을 듣고 황제를 모시러 왔다. 황제가 할아버지에게 말했다.

"아들이 돌아오면 과인을 찾아오라고 하라."

신안이 집에 돌아와 할아버지로부터 얘기를 전해 듣자 겁이 덜컥 났다. 하지만 어명을 어길 수 없어서 어쩔 수 없이 관청으로 황제를 만나러 갔다. 황제는 아무 것도 모르는 척하면서 신안에게 말을 달려 서울 황궁에 급서를 전하라고 했다. 신안은 황명을 받들어 급서를 가지고 바로 출발했다. 그런데 도중에 생각하면 생각할수록 이상했다. 그날 밤, 숙소에서 그는 몰래 봉투의 밀랍을 녹였다. 그리고 편지를 꺼내보니 과연 황제가 재상에게 이 편지를 배달하는 사람을 당장 죽이라는 밀지였다. 신안이 그것을 역이용하여 황제의 필적을 본떠 편지 한 장을 다시 썼다. 새로 쓴 편지의 내용은 편지를 배달하는 사람의 아버지가 황제를 구해준 공로가 있으니 당장 공주와 결혼시키라는 것이었다. 그러고 나서 원래 편지는 등불에 태워버렸다.

얼마 후 황제가 지방 관병들의 호위 속에 서울로 돌아왔다. 황궁에 들어서자 조정의 문무백관들이 그를 기다리고 있었다. 그들은 황제의 어가를 영접하면서 경사를 축하하고 있었다. 황제는 자기에게 무슨 경사가 있는지 알 수 없었다. 그래서 재상을 불러 물어보고서야 자신의 딸이 벌써 신안이랑 결혼한 지 사흘이 지났음을 알게 되었다. 산돼지 잡으려다 집돼지마저 잃은 셈이군! 이미 벌어진 일이지만 황제는 달갑지 않았다. 왜냐하면 황제에게 그녀는 무남독녀였기 때문이다.

아들에게 황위를 물려주기 위해 황제는 이리저리 아들을 낳을 방법을 구했다. 어떤 사람이 황제에게 말했다. 바다 밖 펑라이쉔엔(蓬萊仙)이라는 섬에는 요괴가 살고 있는데, 그의 금발머리 세 가닥을 구해 탕을 끓여 먹으면 아들을 낳을 수 있다는 것이다. 이것이 세상에서 아들을 가지는 데에 특효라고들 했다. 황제는 부마인 신안을 그 섬에 가서 요괴의 금발머리를 훔쳐오라고 했다. 그리고는 마음속으로 생각했다.

'네가 아무리 재주가 뛰어나도 요괴를 당해 내지는 못하겠지?'

신안이 지체하지 않고 떠났다. 낮에는 달리고 밤이면 쉬어 드디어 펑라이쉐엔 섬으로 가는 나루터에 이르렀다. 그날 밤, 신안은 늙은 뱃사공의 집에 묵었다. 알고 보니 이 요괴는 어렸을 때 바로 늙은 뱃사공의 부인이 키워준 것이었다. 그들 노부부는 신안이 당한 상황을 듣더니 진정으로 동정심이 생겨 그를 도와주기로 했다. 다음날 새벽, 늙은 뱃사공은 자신의 나룻배로 부인과 신안을 펑라이쉐엔 섬까지 데려다 주었다. 뱃사공이 신안에게 말했다.

"이따가 금발머리를 얻고 나루터에 돌아오면 절대로 내 대나무 상앗대를 건드려서는 안 되오. 만약 이걸 건드리면 당신은 나를 대신해 평생 요괴를 위해 배를 저어야 한다네."

신안은 고개를 끄덕였다. 그리고 할머니를 따라 요괴가 사는 동굴을 찾아갔다. 할머니는 신안에게 동굴 밖에 숨어 있으라고 하고는 혼자 들어가 요괴가 시키는 일을 했다. 그리고 요괴가 한눈을 파는 사이 몰래 요괴의 머리 위에서 금발머리 세 가락을 뽑았다. 다시 이런저런 핑계를 만들어 동굴 밖으로 나와 머리카락을 신안에게 줬다. 신안은 할머니에게 감사하며 기쁜 마음으로 나루터에 뛰어왔다. 특별히 대나무 상앗대를 건드리지 않도록 조심조심했다. 마지막으로 늙은 뱃사공은 그를 맞은편 해안까지 데려다 주었다.

신안은 황궁에 돌아가서 황제에게 요괴의 황금머리카락을 바쳤다. 황제는 놀라며 그에게 펑라이쉐엔 섬이 어떤 곳인지 물었다. 신안은 허풍을 치며 말했다. 기이한 화초와 진주와 보물들이 섬 곳곳에 널려 있다고 하며 황제의 마음을 설레게 했다. 참다못한 황제는 서둘러 심복 몇 명을 데리고 나루터를 향했다. 황제는 모래톱에 놓아둔 배를 보자 큰 걸음으로 성큼성큼 배 안에 올랐다. 그는 대나무 상앗대를 잡고 배를 저으려고 했다. 그 순간 마법에 걸려 뱃사공이 되어 더 이상 나룻배를 떠날 수 없게 되었다. 황제는 아들을 가지기도 전에 뱃사공이 된 것이었다. 그래서 황제 자리는 어쩔 수 없이 사위인 신안이 물려받게 되었다. 신안은 황제가 되자 자기의 친부모, 물고기를 잡는 할아버지와 뱃사공 노부부를 모두 황궁으로 모셔 함께 복을 나누며 행복하게 살았다.

61 마른 산양 꼬리
干山羊尾巴

깊은 산골에 아주 아주 작은 집이 있었다. 그 집에는 아주 아주 늙은 부부가 살고 있었다. 두 사람의 머리는 하얀 소라처럼 말려 올라가 있었고, 이는 다 빠져서 하나도 없었다. 어느 날, 왜 그랬는지는 모르지만 늙은 부부는 싸우기 시작했다. 싸움은 점점 심해졌고 급기야 헤어지자고 떠들었다. 문제는 그들의 집이 너무 가난해서 방 크기가 겨우 몽둥이를 휘두를 정도였다는 점이다. 그들은 나눌만한 재산이 별로 없었고 다만 늙고 마른 산양 한 마리가 전부였다. 할아버지가 말했다.

"마누라! 마누라! 내가 양 머리를 잡을 테니 당신이 양 꼬리를 잡아. 양이 누구를 따라가는가를 보고 누가 가질지 정하도록 하자고. 좋아?"

할머니는 아무 것도 모른 채 고개를 끄덕이며 승낙했다. 두 사람이 동시에 당기자 산양은 당연히 할아버지를 따라갔다. 그제야 할머니는 속은 것을 알고 산양 꼬리를 꼭 잡고 놓지 않았다. 결국 산양 꼬리가 끊어지는 바람에 할머니도 넘어지고 말았다. 눈을 뻔히 뜨고 할아버지가 산양을 끌고 가는 모습을 바라볼 뿐이었다. 너무 화가 난 할머니는 그 산양 꼬리를 소똥 무더기에 던져버렸다.

겨울이 되었다. 북풍이 집 주위에 돌며 소리를 질러댔고, 눈꽃이 그녀의 창문을 두드렸다. 할머니는 춥고 또 배가 고팠다. 방 안에서 이리저리 들추면서 배를 채울 만한 것을 찾아보았다. 마지막으로 소똥 무더기에서 그 산양 꼬리를 발견했지만, 이미 말라서 뻣뻣해져 있었다. 할머니가 그것을 들어 올린 모습은 마침 보배를 받쳐 든 것 같았다.

"하하! 마른 산양 꼬리구나! 마른 산양 꼬리야!"

그녀는 조심조심하게 마른 산양 꼬리를 돌절구에 넣고 그것을 부수고, 말린 파를 좀 놓고 따뜻한 국물을 끓여 먹으면 몸이 좀 따뜻해질 거라고 생각했다. 그런데 누가 알았겠나? 돌로 막 내려치려고 하자 산양 꼬리가 "쭉" 하고 뛰어오르더니 할머니를 주위를 쉴 새 없이 뛰면서 소리를 질렀다.

"할머니! 할머니! 나를 때리지 마! 나를 때리지 마!"

산양 꼬리가 놀랍게도 사람 말을 하자 할머니는 너무 놀라서 꼼짝도 못 하고 있었다. 어쩔 수 없이 돌을 버리고는 한숨을 크게 쉬고는 눈물을 흘리며 말했다.

"아이쿠! 내 팔자야. 산양 꼬리를 먹을 복조차도 없구나!"

"할머니! 할머니! 울지마! 울지마!"

산양 꼬리가 이렇게 말하며 "쭉" 하고 할머니의 품으로 뛰어올랐다. 그리고는 폴짝폴짝 뛰면서 할머니의 눈물을 닦아주고 애교를 부리면서 말했다.

"나를 아들로 삼으세요! 양젖도 가지고, 소고기도 가지고, 참파[1]도 다 가질 수 있을 거예요."

할머니가 쓴웃음을 지으며 고개를 흔들면서 말했다.

"아이쿠, 네가 커서 사람으로 변할 때쯤이면 내 뼈는 벌써 녹슬고 말 거야!"

산양 꼬리가 할머니에게 말했다.

"할머니! 제가 좀 나갔다 올게요!"

"획" 소리와 함께 문틈으로 빠져 나갔다. 한밤중에 할머니가 잠을 자고 있는데 마른 산양 꼬리가 밖에서 문을 두드렸다.

"할머니! 다녀왔어요. 빨리 문을 열어줘요! 빨리 문을 열어줘요!"

---

1 [역자주] 참파(糌粑, rtsam-pa): 볶은 쌀보리를 갈아 만든 면으로, 소와 양의 젖에서 얻어낸 유지방 차와 곁들여 먹는 티베트족의 주식.

"넌 쥐만큼 크지도 않는데 그냥 문틈으로 들어와! 아님 창문으로 날아 오든지!"

할머니가 추워서 덜덜 떨었고 배가 등가죽에 붙을 정도로 배도 고팠다. 그래서 침대에 누워 꼼짝도 안 하고 싶었다.

"할머니! 제가 먹을 것과 마실 걸 가져왔어요. 빨리 와서 들고 가세요! 어서 메고 가세요!"

마른 산양 꼬리는 계속해서 소리를 질렀다. 할머니가 구시렁구시렁 하며 문을 열었더니 정말로 문 밖에는 소 뒷다리 하나, 양젖 한 그릇, 큰 참파 한 봉지가 놓여 있었다. 그녀는 턱이 빠질 정도로 웃고는 산양 꼬리를 잡고 쉴 새 없이 뽀뽀를 했다. 알고 보니 산양 꼬리가 날아서 큰 농장으로 갔는데, 마침 도둑 몇 명이 벽에 구멍을 뚫고 있는 것을 보았다. 그들 중 어떤 사람은 소고기를 메고 나르고, 어떤 사람은 양젖을 업고 나르고, 어떤 사람은 참파를 메고 날랐다. 산양 꼬리는 슬그머니 그들 뒤를 따랐다. 도둑들이 허리를 잔뜩 굽혀 걷다 보니 두 다리가 힘들어 덜덜 떨렸다. 그들은 여기저기 놀라고 겁이 나 사방을 두리번거리며 벌벌 떨었다. 마침 할머니의 집 앞을 지나갈 때 산양 꼬리가 큰소리로 외쳤다.

"도둑 잡아라! 도둑 잡아라!"

도둑들은 농장 사람들이 쫓아오는 줄 알고 혼비백산하여 훔친 물건들을 다 버리고 토끼처럼 도망쳤다. 이렇게 해서 양젖과 소고기, 참파는 모두 할머니의 것이 되었다.

얼마 지나지 않아 왕성에 살고 있는 왕비가 할머니에게 머리를 감기고 빗겨달라고 했다. 할머니가 머리를 빗길 때 왕비가 말했다.

"할멈! 두루마기가 번지르르 해지고 안색이 점점 좋아지는 것을 보니 남편과 헤어지고 좋은 일이 생겼나 봐!"

왕비의 말은 할머니 마음을 달콤하게 만들고 혀를 간지럽게 했다.

할머니는 득의양양하게 말했다.

"우리 아들 마른 산양 꼬리가 재능이 아주 뛰어나요! 무슨 보물이든 다 가져올 수 있어요!"

이 몇 마디가 왕비의 질투심을 불러일으켰다. 왕비는 보물 자리에 앉아 차도 안 마시고 술도 안 마시며 코담배 병을 걸 수 있을 정도 입을 삐죽 내밀었다. 그러자 국왕은 깜짝 놀라 왕비에게 이것저것 물어보고 권하기도 했다. 왕비는 눈물이 글썽이며 말했다.

"당신은 한 나라의 왕인데 마른 산양 꼬리 하나도 없단 말이에요!"

국왕은 전후 사정을 알아본 뒤 사람을 보내 할머니를 불러왔다. 그리고 야단을 치며 말했다.

"쳇! 수다쟁이 노파 같으니라고. 왕비 귀에다 무슨 헛소리를 한 거야! 네 아들이 진짜 그런 능력이 있다면 오늘 밤 내 보물을 훔쳐보라고 해! 만약 성공한다면 네가 원하는 것을 다 줄게. 대신 실패하면 넌 죽은 목숨이야!"

할머니는 너무 놀라서 자기가 어떻게 왕성에서 걸어 나갔는지 모를 정도였다. 집에 오는 도중 그녀는 자기의 뺨을 세 대나 때리면서 말했다.

"제 혓바닥 하나도 통제할 수가 없는 망할 할망구야, 입에 열쇠 아홉 개를 걸어도 이젠 때가 늦었구나."

그녀는 자기를 욕하면서 서둘러 집에 갔다. 집에 도착한 그녀는 산양 꼬리가 안 보이자 울면서 소리쳤다.

"빨리 와 봐! 산양 꼬리야! 빨리 와 봐! 말린 산양 꼬리야!"

"무슨 일이에요? 무슨 일이에요?"

소똥 위에서 잠을 자고 있던 산양 꼬리는 기지개를 켜며 말했다. 할머니는 왕성에서 있었던 일을 처음부터 끝까지 말해 주었다. 국왕이 자기를 죽이겠다는 대목에서는 다시 슬프게 울기 시작했다.

"할머니, 울지 마세요. 제가 국왕의 가장 중요한 보물을 가지고 오면 되잖아요!"

산양 꼬리는 이렇게 말을 하고 할머니 품에 튀어 올라가 애교를 부렸다.

한편 할머니가 떠난 뒤 국왕은 생각했다.

'어휴. 가장 중요한 보물을 잃어버리면 장난이 아니겠네. 그 아들이 재주가 있든 없든 나는 나대로 방비를 잘 해야지.'

국왕은 호위병 5백 명을 보내 성벽을 철저히 지켰다. 그리고 빠른 말 5백 필을 준비하고 고삐도 잘 준비했다. 그리고 화승총 5백 개를 가지고 와서 화약을 가득 담았다. 또 사나운 개 5백 마리를 끌고 성문을 잘 지켰다. 그리고 시녀들에게 횃불을 들고 남자 하인들에게는 망치와 징을 가지고 다니라고 했다. 마른 산양 꼬리가 나타나면 바로 징을 울리고 불을 붙이고 온 도시가 출동하라고 했다. 그는 생각했다.

'마른 산양 꼬리가 새의 날개를 가졌더라도 내 손바닥을 벗어나지 못할 거야.'

한밤중이 되자 마른 산양 꼬리가 "휙" 왕궁에 날아들었다. 국왕이 배치한 것들을 보고는 "피식" 웃었다. 그는 말 5백 필을 외양간으로 끌고 갔고, 5백 마리 암소는 말이 있는 곳에 묶어 두었다. 개 5백 마리를 양 축사에 몰아놓고 5백 마리 면양은 개가 있는 곳에 묶어 두었다. 5백 개 화승총은 땔나무 창고에 놓아두고 성냥 5백 개비를 화승총에 있는 곳에 옮겨 놓았다. 시녀가 자는 틈을 타서 그녀의 머리에 보릿짚을 둘둘 감았고, 남자 하인이 한눈파는 사이 그의 발아래에 완두콩 한 줌을 뿌려 두었다. 이렇게 모든 준비를 마친 뒤 그는 몰래 국왕의 침실에 날아들어가 그 소중한 보물을 지켜봤다. 처음에는 국왕이 입에 물고 있다가 졸리자 왕비의 입에 전했고, 다시 왕비가 졸리자 국왕의 입에 전했다. 이렇게 서로 전하는 걸 보던 마른 산양 꼬리는 볼수록 재미있었다. 그리고 두 입 사이에 올라 간단하게 옥을 받았다. "주르륵" 소리와 함께 창문 밖으로 날아가더니 "확" 소리와 함께 성벽을 넘어 할머니 집으로 날아갔다.

국왕과 왕비는 소중한 보물이 없어진 것을 알고는 성루에 올라가 큰 소리로 말했다.

"빨리 잡아라! 빨리 잡아라! 마른 산양 꼬리가 왔다!"

시녀가 이 말을 듣고 황급히 불을 붙이자 머리 위 보릿짚에 불이 붙어 뜨겁고 매워 웩웩거렸다. 남자 하인은 뛰어가서 징을 치려고 했지만 완두콩을 밟고는 계단에서 굴러 떨어졌다. 호위병 5백 명은 재빨리 말을 타고 화승총을 들었다. 사나운 개를 풀고 성문을 열고 소중한 보물을 쫓아갔다. 그들이 큰소리로 "고~" "하이~"라고 소리를 지르며 쉬지 않고 채찍질을 했다. 그런데 말은 아무리 해도 뛰지 않았고 개도 별로 짖지 않고 총도 쏴지지 않았다. 날이 밝자 호위병들은 주위를 둘러보고 낄낄되기 시작했다. 왜냐하면 그들이 암소를 타고 땔나무를 든 채 뒤로는 면양을 끌고 있기 때문이었다. 이제 국왕도 할머니와 타협하는 수밖에 어쩔 도리가 없었다. 그는 할머니를 부르더니 좀 과장된 행동을 취하며 연거푸 칭찬했다.

"아이고, 당신 아들 마른 산양 꼬리는 참 대단한 영웅이야! 내 소중한 보물을 돌려주라고 하거라. 대신 무엇이든 달라고 하는 건 내가 다 주겠다."

할머니와 그녀의 소매에 숨은 산양 꼬리는 이 말을 듣고 하하 크게 웃기 시작했다.

62 눈물홍수가 장성을 밀어내다
水推长城

어떤 곳에 아들 열 명을 둔 아줌마가 있었다. 첫째는 먼 곳의 소리를 들을 수 있었고, 둘째는 먼 곳을 볼 수 있었으며, 셋째는 힘이 셌다. 넷째는 강철 머리를, 다섯째는 강철 몸을 가졌다. 일곱째는 큰 머리를, 여덟째는 큰 발을, 아홉째는 큰 입을, 막내는 큰 눈을 가졌다. 어느 날, 십 형제가 괭이를 들고 밭을 갈러 나갔다. 첫째 순풍이의 귀에 우는 소리가 들리자 둘째에게 말했다.

"둘째야, 무슨 일인지 네가 한번 봐."

"진시황의 만리장성을 쌓는 사람이 배가 고파서 울고 있어."

힘이 센 셋째가 말했다.

"내가 대신 지어줄게."

오전에 출발해서 오후에 도착하자마자 셋째는 곧장 성을 쌓기 시작했다. 그런데 진시황은 이렇게 힘이 센 사람이 모반을 할까 봐 그를 죽이려고 했다. 셋째가 울기 시작했다. 그러자 첫째가 울음소리를 듣고 둘째에게 말했다

"둘째야, 한번 봐. 또 누가 우는데."

둘째는 한참을 쳐다보더니 다급히 말했다.

"큰일 났어. 진시황이 셋째를 죽이려고 해."

강철머리 넷째가 말했다.

"내가 대신 갈게."

넷째가 그곳에 도착했다. 진시황은 강철 칼 몇십 자루로도 그를 베어 죽이 못하자 이번에는 막대기로 그의 온몸을 때리라고 했다. 넷째는

너무 무서워서 울기 시작했다. 첫째가 또 울음소리를 듣고 둘째에게
보라고 했다. 둘째는 말했다.

"아, 큰일 났어. 진시황이 막대기로 우리 넷째를 때리려고 해."

강철 몸 다섯째가 말했다.

"내가 대신 맞을게."

진시황은 그곳에 도착한 다섯째를 막대기 몇십 개가 부러질 정도로
때렸지만 다섯째는 조금도 안 다쳤다. 그러자 이번에는 그를 바다로
던져버리라고 했다. 다섯째는 무서워서 울기 시작했다. 첫째가 또 울음
소리를 듣고 둘째에게 보라고 했다. 둘째가 말했다.

"큰일 났어. 진시황이 우리 다섯째를 바다로 던지려고 해."

긴 다리 여섯째가 말했다.

"내가 갈게."

여섯째가 도착하자마자 진시황은 그를 바다로 던졌다. 그런데 긴 다
리 덕분에 바닷물은 그의 종아리 밖에 안 찼다. 마침 여섯째는 물고기
한 마리를 잡았다. 그가 잡은 물고기는 25~30킬로그램에 달해 놓아둘
곳이 없었다. 일곱째가 이를 보고 달려왔다. 여섯째가 말했다.

"내가 잡은 물고기가 25~30킬로나 돼. 놔둘 곳이 없어."

큰 머리 일곱째는 쓰고 있던 밀짚모자를 벗었다. 큰 물고기를 모자에
넣었지만 모자는 반도 차지 않았다. 그렇게 함께 집으로 돌아오는데
도중에 배가 고팠다. 하지만 땔감이 없어서 물고기를 요리해 먹을 수
없었다. 큰 발이 있는 여덟째가 말했다.

"내가 며칠 전에 산에 올라 땔감을 했을 때 가시가 하나 박혔어. 한번
뽑아줘."

발바닥에 박힌 가시를 파내자 큰 참죽나무가 빠졌다. 셋째는 그 참죽
나무로 장작을 준비하고 아홉째는 불을 피웠다.

물고기가 다 익자 큰 입을 가진 아홉째가 말했다.

"내가 맛 좀 볼게."

아홉째는 간단히 맛만 보았지만 물고기 25~30킬로가 순식간에 사라졌다. 너무 화가 난 막내는 울기 시작했다. 막내는 큰 눈을 가지고 있었다. 처음에는 가랑비였지만, 다음에는 호우가 되었고, 나중에는 홍수가 나고 말았다. 그래서 만리장성을 확 밀어버렸다. 진시황도 바다로 떠내려갔고 결국 자라와 물고기 밥이 되고 말았다.

63 여섯 형제가 한 마음으로[1]
六兄弟齐心

옛날에 한 곳에 의형제를 맺은 젊은이 여섯 명이 있었다. 그중에서 한 명은 사냥꾼의 아들이며, 한 명은 대장장이의 아들이며, 한 명은 관상가의 아들이며, 한 명은 의사의 아들이며, 한 명은 화가의 아들이고, 또 한 명은 목수의 아들이었다. 여섯 의형제는 모두 자기 아버지를 따라 기술을 배웠다. 그리하여 마치 작은 거미가 거미줄을 치고 새끼 오리가 헤엄칠 줄 아는 것처럼 자연스럽게 익히게 되었다. 그런데 여섯 의형제는 고향에서 사는 걸 따분해 했다. 어느 날, 그들은 함께 모여 세상 밖으로 나가 두루 구경하러 갈 것을 의논했다. "말은 산을 넘어야 하고 사람은 관문을 지나야 된다. 사자가 수풀을 두루 다니지만, 돼지는 자기 집에서 죽는다."라는 속담이 있다. 이 젊은이들은 모두 나름 심지가 강하고, 담대하며 씩씩해서 어디를 가든 두려운 게 없었으며, 말한 것은 곧바로 행동으로 옮겼다. 여섯은 함께 고향을 떠나 세상 밖으로 나가 떠돌기 시작했다. 제각각 재주를 가졌으니 당연히 먹을 걱정, 잘 걱정이 없이 잘 놀고 그동안 못 봤던 수많은 것들을 보면서 지냈다.

어느 날, 갈림길에 이르자 형제들이 상의했다.

"우리들이 여기서 헤어져 각자의 길을 걸으면 어떨까? 삼 년 후에 여기서 다시 만나 그간 자기가 보고 들은 것을 얘기하도록 하자. 이렇게 하면 우리 모두가 여섯 가지 다양한 길을 걷게 되는 거잖아?"

이렇게 의논한 뒤 길가에 각자 자기들의 생명나무[2]를 심었다. 서로

---

1 티베트족(藏族)에 전해오는 이야기.

신신당부한 뒤 헤어져 자기 길을 갔다.

　이제 사냥꾼 아들에 대해서만 말해보겠다. 그는 잘생긴 젊은이였다. 그가 산골짜기를 따라 깊은 것으로 들어갔다. 갈수록 멀어지고 갈수록 깊어졌는데, 울창한 수풀에 도착했다. 숲 근처에는 사람이 사는 집 한 채가 있었다. 사냥꾼의 아들이 본 숲은 꼭 고향집에 돌아온 것과 같았다. 그는 이 숲에서 사냥 연습도 할 겸 이 집에 머무르기로 했다. 이 집에는 노부부와 한 아가씨가 같이 살고 있었다. 그들은 평소에 약재를 캐고 땔나무를 해서 생계를 겨우 유지하고 있었다. 그러다 보니 형편이 몹시 좋지 않았는데, 사냥꾼의 아들이 왔으니 두 손 들어 환영을 했다. 그가 매일 사냥을 해오면 함께 요리해서 먹으니 생활이 좋아지기 시작했다. 이 집의 아가씨는 예쁘고 똑똑한 여자였다. 그녀가 숲에서 땔나무를 할 때면 노래하던 새들도 다 멈추고 귀를 기울였다. 그녀가 강가에서 세수할 때면 물고기들도 멈추고 그녀의 얼굴을 보려고 했다. 노부부는 그녀를 아주 사랑했는데, 마침 잘생긴 젊은이가 왔으니 더욱 잘된 일이었다. 두 사람은 서로를 부러워하고 존경했으며 따뜻하게 잘 돌봐주었다. 시간이 지나서 두 사람은 정이 들었다. 노부부는 아주 기뻐하며 두 사람을 결혼시켜 함께 살게 되었다.

　또 어느 날, 아가씨, 아니, 신부라고 불러야겠네. 신부가 강가에서 머리를 빗고 세수를 하다가 실수로 연두색 보석이 박혀 있는 반지를 강에 떨어뜨렸다. 그녀는 너무 안타까워했지만 어쩔 수가 없었다. 반지가 산골 물을 따라 흘러갔다. 갈수록 멀어져 천천히 산골짜기 밖으로 나가더니 강으로 들어가고 다시 도시에 이르렀다. 마지막에는 황궁까지 흘러들어갔는데, 하필이면 황궁에서 물 긷는 궁녀가 집어 들었다. 궁녀

2　생명수(生命樹): 전설 고사를 보면, 사람의 혼령이 어떤 곳 예를 들면 옥이나 칼 등에 붙을 수 있다고 한다. 여기서는 영혼이 깃든 나무를 말하는데 그 사람이 죽으면 나무도 말라 죽는다.

는 차마 반지를 가질 수가 없어서 국왕에게 바쳤다. 국왕이 작고 정교한 반지를 보면서 생각했다.

'이 반지의 주인은 분명 예쁠 거야.'

그리하여 신하들을 모아놓고 명령을 내렸다.

"잘 들어라. 여기서 연두색 보석 반지를 주웠는데 이것에 열 개 중에 으뜸으로 꼽을 수 있다. 아니! 백 개 중에, 아니 천 개 중에 만 개 중에도 뽑기 어려운 예쁜 반지다. 다들 이 반지의 주인을 꼭 찾아와라. 오늘은 첫 번째 날이고 내일은 두 번째 날이며 모레는 세 번째 날이다. 이 사흘 안에 그 사람을 꼭 찾아와야 한다. 그렇지 못하면, 흥! 내 무자비함을 원망하지 마라!"

이때, 어떤 신하가 앞으로 나와 말했다.

"존경하는 대왕이시여, 고귀하신 전하. 이 반지에는 이름도 주소도 없는데 저희들더러 어떻게 어디서 찾아오라 하십니까?"

국왕이 화를 내며 큰소리로 외쳤다.

"내 명령은 산에서 굴러 내려온 바위와 똑같다. 바위가 언제 굴러가는 지 봤느냐? 국왕의 명령은 강물과 같다. 물이 언제 거꾸로 흘러가는 걸 봤느냐? 오늘 이 일은 사흘 안에 무조건 해야 하니 쓸데없는 소리 하지 말도록!"

어쩔 수 없이 신하들은 낙심했지만 물러나와 방법을 찾을 수밖에 없었다. 그들 중에 꾀가 매우 많은 사람이 있었다. 그는 속으로 생각했다. '이 반지는 강에서 찾은 것이니까 강을 따라가며 물어보면 반드시 찾을 수 있을 거야.' 그래서 그는 물줄기를 따라 걸어가면서 연두색 보석 반지를 잃어버린 사람을 수소문했다. 사흘 째 날이 되었을 때, 이 반지가 바로 숲속 새색시가 잃어버린 것이란 걸 알게 되었다. 그래서 곧장 황궁으로 달려가 궁왕에게 알렸다. 그리고 이 색시가 얼마나 좋은지 어떻게 예쁜지도 덧붙여 설명했다. 이 말을 들은 국왕은 궁금해 미칠 지경이라 바로 사람을 보냈다. 그 꾀 많은 신하도 함께 따라가라고 했다. 그들은 숲속에 들이닥쳐 반박할 여지도 주지 않고 젊은 부부를 묶어 황궁까지 데려왔다. 노부부는 국왕의 병사들과 전마들을 보고 놀라 얼떨떨해졌다. 그들이 아무리 울부짖어도 소용이 없었다.

국왕은 그 여자를 빼앗은 뒤 자세히 보니 진짜 왕궁에 있는 어느 왕비보다도 더 예뻤다. 그는 오직 한마음으로 자기 여자로 만들고 싶어졌다. 그런데 이 여자가 죽느니 사느니 하며, 무슨 말을 해도 거부하며 또 말끝마다 자기는 남편이 있다고 했다. 뭐라고 했냐면 "가죽을 물에 담그면 다시 무두질할 수 없듯, 여자가 한번 시집갔으면 재가할 수 없다."고도 하고 또 "부락은 우두머리에 기대고, 하늘은 태양에 기댄다. 그러니 우두머리는 백성들을 배반해서는 안 되고, 태양도 한쪽 편만 비춰서는 안 된다." 등등.

국왕은 이리저리 궁리한 끝에 악이 올라 그 남편을 감옥에서 꺼냈다. 두말할 필요 없이 그를 큰 돌에 묶어 강물에다 버렸다. 그리고 이 일은 색시에게만 비밀로 했다. 사람들은 모두 그들의 불행을 탄식했다. 하지만 "늑대와 호랑이가 사람을 잡아먹는 것은 천성이고, 쌀보리와 밀이 사람에게 필요한 것은 성장의 바탕인 것을." 무슨 방법이 있을까? 그 불쌍한 색시는 희망과 환상을 가지고 하루하루 남편을 기다렸다.

그리고 3년이 지났다. 어린 양이 큰 양으로 변하고, 어린 나무가 큰 나무로 변하며 여섯 형제들이 만날 날이 다가왔다. 그들이 하나하나 멀리서 원래 헤어졌던 곳을 찾아와 얘기를 나누고 웃었다. 다만 사냥꾼의 아들만 돌아오지 않았고, 그가 심었던 나무도 말라 죽었다. 다들 그에게 틀림없이 일이 생겼음을 알 수 있었다. 이때 점성가의 아들이 육갑을 짚어 보았다. 그는 국왕에게 모해를 당해 돌에 묶여 강 밑으로 가라앉았음을 알게 되었다.

형제들이 서둘러 강으로 달려가 그를 건져냈다. 의사의 아들이 죽은 사람도 살려주는 가장 좋은 영약을 꺼내 입을 비틀어 열어 마시게 했다. 얼마 안 있어 사냥꾼의 아들은 배 속에서 "우르르" 하고 검은 물을 토해내었다. 그러더니 천천히 눈을 뜨고 손발도 움직이며 의식이 돌아왔다. 그는 형제들을 보자 마음에 쌓인 원망을 토해냈다. 그는 울면서 자신의 불행을 얘기했다. 얘기를 듣던 형제들도 그와 함께 눈물을 흘렸다. 이제 다들 방법을 생각하여 그의 아내, 그 예쁜 색시를 구하기로 다짐했다. 그들은 생각했다. 국왕의 왕궁은 경비가 삼엄해서 평소에 빈손으로 사람이 들어갈 수도 없을 뿐더러 여섯 명이 함께 들어가는 건 더욱 힘들 것 같았다. 꼭 특별한 방법을 써야 했다.

결국 그들은 좋은 방법을 찾아냈다. 그 계획은 이러했다. 목수의 아들은 경조(瓊鳥)[3]의 모습을 본떠서 아주 큰 나무 경조를 만든다. 화가의 아들이 그 나무 조 위에 색칠을 해서 진짜 새와 똑같이 만든다. 대장장이의 아들은 경조의 뱃속에 하늘을 날 수 있는 장치를 만든다. 그리고 사냥꾼의 아들이 새 안에 앉아 국왕에게 날아가 뺏긴 색시를 찾아온다.

다들 이 계획에 찬성을 하고 곧바로 작업에 들어갔다. 여섯 형제가 마음을 함께해 힘을 합치자 얼마 안 되어 진짜 경조와 같은 모형이 만들어졌다. 사냥꾼의 아들이 뱃속에 앉아 장치를 작동시키자 그 나무 경조는 하늘을 날았다. 그리고 형제들의 머리 위를 두 바퀴 돌더니 왕궁을 향해 날아갔다. 이때 국왕과 가족들은 모두 옥상에서 일광욕을 하면서 과자를 먹고 경문을 외우고 있었다. 하지만 순종하지 않은 색시는 어두운 방에 갇혀 쌀보리를 볶았다. 큰 나무 경조에 탄 사냥꾼의 아들이 하늘을 빙빙 돌면서 내려다 봤지만 이리저리 아무리 봐도 사랑하는 아내를 찾을 수 없었다. 그러다가 그는 오창(熬倉)[4]에서 연기가 피어오르는

---

3 경조(瓊鳥): 티베트족 신화에 신조(神鳥)로서 황금 날개를 가진 대봉(大鳳) 정도로 이해할 수 있다.
4 오창(熬倉): 티베트족 사람들이 쌀보리를 볶는 장소이다.

것을 보고 날개를 펴 그쪽으로 날아갔다. 색시는 창가에 서서 어떤 큰
새가 날아오는 것을 보았다. 그녀는 쌀보리 한 줌을 뿌리면서 노래를
불렀다.

산 위에 사불상[5] 한 쌍이 있었어요.
사불상은 자유롭게 풀을 뜯어먹었답니다.
전 여기서 고생하고 있어요.
언제쯤 이 고생이 끝날까요?

산 아래에 면양 한 쌍 있었어요.
면양은 자유롭게 풀을 뜯어먹었답니다.
전 여기서 고생하고 있어요.
언제쯤 이 고생이 끝날까요?

호수에 물새 한 쌍이 있었어요.
물새는 자유롭게 놀았답니다.
전 여기서 고생하고 있어요.
언제쯤 이 고생이 끝날까요?

사냥꾼의 아들은 노래를 듣고 노래하는 사람이 바로 자기가 찾고 있
는 색시인 것을 알았다. 그도 노래를 불렀다.

날이 저물었네. 날이 저물었네.
날이 또 다시 밝아지는 법.
동쪽에 태양이 나오니
어두움은 지나가리라.

---

5 [역자주] 사불상(麋鹿): 사불상(四不像)이라고도 한다. 전설 속 사슴의 종류로 뿔은 사슴,
   꼬리는 나귀, 발굽은 소, 목은 낙타를 닮은 사슴을 말한다.

날씨가 춥구나, 날씨가 춥구나.
날씨는 또 다시 따뜻해지는 법.
봄이 오면 푸른 잎 싹이 나듯
추운 날씨는 지나가리라.

헤어졌네 헤어졌네.
다시 만날 날이 찾아오리니.
인연의 즈음이 다가오면
연인은 함께 만날 것이라네.

새 뱃속에서 흘러나오는 노래를 듣고 보니 너무 익숙했다. 그래서 색시는 창밖으로 몸을 내밀고 쳐다봤다. 이때 젊은이는 이미 새 뱃속에서 나와 있었다. 색시는 놀랍기도 하고 또 기쁘기도 해서 창문에서 기어나와 젊은이의 품에 안겼다. 두 사람은 다시 새 뱃속으로 들어가 장치를 작동해 형제들이 모인 곳으로 날아갔다.

여기까지 얘기를 들은 아이들은 벌써 넋이 나가서 자기도 모르게 소리를 질렀다.

"우와! 너무 좋아요."

이 한 마디가 끝나기도 전에 그동안 이야기를 해주던 시체가 "드르렁" 하고 무덤으로 날아가 버렸다.

64 망스와 싸운 형제[1]
兄弟战蟒斯

이 이야기는 아주아주 먼 옛날이야기다. 당시 귀얼루오스(郭爾羅斯) 부족은 아직 형성되지 않았고, 워난허(斡難河)와 송화강(松花江)은 아직 시내에 불과했다. 부얼한산(不兒罕山) 아래는 하늘과 풀이 서로 잇닿는 아주 큰 초원지대였다. 초원의 풀은 잘 자라 윤기가 났고, 소도 잘 먹어 포동포동했다. 유목민은 자유롭게 이곳에서 방목도 하고 사냥도 하며 살았다. 어느 날 갑자기 하늘에선 먹구름이 밀려왔고 땅에선 검은 바람이 불기 시작했다. 검은 바람을 따라 뱀처럼 생긴 마귀 망스(蟒斯)[2]가 찾아왔다. 망스의 머리는 달구지 바퀴만큼 굵고, 입은 항아리만큼 크고, 눈은 초록색으로 무서웠으며, 온몸은 검은 비늘 같은 갑옷 같았다. 어디에 가든 코를 바싹대고 냄새를 맡고는 소리를 질렀다.

"맛있는 사람 냄새야! 맛있는 사람 냄새야!"

그리고는 사로잡은 사냥감을 연거푸 입 속으로 쑤셔 넣었다. 이 망스는 매일 소와 양 몇 마리씩을 먹어야 했다. 그리고 예쁜 여자를 잡아다 함께 밤을 보냈다. 밤이 되고 검은 바람이 불면 이 집 아가씨나 저 집 며느리가 없어져서 집집마다 불안하기 짝이 없었다. 또한 망스를 따라 무수하게 크고 작은 독사들도 함께 왔다. 뱀들이 기어간 곳의 풀이 모두 노랗게 말라버렸고, 소와 양은 뱀이 뱉어낸 풀을 먹고 다 죽어버렸다. 이렇게 되는 바람에 초원에는 노랫소리, 웃음소리, 초록빛이 사라졌다.

---

1 멍구족(蒙古族)에 전해오는 이야기.
2 망스(蟒斯): 멍구족 전설 중에 나오는 마귀.

아이들은 울음소리를 내지 못하고, 아가씨와 며느리들이 얼굴에 검댕을 묻히고 다녔다. 유목민들은 비록 어떤 사람은 걱정하고, 어떤 사람은 두려워하고, 어떤 사람은 이사를 가야 한다고 했지만, 또 어떤 사람은 망스와 싸우자고 하는 사람도 있었다.

그러던 중 워난허 가에 두 명의 영웅 형제가 나타났다. 형의 이름은 사자란 뜻의 '아얼스렁(阿爾斯冷)'이었고, 동생의 이름은 호랑이란 뜻의 '보라(伯拉)'였다. 두 형제는 망스와 싸우러 가기로 했다. 그런데 세 식구 중 둘이 떠나면 집에 혼자 계신 어머니는 누가 모시지? 형은 동생에게 말했다.

"넌 아직 어려. 그러니 집에서 어머니를 돌봐드려. 만약에 내가 망스를 이기지 못하면 그때 네가 하면 되잖아."

동생은 형의 말을 거역할 수 없어서 결국 집에 남았다. 형은 떠난 지 3년이 되었다. 처음에는 망스와 독사들을 남쪽으로 쫓아냈지만, 이후에 다시 모두 돌아오고 말았다. 동생은 형이 망스를 이기지 못했음을 알고 이제 자기가 이어서 싸워야 함을 알았다. 그런데 늙고 병든 어머니는 어떻게 해야 하나? 누가 어머니에게 밥을 해 주고 약초를 캐 주지? 어머니는 아들의 걱정을 눈치챘다. 그래서 몰래 독사가 뱉은 풀을 먹고 아들의 손을 꽉 잡고 말했다.

"보라야, 내가 너의 짐이 될 수는 없지. 지금 난 독사의 풀을 먹었어. 어서 떠나거라. 모두를 위해 망스를 제거하거라! 망스가 죽지 않으면 누구도 편안하게 살 수 없어."

어머니는 이 말을 마치고 바로 죽었다. 보라는 눈물을 닦고 어머니의 시신을 묻었다. 그리고 등에 활과 화살을 메고 칼을 차고는 말을 타고 출발했다. 그는 잠시도 쉬지 않고 7일 밤낮을 달렸다. 어느 날 그는 한참 가고 있는데 갑자기 앞쪽 언덕에서 반짝반짝 빛나는 것이 보였다. 달려가 보니 바로 형의 말안장이었다. 그는 형이 여기서 실패했음을 알았다. 그는 형이 갔던 길을 따라 계속 앞으로 쫓아갔다. 한참을 쫓아갔는데 갑자기 앞에서 아주 붉디붉은 꽃이 보였다. 그는 이상하게 생각했다. 망스 때문에 새도 안 울고 꽃도 피지 않는 초원에 웬 붉은 꽃이지? 뛰어가 보니 바로 형의 모자에 붙었던 장식이었다. 그는 그것을 주워 다시 앞으로 쫓아갔다. 쫓고 또 쫓아가 보니 길가에 백골 한 더미가 있었다. 말에서 내려 확인해 보니 바로 형의 팔이었다. 그는 칼로 땅을 파서 묻으려고 했다. 그때 갑자기 앞에서 흰 수염이 난 세 명의 노인이 나타났다. 보라는 형의 얘기를 알아보기 위해 노인에게 다가가 인사를 했다.

"영감님, 아얼스렁이라는 사람이 이곳을 지나가는 걸 보셨어요?"

노인은 보라를 자세히 살펴보고는 물었다.

"네가 보라냐?"

보라는 놀라서 멍하니 생각했다. '이 사람들이 내가 보라인 것을 어떻게 알았지?' 이상했지만 얼른 대답했다.

"영감님, 제가 보라 맞아요. 근데 어찌된 일이죠?"

노인은 보라가 맞다는 말을 듣자 눈물을 참지 못하고 말했다.

"얘, 너의 형 아얼스렁은 여기서 망스와 사흘 밤낮으로 싸우다 죽고 말았어!"

보라는 이 말을 듣고 두 눈에 불이 나며 황급히 물었다.

"영감님, 그 망스는 어디에 있어요?"

"서쪽으로 도망갔단다. 얘, 너는 그냥 집에 가거라."

"영감님, 독수리가 날개를 펼쳤는데 어떻게 날지 않을 수가 있겠어요?"

"그렇지만 망스는 정말 무서운 놈이란다."

"영감님, 부얼한산이 아무리 높다고 해도 올라가는 길은 있는 법입니다. 망스가 아무리 흉폭하다 해도 죽일 방법이 있을 겁니다!"

늙은이 이 말을 듣고 기뻐하며 말했다.

"맞아. 네 말이 맞구나. 젊은이, 좋은 말은 되돌아와서 풀을 뜯지 않는다는 말이 있지. 영웅은 지나온 길을 다시 걷지 않는 거란다. 가거라. 네 형이 나보고 너에게 전하라는 말이 있어. 망스를 이기고 싶으면 빨리 부얼한산에 가서 '도깨비바늘풀'을 찾아야 한다는구나."

보라는 노인에게 감사인사를 했다. 세 노인 중 한 사람은 보라에게 볶은 쌀 한 봉지를 주었고, 또 한 명은 양가죽 물주머니를 주었고, 또 한 명은 뱀을 쫓는 채찍 하나를 주었다. 그리고 다시 당부했다.

"젊은이, 오색구름은 매우 변덕스럽단다. 망스의 암수에 당하지 말거라!"

보라는 노인들과 작별하고 다시 길을 떠났다. 7일 밤낮을 달려 보라는 부얼한산 아래에 이르렀다. 노인 준 볶은 쌀을 다 먹어버렸기에 배에서는 꼬르륵 소리가 났다. 뭐 먹을 게 없나? 이때 갑자기 앞에서 멍구파오가 하나 보였다. 보라는 말에서 내려 파오 안으로 걸어 들어갔다. 그곳에는 어떤 예쁜 여자 한 명만 있었다. 보라가 몸을 돌려 나가려고 할 때 여자가 갑자기 달려들며 말했다.

"영웅님, 저는 망스에게 납치된 여자예요. 제발 살려 주세요!"

그녀는 말하다 말고 울기 시작했다. 보라는 그녀가 너무 불쌍하게 우는 것을 보고 말했다.

"내가 바로 망스를 죽이려고 온 겁니다. 망스는 지금 어디에 있지요?"

"그는 지금 산에 있어요. 좀 있으면 돌아와서 밥을 먹을 거예요. 당신도 배가 고프시죠? 여기서 그에게 끓여준 말 내장탕이 있어요. 조금만 드세요!"

그녀는 보라에게 탕 한 그릇을 담아 건넸다. 보라는 견디기 힘들 정도로 배가 고팠다. 그릇을 받아 막 먹으려 할 때 갑자기 세 노인의 당부가 생각났다. 그는 젓가락으로 그릇을 두드리며 자세하게 보았더니 그릇 안에는 독사가 가득 차 있었다. 그릇을 내던지고 다시 그 여자를 보았다. 그 여자는 작은 꽃뱀으로 변해 입을 벌리며 보라에게 달려들었다. 보라는 칼을 빼서 작은 꽃뱀을 단칼에 베어 버렸다. 곧장 몸을 돌려 말을 타고 산으로 올라갔다. 갈수록 경사가 심해 그는 말에서 내려 걸어서 올라갔다. 올라가고 또 올라가고 옷은 온통 땀으로 다 젖었다. 양가죽 물주머니에 있던 물도 다 마셔서 목이 무척 말랐다. 입술이 터질 정도로 그는 갈증이 나고 눈앞이 캄캄해지면서 온몸이 나른해졌다. 그때, 갑자기 "콸콸" 물소리가 들리더니 멀지 않은 앞쪽 산모롱이에 은덩이처럼 맑은 샘물 한 줄기가 보였다. 생명의 물이구나! 보라는 희망이 생기자 샘물을 향하여 달려갔다. 샘가에 도착한 그는 손을 뻗어 샘물을 한 모금 벌컥 마셨다. 그런데 마시자마자 속이 몹시 메스꺼워 고개를 들어보니 그것은 맑은 샘물이 아니라 망스의 입에서 흐르는 군침이었다. 보라는 갑자기 눈앞에 캄캄해지며 곧바로 쓰러졌다. 망스가 달려들었다. 바로 그때 보라의 흰 은마(銀馬)가 먼저 달려와 그의 옷을 문 채 산 위로 날아갔다. 산꼭대기까지 날아온 은마는 그를 바닥에 내려놓았다. 정신을 잃었던 보라는 갑자기 속이 뒤집히더니 검고 푸른 물을 토했다. 눈을 떠보니 자기가 누운 곳이 바로 도깨비바늘풀 밭이었다. 보라는 도깨비바늘풀의 맑은 향기를 맡았다. 달콤하면서도 눈이 밝아지고 온몸에 힘이 생겨났다. 그는 기뻐하며 손을 뻗어 도깨비바늘 풀 한 줌을 뽑아 자기의 모자와 말의 고삐에 꽂았다. 그리고 한 손으로는 둥근칼을 들고 다른 한 손으로는 뱀을 쫓을 채찍을 휘두르면서 망스를 향해 달려갔다. 자기를 향해 달려오는 보라를 본 망스는 입을 벌려 "씩" 검은 연기를 뿜어냈다. 그런데 검은 연기는 도깨비바늘풀에 닿으면서 휙 하며 흩어지고 말았다. 검은 연기가 보라를 중독시키지 못하자 망스는 큰 입을 벌려 그를 삼키려고 했다. 보라는 몸이 휙 돌려 망스의 머리를 피했고 채찍을 휘두르며 망스의 허리를 한번 내려쳤다. 망스는 "오우" 괴상한 소리를 내며 남쪽으로 달아났다. 보라는 몸을 돌려 활을 겨냥하곤 "슉슉슉" 세 발을 쐈다. 망스의 머리, 허리, 그리고 꼬리를 명중시켰다. 망스는 고통스러워하며 온몸에 경련을 일으키며 굳어지면서 꼬리로 반라산(半拉山) 꼭대기를 쓸었다. 검은 바람을 훅 하고 일으키며 필사적으로 남쪽을 향해 날아갔다. 날고 날았지만 견디지 못하고 그만 바다에 떨어져 버리고 말았다. 보라는 망스를 쫓아버렸을 뿐만 아니라 채찍을 휘둘러 크고 작은 독사들을 바다로 쫓아버렸다. 그리고 그들이 다시 초원으로 돌아올까 봐 바닷가에서 지키고 돌아오지 않았다.

어떤 사람의 말에 의하면, 그 뒤에 독사들이 어떤 섬으로 기어 올라갔다는데 그 섬이 바로 랴동(遼東) 반도 근처에 있는 뱀섬(蛇島)이라고 한다. 또 어떤 사람의 말에 의하면, 궈얼루오스인들은 아얼스렁과 보라의 공을 영원히 잊지 않기 위해 보라가 아얼스렁의 말안장, 모자의 장식, 팔꿈치 뼈를 발견한 곳에 마을을 지었다. 그 마을의 이름은 각각 '얼모(二莫)', '지라투(吉拉吐)', '타오하이(套海)'라고 한다. 이 마을들을 따라 영웅들의 이야기는 지금까지도 계속 전해온다.

65

처르부쿠 [1]

车勒布库

처르부쿠(車勒布庫)는 장님 어머니와 같이 살고 있었다. 장님 어머니는
망거차이(莽格菜)를 파고 흰 쑥을 캤으며, 처르부쿠는 땔감을 해서 판
돈으로 먹고 살았다. 집안은 끼니를 잇기 어려울 만큼 항상 가난했다.
사냥에는 좋은 화살이 중요하고 땔감을 하는 데에는 날카로운 도끼가
중요한 법이다. 처르부쿠가 힘은 셌지만 도끼가 너무 낡아 아무리 갈아
도 날카롭게 갈 수 없었다. 그래서 아무리 힘을 써도 땔감을 많이 할
수 없었다. 그렇게 불구하고 처르부쿠는 매일 마른 땔감 한 짐을 해다가
시장에 가서 팔았다. 돈을 좀 벌면 맛있는 걸 샀다. 그는 라라판(拉拉飯) [2]
을 좋아하는 어머니를 위해 기장 두 근을 사고, 술을 좋아하는 어머니를
위해 바이주 두 근을 샀다. 돈이 모자라는 날에는 샤오삥(燒餅) [3] 하나를
사서 품에 안고 집에 돌아가 쪼개서 큰 조각은 어머니에게 주고 작은
조각은 자기가 먹었다. 그래서 이웃사람들이 그를 효자라고 칭찬을 했
다. 이렇게 많이 먹지 못했기 때문에 처르부쿠는 키가 작고 말랐다.
게다가 도끼까지 무딘 바람에 그가 해온 땔감은 갈수록 줄어들었다.

---

1 다우르족(達斡爾族)에 전해오는 이야기. 다우르족은 거란의 후예로서, 인구는 2000년 기준
   132,394명이며 대부분 내몽고자치구에 분포한다. 1년에 절반이 겨울인 지역으로 지하자원
   이 풍부하다. 다우르족의 전통적인 주식은 우유를 넣은 좁쌀 밥과 메밀국수, 차조기 씨(蘇子)
   를 넣은 메밀떡이다. 육식은 양고기를 주로 먹고 채소로는 배추, 콩 꼬투리, 무 등을 먹는데
   손으로 다진 고기와 약한 불에 장시간 은근하게 익힌 채소를 즐겨 먹는다.

2 [역자주] 라라판(拉拉飯): 주로 헤이룽장(黑龍江)성에 분포한 허쩌족(赫哲族) 사람들이 좋아
   하는 음식이다. 음식 재료는 주로 좁쌀이나 옥수수, 생선가루와 각종 동물 기름 등 있다.

3 [역자주] 샤오삥(燒餅): 밀가루 반죽을 동글납작한 모양으로 만들어 화덕 안에 붙여서 구운
   빵. 안에다 야채와 고기 등을 넣어 먹는다.

어느 날, 처르부쿠가 마을 시장에 땔감을 팔러 가는 길이었다. 그가 사거리에 이르렀는데 한 무리의 사람들이 수염을 하얗게 기른 노인을 둘러싸고 있는 걸 보았다. 처르부쿠가 사람들 사이를 밀치고 들어가 보니까 노인 앞에는 도끼 하나와 멜대 하나, 밧줄 두 개가 있었다. 도끼의 날은 얇고 날카로웠다. 날을 향해 쇠털을 휙 불자마자 쇠털이 끊어졌다. 멜대는 길지도 짧지도 얇지도 두껍지도 않았다. 겉이 매끄럽고 한번 힘을 주자 탄력 있게 휘어졌다. 이걸로 땔감을 지면 분명히 가볍고 빨리 갈 수 있을 것이다. 두 개의 밧줄은 더욱 신기했다. 삼으로 만든 것도 실로 만든 것도 아니었다. 반지르르하게 빛나면서도 부드럽고 질겨서 쓰기 아주 편해 보였다. 신기하다고 생각한 처르부쿠는 꼼짝도 않고 서 있었다. 하얀 수염을 기른 노인이 말했다.

"좋은 상품은 쓸 사람에게 팔고 좋은 도끼는 나무꾼에게 팝니다. 에헴, 사세요, 사세요. 싸게 드립니다. 이 도끼는 아주 날카롭습니다. 한 번만 휘둘러도 나무 하나는 거뜬하죠. 이 멜대도 아주 좋습니다. 이걸 쓰면 한 번에 산 두 개도 넘을 수 있죠. 이 밧줄은 주인 마음대로 길어질 수도 있고 짧아질 수도 있어요. 굵어질 수도 가늘어질 수도 있어요. 느슨해질 수도 팽팽해질 수도 있어요. 주인이 한마디만 하면 그대로 됩니다. 안 믿으시겠다면 지금 한번 실험해 보시죠."

하얀 수염을 기른 노인이 말을 마치고 그 자리에서 바로 실험을 보여 줬다. 정말 말한 대로였다. 처르부쿠는 그걸 보고 깜짝 놀랐다. 너무 사고 싶어 가격을 물었더니 은 열 냥이 필요했다. 그가 보름동안 땔감을 팔아도 벌 수 없는 돈이었다. 어떻게 하면 살 수 있을까? 그는 떠나지 않고 그냥 옆에 쪼그리고 앉아 뚫어져라 지켜볼 뿐이었다. 주머니에 손을 넣자 은전 몇 닢이 잡혔다. 이것도 오늘 마른 땔감 한 짐을 어떤 무당에게 팔아서 번 돈이었다. 마음 착한 무당이 그를 성실하다고 생각해서 웃돈을 좀 더 쳐 준 것이었다. 세 가지를 다 사려면 부족하지만 하나 정도는 얼추 흥정하면 될 것도 같았다. 하지만 처르부쿠는 이 돈으로 살 수가 없었다. 왜냐하면 그는 어머니에게 두루마기 한 벌을 사 줘야 하기 때문이었다.

'날씨가 금방 추워질 거야. 어머니를 추위에 떨게 할 수는 없어. 그리고 어머니에게 바이주 한 근과 고기 반 근도 사 드려야 돼⋯⋯.'

날이 어두워지자 사람들도 흩어졌다. 처르부쿠만 아직도 쪼그리고 앉아 뚫어지게 바라봤다. 하얀 수염을 기른 노인이 그를 보고 물었다.

"젊은이, 처르부쿠라고 하지요?"

"네, 그렇습니다."

처르부쿠가 깜짝 놀랐다.

'이 노인이 어떻게 내 이름을 알았지?'

노인이 또 물었다.

"살래요?"

"사고 싶은데 돈이 없어요."

"거짓말! 주머니에 돈이 있잖아?"

"그게 이건 어머니에게 사드릴 돈에요."

"하하, 보아하니 자네는 효자로군. 그럼 내가 이 세 가지의 보물을 자네에게 주지. 대신, 조건이 하나 있어."

"무슨 조건이죠?"

"내 보물들은 성깔이 있어. 자네가 이 보물들을 쓸 때 바로 자기만 생각하지 말고 남을 도와줘야 해. 명심해?"

"명심하겠습니다."

처르부쿠는 도끼, 멜대, 밧줄을 받고 너무 기뻤다. 그는 무릎을 꿇고 노인에게 머리를 조아리며 세 번 절하며 감사의 말씀을 드렸다. 그런데 고개를 들어 보니 노인은 사라지고 없었다. 처르부쿠는 집에 돌아가 이 일을 어머니에게 말했다. 어머니가 말했다.

"아가, 네가 복이 많아서 신이 너를 도와준 거지."

보물 도끼 덕분에 처르부쿠는 땔감을 아주 빠른 속도로 마련했다. 한 번에 나무 하나를 벨 수 있으니 힘도 하나 들지 않았다. 땔감 두 꾸러미를 멜대로 지면 하나도 무겁지 않았다. 밧줄도 말을 잘 들어 원하는 대로 길어졌다. 그는 땔감을 많이 해다 팔다 보니 돈도 많이 벌게 되었다. 그렇지만 항상 번 돈으로 성실하게 남을 도와줬다. 그의 집안 형편도 눈에 띄게 좋아졌다. 하지만 어머니 나이가 점점 많아졌지만 처르부쿠는 아직도 장가를 가지 않았다.

'나는 매일 산에 가서 땔감을 해야 하는데, 누가 집에서 어머니를 모실까?'

처르부쿠에게 고민이 생겼다. 장가를 가고는 싶지만 쉬운 일이 아니었다. 어떤 아가씨는 그가 가난해서, 어떤 아가씨는 그가 작고 깡말라서, 어떤 아가씨는 그가 못생겨서 싫다고 했다. 누구도 그에게 시집가길 원하지 않았다.

어느 날 한밤중에 갑자기 밖에서 한바탕 바람 소리가 들렸다. 그 소리는 천지를 진동할 정도였다. 처르부쿠가 일어나서 창문을 열고 봤더니 30대 남자 한 명이 마당에 앉아서 울고 있었다. 처르부쿠가 서둘러 옷을 입고 나갔다.

"형님, 형님, 왜 울고 있어요? 어려운 일이 있으면 저한테 말해 주세요. 도와 드릴게요!"

그 사람이 대답했다.

"나는 서산의 호랑이다. 요괴가 우리 온 가족을 잡아먹으려고 한다. 그 요괴와 사흘 밤낮으로 싸웠지만 정말 이길 수 없었다. 내 새끼들, 우리 어머니가 모두 잡혀 먹힐 것 같다. 네가 자주 남을 도와준다는 말을 많이 들었다. 제발 우리 가족의 목숨을 살려다오."

"도와줄 수 있긴 한데 어떻게 해야 하죠?"

"너한테 보물 세 가지가 있잖아. 내일 서산에 가서……."

그 남자는 요괴를 이길 수 있는 방법을 처르부쿠에게 상세히 알려줬다. 다음 날, 처르부쿠는 시간에 맞춰 서산에 갔다. 정말 바람소리와 울음소리가 골짜기에 왕왕 울렸다. 다가가 보니 정말 호랑이가 요괴와 싸우고 있었다. 그 요괴는 키가 크고 입이 길고 온몸이 비늘로 가득 찼다. 긴 수염 두 가락은 항아리 가장자리만큼 굵었다. 그리고 얼굴도 무척 흉악하게 생긴데다가 두 가닥 긴 수염이 힘이 아주 셌다. 호랑이를 기진맥진하게 만들 정도로 후려쳤다. 호랑이는 상대가 되지 않아 보였다. 그때 요괴가 하하 웃으면서 말했다.

"오늘은 호랑이 고기를 먹어야겠다!"

말이 끝나자 정체를 드러냈다. 그건 바로 열 아름이나 되는 큰 독사였다. 독사는 입을 벌리고 호랑이 대가리를 콱 물었다. 처르부쿠는 서둘지 않고 큰소리를 외쳤다.

"겁 없는 요괴야, 감히 우리 형님을 해치려 하다니!"

요괴는 사람을 보자 호랑이를 뱉어버렸다. 그리고 입을 벌리고 처르부쿠한테 사납게 달려들었다. 처르부쿠가 기회를 틈타서 멜대를 요괴의 입에 밀어 넣었다. 요괴는 바로 입을 다물지 못했다. 처르부쿠는 밧줄 두 개를 요괴에게 던지며 말했다.

"묶어라!"

밧줄은 "쏴" 하며 요괴를 꽁꽁 얽어맸다. 요괴는 화를 내며 고개를 들어 두 긴 수염을 휘둘러 처르부쿠를 공격했다. 처르부쿠는 도끼를 휘둘러 독사 요괴의 두 수염을 잘라 버렸다. 요괴가 다시 꼬리를 매섭게 흔들며 다가왔다. 처르부쿠는 재빨리 도끼를 휘둘러 요괴의 꼬리를 잘라 버렸다. 그리고는 요괴가 숨도 돌리기 전에 달려들어 도끼를 휘둘렀다. 요괴의 머리가 저만치 날라가 버렸다. 아뿔사! 처르부쿠가 몸을 돌리기도 전에 요괴의 목에 머리 하나가 또 생겼다. 이렇게 머리 아홉 개가 생겼다가 잘렸다가를 반복한 뒤에야 요괴가 드디어 검은 피를 흘리며 죽어 버렸다.

요괴를 죽인 그해의 섣달 그믐날 밤, 처르부쿠 모자가 잠을 자고 있었다. 갑자기 밖에서 한바탕 돌개바람이 불었다. 바람이 지나간 뒤에는 집 밖에서 "쾅" 하는 소리가 들렸다. 처르부쿠가 서둘러 등불을 켜고 봤더니 그날 마당에서 엉엉 울고 있던 남자였다. 남자가 아가씨 한 명을 업고 마당에 서 있었다. 처르부쿠가 묻기도 전에 남자가 아가씨를 내려 놓으며 말했다.

"생명의 은인이여! 이 아이는 내 동생이다. 우리 어머니께서 은인에게 동생을 시집보내라고 했다. 둘이 결혼해 잘 살아라."

말이 끝나자 다시 한바탕 바람이 불더니 그 남자는 사라졌다. 처르부쿠는 아가씨를 집에 데리고 들어왔다. 밝은 곳에서 보았더니 아가씨는 함박꽃같이 생겼다. 까만 머리에, 불그스름한 얼굴, 그리고 물방울같이 동글동글한 눈, 정말 예쁜 아가씨였다. 처르부쿠는 이 예쁜 아가씨랑 결혼을 했고, 맹인 어머니도 복을 누리게 됐다. 이렇게 세 식구는 다 같이 행복하게 살았다.

66

아치무치[1]

阿气木其

아치무치(阿氣木其)라는 아이가 있었는데 강가에서 활쏘기를 연습을 하다 마귀(滿蓋)[2]에게 잡혀갔다. 마귀는 아치무치를 업고 그들이 사는 곳으로 데려가서는 큰소리로 말했다.

"마누라, 나 좀 도와 줘!"

부인 마귀는 남편이 부르는 소리를 듣고 집에서 뛰어나왔다. 그녀는 남편이 어떤 아이를 잡아온 것을 보고 기뻐하며 말했다.

"이야, 오랫동안 사람 고기는 먹어보질 못했는데, 이번에 사람 고기요리를 잘 만들어 먹어봅시다."

두 마귀는 아치무치를 묶어 나무에 걸어 두었다. 남자 마귀가 아내에게 말했다.

"잠깐만. 도마를 아래에 놓고 먼저 아이들에게 보여줘."

이때 새끼 마귀 열 몇 명이 뛰어나와 구경했다. 부인 마귀가 새끼에게 말했다.

"우리가 다시 나가서 사람을 더 잡아올 수 있는지 찾아볼게. 너희들은 배가 고프면 너희들끼리 요리를 해서 먼저 이 아이를 삶아먹어."

부인 마귀는 말을 마치고 남편과 같이 나갔다. 아치무치는 어른 마귀들이 떠난 것을 보고 와글와글 떠들고 있는 새끼 마귀들에게 말했다.

---

1 오로촌족(鄂倫春族)에 전해오는 이야기. 주로 네이멍구(內蒙古)와 헤이룽장(黑龍江)에 분포하는 소수민족으로 중국 소수민족 중 인구가 가장 적은 민족 중의 하나.(2010년 기준 인구는 8,659명) 원래 흥안령산맥을 중심으로 수렵 생활을 하던 종족.
2 만개(滿蓋): 오로촌어로 마귀라는 뜻이다.

"빨리 나를 내려놔. 나 오줌 급해."

새끼 마귀는 예전에 어른 마귀에게서 사람 아이의 오줌을 먹으면 아프지 않을 거라는 말을 들은 게 기억났다. 그래서 아이에게 말했다.

"안 돼, 안 돼. 네가 거기서 그대로 오줌을 싸. 그럼 우리가 밑에서 받아먹을게."

아치무치는 진짜 참지 못하고 오줌을 "우르르" 싸기 시작했다. 열 몇 명의 새끼 마귀들은 밑에서 서로 다투어 오줌을 받아먹었다. 오줌을 다 싼 아치무치는 새끼 마귀들에게 말했다.

"너희들이 내 살을 먹는 건 난 아무렇지도 않아! 근데 내가 활과 화살을 만들 줄 알거든. 너희들이 나를 내려놓아주면 내가 하나씩 만들어 줄게. 활과 화살을 다 만들고 나면 내가 직접 솥으로 뛰어들어 갈게. 그때 나를 삶아서 먹으면 되잖아?"

새끼 마귀들은 아치무치가 도망치고 싶은 생각이 하나도 없고, 또 활과 화살도 만들어 주겠다고 하는 것을 보고 아주 기뻐했다. 새끼 마귀들은 나무에 올라가 끈을 풀어 아치무치를 내려놓았다. 아치무치는 땅에 서서 팔과 다리를 움직여 보며 새끼 마귀들에게 말했다.

"활과 화살을 만들려면 칼로 나무를 깎아야 돼. 너희들 아빠의 큰 칼을 가져와."

새끼 마귀 몇 명이 집에 들어가 큰 칼을 들고 나왔다. 아치무치는 큰 칼을 받아 휘둘러 보고는 '괜찮네, 이 정도면 휘두를 수 있겠어.' 칼날을 만져보고는 '날이 잘 섰네.'라고 생각했다. 그는 조금 고민되는 척하면서 말했다.

"너희들이 열 명이 넘는데 누구한테 먼저 만들어 줘야 하지?"

"먼저 나한테 만들어 줘!"

새끼 마귀들은 자기들끼리 떠들더니 줄을 섰다. 아치무치는 새끼 마귀들이 줄을 잘 선 것을 보고 그들에게 말했다.

"내가 신선에게 활과 화살을 만든 것을 도와 달라고 할 거야. 너희들은 모두 눈을 감고 있어. 누구든지 눈을 뜨는 사람한테는 안 만들어 줄 거야!"

새끼 마귀들은 모두 빨리 활과 화살을 받고 싶어서 눈을 순순히 감았다. 새끼 마귀가 눈을 감은 뒤 아치무치는 그들의 목을 똑똑히 겨냥한 뒤 있는 힘을 다해 "쓱" 하고 풀 베듯이 머리를 잘라버렸다. 새끼 마귀들의 머리 하나하나가 몸에서 떨어져 "떼구르르" 땅 옆으로 굴러갔다. 아치무치는 새끼 마귀들의 몸뚱어리를 그를 삶기 위해 준비한 솥에 던졌다. 또 땔감을 가져오고 불을 피웠다. 잠시 후 물이 끓기 시작했다. 그는 거의 다 끓은 것을 보고 이번에는 새끼 마귀들의 머리를 방 안으로 옮겼다. 하나하나 다 옮긴 뒤 가죽 이불을 덮고, 방 안의 아궁이를 파고 들어가 숨었다.

마귀 부부가 나가서 한참을 돌아다녔지만 한 사람도 잡지 못했다. 그래서 그냥 집으로 돌아왔는데, 집 밖에 있는 큰 솥에서 고기가 다 삶아져 있었다. 그들은 먹기 시작했는데, 남편 마귀가 말했다.

"이 고기에서 어째 아이 냄새가 나지?"

부인 마귀가 말했다.

"아이들이 끓인 건데 어떻게 아이 냄새가 안 나겠니?"

마귀 부부는 금방 다 먹어 치웠다. 그리고는 트림을 하면서 방으로 들어갔다. 새끼 마귀들의 머리가 한 줄로 죽 늘어져 있고 가죽 이불을 덮고 있는 것을 보고는 다들 자고 있는 줄 알았다. 부인 마귀가 남편 마귀에게 말했다.

"애들 깨워서 국물이라도 먹으라고 해!"

남편 마귀가 앞으로 나아가 새끼 마귀의 머리를 잡아당겼다. 그랬더니 가죽이불 위로 작은 머리 하나가 굴렀다. 하나를 당겨 보니 덩그러니 머리만 있었다. 머리 열 몇 개를 모두 당겨봤지만 완전한 새끼 마귀는 하나도 없었다.

두 마귀 부부는 엄청나게 화가 나서 여기저기 두드리고 땅을 치면서 아치무치를 찾았다. 아치무치는 그들이 내는 소리를 듣더니 너무 웃겨서 온돌 아궁이에서 외쳤다.

"그만 두드리세요. 저는 여기에 있어요!"

남편 마귀가 아내에게 말했다.

"네가 아궁이 입구를 지켜. 내가 아궁이에 들어가서 잡아올게. 머리가 나오면 힘껏 베어버려."

말이 끝나자 아궁이로 들어갔다. 그런데 아궁이 안이 너무 어두운데 어디서 잘 찾아낼 수나 있을까? 부인 마귀가 한참을 기다렸다. 그 순간 갑자기 아궁이 입구에 머리 하나가 쑥 나왔다. 엄청 화가 난 부인 마귀는 아치무치의 머리인 줄 알고 자세히 보지도 않은 채 단칼에 베어 버렸다. 하지만 잡아 당겨 보니 그녀 남편의 머리였다. 그때 아치무치가 굴뚝에서 고개를 내밀며 부인 마귀에게 외쳤다.

"헤이, 여기 있지! 너 왜 네 남편 머리를 베고 그래?"

부인 마귀는 더 화가 나서 재빨리 아궁이로 들어가 그를 쫓았다. 아치무치는 부인 마귀가 자기를 쫓아오는 것을 보고 얼른 굴뚝에서 나와 옆에 엎드렸다. 그리고 부인 마귀의 머리가 굴뚝에서 막 나오자 "쓱삭" 하고 단칼에 베어 버렸다.

이후로 이곳에서 사람을 해치는 마귀는 사라졌다.

⁶⁷ 장 씨네 셋째 헤이마¹

黑马张三哥

옛날에 장(張)씨 성을 가진 할머니 한 분이 살았다. 그녀는 원래 아들 딸과 함께 아주 행복하게 살았다. 그러나 이 지방에 머리 아홉 개가 달린 요괴가 나타나 사람 피를 빨아먹고, 사람 고기를 먹으며 사람들을 해쳐 살 수가 없었다. 할머니네 집 아이들도 머리 아홉 달린 요괴에게 잡아 먹혔다. 그래서 할머니는 혼자서 외롭게 지냈다. 할머니 집에는 검은 암말 한 마리가 있었다. 이 암말은 오랜 세월 동안 할머니와 함께했다. 할머니가 울면 암말도 눈물을 흘리고, 할머니가 기뻐하면 암말도 기뻐 날뛰었다. 어느 날, 할머니는 암말의 배가 커다랗게 부풀어 오른 것을 발견했다. 할머니는 암말이 많이 먹어서 그런 거라고 생각했다. 하지만 암말의 배는 날이 갈수록 커져만 갔다. 할머니가 만져보니 안에서 뭔가가 꿈틀거리는 것 같았다. 놀랍고도 기쁜 마음에 할머니는 어서 새끼 당나귀가 태어나기를 고대했다. 날마다 기다리고 또 기다렸다. 마침내 암말이 망아지 쌍둥이를 낳았다.

'어쩜 이런 괴물을 낳을 수가 있지?'

할머니는 한숨을 쉬면서 말했다.

"정말 재수가 없네. 나는 왜 평생 이렇게 힘들게만 살아야 하나!"

---

1 투족(土族)에 전해오는 이야기. 투족은 중국의 칭하이성(青海省)과 간쑤성(甘肅省)에 분포하는 소수민족으로, 인구는 2000년 기준 241,198명이다. 주민들은 대개 목축업에 종사하며 농업 활동도 겸한다. 흰옷을 좋아하는 민족으로 선조는 위구르인(回紇人)이고 종교는 라마교다. 송대에는 창족(羌族), 당항인(党項人)과 연합하여 서하(西夏)를 건국하였고, 원조(元朝)에 비교적 높은 지위를 확보하여 서역의 색목인(色目人)과 동등한 대우를 받았다. 언어는 몽고어와 가까우며 고유 문자는 없다.

할머니도 남들한테 이런 사실을 얘기할 수도 없어서 몰래 쌍둥이를 말구유 곁에 묻었다. 그렇게 사흘이 지났다. 할머니가 암말에게 먹이를 주러 갔는데 쌍둥이가 묻힌 곳에서 뭔가 움직이는 것이 눈에 띄었다. 할머니는 이상하게 여겨 칼로 그곳을 파고는 천천히 흙을 걷어 보았다. 그랬더니 거기에는 뽀얗고 통통한 작은 사내아이가 있는 것이었다. 할머니는 너무 기뻐서 어쩔 줄 몰랐다. 그리고 할머니는 아이에게 '헤이마(黑馬)'라는 이름을 지어 주었다. 할머니는 헤이마를 매우 귀여워했다. 좋은 음식도 먹이고, 좋은 옷도 입혔다. 헤이마는 매우 똑똑해서 네댓 살이 되자 벌써 철이 들어 모든 것을 이해할 수 있었다. 어느 날, 할머니가 눈물을 흘리자 아이가 물었다.

"할머니, 왜 우세요?"

할머니는 말하고 싶지 않았지만 아이가 자꾸 물으니 마지못해 대답했다.

"아가, 너의 형과 누나 모두 머리가 아홉 개인 요괴에게 잡아 먹혔단다. 얼마나 마음이 아픈지……."

할머니는 지난 일을 있는 그대로 다 아이에게 말해 주고 아이가 마음속에 기억하게 했다. 그 뒤, 할머니는 활과 화살을 주며 그에게 쏘는 법을 가르쳐 주었다. 어느 날, 헤이마는 활과 화살을 등에 메더니 할머니에게 말했다.

"할머니, 할머니. 저를 이렇게 키워주셨으니 이제 밖에 나가 형님 누님을 찾아올게요."

하지만 할머니는 아이가 아직 어려 마음을 놓을 수가 없었다. 그러나 한편으로는 아이가 밖에 나가 세상을 둘러보는 것도 나쁘지 않겠다고 생각했다. 이렇게 결심한 할머니는 눈물을 참고 아이를 떠나보냈다. 헤이마가 하루 종일 걸어 어느 깊은 산에 도착했다. 그곳에는 마치 집처럼 커다란 바위가 있었다. 그는 큰 바위를 향해 활을 한 발 쏘았다. 그랬더니 큰 바위가 뒤집어지면서 그 아래에서 어떤 사람이 말했다.

"이봐! 올라가려면 올라가고, 내려가려면 내려갈 것이지, 누가 내 집을 뒤집어 놓은 거야? 뭐하는 거야!"

헤이마가 말했다.

"저는 올라가지도 내려가지도 않을 거예요. 저는 당신이 그곳에서 나와 저와 의형제를 맺기를 청합니다."

이때 바위 아래에서 키가 크고 커다란 사람이 튀어나와 말했다.

"내가 형을 할까? 아니면 동생을 할까?"

"당신은 바위 아래에서 나왔으니 바위 큰형님이라 부를 게요."

두 사람은 같이 길을 나섰다. 바위 형이 물었다.

"우리 어디로 가는 거야?"

"우선 산에 가서 사냥을 해요."

얼마쯤 걸었을 때 크고 굵은 소나무 한 그루가 나타났다. 헤이마는 큰 소나무를 향해 활을 쐈다. 활을 쏘자 큰 소나무는 쓰러졌고 나무 밑에서 누군가 말을 했다.

"올라가려면 올라가고, 내려가려면 내려갈 것이지, 누가 내 집을 쏴 쓰러뜨린 거야? 뭐하는 거야!"

"저는 올라가지도 내려가지도 않을 거예요. 저는 당신이 그곳에서 나와 저와 의형제를 맺기를 청합니다."

이때 나무 아래에서 몸이 커다란 사람이 나와 말했다.

"내가 형을 할까? 아니면 동생을 할까?"

"이분은 바위 큰형님이에요. 당신은 나무 아래에서 나왔으니 나무 둘째 형님이라 부를 게요. 저를 장 씨네 셋째 헤이마라고 불러 주세요."

이때부터, 세 사람은 생사고락을 같이하는 의형제가 되었다. 삼형제는 산을 오르고, 또 걷고 걸어 산골짜기에 도착했다. 그곳엔 인기척이라곤 없었는데, 낡고 부서진 집 한 채만이 휑하니 있었다. 그들은 당분간 여기서 지내기로 했다. 낮에는 산에 올라 사냥을 하고, 밤에는 집에서 쉬면서 이렇게 한참을 지냈다. 어느 날, 삼형제가 사냥을 하고 집에 돌아왔는데, 집 안에 있는 솥에 따뜻한 밥이 있었다. 그 향기가 코를 찔렀다. 장 씨네 셋째 헤이마가 말했다.

"이상하네. 여긴 빈 산골짜기인데 누가 우리에게 밥을 해준 거지?"

바위 큰형과 나무 둘째 형이 그릇을 들어 밥을 먹으려 했다. 헤이마 셋째가 말리며 말했다.

"천천히, 서두르지 마세요. 제가 먼저 먹어보고 괜찮으면 그때 먹어도 늦지 않아요."

장 씨네 셋째 헤이마가 먹어보니, 와! 정말 맛있었다. 형제 셋은 배부르도록 실컷 먹었다. 밥은 많지도 적지도 않고 딱 적당했다. 이튿날, 사냥을 하고 집에 오니 이번에도 뜨거운 밥이 있었다. 삼형제는 또 배부르게 먹었다. 이렇게 날마다 누군가가 밥을 해주었다. 장 씨네 셋째 헤이마가 말했다.

"우리 삼형제가 매일 나가니 밥 하는 사람이 누군지 알 수가 없어요. 내일 우리 중 한 사람이 남아서 집을 봐요!"

바위 큰형이 말했다.

"내일 내가 집을 지킬게. 누가 들어오는지 지켜볼게."

장 씨네 셋째 헤이마가 대답했다.

"좋아요, 좋아. 내일 형이 집을 지키세요!"

이날, 바위 큰형이 대문 앞에서 기다렸지만 오후가 되도록 사람의 그림자는 보이지 않았다. 날이 저물어 들어와 보니 이번에도 뜨거운 밥이 차려져 있었다. 바위 큰형은 무척 김이 샜다. 자기는 이렇게 튼튼하고 큰 몸을 가졌는데 사람이 들어오는 것도 보지 못했다니 정말 화가 났다. 동생들은 집에 돌아와 바위 큰형이 의기소침해 있는 것을 보고 아무 말도 하지 않았다. 나중에 나무 둘째가 말했다.

"내일 내가 문을 지킬 게요. 누가 들어오는지 잘 볼게요."

다음날, 나무 둘째 형이 아궁이에 누웠다가 자기도 모르게 잠이 들었다. 날이 저물었을 때 이미 뜨거운 밥이 차려져 있었다. 다른 두 형제는 집에 돌아와 나무 둘째 형의 꼼꼼하지 못한 태도를 나무랐다. 장 씨네 셋째 헤이마가 말했다.

"어제는 바위 큰형이 문을 지켰고, 오늘은 나무 둘째 형이 지켰지만 모두 잘 지키지 못했어요. 내일은 형들이 사냥을 가세요. 제가 집을 볼게요."

셋째 날, 장 씨네 셋째 헤이마가 침대에 누워 잠든 척하고 있었다. 저녁 무렵 창문에서 세 마리의 비둘기가 날아 들어왔다. 방 안에 들어오더니 비둘기들은 세 명의 아름다운 아가씨로 변했다. 한 명은 불을 지키고, 한 명은 물을 긷고, 한 명은 밥을 했다. 아주 빠른 속도였다. 세 아가씨는 떠들고 웃으며 뒷정리를 하더니 날아가려 했다. 장 씨네 셋째 헤이마가 갑자기 "왁" 하고 소리를 내자 세 아가씨가 놀라 멍해졌다. 장 씨네 셋째 헤이마가 말했다.

"아가씨들, 두려워 마세요. 그런데 당신들은 어디에서 왔는지 말해 주세요."

아가씨들은 부끄럽기도 하고 두렵기도 해서 머뭇거렸다. 그중 제일 나이가 어려 보이는 아가씨가 대답을 했다.

"우리는 하늘나라 선녀예요. 당신들 삼형제가 매일 사냥을 하느라 힘들어하는 것을 보고 저희들이 대신 밥을 지어드리는 거예요."

장 씨네 셋째 헤이마가 말했다.

"하늘나라는 엄청 좋을 텐데 당신들은 왜 여기에 내려온 거죠?"

첫째와 둘째 아가씨는 부끄러워 대답하지 못하자 셋째 아가씨가 대담하게 말했다.

"하늘이 아무리 좋아도 당신들과 함께하는 것보다 좋을까요!"

장 씨네 셋째 헤이마가 말했다.

"그럼 돌아가지 말고 우리 형제들과 결혼해 함께 살면 어때요?"

세 아가씨 모두 얼굴을 붉히며 고개를 끄덕였다. 얼굴을 돌리면서도 좋아서 배시시 웃었다. 첫째와 둘째 아가씨는 분홍 복숭아꽃 마냥 예쁘게 생겼다. 셋째 아가씨는 얼굴이 다소 검었지만 한 떨기 라메이화(臘梅花) 같았다. 두 형은 집에 들어서기도 전에 묻기부터 했다.

"셋째야, 오늘 잘 지켰냐?"

장 씨네 셋째 헤이마가 대답했다.

"오늘 제가 집을 잘 지켰지요. 이 세 아가씨가 우리 형제들의 부인이 되기를 기다리고 있어요. 보세요. 얼마나 예쁜지!"

두 형은 아가씨들을 보고 기뻐하며 말했다.

"우리 셋째가 대단해. 정말 대단해!"

이때 세 아가씨가 맛있는 밥상을 차려 내왔다. 첫째 아가씨는 첫째 형, 둘째 아가씨는 둘째 형, 나머지 셋째 아가씨는 장 씨네 셋째 헤이마에게 밥을 가져다주었다. 그들은 이렇게 다정한 부부가 되었다. 남자들은 사냥을 가고 부인들은 집을 지켰다. 형제들의 생활은 정말로 즐거웠다.

어느 날, 장 씨네 셋째 헤이마가 갑자기 마치 무슨 걱정거리라도 있는 듯 풀이 죽은 얼굴을 했다. 첫째 형과 둘째 형, 큰형수, 둘째 형수 모두 걱정을 했다.

"셋째야! 왜 걱정스런 얼굴을 하고 있니?"

장 씨네 셋째 헤이마가 대답했다.

"후유! 집에 돌아가 할머니를 모시고 오면 좋겠어요."

나무 둘째 형이 말했다.

"셋째야 지난번 내가 집을 잘 지키지 못했으니 이번 일은 나에게 맡겨! 나의 이 긴 다리로 가서 할머니를 등에 업고 돌아올게."

바위 큰형과 세 명의 아가씨들도 그러라고 했다. 장 씨네 셋째 헤이마도 그 말에 따르기로 했다. 나무 둘째 형의 두 긴 다리로 정말 빨리 걸어서 하루 만에 할머니를 업고 집으로 돌아왔다. 할머니는 장 씨네 셋째 헤이마를 보고 기뻐서 눈물을 흘렸다. 헤이마가 잘 먹고 잘 입고 이렇게 좋은 부인도 있다니. 게다가 마음 착한 형제들까지 생긴 것을 보고 활짝 핀 꽃같이 좋아했다.

얼마 지나지 않은 어느 날, 머리가 아홉 달린 요괴가 나타났다. 마침 삼형제가 산으로 사냥을 갔을 때였다. 요괴는 집 안으로 들어와 말했다.

"할멈, 하하, 고기가 이렇게 많다니. 게다가 예쁜 아가씨가 셋이나 있으니 정말 좋군! 오늘 너희들의 고기를 먹고, 피를 마셔야겠어!"

다들 너무 놀라서 아무런 말도 못 했다. 오직 셋째 아가씨만 두려워하지 않고 곰곰이 생각을 한 뒤 말했다.

"여기 고기가 정말 많아요. 이것부터 드세요. 다 먹고 난 뒤 우리를 먹어도 늦지 않아요."

머리 아홉 달린 요괴가 말했다.

"좋아, 그것도 좋지. 그렇지만 너희들 도망가면 안 돼."

해가 지자 삼형제가 집으로 돌아왔다. 할머니가 머리 아홉 달린 요괴의 일을 말하자 바위 큰형이 화를 냈다.

"이런! 정말 기가 막힌 일이네. 내일은 내가 문을 지키겠어. 칼로 그 요괴를 둘로 갈라 버리겠어."

장 씨네 셋째 헤이마가 말했다.

"그렇게 해요. 다만 내일 할머니와 아가씨들 모두 집에 있지 마세요."

이튿날, 바위 큰형이 대문 앞을 지키고 하루 종일 서있었지만 머리 아홉 달린 요괴는 그림자도 보이지 않았다. 머리 아홉 달린 요괴는 뒷문으로 들어와 집 안의 고기를 먹고는 기름을 등에 메고 가버린 것이었다. 저녁에 모두가 돌아와 바위 큰형에게 물었다.

"요괴를 봤어요?"

"이런! 문 앞에서 하루 종일 지키고 있었지만 못 봤어."

아내들이 고기가 줄어든 것을 확인했다.

"보지 못했다면서 고기가 어째서 이렇게 많이 줄어들었어요?"

나무 둘째 형이 말했다.

"내일은 내가 문을 지키겠어. 머리 아홉 달린 요괴가 아무리 빨리 달려도 내가 잡아서 돌아올게."

장 씨네 셋째 헤이마는 둘째 형에게 잠들지 말라고 신신당부를 하였다. 셋째 날이 되자, 나무 둘째 형이 오전 내내 기다렸지만 보이지 않아 기다리고 또 기다리다가 그만 잠이 들고 말았다. 머리 아홉 달린 요괴는 또 고기를 먹고, 기름을 메고 가버렸다. 모두가 돌아와 보니, 나무 둘째 형은 잠을 자고 있었다. 그에게 물었지만 둘째 형은 아무런 대꾸도 못했다. 장 씨네 셋째 헤이마가 말했다.

"내일은 제가 지킬게요."

넷째 날, 장 씨네 셋째 헤이마는 칼을 들고 문 뒤에 숨어 있었다. 머리 아홉 달린 요괴가 와 말했다.

"예쁜 세 아가씨는 어디로 갔지?"

말을 마치기도 전에 장 씨네 셋째 헤이마가 칼을 휘둘러 머리 아홉 달린 요괴의 머리를 베어 버렸다. 머리 아홉 달린 요괴는 놀라 도망가며 소리쳤다.

"야단났네. 이 집에 대단한 놈이 있다."

장 씨네 셋째 헤이마는 쫓지 않고 떨어진 요괴의 머리를 걸어 두었다. 저녁에 형과 형수들, 할머니가 돌아와 물었다.

"셋째야, 오늘 집 잘 지켰어?"

장 씨네 셋째 헤이마가 대답했다.

"보세요. 제가 요괴의 머리 하나를 벴어요."

둘째 형이 말했다.

"셋째 정말 대단하다, 대단해."

할머니도 말했다.

"얘들아, 화근을 뿌리째 제거해야 해. 요괴는 아직 여덟 개의 머리가 있다고!"

장 씨네 셋째 헤이마가 말했다.

"할머니, 걱정 마세요. 우리 삼형제가 반드시 요괴를 없애 버리겠어요."

그날 저녁, 장 씨네 셋째 헤이마와 두 형은 방법을 의논했다. 다음날, 삼형제는 칼을 메고, 할머니와 부인들과 인사를 한 뒤 요괴를 찾아 나섰다. 산을 내려가니 마을이 보였다. 언덕에서 양을 방목하고 있는 한 아이와 만났다. 장 씨네 셋째 헤이마가 물었다.

"얘야, 머리 아홉 달린 요괴가 사는 곳이 어디인지 알려 줄래?"

아이가 말했다.

"제가 지금 바로 머리 아홉 달린 요괴에게 줄 양을 키우고 있는 거예요. 요괴는 얼마나 사납다고요! 나를 잡아온 뒤로 나한테 매일 자기 시중을 들게 하고 나를 때리기도 해요."

장 씨네 셋째 헤이마가 말했다.

"잘됐네. 오늘 밤 너는 우리를 머리 아홉 달린 요괴네 집으로 데려다 줘. 우리랑 같이 요괴를 죽여 버리자."

아이는 매우 기뻐하며 대답했다.

"요 이틀간 요괴는 병이 났어요. 매일 밤 나한테 차를 달이고 상처를 핥으라고 했어요. 오늘 밤 제가 여러분을 데려다 드릴 테니 요괴가 방심하는 틈을 타 해치워 버리세요."

저녁이 되어, 셋은 양떼들 틈에 섞여 머리 아홉 달린 요괴의 집에 들어갔다. 아이가 그들을 머리 아홉 달린 요괴의 방에 데려갔다. 바위 큰형과 나무 둘째 형은 문 뒤에 숨었고, 장 씨네 셋째 헤이마는 옷장 뒤에 숨어 있었다. 머리 아홉 달린 요괴가 아이에게 차를 따르고 상처를 핥으라고 시켰다. 상처를 핥으니 시원해진 요괴가 서서히 잠이 들었다.

장 씨네 셋째 헤이마가 칼로 요괴의 머리 네 개를 베어 버렸다. 요괴가 큰소리를 질렀다.

"이건 뭐야!"

일어나 밖으로 달려 나갔다. 막 문 앞에 다다랐을 때, 바위 큰형과 나무 둘째 형이 문 뒤에서 뛰어나와 한 사람에 칼 한 번씩, 머리 아홉 달린 요괴의 머리를 베어버렸다. 형제 셋은 다시 몇 차례 칼을 휘둘러 머리 아홉 달린 요괴의 명까지 끊어버렸다. 삼형제는 아이를 데리고 같이 산으로 돌아가 할머니와 아내들에게 머리 아홉 달린 요괴를 죽인 사실을 알려줬다. 모두가 노래를 부르고 뛰면서 좋아했다. 이후로 그들은 여기서 행복하게 살았다.

阿銮吉达贡玛

§ 첫째 마당

옛날에 가난한 한 쌍의 부부가 살았다. 매일 그들은 산에 가서 나뭇잎을 뜯고, 꽃과 야생 과실, 마른 땔나무를 모아 시장에 나가 팔며 생계를 유지했다. 그러나 아무리해도 가난을 벗어날 수 없었고 겨우겨우 끼니를 이어갈 뿐이었다. 나중에는 7일 밤낮 동안 쌀 한 톨 남아 있지 않게 되었다. 두 사람은 서로 상의를 해 일찌감치 이곳을 떠나기로 했다. 두 사람은 간단히 짐을 꾸려 산을 만나면 산을 기어오르고, 물을 만나면 물을 건너고, 배가 고프면 야생 고구마와 토란을 캐 허기를 채웠다. 그들은 드넓은 숲을 지나 비옥하고 물산이 풍부한 땅에 도착했다. 마침 사티에(沙鐵)의 집안에서 법회[2]를 열고 있었다. 오고가는 사람들로 무척 떠들썩했다. 사티에는 남은 밥 두 덩어리와 반찬을 그들 부부에게 주었다. 이때, 두 사람은 사티에의 개를 보았다. 개는 황금 그릇에 든 밥을 먹고 있었는데 그릇 안에는 맛있는 고기가 가득했다. 그걸 본 두 사람은 괴로운 마음에 탄식을 했다.

---

1 다이족(傣族)에 전해오는 이야기. 다이족은 태국의 다수를 차지하는 Thai 족과 역사, 문화 및 언어 등 연관성을 보이고 있는 민족으로 위난성에 주로 거주한다. 따이족이 주로 거주하는 윈구이고원(雲貴高原)의 서부지역은 북위 25도 이남의 저위도 지역이며 이 지역은 인도양의 따뜻하고 습한 기후의 영향을 받아 기후가 습하고 더우며 강수량이 풍부한 아열대 및 열대 계절풍 우림지역에 속한다. 지세가 평탄하고 하천이 많이 흐르기에 수리관개(水利灌漑)에 매우 편리하다. 이에 따라 주로 전통적인 농업방식으로 벼농사를 짓는다.

2 [역자주] 법회(做擺): 윈난성 더양족(德昂族)과 아창족(阿昌族) 사람들이 부처에게 재물을 바치며 기원하는 종교 활동의 하나. '주파(做擺)'는 마을과 가족 구성원의 평안과 복을 빈다는 뜻이다.

'가난한 사람이 먹는 것은 부잣집 개보다 못하구나!'

두 사람은 도시락을 열어 먹기 시작했다. 하지만 도시락 하나를 다 먹고도 남자는 여전히 배가 고팠다. 여자는 자기 것의 반을 덜어 남자에게 주었다. 그렇지만 한밤중이 되자 두 사람은 그만 죽고 말았다.

§ 둘째 마당

부부가 죽은 뒤 얼마 안 되어 어떤 가난한 집에서 다시 태어났다. 각설하고. 그런데 사티에 부인의 배도 하루하루 불러갔다. 그녀가 임신을 하자 점쟁이에게 점을 부탁했다. 점쟁이가 말했다.

"만약 정월 보름에 태어나면 복도 돈도 많은 사람이 될 것이다."

정월 보름날, 그 가난한 집에 남자 아이가 태어났다. 그런데 아이의 아버지는 며칠 안 되어 죽고 말았다. 아이의 엄마는 아이의 이름을 앤주오나(岩佐納)라 지었다. 사티에가 그걸 알고는 황폐한 산은 야생 숲인데다가 가난한 집에서 태어난 아이는 고생을 할 거라고 생각했다. 그러고는 가난한 부인의 집으로 찾아갔다. 부인이 사티에를 보고 말했다.

"앉으세요! 무슨 일로 저희를 찾아 오셨는지요?"

사티에가 말했다.

"당신이 귀여운 아기를 낳았다는 소식을 듣고 특별히 축하를 해 주러 왔습니다. 그러나 나는 좀 걱정이 됩니다. 당신은 과부라 날이 춥든지 덥든지 간에 살기 위해 애를 써야 할 것입니다. 당장 배를 채울 수도 없는데 무슨 수로 이 아기를 키우려고 합니까? 그래서 이 아기를 나에게 주는 게 낫지 않겠어요? 우리가 가족이 된다면 당신은 앞으로 이 아기 덕분에 넉넉해질 수 있을 것입니다."

사티에가 이렇게 말하면서 보자기 안에서 은 덩어리를 꺼냈다.

"이 돈은 당신을 돕는 것이지 아기의 몸값이 아닙니다. 아기는 돈으로 살 수 있는 물건이 아니잖아요! 이제부터 당신의 생활은 갈수록 좋아질 겁니다. 일을 하지 않아도 먹고 입을 수 있게 될 겁니다."

부인은 이리저리 생각해 보았지만, 사티에의 설득을 이길 수가 없어 아기를 그에게 내줄 수밖에 없었다. 헤어질 때 부인의 눈에는 눈물이 가득했다. 부인은 아기에게 복을 기원하는 말을 했다.

"아가, 병과 재난에서 멀리 떨어지고, 영원히 인간의 행복을 얻기를 바란다."

"걱정 마십시오. 아기는 우리 집에서 좋은 음식을 먹고, 부드러운 침대와 비단 이불에서 자며 매일 사람들의 시중을 받으며 잘 지낼 겁니다."

사티에는 말을 마친 뒤 아기를 안고 떠났다.

§ 셋째 마당

사티에는 가난한 부인의 아기를 속여 빼앗아 오자 나쁜 생각이 떠올랐다. 이 아기를 죽이면 아기의 복이 자기 아이의 몸에 떨어질 것이라 생각했다. 그래서 사티에는 집에 도착하여 깊은 밤이 되기를 기다렸다. 닭이 두 번 울자 그는 아기를 안고 나와 사람과 말이 드나드는 성문 입구 밖에 두었다.

아침이 되자, 소를 모는 사람이 황소와 물소 떼를 끌고 성문에서 나왔다. 그중 보랏빛 털을 가진 소가 아기 앞에 이르러 길 위에 가로서서 아기를 막아서며 다른 소들이 아기를 밟지 못하게 했다. 그리고 입으로는 쉬지 않고 음메~음메~ 하고 울었다. 소를 모는 사람이 가서 보니 이상하게도 길바닥에 한 아기가 누워있었다. 그보다 더 이해할 수 없는 것은 소가 왜 길 입구를 막고 서 있었을까 하는 점이었다. 소를 모는 사람이 아기를 안아 올리며 마음속으로 생각했다.

'이건 우리가 부자지간이 될 인연이야. 이 아기를 산 위의 집으로 데려가야겠어.'

저녁 무렵, 소를 모는 사람이 소 떼를 데리고 돌아갔다. 그런데 이 소식이 이미 사티에의 귀에까지 들어갔다. 그는 또다시 소를 모는 사람 집으로 찾아갔다. 사티에는 얼굴 가득 웃음을 머금고 말했다.

"목동이여! 당신은 정말로 복이 있군요."

그러더니 가식적으로 욕을 퍼부었다.

"이렇게 눈곱만큼의 양심도 없는 여인이 어디에 있다는 말인가? 자기의 혈육을 성문 밖에 버리다니!"

사티에는 일부러 진지하게 목동에게 말했다.

"목동이여, 당신도 아내가 없지요. 매일같이 밖에 나가 소를 쳐야 하니까 얼마나 불편하겠어요! 이 아기를 나에게 맡기는 게 나을 거예요. 반드시 잘 키울 테니 그러면 나중에 당신에게도 좋을 거예요."

이렇게 말하면서 금덩어리를 목동에게 주었다.

"우리 집에 맡겨 키운다고 생각하세요. 이 아기가 자라도 당신이 목숨을 구해준 은혜는 잊지 않을 거예요."

목동은 속으로는 내키지 않았다. 하지만 사티에의 말을 이기기도 그렇고 또 그의 권세에 눌려 어쩔 수 없이 애지중지하던 아기를 포기했다. 사티에는 아기를 안고 간 뒤에 아기에게 욕을 퍼부었다.

"응애 응애거리는 애 새끼 같으니라고. 내가 너를 소한테 밟혀 죽이려고 했는데 죽지도 않다니! 이번에는 강물에 빠뜨려 죽여 버리겠어."

한밤중에 사티에는 또 아기를 물살이 센 강에 던져 버렸다. 그는 몹시 화를 내며 말했다.

"물고기 밥이나 되거라."

그는 아기를 강변에 던지고 집으로 돌아갔다. 날이 밝자 어부 한 명이 그물을 메고 강변으로 갔다. 한눈에 아기를 알아볼 수 있었다. 어부는 가슴 아파하며 아기를 안아 올리고 옷에 싸서 집으로 데리고 갔다. 가면서 그는 웃으며 말했다.

"내 아들로 삼아야지!"

그러나 어부가 아기를 데리고 집으로 갔다는 소식은 또 사티에의 귀에까지 들어갔다. 날이 어두워진 지 얼마 되지 않아 사티에가 어부의 집을 찾아왔다. 어부는 그가 물고기를 사러 온 줄 알고 말했다.

"물고기를 사러 오셨지요? 오늘은 잡은 물고기가 없어요!"

사티에는 고개를 저으며 말했다.

"아니오! 당신이 아기를 주웠다는 소리를 들었소. 당신은 물고기를 잡는 사람 아니오. 하루 종일 물고기 잡느라 바쁠 텐데 누가 당신 대신 아기를 돌본다는 말이오. 그러면 아기를 어떻게 키울 수 있겠소. 그러니 내게 맡기는 게 낫겠소."

그러면서 금덩어리를 꺼냈다.

"이것은 작은 성의니 받으세요. 술이라도 사서 드세요. 아기는 내가 키워 자란 뒤에도 당신이 목숨 구해준 은혜를 잊지 않도록 하겠습니다."

사티에의 교묘한 말에 어부는 마음이 움직였다. 그래서 아기는 또다시 사티에가 안고 갔다.

§ 넷째 마당

집에 돌아온 사티에는 혼자 탄식하며 말했다.

'어휴, 정말 속상해! 이 애 새끼를 죽이기 위해 내가 얼마나 많은 돈을 썼는지!'

사티에의 부인은 그 말을 듣고 야단을 쳤다.

"당신은 정말 무능한 사람이에요. 이렇게 하다가는 우리가 이 아기 때문에 가난해지겠어요. 빨리 그 아기를 사람들이 드문 숲속에 갖다 버리세요!"

이렇게 화를 내며 부인은 몸을 휙 돌리더니 가 버렸다. 깊은 밤, 사티에는 일어나 아기를 안고 깊은 산 숲에 있는 무덤 위에 아기를 버렸다. 그러나 날이 밝자 양을 치고 말을 방목하는 목동이 그곳을 지나가다 응애 응애 하는 소리를 들었다. 목동은 아기에게로 가 우유를 먹였다. 그리고는 불쌍한 마음에 아기를 업고 집으로 돌아갔다.

이 소식은 어떻게 된 일인지 또다시 사티에의 귀에 들어갔다. 사티에는 또다시 목동 집으로 가 웃으며 말했다.

"듣자하니 당신이 아기 하나를 주워왔다는데 축하해요."

"맞아요. 하느님이 제게 아들을 내려주셨어요."

사티에는 또 엄숙한 체하며 말했다.

"부모에게 불효하는 사람은 나쁘고, 정이 없는 사람도 좋지 않지요. 부모로서 자녀를 잘 돌보지 않으면 짐승만도 못하지요!"

그는 잠시 말을 쉬었다가 상심한 듯한 목소리로 말했다.

"이제까지 자식을 버리고도 모른 척한 사람을 본 적이 있습니까? 이런 사람은 하늘도 용서하지 않을 것입니다!"

이렇게 말을 하면서 금덩어리를 목동에게 내밀었다.

"우리는 이웃이잖아요. 가지세요. 한 마을 사람끼리 이게 뭐라고 서로 나누고 살아야죠!"

말을 끝내고 아기를 안고 가버렸다. 사티에는 아기를 안고 집에 돌아온 뒤 정말로 걱정이 되어 먹지도 자지도 못했다. 이젠 다른 방법이 없었다. 그저 집에서 아기를 키워 사람들의 뒷얘기를 피했다. 꺾어온 꽃처럼 병 속에 꽂아두고 쳐다볼 뿐이었다. 그러나 아기를 죽이려는 마음은 아직도 버리지 않았다.

시간은 정말로 빨리 지나갔다. 앤주오나는 벌써 열 살이 되었다. 사티에는 여린 죽순처럼 쑥쑥 자라는 그를 보고 초조하고 불안했다. 그는 눈알을 굴리다 질항아리를 굽는 장인을 찾아가 말했다.

"만약 당신이 앤주오나를 도자기 가마 안에 넣어 태워 죽여준다면 내가 당신에게 황금을 주겠소. 그 돈이면 당신은 편안하게 살 수 있을 것이오!"

장인은 고개를 끄덕였다. 사티에는 기뻐하며 집에 돌아와 앤주오나에게 말했다.

"질냄비를 굽는 장인에게 냄비 두 개를 샀어. 네가 대나무 바구니를 가지고 가서 그 냄비를 들고 와라."

앤주오나는 대나무 바구니를 들고 집을 나서 산골짜기 푸른 나무 아래 도착했다. 마침 사티에의 아들이 골짜기의 아이와 팽이치기를 하고 있었다. 그는 앤주오나가 온 것을 보고 물었다.

"너 어디 가?"

"아버지가 나한테 도자기 가마에 가서 질냄비를 가지고 오라고 하셨어!"

사티에의 아들이 기뻐하며 말했다.

"오늘 애들이랑 같이 팽이치기 내기를 하다 돈 천 원을 잃었어. 냄비는 내가 대신 가져올 테니 네가 천 원을 도로 따놓아!"

사티에의 아들이 대나무 바구니를 들고 흙냄비를 굽는 도자기요에 도착하자 장인이 물었다.

"당신이 사티에의 아들입니까?"

"네."

사티에의 아들이란 말에 장인은 기뻐서 어쩔 줄 몰라 했다. 그리고 아들을 마른 풀에 기름을 부어 놓은 도자기요 근처로 데려가 말했다.

"도련님, 어떤 흙 냄비를 좋아하는지 들어가 직접 골라보세요."

아들은 말을 듣자마자 도자기요 안으로 들어갔다. 장인은 얼른 도자기요의 문을 닫고 불을 지폈다. 불이 세차게 타올라 아들은 불타 죽었다. 각설하고. 사티에는 옥상 마당에 서서 도자기요에 불길이 세차게 오르는 것을 보았다. 너무 기뻐서 껄껄 큰 웃음이 터져 나오고, 마음속으로도 말할 수 없는 기쁨이 번졌다.

점심 먹을 때가 되었을 무렵, 앤주오나는 사티에의 아들이 잃은 돈에다 천 원을 더 땄다. 그는 기뻐서 껑충껑충 뛰면서 집으로 돌아왔다.

사티에가 그걸 보고 마음이 칼로 베이는 것은 느낌을 받아 바로 물었다.

"너는 왜 흙냄비를 가지러 가지 않았니?"

앤주오나가 대답했다.

"형이 돈을 잃어서 나한테 자기 대신 돈을 따라고 하고는 자기가 나 대신 고르러 갔어요. 내가 돈 천 원을 더 따갖고 돌아왔단 말이에요!"

사티에 부부는 그 말을 듣자 기가 막혀 대나무 의자에 앉은 채 한참 동안 말을 못 했다.

§ 다섯째 마당

사티에는 편지 한 통을 친구인 훈허한(混賀罕)의 망나니 두목에게 썼다. 편지에 쓴 내용은 이랬다.

"내가 이 아이 때문에 많은 돈도 잃고 심지어 사랑하는 내 아들도 잃게 되었어. 그러니 네가 나를 도와 이 애를 처리해줘! 앤주오나가 언제 네가 있는 곳에 갈지 모르지만 그 아이를 죽여줘. 그럼 내가 사례를 하겠어."

사티에는 이 편지를 앤주오나에게 주며 웃음을 띤 채 말했다.

"훈허한의 망나니가 내게 돈을 빌렸어. 내가 지금 그 돈을 써야 하니 가서 받아 와라."

앤주오나가 편지를 받아서 짐 위에 넣었다. 한 골짜기 또 한 골짜기를 지나 드디어 어느 집 앞에 도착하자 물을 좀 얻어 마시려고 했다. 그가 문을 두드리자 대나무 문이 열리며 한 아가씨가 나왔다. 앤주오나는 반가워하고 웃으며 말했다.

"날이 너무 더워요. 제게 물 한 바가지만 주실 수 있겠어요?"

그러자 아가씨가 물었다.

"당신은 어디를 가는 중이죠?"

"아버지께서 훈허한의 망나니 두목을 찾아가 중요한 일이 있다고 말하라고 하셨어요."

아가씨는 앤주오나를 집으로 들이며 말했다.

"내가 만든 밥이 맛없다고 흉보지 말고 먹고 가세요. 여기에서 레이윈(雷允)까지는 이제 별로 멀지 않아요."

앤주오나는 아가씨의 환대가 매우 고마웠다. 더운 날 종일 걷느라 지쳤던 그는 배불리 밥을 먹고 나서는 죽루 위에서 잠을 잤다. 아가씨가 그릇을 치우고서 죽루에 올라 차를 준비해 손님께 대접하려 했다. 그러다 우연히 그의 머리맡에 있던 편지를 보게 되었다. 그녀는 조심스레 편지를 펼쳐 보고 깜짝 놀랐다. 그녀는 붓과 묵을 가져와 목을 베라는 글을 고쳤다.

"앤주오나가 만약 오거든 낮이든 밤이든 상관없이 부레이가(布雷家)의 아가씨 수와이샹(帥相)과 결혼을 시켜 주시오."

그렇게 글을 고친 뒤 그의 짐 안에 도로 넣었다. 앤주오나가 잠에서 깨니 태양은 이미 서쪽으로 기울고 있었다. 그는 서둘러 일어나며 말했다.

"아가씨, 당신의 정성스런 대접에 감사드립니다. 시간이 늦었으니 얼른 가봐야겠어요."

아가씨는 친절하게 말했다.

"주오나 오빠, 조심해서 가세요!"

해가 천천히 산으로 기울어서야 앤주오나는 레이윤에 있는 망나니 두목의 집에 도착했다. 두목은 편지를 뜯어 펼쳐보고는 불쾌한 듯 말했다.

"내가 일이 얼마나 많은데 이런 일까지 하라니. 내가 시간이 어디 있어!"

그는 예물만을 간단히 준비한 뒤 웅성거리는 사람들을 시켜 앤주오나를 부레이가에 보내 수와이샹과 혼인을 맺게 했다. 그날, 부레이 집은 등롱을 달고 비단 띠를 매달았고, 악기 소리가 울려 퍼졌으며, 드나드는 손님들로 시끌벅적했다. 그렇게 경사로운 잔치는 사흘 밤낮으로 계속되었다. 그 소식은 빠르게 사티에의 집까지 닿았다. 그는 노발대발하며 화를 냈다.

"멍청이 같으니! 쓸모없는 녀석. 내가 편지에다 분명히 죽여 없애라고 했는데 오히려 결혼을 시키다니."

사티에는 너무 화가 나다 못해 큰 병을 얻게 되었다. 병세는 하루가 다르게 심해졌다. 어쩔 수 없이 사람을 보내 앤주오나와 수와이샹에게 빨리 집에 오라고 했다. 심부름꾼은 부레이가에 도착해 말했다.

"사티에님의 병이 위중합니다. 두 사람은 얼른 가 보세요!"

수와이샹이 말했다.

"당신은 먼저 돌아가세요. 우리는 물건을 좀 챙긴 뒤 바로 따라가겠어요."

심부름꾼이 문을 나서려다 다시 돌아와 재촉하며 말했다.

"사티에님은 이제 가망이 없어요. 그저 숨만 쉴 뿐 물만 마시며 생명을 유지하고 있어요. 얼른 가 보세요."

앤주오나 부부는 얼른 길을 나서 마을 밖에 도착했다. 수와이샹이 앤주오나에게 말했다.

"주오나 오빠, 당신 먼저 들어가세요. 저는 좀 씻고 나서 금방 갈게요."

앤주오나는 사티에의 집으로 들어갔다. 수와이샹도 얼른 세수를 하고 사티에의 침대 앞으로 갔다. 마침 때 사티에가 부인에게 자기가 죽고 난 뒤의 일 처리를 말하려는 중이었다. 사티에의 마음속에선 이렇게 외치고 있었다.

'나의 모든 금은 보물과 소, 말, 돼지, 닭…… 심지어 바늘 하나, 실 하나도 앤주오나에게 주지 마시오.'

사티에가 이렇게 "주지 마시오"라고 말하려고 하는 순간, 수와이샹이 사티에의 몸 위를 덮치며 목을 쓰다듬는 척했다. 그 바람에 "마시오"라는 말은 채 내뱉지 못하고 말았다. 결국 모든 것을 앤주오나에게 주라는 말로 변해 버렸다. 사티에의 부인을 포함하여 모든 사람은 그가 남긴 유언을 듣고 진심으로 탄복하였다. 사티에는 마지막 말을 마친 뒤 눈이 하얗게 뒤집힌 채 숨을 거두었다. 이후로 앤주오나와 수와이샹은 사티에의 엄청난 유산을 물려받아 행복하게 잘 살았다.

제6부

신기하고 환상적인 이야기

神奇幻境

69 자하이간[1]

炸海干

서리바오(色力保)라는 나무꾼이 바닷가 근처 산기슭에서 어머니랑 같이
살고 있었다. 그는 매일 오전이면 산에 가서 땔나무 한 짐을 해다가
그것을 팔아 쌀을 샀다. 그리고 다시 오후에 땔나무 한 짐을 더 해다가
자기 집에서 썼다. 어느 날 서리바오가 산에서 나무를 하고 있을 때
떡갈나무 안에서 작고 노란 돌멩이를 주웠다. 그 돌멩이는 동글하고
아주 예뻤다. 그는 이 작은 돌멩이를 품고 집에 가서 처마 아래에 걸어둔
오래된 우라(靰鞡)[2]에 넣어 두었다. 서리바오는 매일 나무를 하고 돌아
올 때면 그 돌멩이를 손에 들고 감상했다. 그는 이 작은 노란 돌멩이가
정말 보기 드문 보물이라 생각했다.

어느 날, 남쪽에서 보물을 찾아다니는 두 사람이 왔다. 한 명은 노인
이었고, 한 명은 젊은이였다. 노인은 서리바오의 집 앞까지 걸어와서는
아래에 걸려 있는 신발을 계속 지켜봤다. 서리바오의 어머니는 그들을
맞이하기 위해 문밖으로 나가 말했다.

"어디에서 온 손님인지 모르겠지만 걷는 게 피곤하면 들어와서 잠깐
쉬었다 가시겠어요?"

---

1 만주족(滿族)에 전해오는 이야기. 만주족은 중국 동북부에서 발상한 퉁구스계 민족으로
  옛 문헌에서는 여진(女眞) 또는 숙신(肅愼) 등으로 불린다. 대대로 동북 3성인 지린성(吉林
  省), 랴오닝성(遼寧省), 헤이룽장성(黑龍江省)을 중심으로 약 1,068만이 거주한다. 만주족은
  1644년 산하이관(山海關) 입관 이후 중국 중원을 통치하면서(淸) 오랫동안 한족(漢族)과
  함께 거주하면서 서로 깊은 영향을 주고받았으며 언어에서 점차 한어(漢語)를 사용하는
  데 습관이 되어 갔다. 17세기 초, 청 태종 집권 시기에 옛 만문을 수정하여 유권점만문(有圈
  点滿文) 또는 '새로운 만문'(新滿文)을 청 제국의 공식문자로 사용했었다.
2 [역자주] 우라(靰鞡): 동북지방에서 겨울에 신는 가죽 신.

노인이 대답했다.

"감사합니다. 들어갈 필요는 없습니다. 할머니, 혹시 이 신발을 파시겠어요?"

"그건 내 아들이 신던 낡은 신발인데 뭐 하러 사나요?"

"신발 안에 작은 돌멩이가 있지 않나요? 제가 그것을 사서 감상하려고 합니다. 제게 파십시오. 돈은 얼마든지 다 드리겠습니다."

이 말을 들은 할머니는 별일이네, 이 사람이 돈이 너무 많아 쓸 데가 없어서 이 작은 돌멩이를 돈을 주고 산다고 생각했다. 그래서 할머니는 반신반의하며 튀겨서 말했다.

"그럼, 은 백 냥을 주고 가져가세요!"

그 노인은 정말 은 백 냥을 건네주고는 가죽신 안에 있는 그 작은 돌멩이를 꺼내더니 젊은이를 데리고 가버렸다. 할머니는 작은 돌멩이를 은 백 냥과 바꿨으니 미친 듯 기뻐했다. 그동안 얼마나 가난했는데 이제 드디어 쌀을 살 돈이 생겼구나! 그런데 서리바오가 나무를 하고 돌아와 손을 뻗어 가죽신 안을 찾아보더니 급히 물었다.

"어머니, 제 돌멩이 어디에 있어요?"

"내가 팔았어. 그게 꽤 나가더라. 은 백 냥에 팔았어. 이 돈 좀 봐."

어머니는 자랑스럽게 말하면서 은 백 냥을 꺼내 보여줬다. 서리바오는 시무룩하게 말했다.

"누가 그걸 팔래요? 제가 그렇게 소중히 여겼는데!"

말이 끝나자 그는 은 백 냥을 가지고 재빠르게 쫓아 나갔다. 서리바오는 생각했다.

'분명 작은 돌멩이에 불과한데 이 많은 돈을 줬다니, 분명히 이유가 있을 거야.'

그는 재빨리 두 사람을 쫓아 드디어 그들을 따라잡을 수 있었다. 서리바오는 조용히 그들 뒤에서 얘기를 들었다. 젊은이가 말했다.

"선생님, 은을 그렇게 많이 주고 이걸 사셨는데 도대체 뭐에 쓰는 겁니까?"

"제자야, 너는 모를 거다. 이것은 자하이간(炸海幹)이라고 하는 보물이야. 이걸 바다에 던지면 바닷물을 다 말려버릴 수 있단다."

두 사람의 말을 모두 들은 서리바오는 성큼성큼 뛰어가 두 사람을 막고 말했다.

"누가 마음대로 내 작은 돌멩이를 사갔어요? 은 백 냥을 더 줘도 저는 안 팔아요."

서리바오는 눈을 부라리고 서슬이 퍼런 척하며 노인의 손에 은 백 냥을 쥐어 주었다. 노인은 겁이 나서 그 작은 돌멩이를 꺼내 서리바오에게 돌려줬다.

다음 날 아침, 서리바오는 어머니에게 부탁해 작은 주머니를 만든 뒤 길고 긴 실로 묶었다. 그리고 작은 돌멩이를 그 주머니에 넣고 품에 안은 채 말했다.

"어머니, 집에 쌀이 2~3일 정도 먹을 건 있어요. 제가 어디 좀 다녀올 게요."

서리바오는 한참을 달려 점심때가 못 미쳐 바닷가에 도착했다. 그는 품에서 주머니를 꺼냈다. 긴 줄의 한쪽 끝을 잡고 힘을 줘서 주머니를 바다를 향해 던졌다. 그는 이 자하이간이 정말로 바닷물을 말릴 수 있는지 보고 싶었다. 그러자 과연 바닷물이 쏴 갈라지더니 바닷속 수정궁이 햇빛 아래 눈부시게 빛나며 그 모습을 드러냈다. 그 순간 바다를 순찰하는 야차 한 명이 바다에서 나왔다. 그는 손을 내저으며 말했다.

"이보게 젊은이, 얼른 그 보물을 거두시게. 용왕님께서 자네를 데리고 오라시네!"

서리바오는 줄을 감아 그 주머니를 다시 허리에 찼다. 그러자 바닷물이 다시 쑥쑥 올라왔다. 야차가 말했다.

"이리 와, 이리 와, 이리 와. 내가 안내할 테니!"

서리바오는 이렇게 깊은 바다에 들어가면 물에 빠져 죽을 거라고 생각했다. 야차가 말했다.

"걱정 마, 괜찮아. 내가 물살을 가르는 피수주(避水珠)를 들고 있으니까!"

서리바오는 야차를 따라 바다에 들어갔다. 그랬더니 눈앞에 아주 밝은 큰길이 보였다. 이 길을 따라 죽 걸어가니 푸른 기와의 화려한 큰 저택이 나타났다. 야차는 문 앞에서 소식을 전했다.

"손님이 오셨습니다!"

이때 용왕님은 말했다.

"젊은이, 여기서 마음껏 지내도록 하라. 수정궁을 샅샅이 둘러보고 마음에 드는 것은 가져가도 좋다."

수정궁은 정말 웅장하고 화려했다. 물고기 껍질로 만든 이불, 가재로 만든 옷, 진주 장신구, 산호 의자 등등 없는 것이 없었다. 서리바오는 실컷 구경을 했다. 수정궁에 들어온 지 사흘 째 되는 날 아침을 먹고 나자 갑자기 밖에서 강아지 한 무리가 들어왔다. 강아지들의 목에는 방울이 걸려 있었다. 강아지들은 고개를 들어 그를 쳐다보더니 몸을 돌려 밖으로 나갔다. 하나, 둘, 서리바오는 속으로 세어보니 총 일곱 마리였다. 앞에 여섯 마리는 문턱을 넘었는데 제일 작은 강아지만 남아 있었다. 그 강아지가 서리바오에게 말했다.

"너는 네가 온 곳으로 돌아가. 가면서 아무 것도 요구하지 말고 나만 달라고 해."

서리바오는 생각했다.

'이 강아지는 참 이상하네. 사람 말을 다 할 줄 아네.'

나흘째 날 아침을 먹고 난 뒤 서리바오는 용왕에게 말했다.

"제 어머니가 집에 계시니 제가 돌아가 돌봐드려야 합니다. 더 이상 여기서 머물 수 없습니다."

용왕은 젊은이가 돌아간다고 하자 물었다.

"요 며칠 동안 용궁에서 마음에 든 것이 없느냐? 봐둔 것 중 마음에 드는 것은 가져가도록 해라!"

서리바오는 잠시 생각하더니 대답했다.

"제가 가지고 싶은 것은 별로 없어요. 근데 제일 어린 강아지 한 마리만 가져가고 싶습니다."

용왕은 가장 어린 강아지를 달라는 말을 듣고 고개를 숙여 한참을 고민하다 말했다.

"알았어! 내 너에게 주마!"

가장 어린 강아지가 무엇인지 아나? 그건 바로 용왕의 일곱 번째 딸이었다. 용왕은 그녀를 손바닥 위의 보배처럼 아주 예뻐했다. 그날 용왕의 일곱 딸은 인간 세상에서 사람이 왔다는 말을 듣고 도대체 사람이 어떻게 생겼는지 궁금해서 일부러 강아지로 변해서 찾아왔던 것이었다. 작은 강아지는 용왕의 말을 전해 듣고 줄을 서서 목에 달린 방울 소리를 딸랑딸랑 내며 같이 용궁 뜰로 나왔다. 용왕은 가장 어린 강아지에게 말했다.

"나무꾼 젊은이가 돌아가는데 다른 것은 내버려두고 너만 달라고 하는구나. 나도 이제 어쩔 수 없으니 그냥 그를 따라가도록 해라."

용왕은 말을 마치면서 눈시울을 붉혔다. 야차가 서리바오를 바다 밖으로 보내주었다. 서리바오가 앞장 서 걷고 강아지는 그 뒤를 따라갔다. 서리바오가 강아지를 데리고 집에 돌아오자 어머니가 기분이 별로였다.

"우리 집에는 원래 먹을 것이 없는데 또 강아지를 데려왔구나. 우리가 안 키우면 안 되니?"

그렇지만 서리바오는 어머니의 말을 듣지 않았다. 강아지가 집에 온 뒤 서리바오는 날마다 아주 재미있게 살았다. 강아지는 그가 매일 산에 가서 나무를 할 때면 그를 배웅한 뒤 몇 번이나 울다가도 그가 산에서 돌아올 때면 문 밖으로 나가 꼬리를 흔들면서 맞이했다. 서리바오는 시간이 날 때마다 강아지를 품에 안고 있었고, 밤에 잘 때도 이불 속에서 꼭 껴안았다. 그는 식사 때면 자기 음식을 남겨 강아지에게 주었다. 어머니는 아들이 강아지를 너무 예뻐하느라 몸이 점점 야위어 가는 걸 보고 몇 번이고 그러지 말라고 했다. 하지만 아무리 권해도 안 되는 것을 보고 너무 화가 나서 자기 친정으로 가버렸다.

집에는 강아지만 남아 있었다. 강아지는 주위에 사람이 없는 것을 확인하고는 가죽을 벗어 온돌 위에 던져놓고 요리를 하기 시작했다. 얼마 안 되어 그녀는 상다리가 부러질 정도로 무럭무럭 김이 나는 밥상을 차렸다. 서리바오가 산에서 돌아와 땔나무를 마당에 내려놓았다. 강아지는 밖에서 나는 소리를 듣고 재빨리 가죽을 걸쳤다. 서리바오는 집에 들어와 진수성찬을 보았다. 도대체 누가 이렇게 맛있는 요리는 준비해두었단 말이야? 여하튼 배가 고팠고 또 자기 집 온돌 위에 차려진 거니 먹어도 될 것 같았다. 먹자! 서리바오는 잘 먹은 뒤 또 산에 올라 땔나무를 했다. 강아지는 그가 집에 없는 것을 보고 또 가죽을 벗어놓고 설거지를 했다. 이렇게 사흘 내내 서리바오가 돌아올 때마다 무럭무럭 김이 나는 따뜻한 밥을 먹을 수 있었다. 게다가 날마다 집도 반질반질하게 잘 정리되어 있었다.

나흘째 날이 되자 서리바오는 집에서 나간 뒤 집 뒤꼍으로 갔다. 그는 창호지에 구멍을 뚫어 방 안을 지켜보았다. 강아지가 가죽을 벗어 온돌 위에다 던지자 예쁜 아가씨로 변했다. 그녀는 방문을 세워놓고 일하기 시작했다. 서리바오는 너무 기뻐하며 엄청 빠르게 앞마당으로 달려와 한 발로 방문을 걷어차 열었다. 그리고는 방에 들어와 온돌 옆으로 가더니 강아지 가죽을 들었다. 아가씨도 깜짝 놀라 큰 두 눈으로 멍하니 그를 쳐다보았다. 도대체 무슨 말을 해야 할지 몰라 하고 있는데, 서리바오가 말했다.

"요 며칠 동안 누가 밥을 해주는 건지 참 궁금했어. 그런데 너는 사람이 되지 않고 왜 강아지 가죽을 걸치고 있니? 이게 무슨 일이야?"

그는 강아지 가죽을 궤짝에 넣고 잠가버렸다. 용왕의 일곱 번째 딸이 젊은이에게 용궁에서 그녀만 달라 하라고 일러준 것은 원래 그가 마음에 들어서 그랬던 것이다. 그리고 그의 집에서 며칠 동안 살면서보니 볼수록 이 젊은이가 부지런하고 마음씨도 착해서 그와 같이 살기로 마음을 먹은 것이었다. 이날 밤, 아가씨가 머리에 꽂힌 비녀를 뽑아 땅바닥을 긁었다. 그러자 집, 연자방아, 맷돌, 가재도구, 그리고 닭, 오리, 거위, 개, 모든 것들이 거기서 나왔다. 서리바오가 닭 울음소리를 듣고 눈을 떠 보니 눈앞에는 번쩍번쩍하는 아주 넓은 집이 있었고, 집을 나오자 마당도 번쩍번쩍하게 변했다. 도대체 여기가 누구의 집이지? 아가씨가 말했다.

"여기는 우리 집이에요."

어느 날, 어떤 왕이 큰 말을 타고 병사 몇백 명을 거느린 채 서리바오의 집 앞에 지나갔다. 그의 집과 마당을 보자 생활이 꽤 괜찮은 집안이라 생각하고는 명령을 내렸다.

"내 오늘은 여기서 쉬었다 갈 거야."

왕은 말에서 내려 마당에 들어오자 서리바오 부부가 나와서 맞이했다. 왕은 눈썹, 눈, 코, 안 예쁜 곳이 없는 색시를 보고 나쁜 마음이 피어올랐다. 그래서 서리바오에게 말했다.

"우리가 점심 때 여기서 머물며 국수를 먹을 거야. 네가 잘 준비하지 못해서 우리가 굶게 되면 네 아내를 내 노예로 삼겠다."

서리바오가 태양을 보았더니 곧 점심때였다. 무슨 수로 몇백 명의 국수를 다 준비할까? 그가 울먹이며 방으로 들어왔다. 아가씨는 전혀 개의치 않으며 말했다.

"그게 뭐가 어려워요. 당신이 바다를 말려 용궁에 가서서 아버지에게 보물 그릇을 빌려오면 되잖아요?"

그는 아가씨의 말대로 용궁에 가서 보물 그릇을 빌려왔다. 보물 그릇은 술잔만 한 크기였다. 아가씨가 메밀가루를 이겨서 보물 그릇 안에다가 넣고, 또 물로 잘 반죽을 하며 한 가락 한 가락 국수를 만들어 솥에 넣었다. 또 젓가락으로 국수를 내젓자 눈 깜짝할 사이에 큰 솥 가득 국수가 만들어졌다. 왕은 솥 가까이 와서 보고 말했다.

"국수 한 솥이 아무리 많아도 몇백 명의 병사가 먹으려면 모자랄 거야."

아가씨가 말했다.

"남으면 어쩌실 거예요?"

"남으면 내가 전부 책임지지."

왕은 몇백 명의 병사들에게 함께 밥을 먹으라고 명령했다. 그런데 이상하게도 솥 속에 있는 국수는 아무리 먹어도 없어지지 않았다. 왕은 남은 것을 다 책임지겠다고 했으니 억지로 병사에게 다 먹으라고 했다. 그 바람에 병사 몇 명은 배가 터져 죽었다. 점심을 먹은 뒤 왕은 서리바오를 불렀다.

"오늘 밤 나는 여기서 자고 갈 거다. 나는 구운 야생 꿩 490마리를 먹을 거다. 만약 네가 준비하지 못하면 오늘 밤에 네 아내가 내 이불을 따뜻하게 데워야 할 거야."

서리바오가 방에 돌아와 걱정하자 아가씨는 여전히 태연스럽게 말했다.

"그게 뭐가 어려워요. 당신이 바다를 말리세요. 그리고 우리 아버지에게 신기한 가위를 빌려오면 되잖아요."

서리바오가 또 신기한 가위를 빌려왔다. 아가씨는 종이 한 장을 꺼내 새 모양으로 오렸다. 그리고 "휘이" 하고 불면서 말했다.

"바뀌어라!"

어느새 포르르 꿩들이 날아와 집 안에 가득 찼다. 서리바오가 왕에게 보고했다.

"꿩을 가져왔습니다. 빨리 잡아주십시오!"

왕은 병사들을 보내 꿩을 잡으라고 했다. 어떤 병사들은 꿩에게 쪼여 실명했고, 또 어떤 병사들은 꿩에게 얼굴을 할퀴였다. 겨우 온 집의 꿩들을 다 잡았다. 세어 보니까 딱 490마리였다. 저녁식사를 마치자 왕은 또 못된 생각을 하기 시작했다. 서리바오를 불러 말했다.

"남산에 한 줄로 늘어선 나무가 있어. 네가 오늘 밤에 다 베어버려라. 한 그루라도 빠지면 네 아내는 내 거야!"

서리바오는 또 걱정이 태산이었다. 한 사람은 말할 것도 없이 백 명이라도 하룻저녁에 늘어선 저 큰 나무들을 베어버릴 수는 없지! 이 말을 들은 아가씨가 말했다.

"당신이 또 바다를 말린 뒤 아버지에게 병사를 보내라고 해보세요."

용왕은 사위에게 한 무리의 새우와 게 병사들을 보내주었다. 아가씨는 병사들한테 명령을 내렸다.

"오늘 밤에 남산의 나무들을 다 찍어 넘겨라. 깨끗하게 가지치기 한 나무는 산 아래에 쌓아두고. 명령을 어긴 자는 목을 벨 것이다!"

용궁의 병사들은 명령을 받아 산으로 올라가 각자 신통력을 발휘하기 시작했다. 게 병사들이 큰 집게발로 집고 작은 집게발로 끌었더니 한 번에 나무 십여 그루가 넘어갔다. 물고기 병사들이 꼬리를 한 번 휘두르자 나뭇가지가 쏴쏴 떨어졌고, 나무들은 깨끗하게 가지치기가 되었다. 자라 병사들은 바닥에 엎드려 움직이지도 않았다. 그냥 목을 죽 내밀면 산 위까지 뻗어가 나무 한 그루를 물었고, 다시 목을 움츠리면 나무는 산 밑까지 옮겨졌다. 새우 병사들은 머리의 더듬이로 왼쪽으로 한 번 오른쪽으로 한 번 쪼개서 차곡차곡 쌓았다. 날이 밝자 왕이 병사들을 데리고 남산으로 왔다. 나무들을 모두 베었을 뿐만 아니라 이렇게 차곡차곡 쌓아놓다니. 왕이 다가가자 돌연 큰 나무 한 그루가 더미 위에서 굴러 떨어졌다. 그리고 딱 왕의 발을 찧어 버렸다. 병사들이 왕을 부축해서 일으켰지만, 그는 화가 나서 외쳤다.

"내일 나랑 소싸움을 하자. 내가 지면 내 왕비와 자식들을 다 너에게 주마. 대신 네가 지면 네 아내가 내 거야."

서리바오가 또 걱정하자 아가씨가 웃으면서 말했다.

"걱정하지 마세요. 내일 가서 소싸움을 하면 되죠."

다음 날, 서리바오는 늑골이 다 보일 것 같이 마른 늙은 소 한 마리를 끌고 왔다. 반면에 왕은 살찌고 튼실한 소 한 마리를 끌고 왔다. 서리바오는 왕의 소를 보자 덜컥 걱정이 되었다.

'아무래도 꼭 질 것 같아.'

왕은 서리바오의 소를 보자 자신만만해졌다.

'이번만은 꼭 이길 거야.'

두 소를 울타리 안에 넣자 싸우기 시작했다. 서리바오의 소는 비록 늙고 말랐지만 꼬리를 치켜들며 만만치 않은 힘을 과시했다. "퍽퍽" 하고 부딪히더니 울타리에서 살찐 소를 쫓아냈다. 살찐 소는 달아나지 못하고 힘들어하며 거품을 물었다. 계속 싸우게 했다간 힘들어 죽을 것 같았다. 할 수 없이 왕은 서둘러 소를 끌고 나가버렸다. 왕의 부하들이 이 소싸움을 옆에 서서 구경하고 있었다. 어떤 자가 말했다.

"우리 왕을 봐. 저게 도대체 뭐냐? 일이 이렇게 되고 보니 재미가 없잖아."

이 말을 들은 왕이 말했다.

"뭐라고? 또 '재미없다'야? 서리바오, 그럼 너는 '재미없다'를 가져와서 내게 보여줘."

서리바오가 집에 돌아와 걱정하자 아가씨는 또 웃으며 말했다.

"걱정하지 마세요. 내일 보여주면 되죠."

다음 날, 아가씨가 서리바오에게 작은 상자 하나를 주며 말했다.

"가져가세요. 이게 바로 '재미없다'랍니다."

왕은 서리바오가 가져온 작은 상자를 보았다. 아주 붉으면서 반들반들한 빛이 났다.

'이게 왜 '재미없다'지?'

그는 상자를 앞뒤로 돌려보고 또 두드려도 보면서 생각했다. 겉만 봐서는 아무런 특징도 찾을 수 없었다. 그래서 안을 보고 싶어졌다. 그는 상자의 덮개를 열었다. 그랬더니 "확" 하며 불꽃이 나와서 그의 수염을 태워 버렸다. 옆의 부하들이 "하하" 웃으며 말했다.

"왕을 좀 봐. 주둥이 없는 조롱박이 됐는걸."

이 말을 들은 왕은 말했다.

"서리바오네 집에는 이상한 물건들이 참 많구나. '주둥이 없는 조롱박'도 있다고? 서리바오, '주둥이 없는 조롱박'을 가져와서 나한테 보여줘."

서리바오는 도저히 없다고 말할 수 없었다. 그래서 집에 돌아와 아내에게 말했다. 다음 날, 아가씨는 동글동글한 물건을 보여주며 말했다.

"이게 바로 '주둥이 없는 조롱박'이에요."

서리바오가 그걸 왕에게 보여줬다. 왕은 왼쪽 오른쪽 다 돌려봤지만 꼭지도 구멍도 온몸에 주둥이도 없었다. 이걸 어디다 쓰는 걸까?

"서리바오, 이걸로 식탁을 만들 수 있어?"

왕의 명령이라 안 된다고 할 수 없었다. 그는 주둥이가 없는 조롱박을 온돌 위에 놓았다. 신기하게도 조롱박 위에는 반찬이 가득 찼다. 왕이 기뻐하며 국물을 먼저 마시려고 했다. 그가 국그릇을 들자 손목이 떨리기 시작했다. 결국 국물이 뒤집어 식탁 위에 뿌려졌다. 식탁은 "쏴" 하며 뒤집어졌고 그릇들은 모두 바닥에 떨어졌다. 원래 이 조롱박은 늙은 자라였다. 늙은 자라는 목을 죽 내밀어 한 입에 왕을 물어 죽였다. 왕의 죽음을 본 왕비와 아들과 딸은 모두 울기 시작했다. 그때 아가씨가 들어왔다.

"됐어요. 그만 울어요. 나쁜 사람은 이렇게 죽어야 해요."

그녀는 서리바오에게 말했다.

"앞으로 이 사람들이랑 같이 지내도록 해요!"

그리고 그녀는 왕의 국새를 서리바오에게 맡기며 말했다.

"이 국새도 당신 거예요."

그리하여 서리바오는 왕이 되었다. 예전의 왕비와 아들과 딸도 모두 그를 따랐다. 그런데 아가씨가 용궁으로 돌아가려고 했다. 하지만 서리바오는 그녀를 돌려보내고 싶지 않았다. 아가씨가 말했다.

"제가 용궁을 떠나온 지 3년이 되었어요. 이제 돌아가야 할 날이 되었답니다."

할 수 없이 서리바오는 그녀를 바닷가까지 바래다줬다. 아가씨는 아쉬운 걸음에 뒤를 돌아보며 용궁으로 떠났다.

⁷⁰ 타이양구아

太阳瓜

아주 오래 전, 우리들이 사는 이곳에 푸루촌(福祿村)이라는 마을이 있었
다. 마을에서 제일가는 부자는 장바이완(張百萬)이었는데, 그는 집에
백여 명의 일꾼을 부리고 있었다. 일꾼들 중에는 쿠(苦) 형제가 있었다.
그들은 매일 앤레이강(眼淚江)에 가서 양을 방목했다. 어느 날, 큰일이
났다. 두 형제는 남산 위에서 내려온 이리 한 마리가 양을 끌고 도망가는
것을 보았다. 그런데 장바이완은 쿠 형제가 양을 구워 먹었다고 우기며
형제를 홀딱 벗겨 기둥에 묶어놓고 매질을 한 뒤 집에서 쫓아내 버렸다.
쿠 형제는 속상한 마음을 달랠 길이 없어서 강변으로 달려가 울었다.
두 형제의 눈물이 강 가장자리까지 차올랐다. 마침 이때 강 위에서 작은
배 하나가 떠왔다. 배 앞부분이 새 깃털 마냥 튀어나와 있었는데, 그
위에는 흰 수염을 한 노인이 앉아 있었다. 노인은 배를 멈추고 형제에게
물었다.

"너희들 왜 울고 있느냐?"

그러자 형제는 양을 잃어버린 일을 자세히 말해주었다. 노인은 얘기
를 다 듣더니 한숨을 쉬며 말했다.

"젊은이들, 울지 말게나. 내가 너희들이 살 방법을 알려주겠네. 이
엔레이강을 따라 계속 남쪽으로 가게, 가면서 뒤를 돌아보지 말고 49일
동안 걸으면 어떤 산에 도착할 거야. 그 산은 타이양산(太陽山)이라 하
지. 타이양산에는 태양 노인이 있는데 그는 세상에서 가장 공정한 사람
이야. 그는 타이양구아(太陽瓜)를 기르는데, 이제 497년이 되었을 거야.
이제 5백 년을 채우면 열매가 익을 거라네. 그때가 되면 이 엔레이강이

마를 거고, 너희 두 형제도 먹고 살 길이 생길 거야. 그런데 한 가지 문제가 있어. 타이양구아를 기르는 것은 쉬운 일이 아니야. 매일 산에서부터 49구비를 돌아 엔레이강에 가서 물을 길어 열매에 물을 줘야 하지. 그리고 물 50킬로그램마다 피 열 방울을 떨어뜨려야 해. 젊은이들, 어때? 그래도 할 생각이 있다면 가 보게."

이렇게 말을 마친 노인은 흔적도 없이 사라졌다. 쿠 형제는 노인의 말을 듣자마자 줄곧 동남쪽을 향해 걸었다. 그리고 49일 만에 정말로 타이양산에 도착했다. 그 산 위의 경치는 인간 세상에선 볼 수 없는, 말로 표현할 수 없을 정도로 멋있었다. 쿠 형제가 엔레이강을 쳐다보니 그때 말한 흰 수염의 노인이 큰 돌 북 위에 앉아 타이양구아의 벌레를 잡고 있었다. 그가 바로 태양 노인이었다! 이때, 그가 다가와 미소를 지은 채 형제의 팔을 치면서 말했다.

"젊은이, 힘들지? 밥부터 먹고 이 산을 구경부터 해 보게. 사람들이 어떻게 일하는지 보게."

형제들이 자세히 살펴보니, 타이양산 위의 사람들은 모두 무척 바빴다. 쿠 형제는 마음이 복잡했다. 그래서 그는 기회를 엿봐 몰래 타이양구아를 세 봤더니 열매 덩굴에는 49개의 열매가 달려 있었다. 이번에는 물을 긷는 사람들을 세 보니 모두 47명이었다. 그는 생각했다.

'우리 형제 둘을 포함해도 한 사람에 한 개씩 타이양구아를 가질 수 있겠네.'

동생은 긴 구레나룻을 가진 사람 뒤에 서서 그를 지켜보았다. 그가 어떻게 49번 구비를 돌아 물을 긷고, 자기 중지 손가락을 깨물어 피를 물에 떨어뜨리고, 그 물을 열매에 주는지 말이다. 동생은 그 사람에게 물었다.

"아저씨, 여기 계신 지 얼마나 되셨어요?"

그 사람이 그 말을 듣고는 손가락으로 세어 봤다.

"어, 잘 모르겠어. 대략 30년 정도 됐을 거야!"

동생은 그 말을 듣고 속으로 생각했다.

'이 열매는 곧 익을 것 같아. 그렇지만 이 사람들은 30년이 넘도록 일을 했는데, 우리는 이제 막 이곳에 와서 같이 나눠 가지는 것은 미안한 일이야.'

그래서 그는 있는 힘을 다해 일을 했다. 다른 사람이 물 50킬로를 떠오면, 자기는 백 킬로를 하고, 다른 사람이 피 한 방울을 떨어뜨리면 자기는 두 방울을 떨어뜨렸다. 깊은 밤, 다른 이들이 다 잠을 잘 때면 그는 일어나 다시 물 50킬로를 떠왔다. 하지만 형은 동생과 달랐다. 형은 하루 종일 겨우 물 50킬로만 떠왔는데, 그것도 반도 다 채우지 않았다. 그는 길에서 사람들을 만나면 빨리 걸었지만, 아무도 없을 때는 빈둥거렸다. 도중에 붉은 흙을 주워 물에 넣고 휘휘 저어서 피인 척하기도 했다. 그는 틈만 나면 타이양구아 앞으로 가 손으로 만져보고, 코로 냄새를 맡으며 제일 큰 것을 눈여겨 뒀다. 그것을 정한 뒤, 그는 틈을 내 태양 노인에게 달려가 환심을 사려고 했다.

"태양 할아버지, 저는 매일 저 열매에 물을 길어 주었어요. 힘들어서 죽을 것 같아요. 중지 손가락의 피도 너무 많이 떨어뜨렸어요. 그러니 열매가 익으면 반드시 저 세 번째 열매를 제게 주세요!"

태양 노인은 느긋하게 말했다.

"지금은 일할 시간이야. 얘야, 가서 열심히 일 하거라. 내가 다 보고 있느니라. 피땀을 흘려 일한 사람은 좋은 결과를 얻게 될 것이야."

그렇게 일을 하다 보니 어느덧 5백 년이 되었다. 7월 7일이 바로 타이양구아가 익은 날이다. 태양 노인은 49개의 열매를 모두 내놓았다. 그는 큰 돌 북 위에 앉아서 천천히 말했다.

"오늘 12시 45분에 열매가 다 익었다. 이 49개의 열매는 너희들의 피땀으로 자란 것이다. 오늘 너희들에게 하나씩 나눠 주겠다. 그러나 열매는 큰 것도 작은 것도 있고, 길고 둥근 것도 있다. 어떻게 나눌 건지 너희들 모두 걱정할 필요가 없다. 열매가 스스로 주인을 찾아갈 것이다!"

그러더니 노인은 열매를 들고 말했다.

"타이양구아야! 주인을 찾아 가거라!"

그러자 정말 신기하게도 이런 일이? 타이양구아는 모두 엄청난 빛을 내뿜었다. 너무나 눈이 부셔서 사람들은 눈이 아플 지경이었다. 형은 애써 눈을 뜨고 세 번째 제일 둥근 열매를 쳐다봤다. 얼마 뒤, 열매들은 두 번 빛을 내더니 모두 굴러가기 시작했다. 형은 그 큰 열매가 자기 동생 앞으로 굴러가는 것을 봤다. 그리고 자신 앞에는 크지도 둥글지도 않은 조그만 열매가 굴러왔다. 애가 탔지만 소용이 없었다. 태양 노인이 말했다.

"모두들 그동안 수고했으니, 이제는 그 덕을 볼 때가 되었구나. 잘 쓰도록 해라."

어휴, 정말 신기하게도 이 타이양구아는 진짜 대단한 것이었다. 무엇을 원하든 그것이 열매 안에서 튀어나왔다. 그래서 사람들 모두 새 옷을 입고, 맛있는 밥과 반찬을 먹을 수 있었다. 그러나 형의 그것은 그렇지 않았다. 열매 안에서는 찢어지고 낡은 옷과 상한 음식이 나왔다. 화가 너무 난 형은 태양 노인에게 울면서 따졌다.

"사람들은 모두 당신이 제일 공정한 사람이라 하고 당신도 스스로를 그렇게 말했는데, 당신이 공정하기는 뭐가 공정해요? 내가 한번 따져봐야겠어요!"

태양 노인은 긴 수염을 만지더니 땅에서 그 열매를 들어 올려 두어 번 흔들었다. 그러자 그 열매의 잎이 두꺼운 장부로 변했다. 태양 노인은 장부의 제48쪽을 펼치더니 손가락으로 형을 가리키며 말했다.

"젊은이, 너는 참 양심도 없구나! 내가 너의 목숨을 구해 줬는데 도리

어 내게 따지겠다고 하니. 좋네. 우리 셈을 해 보자꾸나. 이 장부에 모두
잘 기록되어 있다. 너는 매일 핏물 대신 붉은 흙물을 뿌렸지. 그리고
매일 반나절은 물을 기르러 가지도 않았으면서 제일 크고 좋은 타이양구
아를 가질 생각을 하다니! 양심에 손을 얹고 잘 생각해 보아라. 그러니
너의 그 타이양구아가 잘 자랄 수 있었겠나?"

　형은 부끄러워서 구멍이라도 찾아 숨고 싶었다. 그 뒤, 동생은 행복하
게 잘 살았고, 형은 매일매일 얼굴을 찌푸리며 썩은 밥을 먹고, 찢어진
옷을 입고 살았다고 한다.

⁷¹ 석문이 열리다

石门开

옛날 옛날에, 동해안에 후스(胡四)라는 어부가 살았다. 열 살 넘어서부터 바다에 나가 고기를 잡기 시작한 그의 어부생활도 벌써 20여 년이 되었다. 그가 고기를 잡으면 작은 산보다 더 가득 쌓일 정도로 많았다. 그러나 그는 여전히 너무 가난했다. 작은 배도 그물도 없었을 뿐만 아니라 하루를 넘길 식량도 없었다. 그는 부잣집에서 배와 그물을 빌려서 썼다. 그래서 일 년 내내 바다에 가 힘들게 일하고 위험을 무릅쓰고 잡은 고기는 배와 그물을 빌린 값으로 고스란히 줘야 했다. 그는 그것이 견디기 힘들고 또 화가 났다.

어느 날, 후스가 또 고기를 잡으러 바다에 나갔다. 파랗게 빛나는 바다는 바람이 자고 파도가 잠잠했다. 그가 막 그물을 던지려 할 때 가마우지 한 마리가 날아왔다. 검고 반짝이는 털, 푸른빛이 반짝거리는 가마우지가 바다로 내려가 물고기를 낚아채 올라오는 것을 보고 후스가 말했다.

"가마우지, 가마우지야. 너는 고기를 잡을 때 날개도 굽은 부리도 있지만, 나는 고기를 잡을 때 배도 그물도 없단다."

가마우지는 마치 그의 말을 알아들은 듯 후스를 불쌍하게 쳐다봤다. 가마우지는 날개를 파닥거리며 뱃머리로 날아가 입을 열고 금빛으로 빛나는 물고기를 갑판 위에 떨어뜨렸다. 물고기 꼬리가 갑판에 부딪혀 "탁탁" 소리가 났다. 후스가 앞으로 가 보니 물고기의 눈에서 "뚝뚝" 하고 눈물이 떨어져 내렸다. 후스는 물고기가 너무 가여워서 다시 바다에 풀어주었다. 금빛 물고기는 몸을 한 번 뒤집으며 꼬리를 흔들고, 몸을 돌려 후스 쪽을 쳐다보며 세 번 절을 했다. 그러고 나서야 살랑살랑하며 바다 속으로 헤엄쳐 들어갔다. 그날 후스는 세 번 그물을 쳤지만 물고기를 거의 잡지 못했다. 그는 마음이 매우 급해졌다. 선주는 배 빌린 값을 달라고 재촉할 것이고, 부인은 집에서 밥 지을 쌀을 기다리고 있었다. 후스는 이런 생활을 생각하면 할수록 딱히 다른 방도가 없었다. 자기도 모르게 눈물이 났다. 그가 눈물을 닦으려 할 때 갑자기 누군가의 말소리가 들렸다.

"착한 사람이여, 울지 말게나."

후스가 고개를 들어보니 눈앞에 흰 수염의 노인이 푸른 수수줄기를 손에 들고 서있는 게 보였다. 노인은 또 말했다.

"네 덕분에 우리 아이가 살아났으니 네가 원하는 것을 해주겠다."

후스가 잠시 생각한 뒤 말했다.

"어르신, 저는 좋은 배 한 척과 튼튼한 그물이 있으면 좋겠습니다. 그래서 매일 기쁘게 바다로 나가 물고기를 잡으며 저와 제 아내가 먹을 걱정, 입을 걱정을 안 하고 살았으면 좋겠습니다."

흰 수염 노인이 고개를 끄덕이며 말했다.

"이멍산(沂蒙山)에는 바이장야(百丈崖)라는 곳이 있단다. 너와 네 아내는 그곳으로 가서 살도록 해라."

"그곳에는 어떻게 들어갈 수 있나요?"

"그렇게 위험하지는 않느니라. 내 들어갈 방법을 알려 주겠다."

이렇게 말하면서 그는 손에 든 푸른 수수줄기를 그에게 건넸다. 수수줄기를 받아든 후스는 마음이 무겁고 쓸쓸했다. 푸른빛을 쳐다보니 눈이 부셨다. 후스는 '이걸 준다고 무슨 소용이 있을까?'라고 생각했다. 다시 노인이 말했다.

"너는 이걸로 그 바이장야를 가리키며 이렇게 말하렴. '석문아 열려라, 석문아 열려라. 고생한 사람이 들어간다.' 그러나 반드시 기억해라.

그곳에 들어간 뒤로 나쁜 생각은 하지 말고, 언제라도 이 푸른 수수줄기를 버리면 안 되느니라."

후스는 속으로 매우 이상하다는 생각이 들어 다시 한번 물어보고 싶었지만, 노인은 갑자기 사라져 버렸다. 후스는 노인이 준 푸른 수수줄기를 들고 집으로 돌아왔다. 아내가 그것을 보고 화를 내며 말했다.

"쌀이나 면을 들고 와야지, 푸른 수수줄기를 들고 오면 배를 채울 수도 없고, 목마름을 해결할 수도 없고 무슨 소용이 있어요!"

"당신 너무 조급해 하지 마. 당신도 늘 우리 배와 그물을 원했잖아. 이번에는 정말로 먹을 걱정, 입을 걱정하지 않아도 될 거야."

그러면서 오늘 있었던 기이한 일에 대해 자세하게 아내에게 말해 줬다. 그렇지만 아내는 오히려 그를 원망했다.

"그러면 당신은 그 사람에게 더 좋은 걸 달라고 했어야지요!"

후스는 아무 말도 못했다. 자기에게 가족은 아내밖에 없어 모든 걸 아내의 뜻에 따르기 때문에 그녀와 싸울 수도 없었다. 후스는 잡아온 물고기를 두 개의 바구니에 담아서 지게에 메고 아내와 같이 이틀 밤낮을 걸어 이명산 아래의 한 마을에 도착했다. 그 마을에는 많아야 열 여남은 가구가 살고 있었다. 한 노파가 어떤 집 문 앞에 앉아 있길래 후스가 물었다.

"말씀 좀 여쭤볼게요. 여기서 이명산 바이장야까지는 얼마나 먼가요?"

노파가 서쪽을 가리켰다.

"서쪽으로 똑바로 2킬로미터 정도 가면 거기가 바로 바이장야라네. 거기엔 사는 사람이 없어. 그런데 너는 이 물고기를 가져다 누구한테 팔려고 하는 거야?"

후스는 노파의 말이 맞다는 생각이 들어 말했다.

"저희가 바이장야에 가서 할 일이 있으니, 우선 이 물고기를 여기에다 잠시 맡겨놓고 갈게요."

마음씨 좋은 노파가 말했다.

"그러게. 지게가 무거울 테니 여기다 놓게나. 걱정하지 말게. 아무리 오래 걸려도 물고기 비늘 하나 건드리지 않을 테니."

후스는 물고기를 내려 아내와 같이 바이장야로 갔다. 마을을 지나 얼마 가지 않아 바이장야가 보였다. 이런 정말 높고 가파른 절벽이었다. 둘이서 그 앞에 가 고개를 들어보니 흰 구름이 꼭대기를 덮고 있고, 새가 산허리를 날고 있었다. 후스는 푸른 수수줄기를 들고 이렇게 말했다.

"석문아 열려라, 석문아 열려라. 고생한 사람이 들어간다."

후스가 이 말을 마치자 산이 흔들리며 "와르르" 하는 소리와 함께 절벽이 마치 두 개의 돌문처럼 양쪽으로 쫙 갈라지며 열렸다.

후스와 아내는 너무 놀라고 신기해서 눈을 깜빡였다. 그 순간, 안에서 한 부인이 뛰어나왔다. 그 부인은 달처럼 생긴 눈썹에 별처럼 반짝이는 눈을 지녀 곱게도 생겼다. 그 부인이 말했다.

"보아하니 당신은 부지런하고 착한 사람이네요. 들어오실래요?"

후스와 그 아내가 얼른 대답했다.

"좋아요. 우리 안으로 들어갈게요!"

후스와 아내가 안으로 들어서자 그 부인이 손으로 절벽을 가리켰다. "와르르" 하는 소리와 함께 다시 닫혔다. 부인이 후스에게 말했다.

"부지런하고 착한 사람이여, 당신은 무엇을 원하시나요?"

후스가 말했다.

"저는 그저 좋은 배와 그물이면 돼요. 매일 기쁘게 바다로 나가 물고기를 잡으며 저와 제 아내가 먹을 걱정, 입을 걱정을 안 하고 살았으면 좋겠습니다."

부인이 그 말을 듣더니 빙그레 웃으며 말했다.

"부지런한 착한 사람이여, 당신은 이제 그렇게 살아갈 수 있을 겁니다."

그녀는 이렇게 말한 뒤 동쪽을 가리켰다. 그러자 후스 눈앞에는 끝없는 바다가 펼쳐졌다. 바닷물은 옥처럼 푸르렀고 거울처럼 평온했다. 바다 위로 붉은 태양이 솟구치더니 온통 붉은 빛으로 물들었다. 해안에는 왕래하는 사람들이 보였다. 부인이 한 기와집을 가리키며 말했다.

"부지런하고 착한 사람이여. 저기가 당신 집이랍니다."

부인이 또 새로운 배 한 척과 그물을 가리키며 말했다.

"부지런하고 착한 사람이여. 이것이 당신의 배, 이것이 당신의 그물이랍니다."

후스가 고깃배와 그물을 살펴보고 너무 기뻐했다. 그러나 후스의 아내는 부인에게 다른 물건을 더 달라고 하고 싶었다. 하지만 부인은 갑자기 사라져 보이지 않았다. 후스와 아내는 높은 기와집에 살게 되었다. 집 안은 춥지도 덥지도 않았고, 덮을 것도 입을 것도 다 있었지만 먹을 것은 그리 많지 않았다. 후스는 그물을 들고 새 고깃배를 타고 바다로 나갔다. 서풍이 불었다. 고깃배가 흔들흔들 바다 가운데로 떠밀려 가자 바람이 그제야 멈췄다. 푸른 바닷물은 무척 맑았는데, 물속에는 은띠 같은 갈치, 뱃가죽이 누런 황조기, 등 푸른 고등어 등 다양한 물고기가 셀 수 없을 정도로 많았다. 후스는 가볍게 그물을 쳤는데도 그물마다 물고기들이 셀 수 없을 정도로 많이 잡혀 올라왔다. 그래서 선실에 가득 차 만선이 되었다. 후스가 집으로 돌아가려 하자 동풍이 또 불어와 작은 배는 살아있는 것처럼 스르르 해안에 도착했다. 그는 잡은 물고기를 쌀과 국수로 바꿨다. 후스는 정해진 시간에 맞춰 고기를 잡으러 갔고, 매번 만선으로 돌아왔다. 그곳의 태양은 여태껏 지지 않았기 때문에 이렇게 얼마나 날이 흘렀는지 몰랐다. 그러나 후스네 집 안의 늙은 홰나무 잎은 한 번은 누렇게 변했다가, 또 푸르러졌다가, 다시 누렇게, 다시 파랗게 되었다. 후스와 아내는 정말로 먹는 것도 입는 것도 부족하지 않았다. 그렇지만 아내는 끊임없이 종알종알 말했다.

"당신이 그 부인한테 가서 금과 은을 달라고 해요. 먹을 것도 있고 입을 것도 있지만 재물과 보물도 가지고 싶어요."

후스의 아내는 금과 은을 탐냈고, 마음도 사납게 변해갔다. 어느 날, 그녀가 후스와 한바탕할 생각이었다. 후스는 아내가 가장 가까운 사람이니 그녀의 뜻을 따르겠다고 생각한 뒤 말했다.

"가자. 우리 같이 부인을 찾아가자. 그 부인에게 당신이 직접 원하는 것을 말해."

후스는 푸른 수수줄기를 들고, 아내는 큰 포대 두 개를 든 채, 두 사람은 부인을 찾으러 나섰다. 그곳의 태양은 여태껏 지지 않았기 때문에 얼마나 오랫동안 찾으러 다녔는지 모르지만 길가의 백양나무 잎은 녹색으로 변했다가, 또 누래졌다가, 다시 파랗게, 또다시 누렇게 되었다. 마침내, 후스와 아내는 돌문 근처에서 그 부인을 찾았다. 부인이 후스에게 말했다.

"부지런하고 착한 사람이여, 무엇을 원하시나요?"

후스가 차마 말을 못 꺼내고 있으려니 아내가 나섰다.

"금과 은, 금과 은을 원해요."

부인이 그 말을 듣더니 아무 말도 않고, 서쪽을 가리켰다. 그러자 즉시 환한 빛으로 가득 찼다. 흰 것은 은이고 누런 것은 금이었다. 붉게 빛나는 태양을 쳐다보니 황금 속으로 떨어지려 했다. 후스 아내는 기뻐서 어쩔 줄을 몰라 했다. 그녀는 흥분을 참지 못하고 손과 입을 황급히 놀리며 후스를 재촉했다. 서둘러 금을 줍자 은을 줍자, 금을 줍자 은을 줍자. 그들은 커다란 두 자루 가득 금과 은을 주웠다. 그제야 태양이 지고 날이 저물었다. 후스는 걱정이 되어 아내에게 말했다.

"태양이 지면 언제 다시 뜰지 오르잖아? 이렇게 컴컴하면 우리 집과 고깃배랑 그물을 어떻게 찾지?"

후스 아내는 기쁨에 넘쳐 말했다.

"찾을 수 없어도 걱정할 필요가 없어요. 내 생각에 우리 더 이상 여기서 살지 말아요. 이 안에 사는 사람들은 모두 먹을 것 입을 것이 있으니 누가 우리가 시키는 일을 하겠어요. 우리는 이제 금과 은이 있으니 밖으로 나가서 대지주가 되어 손가락 하나 까딱하지 않고 살아요. 당신도 더 이상 고기를 잡지 말고요."

후스는 그저 아내의 말이 너무 듣기 싫을 뿐이었다. 또 푸른 옥 같은 바다가 생각났고, 새 고깃배와 새 그물이 그리웠다. 그러나 아내가 그의 귀에다 대고 불같이 재촉을 했다. 그녀는 자기의 아내이니 역시 그녀의 말을 따라야겠다고 생각을 했다. 후스와 아내는 금은 두 자루를 메고 힘들어서 헉헉대며 석문 앞에 다다랐다. 후스는 푸른 수수줄기를 들고 석문을 가리키며 말했다.

"석문아 열려라! 석문아 열려라!"

그의 말이 끝나기 전에 땅이 움직이고 산이 흔들리며 "펑" 하는 소리와 함께 석문이 또 두 개로 나눠 열렸다. 후스와 아내가 막 뛰어 나오니 즉시 땅이 움직이고 산이 흔들리더니 소리와 함께 또 석문이 닫히고 원래의 바이장야로 변했다. 두 사람이 태양을 보니 한낮에 지나지 않았다. 그래서 두 개의 커다란 금은 자루를 메고 왔던 길을 따라 물고기를 놓아뒀던 그 마을을 향해 갔다. 금은이 상당히 무거워서 두 사람은 온몸이 땀으로 흥건하고 숨을 헉헉댔다. 후스 손에는 아직도 푸른 수수줄기가 들려 있었는데, 무슨 이유인지 모르지만 그 푸른 수수줄기는 점점 더 무거워졌다. 하지만 후스는 흰 수염 노인의 말을 기억하고는 푸른 수수줄기를 버리려 하지 않았다. 그는 아내와 상의해 금은을 조금 버리자고 했다. 그러나 아내가 결사반대했다.

"우리가 이렇게 금과 은을 가지고 있는데 그 푸른 수수줄기가 무슨 소용이에요!"

후스는 또 아내의 말을 듣고, 푸른 수수줄기를 버렸다. 그러자 갑자기 벼락 치는 소리가 들리더니 푸른 수수줄기는 한 마리 청룡으로 변하더니 하늘로 날아올랐다. 후스와 아내는 금은을 메고 다시 앞으로 갔다. 그런데 방향은 여전히 그 방향이었지만, 자세히 보니 예전과 다른 모습이었다. 후스와 아내는 대략 2.5킬로미터를 못 가서 물고기 지게를 놓아둔 그 마을에 도착했다. 그 마을은 예전에 비해 몇 배나 커졌고, 어림잡아도 적어도 수백 호가 사는 큰 마을로 변해 있었다. 두 사람은 그곳에서 지나가는 사람을 만났다. 그래서 여기가 무슨 마을이라고 물었다. 그 사람이 말했다.

"여기는 '젓갈마을'이라 해요."

후스가 이 말을 듣고 또 물었다.

"왜 '젓갈마을'이라 해요?"

"언제인지 모르는 아주 예전, 그때 저희 마을은 고작 십여 호밖에 없었어요. 한 부부가 물고기 한 지게를 여기다 놓고 바이장야로 갔다가 돌아오지 않았지요. 날이 많이 흘러 그가 두고 단 물고기가 썩어서 모두 젓갈이 되었어요. 그때부터 우리 마을은 '젓갈마을'이라 불리게 되었지요."

후스가 의아해하며 아내를 바라보자, 아내도 이상해하며 그를 쳐다봤다. 두 사람은 여전히 그 당시 나이였지만, 사실은 몇백 년이 지난 것이었다. 둘은 얼마 가지 않아 한 식당에 도착했다. 후스의 아내는 다리도 아프고, 팔도 쑤시고, 배도 고프고, 목도 말라서 말했다.

"우리 먹을 것 좀 사먹어요."

그들은 큰 자루를 내려놓고 은을 꺼내려고 했다. 그러나 꺼내놓고 보니 하얀 돌덩이였다. 아내는 황급히 금을 꺼내보았다. 그것은 누런 돌덩이였다. 또 꺼내보았지만 모두가 돌덩이였다. 두 사람은 자루 밑에 있는 금을 기대하며 "와르르" 쏟아 보니 누런 돌덩이, 하얀 돌덩이가 가득 굴러 나왔다. 금과 은은 그림자도 보이지 않았다. 후스와 아내는 눈이 휘둥그레졌지만 별 뾰족한 방법이 없어서 손을 놓고 쳐다볼 뿐이었다. 그들은 그 석문이 다시 열려서 바이장야로 뛰어 들어가기를 바랐다.

하지만 이미 푸른 수수줄기를 버렸기에 그저 맨손으로 절벽을 가리키며 말할 뿐이었다.

"석문아 열려라! 석문아 열려라! 고생한 사람이 들어간다."

후스가 목이 쉬도록 외쳐도 바이장야는 꿈쩍도 하지 않았다. 그는 다시 그 고생스러운 때로 돌아가야 한다 생각하니 신세가 처량해졌다. 생각하면 할수록 원망스러웠다. 결국 그는 머리를 바이장야에 박고는 죽어 버렸다. 후스가 죽은 뒤 후스의 아내는 목 놓아 울었다. 자기가 나쁜 마음으로 그런 건 아니었는데 어쩌다 이런 지경에까지 오게 되었는지 너무 한스러워서 그녀도 바이장야에 머리를 부딪쳐 죽고 말았다. 이튿날 태양이 동쪽에서 올라왔을 때, 캄캄한 어둠 속에 짙은 회색 새 한 쌍으로 변해버린 후스와 아내가 바이장야 주위를 빙빙 날면서 소리쳤다.

후회스러워서 죽겠어!
후회스러워서 죽겠어!

한 달 또 한 달, 일 년 또 일 년, 추운 삼동이든, 6월의 삼복더위든, 겨울이든 여름이든 언제나 그렇게 외쳤다.

후회스러워서 죽겠어!
후회스러워서 죽겠어!

오랜 시간이 지나고 그 지방 사람들은 그 새에게 '후회 참새(懊恨雀)'라는 이름을 붙여줬다. 오늘날 비록 젓갈마을은 '쟝위(蔣峪)'라고 불리지만, 그 '후회 참새'는 여전히 이명산 바이장야 주위를 돌며 소리치고 있다고 한다.

후회스러워서 죽겠어!
후회스러워서 죽겠어!

72 짚신 고무래
草鞋耙子

스츄엔성(石泉城) 근교의 수이모거우(水磨溝)[1]에 왕씨 노부부가 살고 있었다. 거의 칠순이 다 된 노부부는 자식이 없었고 짚신을 삼아 판 돈으로 살았다. 왕 노인의 가난한 집에서 유일한 재산은 바로 밤낮으로 짚신 만들 때에 쓰는 고무래였다. 이 까만 고무래가 도대체 언제 만들어졌는지 누구도 몰랐다. 다만 알려진 것은 먼 조상 때 흰 머리 흰 수염 노인이 그의 조상을 불쌍히 여겨 그들에게 반질거리는 이 고무래를 주었다는 것이다. 그 뒤로 왕 노인네 집안은 질 좋은 짚신을 빨리 또 많이 삼을 수 있었다. 왕 노인대까지 얼마나 많은 세대가 지났는지 모를 일이었다.

어느 날, 왕 노인은 허리에 헌 자루를 차고 짚신을 팔러 성에 들어갔다. 해가 거의 질 무렵이 되어서야 그는 짚신을 다 팔았다. 고무래를 메고 왕 노인은 헐떡거리며 한 걸음 한 걸음 집으로 발걸음을 옮겼다. 인동산(銀洞山) 아래에 석벽에 이르렀을 때 그는 지쳐서 줄곧 헐떡거렸다. 너무 피곤해서 어깨 위의 짚신 고무래도 못 내린 채 석벽에 기대었다. 그러자 갑자기 "쿵쾅" 하고 커다란 소리가 나면서 큰 부채 같은 석문이 열었다. 그리고 그 동굴 안에 어떤 흰 수염에 은빛 머리를 한 노인이 나와 웃으면서 왕 노인을 동굴 안으로 초대했다.

왕 노인이 동굴 안으로 들어가니 향기로운 바람이 불어왔다. 곳곳이 반짝 반짝한 은빛이었다. 이를 본 왕 노인은 어안이 벙벙해졌다. 은빛머리 노인은 왕 노인에게 당신의 짚신 고무래가 바로 이 동굴 문의 열쇠라

---

1 [역자주] 수이모거우(水磨溝): 중국 신장 웨이우얼자치구(疆維吾爾自治區) 우루무치시(烏魯木齊市)에 있는 구.

고 알려주었다. 그리고 동굴 안에 있는 보물들을 가리키면서 말했다.

"동굴 안에 있는 보물들 중 마음대로 고르시오. 단 닭이 울기 전에 나가야 되오. 만약 닭이 울면 나갈 수 없을 거요."

왕 노인이 자세히 동굴 안을 뜯어보니 탁자와 걸상, 차 테이블, 밥공기와 젓가락, 냄비와 다른 기구들이 놓여 있었다. 모두가 은빛으로 눈부시게 반짝거렸다. 왕 노인이 생각했다.

'나는 원래 가난한 집 출신으로 짚신이나 삼아 살아가는데 이 은빛 보물들은 쓸데가 없지. 집에 가져가도 낭비야.'

이렇게 고민하고 있는 데서 멀지 않은 곳에 어떤 젊은 여자가 흰 당나귀 한 마리를 몰아 맷돌질을 하고 있는 것이 보였다. 그 맷돌은 은으로 만든 것이고 하얀 밀가루 찌꺼기가 그곳에서 쭉쭉 나왔다. 이것을 본 왕 노인은 기뻐하며 웃으면서 맷돌을 가리키면서 말했다.

"신선이시어, 다른 것을 다 필요 없고, 저 밀가루 찌꺼기 몇 되만 주십시오. 저희 두 사람 저 밀가루 찌꺼기로 몇 끼를 먹을 수 있게 말입니다."

은빛머리 노인은 그러라고 했다. 그러자 왕 노인은 허리에 묶인 찢어진 자루를 풀더니 밀가루 찌꺼기를 반쯤 담았다. 은빛머리 노인은 왕 노인을 동굴 입구까지 배웅하더니 말했다.

"당신에게 이 동굴의 열쇠가 있으니 앞으로 곤란한 일이 있으면 찾아오시오."

말이 끝나자마자 "쿵쾅" 하고 동굴 문이 닫혔다. 왕 노인이 집으로 돌아와 아내한테 오늘 일을 말해주었다. 부부는 너무 기뻐하며 문을 닫고 자루를 열었다. 갑자기 환해지며 온통 방 안은 은빛으로 변했다. 원래 자루 안에 담은 밀가루 찌꺼기가 모두 은가루로 변했다. 왕 노인은 이것으로 식량과 천과 일상용품 등을 사러 갔다. 그 이후로 두 사람은 넉넉한 생활을 할 수 있었다. 사방 수십 리 안의 가난한 친척들도 곤란한 일이 생길 때면 모두 왕 노인의 도움을 찾아왔다. 그럴 때마다 왕 노인도 인색하지 않게 그 부탁이 무엇이든 두말 않고 들어주었다.

왕 노인이 밤에 동굴에 들어간 이야기는 금세 온 스츄엔성에 퍼졌다. 성에는 심보가 지독하고 악랄한 지주가 살고 있었다. 그는 왕 노인이 부자가 된 것을 알고 그의 은가루를 뺏기로 마음먹었다. 어느 날, 왕 노인은 은가루로 식량을 사러 성에 들어왔다. 이걸 본 지주는 왕 노인의 자루를 빼앗으려고 왕 노인이 자기 집 은가루를 훔쳤다고 했다. 두 사람은 다투다가 결국 사또의 관가에 이르렀다.

사또는 재판정에 올라 사건을 심문했다. 지주는 한걸음 앞으로 나와서는 왕 노인이 자기 집 은가루를 훔쳤다고 고발했다. 왕 노인이 마침 해명을 하려는 순간 사또는 경당목을 "탁" 내려치면서 왕 노인에게 고함을 질렀다.

"대담하고 방자한 백성이로다. 벌건 대낮에 감히 남의 집에 들어가 도둑질을 해! 어서 사실대로 고하지 못할까!"

왕 노인이 말했다.

"나리, 이 은가루는 소인의 집에 있던 것입니다. 훔친 것이 아닙니다."

지주는 황급히 말했다.

"나리, 현명한 판결을 내십시오. 이 영감은 짚신을 만들어 살아왔는데 어찌 이런 은가루가 있을 수가 있겠습니까?"

사또는 그의 말이 맞다고 생각했다.

'짚신을 삼는 일개 백성 주제에 어찌 이런 것을 가질 수가 있을까?'

그리고 안색이 어두워진 왕 노인을 보고 사또는 큰소리를 질렀다.

"방자한 놈 같으니라고. 감히 어디라고 교활하게 변명을 하느냐! 형벌을 가하지 않으면 자백하지 않을 모양이구나? 여봐라, 어서 형벌을 가해라."

이 말은 들은 한 무리의 아전들이 달려들어 왕 노인을 땅에 꿇게 하고 형을 가하려고 했다. 불쌍한 왕 노인이 평생 충직하고 성실하게 살아 거짓말 한 번 한 적이 없었다. 그런데 이제야 누명을 쓰게 되었지만 큰소리로 억울하다 외치지도 못했다. 다만 왕 노인은 자신이 겪은 일을 하나부터 열까지 다 얘기할 수밖에 없었다. 이 말을 들은 사또는 생각했다.

'세상에 이런 희한한 일이 있군. 정말 이런 일이 있다면 내게도 큰 부자가 될 기회가 오겠구나.'

사또는 빨리 아전을 시켜 왕 노인을 그의 집으로 압송하게 한 뒤 짚신 고무래를 가져와 즉시 검증하고자 했다. 달이 동쪽에 기울었을 무렵, 사또는 직접 짚신 고무래를 메었고, 빈 자루를 짊어진 한 무리의 인부들을 인솔하여 인동산 석벽 아래를 찾아왔다. 그리고는 왕 노인이 한 대로 짚신 고무래를 석벽에 부딪치자 과연 "쿵쾅" 하고 석문이 열렸다. 흰 수염의 은발을 한 노인이 그들을 동굴 안으로 인도했다. 그리고 동굴 안에 재물을 가리키면서 말했다.

"이 안에 것이 다 너의 것이다. 어서 가져가라."

사또와 아전들은 보이는 대로 자루에 담으며 이 동굴을 다 파내버리지 못하는 것을 아쉬워했다. 이상한 것은 그들이 자루에 담는 물건이 많을수록 동굴 안 재물은 점점 더 많아졌다. 사또는 눈앞에 산더미처럼 쌓인 은그릇과 보화를 보면서 여전이 불만스럽게 계속해서 큰소리로 재촉했다.

"빨리, 빨리 옮겨!"

멀리서 닭 울림소리가 들려오는가 싶더니 또 다시 석문이 "쿵쾅" 하고 닫혀버렸다. 사또와 아전들이 모두 동굴 안에 갇혀버린 것이다. 그 뒤로 세상에는 더 이상 이 열쇠가 존재하지 않게 되었다. 물론 그 뒤로 이 석문이 열린 적도 없었다.

⁷³ 산속에서 7일을 보냈을 뿐인데
山中方七日

아주 먼 옛날에 한 나무꾼이 있었다. 어느 날 그는 도끼를 들고 산에
올라가 땔감을 했다. 흰 구름이 감돈 산꼭대기에 올라가자 소나무 한
그루 아래에서 두 노인이 바둑을 두고 있는 것이 보였다. 이 낙타 등처럼
굽은 소나무는 이미 세월이 좀 들어 보였는데 그 아래 돌 탁자와 돌
의자는 도대체 어떻게 된 일일까? 이 두 노인을 다시 보니 모두 수염이
희끗희끗했지만 얼굴 혈색이 좋고 윤기가 흘러 나이가 얼마나 되는지는
가늠할 수 없었지만, 대략 80~90세쯤은 되어 보였다. 나무꾼은 아무
것도 묻지 않은 채 옆에 서서 바둑을 보았다. 그도 바둑 애호가이기
때문에 고수들이 두는 바둑을 볼 때마다 푹 빠지곤 했다. 두 노인도
그를 신경 쓰지 않고 그냥 바둑만 두었다. 가끔씩 주머니에서 복숭아를
꺼내 먹으며 그에게도 한두 개 주기도 했다. 나무꾼은 복숭아를 받아먹
고 나서 한참 지났는데도 배가 고프다는 느낌이 들지 않았다. 바둑만
보느라 나무하는 것도 모두 잊어버렸다. 얼마나 시간이 지났는지도 몰
랐는데, 바둑을 두던 노인이 드디어 그에게 말했다.

"자네 벌써 7일 동안 이러고 있는데, 산 안 내려가?"

나무꾼은 멍해졌다. 뭐? 벌써 7일이나 지났다고? 그는 노인이 그냥
농담을 한 줄 알았다. 고개를 돌려보니 이상하게 노인들과 늙은 소나무,
돌 탁자와 돌 의자까지 모두 다 사라졌다. 그제야 나무꾼은 깨달았다.
방금 바둑 두던 두 노인이 신선이었다는 사실을. 그는 이제야 자기가
산에 나무하러 와서 여태 시작도 못 했다는 사실이 생각났다. 그래서
빨리 도끼를 찾았다. 그런데 아무리 찾아도 보이지 않았다. 그는 이상하

게 생각했다. 도끼는 분명 자기 옆에 두었는데 왜 안 보이지? 설마 그 두 신선이 빌려갔나? 다시 풀숲을 헤쳐 찾아보니 녹이 슨 손가락만 한 쇳덩이만 찾을 수 있었다. 도끼가 없는지라 나무를 할 수 없기에 길을 찾아 집으로 돌아갈 수밖에 없었다. 그는 산을 내려가면서도 이상했다. 길가 풍경이 전과는 많이 달라진 것 같았다. 원래 나무가 울창하던 곳에 지금은 농작물이 가득했다. 특히 놀라운 것은 원래 자기가 건너던 작은 시내가 지금은 강이 되었고 돌다리까지 놓여 있었다. 나무꾼이 너무 놀라 얼굴이 하얗게 질렸다. 마치 꿈속에 있는 것 같았다.

산을 내려간 뒤 더욱 놀라운 것은 그가 원래 살던 마을도 사라지고 초가 몇 칸도 사라졌다. 마을 옆에 있었던 큰 나무도 사라지고 그 대신 엄청 화려한 정원이 그 자리에 있었다. 나무꾼은 걸음을 멈추고 앞으로 나가지 못했다. 자기가 길을 잘못 들어선 줄 알았다. 자세히 위치를 더듬어 보았지만 길은 틀림이 없었다. 마을 동쪽에 큰 강이 있었고 마을 서쪽에 큰 산이 있었어. 그렇다면 이곳은 분명히 자기가 살던 곳인데. 어떻게 불과 7일 만에 이렇게 다 변해버린 거지? 설마 신선들이 도술을 부려 원래 가난한 마을을 부자동네로 바꿔 놓은 걸까? 나무꾼이 이렇게 골똘히 생각하고 있을 때 사람들이 그의 주위로 몰려들었다. 그들 생각에 서른 살쯤 되어 보이는 이 남자가 길을 묻거나 하룻밤 묵을 곳을 찾는 줄 알았던 것이다. 나무꾼이 말했다.

"나는 묵을 곳을 찾는 게 아니야. 나는 이곳에 사는 사람이야."

마을 사람들은 이상하게 생각하면서 그가 이전에 무슨 일을 했는지, 식구가 누구인지, 무슨 일로 마을을 떠났었는지 등등 물어 봤다. 나무꾼이 하나하나 대답을 했다. 그의 말을 듣던 사람들 중 70~80세 먹은 노인이 고개를 갸우뚱하며 생각하더니 갑자기 "털썩" 무릎을 꿇었다.

"세상에나! 당신은 우리의 먼 조상님이에요!"

나무꾼은 들을수록 이상한 말이었다. 원래 그날, 그가 산에 올라간 뒤 아주 오랫동안 집에 돌아오지 않았다. 식구들이 여러 곳에 찾으며 이리저리 알아봤지만 결국에 그를 찾지 못했다. 그래서 그가 변고를 만나 이 세상 사람이 아니라고 생각했다. 다행히 그에게 아들이 하나 있었는데, 그의 아들이 손자를 낳고 그 손자는 또 아들을 낳고 이렇게 대대로 번성하게 된 것이었다. 그리하여 오늘날까지 벌써 천 명이 넘는 대가족이 되었다. 이 가족에게는 족보가 있었는데, 나무꾼에 대한 기록도 대대로 전해 내려왔다. 그래서 이 70~80세 노인이 나무꾼이 그들의 조상이며, 그가 실종된 시기도 알았던 것이다. 지금 이 나무꾼의 얘기를 듣자 그가 바로 자기네 조상인 줄 확신했다. 그래서 가족들과 함께 나무꾼을 자기네 집으로 데려갔다.

나무꾼은 그들과 한동안 살면서 분명히 알게 되었다. 산에서 신선들과 함께 한 시간은 겨우 7일에 불과했지만, 인간 세상에서는 이미 몇백 년이 지났음을.

74 장산의 보물찾기

张三觅宝

쟝시(江西) 룽후산(龍虎山)에 장도사(張道士)가 살고 있었다. 매년 10월 15일마다 일가 자손들을 파견해 외지에서 보물을 찾아오게 했다. 이번에 보물을 찾으러 갈 사람은 장산(張三)이었다. 장 도사는 그에게 밀봉된 붉은 자루를 하나 주며 말했다.

"내년 봄부터 연말까지 보물을 찾도록 해라. 보물을 찾으면 반드시 주인의 동의를 받고 돈을 주고 사와야 한다. 만약 그렇지 않고 규칙을 어기면 벼락을 맞을 것이다."

장산은 떠나기 전 장 도사가 준 붉은 자루를 뜯어보았다. 자루 안에는 그가 찾아야 할 네 개의 보물에 대한 정보가 들어 있었다. 주문 내용은 아주 분명했다. 첫 번째 보물을 찾으러 송쟝부(松江府)로 갔다. 그가 찾고, 또 찾다 어느 날 오후 무렵 거대한 집을 발견했다. 보아하니 몰락한 부잣집인 듯했다. 이 집 뒤에는 10여 개의 큰 항아리가 있었는데, 오랫동안 쓰지 않아 항아리 안은 무척 더러웠다. 장산은 보물을 알아볼 수 있었는데, 왼쪽에서 다섯 번째 항아리 안에 두 마리 용이 물에서 놀고 있는 것을 보았다. 그는 생각했다.

'항아리를 파 꺼내어 황제께 바치면 분명히 '송보장원(送寶狀元)'에 임명해 줄 것이다.'

장산은 이 집의 여주인을 찾아 말했다.

"아주머니, 제가 아주머니 집 뒤에 있는 물 항아리를 사고 싶습니다."

"그 항아리에는 모두 썩은 물이 있어 집 뒤에 두고 쓰지 않아요. 그냥 가져가요."

제6부 신기하고 환상적인 이야기 433

"아닙니다. 돈을 드리고 사겠어요."

"이 항아리를 사서 뭐하려고 그래요?"

"아실 것 없습니다. 이 항아리는 공물로 바칠 겁니다. 원래 황제 집에 있던 것인데 아마도 황제께서 전대에 아주머니 집안에 내려주신 것 같아요. 항아리 안에는 용 두 마리가 놀고 있는데, 깨끗한 물로 바꾸면 그 용들이 갖고 있는 보물을 잘 볼 수 있을 겁니다."

여주인은 그 말을 믿지 않았다. 그래서 장산은 그녀를 데리고 항아리 앞에 서서 잘 보라고 했다. 여주인은 분명치는 않지만 정말 용 두 마리가 헤엄치는 것 같았다. 장산이 말했다.

"제가 황금 백 냥으로 이걸 사겠습니다."

그러자 여주인이 말했다.

"내가 처리하기가 곤란하네요. 내일 아침에 와서 우리 아들, 며느리와 같이 얘기해 보세요."

"좋아요, 내일 정오에 제가 다시와 대답을 듣겠어요."

왜 하필 정오로 약속을 정했을까? 왜냐하면 자정과 정오 이 두 때에만 용이 원래의 모습을 드러낼 뿐 다른 시간에는 보이지 않기 때문이었다. 날이 저물자, 아들과 며느리가 밭에서 돌아와 문에 들어서는 것을 본 여주인이 활짝 웃었다. 며느리가 물었다.

"어머니, 왜 그렇게 기분이 좋으세요?"

"우리 이제 큰돈을 벌 거야!"

여주인은 쟝시에서 온 사람이 항아리를 사러 왔던 일에 대해 자세히 말했다.

"그 쟝시 사람이 황금 백 냥을 준다고 했어!"

아들은 그 말을 듣고 이 항아리가 그렇게 큰 가치가 있다면 분명히 보물일 거라 생각했다.

"어머니, 저는 안 팔겠어요."

그날 저녁 여주인과 아들 며느리는 삽으로 항아리를 파냈다. 너무 오랜 세월 동안 묻혀 있었던지라 항아리는 마치 지면처럼 평평하게 땅속에 묻혀 있었다. 항아리를 캐내는 일은 쉬운 일이 아니었다. 게다가 밤이라 너무 캄캄했다. 결국 아들은 삽질을 잘못해서 항아리가 조금 깨졌다. 그러자 별안간 두 줄기의 붉은 빛이 하늘로 솟구쳐 올랐다. 이 항아리는 평소 썩은 물이 채워져 있었지만 언제나 향기로운 냄새가 났었는데, 그 붉은 빛이 나온 뒤로는 금세 고약한 냄새가 진동했다. 아들이 말했다.

"됐어요, 됐어. 이 냄새 나는 항아리는 필요 없어요. 내일 쟝시 사람한테 팔아버려요."

이튿날, 아들과 며느리는 밭에 나가지도 않고 집에서 쟝산을 기다렸다. 정오에 쟝산이 왔다. 문에 들어서는 그를 보고 여주인과 아들 모두 고개를 숙이고 의기소침해했다. 그가 물었다.

"무슨 일이 있었어요?"

여주인이 말했다.

"어젯밤에 우리가 항아리를 파내려고 했다우."

쟝산은 이 말을 듣자마자 '큰일 났다!'라고 생각했다. 그는 집 뒤로 가 항아리 주변에 긁어낸 흙과 약간 깨진 항아리를 보았다. 쟝산은 잠시 아무 말도 못하고 있다가 한숨을 내쉬며 말했다.

"이 항아리는 당신들이 삽으로 깨서 갈라졌고, 안에 있는 보물들은 하늘로 가버렸습니다! 이 항아리는 원래 고대의 것들로, 뒤에 해와 달의 정수를 받아 보물 항아리가 된 거였습니다. 두 마리 용이 스스로 내려와 이 항아리가 그렇게 향기가 난 거였습니다. 당신들은 그대로 두었어야지요! 이제 항아리가 깨져서 용들이 하늘로 가버렸으니 이 항아리는 더 이상 보물이 아닙니다. 이제 끝났어요."

쟝산은 이렇게 말하고 몸을 휙 돌려 나갔다.

두 번째 보물은 상하이(上海) 우송코우(吳淞口)에 있었다. 이곳은 창강(長江)과 동해(東海), 황푸강(黃浦江)의 물이 합쳐지는 곳으로, 세 곳의 물색깔이 달랐다. 동해물은 청록색이고, 황푸강은 누런색이지만, 창강은 파랗지도 누렇지도 않았다. 장 도사는 장산에게 이 물의 밑에는 물길을 가르는 보물 칼이 있다고 말했다. 우송코우에 도착한 장산은 입으로 주문을 외웠다. 그러자 갑자기 커다란 가지각색의 깃발이 그의 손에 떨어졌다. 그가 먼저 붉은 색 깃발을 흔드니 물속에서 붉은 얼굴에 붉은 몸을 한 사람이 튀어 나와 붉은 색 깃발을 갖고 사라졌다. 장산은 또 노란 색 깃발을 흔들었다. 그러자 노란 얼굴에 노란 눈을 하고, 머리에 노란 투구를 쓰고 노란 갑옷을 입은 사람이 노란 색 깃발을 갖고 사라졌다. 또 파란색, 흰색 깃발을 같이 흔들었더니 두 사람이 튀어나왔다. 한 사람은 온몸이 파랗고, 왕방울같이 눈이 튀어나올 듯했다. 또 한 사람은 백설같이 하얀 몸에 흰색 눈알이 툭 튀어나오고, 흰머리가 쭉쭉 뻗어있었다. 누구보다 크고, 누구보다 무서워서 장산은 감히 그들을 쳐다보지 못한 채 눈을 꼭 감고 푸른 색 깃발과 흰색 깃발을 그들에게 내 주었다. 그들은 깃발을 들고 또 사라져 버렸다. 마지막으로 검은 색 깃발을 들고 장산은 흔들었더니 흑인이 나왔다. 키가 약 12미터에 머리는 마치 두레박 같고, 입은 세숫대야만큼 큰 그 흑인은 두 눈으로 장산을 응시했다. 원래 이 흑인이 보물 칼을 지키는 제일 마지막 신이었다. 장산은 뜻밖에도 그의 모습을 보고 너무 무서워 그만 기절하고 말았다. 장산은 검은 색 깃발을 손에 꽉 쥐고 있었다. 칼을 지키는 신은 검은 색 깃발을 얻지 못한 채 풍덩하고 물속으로 가라앉아 버렸다. 장산이 깨어나 보니 검은 색 깃발이 아직 자기의 손에 있는 것을 보고 이번 보물찾기도 또 허탕이었음을 알게 되었다. 나중에 전해진 말에 따르면 이때 장산이 보물을 찾지 못한 것은 천만다행한 것이었다. 만약 그렇지 않았다면 황푸강을 흐르는 세 물줄기가 나눠지지 않고, 동해의 짠물이 흘러 들어와서 상해 사람들이 담수를 먹을 수 없었을 것이다.

장산은 이번에도 보물을 찾지 못했을 뿐 아니라 너무 놀라 큰 병까지 얻어서 객잔에서 몇 달 동안 쉬어야 했다. 이렇게 두 개의 보물 모두 찾지 못하는 사이 반년이 지나가 버렸다. 장 도사가 보물 찾으라 한 기간은 단 1년이었기에 장산은 초조해 어쩔 줄 몰랐다. 다행히 장산은 몸을 회복하여 보물을 찾으러 또 길을 나섰다. 시안(西安) 경계에 도착한 그는 열녀문 하나를 보았다. 열녀문의 제일 높은 곳에는 투명한 옥으로 된 쥐가 있었는데 눈이 마치 비취 같고, 오장육부가 다 비쳐 보였다. 장산은 저 옥으로 된 쥐가 바로 보물임을 알았다. 그래서 고양이 한 마리를 잡으려고 했지만 근처에는 고양이가 없었다.

그는 앞마을에는 고양이가 있으리라 생각했다. 그러나 마을로 들어가 6일 동안 찾았지만 고양이는 한 마리도 찾을 수 없었다. 7일째 되는 날, 열녀문에서 2킬로미터 정도 떨어진 어떤 집에서 기르는 고양이 한 마리를 찾았다. 그 고양이는 온몸이 옴으로 덮여 멀쩡한 곳이 하나도 없었다. 그래서 주인은 그 고양이를 너무 싫어해서 먹이를 주지 않아도 죽지 않았고, 쫓아내려 해도 쫓아낼 수 없었다. 고양이를 4킬로 밖에 내던지고 와도 변함없이 또 돌아왔다. 한번은 고양이를 40킬로 밖에 던져놓았는데도 어김없이 돌아왔다. 주인은 아주 미워하면서 고양이를 보기만 하면 세게 발로 찼지만, 아무리 심하게 차도 죽지 않았다.

장산은 이 고양이가 옥으로 된 쥐를 잡을 수 있는 좋은 고양이라는 걸 알았다. 그래서 장산은 이 집 여주인에게 말했다.

"제가 아주머니네 고양이를 사고 싶습니다."

"당신이 고양이를 잡아간다면 정말로 고맙지요. 돈은 필요 없어요."

도사가 분부한 규칙은 보물을 찾을 때 반드시 사실을 말해야 한다는 것이다. 그래서 장산은 여주인에게 사실대로 말했다.

"당신 집에 온 이 고양이는 은혜를 갚으러 온 것입니다. 솔직히 말하면, 이 고양이는 옥묘(玉貓)라고 불리는 보물입니다. 여기서 2.5킬로미터 떨어진 곳에 있는 열녀문 꼭대기에 비취옥으로 된 쥐가 한 마리 있어요. 이 고양이만이 그 쥐를 잡을 수가 있습니다. 지금 황금 백 냥을 드릴 테니 이 고양이를 제게 파십이오."

"당신이 이렇게 많은 돈을 주어도 저는 이것을 결정할 수가 없어요. 내일 제 남편이 돌아오면 그에게 물어보세요. 내일 아침 일찍 다시 오세요."

이 집 남편은 밭에서 돌아올 때 문을 들어서면서 고양이를 보고 발로 찼다. 그러자 여주인이 남편에게 말했다.

"고양이를 차지 마세요. 이 고양이는 황금 백 냥의 값어치가 있어요!"

남편이 이상하게 생각했다.

"무슨 소리야? 이 옴투성이 고양이가 무슨 황금 백 냥이야? 헛소리하지 마. 누구든 가져가기만 해줘도 고맙지."

"챵시에서 온 사람이 우리 집 고양이가 옥묘라는 보물이라고 했어요."

"허튼 소리 작작해. 온몸에 옴으로 뒤덮인 고양이더러 옥묘라고?"

"진짜예요. 진짜. 챵시인이 2.5킬로 밖에 있는 열녀문 꼭대기에 비취옥으로 된 쥐가 한 마리 있는데 이 고양이를 데리고 가면 그 쥐를 잡을 수 있다고 했어요."

남편이 하하하 하고 크게 웃었다.

"고양이는 원래 쥐를 잡을 수 있지. 누가 그걸 몰라? 그 말대로 정말로 보물이라면 왜 우리가 직접 잡으러 가지 못하겠어? 우리가 잡아서 황제에게 직접 바치면 큰돈을 벌 수 있잖아!"

부부는 고양이를 안고 열녀문 아래 다다랐다. 뜻밖에도 고양이가 여기에 도착하자마자 완전 딴판이 되었다. "휙" 손에서 뛰어내린 고양이는 온몸이 마치 옥처럼 하얗게 변했다. 원래 몸에 붙었던 옴은 깨끗하게 사라졌다. 고양이는 열녀문 밑을 한 바퀴 돌더니 "야옹" 하고 울었다. 그러자 열녀문 꼭대기에 쥐 한 마리가 튀어나오는 것이 보였다. 눈이 무척 파란 것이 비취 같았고, 온몸이 투명해서 오장육부조차 다 들여다 보였다. 이 쥐는 고양이를 보자마자 온몸을 부들부들 떨더니 "꽉" 하는 소리와 함께 바닥으로 떨어져 산산조각이 났다. 그리고 순식간에 땅바 닥으로 들어가 숨어버렸다. 고양이는 쥐가 바닥으로 떨어져 사라지자 자기도 도망가 버렸다. 부부는 고양이와 쥐가 사라져 버린 걸 보고 자기 네는 큰돈을 벌 운명이 아니라는 생각에 풀이 죽어 집으로 돌아왔다.

남편이 말했다.

"내일 아침 쟝시 사람이 오면 한번 물어봐야겠어. 근데 쥐랑 고양이가 어떻게 모두 사라졌는지?"

이튿날, 장산이 왔을 때 고양이가 없어진 것을 보고는 어떻게 된 일인 지 감을 잡았다. 남편은 어제 고양이를 데리고 쥐를 잡으러 갔던 일을 말했다. 장산은 원망스럽게 말했다.

"당신들은 쥐를 잡는 방법을 알지 못하니 당신들이 잡으러 가지 말아 야 했어요!"

"그럼 어떻게 잡아야 하는데요?"

"우선 튼튼한 그물을 준비하고 열녀문 아래로 가 고양이를 그물 안에 풀어 놓아요. 그러면 고양이가 위를 향해 야옹 하고 울면, 쥐가 그물로 떨어질 거예요. 살아있으면 더 좋고, 죽어도 완전한 옥으로 된 쥐를 건질 수 있지요. 이때 빨리 그물을 걷으면 고양이와 쥐를 모두 그물에 가둘 수 있지요. 값으로 매길 수 없는 보물인데. 정말 아쉽네요!"

장산이 길게 탄식을 하며 떠났다. 장산은 다시 동북쪽을 향해 걷고 또 걸었다. 거의 1년이 다 되어 가지만 보물을 하나도 찾지 못해서 마음 이 매우 조급했다. 하루는 걷다 보니 길이 없어졌다. 고개를 들어 봤더니 원래는 벌거숭이 산인데 산 가운데 또 작은 산이 솟아 있고, 나무가 무성한데다 나뭇잎도 보통 것보다 훨씬 큰 것이 보였다. 오우! 이 작은 산이 금산(金山)이구나! 장산은 금산에 들어가려면 반드시 열쇠가 있어야 한다는 것을 알았다. 장산은 산 주변을 한 바퀴 돌다 산 아래 어떤 집 문 앞에서 여남은 살 되는 사내아이 한 명을 보았다.

그 아이의 눈이 하나는 크고, 하나는 작았다. 눈썹도 하나는 밑으로 쳐지고 하나는 위로 올라가 있었다. 코는 하늘로 치솟아 있고, 입은 비뚤어졌으며, 손은 똑바로 펴지지 않고, 다리는 절름발이에 두피는 별로 없고, 몸은 장작처럼 비쩍 말랐다. 이웃사람들은 그를 '스부췐(十不全)'이라고 불렀다. 스부췐이란 몸이 성한 데가 없다는 뜻이었다. 장산은 그에게 먹을 것을 좀 주며 물었다.

"아버지 어머니는 어디에 계시니?"

"집에 계세요."

장산은 그의 부모를 만나러 갔다. 문을 열고 들어서며 말했다.

"당신의 아들을 저에게 맡기십시오."

사실 부모는 아들을 좋아하지 않았다. 아들은 때려도 죽지 않고, 굶겨도 굶어죽지 않았다. 10여 년을 키우면서 불러도 아들은 대답하지도 않고, 때려도 울지도 않아서 항상 골칫덩이였다. 그런데 이런 아들을 원하는 사람이 있다니 부모는 서둘러 대답을 했다.

"아이고! 우리는 아들이 죽기만을 바랐는데 당신이 원한다니 잘됐네요. 얼른 데리고 가세요."

"전 그냥 데려갈 수 없습니다. 당신들에게 황금 150냥을 드리겠습니다."

부부는 이 말을 듣고 한동안 멍하니 있었다.

"우리 스부췐이 그런 가치가 있다니? 우리가 지금까지 기르면서 은 150냥도 안 들였는데…… 그런데 당신은 왜 애를 원하는 거요?"

장산이 사실대로 얘기했다.

"당신들은 보았습니까? 산 위에 볼록 튀어나온 작은 언덕이 있는데, 밤이면 빛이 나옵니다. 그 산이 바로 금산이라고 금은보석이 아주 많습니다. 당신 아들은 바로 그 금산의 열쇠입니다. 그 아이만이 거기 금산의 문을 열 수 있답니다."

부부는 소리를 낮춰 잠시 의논을 하더니 남편이 입을 열었다.

"좋아요. 좋아. 아들을 넘기겠소. 우리가 아들을 준비시키려면 오늘은 시간이 늦었으니, 내일 와서 데려 가시오."

장산은 그들의 말이 일리가 있다고 생각했다.

"좋아요. 내일 데리러 오겠습니다. 그러나 오늘 밤 절대로 아들을 데리고 가서 딴 짓을 하면 안 됩니다."

부부가 말했다.

"알겠소. 알겠다고."

장산은 마음을 놓고 떠났다. 장산이 떠나자 부부는 오늘 밤 행동에 옮기기로 했다. 그들은 스부첸에게 말했다.

"쟝시 사람 말이 네가 금산의 문을 여는 열쇠라 하더라. 우리는 포대자루를 가지고 갈 테니 너는 열쇠로 금산의 문을 열어 먼저 금과 은부터 주워 담아라."

스부첸은 마대를 들고 갔다. 그에게 길은 아주 익숙해서 부모를 금세 작은 산의 동굴 앞으로 데리고 갔다. 스부첸이 손으로 한 번 가리키니 동굴 문이 열렸다. 그는 동굴로 들어가 땅에서 금은 보물을 주워 마대 안에 넣고 밖으로 끌고 왔다. 부부는 그것을 보고 감탄했다. 아! 정말 금은 보물이 마대 안에 한가득 들어 있었다. 우리 부자가 됐구나! 그들은 생각을 바꿔 또 욕하기 시작했다.

"이 녀석, 더 많은 보물을 담았어야지! 자, 자, 자. 우리 다시 들어가자."

부부는 마대에 든 금은보석을 땅에 내려놓고, 빈 마대를 들고 스부첸과 같이 동굴 안으로 들어갔다. 그들은 금은 보물을 보고 있는 힘껏 마대에 가득 쑤셔 넣으려고 할 때, "쾅" 하는 소리가 들리더니 동굴 문이 닫혀 버렸다. 부부는 얼른 스부첸더러 문을 열라고 했지만 스부첸은 열쇠로 문을 열고 들어가는 것은 알지만 어떻게 문을 열고 나가는지 알지 못했다. 결국 세 사람은 동굴에 갇혀 다시 나가지 못했다.

다음 날, 장산이 스부췐네에 이르렀지만 아무도 없었다. 그는 서둘러 동굴 문 앞으로 갔다. 동굴 문이 꽉 닫혀있고, 동굴 입구에는 금은 보물이 한 더미 쌓여 있었다. 분명 스부췐의 부모가 욕심을 부려 다시 보물을 가지러 안으로 들어갔다가 시간이 지나 동굴 문이 닫혀 버린 것이었다. 장산은 크게 탄식했다.

"이런! 곧 연말이 되니 나는 돌아가야 해."

그는 동굴 입구에 있는 금은 보물을 들고 갔다. 이것은 객지에서 한 해를 보낸 경비로 퉁 치면 딱이었다. 지난 1년 간 헛수고를 한 셈이었다.

⁷⁵ 마음씨 좋은 바투[1]

好心的巴图

옛날에 바투(巴圖)라는 유목민이 있었다. 그의 가족은 세 명으로 그는 아내, 아이와 함께 살고 있었다. 바투는 일 년 사계절을 먼 곳에 나가 가축을 방목하며 지냈다. 단지 설을 쇨 때야 집에 돌아왔고, 매년 그랬다. 올해는, 섣달 29일이 설이었다. 28일이 되어도 바투는 아직 집에 돌아가지 못했다. 날이 저물었을 때 바투의 아내가 아이에게 말했다.

"설이 되었는데도 네 아버지는 아직 오시지 않네. 가난한 사람들은 설에도 모여 함께 지내지 못하는구나."

그때 밖에서 발소리가 들렸다. 아이가 말했다.

"분명 아버지가 돌아오신 걸 거예요!"

아내가 문을 열어 보니 정말로 바투였다. 아내는 원망하듯 말했다.

"왜 이렇게 늦었어요? 다른 사람들은 돼지랑 양도 잡고 찐빵을 찌고 설 떡을 만드는데, 우리 집 좀 보세요. 부뚜막에 불이 꺼져 썰렁한 건 고사하고, 제사 지낼 음식도 마련하지 못했잖아요! 이게 어떻게 설을 쇠는 것이란 말이에요?"

바투는 한마디 대꾸도 못하고 고개를 숙인 채 부뚜막에 앉아 뻐끔뻐끔 담배만 태웠다. 아내가 그에게 가진 돈이 얼마나 있냐고 물었다. 그는 고개를 저으며 말을 하지 않았다. 철든 아이는 아빠가 괴로워하는 것을 보고 부뚜막 뒤에서 작은 베로 만든 주머니를 내밀며 말했다.

"아버지, 이걸로 담뱃잎을 싸세요."

---

1 멍구족(蒙古族)에 전해오는 이야기.

바투는 그걸 받아 담배를 말았지만 담배 맛이 전혀 나지 않았다. 원래 그것은 누구도 원하지 않을 정도로 초라한 "얼어 죽은 귀신이나 피는 담배"였다. 하지만 그것은 찾기 어려운 아이의 마음이었다. 그는 아들의 머리를 쓰다듬어 주었지만 마음속으로 아이에게 무척 미안했다. 사실, 그는 고생고생해서 1년 동안 은자 20냥을 벌었다. 그러나 집에 돌아오는 길에 자신의 딸을 팔아야 할 딱한 처지의 영감님에게 그 돈을 전부 내줘 버려 자신은 한 푼도 남지 않게 된 것이었다. 아내는 그의 말을 듣고 말했다.

"그래도 당신은 좋은 일을 한 거예요. 하지만 이제 우리는 어떻게 살아야 할까요?"

아내는 말은 이렇게 말하면서도 손을 뻗어 궤짝 밑에서 깨진 은자를 꺼내 바투에게 말했다.

"이것은 우리 어머니가 유용하게 쓰라고 남겨주신 돈이에요. 내일 일찍 장터에 가서 고기 두 근을 끊어 오세요. 그리고 향과 부적과 폭죽을 사서 설을 지내기로 해요. 아이가 1년 동안 기름기 있는 음식을 먹어본 적이 없어 너무 고생했어요. 설에라도 우리 아이를 배불리 먹여 줍시다."

이튿날, 바투가 장터에 갔다. 장터에 온 사람은 몇 사람 되지 않았다. 돈 있는 사람들은 일찌감치 장터에 다녀왔고, 이날에 장터에 온 사람은 그나마 물건을 사러 온 가난한 사람 몇몇뿐이었다. 바투가 고기 살 생각으로 살펴보고 있는데 갑자기 노인 한 명이 그 앞으로 다가와 말했다.

"저를 불쌍히 여겨 주세요. 저는 이틀 동안 아무 것도 못 먹었어요. 굶어 죽을 것 같아요!"

바투는 그 말을 듣자마자 눈물이 쏟아져 나와 손에 든 은자를 그 사람에게 주면서 말했다.

"빨리 가서 먹을 것을 사 드세요."

말을 마치고 그 자리를 떠났다. 얼마 가다 보니 그는 뭐가 잘못되었다는 생각이 들었다.

'이런, 이렇게 빈손으로 집에 가면 아내와 아이한테 뭐라고 말을 하지?'

하지만 집에 돌아간 그는 염치불구하고 아내에게 사실대로 말했다. 아내는 큰소리로 엉엉 울기 시작했다. 바투는 아내를 달랬지만 그녀는 쉽게 그치지 않았다. 그리고 너무 화가 나서 마당으로 나가 앉아 울었다.

'아내가 운다고 뭐라 할 것도 아니야. 내 마음이 너무 약해서 설을 쇠야 하는데 아무 것도 못 사고 돌아왔잖아!'

바투는 그냥 집에 있을 수가 없었다. 할 수 없이 집을 나가 북산 큰 골짜기로 향했다. 북산 큰 골짜기에 닿았을 때는 날도 이미 저물었다. 어두컴컴해서 몹시 무서워서 되돌아가려 할 때, 갑자기 사람 소리가 들렸다.

"개를 봤어요!"

"누구야?"

"저예요."

"뭐 하러 왔어?"

"보리 씨앗을 빌리려고요."

"담을만한 그릇은 있어?"

"있어요."

"자, 가져가. 근데 넌 언제 갚을 거야?"

"내년 이맘때요."

바투는 속으로 이상한 생각이 들었다.

'여기 북쪽 골짜기에는 사람이 살지 않을 텐데, 어떻게 이런 소리가 들리지? 뭐 어때. 그럼 나도 보리 씨앗을 빌려 봐야겠다.'

그래서 그도 따라서 소리쳤다.

"개를 봤어요!"

"누구야?"

안에서 정말로 누군가 대답을 했다.

"저예요."

"뭐 하러 왔어?"

"보리 씨앗을 빌리려고요."

"담을만한 그릇은 있어?"

바투는 어리둥절했다. 이런, 나에게 담을 그릇이 어디 있어? 급한 마음에 자기의 엉덩이를 툭 쳤다. 이때 아들이 줬던 담배주머니가 만져졌다. 그래서 그는 얼른 담배주머니를 뜯어내 안에 있던 담배를 버렸다.

"담을 그릇이 있어요."

"자, 가져가. 넌 언제 갚을 거야?"

"내년 이맘때요."

이렇게 말했지만 아무런 움직임도 없었다. 그러다 갑자기 그의 손에 보리 씨앗이 들렸다. 서너 근 정도 되는 것을 보고 그는 큰 자루를 들고 오지 않은 것을 후회했다. 그는 '이걸 갖고 가 연자방아로 잘 갈아서 탕을 끓여 먹어야겠다.' 그렇게 생각하고 담배주머니를 들고 집으로 돌아갔다.

아내는 아직도 마당에서 울고 있었다. 그는 아내 앞으로 가 말했다.

"어이, 울지 마, 보리를 내가 빌려왔어."

아내는 믿지 않고, 속으로 생각했다.

'섣달그믐인데 부자들이 벌써 다 가져갔지. 이럴 때 누가 곡식을 빌려주겠어. 날 속이려 하지마!'

바투는 아내가 쳐다보지도 않는 것을 보고, 어둠을 더듬어가며 집 안으로 들어갔다. 보리를 쏟아 담으려고 물었다.

"이 보리 어디다 담아?"

아내는 퉁명스럽게 대답했다.

"냄비에다 담아요!"

바투가 냄비 뚜껑을 열어 담배주머니 안에 있는 보리를 그 안에다 부었다. 한 번에 다 붓는 데는 문제가 없었다. 그런데 신기한 일이 생겼다. 비었어야 할 담배주머니 안의 보리가 아직도 남아있었던 것이다. 냄비 안은 가득 찼지만 담배주머니 안의 보리는 조금도 줄어들지 않았다. 바투는 정말 신기하다고 생각했다. 금세 냄비가 가득 차, 수북해지고, 금방이라도 땅에 쏟아질 것 같아서 그는 아내에게 물었다.

"어디 더 부어야겠는데?"

아내는 여전히 내키지 않은 투로 말했다.

"그럼 항아리 안에 부어요."

바투는 또 항아리 안에다 쏴쏴 붓기 시작했다. 얼마 안 되어 항아리도 금세 찼다. 그는 또 아내에게 소리쳐 물었다.

"어디다 더 부어?"

"그럼 궤짝 안에 부어요!"

바투는 또 궤짝 뚜껑을 열었다. 궤짝 두 개도 가득 찼지만 담배주머니 안의 보리는 여전히 멈추지 않고 흘러나왔다. 그는 급히 또 소리쳤다.

"어디다 더 부어?"

"창고 안에 부어요!"

바투는 얼른 사다리를 옮겨 지붕이 없는 동쪽 창고에 올라갔다. 바투는 벽 위에 서서 자루 입구를 밑으로 해서 "쏴쏴" 하고 한참 동안 쏟아부었다. 창고도 가득 차 버려 보리는 담을 넘어 아래로 흘러내렸다! 바투는 다급해서 이렇게 말했다.

"이건 왜 멈추지가 않지?"

말이 떨어지기가 무섭게 자루 입구가 홀쭉해지더니 보리가 더 이상 흘러나오지 않았다. 그는 이마의 땀을 닦으며 말했다.

"여보, 얼른 와서 이것 좀 봐. 이렇게 많은 보리를 어떻게 해요."

아내는 그가 머리가 이상해졌다고 생각하고 아이에게 얼른 가 보라고 했다. 아이가 상황을 보고는 손바닥을 치며 소리쳤다.

"엄마! 집이 온통 보리로 가득해요. 창고 안도 전부 보리예요!"

아내는 아이가 외치는 소리를 듣고 얼른 몸을 일으켜 집 안으로 들어갔다. 또 벽 위에 기어 올라가 눈앞에 펼쳐진 모습을 보고는 더 이상 울지 않았다. 이렇게 많은 보리가 있으니 이제 다시는 굶지 않겠네. 그녀는 한 움큼 보리를 움켜쥐고 자세히 살펴보았다. 손바닥 가득한 보리를 이로 깨물어보고, 또 씹어봤다. 정말 알이 실한 좋은 보리였다. 그녀는 손발을 놀려 민첩하게 키질을 한 뒤 면을 만들고, 뜨거운 국수를 끓였다. 그리고 모두가 좋아하며 기쁘게 설을 지냈다.

날이 밝아 정월 초하루 새벽이 되자 바투가 아내에게 말했다.

"우리는 이제 잘 살게 될 거요."

그들은 몇 대의 큰 마차를 빌려 보리를 마차 가득 실은 뒤 도시에 내다 팔았다. 그 돈으로 벽돌을 빈틈없이 이어 쌓은 푸른색 기와집을 짓고, 또 몇 칸의 창고도 수리하는 등 행복한 시간을 보냈다. 금세 일 년이 지나고 또다시 섣달 29일 밤이 되는 날, 바투는 보리 씨앗을 돌려주러 갔다. 그는 북쪽 골짜기로 무슨 소리가 나길 기다렸다. 그는 귀를 기울이는 한편 앉아서 담배를 피웠다. 갑자기 누군가의 소리가 들렸다.

"개를 봤어요!"

"누구야?"

"저예요."

"뭐 하러 왔어?"

"보리 씨앗을 갚으러 왔어요."

"들어와 잠시 앉았다 갈래?"

"아니요."

바투도 얼른 위에 가 소리쳤다.

"개를 봤어요!"

"누구야?"

"저예요."

"뭐 하러 왔어?"

"보리 씨앗을 갚으러 왔어요."

"들어와 잠시 앉았다 갈래?"

바투는 마음속으로 생각했다.

'들어가 도대체 누가 보리를 빌려줬는지 보고나 오자. 아직 날이 밝으니 돌아가는 데도 늦지 않을 거야. 게다가 집도 가깝고.'

이런 생각을 하고 있는데 갑자기 대문이 '삐꺽' 하며 열렸다. 쪽진 머리를 한 선동이 그를 안으로 안내했다. 바투가 문지방을 들어서니, 아! 안은 정말로 아름다웠다. 붉은색 꽃에다, 초록색 버드나무, 푸른색 소나무, 청록색 측백나무가 있었고, 누대전각 안에는 흑단으로 된 탁상과 의자, 자단목 책꽂이, 족자가 꽂혀 있는 옛 도자기가 있었다. 백발홍안의 노인이 그곳에서 책을 읽고 있었다. 바투가 들어오는 것을 보고 그는 가벼운 미소를 짓더니 그에게 앉으라고 했다. 그리고는 선동에게 밥과 찬을 갖고 오라고 시켰다. 정말로 맛있는 음식들로 하나하나 모두 세상에서 볼 수 없는 것들이었다. 식사를 마친 뒤 선동은 그를 다른 아름다운 방으로 데리고 가 쉬게 했다. 그는 비단 이불에 누워 생각했다.

'들어온 지 얼마 되지 않았으니 초오일이 지나면 집에 가야겠다.'

다음 날, 그는 백발홍안의 노인에게 말했다.

"제가 아무 것도 안 하고 그냥 있는 것은 마음이 편치 않으니 제게 일을 하게 해 주십시오."

노인이 미소를 지으며 말했다.

"여기에 네가 일할 것이 뭐가 있겠느냐? 하지만 네가 가만히 있지 못하겠다면 뒷마당에 가 떨어진 배나무 잎이나 쓸거라."

바투는 빗자루를 들고 뒷마당으로 가 배나무 잎을 쓸었다. 이 배나무 잎도 무척 신기한 것이었다. 막 다 쓸었다 싶으면 또 금세 잎이 바닥에 가득 떨어지는 바람에 아무리 쓸어도 다 쓸 수가 없었다. 그는 무척 우울해져서 고개를 들어 배나무를 쳐다봤다. 배나무 잎이 떨어지면 또 다시 잎이 나고, 떨어지면 다시 나고, 자라면 떨어지고, 그렇게 끝이 없었다. 바투가 쓸고 또 쓰느라 진땀을 흘렸다. 그는 피곤해져서 쓰는 것을 멈추었다. 그러자 배나무 잎도 더 이상 떨어지지 않았다. 이렇게 그는 계속 5일 동안 바닥을 쓸었다. 그가 노인에게 말했다.

"이제 집에 가겠어요."

"그럼 내가 너에게 노잣돈을 조금 주겠다."

"여기서 집까지는 진짜 가까운데 무슨 노잣돈이에요."

"그래도 가져가거라."

하면서 바투에게 후원으로 가 보라고 했다. 원래 바투가 쓸었던 배나무 잎이 모두 금돈으로 변해서 반짝반짝 빛이 났다. 노인이 말했다.

"얼른 이 돈을 가지고 가 여비로 써라."

바투는 노잣돈을 자루에 잘 챙겨 등에 메고 노인에게 작별 인사를 했다. 그리고 선동을 따라 대문으로 나왔다. 그가 문지방을 넘자 눈앞이 순식간에 화라락 새까맣게 변하더니 선동은 그림자도 없이 사라졌다. 층층으로 된 누각도 전혀 보이지 않았다. 눈앞에는 깊디깊은 큰 계곡과 깎아지른 낭떠러지가 있었다. 그는 놀라 식은땀을 흘렸다. 조심스럽게 발을 내딛어 45일을 걸은 뒤에야 겨우 산골짜기를 벗어날 수 있었다. 산 아래 어디에 자기 집이 있을까? 그는 또 10여 일을 더 걷고 나서야 마을을 볼 수 있었다. 그는 마을 사람에게 자기가 살던 곳을 물었더니 마을 사람이 대답했다.

"멀어요, 멀어. 아마 일 년은 더 가야 닿을 것입니다."

그는 걷고 또 걸어 진짜 1년을 꼬박 걸어 마침내 자기가 살던 마을에 도착했다. 그는 자기 집 문 안을 한번 들여다보다 깜짝 놀랐다. 모습이

완전 변한 이 집은 마치 황족의 저택처럼 고쳐졌다. 화려한 채색화 장식에, 처마와 대들보에 얼마나 으리으리한지 몰랐다. 그는 아들과 아내의 이름을 몇 번 소리쳐 불렀다. 한참 후에 흰 수염의 노인이 나와 느릿느릿 말했다.

"누구를 찾으시오?"

"저는 바투라는 사람이 여기 사는지 물어보려고 합니다."

그 노인이 듣고 나서 흰 수염을 문지르며 말했다.

"내가 어렸을 때 우리 할아버지한테 그의 할아버지의 할아버지 이름이 바투였다는 말을 들은 적이 있지요. 섣달 그믐날 밤에 보리 씨앗을 갚으러 갔다가 다시는 돌아오지 않았다고 해요. 따지고 보니 그분이 내 8대 조상이 되는구먼."

바투는 그 말을 듣고 뜻밖의 기쁨에 어쩔 줄을 몰라 얼른 말했다.

"내가 바로 바투라네!"

그 말을 들은 노인은 화가 나서 수염을 부르르 떨고, 얼굴빛이 자줏빛 가지처럼 변했다.

"이 무뢰한 같으니라고, 감히 이렇게 예의 없이 내 조상님인 체하다니. 여봐라! 이놈을 죽도록 패주어라!"

마당에서 대여섯 명의 건장한 남자들이 튀어나와 사나운 표정으로 바투에게 달려들었다. 바투는 상황이 좋지 않게 돌아가는 것을 보고 사람들을 피해 달아났다. 그렇게 달리고 또 달리다 하늘로 날아오른 그는 신선이 되었다.

76 염라대왕과 싸우다[1]
斗閻王

이유는 모르겠지만, 바라건창(巴拉根倉)은 염라대왕을 화나게 했다. 그래서 소머리(牛頭) 귀신과 말 얼굴(馬面) 귀신을 보내 그를 잡아오라고했다. 그들이 떠나기 전 염라대왕은 두 귀신에게 당부했다.

"조심해. 바라건창에게 속지 않도록 해!"

바라건창은 남보다 지혜로울 뿐만 아니라 미래도 예측할 수 있었다. 그는 소머리 귀신과 말 얼굴 귀신이 그를 잡으러 올 것을 알고는 기장쌀몇백 근을 일어 놓고 그들을 기다렸다. 얼마 안 되어 소머리 귀신과말 얼굴 귀신이 찾아왔다.

"가자. 바라건창아, 염라대왕께서 우리에게 너를 잡아오라고 했는데더 할 말이 없지?"

바라건창이 말했다.

"벌써 알고 있어요. 그래서 이렇게 많은 기장쌀을 씻어두었어요. 이걸로 반죽을 해서 찐빵을 만들 거예요. 가는 길에 식량으로 하려고요."

소머리 귀신과 말 얼굴 귀신은 말했다.

"언제까지 다 만들 수 있니?"

바라건창이 말했다.

"으음, 내가 혼자 반죽을 밀면 적어도 20년을 걸릴걸요."

"안 돼! 누가 너를 20년을 기다려?"

"그럼 어떡해요? 길도 멀고 먹을거리를 좀 준비해야 되잖아요!"

---

1 멍구족(蒙古族)에 전해오는 이야기.

바라건창이 잠시 생각하더니 말했다.

"급하면 저 좀 도와주세요!"

소머리 귀신과 말 얼굴 귀신이 생각하길, 그냥 기다리는 것보다는 차라리 그를 도와 빨리 연자방아를 다 밀어 주고 서둘러 출발하는 것 더 좋을 것 같았다. 그래서 그를 도와주기로 했다. 바라건창은 소머리 귀신과 말 얼굴 귀신을 연자방아에 묶고는 또 큰 채찍을 찾아왔다. 소머리 귀신과 말 얼굴 귀신의 속도가 너무 느리다고 욕하면서 세게 채찍질을 했다. 두 귀신은 너무 힘들고 아파서 도저히 못 참고 말했다.

"우리를 풀어주세요. 차라리 20년을 기다릴게요!"

"안 돼. 염라대왕의 명령을 누가 감히 늦출 수 있겠어. 빨리 밀어라."

바라건창은 말이 끝나자 또 때렸다. 두 귀신은 아픔을 참아가며 땀을 흘리면서도 온 힘을 다해 뛰었다. 그렇게 한나절 연자방아를 끄느라 온몸은 살갗이 찢어지고 살이 드러날 정도가 되었다. 하지만 기장쌀은 작은 봉지 하나도 다 못 밀어냈다. 소머리 귀신과 말 얼굴 귀신은 다시 채찍을 맞을까 봐 연자방아를 내려놓고 여물은 한입도 못 먹은 채 염라대왕에게 달려가 억울한 사정을 하소연했다.

바라건창은 염라대왕이 이번에는 대머리 귀신을 보내 그를 잡으러 올 것을 알고는 허수아비를 엮어서 묶었다. 돼지 방광을 허수아비 머리에 씌우고 코와 눈을 그렸다. 그리고 송곳 한 자루와 돼지의 갈기 한 줌을 준비했다. 대머리 귀신이 찾아와 그를 보자 말했다.

"빨리 따라와. 바라건창! 네가 소머리 귀신과 말 얼굴 귀신을 침대에서 일어날 수 없는 정도로 때렸다면서? 이번에 난 절대로 당하지 않을 거야!"

"지금 시간이 없어요. 저는 대머리에게 머리털을 붙이고 있어요!"

대머리 귀신은 바라건창이 송곳을 잡고 그 대머리를 한 번 찔러 머리털을 한 가닥씩 붙이는 것을 보았다. 진짜 효과가 있다. 대머리 귀신은 자기의 대머리를 만지면서 생각하길, 나도 저렇게 치료해 주면 얼마나 좋을까! 그래서 얼굴 가득 웃음을 띠면서 말했다.

"저에게도 머리털을 붙여 줄 수 있나요?"

"대머리라면 다 치료할 수 있어요. 누구나 제 치료를 받으면 다 완치될 수 있어요!"

"그럼 저도 치료해 주세요!"

대머리 귀신은 기뻐서 말했다.

"내가 염라대왕 앞에 가서 당신을 위해 용서를 빌어줄 수도 있어요!"

바라건창이 말했다.

"치료는 되는데 소리 지르면 안 돼요. 소리를 지르면 효과가 없을 거예요!" "좋아요. 좋아요. 저는 소리를 지르지 않을 게요!"

"난 믿을 수 없어요."

바라건창이 고개를 저으면서 말했다.

"그래요. 그래. 내 대머리를 치료할 수 있다면 무슨 일을 다 할 테니 말씀만 하세요!"

바라건창은 대머리 귀신을 꽁꽁 묶고 송곳으로 대머리 귀신의 머리를 세게 찔렀다. 또 소금물로 씻어내며 머리털은 하나도 붙이지 않았다. 대머리 귀신은 바라건창에게 간절하게 빌며 말했다.

"살려 주세요. 바라건창님. 내 다시는 당신 집에는 나타나지 않겠어요!"

그렇게 대머리 귀신이 돌아간 뒤, 바라건창은 염라대왕이 또 썩은 눈깔 장님 귀신을 보낼 것을 알았다. 그래서 불을 피워 주석물을 한 솥 가득 끓였다. 얼마 안 되어 역시 썩은 눈깔 장님 귀신이 찾아왔다.

"빨리 가자. 바라건창아! 네 속임수는 소머리 귀신, 말 얼굴 귀신과 대머리 귀신만 속일 수 있다. 너도 내가 얼마나 대단한지 잘 알지?"

바라건창이 바쁜 척하면서 말했다.

"잠깐만요. 저는 막 눈시울이 붉고 짓무른 사람을 치료해 주었어요.

좋은 안약이 좀 남았는데, 이걸 잘 감춰야 돼요."

마침 썩은 눈깔 장님 귀신은 먼 길을 오느라 너무 힘들었다. 그래서 눈이 건조하고 너무 아팠다.

"그럴 필요 없어. 그 안약은 내 눈에 떨어뜨려줘!"

"그래요, 저도 안 그래도 지금 이 약을 어떻게 할지 걱정하고 있었어요. 자, 누워 봐요!"

썩은 눈깔 장님 귀신은 눈을 가느스름하게 뜨고 큰 대 자로 누웠다. 바라건창은 작은 무쇠 솥을 들고 오더니 그 주석물을 귀신의 눈 안으로 쏟아 부었다. "화아 칙~" 썩은 눈깔 장님 귀신이 너무 아파하며 땅에 뒹굴면서 소리를 질렀다.

"이놈의 자식! 너 바라건창……."

바라건창이 크게 웃으면서 말했다.

"눈앞의 이익만 탐하고 썩은 눈깔 장님 귀신아! 너 계속 소리를 지르면 네 귀에다가도 쏟아줄 거야!"

"아이쿠, 안 돼, 안 돼요!"

썩은 눈깔 장님 귀신은 너무 놀라서 머리를 감싸고 쏜살같이 도망쳤다.

염라대왕은 또 틈을 잘 비집고 들어가는 귀신을 보내 바라건창을 잡아오라고 했다. 이 귀신은 능력이 있었다. 아주 작은 틈이라도 비집고 들어갈 수 있었다. 바라건창이 미리 좋은 대책을 생각했다. 그는 틈이 하나도 없을 정도로 방을 잘 메웠다. 그리고 빈 돼지 방광 하나를 준비하고 틈을 잘 비집고 들어가는 귀신을 기다렸다.

"바라건창, 집에 있어?"

틈을 잘 비집고 들어가는 귀신은 밖에서 큰소리로 외쳤다.

"있어요!"

바라건창이 방 안에서 대답했다.

"어서 나와. 나를 따라 염라대왕께 가자!"

"들어오세요. 어쨌든 제가 도망가지 못하잖아요!"

"어떻게 들어가? 네 집에 틈이 하나도 없는데."

"제가 구멍을 뚫어 줄게요!"

바라건창이 바늘로 창호지에 구멍을 뚫더니 돼지 방광을 그 구멍에 맞추고 말했다.

"여기로 들어오세요."

틈을 잘 비집고 들어가는 귀신이 그 구멍을 따라 파고들자 "슝" 하고 곧장 돼지방광으로 들어갔다. 바라건창은 즉시 돼지방광 입구를 끈으로 동여맸다. 그리고 돼지 방광을 들고 거리에 나갔다. 또 아이들을 찾아 그걸로 축구를 하라고 했다. 아이들은 좋아하며 하루 종일 돼지 방광을 찼다. 그 바람에 틈을 잘 비집고 들어가는 귀신은 코가 시퍼렇게 멍들고 얼굴은 팅팅 부었다. 다행히 가시에 찔려 작은 구멍이 나자 틈을 잘 비집고 들어가는 귀신은 바라건창을 잡아가는 것은 생각도 못하고 오직 개처럼 도망가기 바빴다.

염라대왕은 크게 화나서 마지막으로 원숭이 귀신을 불러와 말했다.

"바라건창, 이 녀석! 정말 짜증나게 하는구나! 많은 귀신은 그 녀석 때문에 죽을 뻔했다. 너는 내 부하 중에서는 가장 똑똑한 귀신이니, 가서 꼭 잡아올 수 있을 거야!"

원숭이 귀신은 바라건창이 살고 있는 집에 간 적도 없고 날씨도 너무 더워서 길을 걸으면서 그에 대해 알아봤다. 점심이 되자 원숭이 귀신은 온몸이 땀투성이였으며, 배도 고프고 목도 말랐다. 그는 마을 옆의 큰 버드나무 아래에서 어떤 사람이 복숭아를 먹고 있는 것을 보았다. 원숭이 귀신은 배가 너무 고파 움직일 수 없어 우물가의 어떤 매끄러운 돌에 앉았다. 그런데 갑자기 엉덩이 아래가 너무 끈적끈적해짐을 느꼈다. 하지만 복숭아를 좀 먹어보고 싶은 생각에 별 개의치 않았다. 복숭아를 먹던 사람은 그에게 하나를 주면서 그와 얘기를 시작했다. 잠깐 동안 얘기한 뒤 그에게 복숭아 하나를 또 주었다. 그렇게 해 질 무렵이 되자 그 사람이 원숭이 귀신에게 물었다.

"당신, 어디 가는 길이에요?"

"바라건창을 잡으러 가!"

"바라건창은 무슨 죄를 저질렀어요?"

"그는 염라대왕을 화나게 했고 또 우리 형제들을 괴롭혔어. 그래서 염라대왕께서 잡아오라고 나를 보냈어. 너 바라건창을 아니?"

"어휴!"

나무 아래 그 사람은 길게 탄식하며 말했다.

"나도 내가 죄가 있다는 것을 잘 알죠. 여러 귀신들과 원수가 되었는 걸요!"

"그럼, 네가 바로 그 죽일 놈의 바라건창이냐?"

원숭이 귀신은 깜짝 놀라 물었다.

"맞아, 바로 나야!"

"좋아. 내가 너를 잡으려던 참이야!"

원숭이 귀신은 입을 벌리고 발을 내밀며 바라건창을 잡으려고 했다. 하지만 누가 알았으랴? 원숭이 귀신의 엉덩이는 이미 돌에 붙어버렸다.

"아야, 빨리 도망가야겠다."

바라건창이 일어나서 달려갔다. 원숭이 귀신은 너무 급해서 벌떡 힘을 주자 엉덩이 살점이 뜯어졌다. 원숭이 귀신은 너무 아파서 엉덩이를 붙잡고 여기저기 뒹굴었다. 바라건창이 원숭이 귀신의 엉덩이를 가리키며 말했다.

"빨리 안 뛰어가? 네 엉덩이에 불이 났어요. 조금 더 늦으면 넌 타 죽을 거야!"

원숭이 귀신은 너무 놀라서 후다닥 뛰어 달아나며 뒤돌아볼 엄두도 내지 못했다. 바라건창은 집에 돌아와서 가만히 생각해보았다.

'난 많은 귀신들을 이겼어. 이번에는 틀림없이 염라대왕이 직접 나를 잡으러 올 거야. 무슨 방법으로 대처해야 하지?'

이리저리 아무리 생각해도 좋은 대책이 생각나지 않았다. 순간 그의 마른 늙은 소가 "음메~" 하고 울었다. 그가 귀신들과 싸우느라 정신이 없어서 며칠 동안 소먹이 주는 것을 잊고 있었다. 문득 한 가지 방법이 생각났다.

'내가 왜 이 소로 염라대왕을 막을 생각을 하지 못했지?'

바라건창은 급히 소 앞으로 가서 소를 반질반질하게 빗겨주었다. 그리고 소에게 꽃을 달아주고 색깔이 있는 옷을 입어주고 해서 신부처럼 치장했다. 또 소가 너무 마른 것을 보고는 공기 펌프를 가져와 바람을 넣어 통통한 소로 만들었다. 또 아주 예쁜 채찍을 만들고 채찍 손잡이에 송곳 하나를 설치했다. 막 준비를 마치자 염라대왕이 병사들을 데리고 와 그의 집을 둘러쌌다. 염라대왕은 문을 열고 들어서며 엄청 화를 내며 말했다.

"네가 내 부하 귀신들을 모두 거의 죽게 만들었으니 무슨 죄에 해당하는지 알겠느냐? 이제 내가 직접 왔으니 네가 무슨 능력이든 다 써 보거라!"

"제가 어찌 감히 염라대왕님께 맞설 수 있겠어요?"

바라건창은 소를 끌고 와서 말했다.

"제가 안 그래도 지하부로 용서를 빌러 가려던 참이었어요! 기왕 염라대왕님께서 직접 오셨으니 제가 어떻게 명령을 따르지 않겠어요?"

염라대왕은 코웃음을 치며 말했다.

"네가 감히 대들지 못하리라 알고 있었다. 근데 네가 어떻게 지옥부로 가려고 하느냐?"

바라건창이 말했다.

"저의 이 소를 타고 가려고요."

염라대왕은 크게 웃으며 말했다.

"내가 탄 것은 천리마인데 네 소가 어떻게 따라올 수 있느냐?"

바라건창이 말했다.

"대왕님께서는 천리마의 좋은 점만 알고 이 소의 좋은 점을 들어보신 적이 없으시죠? 이 소는 보통 소가 아니고 만 리를 달린다는 '만리우(萬里牛)'랍니다. 천리마를 어찌 이것과 비교할 수 있겠어요! 대왕님께서 못 믿으시겠다면 제가 보여 드릴게요."

말을 끝내자 바로 소를 타더니 또 송곳 채찍으로 힘껏 소의 엉덩이를 찔렀다. 이 소가 원래 목도 마르고 배도 고파 잔뜩 화가 난 상태였다. 게다가 송곳에 찔리자 더 이상 참지 못하고 발굽을 하늘로 들더니 "푸륵" 소리와 함께 갑자기 몇 미터나 멀리 뛰었다. 이 광경을 본 염라대왕은 역시 '만리우'라고 생각했다. 또 소의 차림새를 봐도 매우 활기차 보였다. 그러자 또 이런 생각이 들었다.

'나 염라대왕이 천리마를 타는데 저 녀석 바라건창은 만리우를 가지고 있네.'

염라대왕은 잠깐 동안 생각하더니 바라건창에게 말했다.

"너도 알다시피 내가 공무가 많아 너무 바쁘잖니. 우리 바꿔 타자!"

"어휴!" 바라건창이 난감해 하며 말했다.

"이 소는 대대로 물려받은 보물이에요! 그렇지만 염라대왕께서 기왕 말을 꺼내셨으니 저도 거절하지 못하겠어요. 근네 대왕님께서는 제 죄를 좀 가볍게 해 주셔야 해요!"

"그래, 그래!"

염라대왕은 이렇게 말을 하면서 소를 끌고 갔다. 하지만 누가 알았으랴? 그 소는 염라대왕을 보자 뿔로 받아버렸다. 염라대왕은 너무 놀라서 넘어졌다.

"얼른 일어나세요. 얼른 일어나!"

바라건창은 염라대왕을 일으키면 말했다.

"제가 깜빡했네요. 바꾸면 옷차림까지 다 바꿔야 돼요. 그렇게 하지 않으면 이 소는 낯선 사람은 따라가지 않는답니다."

염라대왕은 만리우를 간절히 원하는 마음에 두말없이 그러라고 했다. 그래서 염라대왕은 바라건창과 옷을 바꿔 입고 인장까지 바라건창에게 맡겼다. 바라건창이 천리마를 타고 문 밖으로 나오자마자 귀신 병사들에게 큰소리로 외쳤다.

"이봐, 가자! 바라건창은 이미 잡혔다. 더 이상 도망갈 수 없어!"

바라건창과 염라대왕이 나란히 걸어갔다. 마을에서 나오자마자 개울 하나를 만났다. 소는 진즉부터 물을 마시고 싶었는데 개울을 보자 냅다 뛰어갔다. 그리고 개울가에 이르러 물을 벌컥벌컥 들이켰다. 바라건창이 또 귀신 병사들에게 말했다.

"바라건창이 타고 있는 것은 만리우다. 그러니 우리도 얼른 가야 돼!"

염라대왕이 내린 명령을 어떤 귀신 병사가 따르지 않을까. 바라건창은 천리마를 타고 여러 귀신 병사들을 데리고 잠깐 사이에 그림자도 보이지 않을 정도로 뛰어 가버렸다. 바라건창이 염왕전에 이르자 여러 귀신들을 모아놓고 말했다.

"어서 준비해. 저 죽여 버려도 시원찮을 바라건창이 여기 오면 형제들의 복수를 해주자!"

소머리 귀신, 말 얼굴 귀신, 대머리 귀신, 썩은 눈깔 장님 귀신, 틈을 잘 비집고 들어가는 귀신, 원숭이 귀신 등은 바라건창이 잡혔다는 소식을 듣자 매우 기뻐했다. 그들은 창을 들고 몽둥이를 잡고 바라건창을 맞이할 준비를 마쳤다. 날이 이미 매우 어두워졌다. 귀신들은 염라대왕도 바라건창에게 당한 게 아닐까 걱정할 무렵, 흙투성인 어떤 사람이 늙고 마른 소를 타고 막 욕을 하면서 느릿느릿 걸어왔다.

"얘들아, 이제 원수를 갚자! 절대로 바라건창을 놔 줘선 안 돼!"

바라건창은 염라대왕을 가리키며 큰소리로 외쳤다. 귀신들은 벌떼처럼 일어나 칼, 창, 몽둥이로 빗방울처럼 파바바박 그를 때렸다. 염라대왕은 말 한마디 할 기회도 없이 귀신들에게 곤죽이 되도록 맞았다.

이후로 바라건창은 염라대왕이 되었다. 사람들은 여기까지 이야기를 하면 또 웃으면서 말한다.

"왜 귀신들이 염라대왕을 무서워하는 줄 아세요? 염라대왕이 바로 바라건창이기 때문이에요."

⁷⁷ 호랑이로 변한 아팡¹

阿方変虎

옛날부터 이런 말이 전해진다. "호랑이 오줌을 먹으면 호랑이로 변한다." 정말 이런 일이 있을 수 있을까? 본 적은 없지만 모두 그렇게 믿고들 있다. 옛날 옛날에, 저우씨(舟溪) 스멍자이(石猛寨)란 마을에 아팡(阿方)이라는 가난한 사내가 살고 있었다. 그의 가족은 아내와 아이 세 명, 모두 다섯 식구였다. 아팡의 집 근처 산에는 밭이 있었는데 밭 주변으로 야생파가 이상하리만큼 잘 자랐다. 어느 날, 아팡이 밭을 갈러 갔다. 고랑을 따라 밭을 갈다가 밭 끝으로 갈 때면 아팡은 손이 가는 대로 파를 꺾어 먹곤 했다. 그런데 호랑이가 쑥 풀 더미에서 그걸 지켜보며 아팡을 공격할 생각을 했다.

'저 사람을 호랑이로 변하게 해서 수양아들로 삼아 데리고 다녀야겠다.'

아팡이 몸을 돌릴 때 호랑이는 남몰래 파에다 오줌을 싸 뒀다. 아팡은 밭을 갈다가 파 가까이 이르자 무심코 손을 뻗어 파를 꺾어 먹었다. 먹다 보니 정신이 멍해지기 시작했다. 그때 호랑이가 산에서 "어훙" 하고 한 번 울자 그 호랑이를 따라갔다.

눈 깜짝 사이에 묘족 설날이 다가왔다. 아팡은 아내와 아이들이 생각나서 울기 시작했다. 호랑이 아버지가 물었다.

---

1 먀오족(苗族)에게 전해오는 이야기. 먀오족의 인구는 2000년 기준 8,940,116명이며 중국 내 55개 소수민족 가운데 인구규모가 쫭족(壯族), 만주족 및 회족에 이어 네 번째로 크다. 먀오족은 수천 년의 역사 속에 늘 한족(漢族)과 대립, 저항하면서 주로 구우저우(貴州)의 산간 지역을 중심으로 자주 이동하며 살았다. 먀오족의 전통공예 중 납염(蠟染)은 천여 년의 역사를 자랑하며 도안 및 색채는 세계적으로도 명성이 높다. 또한 신맛이 나는 음식을 좋아하는 풍속을 가지고 있다.

"아들아, 왜 우니?"

아팡이 대답했다.

"저는 매일 아버지만 따라다녔어요. 이제 곧 설날이에요. 저는 집에 아내와 아들이 있어요. 그들이 설날에 고기도 없을까 봐 걱정돼서 운 거예요."

"허허, 난 또 무슨 어려운 일이 있는 줄 알았어. 아내와 아이들에게 고기를 갖다 주는 게 얼마나 쉬운 일인데 그래. 울지 마라. 내일 고기를 메고 갖다 주자."

다음 날은 저우씨의 장날이었다. 아팡은 호랑이 아버지와 호랑이 어머니를 따라 캉동야오(康董坳)에 가서 수풀 더미에 숨어 있었다. 잠시 뒤, 몇 사람이 고기를 메고 장에 가는 것이 보였다. 그들이 캉동야오에 이르자 두 호랑이는 "어훙" 하며 뛰어나왔다. 고기를 메던 사람들이 놀라서 그만 고기를 버리고 도망갔다. 호랑이 아버지, 호랑이 어머니와 아팡은 그 고기를 짊어지고 아팡의 집 앞에 이르렀다. 아팡이 외쳤다.

"빨리 문을 열어. 내가 당신과 애들한테 고기를 갖다 주러 왔어!"

아내는 아팡의 목소리를 듣자 말했다.

"당신이 호랑이로 변해서 너무 무서워요. 고기는 거기다 둬요. 우리가 이따가 가져올게요."

아팡은 그의 호랑이 부모와 함께 고기를 놔둔 채 떠났다. 그의 아내는 집 위에서 또 말했다.

"당신들이 가져다 준 고기가 이렇게 많은데 또 소금이 없네요. 다 먹지도 못 할 거고 또 절일 수도 없을 거야. 모두 썩으면 너무 아깝잖아."

아팡은 호랑이 부모한테 소금을 달라고 했다. 다음 날, 호랑이 부모가 아팡을 데리고 우롱야오(務隴坳)에 가서 숨어 있는데, 한 무리의 소금장수들이 저우씨에서 출발하여 하사(下司) 장터로 가고 있었다. 도중에 우롱야오를 지나다 모두 앉아서 쉬고 있었다. 호랑이가 튀어 나오자 소금장수들이 너무 놀라서 그 많은 소금을 버리고 도망갔다. 소금은 모두 암염이었다. 호랑이가 아팡에게 말했다.

"빨리 가지고 가자. 많이 갖다 줘라."

또 한번은 아팡이 호랑이 아버지를 따라 엔자이(岩寨)를 지나갈 때 어느 집의 돼지가 뛰어나왔다. 그 집의 사람이 돼지를 잡지 못하자 막 욕을 퍼부었다.

"이 호랑이가 물어갈 놈,[2] 어디로 도망갔지? 아무리 찾아도 잡을 수 없네!"

호랑이가 말했다.

"아이쿠, 내가 물지도 않았는데 괜히 욕만 먹었네. 두고 보자, 내 기다렸다가 오늘 밤 가서 물어주마!"

과연, 밤이 되자 호랑이 부부는 아팡을 데리고 그 집의 돼지를 잡으러 갔다. 그런데 돼지우리의 문이 닫혀서 들어갈 수 없었다. 호랑이 어머니가 뛰어넘어 들어가려고 했을 때 호랑이 아버지가 말했다.

"잠깐만, 내가 먼저 점을 쳐볼게. 들어갈 수 있는지를."

그는 앞발로 땅을 파더니 날카로운 돌로 가죽을 그어 피를 흘렸다. 그리고는 말했다.

"들어가면 안 돼."

하지만 호랑이 어머니는 그의 말을 듣지 않고 껑충 뛰어 들어갔다. 외양간에 있던 돼지들이 죽어라 소리를 질렀고, 그 바람에 주인이 긴 창을 들고 불을 켠 채 쫓아왔다. 호랑이 어머니는 너무 당황해서 밖으로 뛰어나가려다 그만 울타리에 떨어져 찔려 죽었다. 아팡과 호랑이 아버지는 함께 울면서 돌아갔다. 호랑이 아버지가 아팡에게 말했다.

"아들아, 내 점괘는 잘 맞는단다. 들어가면 안 된다고 했는데 네 엄마가

---

2 호랑이가 물어갈(老虎咬): 묘족 사람들이 돼지를 욕할 때 쓰는 관용어이다.

내 말을 안 듣고 한사코 뛰어 들어갔었어. 거 봐. 결국 목숨을 잃었잖아!"

그들은 레이공산(雷公山)으로 걸어갔다. 호랑이 아버지가 또 아팡한테 말했다.

"아들아, 네 엄마가 죽었으니 내가 이제 새 엄마를 구해줄게. 어때?"

"좋지요. 엄마가 있으면 좋지요."

"너한테 큰 칼을 하나 줄게. 기다렸다가 내가 이기면 됐고, 그렇지 않으면 나를 도와줘야 돼."

아팡이 고개를 끄덕이며 말했다.

"알았어요."

호랑이 아버지는 아팡을 데리고 레이공산에 올라가서는 한쪽 가에서 엎드려 있으라고 했다. 그가 몇 번 으르릉 소리를 내자 갑자기 수풀에서 호랑이 두 마리가 튀어나왔다. 수호랑이와 암호랑이었다. 수호랑이는 호랑이 아버지한테 소리를 질렀다.

"내 아내를 빼앗으러 왔느냐?"

그리고는 호랑이 아버지의 대답을 기다리지도 않고 달려들어 싸우기 시작했다. 한참 싸웠지만 아팡의 호랑이 아버지가 덩치에서 밀려 아무래도 당해내지 못할 것 같았다. 수호랑이 아래에 깔려 움직이지 못하고 있었다. 그때, 아팡이 뛰어들어 아버지를 누르고 있던 수호랑이 등에다 힘세게 칼을 휘둘렀다. 아팡은 수호랑이를 두 동강 내버리고 암호랑이를 빼앗았다. 처음에 암호랑이는 아팡을 보자마자 도저히 참지 못하고 잡아먹어 버리려고 했다. 그러자 호랑이 아버지가 소리를 질렀다.

"헤이, 어쩌려고? 우리 새끼잖아!"

몇 번이고 으르렁대자 암호랑이는 아팡을 잡아먹을 수 없었다. 하지만 불안해진 아팡은 그 이후로 호랑이 아버지 곁을 한시도 떠나지 못했다.

어느 날, 호랑이 아버지가 아팡을 데리고 엔자이 뒤 언덕에 가서 놀았다. 마치 설날이라서 저우씨 노생당(蘆笙堂)에 사람들이 가득 찼다. 생

황을 불고 있는 사람도 있고 동고춤(銅鼓)을 추는 사람도 있었다. 소싸움
도 있고 말 경주도 있어서 아주 떠들썩했다. 호랑이 아버지가 아팡에게
말했다.

"아들아, 괜찮은데. 너 말 타기 좋아하니?"

아팡이 대답했다.

"어떻게 좋아하지 않겠어요. 하지만 좋아해도 탈 수가 없잖아요!"

"탈 수 있어. 좋아하면 내 등에 올라타 봐. 내가 말이 되어 줄 테니
시험 삼아 한번 타 봐."

"안 돼요. 아들이 아버지를 타다니. 어떻게 그럴 수 있어요?"

"괜찮아. 한번 타 봐! 무서워하지 말고."

아팡이 호랑이 아버지 등에 뛰어올랐다. 호랑이 아버지는 강링(崗嶺)
위에서 카오자이(卡歐寨)까지 몇 번이나 왕복해 달렸다. 어휴! 힘들어
죽을 지경이라 더 이상 달릴 수 없어서 잠시 앉아 쉬었다. 호랑이 아버지
가 아팡이에게 말했다.

"아들아, 네가 나를 따라온 지도 한참이 지났구나. 나는 너를 떠나보
내길 원하지 않아. 그런데 네 새엄마가 너무 흉악해서 내가 잠깐만 옆에
없어도 너를 죽일지도 몰라. 이렇게 하자. 내가 너에게 은 한 되를 줄게.
집에 돌아가서 아내와 아이랑 함께 잘 살도록 해!"

호랑이 아버지는 아팡을 집까지 바래다주었다. 돌다리 아래에 이르자
아팡에게 은 한 통을 줬다. 그리고 약초를 씹어 아팡의 이마에 발라줬다.
아팡은 천천히 정신이 들어갔다. 호랑이 아버지가 그에게 말했다.

"주욱 앞으로 가. 절대 뒤를 돌아보지 마. 꼭 기억해야 해!"

아팡이 앞으로 갈수록 정신이 맑아졌다. 그러면서 그는 호랑이의 아
들이었던 사실을 완전히 잊어갔다. 한참을 걷다가 갑자기 생각났다.

"내가 어디 갔다 온 거지?"

뒤를 휙 돌아보니 큰 호랑이 한 마리가 그를 바라보고 있었다. 그는

깜짝 놀라 울면서 집으로 뛰어갔다. 호랑이 아버지가 뒤에서 소리를 외쳤다.

"아팡아, 나다. 무서워하지 마!"

하지만 아팡은 다시 사람으로 변했고, 더 이상 호랑이의 말을 알아들을 수 없었다. 아팡이 집에 이르자 아내와 아이들을 부르면서 문을 열라고 했다. 하지만 그들은 아직도 무서워했다. 그러니 어디 문을 열 수 있었겠나! 한참 뒤에야 아내와 아이들이 문 틈새로 밖을 내다봤더니 아팡이 이제야 제정신으로 돌아온 것 같았다. 그래서 문을 열고 들어오게 했다. 아내는 남편의 발바닥에 가시가 가득 박혀 있는 걸 보더니 바늘로 천천히 빼주었다. 아이쿠, 무려 가시 반 되를 빼냈다나!

아팡이 은을 한 통이나 가져왔기에 이로부터 그들 가족의 생활은 점점 나아졌다.

해설

묘족 민간에는 호랑이에 관한 이야기가 많다. 그중에서 좋은 호랑이, 나쁜 호랑이를 제외하고 본편처럼 사람이 호랑이로 변했다는 이야기도 있다. 이런 이야기는 카이리시(凱裏市)의 저우씨(舟溪)와 레이산(雷山), 단자이(丹寨) 등의 마을과 인접한 일대에 많이 전해지고 있다. 묘족 신화에서는 원래 호랑이와 사람은 형제지간이었다. 모두 나비 어머니(蝴蝶媽媽)의 열두 개의 달걀에서 나온 것이다. 많은 이야기들 속에서 호랑이는 모두 여러 방면에서 인간미를 분명히 드러내고 있다. 이것이 호랑이 이야기의 특징이다.

제7부

생활의 지혜 이야기

生活智慧

⁷⁸ 입이 가벼운 차이윈

快嘴李彩云

이 씨네 농장에 리차이윈(李彩雲)이라는 아가씨가 살았다. 그녀는 천성적으로 입이 가벼워 대구(聯句) 짓기를 좋아했다. 하루는 차이윈이 북쪽 누대에서 수를 놓고 있었다. 그런데 재채기를 하려 했지만 반나절이 되어도 나오지 않아 아무 생각 없이 중얼거렸다.

"바늘도 끼우고, 털실도 감으면서 하루 반을 널 기다려도 나타나지 않구나."

아줌마가 아래에서 그 말을 듣고 생각했다.

'이 아가씨가 딴마음이 생긴 모양이네. 누구를 기다리는지는 모르겠지만 하루 반을 기다려도 오질 않았다고. 내가 대구로 누군지 물어봐야겠어.'

이렇게 생각하고 위를 향해 말했다.

"한 송이 꽃을 화분에 심었더니, 꽃이 화분 밖으로 피어났네. 예쁜 꽃은 사람들이 모두 따갔는데, 남겨진 마지막 꽃은 누가 어여삐 여길까?"

차이윈이 그 소릴 듣더니 만만치 않게 응수했다.

"한 송이 꽃을 우물에 심었더니, 꽃이 우물 밖으로 피어났네. 마지막 꽃의 마음이 움직이지 않으니, 꿀벌인들 어찌 날아오랴!"

아줌마가 듣고는 생각했다.

'이 아가씨가 되레 큰소리네. 어머니께 가서 알려야겠어.'

그리고는 안채에 가서 어머니께 말씀드렸다. 어머니가 말했다.

"알겠다. 그 아이더러 내가 있는 이곳에 와서 지내라고 하거라."

그 후 차이윈은 어머니의 방에서 함께 지내게 되었다. 아침에 어머니가 말했다.

"차이윈아, 둘째 큰어머니 댁에 참빗을 갖다 드려라."

"아, 예. 알겠어요."

큰문 앞에 이르렀을 때, 동쪽 끝에서 말 탄 두 남자가 오고 있는 것을 보았다. 그들은 서울로 무과시험을 보러 가는 길이었다. 차이윈은 큰 대문 뒤쪽에 몸을 숨겼다. 그러자 남자가 그녀를 보고 말했다.

"한 송이 꽃을 문 뒤에 심었더니, 위로는 분홍 얼굴이, 아래로는 황금 연꽃이 드러나네."

차이윈이 이 말을 듣고 화가 나 다급히 나오면서 말했다.

"채찍을 휘둘러 앞으로 달려가네요. 비록 황제가 고사장을 열었지만, 당신이 활을 쏘아 맞히는 것은 어렵겠네요."

차이윈 어머니가 그 말을 듣고 생각했다.

'이 아이는 아주 요란한 구석이 있구나. 아줌마가 왜 그렇게 말했는지 알겠어. 길 가는 사람과도 말싸움을 하다니.'

차이윈 어머니는 화가 나서 말했다.

"그만 돌아오너라. 갈 필요가 없어. 오늘부터 너는 석인(石人)이나 석마(石馬)를 보면 말을 하도록 해라. 만약 석인 석마를 만나기 전까진 절대 말을 해서는 안 돼."

아가씨는 마음 깊이 다짐을 하고 그때부터 말을 하지 않았다. 얼마 되지 않아, 그녀의 어머니는 마음에 드는 집안을 찾아 그녀를 시집보냈다. 며느리가 된 아가씨는 얼굴도 예쁘고 총명하였지만 말을 하지 못했다. 시어머니와 시아버지는 아들에게 말했다.

"얼른 보내버려. 우린 저런 며느리가 필요 없어. 우리 같은 집안에 저런 며느리는 어울리지 않아. 벙어리 며느리가 뭐냐 말이야!"

차이윈의 남편은 비록 부인을 좋아했지만, 부모의 명을 어길 수 없었다. 그래서 차이윈을 돌려보내기로 하고 마차로 그녀를 친정까지 데려다 주었다. 가는 길에 줄지어 심어진 숲이 있었다. 그 숲에서 새들이 재잘재잘 무척 시끄럽게 울어댔다. 차이윈의 남편은 마차에서 뛰어내려 채찍질로 작은 새 몇 마리를 잡아 부인 앞에 갖다놓았다. 그리고는 다시 숲속으로 들어가 새를 잡아 왔다. 차이윈은 앞에 놓인 죽은 새를 보고 또 보더니 숲속으로 따라 들어갔다. 줄지은 심어진 나무는 원래 무덤이어서, 수많은 석인 석마가 있었다. "아!" 차이윈은 그제야 긴 한숨을 내쉬며 작은 새를 보고 말했다.

"너는 주둥이가 뾰족하고 꼬리가 길구나. 큰 버드나무 위에서 시원한 그늘을 찾더니 그만 목숨을 잃었네. 나는 말을 못 해 쫓겨났는데."

남편이 그 말을 듣고 말했다.

"당신 말을 할 줄 아는구려. 우리 얼른 집으로 돌아갑시다."

그리하여 그들이 집에 이르자 시아버지가 괭이를 어깨에 둘러메고 밭에서 돌아오다가 며느리가 돌아오는 것을 보았다. 시아버지는 화가 나서 괭이를 땅에 던졌는데, 그만 괭이 대가리가 부러져버렸다. 차이윈이 마차에서 내려 말했다.

"아버님, 괭이가 부서진 것은 별 거 아니에요. 반쪽은 아직 남았잖아요. 비록 값나가는 것이 아니지만, 황제께서 풀 베는 기구의 으뜸으로 봉하셨더랬죠."

"이런, 우리 며느리가 말을 할 줄 아네. 얼른 들어가렴. 이렇게 날이 더운데, 얼른 들어가렴."

대문 앞에서 시어머니가 항아리를 들고 돼지 밥을 주고 있었다. 며느리가 돌아온 것을 본 시어머니는 질항아리를 땅에 떨어뜨리고는 아들에게 달려가 말했다.

"데려다 주라고 했더니, 너는 데려다 주지는 않고 다시 데리고 왔구나!"

며느리가 말했다.

"어머님, 항아리가 깨진 것은 별 거 아니에요. 우리 안에 굶어 죽은 저팔계, 구유 안에 두 마리가 비어요."

"이런, 우리 며느리가 벙어리가 아니었네. 얼른 집으로 들어가자, 얼른 들어가."

집으로 들어간 후, 시어머니가 경사스러운 날이니 잔치국수를 먹자고 말했다. 이때 이웃의 둘째 큰어머니는 조카며느리가 벙어리가 아니라는 말을 듣고 작은 고양이를 데리고 놀러 왔다. 작은 고양이가 그만 국수면을 물어다 아궁이에 빠뜨리고 말았다. 그때 차이원은 밀방망이를 놓쳐 그만 작은 고양이를 때려죽이고 말았다. 황급히 둘째 큰어머니께 사과했다.

"둘째 큰어머니, 제 실수를 용서해 주세요. 둘째 큰어머니의 고양이를 제가 때려죽이고 말았어요."

둘째 큰어머니가 말했다.

"염탐꾼을 죽었어, 염탐꾼을 때려 죽었네. 무슨 좋은 장난감이라고."

둘째 큰어머니는 지그시 혀를 깨물었다. 둘째 큰어머니는 밖으로 나가더니 얼마 안 있어 다시 돌아와 말했다.

"며느리야, 너 이게 무슨 고양이인지 맞춰 보렴. 앉아 있으면 마치 황소 같고, 일어나면 마치 호랑이 같아. 산을 넘고 산골물을 뛰어도 네 발에는 흙도 묻지 않는다네."

둘째 큰어머니가 몸을 돌려 가려고 하자 차이원이 말했다.

"둘째 큰어머니 가지 마세요. 우리에게 기름 먹인 대바구니를 안 주셨잖아요."

"무슨 좋은 물건이라고. 그까짓 네 대바구니 돌려주면 되잖아!"

"큰어머니는 내 기름먹인 대바구니가 어떤 것인지 알지요? 버드나무로 엮고, 오동나무 기름을 바른. 큰 거리에 나가 팔면 은 두 냥 아홉은 받을 수 있지요."

둘째 큰어머니가 획 몸을 돌리려 할 때 차이원이 말했다.

"둘째 큰어머니 가지 마세요. 우리에게 스무 덩이의 볏짚을 돌려주셔야지요."

"그 무슨 좋은 거라고. 그까짓 네 볏짚 돌려주면 되잖아!"

"큰어머니는 내 볏짚이 어떤 볏짚인지 알지요? 한 길 높이에 잎은 퇴색되지 않고, 작두질을 하지 않아도 절로 부서지지요. 볏짚 한 덩이로도 일 년을 먹일 수 있어요."

둘째 큰어머니가 또 획 몸을 돌리려 할 때 차이원이 말했다.

"둘째 큰어머니 가지 마세요. 우리에게 숟가락을 돌려주셔야지요."

"그 무슨 좋은 거라고. 그까짓 네 밥숟가락 돌려주면 되잖아!"

"큰어머니는 내 숟가락이 어떤 숟가락인지 알지요? 단향목으로 루반(魯班)[1]이 만든 숟가락은 솥 안에 쌀이 없어도 죽을 만들 수가 있고, 솥 안에 넣고 세 번 두드리면, 고깃덩어리로 변하지요."

---

1 [역자주] 루반(魯班): 중국 고대의 걸출한 목수. 춘추 노나라 사람으로, 성은 공수(公輸), 이름은 반(般 또는 盤)인데 후세 사람들이 그를 노반(魯班)이라고 호칭하고 목수의 조사(祖師)로 추앙한다.

임(林)씨 성을 가진 사람이 있는데 아주 재주가 있었다. 특히 꿈이 몹시 영험하기 때문에 누군가 '꿈 선생'이라는 별명을 지어줬다. 어느 날, 꿈 선생이 밭에서 일하고 있는데 태양이 중천에 떴지만 아내가 아직 밥을 갖다 주지 않았다. 뱃속에서 꾸르륵꾸르륵 소리가 나서 어쩔 수 없이 직접 집으로 갔다. 집 앞에 이르자 음식 향기가 콧속을 찔렀다. 그때 집에서 누군가가 말하는 소리가 들렸다.

"네 남편은 어디 갔니? 왜 아직도 밥을 먹으러 안 돌아와?"

"그 사람은 밭을 갈러 갔어요. 메기장으로 만든 찐빵과 잡곡밥은 그 사람이 싫어하는 거예요. 그 사람 신경 쓰지 말고 우리나 먹어요."

꿈 선생은 듣자 하니 장인어른이 온 것 같았고 또 들어가도 좋을 게 없다는 것을 알기에 다시 몸을 돌려 밭으로 갔다. 얼마 뒤 멀리서 아내가 밥을 들고 오는 것을 봤지만 꿈 선생은 화가 났기에 밭에 누워 자는 척했다. 아내는 밭에 와서 꿈 선생을 흔들어 깨웠다. 꿈 선생은 일어나며 눈을 비비고 말했다.

"참, 누구야? 내가 좋은 꿈을 꾸고 있는데."

아내는 이 말을 듣고 얼른 물어봤다.

"당신 무슨 꿈을 꾸고 있었는데요?"

"나 오늘 이상한 꿈을 꿨어. 꿈에서 우리 집에 장인어른이 왔던걸. 당신은 맥면과 계란으로 요리를 해 드렸지. 장인어른이 나는 어디 갔냐고 물으시자, 당신은 그는 밭을 갈러 갔는데 메기장으로 만든 찐빵과 잡곡밥은 그 사람이 싫어하는 거라고 신경을 쓰지 말고 우리나 먹자고…… 여기까지 꿈꾸고 있는데 당신이 깨웠잖아."

아내는 이 말을 듣고 속으로 놀라 생각했다.

'이건 방금 내가 집에서 한 말인데? 어떻게 이 사람이 꿈으로 꾸었을까?'

"그게 사실이야?"

"내가 당신을 속이겠어?"

밥을 다 먹자 꿈 선생은 밥그릇을 내려놓고 다시 일을 하러 갔다. 아내는 집에 돌아가 이 일을 처음부터 끝까지 아버지에게 말해주었다. 그녀의 아버지도 속으로 이상하다고 생각했다. 그런데 무슨 말을 하기도 좀 그렇고 더 이상 여기에 있는 것도 불편한 것 같아서 집으로 돌아갔다.

한동안 시간이 지나 장인이 다시 왔다. 알고 보니 장인 집에 늙은 암퇘지가 사라진 것이다. 장인은 사위를 찾아와 암퇘지가 어디에 갔는지 꿈을 꿔 달라고 했다. 이번은 꿈 선생도 곤란한 일이었다. 그는 이것이 분명 장인이 자기에게 내준 어려운 문제라는 것을 알았다. 하지만 뭐라고 핑계 댈 말이 없어 할 수 없이 억지로 장인 집으로 갔다. 장인 집에 이르자 그는 먼저 방 한 칸, 참기름 1리터, 빗자루 3개를 준비해 달라고 했다. 그리고 또 하나의 조건을 제시했다.

"누구도 몰래 보면 안 됩니다"

꿈 선생은 밤중이 되어 온 마을 사람들이 잘 때까지 기다렸다. 그리고 살금살금 일어나 참기름을 들고 빗자루를 잡으며 벽을 따라 마을 밖에 왔다. 마을 밖에 이르자 그는 참기름을 빗자루에 발라 횃불을 만들어 붙이고 동쪽부터 서쪽까지, 남쪽부터 북쪽까지 찾기 시작했다. 닭이 울 때가 곧 다가왔지만 돼지 그림자도 보지 못했다. 꿈 선생은 날이 밝은 뒤 장인한테 뭐라 변명할까 생각하니 조금 조급해졌다. 갑자기 꿈 선생은 남쪽에 마을과 멀지 않은 곳에 작은 숲이 떠올랐다. 그는 암퇘지가 거기에 있을 것이라 단정했다. 꿈 선생이 그 숲에 와서 보니 역시 멀지 않은 곳에서 돼지가 꿀꿀 우는 소리가 들려왔다. 꿈 선생은 얼른 소리를 따라가 보았더니 역시 풀숲에서 암퇘지를 찾았다. 그런데 자세히 보니 암퇘지는 그곳에서 새끼들을 낳은 것이었다. 꿈 선생은 뜻밖의 기쁨에 어쩔 줄을 몰라 하며 새끼를 세 보고 암수를 가려보았다. 그리고 횃불을 끈 채 조용히 집으로 돌아가 마음 편히 잠들었다.

다음 날 아침 날이 밝기도 전에 장인은 꿈 선생을 깨우며 다급히 물었다.

"꿈을 꾸었어?"

"꾸었지요. 암퇘지뿐만 아니라 수컷 네 마리, 암컷 네 마리, 새끼돼지 여덟 마리까지 꿈에서 나왔어요. 바로 마을 남쪽 숲에 작은 수풀더미로 가 보세요."

이렇게 말하곤 꿈 선생은 몸을 돌려 다시 잠이 들었다. 이 말을 들은 장인은 얼른 숲으로 달려갔다. 가서 보니 과연 돼지가 있었고, 세어 보니 사위의 말과 정확했다. 서둘러 돼지들을 몰고 집으로 돌아왔다. 그 뒤로 꿈 선생의 명성은 마을에 자자해졌다.

어느 날, 꿈 선생의 집으로 갑자기 관리 두 명이 와서 꿈 선생에게 큰소리로 말했다.

"황제의 옥새를 누군가 훔쳐 갔다. 너를 데려오라는 명이다. 어서 가자!"

꿈 선생은 이 말을 듣고 놀라 눈이 휘둥그레지고 입이 반쯤 벌린 채 한참 동안 한마디 말도 못 꺼냈다. 하지만 속으로 애간장을 태웠다.

'이번에는 끝장이다. 황제가 사실을 알면 안 되는데.'

꿈 선생은 가슴이 두근거리면서도[1] 딱히 좋은 방법이 생각나지 않았다. 결국 꿈 선생은 까짓것 설마하니 황제가 자기를 가지고 뭐 어쩌겠냐는 마음을 먹었다. 이렇게 생각하고 있을 때 관리가 매섭게 물었다.

"꿈 선생, 당신 정말 옥새를 훔친 사람을 꿈꿀 수 있겠나?"

꿈 선생은 짜증스럽게 한마디를 했다.

---

1 [역자주] 十五個吊桶打水－七上八下: 중국 속담으로 15개의 두레박으로 물을 긷는데, 7개는 올라가고 8개는 내려간다는 뜻. 가슴이 두근거린다. 마음의 안정을 잃었다는 의미이다.

"누구겠니, 장삼(張三)이 아니면 이사(李四)겠지."

이 말이 그리 대단한 것은 아니었지만 두 관리는 소스라치게 놀랐다. 털썩 소리가 들리더니 꿈 선생 앞에 두 사람이 무릎을 꿇었다.

"나리, 나리는 정말 대단하십니다. 아주 현명하십니다. 꿈을 꾸지도 않았는데 우리가 그 옥새를 훔친 것을 알고 계셨습니다. 나리, 살려 주십시오!"

이게 어찌된 일인지 꿈 선생은 어리둥절했지만 자기 앞에 두 사람이 무릎을 꿇고 있었다. 두 관리는 용서를 빌며 감히 고개를 들지도 못했다. 꿈 선생이 그 사람들을 쳐다보았더니 십중팔구 속사정을 알게 되었다. 속으로 하늘이 자기를 돕는다며 매우 기뻐하고 있었다. 또 한편으로 옥새가 어디에 있는지 아직 모르기에 그들에게 물었다.

"그래! 그럼 너희들이 옥새가 있는 곳을 말하면 용서해주마."

원래 이 관리 두 명 중 한 명은 장씨에 이름이 삼이었고, 다른 한 명은 이씨에 이름이 사였다. 옥새는 바로 이 두 사람이 훔쳐간 것이었다. 장삼과 이사는 꿈 선생이 이렇게 단번에 알아맞힐 줄은 생각도 못했다. 어쩔 수 없이 사실대로 말했다.

"저희는 훔친 옥새를 재물신을 모시는 사당의 향로 밑에 두었습니다. 나리, 부디 우리 둘의 목숨을 살려 주십시오."

꿈 선생은 두 사람이 거짓말을 하는 것은 아니라 확신하고는 일어나서 안심하고 가라고 했다. 서울에 이르러 꿈 선생은 황제를 만났다. 그리고 옥새를 잃어버린 경과를 묻고는 황제에게 조건을 하나 내걸었다.

"제가 용상을 빌려 하룻밤 잘 수 있게 해주십시오."

황제는 옥새를 찾는 마음이 급하다 보니 꿈 선생의 요구를 들어주었다. 다음 날 이른 아침, 황제는 사람을 보내 꿈 선생을 불러와 물었다.

"꿈은 꾸었느냐?"

"예, 꾸었습니다. 옥새는 누군가 훔쳐가 재물신을 모시는 사당의 향로 밑에 두었습니다. 폐하께서는 사람을 보내 찾아오시면 됩니다."

황제는 장삼과 이사를 보냈다. 그들은 얼마 되지 않아 옥새를 가지고 돌아왔다. 황제는 직접 확인해 보고는 아주 기뻐했다. 바로 그 자리에 꿈 선생에게 은 3백 냥과 크고 붉은 말 한 마리를 하사했다. 꿈 선생은 황제에게 감사를 표한 뒤 은을 가지고 말을 타고 매우 기쁘게 집으로 돌아갔다.

⁸⁰ 바보가 사위를 구하다

憨子쿵女婿

바보의 아내가 딸을 낳았다. 두 부부는 너무너무 좋아하여 손에 쥐면 떨어질까 입에 물면 녹을까 애지중지했다. 그런데 딸은 자라서 스무 살이 다 되었지만 혼담이 들어오지 않았다. 바보 부부는 노심초사하며 걱정했다. 어느 날 밤, 아내가 말했다.

"아들이 다 크면 장가를 가야 하고, 딸이 다 크면 시집을 가야 돼요. 우리 딸도 이제 다 컸으니 우리와 같이 평생 살 수는 없잖아요. 우리가 신랑감을 구해주죠."

바보가 말했다.

"왜 안 되겠어요?"

"능력이 있는 남자를 찾아야 돼요."

"알겠어요."

날이 밝자 바보는 말린 식량을 챙겨 집을 나섰다. 걷고 걸어 어떤 산에 이르렀는데, 거기에는 젊은 사냥꾼 한 명이 사냥을 하고 있었다. 활을 당겨 화살을 쏠 때마다 사냥감에 명중했다. 바보가 생각하길, '이 젊은이가 정말 능력이 있는 걸.' 그래서 다가가 인사를 했다.

"총각, 솜씨가 아주 좋구먼. 누구랑 같이 사는가?"

"어머니와 함께 삽니다."

"그래? 나에게 딸이 있는데 아직 시집 안 갔어. 너와 짝을 지어줄까 하는데 어때?"

이 말을 들은 젊은 사냥꾼은 너무 기뻐서 무릎까지 꿇고 절을 하며 물었다.

"그럼 제가 언제 신부를 맞이하러 갈까요?"

"8월 대보름이 좋겠네."

바보는 이제 사위도 정했기에 기쁜 마음으로 길을 따라 집으로 돌아 갔다. 걷고 또 걷다 보니 큰 강이 나왔다. 한 젊은이가 배에서 물고기를 잡고 있었는데, 바보는 그에게 강을 건네 줄 것을 부탁했다. 배가 강 한가운데쯤 왔을 때 어부가 말했다.

"여기에 물고기가 많겠구나."

바보가 물었다.

"어디?"

어부가 그물을 던지자 그물 가득 물고기가 퍼덕거렸다. 배에 잔뜩 실린 물고기 때문에 배가 뒤뚱뒤뚱 흔들릴 정도였다. 바보는 어부가 물고기 치우는 것을 도와주었다.

"당신 이 큰 배에 도와줄 사람이 없는가?"

어부가 대답했다.

"제가 능력이 없어서 결혼해 주는 신부가 없네요."

"능력이 있어. 자넨 능력이 있어. 나에게 아직 시집가지 않은 딸이 하나 있는데 자네 각시로 줌세."

"제가 거절할 리가 있겠어요. 그럼 제가 언제 신부를 맞이하러 갈까요?'

"8월 대보름이 좋겠네."

바보는 나이가 많다 보니 기억력이 떨어져 딸을 사냥꾼에게 주기로 한 것을 깜박했다. 날이 저물어 바보가 여관에 묵게 되었다. 그런데 한밤중에 여관 여사장이 급사하고 말았다. 가족들이 슬프게 울자 바보 의 마음도 쓰렸다. 여관 안이 시끄러워지고 의사 한 명이 들어와 말했다.

"구할 수 있을지 제가 한번 보겠습니다."

그가 여사장의 가슴을 만져보니 심장이 아직도 뛰고 있었다. 그가 경혈을 찾아내 침을 놓자 여사장이 눈을 떴다. 사장의 가족들은 그 의사에게 지극히 감사하며 또 술과 요리를 내왔다. 옆에 있던 바보도 덩달아 대접을 받았다. 그 자리에서 바보가 보아하니 이 의사는 능력도 있고 잘생겼다. 문득 자기 딸을 그와 결혼시키고 싶어졌다. 바보가 물어봤다.

"자네의 그 능력은 누구한테서 배운 건가?"

"집안 대대로 전해져 온 겁니다."

"남에게 전하지는 않고?"

"다른 사람에게는 전하지 않습니다."

"그럼 자네 아들을 잘 가르쳐야 되겠구먼."

"전 마누라도 없는데 아들이 어디 있겠습니까."

바보가 기뻐서 무릎을 탁 치고 말했다.

"왜 일찍 말을 안 했나? 나에게 딸이 하나 있는데 아직 시집 안 갔어. 자네랑 짝을 맺어주고 싶은데 어때?"

의사는 얼른 몸을 굽혀 무릎을 꿇고 절을 하며 언제 신부를 맞이하러 가면 되냐고 물었다. 바보는 8월 대보름이라고 대답했다. 사냥꾼과 어부의 일을 벌써 잊어버린 것이다.

8월 15일, 그날이 되었다. 사냥꾼과 어부와 의사는 모두 가마를 끌고 악단을 대동하고 신부를 맞으러 왔다. 바보가 조급해하며 딸을 문 밖 연못 안에 있는 큰 나무로 밀었다. 신부를 맞이하러 오는 세 사람이 문 앞으로 오자, 바보는 나무를 가리키고 말했다.

"딸이 하나밖에 없는데 연못 안 나무 위에 있어. 누구든 능력 있는 사람이 데리고 가."

신부를 맞이하러 온 세 남자는 서로를 쳐다보고는 모두 큰 나뭇가지 위에 아가씨 한 명이 앉아 있는 것을 보았다. 사냥꾼이 너무 화나서 나무를 향해 "슝" 화살을 쐈다. 그 바람에 깜짝 놀란 아가씨가 연못으로 떨어졌다. 사고를 친 사냥꾼은 가마를 끌고 도망쳐버렸다. 어부는 아가씨가 연못에 떨어진 것을 보고 그물을 꺼내 던졌다. 하지만 아기씨를 건지고 보니 이미 죽어 있었다. 어부도 가마를 끌고 가버렸다. 의사는 어부가 건진 아가씨를 보더니 황급히 진료 도구를 꺼냈다. 그리고 여자의 입을 비틀어 열고 약을 먹이고는 손을 끌어당기고 가슴을 짓누르기를 몇 번이나 반복하더니 결국 아가씨를 살려냈다. 놀라서 멍하니 바라보던 바보 부부는 딸이 살아난 것을 보고는 얼른 달려가 무릎을 끓고 절을 했다. 의사는 그들을 일으키고 말했다.

"이러지 마십시오. 사람을 구한 거잖아요. 게다가 살린 사람은 남도 아닌데요, 뭐."

말을 마친 뒤 아가씨를 가마 안으로 밀어 넣었다. 그리고는 나팔을 불고 북을 치면서 떠났다.

81 야오파가 점을 치다

姚发算卦

옛날에 야오(姚) 씨 성을 가진 사람이 있었다. 그는 오로지 부자가 되려는 욕심에 자기 이름조차 '파(發)'[1]라고 지었다. 어느 날 그는 친척집에 마실을 갔다. 그런데 마침 그날 친척의 이웃집에서 늙은 암퇘지 한 마리가 없어졌다. 온 마을을 두루 찾아봤지만 찾아내지 못했다. 야오파가 그 소식을 듣고 말했다.

"점쟁이한테 물어보면 알 수 있지 않을까?"

주인이 말했다.

"당신이 점을 칠 줄 아세요? 그럴 수 있다면 한번 점을 쳐 주세요. 수고비는 드릴 테니."

야오파가 생각했다.

'점을 칠 줄은 모르지만 내가 천천히 찾으면 할 수 있을지도 몰라.'

그래서 주인에게 말했다.

"내게 빈 방 하나 준비해 주시오. 대신 누구든 나를 방해하면 안 됩니다. 하룻밤이면 점괘가 나올 겁니다."

이 집에서는 좋은 술과 좋은 음식으로 그를 대접하고, 빈 방도 하나 준비해 줬다. 밤이 되자 야오파가 생각했다.

'난 점을 칠 줄 모르는데 어디 가서 찾지? 술도 마시고 밥도 먹었는데, 어쩌지? 생각해 보니 곧 새끼를 낳을 늙은 암퇘지가 멀리 갈 리 없어. 아마도 다른 집 땔감 더미 안에 숨어 있을 것 같아. 그들이 온 마을을

---

1 [역자주] 파(發): 여기서 파는 '번다'는 뜻으로, 중국인들이 좋아하는 단어로 돈을 번다는 뜻의 '파차이(發財)'가 있다.

다 찾아봤다고 했지만 아닌 것 같아.'

그가 서둘러 긴 나무 막대기를 찾아 들고 서쪽에서 동쪽으로 집집마다 땔감 더미를 쑤시기 시작했다. 하지만 아무리 쑤셔 봐도 돼지는 없었다. 이제 어떡하지? 막 돌아가려고 할 때 동남쪽에 마당이 하나 보였고, 그 안에서 풀 더미가 있었다. 야오파는 나무 막대기를 들고 다가가 몇 번을 쑤셨다. 과연 그 안에서 새끼 돼지들이 우는 소리가 들렸다. 기어들어가 만져 보니 늙은 암돼지가 새끼 다섯 마리를 낳은 것이었다. 그는 서둘러 옷을 벗고 새끼 돼지들을 싸서 자기가 사는 방에 데리고 갔다. 불을 켜 보니 새끼 돼지 세 마리는 흰 발굽이었고 두 마리가 대가리가 하얬다. 그리고 야오파는 다시 새끼 돼지들을 풀 더미로 돌려보냈다.

다음 날 점심때가 되어서야 야오파가 일어났다. 주인이 급히 물었다.

"점괘가 나왔나요?"

"그럼요. 돼지는 물론 사람도 점칠 수가 있습니다."

"그럼 돼지가 어디에 있다고 하던가요?"

"당신의 늙은 암돼지가 새끼 다섯 마리를 낳았습니다. 세 마리는 흰 발굽이 있고 두 마리가 대가리가 하얄 겁니다."

"어휴, 그렇게 자세하다니. 그런데 돼지가 지금 어디에 있지요?"

야오파가 손짓을 하며 말했다.

"동남 방향으로 한 4백 미터 정도 가면 있을 겁니다."

과연 동남쪽 마당에서 돼지들을 찾아냈다. 자고로 사람은 이름나는 것을 두려워해야 하고, 돼지는 살찌는 것을 두려워해야 한다더니 이 일이 관청까지 퍼져 있었다. 마침 이때 사또가 관인(官印)을 잃어버렸다. 벼슬하는 사람이 관인을 잃어버렸다는 것은 곧 죽을죄를 지은 것이었다. 사또는 부하 중 장삼(張三)과 이사(李四)를 시켜 야오파를 찾아가라고 했다. 야오파가 이 말을 듣고 생각했다.

'내가 무슨 점을 칠 줄 안다고 그래?'

그래서 황급히 말했다.

"안 됩니다, 안 됩니다. 저는 점을 칠 줄 모릅니다!"

이사가 말했다.

"온 도시 사람들이 선생님이 점을 잘 친다고들 해서 청하러 왔습니다. 선생님께서 저희랑 같이 가지 않는다면 사또께서 우리에게 죄를 물을 겁니다."

야오파는 마음이 약해져 어쩔 수 없이 승낙했다. 하지만 '내가 점을 치기는 치겠지만 결과는 나도 어떨 수가 없어.'라고 생각하면서 관리들을 따라갔다. 야오파는 수레 안에서 한마디 말도 안했다. 장삼과 이사는 당황한 듯 수레를 끌고 있었다. 생각할수록 야오파 선생의 기분이 좀 이상한 것 같았다. 왜 자꾸 고개를 숙이고 말을 하지 않을까? 아마 점을 치고 있는 거겠지? 장삼과 이사는 도둑이 제 발 저리듯 허둥거렸다. 그리고 허리를 굽히면서 야오파한테 물었다.

"선생님께서 점을 치고 계십니까? 왜 고개를 안 드세요? 점괘가 나왔나요?"

야오파는 고개를 숙인 채 어떻게 사또의 요구에 대응할지를 생각하고 있었다. 그런데 두 사람이 귀찮게 묻는 걸 듣고는 버럭 화를 내며 말했다.

"당연하지. 설마 장삼이사가 도망갈 수 있겠어?"

두 관리는 깜짝 놀라며 서둘러 땅에서 무릎을 꿇고 야오파에게 머리를 조아렸다.

"선생님, 살려 주세요! 살려 주세요!"

야오파가 깜짝 놀랐다.

"당신들 뭐 하는 거야?"

장삼이 급히 말했다.

"살려주세요. 저희가 그 관인을 훔쳤습니다. 제발 목숨만은 살려 주십시오."

야오파는 그들의 짓이란 걸 이제사 알게 되었지만 이미 알고 있었던 것처럼 말했다.

"난 두 사람이 한 짓을 벌써 알고 있었지. 그래서 수레에서 아무 말도 안 한 것이야. 말해봐, 관인을 어디에 뒀어?"

이사가 급히 대답했다.

"관청 큰 누대의 동남쪽 모퉁이 세 번째 기와 밑에 놓아두었습니다. 노란 비단으로 싸서요."

"정말이야?"

"조금이라도 거짓말이 있다면 하늘이 불벼락을 내리고 저희는 제 명에 죽지 못할 것입니다. 선생님, 살려주십시오."

"됐어. 얼른 가기나 해."

얼마 안 돼 야오파가 관청 문 앞에 이르렀다. 사또가 직접 야오파를 마중하러 나왔다. 그리고 윗자리에 앉으라고 했다. 야오파가 어디서 이렇게 멋진 방을 보았겠는가? 눈이 부셔서 한꺼번에 다 볼 수도 없었다. 사또가 그에게 물었다.

"무엇을 보고 계신가?"

"점 칠 방을 보고 있습니다."

"마음대로 고르시게. 어느 방이든."

얘기가 끝나자 연회가 준비되었다. 저녁이 되자 야오파는 큰 누각의 동남쪽 모퉁이에 있는 방 하나를 골랐다.

'장삼과 이사가 한 말이 사실일까? 내가 먼저 확인해 봐야겠다.'

그는 지붕에 올라갈 수 있는 사다리를 찾았다. 동남쪽 모퉁이 세 번째 기와를 뒤집어 보니 틀림이 없었다. 이제야 마음을 놓고 방에 들어가서 푹 잤다. 다음 날 아침, 사또가 심부름꾼을 시켜 야오파를 깨우라고 했다. 밥과 술을 마시며 야오파가 사또에게 말했다.

"나리의 관인은 진짜 찾기 어려웠습니다. 저도 온 힘을 다해 거의 다 찾아갑니다."

사또가 거의 다 찾아냈다는 말을 듣자 야오파에게 술 한 잔을 더 따르며 말했다.

"관인만 찾아 준다면 원하는 게 뭐든 다 주겠네. 그리고 선생을 관리로 채용할 생각이야."

야오파가 작은 소리로 사또에게 말했다.

"저는 이미 찾아냈습니다. 하지만 누가 훔쳐갔는지는 묻지 않도록 해주십시오."

"좋아, 좋아. 그럼 관인이 어디에 있나?"

야오파는 지붕을 가리키며 말했다.

"바로 나리 방 동남쪽 모퉁이 세 번째 기와 밑에 있습니다."

사또가 바로 부하를 보내 찾아오라고 했다. 과연 심부름꾼은 관인을 찾아왔다. 사또는 너무 기뻐서 뭐라 말해야 할지 몰랐다. 그래서 바로 명을 내려 부하를 보내 당장 야오파를 관청으로 이사시키라고 했다. 그리고 야오파의 가족들에까지 일자리를 마련해 줬다. 그 뒤로부터 야오파는 관리가 되어 관청에 남아 있게 되었다.

82 화수분

聚宝盆

아주 오래전, 대운하 서쪽 언덕 쉬쟈좡(徐家莊)에 왕우(王五)라는 사람이 살았다. 그는 부자인 쉬얼마쯔(徐二麻子)의 머슴살이를 했다. 하루는 왕우가 하천 가의 밭으로 가 쟁기로 땅을 깊게 팠더니 파란 꽃이 그려진 백자분이 나왔다. 왕우가 그것을 손에 들고 보니 보면 볼수록 좋아졌다. 날이 어두워 집에 돌아간 그는 그것을 머슴살이하는 방 안 짚자리 위에 두었다. 그리고 그 안에 지난달 받은 품삯 2원을 숨겼다. 시간이 흘러 날이 점점 더워지자 여름 홑옷을 새로 사야 했다. 왕우는 백자분에서 돈을 꺼냈는데, 꺼내고 나서도 백자분 안에는 또 2원이 들어 있었다. 그는 손을 뻗어 다시 돈을 집었고, 집고 또 집어도 백자분 안에는 2원이 있었다. 왕우는 뜻밖의 기쁨에 어쩔 줄을 몰라 하며 속으로 생각했다.

'이것이 바로 말로만 들은 화수분인가보네. 이 보물이 있으니 이제 다시는 머슴살이를 하며 억울한 일을 당할 필요가 없겠다.'

그런데 누가 알았겠는가? 창문 밖에 서 있던 쉬얼마쯔가 이 광경을 두 눈으로 똑똑히 다 보았다. 그는 성큼 방 안으로 뛰어 들어가 화수분을 움켜쥐고 물었다.

"이거 어디서 났어?"

왕우가 당당하게 말했다.

"이것은 제가 밭을 갈다 캔 것입니다."

쉬얼마쯔가 말했다.

"그럼 당연히 내 것이지."

왕우가 어안이 벙벙해 물었다.

"왜요?"

"뭘 물어! 그 땅이 내 것이고, 소와 괭이 모두 다 내 것이잖아. 네가 먹는 것도 내 밥이고, 일하는 것도 내 일인데, 어떻게 내 것이 아니란 말이냐?"

"제가 나리를 위해 농사를 짓는 것은 맞지만 화수분까지 찾아 드려야 하는 것은 아니잖아요! 게다가 하천 땅은 나리네 땅도 아니니 화수분을 캔 사람이 그걸 가져야 하잖아요!"

"내가 돈을 주고 너를 고용했으니, 너는 내 것이고, 네가 캔 화수분 역시 내 것이다."

왕우가 화가 나서 큰소리를 질렀다.

"그런 억지가 어딨어요!"

그리고 손을 뻗어 쉬얼마쯔 손에 있는 화수분을 빼앗으려고 다투었다. 하지만 두 사람 누구도 이 보물이 깨질까 두려워 함부로 힘을 쓰지 못했다. 두 사람 모두 다툼에서 이길 수 없게 되자 각자 한 손으로 화수분을 나란히 잡고 성 안으로 사또를 찾아갔다. 사또가 재판정으로 나온 뒤 그간의 사정을 물었다.

"너희 두 사람은 먼저 화수분을 재판정에 갖다 놓아라. 그런 뒤에 공정한 판단을 듣도록 해라."

두 사람은 모두 저 청렴하신 사또가 공정한 판단을 내려 자기에게 돌려줄 것이라 기대하고 함께 화수분을 재판정에 갖다 놓았다. 하지만 사또가 화수분을 건네받은 뒤 아전에게 이렇게 분부를 내릴 줄 누가 알았겠는가.

"너는 후원으로 가서 아버님께 보여드려라."

쉬얼마쯔와 왕우는 눈을 부릅뜨고, 무릎을 꿇은 채 소리를 질렀다.

"사또, 판결을 내려 주십시오."

사또가 판결봉을 한 번 두드렸다.

"너희들은 들어라! 본 현에 부임한 이후, 하늘이 신통력을 발휘해 나를 위해 비를 내려주었다. 땅도 신통력을 발휘해 나를 위해 보물을 바쳤다. 이 보물은 우리 현의 경내에서 나온 것이니 응당 이것은 내 것이로다. 너희들은 집으로 돌아가 밭이나 갈거라!"

쉬얼마쯔와 왕우는 따지고 싶었지만 일찌감치 아전들에 의해 관청에서 쫓겨났다. 사또가 후원으로 가 팔걸이 나무 의자에 앉아 있는 아버지를 보고 황급히 물었다.

"화수분은요?"

아버지가 말했다.

"뭐?"

"방금 아전이 가져온 그 도자기가 보물입니다."

아버지는 그 말을 듣고 기뻐서 벌떡 일어나며 말했다.

"내가 그것을 큰 독 안에 던졌어. 내가 갖다 줄게."

하지만 독이 그렇게 깊은지 누가 알았겠는가? 아버지는 허리를 굽히고 잡으려고 했지만 손이 미치지 않았다. 있는 힘껏 용을 쓰다가 그만 그는 보물 그릇 안으로 빠지고 말았다. 사또가 급히 손을 뻗어 아버지를 꺼냈다. 하지만 독 안에는 여전히 아버지가 있었다. 또 한 명을 꺼내도 여전히 한 명이 들어 있었다. 이렇게 되자 사또는 다시 꺼낼 엄두가 나지 않아 멍하니 있었다. 독 안에서 우렁우렁 욕하는 소리만 들릴 뿐이었다.

"탐관오리는 심보가 나빠서 똑같은 아버지, 다른 아버지가 기다리고 있네. 그들을 꺼내고 나를 꺼내지 않네. 진짜 아버진 찾아내기는 어렵네."

사또는 이 말을 듣고 맞다고 생각했다. 이렇게 많은 아버지 중에 누가 진짜고, 누가 가짜일까! 그들을 모두 꺼내지 않고서 어떻게 진짜 아버지를 찾아낼 수 있을까? 다시 꺼내보자. 계속 꺼내다 보니 뜰 안은 온통 아버지로 가득 차 버렸다. 독 안에는 여전히 아버지가 있었다. 그는

다시 꺼낼 수가 없었다. 이 아버지가 만두를 먹으면, 저 아버지는 라오멘
(撈面)[1]을 먹었다. 이 아버지가 능라를 입으면 저 아버지는 주단을 입었
다. 아버지들 뒷바라지를 하느라 사또도 시간이 없어서 다시 관청으로
가 일을 보지 못하고, 아침부터 저녁까지 후원에서 아버지 심부름을
했다.

---

1 [역자주] 라오멘(撈面): 중국의 특색이 있는 전통 면 요리이며 중국 전역에서 즐겨 먹는
   면 음식이다. 면, 새우, 빨간 고추, 파기름, 설탕, 소금, 간장, 다시다, 달걀, 양파 등의
   재료를 넣고 끓인 면이다.

83 좋은 혼숫감이란

亮嫁妝

옛날에 이름이 왕바이완(王百萬)이라는 엄청난 부자 한 명이 있었다. 그는 그의 외동딸이 시집가기 몇 달 전부터 집 앞에 크기가 2묘[1]만한 차양 장막을 지었다. 그리고 이웃과 행인들에게 보여 주기 위해 딸이 시집갈 때 보낼 혼수를 가득 채워두었다. 차양 장막 밖에는 빨간 종이로 쪽지를 써서 붙여 두었다. 내용은 다음과 같았다.

"남녀노소 누구나 온갖 직업을 막론하고 부족한 물건을 하나라도 지적할 수 있었으면 은 한 냥과 한 끼 술과 밥을 주겠다."

이 소식은 온 지역을 뒤흔들어서 각 마을 사람들이 냇물처럼 끊임없이 오갔다. 그 사람들은 왕 씨네 혼수 장막 앞에 와서 자세히 꼼꼼하게 보고 도대체 어떤 물건이 모자라는지 생각해보았다. 시끌벅적한 사람들을 보면 안으로 세 겹, 밖으로 세 겹 둘러싸 왕 씨네 대문 밖은 미아오후이(廟會)[2]가 열린 것처럼 같았다. 왕바이완의 딸은 그를 본 사람이라면 엄지손가락을 치켜세우고 칭찬하지 않은 사람이 없었다. 그녀는 부자나 가난한 사람이나, 친근한 사람이나 낯선 사람이나 가리지 않았다. 연장자인 숙모나 이모를 만나면 문안을 드리고, 동년배를 만나면 자리도

---

1 [역자주] 묘(畝): 중국 주공(周公)이 처음으로 제정한 면적 단위. 한나라 이후 1묘의 넓이는 243㎡이다. 우리나라에서는 일제강점기 때 임야의 면적으로 사용되기도 했었는데, 1묘는 30평(坪: 99.174㎡)을 뜻했다.

2 [역자주] 미아오후이(廟會): 중국에서 사원(寺院), 도관(道館), 신사(神祠)를 총칭해서 묘(廟)라고 한다. 신불의 탄생이나 명절이 되면 며칠간 일반에게 개방되며 제례가 행하여졌는데 이를 묘회라고 한다. 이 제례 기간 동안에 참배객을 상대로 노점상이나 예능인이 모여서 공연을 함으로써 시민 행락의 장소가 되었다.

양보하고 차도 양보해 주고, 후배를 만나면 온화하고 친절하고 편하게 잘 대해 주었다. 그녀는 생활을 할 때 무엇을 배우든 배운 대로 실행했다. 그녀는 바느질을 할 필요가 없었지만, 그녀는 수를 놓고, 구름을 그리고, 옷을 재단하고, 신발을 만드는 것 모두 마음을 쏟아 배웠다. 영리하고 손재주가 있었기에 한번 배우면 바로 익혀서 하기만 하면 바느질이 기가 막혔다. 그녀가 말했다.

"재주가 힘든 것은 아니에요. 쓸데없는 기술은 없는 법이죠. 다만 쓸 때가 왔을 때 그러지 못할까 걱정될 뿐입니다."

왕 씨 아가씨는 바느질만 잘할 뿐만 아니라 선생을 따라 시 쓰고, 그림 그리고, 거문고 뜯고, 퉁소 불기, 심지어 칼을 다루고 검을 휘두르는 것까지 여러 가지를 배웠다. 그리하여 혼담을 건네는 사람들 때문에 문턱이 닳을 정도였지만 왕 씨 아가씨는 한마음으로 공부하고 발전하는 것만 생각했다. 왕바이완도 딸의 성격을 따랐기에 혼사는 점점 지체되어 스무 살이 되어서야 적당한 집안의 신랑을 찾게 되었던 것이다. 그리하여 "2묘에 달하는 땅에 혼수를 자랑한다"는 희한한 일이 생긴 것이다. 혼수를 보는 사람들은 인산인해를 이루었고, 멀리서나 가까이 보고 가볍게 만지면서 입을 벌리고 칭찬하기만 했다. 모자란 것은 지적할 것도 없고 이것들을 보지도 못했다.

하루는 부녀가 누구도 부족한 것을 지적하지 못한 것을 걱정하고 있는데 갑자기 집안사람이 들어와 알렸다.

"구걸하는 할머니 한 분이 장막으로 들어와 꼭 보시겠다고 합니다. 근데 온통 진흙 땀 냄새가 나서 집사가 들어오지 못하게 막았습니다."

왕바이완은 서둘러 말했다.

"우리가 미리 말해 둔 것이 있잖아. 누구든 어떤 직업을 가졌든 와서 보는 것을 환영해야지. 어서 시녀를 보내 어디 부딪치거나 넘어지지 말게 그분을 잘 보살펴라. 그래야 우리들도 행운이 깃들기를 바라지."

할머니는 장막으로 들어와 한번 훑어보고는 위가 장식된 궤짝 앞에서 가리키며 말했다.

"순은 귀이개 한쪽이 없구먼."

또 차근차근 작은 물건들을 보면서 말했다.

"호두를 부수는 쇠 집게와 개암을 부수는 구리 다듬잇돌이 없구먼."

또 말했다.

"개암은 맛있지만 까기 힘들잖아. 벌집만 한 구리 다듬잇돌 위에 두고 한 줌씩 조금씩 다지면 개암 알맹이는 온전할 거야."

왕 씨 아가씨가 속으로 생각했다.

'이 할머니는 말 한 마디나 미소에 기풍이 있어. 젊었을 때는 아마도 대갓집 규수였을지도 몰라. 할머니는 분명 슬픈 사연이 있을 거야.'

왕 씨 아가씨는 할머니를 집으로 모시고 들어왔다. 할머니는 긴 한숨을 내쉬더니 지난 일을 이야기하기 시작했다.

"딸에게 준 혼수도, 아들에게 남긴 가산도 소용없어. 그들이 부족하다면 돈이 많을수록 근심도 많아지고 죄도 커진다네. 이전에 우리 부모님께서 내게 준 혼수는 네 것보다 수십 배였단다. 그 밖에도 40경의 평탄한 땅, 말 떼와 소 떼, 양 떼들이 무리를 이루었지. 하지만 남편은 좋은 것을 배우지 않고 절제 없이 마구 써버렸단다. 십 년도 안 되서 산더미처럼 많던 재산을 모두 강물에 던진 것처럼 털이먹고 말았지. 끝내 남편은 황량한 산에 묻혔고, 나는 구걸하며 살게 된 거야. 정말 한스러운 것은 부모님께서는 나에게 강한 의지와 기개와 집안을 가꾸고 먹고사는 능력을 혼수로 보내주시지 못한 것이란다. 여태 살면서 분명히 알게 되었지. 자기가 의지와 기개가 없으면 황금산을 혼수로 보내주더라도 훗날 곤궁에 빠지는 것을 피할 수 없단다. 그야말로 자식들이 멍청하고 부모들이 어리석게 되는 거지."

여기까지 말하고 할머니는 눈물을 흘렸다. 왕 씨 아가씨도 감동을 받아서 눈물을 흘렸다. 그녀는 할머니에게 감사하고 아버지 왕바이완을 찾아갔다. 그 자리에서 자기는 강한 의지와 기개가 있고, 생활력이 있으니까 아버지께서 준비해주신 혼수는 필요 없다고 했다. 그녀는 아버지에게 시댁에다 이런 뜻을 설명해 줄 것을 부탁했다. 그리고 만약 시댁에서 승낙하지 않으면 혼약을 깨겠다고 했다.

다음 날 아침, 왕바이완은 사람을 시켜 혼수 장막을 철거하고 모두 혼수는 걷어들었다. 시댁도 똑똑하고 사리에 매우 밝아 그녀의 요구를 들어주었다. 왕 씨 아가씨는 할머니에게 함께 머물러 살자고 했다. 하지만 할머니는 아주 고마워하면서도 허락하지 않았다. 할머니는 왕바이완의 집에서 하룻밤만 묵은 뒤 다음 날 조용히 떠났다.

⁸⁴ 반 냥 차이
半兩之差

옛날에 종티아오산(中條山)의 작은 마을에서 다방을 운영하는 샹 씨(商氏) 부부가 있었다. 마을도 작고 사람도 적으니 수입이 변변찮아 항상 가난하고 힘든 생활을 이어가고 있었다. 어느 날 부부는 또 생계와 돈을 버는 것을 상의하고 있었다. 남편이 말했다.

"만약에 우리가 차와 찐빵을 같이 팔면 돈을 많이 벌 수 있을 거야."

"저도 예전부터 그렇게 생각했었어요."

아내가 바로 이어서 말했다.

"몇 가지 도구를 갖춰 놓으면 돼요."

"그럼 더 필요한 건 찜통, 큰 솥, 그리고 저울 한 대……."

그때 거리에서 "저울 사세요"라는 소리가 두 부부의 귀를 끌었다. 아내가 뛰어나가 저울 장수를 잡고 말했다.

"사장님, 특별한 저울 한 대를 만들어 주세요!"

"어떤 저울인데요?"

저울 장수는 그 말을 듣고는 매우 곤혹스러워했다.

"다른 것보다 반 냥이 적게 나가는 저울 말이에요."

그녀의 입에서 무심결에 이런 말이 튀어나왔다.

"반 냥이 적게 나간다고요? 진짜 특별하네요!"

저울 장수가 생각하길, 저울을 만들어 판 지가 오래되었지만 이런 저울은 처음이네.

"안 돼요, 안 돼. 내가 욕을 먹을 거예요. 더구나 저울은 인심을 재는 건데……."

말이 채 끝나기 전에 아내가 말했다.

"장사하는 사람은 나예요. 물건 사는 사람들이 욕을 해도 나를 욕할 거지 왜 당신을 욕하겠어요!"

저울 장수는 아무리 생각해봐도 양심을 속이고 일할 수는 없었다. 하지만 돈도 벌어야 하니 그녀에게 정상적인 저울을 만들어 주면 되는 거 아닌가. 그래서 이 일을 승낙했다. 아내는 "이따가 가지러 올게요."라고 하고 몸을 돌려 찻집으로 들어갔다. 남편은 아내가 좀 엉뚱하다고 생각해서 밖으로 나와 저울 장수에게 아내와 무슨 얘기를 나눴는지 물었다. 저울 장수로부터 자세한 설명을 듣자 그는 피식 웃으며 말했다.

"저에게도 특별한 저울을 만들어 주시죠!"

저울 장수가 어안이 벙벙해 하자 남편은 사장의 귀에 대고 뭐라 뭐라 말했다. 저울 장수는 연신 고개를 끄덕였다. 얼마 후 저울을 다 만든 저울 장수는 물건을 건네고 계산한 뒤 가버렸다.

눈 깜짝 사이에 일 년이 다 지났다. 부부가 찐빵을 팔기 시작하면서부터 장사는 갈수록 번창했다. 특히 찐빵은 늘 공급이 수요를 감당해 낼 수 없었다. 연말에 계산해 보니 수입이 꽤 짭짤했다. 아내는 남편에게 자랑삼아 말했다.

"올해 우리가 왜 이렇게 많이 벌었는지 알아요?"

"모르지."

남편이 일부로 고개를 가로 저었다.

"우리 저울이 남들 것보다 반 냥이 부족하기 때문이에요. 당신이 계산 좀 해봐요. 우리가 지난 1년 동안 얼마나 큰 이득을 얻었는지. 이렇게 하는데 어떻게 돈을 못 벌어요?"

이 말을 든 남편은 엄숙하게 손을 가로저으며 말했다.

"틀렸어. 만약 그랬다면 찐빵가게는 물론 찻집까지 문을 다 닫아야 돼요. 반대로 우리 저울이 남의 집보다 반 냥이 많았기에 손님들이 모두 우리 가게 찐빵을 사러 왔던 거야. 그래서 돈을 좀 벌게 된 거지."

이어서 남편이 아내에게 자신이 별도로 저울을 만든 일을 얘기해 주었다. 아내는 남편의 말을 듣고는 문득 크게 깨달았다.

"역시 장사는 성실하게 해야 되는 거네요."

이 이야기는 금방 전해졌다. 그래서 종티아오산에서는 노인이든 어린이이든 모두 그가 상도덕을 지켜서 돈을 벌었다고 칭찬이 자자했다.

금괴와 고깔모양 찐빵
金元宝和糠窝窝

옛날에 부자가 있었는데 집안에 땅이 2만 평이고 노새와 말이 떼를 지었
다. 금과 은이 셀 수 없을 정도로 많았고, 쌓인 양식도 산처럼 높았다.
부자는 먹고 싶은 걸 마음껏 먹었으며 매일 진수성찬이었다. 그야말로
돈을 물 쓰듯 했다. 그리고 항상 사람들 앞에서 자랑했다.

"가뭄이나 홍수가 나도 굶지 않을 거야. 나는 가진 게 돈밖에 없잖아."
이해 큰 홍수가 졌다. 비가 하늘에서 쏟아진 물처럼 끊임없이 내렸다.
온 산과 벌판에 물이 가득했으며, 마을과 농작물이 다 침수되었다. 사람
들은 서둘러 높은 곳으로 달아났다. 어떤 농민이 집에 아주 가난해서
가져갈 만한 게 별로 없었다. 솥을 열어 보니 고깔 모양 찐빵인 캉워워
(糠窝窝) 몇 개만이 들어 있었다. 그는 찐빵을 품에 안고 서둘러 도망갔
다. 하지만 부잣집에는 금은보화가 가득해서 금만 가져가면 은이 아깝
고 비단만 가져가면 주단이 아까웠다. 가장 마지막에는 금괴(金元寶)[1]가
돈과 같은 역할을 하리라 생각하고는 한 자루 가득 담아 메고 갔다.

불어나는 물을 피해 부자와 농민이 동시에 같은 큰 나무에 올라갔다.
하지만 하루가 지나가도 물은 빠지지 않았다. 배가 고픈 농민은 찐빵
하나를 꺼내서 굶주림을 달랬다. 한 자루 가득 금괴를 안고 있던 부자도
배가 너무 고파 뱃속에서 꼬르륵 소리가 났다. 다음 날이 되었지만 물은
그대로였다. 농민은 또 찐빵 하나를 꺼내 굶주림을 달랬다. 하지만 부자
는 머리가 어지럽고 눈이 침침할 정도로 배가 고팠다. 힘이 하나도 없었

---

1 [역자주] 금괴(金元寶): 지금의 금괴와 같은 것으로 재물을 담는 그릇 모양을 하고 있다.
예로부터 중국에서는 이걸 안방의 잘 보이는 곳에 두면 재물이 늘어난다는 속설이 전해온다.

다. 셋째 날이 되자 부자는 더 이상 배고픈 것을 참지 못하고 농민에게 말했다.

"이봐, 금괴를 하나 줄 테니 대신 찐빵 하나 줘."

"금괴 열 개 줘도 찐빵 하나랑 안 바꾸겠어요. 금괴나 잘 쓰세요."

홍수는 10일 동안 계속되었다. 농민은 품에 있는 찐빵 몇 개에 의지해서 목숨을 구했지만, 부자는 금괴를 안고 굶어 죽고 말았다.

⁸⁶ 대나무 세공 기술자가 꾀병을 부리다
篾匠裝病

날이 저물었다. 길 떠난 두 명의 수공 장인(匠人)이 하룻밤 묵을 곳을
찾았다. 주인아주머니가 차를 타며 말했다.

"성함이 어떻게 되세요?"

두 장인은 말을 빙빙 돌려 수수께끼를 내서 남 애태우는 것을 취미로
가진 사람이라서 사람들에게 알아맞혀 보라고 했다. 그러면서 힌트로
한 사람이 "큰 활(長弓)"이며, 또 한 사람은 "십팔자(十八子)"라고 했다.
주인아주머니가 말했다.

"그럼, 장씨와 이씨겠구먼. 두 분은 다니면서 무슨 일을 하는 거요?"

장 씨가 대답했다.

"저는 두 손으로 청룡을 부리는 사람입니다."

이 씨가 대답했다.

"저는 청룡 배 속에 뼈를 발라내고 청룡 등에서 가죽을 긁어내는 사람
입니다."

"두 분은 대나무 세공 기술자가 맞죠?"

주인아주머니가 또 알아맞혔다.

"마침 우리 집에서 죽공예품 몇 개를 만들어야 하는데 두 분께서 해
주실 수 있겠어요?"

"부탁을 하시니 저희들이 해드려야지요. 그런데 아주머니 성함은 어
떻게 되세요?"

주인아주머니가 웃으며 뜸을 들이다 말했다.

"사(巳)에 점을 찍은 거랑 닮았죠."

두 기술자가 듣더니 '사(巳)에 점을 찍은 거랑 닮았다? 이거 도대체 무슨 성이지?' 황급히 맞춰 보려했지만 도저히 알 수 없었다. 할 수 없이 두리뭉실하게 말을 돌렸다.

"좋아요. 우리는 오늘 일찌감치 쉬어야 되겠어요. 이래야 내일 일찍부터 대나무를 다듬을 수 있으니까요."

두 기술자는 침대에 누워 밤새 생각했다. 『백가성(百家姓)』[1]을 처음부터 끝까지 외워보아도 "사(巳)에 점을 찍은 거랑 닮았다"가 어떤 글자인지 알 수가 없었다. 다음 날 아침, 주인아주머니가 일찍 일어나서 먼저 대나무를 베어 왔다. 대나무 세공 기술자들도 일어나서 아침을 먹었다. 그녀랑 말을 할 때면 빙빙 에둘러 할 수밖에 없었다.

"아주머니, 어떤 걸 만들고 싶으세요?"

주인아주머니가 말했다.

"장 씨 사부님와 이 씨 사부님, 위로 동그란 거 하나, 아래로 동그란 거 하나, 새매처럼 날렵하게 몸을 뒤집는 거 하나, 홍수도 가운데를 뚫고 지나갈 수 있는 거 하나, 거북이가 바위 위에 앉은 거 하나, 뿔 세 개가 있는 거 하나, 뿔 네 개가 있는 거 하나, 그리고 천 개의 대쪽이 돌아보지 않는 거 두 개를 만들어 주세요."

두 대나무 세공 기술자는 서로를 바라봤지만 도저히 알아맞힐 수 없었다. 도저히 어떻게 해야 할 줄 모르다 장 씨 기술자가 투덜거리며 말했다.

"왜 이러지? 몸이 좀 안 좋은데. 갑자기 머리가 아프네."

이 씨 기술자도 투덜거리며 말했다.

"나도 좀 안 좋은 거 같아요. 머리가 어지럽네."

"주인아주머니, 우리 지금 할 수 없어요. 잠깐 누웠다가 다시 해도

---

1   [역자주] 백가성(百家姓): 북송 초에 당시 중국인의 성씨들을 4자 1구의 운문(韻文)식으로 엮은 책. 단성(單姓) 408개와 복성(複姓) 30개를 수록하고 있다.

되겠어요?"

주인아주머니는 두 사람이 꾀병을 부리는 걸 알면서도 웃으며 말했다.

"좋아요. 그러세요."

두 기술자는 누워서 생각했다. 아무리 궁리를 해도 도대체 어떤 집기를 만들어야 할지 알 수 없었다. 벌써 정오가 되었으니 또 점심을 먹어야 했다. 두 사람은 더 이상 시간을 끌 수 없다는 걸 잘 알았지만 서로 일어나지 않았다. 이때 옆집 여자가 와서 주인아주머니랑 이야기를 나누고 있었다.

"바(巴) 언니, 대나무를 이렇게 많이 벴네? 대나무 세공 기술자를 불러왔어?"

그제야 두 기술자는 알 수 있었다.

'주인아주머니가 바씨(巴氏)였구나! 맞아. "사(巳)에 점을 찍은 거랑 닮았다"는 사(巳) 자 가운데에 점을 하나 찍으니 바(巴)였구나! 정말 어려운 문제네.'

응접실에서 바 씨 아주머니가 대답했다.

"대나무 세공 기술자들이 어제 저녁 우리 집에 왔어, 이침에 일어나자 아프다고 해서 다시 자러 갔어."

옆집 여자가 말했다.

"아침에 듣자 하니 두 사람 목소리가 꽤 우렁차던데. 무슨 병이래?"

"별 거 아냐. 약을 끓여 줘도 안 마셔. 누워서 쉬었다가 다시 하겠다고 했으니 아마 다시 일어날 거야."

옆집 여자가 물었다.

"언니는 그 사람들한테 뭘 만들어달라고 한 거야?"

두 기술자는 황급히 귀를 바짝 세우고 들었다. 바 씨 아주머니가 말했다.

"작은 것 몇 종류였지. 밥 짓는 시루 덮개 하나, 쓰레받기 하나, 키 하나, 대나무 소쿠리 하나, 시루 받침대 하나, 찻잎 대바구니 하나, 대나무 체 하나, 손잡이가 있는 빗자루 두 개."

두 기술자는 이제야 분명히 알게 되었다. 시루 덮개는 위가 동그랗고, 쓰레받기는 아래가 동그랗다. 키는 곡물을 던지고 흔드니 공중제비를 시키는 것이고, 물이 뚫고 지날 수 있는 것은 대나무 소쿠리이다. 거북이가 바위에 앉은 건 시루 받침대이며, 뿔 세 개가 있는 것은 찻잎 대바구니이며, 뿔 네 개가 있는 것은 대나무 체다. 그리고 천 개의 대쪽이 돌아보지 않는 것은 대 빗자루다. 두 대나무 세공 기술자는 죽공이 침대에서 뛰어 내려왔다. 그리고는 대쪽 쪼개는 칼을 들고 일을 시작했다. 바 씨 아주머니가 웃으며 말했다.

"두 분은 머리가 아프다고 하더니 귀는 아주 밝구먼!"

동전 반 푼
半文钱

건륭황제 때였다. 즈쟝현(枝江縣)의 멍청한 사또는 재수가 없는 인간이
었다. 어느 날 사또는 평판이 좋은 두 씨(杜氏)네 막내를 찾아왔다. 두
씨네 막내가 나무 밑에 삶은 마를 먹고 있는데¹ 멍청한 사또가 왔다.

"두 씨네 막내야! 보아하니 네 옷차림은 이리도 남루한데 어찌 네
명성은 그리도 자자한 것이냐? 사방 원근에서 네 지혜가 남다르다고
하더구나. 내 너의 재주를 시험해 보고자 직접 찾아왔노라! 너 나랑
송사를 한번 해보겠느냐?"

두 씨네 막내가 말했다.

"제가 밥 먹고 할 일이 없습니까? 어디 감히 나리랑 송사를 하겠습니
까?"

멍청한 사또는 매우 만족스러웠다.

"너도 감히 그럴 수 없다고 생각하겠지. 그래도 가자! 우리들이 송사
를 하기로 마음먹었거든!"

"그게 무슨 말씀입니까?"

멍청한 사또가 말했다.

"나는 강한 것에는 복종하지만 약한 것에는 복종하지 않는 사람이야.
네가 먼저 하겠다고 했으면 나는 하지 않았을 거야. 그런데 네가 감히
그럴 수 없다고 했잖아! 나는 오히려 송사를 못 하겠다는 사람이랑 송사
를 꼭 할 거야! 분명 너에게 말하는데, 네가 이겨서 내 관모(烏紗帽)를

---

1 마를 먹다(啃山芋): 악서(鄂西) 산속에 사는 사람들은 외출할 때 항상 익힌 마를 도시락으로
   가지고 다닌다.

벗겨봐. 만일 그러지 못한다면 더 이상 마를 먹을 수 있을 거라고는 생각도 말거라. 넌 내 손 아귀에 있는 줄 알아!"

두 씨네 막내는 천천히 일어나면서 중얼거렸다.

"이 송사는 피하지 못하겠구면."

멍청한 사또가 재촉하며 다그쳤다.

"가자!"

그런데 갑자기 두 씨네 막내가 털썩 주저앉았다.

"아이고!"

"너 왜 그러는 거냐?"

"저는 가진 돈이 없습니다. 송사를 하려면 찡저우부(荊州府)까지 가야 되는데 저는 동전 반 푼도 없는데 어떻게 길을 떠날 수 있겠습니까?"

멍청한 사또는 우쭐거리면서 헤헤거리며 웃었다.

"동전 반 푼도 없다고? 그럼 동전 반 푼이 있으면 길을 떠나겠느냐?"

"당연하죠. 돈이 있으면 덜 곤란하겠지요."

멍청한 사또가 자기 가슴을 치며 말했다.

"내 너에게 동전 반 푼을 주겠다."

뒤를 돌아보며 부하에게 명했다.

"이리 와 보거라! 동전 반 푼을 잘라서 그에게 주거라."

순식간에 망치를 "펑" 하고 내리치자 동전 하나가 두 동강이 났다. 멍청한 사또가 그 반을 두 씨네 막내에게 던져주며 말했다.

"가져가라!"

두 씨네 막내는 동전 반 푼을 받자 길을 떠났다. 두 사람은 걷고 걸어 찡저우부에 이르렀다. 두 씨네 막내는 과연 멍청한 사또를 고소했다. 뭐라고 고소했냐고? 딱 다음 네 마디 말이었다.

　　몸은 백성의 부모 같은 관리이건만

눈은 국법을 무시하고 대담하구나.

건륭통보를 반으로 자르다니

참수는 되지 않더라도 파직은 되어야지!

그 멍청한 사또는 그 자리에서 파직되어 관모를 벗고 말았다.

⁸⁸ 연환 수수께끼

连环谜

어떤 사람이 수수께끼를 잘 냈다. 다른 사람이 정답을 맞히면 그는 그 답을 따라 계속 수수께끼를 내고, 또 맞히면 그는 또 따라서 내고 이전의 답을 따라 꼬리에 꼬리를 물고 대답하는 사람이 못 맞히겠으니 졌다고 인정할 때까지 계속되었다. 그는 이 '연환 수수께끼'로 이름을 떨쳤다. 그런데 뛰는 놈 위에 나는 놈이 있다는 것을 누가 알았으랴. 어느 날 수수께끼를 잘 맞히는 사람이 길에서 그를 만났다.

"아이고, 당신이 수수께끼를 잘 낸다고 들었습니다. 문제를 한번 내 보세요, 제가 맞혀볼 테니."

그는 허세를 부리면서 말했다.

"좋아요. 당신이 나를 따라서 내 보세요. 내가 먼저 문제를 낼 테니 맞혀보세요.

수수께끼를 맞혀라,
수수께끼를 맞혀라.
두 손으로 잡아도 열 수 없고,
열어도 곧 다물어버린다.

맞히는 사람이 걸으면서 대답했다.
"그것은 물입니다."
그의 두 번째 수수께끼가 이어졌다.

물이야, 물!

마시면 귀신이 보이고
헛소리가 아니라면,
곰팡이가 슬 때까지 잔다네.

맞히는 사람이 말을 이어 대답했다.
"그것은 술입니다."
그의 말이 갈수록 빨랐다.

술이야, 술!
두 산 사이 길이 끊어져도 나는 갈 수 있다.

맞히는 사람이 대답했다.
"그것은 다리입니다."

다리야, 다리!
번쩍번쩍하면서 건들건들한다.

"어깨의 짐을 진 멜대입니다."

멜대야, 멜대!
끝마다 송곳이 하나 있다.

"어망을 뜨는 그물바늘입니다."

그물바늘이야, 그물바늘!
양면에 못을 박는다.
북이야, 북!
만지면 먼지투성이다.

"그것은 동과입니다."

양쪽에 꽂수를 놓는다.

동과야 동과!

"그것은 베개입니다."

베개야, 베개!

안에 잠자는 황소가 자고 있다.

"여러 해가 지난 옥수수 종자입니다."

그는 옥수수 종자에 이어서 낼 문제가 생각나지 않았다. 갑자기 그는 화를 내며 맞히는 사람을 욕했다.

"너 개 같구나. 뒤에서 한 걸음을 걷자 한 입 깨무니."

맞히는 사람은 그의 욕을 개의치 않고 의연하게 수수께끼로 보고 대답했다.

"당신이 말한 거 정답은 가위입니다."

"내 네 귀를 잡을 테니 얼마나 아픈지 느껴봐!"

맞히는 사람은 그가 끌어당기는 것을 무서워하지 않고 대답했다.

"그것은 저울입니다."

"뒈져 버려! 네 귀싸대기를 때려주마!"

맞히는 사람은 그가 때리겠다는 것을 무서워하지 않고 대답했다.

"얼굴 닦는 수건입니다."

그러자 능력이 대단한 것을 보고 그는 패배를 인정하며 빌었다.

"그만해! 왜 이리 날 귀찮게 하는 거야?"

맞히는 사람이 아직도 답을 맞히고 있었다.

"발싸개입니다."

⁸⁹ 똑똑한 며느리

巧媳妇

옛날 똑똑한 사람이 있었는데 이름이 장구라오(張古老)였다. 그에게는 네 명의 아들이 있었는데, 큰 아들, 둘째 아들, 셋째 아들은 모두 결혼을 했지만 막내아들만 혼자였다. 형제들은 결혼을 했어도 분가를 하지 않아서 장구라오는 아들들과 함께 살았다. 이상하게도 세 아들 모두 멍청해 아버지와는 하나도 닮은 데가 없었다. 시집온 세 명의 부인들도 매일반으로 모두 멍청한지라 누구도 장구라오의 마음에 차지 않았다. 시간이 지날수록 장구라오는 근심이 되었다.

'내 이 늙은 몸, 이 세상에서 계속 살 수 없는 법인 걸. 언젠가는 나도 두 다리를 뻗고 죽을 텐데, 이렇게 멍청한 내 아들들이 어떻게 살아갈까!'

그래서 그는 막내아들을 대신해서 지금 자기를 잘 도와주고, 나중에 자기의 손발 역할을 잘 하고, 가업을 잘 관리할 영리한 며느리를 찾아야겠다고 생각했다. 생각은 쉽지만 막상 찾는 것은 어려운 일이었다. 장구라오가 여기저기 수소문을 했지만 마땅한 사람이 없었다. 역시 그는 총명한 사람이라 좋은 방법 하나를 생각했다. 이날, 그는 며느리 세명을 앞에 불러 앉혀놓고 말했다.

"너희들 오랫동안 친정집에 못 가서 속으로 근심하고 있었겠구나! 오늘 내가 너희들을 친정으로 보내 주겠다."

세 명의 며느리는 친정집에 보내준다는 말을 듣고 무척 기뻐했다. 그녀들은 시아버지께 얼마나 오래 친정집에 있을 수 있냐고 물었다. 장구라오가 대답했다.

"큰 며느리는 삼오(三五)일, 둘째 며느리는 칠팔(七八)일, 셋째 며느리는 십오(十五)일 동안 다녀오너라. 그런데 너희 세 명이 같이 가서 같이 돌아와야 하느니라."

세 며느리는 더 생각도 않고 얼른 그러겠다고 대답했다. 장구라오가 또 말했다.

"나중에 너희들은 돌아올 때, 반드시 나에게 줄 선물을 가져와야 한다. 그러나 매번 들고 오는 물건이 내 뜻과 일치하지 않으면 안 된다. 이번에 너희들이 가면, 가져오는 물건은 내가 먼저 원한다고 말한 물건을 가져와야 한다."

"말씀만 하세요. 저희들이 반드시 가져오겠습니다."

세 며느리는 한 목소리로 말했다. 장구라오가 또 말했다.

"큰 며느리는 속이 빨간 무를 가져오거라. 둘째 며느리는 종이에 싼 불꽃을 가져오고, 셋째 며느리는 발 없는 자라를 갖고 돌아오너라."

세 며느리는 그 말을 듣자마자 모두 두말없이 그러겠다고 했다. 세 사람은 일제히 친정집으로 갔다. 세 사람이 걷고 또 걷다가 얼마 안 가 세 갈래 길에 도착했다. 큰 며느리가 가운데 길로 가자고 했다. 둘째는 오른쪽 길로, 셋째는 왼쪽 길로 가자고 했다. 세 사람이 헤어져 가려고 할 때 시아버지의 말씀이 생각났다. 큰 며느리가 말했다.

"시아버지께서 우리더러 한 명은 삼오일, 또 한 명은 칠팔일, 또 한 명은 십오일 동안 다녀오라고 하셨잖아? 그리고 또 반드시 같이 돌아오라고도 하셨잖아? 어휴, 세 명의 날짜가 다 달라. 같이 가는 건 쉽지만 같이 돌아오는 건 너무 어려운 일이야."

둘째 며느리가 말했다.

"맞아요. 같이 돌아오는 건 너무 어려워요!"

셋째 며느리가 말했다.

"맞아요. 같이 돌아오는 건 너무 어려워요!"

"게다가 선물은 또 어떻고? 하나는 속이 빨간 무, 또 하나는 종이에 싼 불꽃, 또 하나는 발 없는 자라. 어휴, 그때 들었을 때는 평범한 물건 같았는데, 지금 생각해보면, 모두 본 적도 없는 물건이야!"

큰 며느리가 숨넘어가는 듯한 소리로 말했다.

"맞아요! 모두 본 적도 없는 물건이에요!"

둘째 며느리가 초조해서 말했다.

"맞아요! 모두 본 적도 없는 물건이에요!"

셋째 며느리가 초조해서 말했다.

"같이 가서 같이 돌아오지 못하고, 이런 선물도 가져오지 못하면, 시아버지께서 우리를 집에 들어오지 못하게 하실 텐데, 어쩌지?"

큰 며느리는 더욱 초조해졌다.

"어떻게 해요?"

둘째 며느리도 더욱 초조해졌다.

"어떻게 해요?"

셋째 며느리도 더욱 초조해졌다. 세 사람은 생각을 거듭했지만 어떻게 해야 좋을지 정말 알 수가 없었다. 모두들 초조해 죽을 것 같았지만 또 돌아갈 엄두가 나지 않아서 길에 앉아 울기 시작했다. 세 사람은 울고 또 울었다. 해가 뜨고 질 때까지 울었고, 울면 울수록 상심이 커졌고, 또 울면 울수록 속이 시끄러웠다. 그녀들의 울음소리가 근처에 사는 백정 왕 씨를 놀라게 했다. 백정 왕 씨는 딸 챠오구(巧姑)를 데리고 길가에 초막을 짓고, 도마를 놓고, 날마다 고기를 팔며 살았다. 이날 울음소리를 듣고 그는 딸에게 말했다.

"챠오구야, 어디서 나는 울음소리인지 보고 올래? 무슨 일이 났는지?"

챠오구가 나가 보니, 세 여인이 그곳에서 함께 울고 있었다.

"아주머니들, 무슨 근심거리가 있나요? 왜 그렇게 슬피 우세요?"

세 사람은 누군가 와서 묻는 소리를 듣고 얼른 눈물을 닦았다. 쳐다보니 어떤 아가씨가 앞에 서 있는 것이었다. 그녀들은 울음을 멈추고 사정을 자세히 아가씨에게 말했다. 챠오구가 듣더니 생각할 것도 없이 웃으며 말했다.

"그건 매우 간단해요. 조금만 생각해보면 알 수 있었을 텐데. 큰 아줌마, 당신은 삼오일에 돌아와야 한다고요? 삼오 십오, 그것은 15일에 돌아온다는 말이에요. 둘째 아줌마, 당신은 칠팔일에 돌아와야 한다고요? 칠 더하기 팔은 십오, 그것 역시 15일에 돌아온다는 말이죠. 셋째 아줌마는 원래 15일에 돌아온다고 했으니까 이제 세 분 모두 같이 갔다가 같이 돌아올 수 있는 셈이죠?"

챠오구는 이어서 또 말했다.

"세 가지 선물은…… 속이 빨간 무는 계란, 종이로 싼 불씨는 호롱불, 발 없는 자라는 두부겠네요. 이런 물건은 집집마다 있으니까, 정말로 평범한 물건이잖아요."

세 사람이 생각해보니, 과연 그랬다. 그래서 챠오구에게 고맙다고 인사를 한 뒤 기쁘게 헤어져 각자 친정집으로 갔다. 세 사람은 친정집에서 모두 꼬박 보름을 지냈다. 그리고 함께 돌아왔다. 그녀들은 시아버지를 뵙고, 선물도 꺼내 놓았다. 장구라오가 선물을 보고 깜짝 놀랐다. 며느리들이 갖고 돌아온 선물은 어느 것도 틀린 것이 없었다. 그는 속으로 그것은 그녀들 스스로 생각해 낸 것이 아니라는 것을 알았다. 그래서 그녀들에게 물었다. 세 사람 역시 감히 속일 엄두를 내지 못하고 사실대로 다 얘기를 했다. 장구라오는 그 이야기를 듣고 그 아가씨를 만나러 가기로 결심했다.

어느 날, 장구라오는 직접 고기 파는 초막으로 가 급히 주인에게 고기를 달아달라고 했다. 마침 백정 왕 씨가 집에 없어서, 챠오구가 나와 물었다.

"손님, 어떤 고기를 원하세요?"

장구라오가 말했다.

"나는 껍질이 가죽에 붙어 있는 거, 껍질이 가죽에 벗겨진 거, 살코기에 뼈가 없는 거, 비계에 껍질이 없는 거 이렇게 주세요."

챠오구가 이 말을 듣고, 아무 소리도 않고는 도마가 있는 쪽으로 갔다. 잠시 후에 연잎으로 싸인 네 덩어리를 꺼내서 장구라오 앞에 가지런히 놓았다. 장구라오 그것을 보니, 하나는 돼지 귀로 껍질은 가죽에 붙어 있고, 하나는 돼지꼬리로 껍질이 가죽에서 벗겨졌다. 또 하나는 돼지 간으로 살코기에 뼈가 없고, 하나는 돼지 위로 비곗살인데 껍질이 없었다. 어느 것 하나도 틀리지 않았다. 그는 속으로 기뻐하며 생각했다.

'이 아가씨야말로 내 며느리구나!'

장구라오는 집에 돌아가, 즉시 매파를 불러 백정 왕 씨 집에 혼담을 넣었다. 백정 왕 씨는 장구라오의 속사정을 알고 챠오구와 상의하여 곧 허락했다. 얼마 지나지 않아, 장구라오는 날을 택해 챠오구를 맞아들여 아들과 혼인시켰다. 장구라오는 이렇게 똑똑한 며느리를 얻어서 무척 기뻤다. 평소에 특히 그녀를 소중하게 여기고 그녀에게 집안일을 맡겨야겠다고 생각했다. 챠오구는 시아버지가 자기한테 이렇게 잘해주는 것을 보고, 그녀 역시 시아버지를 무척 존경했다. 시간이 흐르자 큰 며느리, 둘째 며느리와 셋째 며느리의 마음이 편치 않았다. 뒤에서 이러쿵저러쿵 쑥덕댔다.

"시아버지는 다른 마음이 있으신가 봐요. 막내며느리만 저리 아끼시고, 우리는 내팽개치시니 말이에요."

장구라오가 며느리들의 생각을 알고, 생각했다.

'모두를 마음으로 따르게 하려면 뭔가 방법을 생각해야겠어.'

어느 날, 그는 네 명의 며느리를 불러놓고 말했다.

"내가 하루하루 늙어가서 이 집을 관리하기가 퍽 힘이 드는구나. 내 생각에 이 집을 너희들에게 줄 테니 관리해 보는 어떻겠니? 단 식구들이 많고, 일이 복잡하니 가장 똑똑하고 능력 있는 사람이 관리해야 해.

나는 모르겠어. 너희들 중 누가 가장 똑똑하고 능력이 있는지?"

네 명의 며느리가 한목소리로 말했다.

"아버님, 한번 시험해 보세요!"

장구라오가 말했다.

"좋다. 그럼 내가 시험해 보겠다! 누가 가장 똑똑하고 능력이 있는지 알아보고, 집을 그 사람에게 맡기겠어. 그것은 너희들 스스로 말한 것이니 나중에 원망하지 말거라!"

모두들 그러겠다고 동의했다. 장구라오가 말했다.

"집에 있는 사람은 절약을 알아야 한다. 무에서 유를 만들어야지. 내가 이 점을 감안해서 문제를 내겠다. 두 종류의 재료를 사용해 볶아서 열 종류의 반찬을 만들고, 두 종류의 재료를 쪄서 일곱 종류의 밥을 만들어라. 자, 이렇게 해낼 수 있는 사람이 가장 똑똑하고 능력이 있는 사람이라 이 집을 맡게 될 것이다."

장구라오는 이렇게 말하고, 고개를 돌려 큰 며느리에게 물었다.

"너는 할 수 있겠느냐?"

큰 며느리가 '두 종류의 재료로는 두 종류의 요리를 해낼 수 있지 어떻게 열 종류의 요리를 해낼 수 있단 말이지?'라고 생각하고는 말했다.

"농담하지 마세요, 아버님. 어떻게 그렇게 할 수 있어요?"

장구라오가 둘째 며느리에게 물었다.

"너는 할 수 있겠느냐?"

둘째 며느리도 '평소에 밥을 찔 때 백미 하나만 쓰지. 잡곡을 많이 섞는다 해도 한두 가지 정도인데, 어디에서 일고여덟 종류가 나온단 말이지?'라고 생각하고는 말했다.

"아버님, 농담하지 마세요. 어떻게 그렇게 할 수 있겠어요?"

"너는 할 수 있겠느냐?"

장구라오가 고개를 돌려 셋째 며느리에게 물었다. 셋째 며느리는 속으로 '두 형님이 모두 다 못했는데, 나는 더 말할 필요도 없지.'라고 생각하고는 아무 말도 안 했다. 그걸 보고 장구라오는 셋째 며느리도 못하겠다는 것을 알았다. 그래서 말했다.

"너 역시 못할 거라고 생각하는구나."

마지막으로, 그는 챠오구에게 물었다.

"너는?"

챠오구는 곰곰이 생각하고 말했다.

"한번 해 보겠습니다."

챠오구는 주방 안으로 가서 부추로 계란을 큰 그릇에다 볶고, 녹두를 백미 안에 넣고 큰 동이로 쪄서 장구라오 앞에 내놓았다. 장구라오가 그것을 보고 말했다.

"내가 원한 건 열 종류의 음식인데 어떻게 달랑 두 종류뿐이냐? 내가 원한 것은 일곱 종류의 밥인데, 어째서 두 종류뿐이냐?"

챠오구가 대답했다.

"부추에 계란을 넣으면 아홉 개에 한 개를 더하는 것이니 열 종류가 아니겠어요? 녹두와 백미는 여섯 개에 한 개를 더한 것이니 일곱 종류가 아니겠어요?"[1]

장구라오가 대답을 듣고는 기뻐서 어쩔 줄을 몰라 했다. 연신 "맞다, 맞아" 하면서 열쇠를 들고 와 챠오구에게 건넸다. 챠오구가 집을 맡은 이후, 집안일을 아주 잘 처리했다. 먹는 것, 입는 것 모두 다 직접 처리했고, 집안사람들은 편안히 지냈다. 어느 날, 장구라오가 한가하게 대문가에 앉아 햇볕을 쬐고 있었다. 갑자기 그는 해마다 빚을 지고, 수모를

---

1 [역자주] 부추의 구(韭)는 중국어 발음이 jiǔ이다. 이것은 九와 동일하다. 또한 녹두(綠豆)의 녹(綠)은 중국어 발음이 lǜ로, 육(六)과 비슷하다. 그러므로 부추의 9와 계란의 1을 합쳐 10이 되는 것이고, 녹두의 6과 쌀의 1을 합쳐 7이 된다는 일종의 동음이의자 퀴즈라고 할 수 있다.

당했던 옛일들이 생각났다. 물론 지금은 잘 지내고, 자유롭고, 정말 어떤 일도 남에게 부탁하지 않아도 되었다. 잠시 기쁨에 젖어, 땅에서 진흙 덩어리를 집어 들어 대문에 큰 글자를 썼다.

　　어떤 일도 남에게 부탁하지 않는다.

　뜻하지 않게, 마침 그날 사또가 가마를 타고 이 집 문 앞을 지나갔다. 그가 문에 쓰인 큰 글자를 한눈에 보고 깜짝 놀라 생각했다.

　'무척 대담한 사람이구나. 감히 이런 큰소리를 치다니. 이는 내가 안중에도 없다는 말이겠지? 좋아! 내 너를 불러 나에게 간절히 부탁하게 해주마.'

　그리고는 사납게 소리쳤다.

　"얼른 가마를 내려라. 나와 함께 이런 큰소리를 친 사람을 잡으러 가자."

　아전들은 곧 장구라오를 사납게 집에서 밖으로 끌고 나왔다. 사또가 그를 보고 눈을 부라리며 말했다.

　"난 또 뭔가 대단한 사람〔三頭六臂〕²인 줄 알았더니 죽을 날 기다리는 늙은이였군. 네가 이렇게 큰소리치는 걸 보니 분명히 대단한 능력이 있을 거야. 좋아! 너는 삼 일 이내에 나를 대신해서 세 가지 물건을 찾아오도록 해라. 만약 찾아오면 별 말 안하겠지만, 찾지 못한다면 너는 관을 기만한 죄를 받아야 할 것이야."

　장구라오가 말했다.

　"나으리, 세 가지 물건이 무엇입니까?"

　사또가 말했다.

　"하나는 큰 수소가 낳은 송아지, 하나는 큰 바다를 가득 채운 기름,

2　[역자주] 삼두육비(三頭六臂): 세 개의 머리와 여섯 개의 팔을 가지고 있다. 즉, 신통력이 있는 사람. 초인적인 능력을 가진 사람. 대단한 힘이나 능력을 가진 사람을 뜻한다.

하나는 하늘을 가리는 검은 헝겊이다. 만약 하나라도 부족하면, 너는 관아의 무서움을 맛보게 될 것이다."

이렇게 말하고 사또는 가마를 타고 가버렸다. 장구라오는 이 기이한 일을 접하고서 머리가 텅 비어 아무 생각이 나지 않아 어떻게 할지 방법조차 생각나지 않았다. 하루 종일 걱정하느라 밥도 먹을 수가 없고, 잠도 잘 수가 없었다. 챠오구가 그걸 보고 물었다.

"아버님, 무슨 걱정거리라도 있으세요? 저희에게 모두 말씀해 보세요!"

"큰소리친 내 탓이지, 너와 얘기한다고 무슨 소용이 있겠니."

"아버님, 말씀해 보세요. 어쩌면 방법을 생각해 낼 수도 있잖아요."

장구라오가 걱정거리를 챠오구에게 말했다. 챠오구가 그걸 듣더니 말했다.

"아버님 말씀이 맞는 말입니다. 농사꾼은 자기 것을 먹고, 자기 것을 입는 것입니다. 원래 어떤 일도 남에게 부탁하지 않는 법이지요. 아버님 걱정 마십시오. 이 일은 제게 맡기십시오."

사흘이 지나자 과연 사또가 다시 찾아왔다. 문에 들어서자마자 소리쳤다.

"장구라오는 어디 있느냐?"

챠오구는 허둥대지도 않고 앞으로 나오더니 말했다.

"어르신, 아버님께서는 집에 안 계십니다."

사또가 눈을 부릅뜨며 말했다.

"감히 도망을 가다니. 그가 무슨 공무가 있는 게냐?"

"아버님은 도망간 것이 아니라 아기를 낳으러 가셨습니다."

사또는 호기심이 생겨서 물었다.

"세상에 여자들만이 아이를 낳을 수 있는데 어찌 남자가 애를 낳는단 말이냐?"

챠오구가 대답했다.

"사또께서는 남자가 아이를 낳지 못한다는 것을 알면서도 어찌 수소가 낳은 송아지를 원하셨단 말입니까?"

사또가 그 말을 들으니 할 말이 없었다. 한참을 말을 못 하다 겨우 말했다.

"그것은 그가 할 필요가 없는 것이다. 그렇지만, 나머지 두 개는?"

챠오구가 대답했다.

"두 번째는 무엇입니까?"

"바다를 가득 채운 기름이다."

"그것은 어렵지 않습니다. 어르신 바닷물을 말려 주십시오. 그러면 바로 담을 수 있습니다."

"바다가 이렇게 넓은데, 어떻게 말린단 말이냐?"

"바다를 말리지 않으면 바다 안은 온통 새하얀 물입니다. 그럼 기름은 어디다 담을 수 있겠습니까?"

사또는 순간 부끄러워 얼굴이 빨개지며 말했다.

"그것도 할 필요가 없다. 나머지 다른 하나!"

챠오구가 말했다.

"그럼 세 번째는 무엇입니까?"

"하늘을 가리는 검은 헝겊이다!"

"어르신, 하늘은 넓이가 얼마나 됩니까?"

"하늘이 얼마나 넓은지 내가 어떻게 알겠느냐? 누구도 재 본 적이 없을 거다."

"하늘이 얼마나 넓은지 모르는데 우리에게 어떻게 그런 천을 사오라고 하십니까?"

이 말에, 사또는 할 말이 없었다. 얼굴이 벌게진 그는 서둘러 가마를 타고 도망가 버렸다.

원래부터 장구라오는 유명했었다. 하지만 이 일 이후, 곳곳의 사람들은 그를 더 잘 알게 되었다. 사람들은 모두 칭송했다.

"그 집에는 무척 똑똑한 시아버지가 있고, 무척 영리한 며느리도 있다네."

90 후어롱단

火龙单

머슴은 낡은 겹저고리를 입고 마구간에서 쌓인 똥을 치우고 있다. 밖에는 눈이 펄펄 내리고 있고 바람도 휘휘 불고 있었다. 머슴은 열심히 일했기 때문에 추위도 모른 채 비 오듯 땀을 흘렸다. 그때 주인은 가볍고 따뜻한 양 가죽옷을 입고 활활 타오르는 화롯불 옆에 앉았지만 도리어 한기를 느꼈다.

"어이, 자네! 나는 가죽옷을 입고 있는데도 으스스한데, 어떻게 너는 낡은 겹저고리만 입고 있는데도 더워서 온몸에 땀이 흥건하지?"

"사장님! 사람을 무시하지 마세요!"

머슴은 조금 거만하게 말했다.

"저의 조상들도 좋은 날이 있었어요. 흐음! 이 옷은 '후어롱단(火龍單)'이라고 해요. 저의 조상 대대로 전해 내려오는 것인데 입으면 영원히 춥지 않거든요. 단 한 가지 조건은 일할 때만 입어야 돼요."

"오!"

주인이 약간 부러워하며 말했다.

"그럼 우리 바꿔 입어 보자."

머슴은 머뭇거렸다.

"바꿔 입자고요? 다른 사람은 절대로 안 되지만 사장님이시니까, 좋아요! 바꿔 입어 보시지요."

'춥네!'

주인은 머슴의 낡은 겹저고리를 입고 속으로 생각했다.

'그래, 입고 일을 하라고 했지. 좋아!'

그런데 주인은 아편에 중독되어 있었다. 그래서 급히 시장에 가서 아편을 피우러 갔다.

'춥네!'

주인은 정말 견디기 힘들었다. 바람을 피할 곳을 찾아 몸을 숨겼다. 하루 종일 바람과 눈이 멈추지 않았다. 결국 그는 얼어 죽고 말았다. 그의 시체는 눈에 덮였다가 눈이 녹자 그 모습을 드러냈다. 그의 아내는 그의 시체를 어루만지며 울었다.

"당신은 양 가죽옷 입기보담 진정 후어롱단 입길 원했구려. 온몸의 자줏빛 부스럼을 태웠으면서, 왜 물에 뛰어들지 않았나요?"

91 금을 심다[1]
种金子

아판티(阿凡提)는 금 몇 냥을 빌려 당나귀를 타고 들판에 이르렀다. 그는 '황사탄(黃沙灘)'에서 꼼꼼하게 사금을 채취하기 시작했다. 어느 날 국왕이 사냥을 하러 왔다가 이곳을 지나가며 그의 행동을 보고 정말 이상해서 물었다.

"이봐, 아판티, 너 거기서 무엇을 하고 있느냐?"

"폐하, 오셨군요! 지금 제가 바쁘답니다. 지금 금을 심고 있지 않습니까!"

국왕은 이 말을 듣고 더 궁금해져 또 물었다.

"어서 말해라. 똑똑한 아판티야. 이렇게 금을 심으면 어떻게 되느냐?"

"폐하께서 어찌 모르십니까?"

아판티가 말했다.

"지금 금을 심어 두었다가 거만일(居鏝日)이 되어 수확하러 오면 금 열 냥을 거두어 갈 수 있습니다."

국왕은 이 말을 듣고 눈이 붉어졌다. 그리고 속으로 생각했다.

'이렇게 싸고 포동한 양 꼬리를 먹지 않을 이유가 없지.'

그는 재빨리 웃음을 띤 채 아판티와 상의하기 시작했다.

"우리 착한 아판티야! 네가 이만큼의 금을 심으면 얼마나 벌 수 있겠니? 심으려면 좀 많이 심어야지. 씨가 부족하면 내 궁전에 와서 가져가도 좋아! 얼마든지 있으니까. 우리 둘이서 같이 심은 걸로 하자. 금이 자라서 나오면 나에게 8할을 주면 돼."

---

1 위구르족(維吾爾族)에 전해오는 이야기.

"그거 정말 좋겠어요. 폐하!"

다음 날, 아판티는 궁전에 가서 금 1킬로그램을 가져갔다. 일주일 뒤 그는 국왕에게 5킬로의 금을 갖다 주었다. 국왕은 주머니를 열고는 황금빛이 반짝반짝한 것을 보고 기뻐서 입이 쩍 벌어졌다. 그는 바로 아래 사람에게 말했다. 창고에 있는 금 몇 상자를 모두 아판티에게 주어 가서 심으라고 했다. 아판티는 금을 받고 집으로 돌아가 모두 가난한 사람들에게 나눠 주었다.

또 일주일 지나자 아판티는 빈손을 한 채 오만상을 찌푸리고는 국왕을 만나러 갔다. 국왕은 아판티가 온 것을 보고 웃다가 실눈이 되어 물었다.

"자네가 왔구먼! 금을 실은 가축과 금을 옮기는 큰 수레도 왔겠지."

"정말 운이 없었습니다!"

아판티는 갑자기 울기 시작했다.

"폐하께서는 며칠 동안 내내 비 한 방울도 내리지 않은 것을 못 보셨습니까? 덕분에 우리의 금은 모두 말라 죽었습니다! 수확은 말할 것도 없고 종자까지 모두 말라버렸습니다."

국왕께서는 순식간에 크게 화를 내며 왕좌를 박차고 내려와 큰소리를 질렀다.

"허튼소리! 네 그 거짓말을 어떻게 믿겠느냐! 누굴 속이려고? 금이 어떻게 말라 죽을 수 있느냐!"

"예? 이거 참 이상하군요!"

아판티가 말했다.

"폐하께서는 금이 말라 죽다는 말은 안 믿으시면서 어찌 금을 심어서 자라게 한다는 말은 믿으십니까?"

이 말을 들은 국왕은 진흙 덩어리를 입에 넣은 것처럼 다시는 아무런 말도 하지 못했다.

⁹² 세 개의 붉은 가죽 상자
三只红皮箱

청나라 때 상하이 근처 난샹전(南翔鎭)에 어떤 노인이 아들 세 명을 키웠다. 세 아들은 결혼한 뒤 분가를 요구했다. 노인은 젊었을 때 장사를 해 큰돈을 벌었다. 그래서 세 아들이 모두 돌아가면서 아버지를 모시겠다고 했다. 이 말에 노인은 마음이 흔들려서 모든 재산을 세 아들에게 나누어 주었다. 분가하고 첫 번째 날이었다. 노인은 밥을 먹기 위해 큰 아들 집으로 갔다. 그렇지만 누가 알았겠나? 큰 아들 집 대문은 굳게 닫혀 있었다. 아무리 두드려도 문을 열어주는 사람이 없었다. 주위에 물어보니 큰 아들은 이른 아침부터 장인 집으로 갔다는 것이다. 노인이 어쩔 수 없이 그날 하루 세 끼를 마을의 식당에서 해결했다.

다음 날은 둘째 아들 집에 가서 밥을 먹는 날이었다. 노인이 둘째 아들 집에 들어가자마자 둘째 부부는 큰소리로 싸우고 있었다. 결국 두 사람은 울화통이 나서 등을 맞대고 앉아서 꼼짝도 하지 않았다. 땔감도 옮기지 않고 밥도 하지 않았다. 노인은 오늘의 밥은 여기서 먹지 못할 것 같아서 또 식당에 갔다. 또 다음 날, 셋째 아들은 더 나쁘게 큰형에게 배워 밤에 문을 잠근 채 어디론가 사라져 버렸다.

노인은 세 아들이 자신을 대하는 것을 보니 아무리 생각해봐도 앞으로는 자식들에게 의지해서 살아갈 수 없으리라는 결론에 도달했다. 누구도 의지할 수 없는 처지를 생각하니 절로 눈물이 흘러나왔다. 그래서 마음을 먹고 집을 나섰다. 노인이 어디로 갔는지 아무도 몰랐지만 세 아들은 아예 알아볼 생각도 하지 않았다. 오히려 짐을 던 것 같아 온몸이 가벼웠다.

며칠 지나가서 노인이 큰 배를 타고 돌아왔다. 그는 위 아래로 최신 유행 옷을 입고, 뱃머리에 붉은 가죽 상자 세 개를 나란히 놓았다. 아무래도 보아하니 큰돈을 번 모양이었다. 노인이 육지에 오른 뒤 한편으로 걸으며 한편으로 하하 크게 웃으며 쉴 새 없이 떠들었다.

"재수가 좋아! 재수가 좋아!"

세 아들은 이유를 알 수 없어 아버지에게 왜 이리 기쁜지 물었다. 노인이 대답했다.

"난 요 며칠 나갔다가 온 목적은 은을 받으러 간 거였어. 20년 전에 내가 은 3천 냥을 투자해서 다른 사람과 장사를 했었다. 이제 기한이 다 되어 원금과 이자를 합쳐 총 6천 냥을 받아 온 거지. 야! 바로 저 배에 붉은 가죽 상자 안에 든 게 다 은덩이야."

이 말을 든 세 아들은 모두 배를 향해 뛰어갔다. 사람마다 붉은 가죽 상자 하나를 들었다. 상자는 엄청 무거웠고 안에서 은덩이가 서로 부딪치는 소리도 들렸다. 세 아들은 당장이라도 붉은 가죽 상자를 열고 싶지만 상자는 봉인되었고 다시 자물쇠가 채워졌다. 노인이 말했다.

"이 6천 냥은 내가 지금 나눠 주지 않을 거다. 나중에 어느 아들이 제일 잘하는지를 보고 가장 많은 은덩이를 줄 거야."

이날 이후로 세 아들은 날마다 서로 경쟁적으로 노인을 찾아왔다. 큰 아들이 아버지에게 족발[紅燒蹄髈]을 해주면, 둘째 아들이 백숙[白斬雞]을 만들어 오고, 셋째 아들은 새우[淸炒蝦仁]를 요리해 주었다. 그들은 나중에 손해를 볼까 봐 아버지를 성심성의껏 섬겼다. 노인이 세 아들 집에서 3년 동안 편안하게 생활했다.

어느 날, 노인은 갑자기 몸의 이상을 느껴 의사를 불러왔다. 의사는 그의 몸이 너무 쇠약해져 얼마 못 살 것 같다고 했다. 노인이 세 아들을 옆으로 불러놓고 말했다.

"난 아무래도 틀린 거 같다. 너희들은 이웃 사람들과 외삼촌을 모두 모셔 오거라. 사람들의 평가를 보고, 이 은 6천 냥을 누가 많이 가지고 누가 적게 가질 것인지 정하겠다."

　외삼촌과 이웃 사람들이 이르자 노인은 이미 말도 잇지 못한 채 열쇠 세 개만을 꼭 쥐고 있을 뿐이었다. 세 아들은 아버지의 생사도 돌보지 않고 얼른 붉은 가죽 상자들을 날랐다. 한 사람이 한 상자씩을 차지하고서 눈이 빨개지고 목에 핏대까지 세워가며 누가 아버지에게 더 잘해 주었는지 싸우고 있었다. 영문을 알 수 없던 이웃 사람들은 노인의 눈가에서 하염없이 흐르는 눈물을 보았다. 외삼촌은 노인 손에서 열쇠를 받아 쥐고는 눈물을 글썽이며 모두들에게 말했다.

　"세 개의 붉은 가죽 상자는 매부 것인데, 그 안에 은 6천 냥은 세 아들을 불러다 삼 분의 일씩 나눠 주라고 말씀하셨습니다."

　이웃 사람들은 세 아들이 평소에 아버지를 어떻게 대하는지를 일찌감치 잘 보고 들었었다. 게다가 또 아버지의 생사는 아랑곳하지 않고 돈만 다투는 것을 보니 심사가 뒤틀렸지만, 그냥 외삼촌의 체면 때문에 보고만 있었다. 외삼촌이 세 조카에게 말했다.

　"은을 너희들에게 나눠주마. 이웃 사람이 다 여기에 있으니 너희들이 아버지의 후사를 어떻게 처리하는가를 볼 거다."

　그리고는 열쇠를 나눠 주었다. 세 아들이 열쇠를 받고 봉인된 종이를 찢었다. 그리고 너무 흥분되어 두 손을 떨면서 서둘러 붉은 가죽 상자를 열었다. 상자 내용 물 위에는 빨간 종이가 한 겹 더 있었다. 그리고 위에는 이렇게 16자가 써 있었다.

　돌이 있었기에 아버지가 살 수 있었다.
　돌이 없었으면 아버지는 굶어 죽었을 거야.

　빨간 종이 아래에는 모두 돌이었다. 세 아들은 모두 상자 옆에서 울지도 웃지 못하고 나무처럼 우두커니 서 있었다.

⁹³ 노란 흙사발 하나

一只黃砂碗

청나라 고종 건륭(乾隆) 연간, 난샹전(南翔鎭)에 잘 나가는 전당포가 하나 있었다. 어느 것이나 모두 잡힐 수 있었기에 장사가 잘 되었다. 어느 날, 한 노인이 노란 흙사발 하나를 들고 전당포에 들어와 사발을 잡히려고 했다. 하지만 전당포의 젊은 점원이 보기에 그 사발은 거친데다가 색도 좋지 않아 동전 한 푼 값도 하나도 안 된다고 생각했다. 그래서 사발을 계산대 밖으로 밀며 말했다.

"우리 전당포에서는 이렇게 낡은 건 안 받습니다. 전당잡힐 수 없어요!"

그러자 노인이 말했다.

"다시 자세히 보라고. 너 도대체 물건을 볼 줄 아는 거야?"

젊은 점원이 노인의 말에 갑자기 화가 났고, 두 사람은 싸우기 시작했다. 이때, 전당포에서 흰 머리와 흰 수염이 난 늙은 점원이 나왔다. 그는 노란 흙사발을 들고 돋보기로 자세히 보더니 노인에게 얼마를 원하느냐고 물었다. 노인이 대답했다.

"은 천 냥."

늙은 점원은 당장 젊은 점원을 불러 은 천 냥을 주라고 했다. 은 천 냥을 빌려주며 깨진 사발 하나만 받자 전당포가 난리가 났다. 특히 젊은 점원 몇 명은 늙은 점원이 밥만 축내고 일도 하지 않는데다가 월급까지도 많이 받는 것에 대해 불만이 많았다. 그래서 이참에 사장에게 고자질했다. 그들의 말을 다 들은 사장은 계책 하나를 생각했다. 그날 밤, 사장이 술자리를 한 상 차려 놓고 늙은 점원을 대접했다. 이를 본 늙은 점원은 상황을 분명히 알 수 있었다. 이 술상을 차려준 것은 자기에게 그만두라는 뜻임을. 하지만 늙은 점원은 전혀 내색을 하지 않았다. 한창 식사를 하던 중 사장에게 말했다.

"사장님. 이제 저의 품삯을 정산해 주십시오. 이 노란 흙사발을 은 천 냥에 제가 사겠습니다."

사장은 정말 원하던 일이었기에 서둘러 사람을 시켜 노란 흙사발을 가져와 늙은 점원에게 팔아넘겼다. 늙은 점원은 노란 흙사발을 얻자 사람들이 신경을 쓰지 않을 때를 틈타 김이 무럭무럭 나는 홍샤오로우(紅燒肉)[1] 한 그릇을 노란 흙사발에다가 부었다. 그런 다음 포장지로 봉하여 뒷마당의 큰 나무 밑에 묻었다. 다음날 아침 일찍, 그는 배를 타고 고향인 후이저우(徽州)로 돌아갔다.

1년 뒤, 그릇을 판 노인이 은 천 냥을 가지고 그 노란 흙사발을 되찾으러 오자 전당포 사장은 어쩔 줄 몰라 했다. 그는 그릇을 되찾으러 올거라고는 생각지도 못했기 때문이다. 당장 그 자리에서 사람을 부르고 노인을 진정시키고는 며칠 뒤에 찾으러 오라고 했다. 또 한편으로 서둘러 사람을 후이저우로 보내 은 천 냥을 가지고 가 늙은 점원에게 가서 흙사발을 다시 사오라고 했다. 늙은 점원이 말했다.

"사발은 아직도 전당포에 있습니다. 저는 가져오지 않았어요."

사발을 받으러 온 사람은 그 말을 믿지 못하고 늙은 점원에게 같이 난샹전에 가보자고 했다. 늙은 점원이 난샹전에 와서 전당포 사장에게 말했다.

"사발을 드리는 데 조건이 하나 있습니다. 모든 현(縣)[2]의 전당포 점원들을 난샹으로 모이라고 해주십시오. 저는 전당포 일을 하는 전체 동료 점원들 앞에서 이 일에 대해 분명히 할 말이 있습니다."

---

1 [역자주] 홍샤오로우(紅燒肉): 돼지고기를 살짝 볶은 다음 간장을 넣어 다시 익힌 요리.
2 [역자주] 현(縣): 지방 행정구획의 단위로, 성(省) 밑에 속한다. 여기서 나오는 난샹전(南翔鎭)의 전은 현 아래 마을이다.

사장이 어쩔 수 없이 그의 말을 따랐다. 전당포 점원들이 다 모이자 늙은 점원은 남쪽을 향해 앉아 말하기 시작했다.

"일 년 전, 저는 노란 흙사발 하나를 구입했습니다. 동료들은 저에게 불만이 많았고, 사장님도 저를 믿지 않았습니다. 결국 저는 고향으로 쫓겨 갔고 망신을 당했습니다. 제가 보기에 이 노란 흙사발은 보물이라고 생각합니다. 작년 제가 떠날 때 사발에 홍샤오로우를 담아 뒷마당 큰 나무 아래에 묻어두었습니다. 믿지 못하시겠다면 파내서 한번 확인해 보십시오."

사장은 서둘러 사람을 보내 뒷마당의 나무 밑에서 노란 흙사발을 파내라고 했다. 그리고 위의 봉한 포장지를 열었다. 그 안에는 홍샤오로우 한 사발이 아직도 김이 무럭무럭 나는 채로 있었다. 더 이상 설명할 필요가 없이 모든 것이 분명히 밝혀졌다. 모두들 노란 흙사발의 신기함보다 늙은 점원의 경험과 지식에 깊이 탄복했다. 사장은 사람들 앞에서 자신의 잘못을 인정하고 예전보다 더 높은 월급으로 늙은 점원을 계속 고용했다.

⁹⁴ 다섯 마리 쥐가 서울을 떠들썩하게 하다

五鼠闹东京

옛날에 어떤 황제가 이상한 법을 만들었다. 모든 사람을 60살이 되면 죽인다는 법이다. 그런데 어떤 집에 어머니와 아들 두 사람이 살고 있었다. 아들은 어머니를 극진한 효도로 잘 모셨다. 하지만 어머니는 곧 60살에 가까웠다. 어떻게 어머니가 죽어가는 것을 그냥 이대로 보고만 있을까? 고민하던 아들은 한 가지 방법을 생각했다. 그는 마을 밖으로 가 후미진 곳을 찾아 동굴 하나를 파고 그 안에 어머니를 숨겼다. 그리고 직접 날마다 음식과 물을 날라다주어 그의 어머니는 별 탈 없이 잘 살 수 있었다. 그런데 한번은 어머니가 며칠을 기다려도 아들이 밥을 가지고 오지 않았다. 어머니는 걱정되어 마음이 점점 급해졌다. 남들에게 들킬까 봐 동굴을 나와 찾아다닐 수도 없었고, 또 동굴에서 기다리기엔 마음이 놓이지 않았다.

며칠 뒤, 드디어 아들이 밥을 가지고 왔다. 엄마는 아들의 근심 어린 얼굴을 보고 물었다.

"아들아, 무엇 때문에 이렇게 수심이 가득하니? 며칠 동안 밥을 안 가져온 걸 보니 무슨 일이 있니?"

아들이 한숨을 한번 쉬고 말했다.

"최근 서울에서 이상한 일이 일어났어요. 황제 옆에 갑자기 황후 다섯 분이 나타났어요. 황제도 누가 진짜인지 누가 가짜인지 확실히 분간하지 못하고 궁궐이 난리가 났어요. 황제께서 모든 신하들에게 사흘 내에 방법을 생각해 내라고 했대요. 누구도 방법을 생각해 내지 못한다면 사형을 당할 거래요. 관리들은 별 수가 없자 우리 백성들에게 분풀이를 하고 있어요."

이 말을 들은 어머니가 잠시 생각을 하더니 말했다.

"그건 아마도 쥐 다섯 마리가 소란을 피우는 거야! 걱정하지 마. 우리 집에서 키우는 큰 살쾡이가 있잖니? 네가 얼른 생선을 많이 먹여봐. 살쾡이가 4킬로가 되면 그 쥐 다섯 마리를 잡을 수 있을 거야. 때가 되면 네가 살쾡이를 소매에 넣어 궁궐로 데리고 가. 황후를 보면 살쾡이 머리를 그녀들에게 보여 줘. 그때 다시 황후의 얼굴에 이상한 변화가 있는지 없는지 살펴보란 말이야."

아들은 어머니가 말해준 방법대로 집에 돌아간 뒤 그 살쾡이를 살찌 워 크게 키웠다. 이윽고 무게를 한번 재어 보니 무려 4킬로나 되었다. 그는 살쾡이를 소매 속에 숨겨 궁궐에 들어갔다. 황제와 여섯 명의 황후 가 함께 그를 불러 만났다. 그가 살쾡이를 천천히 조금씩 내놓고 여섯 명의 황후에게 보여주었다. 그러자 황후 중 다섯 명의 안색이 변하는 것을 보았다. 그는 어머니의 말이 맞다고 생각해 살쾡이 대가리를 소매 에서 또 조금씩 나오게 하였는데, 점점 드러날수록 다섯 황후의 안색이 나빠지며 겁을 먹었다. 그가 확신하고 단번에 살쾡이를 풀어주자 살쾡 이는 가짜 황후들을 향해 뛰어가 잡기도 하고 물기도 했다. 이렇게 해서 가짜 다섯 황후의 정체가 모두 드러났는데, 과연 어머니 말대로 쥐 다섯 마리였다. 살쾡이가 먹기도 하고 잡기도 하여 네 마리는 죽였지만 한 마리는 끝내 잡지 못하고 도망쳤다. 지금 세상에 있는 쥐가 모두 그때 달아난 쥐의 후손이다. 황제는 가짜 황후 다섯이 모두 정체를 드러내는 것을 직접 보고는 진짜 황후를 찾아낸 것을 몹시 기뻐했다. 그리고 아들 에게 물었다.

"너는 쥐 다섯 마리가 이렇게 큰 소란을 피웠다는 것을 어떻게 알았느 냐? 또 이 살쾡이가 이 문제를 해결할 수 있다고 어떻게 알았느냐?"

이 말을 들은 아들은 두려워하며 무릎까지 꿇고 절을 하며 말했다.

"전 죄를 지었습니다. 죄를 지었습니다."

"네가 우리에게 쥐 다섯 마리를 죽여주었는데 무슨 죄가 있겠느냐! 내 무엇이든 용서해 줄 테니 일어나 말해 보거라."

아들은 벌벌 떨면서 대답했다.

"저에게 어머니가 계신데 이미 60살이 넘었습니다. 제가 어머니를 마을 밖에 있는 동굴에 숨겨두어 저의 어머니는 죽지 않을 수 있었습니다. 제가 어명을 거역했으니 죄를 지은 것입니다."

"네 어머니는 지금 어디에 계시냐?"

"제 어머니는 원래 동굴에 숨어 계셨고 제가 매일 식사를 날라다 드렸습니다. 그런데 서울에서 황후 다섯 분이 나타나는 변고가 생겼고, 이를 해결하지 못한 관리들이 저희 백성들에게 분풀이를 했습니다. 백성들은 무서워서 밖에 나오지 못했고요. 제가 밖에서 일어나는 일들을 어머니에게 알려주었고, 어머니께서는 집에서 키운 살쾡이로 쥐를 잡을 방법을 일러 주셨습니다."

황제가 그 말을 듣고는 생각해 보았다.

'역시 나이가 많은 사람들은 보고 들은 것이 많고 식견도 넓구나.'

그리하여 황제는 노인이 60살이 되면 모두 죽이는 법을 취소하여, 모든 사람들이 살 수 있는 데까지 살 수 있도록 했다.

95 국왕과 방귀 뀌는 며느리[1]
国王和放屁的儿媳妇

옛날 어떤 나라 국왕에게는 지켜야 할 법도가 많았다. 수하의 신하든지 심부름꾼이든지 심지어 집안의 남녀노소든지 누구도 법도를 조금이라도 어기면 안 되었다. 국왕에게는 결혼할 나이가 된 왕자 한 명이 있었다. 그래서 국왕은 왕자에게 양반집의 아가씨 한 명을 구해 줬다. 결혼식 날이 되자 국왕의 며느리가 큰 식탁을 받았고, 규칙에 따라 시부모를 뵈러 갔다. 며느리는 큰절을 하고 나서 시부모 앞에서 무릎을 꿇고 앉았다. 국왕과 왕후가 대추 한 줌을 잡고 며느리의 치마에 던지면서 "자식도 많이 낳고 복도 많이 받아라."라고 외쳤다. 그런데 며느리가 오랫동안 꿇어앉아 있다가 일어나며 부주의하는 바람에 "뿌~웅" 하며 방귀를 뀌었다. 순간 그녀의 작은 얼굴은 너무 부끄러워서 빨개졌다. 국왕은 67세나 되었지만 귀가 너무 밝아서 그 소리를 들었다. 짐짓 못 들은 척했으면 되었지만 국왕은 그러지 않았다. 그 자리에서 왕자에게 소리를 질렀다.

"우리 왕가에 어찌 이렇게 법도를 모르는 여자가 들어올 수 있겠는가! 당장 네 색시를 쫓아내 버려. 빨리 친정으로 돌려보내라."

그렇지만 신부는 얼굴이 작고 반듯하게 생겼을 뿐만 아니라 피부가 하얗고 마음도 착했다. 아버지의 말씀을 들은 왕자는 내키지 않았다.

'사람이 밥을 먹고 사는데 딸꾹질도 안 하고 방귀도 안 뀌는 사람이 어디 있어? 방귀 때문에 아내를 쫓아내라고 하는 게 말이 돼! 그런데 아버지의 명령을 어기면 안 되는데……'

---

1 차오셴족에게 전해오는 이야기.

그는 간청했다.

"아바마마, 화를 가라앉히세요. 이렇게 늦었는데 날이 밝으면 그녀를 친정으로 돌려보내면 어떨까요?"

국왕이 아무런 대꾸를 하지 않았다. 국왕이 말을 안 한다는 것은 허락했다는 의미였다. 그러자 왕자는 신부를 데리고 신혼 방에 들어갔다. 신혼 첫날밤, 부부의 금슬이 좋았다. 왕자는 색시를 보면 볼수록 예뻐 보여 그녀를 쫓아내기 싫었다. 생각할수록 아버지가 억지스러운 것 같았다. 그래서 아버지에게 본때를 보여줘야겠다고 생각했다. 그런데 어떻게 그렇게 하지? 그는 한밤중에 남몰래 아버지의 방에 들어갔다. 국왕이 술을 마시고 잠들어 있는 틈을 타 옥새를 훔쳐냈다. 왕자는 옥새를 색시에게 주며 하늘에 대고 맹세했다.

"하룻밤 부부라도 만리장성을 쌓는다고 합니다. 당신이 떠나면 저는 새 아내를 찾지 않을 겁니다. 몇 년이 지난 뒤 국왕의 옥새를 가지고 나를 찾아오세요."

아들은 다음 날 아침이 되자 색시를 친정으로 돌려보냈다.

한편 잠에서 깬 국왕은 자기 옆에 둔 옥새가 없어진 걸 발견했다. 이제 큰일이 났다! 그 당시에는 옥새가 목숨과 같았기에 잃어버리면 큰일이었다! 왕궁 안은 바로 떠들썩해졌다. 안팎과 위아래를 확 뒤집어 찾았지만 옥새는 그림자도 볼 수 없었다. 왕궁 안의 문무백관들이나 호위병들, 그리고 심부름꾼들 모두 찾을 수 없다고 했다. 당시 국법에 따르면 국왕이 옥새를 잃어버리면 더 이상 국왕이 될 수 없었다. 결국 끝까지 옥새를 찾지 못하자 국왕은 아들에게 왕위를 물려줄 수밖에 없었다.

한편 색시는 친정으로 돌아갔다. 그녀는 친정 부모에게 시부모 앞에서 방귀를 뀌는 바람에 쫓겨났다는 말을 했다. 친정 부모는 한편으로는 못난 딸이 양반집 체면을 손상시켰다고 욕하면서도 한편으로는 국왕의 세운 법도가 너무 많다고 원망했다.

'세상에 방귀를 뀌었다고 며느리를 쫓아내다니!'

그리고 속으로 중얼거렸다.

"자기도 사람인데 방귀를 안 뀔 수 있겠어!"

그런데 이 색시가 시집간 지 하루 만에 돌아왔지만 곧 임신을 했다. 당시 양반집에는 지켜야 할 법도가 많았다. 그들은 그녀에게 신혼 첫날 밤 왕자와 잤는지는 물어보지도 않고 색시가 다른 남자랑 바람을 피웠다고 단정 지었다. 굳이 작두를 꺼내 들고 그녀를 죽이려고 했다. 이때 색시가 품에서 국왕의 옥새를 꺼내며 부모님한테 사실대로 털어놓았다. 이 말을 들은 가족들은 야단이 났다. 눈앞에 바로 국왕의 왕후가 있고, 게다가 옥새가 증명하고 있으니 누가 감히 함부로 할까? 이에 그녀를 정말 극진히 모셨다.

열 달이 지난 뒤 색시는 아들을 낳았다. 피부도 하얗고 잘생긴 아이였다. 아이는 태어난 지 5개월이 되자 말을 하고, 7개월이 되자 걸을 수 있었다. 숫자도 1만 가르쳐 줘도 10까지 알았으며, 10을 가르쳐주면 100까지 다 알았다. 그는 학교에 가지 않아도 글자를 제법 많이 알았다. 일곱 살이 되자 그는 시를 쓸 줄도 알고 글도 지었다. 사람들은 이 아이를 신동이라고 불렀다. 하긴 이렇게 똑똑한 아이를 칭찬해 주지 않는 사람이 어디 있겠냐마는. 하지만 뒷담화를 하는 사람들도 있었다. 아비 없는 사생아라고 말이다. 어느 날, 아이는 눈물을 흘리고 집에 돌아와 색시에게 물었다.

"어머니, 어머니. 제 아버지는 도대체 누구입니까? 있기나 한 겁니까?"

색시는 이제 아이도 말귀를 알아들을 수 있을 거 같아 사실을 모두 아이에게 이야기해 줬다. 어떻게 된 일인지 분명히 알게 된 아이는 색시에게 옥새를 달라고 했다. 그리고 그 옥새를 가지고 아버지를 찾아 나섰다.

그때 왕궁 문지기들이 겹겹이 둘러싸고 지키는 바람에 파리 한 마리도 날아 들어갈 수 없었다. 문지기들은 예닐곱 살 아이가 찾아와 국왕의 아들이라고 하며 왕궁에 들어가서 국왕을 만나고 싶다는 말을 듣고는 다들 웃었다. 그가 왜 웃었냐면, 다들 알다시피 국왕에게 아내가 있긴 했었지만 시부모 앞에서 방귀를 뀌는 바람에 친정으로 쫓겨났고, 그 뒤로 국왕은 결혼을 하지 않고 있었기 때문이었다. 그러니 아들이 있을 리 만무했다. 아이가 어떻게 말을 그것을 믿어주는 사람이 없었다. 그런데 똑똑한 이 아이는 도저히 말로만 하면 안 될 것 같아서 국왕의 옥새를 목에 걸고 어깨를 으쓱거리며 안으로 뛰어 들어갔다. 이 방법의 역시 효과가 있었다. 문지기들이 서로 얼굴만 쳐다볼 뿐 누구도 이 아이를 막지 못했다.

아이가 왕궁에 들어가 국왕을 만나 던진 첫 번째 말은 "아버지"였다. 국왕은 아이 가슴 앞에 달린 옥새를 보자 금방 알 수 있었다. 이때 두 부자는 서로를 얼싸안고 울기 시작했다. 생각해 보렴. 방귀 때문에 부부가 헤어졌고, 그새 아들이 있는지도 모르고 살다 보니 눈앞에 보고도 알아볼 수 없었으니. 아이가 이렇게 큰 다음에야 드디어 처음으로 만나게 되었으니 국왕이 어떻게 울지 않을 수 있었을까?

국왕이 아이를 데리고 늙은 선왕을 뵈러 갔다. 아버지를 만난 국왕은 아이에게 할아버지라고 부르라고 했다. 하지만 아이는 할아버지를 부르지 않았다. 대신 품에서 하얀 배 세 개를 꺼내 식탁 위에다 던지며 말했다.

"이게 저희 어머니가 선왕께 드리는 선물입니다. 그런데 조건이 하나 있습니다. 방귀를 뀌는 사람은 먹을 수 없어요. 방귀를 뀌지 않는 사람만 먹을 수 있습니다."

늙은 선왕이 그 자리에서 말했다.

"사람이 각종 양식을 먹고 사는데 방귀를 안 뀌는 사람이 어디 있겠니?"

똑똑한 아이는 선왕의 말을 곧장 이었다.

"그럼 우리 어머니가 방귀를 뀌었을 때 선왕께서는 왜 법도를 모른다고 쫓아내셨습니까?"

그 말을 들은 늙은 선왕은 그 말이 사실이며 자신이 앞뒤가 맞지 않음을 깨달았다. 그리하여 그 자리에서 손자한테 잘못을 인정했다.

"네 할아버지가 한순간 실수를 했구나. 나도 지금은 무척 후회하고 있단다."

이제야 아이는 달려가 "할아버지!" 하며 품에 안겼다. 이 늙은 선왕은 할아버지라는 소리를 처음 들었다. 그래서 손자를 안고 눈물을 흘렸다. 그 뒤, 늙은 선왕이 직접 며느리를 마중하러 갔다. 그리고 며느리한테 사과를 했다. 그 이후로부터 시아버지와 며느리는 지난 일을 잊고 잘 지내게 되었다.

이 이야기가 사람들에게 어떤 가르침을 전하고 싶은 걸까? 그것은 바로 법도나 규칙도 때가 있다는 것, 그리고 너무 지나치면 좋지 않다는 진리였다.

96 나무 그늘을 사다[1]

卖树荫

아주 옛날 옛적, 어떤 마을에 사이르(賽勒)라는 부자 영감이 살고 있었다. 하지만 그는 간사하고 교활하며, 잔인하고 경박하여 온 동네를 휘젓고 다니는 악당 같았다. 그의 집 앞에는 크고 높은 뽕나무 한 그루가 있었다. 그의 집은 시장[2] 대로변에 자리 잡고 있었기 때문에 매번 장날이 되면 길을 오가는 사람들이 늘 이 뽕나무의 그늘 아래에 앉아 쉬어가고는 했다. 오랜 세월이 지나, 사이르는 다른 사람들이 공짜로 자신의 재산을 이용하는 것이 무척 거슬리고, 편치가 않았다. 그때 이후로 매 장날이 되면, 그는 직접 뽕나무 아래를 지키며 눈을 부라리며 화를 내며 소리를 지르고, 억세게 쉬면서 그늘을 찾으려는 사람들을 일일이 몰아냈다.

이 마을에는 안푸치리무(安浦其黎穆)라는 젊은이가 있었다. 그는 부자의 인색한 행위에 대해 마음속으로 몹시 분하게 생각했다. 어느 장날, 그는 다른 젊은이들과 의논을 해서 돈을 모았다. 그들은 그에게 돈을 지니고 들판에 가서 나무를 해 오라고 했다. 그는 마을을 나가 고비사막을 건너, 관목 더미에서 땔나무를 베어 등에 메고 돌아왔다. 그가 사이르

---

1 위구르족(維吾爾族)에 전해오는 이야기. 위구르족의 주요 분포지는 신장위구르 자치주이며, 인구는 830만 명이 넘는다. 위구르족은 투르크계(돌궐) 민족으로 처음에는 몽골 고원에서 활동하다가 중앙아시아로 옮겨 활약하였다. 위구르문자를 사용하며, 위구르족의 춤은 가볍고도 우아하며 빠른 회전과 변화무쌍한 동작으로 유명하다. 대부분이 이슬람교인으로 이슬람교는 그들의 대부분 생활과 문화를 지배하고 있다.
2 [역자주] 바자(巴紮): 페르시아 말로 사람들이 운집한 곳이라는 뜻이다. 위구르족의 재래시장을 말한다.

의 문 앞에 도달했을 때, 땀이 흘러 등에 흥건했고 허리가 아프고 다리가 쑤셨다. 그래서 그는 땔나무를 뽕나무 그늘 아래 내려놓고 쉬려고 했다.

"이봐. 여기 앉아서 뭐하는 거야?"

사이르가 흉악한 얼굴을 내밀고 욕지거리를 하며 소리쳤다.

"저리 꺼져! 설마 여기가 우리 집 뽕나무 그늘이라는 걸 모르는 게야!"

"이런, 사이르 영감이군!"

안푸치리무는 당당하게 말했다.

"나는 큰 길 위에 앉아 있지. 당신네 집 뽕나무에 앉아 있는 게 아니야!"

"허허! 애송아. 감히 나에게 말대꾸하려는 거냐! 내 너에게 분명히 알려주마. 큰 길은 비록 사람들의 것이지만, 이 뽕나무의 그늘은 내 것이야!"

"영감님, 내가 여기 앉아 잠시 쉰다고 당신의 그늘이 망가지는 게 아니잖아요!"

"뽕나무 잎이 없다면 어떻게 그늘이 있겠어! 말대꾸하지 말고, 썩 꺼져!"

"오늘 나는 작정을 하고 잠시 앉아 이 뽕나무의 나뭇잎이 끝까지 떨어지는지 어쩐지 봐야겠어요."

"홍! 네가 뽕나무 잎이 떨어지는 걸 지켜보겠다고! 너 알기나 해? 내 뽕나무 잎이 얼마나 비싼지!"

"말해 보시오. 도대체 얼마나 비싼지?"

"나뭇잎 하나에 족히 은 1원은 할걸!"

"아이구야! 그렇다면, 어디 한번 여기 앉아서 당신의 은돈 그늘에 앉아봐야겠소!"

"그래, 그래, 그래. 내 말이 그 말이야! 은돈 그늘이 좁아서, 돈 있는 사람은 와서 앉을 수 있지만 돈이 없는 사람은 썩 꺼져!"

"히히, 영감님! 만약 내가 돈이 있다면, 이 뽕나무의 그늘을 팔 거요

말 거요?"

"이 가난뱅이야. 네 꼴도 생각하지 않고 허풍만 치고 있다니! 네가 입고 있는 옷 좀 봐. 다 떨어진 게 은 1원도 내놓지 못할 걸."

"아니지, 아니지! 허풍은 당신 같은 부자나 하는 것이지, 가난뱅이가 허풍을 어찌 알겠어요."

"좋아. 네가 만약 내 나무 그늘을 사겠다면, 먼저 돈부터 꺼내봐!"

"영감님, 당신은 얼마를 생각하세요?"

젊은이는 품속에서 작은 헝겊 주머니를 꺼내 영감의 얼굴 앞에서 흔들며 말했다.

"맞춰보시오. 은돈은 얼마든지 있지요."

사이르 영감은 헝겊 주머니에 든 은전의 쟁쟁한 소리를 듣고 혼잣말로 중얼거렸다.

"히히! 이 녀석, 보기엔 꽤 똑똑해 보이는데 쓸모없는 호롱박 머리를 가졌구나!"

그래서 말했다.

"좋아. 네가 사고 싶다면 은 5백 원을 내!"

젊은이는 너무 비싸다고 했다. 두 사람은 흥정하다가 3백 원까지 가격을 깎아서 그는 나무 그늘을 샀다. 그들은 제사장³까지 불러 계약서를 썼다.

나, 사이르는 우리 집 문 앞 뽕나무의 그늘을 은 3백 원에 우리 마을 안푸치리무에게 판다. 뽕나무가 말라죽을 때까지 뽕나무 그늘은 영원히 안푸치리무의 소유가 되며, 사이르는 뽕나무를 벨 권리가 없다. 또한 어떤 핑계나 부인도 할 수 없다.

---

3 [역자주] 대모라(大毛拉): 아랍어 Mawla의 음역으로, 원 의미는 '보호자' '사제장' '주인'이다.

계약서를 다 쓰자, 제사장과 사이르 영감은 각각 자기의 도장을 찍고, 안푸치리무는 지장을 찍었다. 그리고 안푸치리무가 영감에게 돈을 지불했다. 그리고 소심스럽게 계약서를 주머니 안에 넣고, 장에서 땔감을 판 뒤에 자기 집으로 돌아갔다.

얼마 지나지 않은 어느 날, 사이르 영감의 아버지가 죽었다. 사이르 영감은 두 번째 장날 장례를 치렀는데, 그날 안푸치리무는 한 무리의 젊은이들을 데리고 손북과 날라리⁴를 들고 매우 즐겁게, 떠들고 웃으면서 뽕나무 그늘 아래로 가서 춤추고 노래를 했다. 마을에 아이들이 한데 무리를 이뤄 달려와 이들을 둘러싸고 쳐다보았다. 사이르 영감의 집 앞에서 마이시라이푸(麥西來甫)⁵를 연 것으로 무척 흥청거리고 왁자지껄했다. 사이르 영감이 얼른 문 밖으로 뛰어나와 기세등등하게 말했다.

"내가 지금 상을 당해 온 집안이 슬퍼서 울고 있는데, 너희들은 대체 희희낙락, 또 뛰고 노래하고, 아주 신나구나! 법석 떨지 말고, 썩 꺼져라!"

"하하, 이런. 당신 왜 그래!"

안푸치리무가 목청껏 소리쳤다.

"사이르 영감, 당신 뭐라고 지껄이는 거야! 당신 나무 그늘을 나한테 팔지 않았어! 당신들이 우는 것은 당신네 사정이고, 우리들이 웃고 떠드는 건 우리들 사정이니, 당신은 그렇게 상관하지 마!"

사이르 영감은 마치 송곳에 찔린 듯 목을 움츠리고 눈을 부릅뜨더니 이내 불쌍한 얼굴로 말했다.

"안푸치리무, 오늘은 우리 아버지 장례 치르는 날이니, 네 나무 그늘을 나에게 하루만 빌려주게!"

---

4 [역자주] 수오나(嗩吶): 아랍어 surnay 또는 sanai의 음역으로, 태평소(太平簫), 날라리에 해당하는 회족 악기.

5 마이시라이푸(麥西來甫): 위구르어로 '집회', '모임'을 뜻한다. 이것은 위구르 민족이 가무를 즐기고, 품행 교육을 하고, 같이 음식을 먹는 일체의 민간 오락 활동을 말한다.

안푸치리무는 그러겠다고 하며 하루에 은 2백 원을 내라고 했다.

또 장날이 되자, 사이르 영감은 10여 명의 제사장과 재판관을 집으로 초청해 대접을 했다. 영감은 정원에 포도나무 받침대 아래에 큰 카펫을 깔고, 카펫 위에 또 흰색의 헝겊을 깔았다. 그 위에 각종 음식과 과일을 놓고 손님들을 극진히 접대했다. 오후가 되자, 뽕나무의 그늘이 영감네 정원 안으로 떨어졌다. 그때 안푸치리무가 한 무리의 젊은이들을 데리고 왁자지껄 당나귀들을 몰고 영감의 정원 안으로 뛰어들었다. 나무 그림자 아래에서 어떤 이는 하품을 늘어놓거나, 기지개를 키고, 너저분하게 흩어져 잠을 잤다. 또 어떤 이는 목청껏 이야기하고, 웃고 떠들며 웃기고 재미난 이야기를 했다. 당나귀 또 어떤가. 어떤 당나귀는 똥을 질질 싸고, 오줌을 갈겼다. 또 어떤 당나귀는 주둥이를 하늘로 치올리고 "히잉, 히잉" 하고 시끄럽게 울어댔다.

영감은 고개를 설레설레 흔들며 탄식을 하면서 눈살을 잔뜩 찌푸렸다. 그는 손님들 앞에서 체면을 구길까 봐 사람들한테 간청했다.

"여보게들, 제발 시끄럽게 떠들지 마시오. 좀 있다 손님들이 가고 나면 당신들이 여기 다시 와 먹고 마시고 하시게." "사이르 영감님, 고맙습니다!"

사람들이 어깨를 으쓱거리며, 양손을 펴고는 이구동성으로 소리치며 말했다.

"당신은 한 푼짜리도 열 배로 돌려받는 탐욕스런 사람인데, 허세 부리지 마시오! 우리들은 알아서 배가 두둑하도록 먹을 것이니."

영감은 무안해서 부끄럽고 분한 나머지 성을 냈다.

"쳇, 너희들도 눈이 있음 보거라! 내 식탁에 앉아계신 분들이 어떤 분들인지. 내 호의를 무시하지 말고, 썩 꺼지거라!"

"하하하"

사람들 모두 웃느라고 입도 다물지 못하며 말했다.

"영감, 당신이 우리들한테 나무 그늘을 팔았잖소? 지금 잡아뗄 작정인가?"

사이르 영감은 얼굴과 귀까지 빨개졌다. 눈을 몇 번 껌벅이다가 또다시 은 2백 원을 내고 반나절 나무 그늘을 빌렸다.

그날 밤, 휘영청 밝은 달이 밤하늘에 걸렸다. 뽕나무의 그늘이 영감네 집 꼭대기 위에 드리워졌다. 그때 안푸치리무가 한 무리의 젊은이들을 이끌고 사다리를 메고 왔다. 그리고 앞뒤로 호위하면서 요란을 떨면서 영감네 집 꼭대기로 올라갔다. 그들은 그 위에서 거문고를 연주하며 노래를 부르고 춤을 추기 시작했다. 집 안에서 깊은 잠에 빠졌던 영감의 가족들이 놀라서 깨어났다. 다들 불안하고 당황하여 어찌할 바를 몰랐다. 사이르 영감은 서둘러 일어나 놀라 밖으로 뛰어나갔다. 온몸이 부들부들 떨며, 수염을 잡고 이를 부득부득 갈면서 말했다.

"너희들 큰 소동을 피울 생각이냐! 어제 너희들이 문 안 정원으로 들어오더니, 오늘은 정원에서 집 위로 기어오르고, 보아하니 내일이면 내 머리 꼭대기에 올라올 작정이구나!"

사람들은 사이르 영감을 보고 입을 삐죽 내밀며 말했다.

"영감! 우린 하루 종일 일을 했어. 밤에 우리 나무 그늘 아래서 달을 감상하는데 도대체 무슨 상관이야! 가서 편안하게 잠이나 자라고!"

영감은 우두커니 서서 골똘히 생각을 했지만 별 뾰족한 수가 없었다. 또다시 하룻밤 나무 그늘을 빌리는 값으로 은 2백 원을 낼 수밖에 없었다. 얼마 지나지 않아, 사이르 영감이 뽕나무 그늘을 빌린 소문은 한 사람이 열 사람에게 열 사람이 백 사람에 매우 빨리 퍼져 나가서 온 마을에 알려지게 되었다. 사람들은 그 말을 듣고 웃느라고 허리를 펴지 못했다. 영감의 친척과 친구들, 부인, 자식들까지도 그를 비웃었다. 영감은 창피해 죽을 지경이었고, 가슴이 오그라들어 고개도 들지 못했다. 남을 대할 면목도 없어서 그는 문 밖에 나가지도 못했다. 그는 생각했다.

'일이 이 지경에 이른 것은, 여기서 살아서 말썽이 난 것이고, 사서 고생을 한 것이다. 다른 곳으로 이사 가는 방법뿐이구나.'

그래서 사이르 영감은 마을을 떠나 아주 먼 곳으로 이사가 살았다.

그 뒤부터 뽕나무 그늘은 마을 사람들 모두의 것이 되었다. 매 장날이면, 오고가는 사람들이 끊이지 않았다. 그들은 기뻐하며 뽕나무 그늘 아래서 걸음을 멈추고 바람을 쐬며 더위를 식혔다. 입으로는 자기가 지은 노래를 흥얼거렸다.

낯 두껍고 뻔뻔한 욕심쟁이 사이르 영감,
뽕나무 그늘을 은 3백 원에 팔다니.
마침내 부끄러워서 문지방도 넘지 못하고,
마치 꼬리를 내린 개처럼 타향으로 도망가 버렸네.

스칸더 국왕과 그의 계승자[1]
斯坎德尔国王和他的继承人

아주 먼 옛날에 파미르(帕米爾) 고원에 한 왕국이 세워졌다. 국왕은 아주 현명했는데 이름이 스칸더(斯坎德爾)라고 했다. 그는 일곱 개의 영지를 통치하고 있었고, 각 영지의 귀족들은 해마다 국왕에게 금화 7백 개를 공물로 바쳐야 했다. 국왕은 이 금화 7백 개를 국고에서 하루 동안 보관한 뒤 다음 날 직접 온 나라의 독거노인들에게 나눠 주었다. 청렴하고 공정한 스칸더 국왕은 각 종족의 백성들에게 깊은 신뢰를 받고 있었다. 그의 나라는 날로 강성해지고 백성들은 안정된 생활을 누리며 즐겁게 일했다. 이렇게 국왕의 통치는 86년간 지속되었다.

어느 날 밤, 늙은 스칸더 국왕은 갑자기 꿈을 꾸었다. 꿈에서 그는 왕궁을 떠나 이상한 화초가 생긴 화원에 이르렀는데, 거기에 개울이 하나 있었다. 개울가에는 온몸이 투명하게 빛나는 수정으로 된 사람 한 명이 앉아 있었다. 국왕은 잠에서 깨어난 뒤 불길한 징조임을 알고 다음 날 왕공 대신들을 소집해 상의했다.

"나는 이미 나이도 많고 허약해져서 얼마 살지 못할 것 같다. 내가 세상에 떠나기 전 왕위의 계승자를 정해야 한다. 내가 선택한 이 사람은 내가 세상에 떠난 후에… 아직 다 하지 못한 말을 하자면, 너희들이 나를 떠받들 듯이 새 왕을 떠받들어야 한다. 그래야 내가 마음을 놓을 수 있겠다."

---

1 타지크족(塔吉克族)에 전해오는 이야기. 타지키스탄공화국의 주요 민족으로 아프가니스탄, 중국 등지에 분포하며, 중국 내에서의 주요 거주지는 신장위구르 자치구(新疆維吾爾自治區) 인근이다. 인구는 약 4.1만(2000년 조사)로, 대부분 수니파 이슬람교를 신봉한다.

왕공 대신들은 모두 국왕의 훈시대로 따르겠다고 했다.

왕궁에서 궁궐 문지기를 맡은 사람은 한족이었다. 그는 국왕이 왕위에 오를 때부터 왕궁에서 문지기를 했다. 수십 년 동안 바람이 불든 비가 내리든, 춥든 덥든 그는 한결같이 그 자리를 지켰다. 묵묵히 왕궁의 모든 사람들이 무시하는 하찮은 일들을 했다. 그는 왕궁 입구에서 매일 전국 각지에서 서울로 올라와 국왕을 만나러 온 가난한 사람들을 접촉했다. 그는 절약해 아껴서 그 가난한 사람들을 도왔으며, 최대한 그들의 요구와 희망을 국왕에게 전달했다. 오랜 시간 동안 국왕은 문지기로부터 많은 왕공 귀족들에게서는 듣지 못한 백성들의 사정과 소문을 들었다. 그는 최대한 백성들의 요구를 만족시켜 주고, 최대한 나라를 부유하게 하고 군대를 강하게 하는 방법을 시행했다. 이 때문에 문지기는 명성이 세상에 떨쳐졌고, 온 나라 백성들로부터 사랑을 받았다.

어느 날, 국왕은 세상에 떠나기 전에 마지막으로 그의 백성들을 보기 위해 측근 몇 명과 수행자를 데리고 밖으로 순시에 나섰다. 국왕이 왕궁으로 돌아올 때 마침 문지기를 만났다. 국왕이 물었다.

"이 산에 눈이 언제 내렸나?"

문지기가 대답했다.

"폐하, 작년에 내렸습니다."

"이 정도 눈이 농작물을 해칠 수 있나?"

"아닙니다, 폐하. 농작물을 더 잘 자라게 해 줄 겁니다."

"그럼 열매는 어떻게 되겠는가?"

"열매는 달 겁니다. 폐하께서 드셔본 것과 같습니다."

국왕은 만족스럽게 끄덕이며 말했다.

"내일 아침 조회할 때 자네도 왕궁에 들어오거라. 네게 알려줄 일이 있다."

문지기는 국왕에게 허리를 굽혀 절했다.

"명을 따르겠습니다."

왕궁으로 들어가는 길에 어떤 대신이 국왕에게 물었다.

"폐하, 저 문지기 한족은 거짓말을 하고 있습니다. 이 산에 쌓인 눈은 제가 태어날 때부터 있었습니다. 그런데 작년에 내렸다고 했으니 이는 분명 폐하를 속인 것입니다."

국왕은 웃으면서 말했다.

"방금 나와 문지기가 나눈 말을 너희들은 하나도 모르는구나. 조정 대신으로서 문지기의 지혜를 못 따라가다니."

대신들은 얼굴이 귀밑까지 빨개지면서 국왕에게 그 이유를 물었다. 국왕이 대답했다.

"내가 그에게 산에 있는 눈이 언제 내렸냐고 물은 뜻은 그의 머리가 언제부터 하얘졌냐는 것이다. 그의 대답은 작년부터 하얘졌다고 대답했다. 두 번째 말은 그의 나이가 많은데 문지기 일에 별 영향은 없냐고 물은 것인데, 그가 별 영향이 없으며 일을 더 치밀하게 잘 처리할 수 있다고 대답했다. 세 번째 말은 백성들이 그에 대해 만족해하느냐고 물었는데, 그는 내가 알고 있는 바와 같다고 대답한 것이다."

대신들은 국왕의 해석을 듣고서야 문득 확연히 알게 되었고, 문지기의 지혜에 새삼 감탄했다.

다음 날 아침, 문지기는 시간에 맞춰 궁전으로 들어와 국왕을 알현했다. 국왕은 반갑게 왕좌에서 내려와 문지기의 손을 잡고 조정의 문무 대신들을 향해 말했다.

"이 사람이 내가 선택한 계승자이자 너희들이 모실 국왕이다."

문무 대신들이 모두 놀라서 눈을 크게 뜨고 입을 벌리고 서로 얼굴만 쳐다볼 뿐 아무런 말도 못 했다. 국왕이 계속 말했다.

"그는 이제까지는 왕궁의 문지기였지만 앞으로는 온 나라의 문지기가 될 것이다. 국왕은 백성들의 머슴이니, 너는 응당 공정하고 청렴한 군주가 되어야 한다. 그리고 백성들을 잘 이해하고 사랑해야 한다. 그래야 나라가 창성하고 백성들이 만족하고 적들이 경거망동하지 못하는 법이다."

말을 마친 국왕은 모두들 앞에서 옥새를 문지기에게 넘겨주었다. 며칠 뒤 국왕이 세상을 떠났다. 일곱 개 영지의 귀족들은 왕궁의 다른 민족 문지기가 왕위를 계승한다는 말을 듣고 심기가 불편했다. 그들은 암암리에 결탁해 기회를 엿봐 새로 왕위에 오르는 국왕을 모두 앞에서 망신을 준 뒤 왕위에서 쫓아내려 했다. 스칸더 국왕의 장례를 치를 때 모든 영지의 귀족들이 와서 참석했다. 시신을 매장할 때 국왕이 오른손을 계속 높이 쳐들고 있어 어떻게 해도 수의를 제대로 입힐 수 없었다. 이때 어떤 귀족이 나와서 말했다.

"왜 스칸더 국왕이 죽은 뒤에 그의 오른손을 들고 있는지 새로운 국왕은 이 문제를 대답해 보시지요!"

문지기는 여유롭게 대답했다.

"스칸더 국왕께서 죽은 뒤에 오른손을 높이 든 뜻은 '내가 86년간이나 국왕을 했지만 지금 이렇게 죽자 빈손으로 떠난다. 너희들도 나처럼 청렴하고 공정하게 나라를 다스리기 바란다!'입니다."

이 말이 끝나자 스칸더 국왕의 높이 든 오른손이 갑자기 스르륵 내려갔다. 그 자리에 있는 왕공 귀족들은 그 기이함에 모두 놀랄 수밖에 없었다. 이때 그들은 스칸더 국왕이 생전에 한 말이 떠올랐다.

"내가 선택한 이 사람은 내가 세상에 떠난 후에… 아직 다하지 못한 말을 하자면, 너희들이 나를 떠받들 듯이 새 왕을 떠받들어야 한다."

귀족들 중에서 다시는 나서서 새로운 국왕을 반대하는 사람이 없었다. 이로부터 새로운 국왕은 스칸더 국왕이 있을 때처럼 죽을 때까지 파미르 왕국을 잘 다스렸다.

⁹⁸ 게으름뱅이와 노인²

懒汉与老人

건장하고 힘이 넘치는 젊은이가 있었는데 부모님이 정성스럽게 알라를 믿지 않아서 자기에게 재산을 별로 남겨주지 않은 것을 항상 원망했다. 그는 아무 일도 하고 싶지 않고 늘 알라만 생각하여 알라가 그에게 큰돈을 벌어주기를 바랐다. 그렇게 시간이 점점 지났지만 그는 여전히 아무것도 없고 심지어 부모님보다 더 가난했다. 어느 날, 그는 정말로 굶주림을 참지 못하자 이웃 할아버지에게 음식을 구걸하고 동시에 자기 심정을 털어놓았다. 할아버지는 식탁보를 펼쳐 놓고 그에게 나이거다(奶疙瘩)³를 주었다. 그리고 차를 마시면서 그에게 말했다.

"젊은이, 내가 자네에게 필요한 것이 있다네. 돈은 자네가 원하는 만큼 줄 것이고, 또 큰돈을 버는 비밀도 알려 줄게."

젊은이가 쓴웃음을 지으며 말했다.

"에이, 할아버지 농담하지 마세요! 지금 제 꼴을 보세요. 밀크 티 한잔 바꿀 만한 것도 없는데, 할아버지가 필요하신 게 어디 있어요?"

할아버지가 그의 말을 듣고는 말했다.

"아니야, 젊은이! 내가 말한 그것을 바로 네가 넉넉하게 가지고 있단다."

젊은이가 여전히 그다지 못 미더워하며 아무 생각 없이 말했다.

"할아버지! 전 진짜 할아버지께서 소중하게 여기는 것이 있다면 그냥

---

2 카자흐족(哈薩克族)에 전해오는 이야기. 인구는 111만 1718명으로 대부분 신장(新疆) 위구르 자치구에 거주한다. 카자흐족 대부분은 이슬람교를 신봉 하며, 목축업에 종사해 1년 내내 아름다운 초원에서 생활한다. 기마민족인 것을 자랑으로 삼았는데, 이들의 이리마는 한 무제(武帝) 때 천마(天馬)라 불리기도 했다.

3 나이거다(奶疙瘩): 수제비처럼 뚝뚝 뜯어서 만든 우유 음식.

이라도 드릴게요."

할아버지는 매우 진지하게 얘기했다.

"자네한테 없는 것이라면 내가 말하지도 않았을 거야."

"좋아요! 제가 한 푼도 받지 않고 드릴게요. 대신 더 큰 돈을 버는 비밀을 알려주셔야 해요."

젊은이는 할아버지가 너무 진지하게 얘기하는 것을 보고 진짜로 승낙했다.

"너 진짜 동의한 거다? 자, 그럼 네 오른손에 새끼손가락을 잘라서 날 줘!"

"왜 또 농담을 하세요. 멀쩡한 손가락을 왜 잘라요?"

"아깝지? 그럼 내가 은화 열 개를 줄게!"

"은화 열 개는커녕 천 개를 줘도 팔 수 없어요!"

"은화 천 개를 줘도 팔 수 없다고? 그럼 손가락 열 개가 있는 두 손은 얼마에 팔거니?"

조금 난처해하던 젊은이는 할아버지의 이 말에 버럭 화를 내며 말했다.

"이건 돈 문제가 아니에요! 내 목숨을 가져가도 전 이 손을 팔지 않을 겁니다!"

"젊은이, 자네는 이렇게 두 손을 소중하게 생각하면서, 왜 부모님이 재산을 남겨주지 않을 것만 원망하나? 분명히 알아야 되네. 부모님께서 자네에게 튼튼한 골격도 주었고 건장한 근육도 주었다는 걸. 이 두 손이 얼마나 소중한지 모르겠나? 자네가 이 소중한 재산을 운용하지 않을 뿐이라네!"

이날부터 젊은이는 자기 부모를 원망하지 않고 부지런히 일을 하기 시작했다.

⁹⁹ 선녀를 찾다¹
找仙娘

수토시(梳頭溪)라는 마을에 비치카(比其卡)라는 젊은이가 있었다. 아버지가 일찍 돌아가셨지만 어머니는 그를 애지중지 키웠다. 맛있는 게 있으면 자기가 먹지 않고 아들에게 남겨 주었고, 힘든 일이 있으면 아들을 힘들게 하지 않도록 자기가 알아서 다 해 줬다. 그러다 보니 비치카는 어렸을 때부터 응석받이로 자라서 먹기만 좋아하고 일하기를 게을리하는 버릇을 들이게 되었다. 어머니가 날로 늙어져서 일을 못 하게 되었지만 그는 계속 먹고 놀기만 했다. 도리어 어머니가 별 능력이 없어서 집이 가난하다고 원망했다. 어머니가 노파심에 거듭 충고했지만 비치카는 그것을 잔소리로 생각하며 귓등으로 흘려보냈다.

어느 날, 비치카가 또 어머니한테 몇 마디 교훈을 들었다. 그러자 그는 속으로 생각했다.

'선녀를 찾아 어머니로 삼았으면 너무 좋겠어. 고기를 원하면 고기가 생기고, 술을 원하면 술이 생기고, 돈을 원하면 돈이 생길 거 아냐. 갖고 싶은 건 다 가질 수 있을 거야. 그러면 내가 온 세상에서 복이 제일 많은 사람이 될 거야!'

그는 선녀²을 찾기에 앞서 그런 선녀가 있는지 없는지, 있다면 어디에

---

1 투자족(土家族)에 전해오는 이야기.
2 [역자주] 선녀(降仙娘): 고대 사회에서 미신 활동을 하던 직업을 가진 여자, 무당을 말한다. 그리고 강선(降仙)은 여자 선녀인 무당이 하는 미신 활동, 즉 굿을 의미한다. 투자족의 무당이 한자로 채록되는 과정에 선녀(仙娘)로 바뀐 것으로 보인다. 본 역서에서는 길을 알려주는 무당이 강선랑(降仙娘)이라 동일하게 표기되었기에 내용 이해를 위해 선녀와 무당으로 나눠서 번역했음을 밝혀둔다.

사는지를 여기저기 묻고 다녔다. 마침 문 앞에 한 무당이 찾아오자 비치카는 기뻐하며 그녀를 모시고 집으로 들어왔다. 무당은 손수건을 머리에 덮고 주문을 외기 시작했다. 매우 빨리 "아리사바, 아리사바" 하며 한바탕 뛰고 구름수레에 올라 굿을 하며 노래했다.

"선녀가, 선녀가 옷차림이 이상해. 옷을 뒤집어 입고 신발을 거꾸로 신고. 선녀가 어디에 사냐고 묻는다면, 360개의 마을을 찾아봐야 돼."

이 말을 들은 비치카는 무척 기뻤다. 무당에게 감사드리고 고개를 돌려 어머니에게 말했다.

"저는 선녀를 찾아 제 어머니로 모실 거예요."

어머니가 안타까워하며 말했다.

"속담에 '아들은 어머니가 추해도 싫어하지 않고, 개는 제 집이 가난해도 싫어하지 않는다'란 속담이 있단다. 정 네가 찾아가고 싶다면 그렇게 하렴. 하지만 못 찾게 되면 집으로 돌아오너라."

비치카는 낮에는 마을을 돌아다니고 밤에는 나무 위에서 쉬고 동굴 안에서 잠을 잤다. 그는 배고픔에 시달리고 고생도 많이 했다. 찾고 또 찾아 3년을 다니면서 딱 359개의 마을을 돌아다녔다. 그런데도 여태 옷을 뒤집어 입고 신발을 거꾸로 신은 선녀를 볼 수 없었다. 그는 생각했다.

'집을 떠나지 말아야 했었어. 집에서는 일일이 어머니가 해 주셨는데, 이런 고생할 줄 누가 알았겠어! 난 어찌 이리 바보 같을까, 쓸데없이 선녀의 헛소리만 듣고서. 어머니는 잘 지내고 계신지 모르겠네. 집에 돌아가야겠다.'

그렇게 비치카는 자기 마을로 돌아갔는데, 그가 도착한 시간이 마침 한밤중이었다. 집에 들어가자 큰소리로 외쳤다.

"어머니, 문 열어 주세요! 제가 돌아왔어요."

한편 비치카의 어머니는 아들이 떠난 뒤 아들이 너무 그리워 병에 걸려 드러누웠다. 논밭은 황폐해졌고 할 수 없이 날마다 걸식으로 살아갔다. 그날 밤도 그녀는 침대에 누워 또 아들을 그리워하기 시작했다. 묵묵히 손꼽아 헤아려 보니 아들이 떠난 지 벌써 3년이 되었지만 소식조차 없었다. 그런데 갑자기 아들의 목소리가 들렸다. 그녀는 기쁜 마음에 아픈 몸도 잊고 서둘러 침대에서 일어났다. 그런데 너무 서두르느라 옷을 뒤집어 입고 신발도 거꾸로 신었다. 그녀는 왼손으로 작은 등불 하나를 들고 오른손으로 문을 열었다. 비치카가 눈앞에 서 있는 어머니를 보자 문득 깨달았다. 어머니가 바로 무당이 말한 선녀였잖아? 그는 서둘러 어머니 앞에서 무릎을 꿇고 말했다.

"어머니! 어머니가 바로 제가 찾고 있던 선녀였어요!"

어머니는 매일 그리워했던 아들을 보자 흥분하여 눈물을 줄줄 흘리며 말했다.

"아가, 네가 드디어 돌아왔구나."

비치카는 나이 든 어머니를 버리고 선녀 어머니를 찾으러 간 것을 후회했다. 앞으로 다시 어머니를 떠나지 않기로 결심했다. 하지만 어머니는 자기는 나이가 많고, 먹을 줄만 알고 일할 수도 없는데다가 잔소리도 많으니 절대로 아들이 자기랑 같이 걸식하며 살아가게 할 수 없다고 했다.

무슨 말을 해도 비치카는 떠나지 않았다. 가슴 아파하며 말했다.

"어머니! 이제 안심하세요. 집안일은 어머니는 시키시기만 하세요, 제가 다 할게요. 제가 어머니에게 효도를 다할 거예요."

어머니는 할 수 없이 아들이랑 같이 살게 되었다. 그해 청명절이 되자 어머니가 말했다.

"아가, 사흘 안에 씨앗을 꼭 뿌려야 한다. 모내기 준비를 해야 되거든."

비록 마을 사람들은 아직 농사일을 시작하지 않지만 비치카는 어머니의 말씀대로 했다. 가을이 되자 마을 사람들의 볏모와 옥수수는 가뭄을 당했다. 하지만 비치카의 볏모는 일찌감치 익었기에 별 탈 없이 수확이 좋았다.

이듬해, 마을 사람들이 다 씨를 뿌리고 모내기를 했는데 어머니는 일하라는 소리를 하지 않았다. 비치카가 어머니에게 물었다.

"어머니, 벌써 5월인데 왜 아직도 씨 뿌리고 모내기를 하라고 하지 않으세요?"

어머니가 말했다.

"서둘지 말거라. 5일이 지난 뒤 모내기를 하면 될 거야."

그 뒤로 6월 한 달 동안 밤낮 없이 큰 비가 내렸다. 마을 사람들의 볏모와 옥수수가 막 꽃을 피웠는데 큰 비에 다 씻겨가 추수 때에는 껍데기만 남았다. 하지만 비치카의 볏모와 옥수수는 오히려 6월의 큰비 덕분에 잘 자라고 있었다. 이해도 좋은 수확을 거뒀다.

세 번째 해가 되었다. 벼 이삭이 막 팰 무렵 비치카의 어머니가 말했다.

"아가, 이틀 안에 벼를 다 베어서 업고 집에 가져와 그늘에서 말려야 한단다."

비치카는 아까운 마음에 이삭이 막 패고 있는 벼를 베어내길 싫어했다. 하지만 어머니가 화를 냈고, 비치카는 어쩔 수 없이 벼를 다 베어 집으로 업고 와 그늘에서 말렸다. 가을이 되자 마을 사람들은 모두 대풍작을 이뤘는데 비치카의 집에는 말린 볏짚 몇 짐만 있었다. 겨울이 되자 해묵은 곡식을 모두 먹어버렸다. 그는 말린 볏짚을 보면서 남몰래 눈물을 흘렸다.

비치카가 고민하고 있을 때 갑자기 한 소식이 들려왔다. 황제의 공주가 이상한 병에 걸리자 여기저기 황제의 조서가 붙었다. 이삭이 막 팬 말린 벼로 만든 약을 써야 공주의 병을 치료할 수 있으며, 그 약을 바친 사람은 부마가 될 수 있다는 것이다. 어머니는 서둘러 그를 시켜 황제의 조서를 떼버리고 이삭이 막 팬 말린 벼를 가지고 서울로 가 약을 바치라고 했다. 공주는 정말 이삭이 막 팬 말린 벼로 만든 약을 먹더니 병이 나왔다. 황제는 그를 공주와 결혼시켜 부마로 삼으려고 했다. 그러자 비치카가 말했다.

"저희 집에는 늙은 어머니가 있습니다. 저희 어머니를 모시고 함께 살 수 있다면 공주와 결혼하겠습니다. 그렇지 않다면 저는 집에 가서 어머니를 모시고 살 것입니다."

황제는 그의 어머니를 황궁으로 모실 수 있게 해 줬다. 비치카는 황제가 하사한 선물들을 가지고 마을로 돌아왔다. 그런데 어머니가 어디로 갔는지 찾을 수 없었다. 비치카는 사방을 사흘 밤낮으로 줄곧 찾아다녔다. 결국 마을 뒤 산 동굴에서 어머니를 찾아냈다. 어머니는 투자족 마을을 떠나기 싫어서 일부러 동굴에 숨었던 것이었다. 그녀가 말했다.

"아가, 네 애미가 이렇게 거지같은데 어떻게 함께 서울로 갈 수 있니? 가려면 혼자 가거라. 황제의 부마가 되면 평생 끝없는 부귀영화를 누릴 수 있잖아. 나는 지금 눈을 감아도 여한이 없단다."

비치카는 어머니의 말을 듣지 않으며 말했다.

"저는 차라리 어머니를 모시고 살지언정 부마가 되지 않을게요."

그는 어머니를 동굴에서 모셔왔다. 그리고 부마가 되기 위해 서울로 가지도 않았다.

어느 날, 비치카의 어머니가 병에 걸렸는데 앤펑(岩蜂)[3]이 먹고 싶다고 했다.

"내가 뒷산의 바위동굴에 있을 때 동굴 안 절벽에 벌집이 있었어. 그걸 태워서 가져오거라."

비치카는 온 힘을 다해 뒷산의 절벽에 올라갔다. 그런데 벌집이 어디 있어? 다만 황금 밥그릇 하나가 높다랗게 달려 있었다. 번쩍번쩍 빛나는 게 대단했다. 그는 아주 기뻐하며 황금 밥그릇을 가지고 가 어머니에게

---

3 [역자주] 앤펑(岩蜂): 암석에 집을 만들어 번식하는 벌. 앤펑펑미(岩蜂蜂蜜)는 한국말로는 '석청'이라고 하는데, 암봉의 집에서 채취한 꿀을 말한다.

맡겼다. 이 황금 밥그릇은 진짜 좋은 보물이었다. 그걸 품고 고기를
달라고 하면 고기가 생기고 술을 달라고 하면 술이 생겼다. 금을 달라고
하면 금이 생겼다. 뭐든지 달라고 하면 다 생겼다.

그 후 투자족 사람들이 마을에서 가장 착하고 부지런한 아가씨를 비
치카의 색시로 마련해 주었다. 그리고 아들 다섯과 딸 둘을 낳고서 한
가족이 화목하고 행복하게 살아갔다. 어머니가 돌아가신 뒤, 비치카는
세상 사람들이 모실 수 있도록 어머니의 조각상을 뒷산 동굴에 만들어
두었다. 지금까지도 투자족 사람들이 그 동굴을 '셴냥통(仙娘洞)'이라고
한다.

¹⁰⁰ 이름 지어 닭 먹기¹
取名吃鸡

옛날에 어떤 부자에게 사위 두 명이 있었다. 큰 사위는 돈이 있고 번지르 르하게 말도 잘해 장인에게 사랑을 많이 받았다. 반면 작은 사위는 집이 가난해서 장인이 싫어했다. 어느 날, 두 사위가 장인 집에 놀러 갔다. 장인은 닭 한 마리를 잡았는데 진심으로 한 마리 모두 큰 사위에게 먹이 고 싶었다. 하지만 두 사람이 다 사위인 걸 생각하면 티를 너무 내서는 안 되겠기에 문제를 내서 작은 사위를 떨어뜨리려고 했다. 부자는 한나 절 고민 끝에 '이름 지어 닭 먹기'라는 방법을 생각했다. 그는 큰 사위가 똑똑하고 말주변이 좋지만 작은 사위는 우직하고 융통성이 없고 말도 못 하는 것을 잘 알았다. 이런 게임을 하면 당연히 큰 사위가 다 먹을 수 있을 거야! 이런 방법을 생각하고서 두 사위에게 말했다.

"오늘 내가 너희들에게 문제를 낼 것인데, 이른바 이름 지어 닭 먹기 게임이야. 내가 닭고기를 집어 들면 누가 좋은 이름을 지었느냐에 따라 먹는 거지. 이름을 못 지으면 못 먹는 거야!"

큰 사위는 이것은 장인이 작은 사위를 골탕 먹이려는 수라는 것을 알고 급히 말했다.

"좋아요. 좋아요. 좋아요!"

작은 사위도 속으로 생각했다.

'내가 닭을 별로 안 먹어 봤지만 닭 부위 이름을 모를 리가 있을까?' 그도 말했다.

---

1 투자족(土家族)에 전해오는 이야기.

"좋아요!"

부자는 이 말을 듣고 속으로 은근히 기뻐했다. 두 사위를 불러 자리에 앉히고 젓가락으로 닭 머리를 집고 작은 사위에게 물었다.

"이게 뭐지?"

작은 사위가 대답했다.

"닭 머리요."

"틀렸다."

부자는 큰 사위를 쳐다보며 물었다.

"네가 말해 봐라. 이게 뭔지."

큰 사위는 얼른 일어나서 답했다.

"장인어른, 이것은 '봉황머리'입니다."

부자는 웃으면서 말했다.

"맞았어. 자네가 먹어야지."

그리고는 닭대가리를 큰 사위의 그릇에 넣어주었다. 그런 뒤 그는 닭의 목과 날개를 집고 작은 사위에게 물었다.

"이게 뭐지?"

작은 사위가 대답했다.

"닭의 목과 날개입니다."

부자는 고개를 흔들며 말했다.

"틀렸다."

큰 사위는 닭의 목과 날개를 가리키며 말했다.

"이것은 신화에 나오는 활 '거거공(格格弓)'과 두 개의 부채입니다."

부자는 계속 고개를 끄덕이고 말했다.

"맞아, 맞아. 자네가 먹어야지."

그는 또 닭의 목과 날개를 큰 사위의 그릇의 넣어주었다. 다음으로 닭다리를 집더니 코로 냄새를 맡아 보고는 작은 사위에게 말했다.

"으흠, 이거 참 좋은데! 자네가 말해보게. 이게 뭐지?"

작은 사위는 부자가 손에 든 닭다리를 보고 대답했다.

"닭다리요!"

큰 사위는 얼른 말을 이어 대답했다.

"아니야! 이건 망치, '지류추이(雞溜錘)'라고 하지!"

말이 끝나자 장인은 닭다리를 큰 사위에 그릇에 넣어주고는 말했다.

"자네가 말을 잘했어. 이름을 잘 지었으니 먹을 복을 누릴 자격이 있어. 어서 먹게나."

닭 한 마리가 거의 없어져가고 있지만 작은 사위는 아직 국물 맛도 보지 못했다. 화가 났지만 아무 말도 못 한 채 그냥 속으로 부글부글할 뿐이었다. 이때 부자는 닭 창자와 닭똥집을 집어 들고 작은 사위에게 물었다.

"이게 뭔지 또 틀리면 먹을 생각도 마라."

작은 사위는 자세히 보더니 대답했다.

"닭 창자와 닭똥집입니다."

부자는 머리를 흔들며 말했다.

"틀렸다!"

큰 사위는 손에 닭다리를 들고서 이상한 소리를 내며 말했다.

"장인어른, 이게 돼지꼬리, 졔졔샹(節節香)입니다. 장인어른 술안주에 안성맞춤으로 맛있는 것이지요."

부자는 기뻐서 하하 크게 웃으며 말했다.

"자네 말 참 잘했어. 맞아. 자네가 먹어야지. 다 자네가 먹게나!"

이렇게 말하면서 고기와 함께 국물까지 모두 큰 사위에게 주었다. 결국 작은 사위는 맨밥만 먹을 수밖에 없었다. 밥을 다 먹자 부자는 두 사위에게 산에 올라가 땔감을 해 오라고 했다. 그러자 큰 사위는 고민을 했다. 그는 먹는 것만 밝히고 일은 게을리하는 사람인데 말솜씨는 잘 했지만 일을 하라고 하면 또 맹탕이었기 때문이다. 하지만 어쩔 수가 없어 느릿느릿 산에 올라갔다. 작은 사위는 날마다 땔나무를 했기에 손발이 날랬다. 장인어른이 땔감을 해오라고 시키자 금방 산에 올라가 아주 빨리 많은 한 꾸러미 땔감을 했다.

집으로 돌아오다 보니 큰 사위가 길가 움막에서 낮잠을 자고 있는 게 보였다. 작은 사위는 소리를 질러 집에 돌아가자고 깨웠다. 큰 사위는 일어나자 다른 사람이 움막집에 놓은 땔나무를 업고 가려고 했다. 그런데 마침 그 땔나무의 주인이 왔다. 그 사람은 큰 사위가 그의 땔감을 훔친 것을 보고 두말없이 큰 사위의 머리를 잡고 뺨을 후려갈겼다. 그리고 그를 땅에 눌러 발로 밟은 채 그의 손을 묶더니 목을 잡아 쥐고 주먹으로 때렸다. 큰 사위는 "엄마야, 엄마야!"라고 비명을 질렀다.

작은 사위가 땔감을 매고 돌아오자 부자가 물었다.

"네 형님은 왜 안 돌아오는 거냐?"

그러자 작은 사위가 대답했다.

"형님은 산에서 낮잠을 자고 일어나 남의 땔감을 훔치려다 걸렸는데, 당연히 용서받지 못했습니다. 땔감 주인에게 '봉황머리'를 잡히고 '활(栝栝弓)'처럼 당겨지고, '부채(扇風)'처럼 밟히고, '절절향(節節香)'처럼 묶이고, '돼지꼬리(雞溜錘)'처럼 망치질 당하며 '맛있게' 두들겨 맞고 있습니다."

부자는 이 말을 듣고 웃을 수도 울 수도 없어서 슬그머니 자리를 피하고 말았다.

라랑이 황금을 찾다[1]

拉朗找金子

옛날 옛적에 노부부가 있었다. 노부부는 쉰 살이 돼서야 아들 하나를 얻었는데, 이름을 라랑(拉朗)[2]이라고 지었다. 노부부는 아들을 지나치게 예뻐해서 아무 일도 시키지 않았다. 그래서 라랑이 열 몇 살이 되었어도 할 줄 아는 게 없었다. 얼마 되지 않아 노부부가 잇따라 죽고 말았다. 라랑은 2년도 못 돼 노부부가 남긴 모든 가산을 다 써버렸고, 어쩔 수 없이 끼닛거리를 동냥하러 다니게 되었다. 라랑의 그런 모습을 본 외할아버지가 그를 불러 말했다.

"오늘부터 너는 동냥하러 다니지 말도록 해라. 호미를 메고 집 앞의 땅을 파 보거라. 조상들이 묻어둔 황금 항아리만 얻으면 잘살 수 있을 거다."

라랑은 땅속에 황금이 있다는 소리를 듣고 외할아버지의 말씀대로 땅을 파기 시작했다. 첫 번째 날, 그는 땅을 파다가 손바닥에 피망울이 생기기 시작했다. 1미터 너비로 팠지만 항아리는 한 조각도 보이지 않았다. 그래서 그는 외할아버지에게 달려가 물었다. 외할아버지가 땅 전체를 다 파내야 황금 항아리를 찾을 수 있다고 말씀하셨다. 다음 날, 라랑은 한편으로 땅을 파면서 한편으로 죽는 소리를 했다. 허리가 시큰거리고 등도 아프고 두 손이 저렸다. 그만두고 싶었지만 외할아버지에게

---

1 거라오족(仡佬族)에 전해오는 이야기. 2000년 기준 인구수는 57.9만이며, 구이저우성(貴州省) 서북, 서남 및 북부에 거주한다. 구이저우성의 고대 요인(僚人)의 풍습을 보전하고 있다. 거라오어(仡佬语, 홀료어)를 사용하고 있으나 독자적인 문자가 없고 종족이 분산되어 각 지역의 거라오어 간 차이가 매우 큰 상태이다.

2 라랑(拉朗): 거라오족(仡佬族) 말로 외아들이란 뜻이다.

혼날까 봐 참고 파냈다. 연이어 며칠을 더 파서 땅 전체를 팠지만 황금 항아리는 그림자도 안 보였다. 그래서 그는 또 외할아버지에게 달려가 묻자 외할아버지가 대답했다.

"넌 아직 1미터 깊이로 파지 않았는데, 어떻게 황금 항아리를 볼 수 있겠니?"

라랑은 깊이가 1미터가 되어야 한다는 말을 듣고는 너무 놀라 혀를 내둘렀다. 외할아버지가 그의 놀란 표정을 보고 말했다.

"황금을 얻으려면 힘을 내야 해."

몇 개월이 지나 봄이 왔다. 라랑이 1미터 깊이로 팠지만 어떻게 황금 항아리를 볼 수가 없었을까? 외할아버지가 웃으며 말했다.

"이렇게 하자. 내가 옥수수 한 광주리를 줄 테니 몇 개씩 땅에 묻어보렴. 옥수수가 자라면 황금이 나올 거야. 근데 기억해야 할 것은 옥수수가 싹이 튼 뒤로는 열 번을 김을 매야 한단다. 그래야 황금이 다시 풀에 덮이지 않는단다."

라랑은 몇 개월 동안 땅을 팠지만 황금을 찾지 못해 이미 조금 실망한 상태였다. 게다가 이제 또 옥수수 씨를 심고, 열 번 김을 매야 하자 슬슬 게으름을 부리기 시작했다. 그는 땅 여기저기에 여러 군데 구덩이를 만들고 거기다 옥수수 씨를 묻었다. 그리고 날마다 그곳에 가서 지켜보았다. 얼마 되지 않아 옥수수가 자라기 시작했다. 옥수수가 풀보다 더 빨리 더 높이 자라는 걸 보고 그는 생각했다.

'이 옥수수는 풀보다 더 잘 자라니 김매는 것은 그리 급한 거 같지 않아.'

열흘이 넘자 잡초는 옥수수 싹만큼 자랐다. 그는 그제야 대충 한 번 김을 맸다. 두 달이 지나자 잡초는 또 더 많이 자랐다. 그는 그제야 두 번째 김을 맸다. 이 해에 그는 옥수수 두 짐을 수확했다. 그는 기쁜 마음으로 옥수수를 지고 외할아버지에게 갖다 주었다. 외할아버지가 그에게 김을 몇 번 매었냐고 묻자 그는 더듬거리고 대답했다.

"열… 열 번을 맺어요."

외할아버지는 옥수수를 한눈에 김매기를 열 번 해서 나온 옥수수가 아니란 걸 알았다. 그래서 거짓말한 라랑을 야단쳤다. 라랑은 어쩔 수 없이 사실대로 털어놓았다. 외할아버지가 말했다.

"일은 열심히 해야 하고, 사람은 성실해야 해. 내년에는 김매기를 꼭 열 번 하거라."

이듬해, 라랑이 두 번째 김매기를 했을 때 옥수수가 아주 잘 자란 모습을 보고 생각했다.

'올해는 분명 작년보다 많이 수확할 거 같아. 그러니 굳이 김매기를 열 번 할 필요가 있겠어?'

결국 그는 김매기를 네 번만 했다. 정말 옥수수가 작년보다 알이 실하고 동글동글했다. 라랑은 옥수수를 지고 외할아버지에게 돌려주러 갔다. 외할아버지가 그에게 김매기를 몇 번 했냐고 물어보자 그는 열 번이라고 대답했다. 외할아버지가 말했다.

"김매기를 열 번 하면 이것보다 훨씬 좋은 옥수수가 나왔을 것이야. 많아야 네 번 정도 했겠구나."

라랑은 마음속으로 탄복하고는 순순히 인정했다. 3년째 그는 김매기를 6번 했고, 2년째는 8번만 했다. 그때마다 모두 외할아버지에게 들켰다. 결국 5년째에 들어서자 그는 김매기를 성실하게 열 번 다 하였다. 그때가 되자 라랑은 이미 농사일을 잘 할 수 있게 되었다. 그가 기른 옥수수는 알알이 꽉 차 있었다. 외할아버지는 흐뭇하게 수염을 쓰다듬으며 금빛 찬란한 옥수수를 가리키고 말했다.

"이게 바로 네가 원했던 황금이란다! 꼭 기억하거라. 사람이 생활하기 위해서는 스스로 살길을 찾아야 하는 법이란다."

라랑은 이제야 외할아버지가 땅을 파서 황금 항아리를 찾으라고 했던 의도를 깨달았다. 그는 외할아버지의 말씀대로 옥수수를 심으면 심을수록 많아지고 생활도 시간이 지날수록 좋아지고 있었다. 그는 외할아버지에게 옥수수를 돌려줄 것을 잊지 않고 있었다. 하지만 외할아버지가 말했다.

"남겼다가 네가 먹도록 해라. 나는 네가 이렇게 살아갈 수 있다면 마음을 놓을 수가 있단다."

102 수명을 사다 [1]

买寿

풍요로운 코라두(口拉都)라는 곳에 매우 높고 큰 나무집이 하나 있었다. 이 집은 모든 것이 나무로 되어 있었다. 나무로 된 벽, 나무로 된 지붕, 나무로 된 선반, 나무로 된 마루 등등. 이 집의 나무는 몇 사람이 안을 수 없을 정도로 굵고, 위를 쳐다보면 끝을 볼 수 없을 정도로 높았다. 그리고 이 집안에는 금은, 보물, 양탄자 등이 가득 쌓여 있었다. 하늘의 별을 제외하면 세상에 드물고 신기한 보물이 다 갖춰져 있었다. 이 나무집의 주인은 큰 부자인 메이취아와루오(美區阿瓦若)였다.

어느 날 밤, 아와루오가 갑자기 꿈을 꿨다. 그는 꿈에서 코처럼 생긴 황금 언덕을 보았는데, 황금모래 강이 황금 언덕 아래를 지나가며 거친 물결이 언덕의 황금 흙을 씻어 내리고 있었다. 결국 온 황금 언덕이 모두 황금모래 강으로 깎여 잠기고 말았다. 아와루오가 잠에서 깨어나 생각했다.

'어떻게 황금 언덕 전부가 황금모래 강에 잠길 수 있지?'

이 세상의 그렇게 많은 황금이 있는데, 그의 나무집에 쌓이지 않다니. 아와루오가 어떻게 그것을 참을 수 있겠어? 그가 자기의 황금 산을 보니 왜소해 보였고, 자기의 은산을 보니 검은 구름에 싸여 있는 것 같았다. 또 자기의 보물더미를 보니 광택이 줄어든 것 같았으며, 자기의 나무집을 보니 나무집이 작고 텅 비어버린 것 같았다. 그는 화로(火塘)[2] 근처에

---

1 나시족(納西族)에 전해오는 이야기. 나시족은 중국 윈난성(雲南省) 북서부에 있는 나시족 자치현을 중심으로 거주하는 소수민족으로, 독특한 상형 문화 등 '동파'(東巴) 문화와 모계사회의 유풍을 가진 민족이다. 인구는 30만 8839명이다.

서서 큰소리를 질렀다.

"세상의 금은보화는 모두 다 내 거야! 나는 하늘 아래 모든 흩어 없어진 금은을 다 모을 거야! 하인들아, 잘 들어라. 너희들은 강 속으로 흩어 없어진 황금을 모두 일어서 가져와라!"

메이취아와루오가 가죽 채찍을 휘두르며 하인들에게 회양목으로 만든 그릇을 들고 금사로 짠 체를 메라고 호령했다. 그들을 금모래 강가로 달려가게 하여 흩어진 금을 일어내게 하고 자기는 금모래 강가의 백사장에 앉아서 감시했다.

잠시 후 그는 강물에 거꾸로 비친 자기 그림자를 보았다. 그 속에는 얼굴이 창백하고 칼로 베인 것처럼 말랐으며, 눈덩이가 시커먼 것이 마치 죽은 사람의 머리에 구멍 두 개가 나 있는 거 같은 사람이 있었다. 그리고 양쪽 귀밑머리는 몇 가닥의 드문드문 흰 구름처럼 희끗희끗해져 있었다. 그는 너무 슬펐다. 아와루오는 상심하여 집으로 돌아와 화로 근처에 턱을 고이고 앉았다. 넋을 놓고 나무집에 쌓인 금은보화들을 쳐다보았다. 오늘에야 그는 세상에서 제일 소중한 것을 그가 가지고 있지 않음을 깨달았다. 그것은 바로 수명이었다. 그도 세상의 다른 사람들처럼 늙고 병들어 죽을 것이다. 그는 곰곰이 생각하다 갑자기 누가 그에게 수명을 준다면 자기가 가진 모든 금은보화와 바꾸겠다는 마음이 생겼다. 큰돈만 준다면 분명 아름다운 청춘을 파는 젊은이가 있을 것이라고 생각했다.

그리하여 아와루오는 반짝이는 황금 덩이 아홉 상자, 번쩍거리는 은덩이 아홉 상자와 눈부신 진주보물 아홉 상자를 가득 채우고 아홉 마리의 길을 아는 준마와 아홉 마리의 길을 아는 야크와 아홉 마리의 튼튼한 황소³를 끌어냈다. 그는 멀리 갈 때 입는 새 옷을 입고, 친척 집에 나들이

---

2 [역자주] 화로(火爐): 방바닥을 파서 둘레를 벽돌로 쌓고 그 안에다가 불을 피워 따뜻하게 하는 구덩이.

갈 때 쓰는 모자를 쓰고, 허리에는 신분을 과시하는 은 칼집을 찼다. 가까이에서 시중을 드는 하인을 데리고 소 떼와 말 떼를 몰면서 먼 길을 떠났다.

아와루오는 소 떼, 말 떼를 몰고 사흘 밤낮을 걸어 바이사제(白沙街)⁴에 이르렀다. 마침 바이사지에는 아주 시끌벅적했다. 아와루오는 거리 입구를 세 바퀴를 빙 둘러보니 수없이 많은 참배객들이 향을 들고 베이위에먀오(北嶽廟)로 가고 있었지만, 수명을 파는 장사꾼은 안 보였다. 이번에는 다시 거리 끝까지 세 바퀴를 돌았지만 놋솥과 놋그릇 값을 흥정하는 사람들은 있었지만 나이의 값을 흥정하는 사람은 안 보였다.

아와루오는 아주 실망하며 바이사제(白沙街)를 떠났다. 그는 소 떼, 말 떼를 몰고 리쟝(麗江)의 스팡제(四方街)에 이르렀다. 스팡제에는 벌집의 벌보다 더 많은 사람들이 오가고 있었다. 아와루오는 인파 속에 끼어 거리의 동쪽에서 세 바퀴를 돌아다녔더니 두부를 파는 장사꾼은 보였지만 나이를 파는 장사꾼은 보이지 않았다. 그는 거리의 서쪽에서도 세 바퀴를 돌아다녔지만 술을 사라고 외치는 소리는 들려도 나이를 사라고 하는 소리는 들리지 않았다.

아와루오는 얼음굴에 미끄러져 들어간 것처럼 눈물을 참지 못하고 주룩주룩 흘렸다. 아와루오는 다시 또 길을 떠나 '다리(大理)⁵ 산위에제(三月街)'⁶에 도착했다. '산위에제'에는 사람들이 너무 많아서 아주 떠들

---

3 [역자주] 편우(犏牛): 황소와 야크의 잡종.

4 [역자주] 바이사제(白沙街): 바이사구전(白沙古鎮)은 윈난 리쟝성(麗江城) 북쪽 약 10km에 위치하고 있는데, 북쪽으로 위롱스웨산(玉龍雪山)이 남으로 롱추웬(龍泉) 서로 이즈산(依芝山) 있다. 나시족의 고도(古都)로서 일찍이 리쟝의 정치, 경제, 상업, 문화의 중심지였다. 베이위에먀오(北嶽廟)도 인근에 위치한다.

5 [역자주] 다리(大理): 중국 윈난성 서부, 대리 바이족 자치구의 중심도시. 다리분지 중앙의 얼하이(洱海) 서안에 위치. 미얀마 방면으로 통하는 요충지로 번영했으며, 타이계의 바이족에 의한 수도(水稻), 농경에 기반을 둔 문화가 일찍부터 발달했다. 다리국은 원 세조에 의해 멸망하여 중국에 편입되었다. 흔히 말하는 대리석의 주요 산지이기도 하다.

썩했다. 그는 꼬치처럼 붐비는 사람들 속에 끼어 남쪽에서 밀려 북쪽에 이르렀고, 또 북쪽에서 남쪽까지 밀려갔다. 그곳에서 산에서 난 약재를 파는 사람들이 자기 물건을 자랑하는 것은 보았지만 가난한 집 아이가 수명을 사라고 외치는 소리는 하나도 안 들렸으며, 또 그걸 사는 부잣집 자제들도 보이지 않았다. 아와루오는 상심하여 '창산(蒼山)' 아래에 앉아서 '다리 산타(三塔)'를 쳐다보고 있었다. 전설에 의하면, 이 탑을 지을 때 사람들이 금벽돌과 은벽돌로 하늘나라 신선을 감동시켜서 그의 도움으로 우뚝 솟은 탑을 완성시켰다고 한다. 이때, 아와루오가 갑자기 정신이 들었다.

'남들이 금은으로 신선의 마음을 샀다면 나는 얼마든지 내가 가진 금과 은 일부만 쓰더라도 분명 신선의 마음을 살 수 있을 거야. 내가 가진 금과 은 일부만 쓰더라도 나도 분명 '산타'같이 긴 수명을 살 수 있을 거야!'

아와루오는 서둘러 '다리 산위에제'를 떠나 '쿤밍(昆明)'에 이르렀다. '쿤밍'의 집들은 엄청 많았고, 거리는 그물처럼 촘촘했다. 거리와 골목이 너무 많아서 길을 잃을 지경이었으며, 비단과 보석들은 눈이 부셨다. 아와루오가 이 거리 저 거리를 다니며 거리의 입구에서 끝까지 물어봤지만 수명을 파는 가게는 못 찾았다.

결국 아와루오는 실망했다. 그는 걸음마다 눈물을 흘리며 걷다가 '디엔츠(滇池)'에 이르렀다. 그는 자기의 황금을 쳐다보았다. 그것은 그에게 아름답고 즐거운 수명을 가져다줄 수가 없었다. 그는 상심하여 금덩어리를 모두 다 '디엔츠'에 던져버렸다. 아와루오는 또 걸음마다 탄식하며 '비지관(碧雞關)'에 이르렀다. 그는 손으로 서늘한 장막을 세우다가 뒤를 돌아봤다. 쿤밍 성 위로 누런 먼지만이 휘날리고 마른 잎들이 공중

6 [역자주] 산위에제(三街): 바이족(白族)의 성대한 명절인 산위에제(三街)는 매년 음력 3월 15일에 대리 고성 서문 밖에서 일주일에서 열흘 정도 장터 형식으로 열린다.

에서 휘날리고 있었다. 추운 겨울이 온 것이었다. 아와루오는 은덩이도 수명을 살 수 없음을 깨닫고 그것을 모두 산골짝에 던져버렸다.

아와루오는 또 고개를 떨구고 낙담했다. 산을 넘고 재를 건너 '얼하이(洱海)⁷가로 돌아왔다. 고개를 들어 '창산'을 쳐다보니 흰 눈이 가득했다. '창산'도 늙은 것이다. 그는 보석도 그에게 아름답고 즐거운 수명을 가져다줄 수 없음을 깨달았다. 그는 더욱 걱정에 사로잡혀 보석이 든 바리를 '얼하이'에 밀어 넣어버렸다.

아와루오는 금은보화로 끝내 수명을 살 수 없었다. 가치를 따질 수 없는 수명 앞에서 그가 가진 세상에 못 바꿀 게 없는 금은보화는 돌덩이처럼 가치 없고, 분토처럼 쓸데없는 것에 불과했다.

---

7 [역자주] 얼하이(洱海): 모양이 귀를 닮았다고 하여 명명한 것이다. 윈난성 다리시(大理市)와 얼위안현 사이에 있는 중국 제2의 호수이다. 뎬창산(點蒼山) 동쪽 기슭의 해발고도 약 2,000m 지점에 있다. 단층 호수이며, 호수 안에는 3개의 아름다운 섬이 있다. 남단의 샤관[下關] 부근에서 란창강[瀾滄江]의 지류인 양비강으로 흘러든다.

▌자료출전

제1부 고대 이야기(古代故事)

1. ≪邛都老姥≫, 選自≪搜神記≫ 卷二十.
2. ≪白水素女≫, 選自陶淵明≪搜神后記≫, 第30-31頁.
3. ≪叶限≫, 選自段成式≪酉陽雜俎≫ 續集≪支諾皐≫, 第200頁.
4. ≪旁≫, 選自段成式≪酉陽雜俎≫ 續集≪支諾皐≫, 第199頁.
5. ≪田章≫, 選自≪敦煌變文集≫ 卷八, 第883頁.
6. ≪虎媼≫, 選自黃之雋≪虎媼傳≫, 彔自黃承增輯≪广虞初新志≫ 卷十
   九, 嘉慶癸亥"寄鷗閑舫" 刻本.
7. ≪徐兄李弟≫, 選自≪筆記小說大觀≫, 江蘇广陵古籍刻印社影印刻本,
   1984年, 第24冊, 第330頁.
8. ≪現爲大理家身濟鼈及蛇狐≫, 選自≪經律异相≫, 上海古籍出版社, 1988
   年, 第58-59頁.

제2부 동물 이야기(動物故事)

9. ≪耗子嫁女≫, 講述者: 張義秋, 采彔者: 徐冰娜, 選自中國民間文學集成全
   國編輯委員會, 中國民間文學集成遼宁卷編輯委員會主編≪中國民間故
   事集成·遼宁卷≫, 中國ISBN中心, 1994年, 第944-945頁.
10. ≪猴子和鼈打老庚≫, 講述者: 唐德坤, 搜集整理者: 李發林, 原載安康地
    區群衆藝術館≪安康民間故事≫, 安康地區群衆藝術館1983年編印本.
11. ≪屋漏≫, 講述者: 薛天智, 搜集整理: 劉敏, 選自中國民間文學集成遼宁
    卷沈陽市編委會≪薛天智故事選≫, 沈陽市1985年編印本.
12. ≪烏龜上天≫, 講述者: 翟吉發, 采彔者: 翟德嵐, 選自中國民間文學集成全
    國編輯委員會, 中國民間故事集成山東卷編輯委員會主編≪中國民間故
    事集成·山東卷≫, 中國ISBN中心, 2007年, 第541頁.
13. ≪大雁排隊飛≫, 講述者: 李紅軍, 采彔者: 李洪波, 選自中國民間文學集
    成全國編輯委員會, 中國民間故事集成山東卷編輯委員會主編≪中國民
    間故事集成·山東卷≫, 中國ISBN中心, 2007年, 第543頁.

14. ≪老雕借糧≫, 搜集者: 劉士盛, 選自≪民間文學≫ 1956年5月号.

15. ≪老虎, 老鼈和枯老松≫, 講述者: 歐陽玉祥, 采泉者: 歐陽學忠, 選自中國民間故事集成全國編輯委員會, 中國民間故事集成湖北卷編輯委員會主編≪中國民間故事集成·湖北卷≫, 中國ISBN中心, 1999年, 第391-392頁.

16. ≪樵哥≫, 講述者: 鄭家福, 采泉者: 劉守華, 丁嵐, 選自中國民間故事集成全國編輯委員會, 中國民間故事集成湖北卷編輯委員會主編≪中國民間故事集成·湖北卷≫, 中國ISBN中心, 1999年, 第445-447頁.

17. ≪猪哥精≫, 采泉者: 鐘敬文, 選自中國民間故事集成全國編輯委員會, 中國民間故事集成广東卷編輯委員會主編≪中國民間故事集成·广東卷≫, 中國ISBN中心, 2006年, 第918-920頁.

18. ≪螞蟻虫拉倒泰山≫ (回族), 講述者: 李春旺, 采泉者: 馮文和, 杜曼玲, 選自中國民間故事集成全國編輯委員會, 中國民間故事集成宁夏卷編輯委員會主編≪中國民間故事集成·宁夏卷≫, 中國ISBN中心, 1999年, 第312-314頁.

19. ≪冤子判官≫ (藏族), 記彔翻譯者: 益希卓瑪, 益希朋措, 選自賈芝, 孫劍冰編≪中國民間故事選≫ 第一集, 作家出版社, 1958年.

20. ≪熊家婆≫ (羌族), 講述者: 高遠明, 采泉者: 周輝枝, 選自中國民間文學集成全國編輯委員會, 中國民間文學集成四川卷編輯委員會主編≪中國民間故事集成·四川卷≫, 中國ISBN中心, 1998年, 第1180-1181頁.

21. ≪猫和狗怎樣成了冤家≫ (侗族), 搜集者: 覃松良, 整理者: 覃松良, 韋崢芳, 選自楊通山, 蒙光朝, 過偉, 鄭光松, 龍玉成編≪侗族民間故事選≫, 上海文藝出版社, 1982年, 第339-341頁.

22. ≪小鷄報仇≫ (哈尼族), 講述者: 糾郞, 采泉者: 朗确, 選自中國中國民間故事經典民間文學集成全國編輯委員會, 中國民間故事集成云南卷編輯委員會主編≪中國民間故事集成·云南卷≫, 中國ISBN中心, 2003年, 第976-978頁.

23. ≪綠豆雀和象≫ (傣族), 搜集整理者: 高立士, 朱德普, 選自≪民間文學≫ 1959年2月号.

24. ≪三脚猫和三脚狗≫ (瑤族), 講述者: 趙風有, 采泉翻譯者: 趙秀發, 選自中國民間文學集成全國編輯委員會, 中國民間故事集成广西卷編輯委員會主編≪中國民間故事集成·广西卷≫, 中國ISBN中心, 2001年, 第428-430頁.

제3부 신기한 결혼 이야기(神奇婚姻)

25. ≪張打鵪鶉李釣魚≫, 選自≪民間文學≫, 1957年9月号.

26. ≪轄角庄≫ (白族), 講述者: 瑞青, 楊亮才, 采彔者: 李星華, 選自盧正佳, 繆力主編≪中國民間故事精品庫·幻想故事卷≫, 中國文聯出版社, 1999年, 第236-240頁.

27. ≪七棵大白菜与种花小伙的故事≫, 講述者: 周國增, 采彔者: 張穎, 選自中國民間文學集成全國編輯委員會, 中國民間文學集成遼宁卷編輯委員會主編≪中國民間故事集成·遼宁卷≫, 中國ISBN中心, 1994年, 第400-402頁.

28. ≪刷帚仙姑≫ (土家族), 講述者: 孫家香, 采彔者: 蕭國松, 選自中國民間故事集成全國編輯委員會, 中國民間故事集成湖北卷編輯委員會主編≪中國民間故事集成·湖北卷≫, 中國ISBN中心, 1999年, 第501-502頁.

29. ≪歌箱≫, 講述者: 延袁長, 采彔者: 高林保, 選自中國民間故事集成全國編輯委員會, 中國民間故事集成湖南卷編輯委員會主編≪中國民間故事集成·湖南卷≫, 中國ISBN中心, 2002年, 第630-631頁.

30. ≪云中落綉鞋≫, 講述者: 叶世福, 采彔者: 余墨和, 選自中國民間文學集成全國編輯委員會, 中國民間文學集成浙江卷編輯委員會主編≪中國民間故事集成·浙江卷≫, 中國ISBN中心, 1997年, 第651-654頁.

31. ≪不得了≫, 采彔者: 李鴻興, 高曉聲, 選自中國民間故事集成全國編輯委員會, 中國民間故事集成江蘇卷編輯委員會主編≪中國民間故事集成·江蘇卷≫, 中國ISBN中心, 1998年, 第563-565頁.

32. ≪蔣瓦片≫, 講述者: 蔣培聲, 采彔者: 米大順, 李絡絡, 殷瑞堂, 選自中國民間故事集成全國編輯委員會, 中國民間故事集成江蘇卷編輯委員會主編≪中國民間故事集成·江蘇卷≫, 中國ISBN中心, 2001年, 第601-602頁.

33. ≪黃黛琛≫ (裕固族), 講述者: 白斯坦, 思情召瑪, 采彔者: 才讓丹珍, 選自中國民間故事集成全國編輯委員會, 中國民間故事集成甘肅卷編輯委員會主編≪中國民間故事集成·甘肅卷≫, 中國ISBN中心, 2001年, 第711-715頁.

34. ≪太陽美女≫ (柯爾克孜族), 講述者: 托乎塔森·曼別特, 采彔者: 朱瑪古麗·賽依特, 翻譯者: 賽娜·艾斯別克, 選自中國民間文學集成全國編輯委員會, 中國民間故事集成新疆卷編輯委員會主編≪中國民間故事集成·

新疆卷≫, 中國ISBN中心, 2008年, 第687-691頁.

35. ≪青蛙騎手≫ (藏族), 講述者: 楊圻初, 采泉者: 程圣民, 選自程圣民著≪青蛙騎手≫, 民族出版社, 2004年.

36. ≪癩疙宝討媳婦≫ (藏族), 講述者: 安三娘, 采泉者: 謝啓丰, 翻譯者: 安德明, 選自中國民間文學集成全國編輯委員會, 中國民間文學集成四川卷編輯委員會主編≪中國民間故事集成·四川卷≫, 中國ISBN中心, 1998年, 第1025-1028頁.

37. ≪燒土罐的儿子≫ (藏族), 講述者: 石底向茸, 采泉者: 斯那卓瑪, 選自中國民間文學集成全國編輯委員會, 中國民間故事集成云南卷編輯委員會主編≪中國民間故事集成·云南卷≫, 中國ISBN中心, 2003年, 第1375-1377頁.

38. ≪一幅壯錦≫ (壯族), 講述者: 黃永和, 采泉者: 蕭甘牛, 選自中國民間文學集成全國編輯委員會, 中國民間故事集成广西卷編輯委員會主編≪中國民間故事集成·广西卷≫, 中國ISBN中心, 2001年, 第408-411頁.

39. ≪百鳥衣≫ (壯族), 講述者: 韋世族, 采泉翻譯者: 曹延偉, 洪志琪, 選自中國民間文學集成全國編輯委員會, 中國民間故事集成广西卷編輯中國民間故事經典委員會主編≪中國民間故事集成·广西卷≫, 中國ISBN中心, 2001年, 第468-470頁.

40. ≪達架的故事≫ (壯族), 搜集整理者: 藍鴻恩, 選自藍鴻恩編≪壯族民間故事選≫, 上海文藝出版社, 1984年, 第185-198頁.

41. ≪蛇郎君≫ (魯凱族), 講述者: 梁梅英, 采泉者: 魏頂上, 選自金榮華主編≪台湾高屏地區魯凱族民間故事≫, 中國口傳文學學會, 1999年.

제4부 세상의 온갖 이야기(人間百態)

42. ≪老虎報恩≫ (蒙古族), 講述者: 白云成, 采泉者: 白景利, 選自中國民間文學集成全國編輯委員會, 中國民間文學集成遼宁卷編輯委員會主編≪中國民間故事集成·遼宁卷≫, 中國ISBN中心, 1994年, 第558-560頁.

43. ≪金水銀水≫, 講述者: 沈孫氏, 采泉者: 沈宗蘭, 選自中國民間文學集成全國編輯委員會, 中國民間文學集成遼宁卷編輯委員會主編≪中國民間故事集成·遼宁卷≫, 中國ISBN中心, 1994年, 第635-636頁.

44. ≪水參爺爺≫, 講述者: 潘秧子, 采泉者: 于曉明, 選自中國民間文學集成全國編輯委員會, 中國民間文學集成吉林卷編輯委員會主編≪中國民間故事集成·吉林卷≫, 中國文聯出版公司, 1992年, 第674-676頁.

45. ≪采珍珠≫, 講述者: 趙永福, 采彔者: 張克勤, 張棟材, 選自中國民間文學集成全國編輯委員會, 中國民間文學集成吉林卷編輯委員會主編≪中國民間故事集成·吉林卷≫, 中國文聯出版公司, 1992年, 第732-734頁.

46. ≪当"良心"≫, 講述者: 譚振山, 搜集整理者: 江帆, 選自劉守華, 陳建憲主編≪民間文學作品精選≫, 華中師范大學出版社, 2009年, 第171-175頁.

47. ≪香香屁≫, 講述者: 王選, 采彔者: 劉建云, 選自中國民間文學集成全國編輯委員會, 中國民間故事集成河北卷編輯委員會主編≪中國民間故事集成·河北卷≫, 中國ISBN中心, 2003年, 第495-497頁.

48. ≪石橋底下的金猪≫, 講述者: 馬只武, 采彔者: 宋文良, 選自中國民間文學集成全國編輯委員會, 中國民間故事集成天津卷編輯委員會主編≪中國民間故事集成·天津卷≫, 中國ISBN中心, 2004年, 第536-538頁.

49. ≪范丹問佛≫, 講述者: 馬宗芳, 采彔者: 張楚北, 選自中國民間故事集成全國編輯委員會, 中國民間故事集成河南卷編輯員會主編≪中國民間故事集成·河南卷≫, 中國ISBN中心, 2001年, 第396-399頁.

50. ≪鬼友≫, 講述者: 葛朝生, 采彔者: 李征康, 選自中國民間故事集成全國編輯委員會, 中國民間故事集成湖北卷編輯委員會主編≪中國民間故事集成·湖北卷≫, 中國ISBN中心, 1999年, 第474-477頁.

51. ≪巧斷疑案≫, 講述者: 粟敏, 采彔者: 曾文君, 選自中國民間故事集成全國編輯委員會, 中國民間故事集成湖南卷編輯委員會主編≪中國民間故事集成·湖南卷≫, 中國ISBN中心, 2002年, 第756-758頁.

52. ≪三子爭孝≫, 講述者: 陳紹貴, 采彔者: 陳宏波, 選自中國民間故事集成全國編輯委員會, 中國民間故事集成湖南卷編輯委員會主編≪中國民間故事集成·湖南卷≫, 中國ISBN中心, 2002年, 第732-733頁.

53. ≪路遙知馬力≫, 講述者: 張士奎, 采彔者: 邢家湘, 選自中國民間故事集成全國編輯委員會, 中國民間故事集成江蘇卷編輯委員會主編≪中國民間故事集成·江蘇卷≫, 中國ISBN中心, 1998年, 第681-684頁.

54. ≪孔姬和葩姬≫ (朝鮮族), 講述者: 金德順, 采彔者: 裴永鎮, 選自中國民間文學集成全國編輯委員會, 中國民間文學集成遼宁卷編輯委員會主編≪中國民間故事集成·遼宁卷≫, 中國ISBN中心, 1994年, 第485-488頁.

55. ≪小哥倆和宝參≫ (朝鮮族), 講述者: 申立日, 采彔者: 申漢燮, 選自劉守

華, 陳建憲主編≪民間文學作品精選≫, 華中師范大學出版社, 2009年, 第
201- 203頁.

56. ≪金壺≫ (土家族), 講述者: 丁方才, 采泉者: 向修國, 潘仁鳳, 選自中國
民間故事集成全國編輯委員會, 中國民間故事集成湖北卷編輯委員會主編
≪中國民間故事集成·湖北卷≫, 中國ISBN中心, 1999年, 第416-418頁.

57. ≪黃驃馬的故事≫ (蒙古族), 講述者: 龍艷, 采泉者: 蘇赫巴魯, 中國民間故
事經典選自中國民間故事集成全國編輯委員會, 中國民間故事集成內蒙古
卷編輯委員會主編≪中國民間故事集成·內蒙古卷≫, 中國ISBN中心, 2007
年, 第690-692頁.

58. ≪蛇語≫ (蒙古族), 講述者: 五十六, 采泉者: 王迅, 選自中國民間文學集
成全國編輯委員會, 中國民間文學集成吉林卷編輯委員會主編≪中國民
間故事集成·吉林卷≫, 中國文聯出版公司, 1992年, 第581-582頁.

제5부 영웅의 신기한 이야기(英雄傳奇)

59. ≪棗核儿≫, 講述者: 匿名, 采泉者: 劉思志, 選自劉守華, 陳建憲主編≪民
間文學作品精選≫, 華中師范大學出版社, 2009年, 第146-147頁.

60. ≪辛安智斗惡皇帝≫, 講述者: 苗翠書, 采泉者: 庄振祥, 完顔紹元, 選自中
國民間故事集成全國編輯委員會, 中國民間故事集成上海卷編輯委員會主
編≪中國民間故事集成·上海卷≫, 中國ISBN中心, 2007年, 第789-791頁.

61. ≪干山羊尾巴≫, 講述者: 尼瑪彭多, 采泉翻譯者: 廖東凡, 次仁多吉, 次
仁卓嘎, 選自中國民間故事集成全國編輯委員會, 中國民間故事集成西藏
卷編輯委員會主編≪中國民間故事集成·西藏卷≫, 中國ISBN中心, 2001
年, 第478-480頁.

62. ≪水推長城≫, 講述者: 匿名, 采泉者: 束爲, 選自劉守華, 陳建憲主編≪民
間文學作品精選≫, 華中師范大學出版社, 2009年, 第129-130頁.

63. ≪六兄弟齊心≫ (藏族), 講述者: 匿名, 選自劉守華, 陳建憲主編≪民間文
學作品精選≫, 華中師范大學出版社, 2009年, 第131-133頁.

64. ≪兄弟戰蟒斯≫ (蒙古族), 講述者: 白号匠, 采泉者: 王迅, 選自中國民間
文學集成全國編輯委員會, 中國民間文學集成吉林卷編輯委員會主編≪
中國民間故事集成·吉林卷≫, 中國文聯出版公司, 1992年, 第412-414頁.

65. ≪車勒布庫≫ (達斡爾族), 講述者: 胡大娘, 采泉者: 李福忠, 選自中國民

間故事集成全國編輯委員會, 中國民間故事集成黑龍江卷編輯委員會主編
≪中國民間故事集成・黑龍江卷≫, 中國ISBN中心, 2005年, 第679-681頁.

66. ≪阿气木其≫ (鄂倫春族), 講述者: 莫慶云, 采彔者: 白水夫, 選自中國民
間故事集成全國編輯委員會, 中國民間故事集成黑龍江卷編輯委員會主編
≪中國民間故事集成・黑龍江卷≫, 中國ISBN中心, 2005年, 第686-688頁.

67. ≪黑馬張三哥≫ (土族), 講述者: 匿名, 采彔者: 王殿, 許可權, 選自劉守華,
陳建憲主編≪民間文學作品精選≫, 華中師范大學出版社, 2009年, 第137-
140頁.

68. ≪阿鑾吉達貢瑪≫ (傣族), 講述者: 庄相, 翻譯者: 龔肅改, 采彔者: 陳紅,
選自劉守華, 陳建憲主編≪民間文學作品精選≫, 華中師范大學出版社,
2009年, 第133-137頁.

제6부 신기하고 환상적인 이야기(神奇幻境)

69. ≪炸海干≫ (滿族), 講述者: 李馬氏, 采彔者: 張其卓, 董明, 選自中國民
間文學集成全國編輯委員會, 中國民間文學集成遼宁卷編輯委員會主編
≪中國民間故事集成・遼宁卷≫, 中國ISBN中心, 1994年, 第576-580頁.

70. ≪太陽瓜≫, 講述者: 戶秀英, 采彔者: 王玉芹, 選自中國民間故事集成全
國編輯委員會, 中國民間故事集成山東卷編輯委員會主編≪中國民間故
事集成・山東卷≫, 中國ISBN中心, 2007年, 第567-569頁.

71. ≪石門開≫, 采彔者: 董均倫, 江源, 選自中國民間故事集成全國編輯委員
會, 中國民間故事集成山東卷編輯委員會主編≪中國民間故事集成・山東
卷≫, 中國ISBN中心, 2007年, 第602-606頁.

72. ≪草鞋耙子≫, 講述者: 蘇東垣, 采彔者: 姚敬民, 選自中國民間文學集成
全國編輯委員會, 中國民間文學集成陝西卷編輯委員會主編≪中國民間
故事集成・陝西卷≫, 中國ISBN中心, 1996年, 第462-464頁.

73. ≪山中方七日≫, 選自中國民間文學集成全國編輯委員會, 中國民間故事
集成广東卷編輯委員會主編≪中國民間故事集成・广東卷≫, 中國ISBN中
心, 2006年, 第760-761頁.

74. ≪張三覓宝≫, 講述者: 劉翼道, 采彔者: 叶寬容, 選自中國民間故事集成
全國編輯委員會, 中國民間故事集成上海卷編輯委員會主編≪中國民間
故事集成・上海卷≫, 中國ISBN中心, 2007年, 第737-741頁.

75. ≪好心的巴圖≫ (蒙古族), 講述者: 張木匠, 采录者: 烏忠恕, 選自中國民間文學集成全國編輯委員會, 中國民間文學集成遼宁卷編輯委員會主編 ≪中國民間故事集成‧遼宁卷≫, 中國ISBN中心, 1994年, 第572-575頁.

76. ≪斗閻王≫ (蒙古族), 采录者: 匿名, 整理者: 陳清漳, 選自劉守華, 陳建憲 主編≪民間文學作品精選≫, 華中師范大學出版社, 2009年, 第187-191頁.

77. ≪阿方變虎≫ (苗族), 講述者: 吳茂英, 采录者: 吳培華, 潘定華, 選自中國民間文學集成全國編輯委員會, 中國民間故事集成貴州卷編輯委員會主編≪中國民間故事集成‧貴州卷≫, 中國ISBN中心, 2003年, 第674-676頁.

제7부 생활의 지혜 이야기(生活智慧)

78. ≪快嘴李彩云≫, 講述者: 張玉芝, 采录者: 李宏偉, 選自中國民間文學集成全國編輯委員會, 中國民間文學集成吉林卷編輯委員會主編≪中國民間故事集成‧吉林卷≫, 中國文聯出版公司, 1992年, 第796-798頁.

79. ≪夢先生≫, 講述者: 傅顯仁, 采录者: 文斌, 選自中國民間文學集成全國編輯委員會, 中國民間文學集成陝西卷編輯委員會主編≪中國民間故事集成‧陝西卷≫, 中國ISBN中心, 1996年, 第661-663頁.

80. ≪憨子尋女婿≫, 講述者: 孔祥詩, 采录者: 王崇書, 選自劉守華, 陳建憲 主編≪民間文學作品精選≫, 華中師范大學出版社, 2009年, 第194-196頁.

81. ≪姚發算卦≫, 講述者: 陳榮山, 采录者: 陳海, 選自中國民間文學集成全國編輯委員會, 中國民間文學集成吉林卷編輯委員會主編≪中國民間故事集成‧吉林卷≫, 中國文聯出版公司, 1992年, 第920-922頁.

82. ≪聚宝盆≫, 講述者: 姜俊齊, 采录者: 馮清太, 選自中國民間文學集成全國編輯委員會, 中國民間故事集成河北卷編輯委員會主編≪中國民間故事集成‧河北卷≫, 中國ISBN中心, 2003年, 第514-515頁.

83. ≪亮嫁妆≫, 講述者: 万佩鑫, 采录者: 于永發, 選自中國民間故事集成全國編輯委員會, 中國民間故事集成山東卷編輯委員會主編≪中國民間故事集成‧山東卷≫, 中國ISBN中心, 2007年, 第816-817頁.

84. ≪半兩之差≫, 講述者: 曹宝印, 采录者: 米金波, 選自中國民間文學集成全國編輯委員會, 中國民間文學集成山西卷編輯委員會主編≪中國民間故事集成‧山西卷≫, 中國ISBN中心, 1999年, 第606-607頁.

85. ≪金元宝和糠窩窩≫, 講述者: 陳文若, 采录者: 王自立, 選自中國民間文學集成全國編輯委員會, 中國民間文學集成山西卷編輯委員會主編《中國民間故事集成·山西卷》, 中國ISBN中心, 1999年, 第735頁.

86. 《篾匠裝病》, 講述者: 劉德培, 采彔者: 王作棟, 選自中國民間故事集成全國編輯委員會, 中國民間故事集成湖北卷編輯委員會主編《中國民間故事集成·湖北卷》, 中國ISBN中心, 1999年, 第555-556頁.

87. 《半文錢》, 講述者: 劉德培, 采彔者: 王作棟, 選自劉守華, 陳建憲主編《民間文學作品精選》, 華中師范大學出版社, 2009年, 第198-199頁.

88. 《連环謎》, 講述者: 劉德培, 采彔者: 王作棟, 選自劉守華, 陳建憲主編《民間文學作品精選》, 華中師范大學出版社, 2009年, 第199-201頁.

89. 《巧媳婦》, 講述者: 匿名, 采彔者: 周健明, 選自劉守華, 陳建憲主編《民間文學作品精選》, 華中師范大學出版社, 2009年, 第181-185頁.

90. 《火龍單》, 講述者: 匿名, 采彔者: 程一劍, 選自劉守華, 陳建憲主編《民間文學作品精選》, 華中師范大學出版社, 2009年, 第185-186頁.

91. 《种金子》(維吾爾族), 講述者: 匿名, 采彔者: 匿名, 選自劉守華, 陳建憲主編《民間文學作品精選》, 華中師范大學出版社, 2009年, 第186-187頁.

92. 《三只紅皮箱》, 講述者: 胡賢榮, 采彔者: 鐘兆琛, 費翔宝, 選自中國民間故事集成全國編輯委員會, 中國民間故事集成上海卷編輯委員會主編《中國民間故事集成·上海卷》, 中國ISBN中心, 2007年, 第921-923頁.

93. 《一只黃砂碗》, 講述者: 胡賢榮, 采彔者: 鐘兆琛, 選自中國民間故事集成全國編輯委員會, 中國民間故事集成上海卷編輯委員會主編《中國民間故事集成·上海卷》, 中國ISBN中心, 2007年, 第988-989頁.

94. 《五鼠鬧東京》, 講述者: 伏慶眞, 采彔者: 張偉農, 選自中國民間故事集成全國編輯委員會, 中國民間故事集成上海卷編輯委員會主編《中國民間故事集成·上海卷》, 中國ISBN中心, 2007年, 第679-680頁.

95. 《國王和放屁的儿媳婦》(朝鮮族), 講述者: 金德順, 采彔者: 裴永鎭, 選自劉守華, 陳建憲主編《民間文學作品精選》, 華中師范大學出版社, 2009年, 第196-198頁.

96. 《賣樹蔭》(維吾爾族), 講述者: 匿名, 采彔者: 阿不力米提·薩迪克, 翻譯者: 趙世杰, 選自中國民間文學集成全國編輯委員會, 中國民間故事集成新疆卷編輯委員會主編《中國民間故事集成·新疆卷》, 中國ISBN中心, 2008年, 第1524-1526頁.

97. 《斯坎德爾國王和他的継承人》(塔吉克族), 講述者: 尒娃里克, 采彔者:

買買提饒孜, 翻譯者: 烏斯滿江, 張世榮, 選自中國民間文學集成全國編輯委員會, 中國民間故事集成新疆卷編輯委員會主編≪中國民間故事集成·新疆卷≫, 中國ISBN中心, 2008年, 第1444-1446頁.

98. ≪懶漢与老人≫ (哈薩克族), 講述記彔者: 黑耶圖拉·阿吾巴克, 翻譯者: 焦沙耶, 張運隆, 選自中國民間文學集成全國編輯委員會, 中國民間故事集成新疆卷編輯委員會主編≪中國民間故事集成·新疆卷≫, 中國ISBN中心, 2008年, 第1770頁.

99. ≪找"仙娘"≫ (土家族), 講述者: 龍淸澄, 釆彔者: 田祖鞭, 文庭芝, 選自中國民間故事集成全國編輯委員會, 中國民間故事集成湖南卷編輯委員會主編≪中國民間故事集成·湖南卷≫, 中國ISBN中心, 2002年, 第737-739頁.

100. ≪取名吃鷄≫ (土家族), 講述者: 林亞忠, 釆彔者: 謝再明, 許顯昌, 選自中國民間文學集成全國編輯委員會, 中國民間文學集成四川卷編輯委員會主編≪中國民間故事集成·四川卷≫, 中國ISBN中心, 1998年, 第1295-1296頁.

101. ≪拉朗找金子≫ (仡佬族), 講述者: 戴卜道, 釆彔者: 韋少堅, 選自中國民間文學集成全國編輯委員會, 中國民間故事集成广西卷編輯委員會主編≪中國民間故事集成·广西卷≫, 中國ISBN中心, 2001年, 第705-706頁.

102. ≪買壽≫ (納西族), 講述者: 和正才, 釆彔者: 禹尺, 木麗春, 選自中國民間文學集成全國編輯委員會, 中國民間故事集成云南卷編輯委員會主編≪中國民間故事集成·云南卷≫, 中國ISBN中心, 2003年, 第1364-1365頁.

▌주편자

유수화(劉守華)

1935년 8월, 湖北省 仙桃 출생. 1957년 화중사범대학 중문학과를 졸업하고, 모교에서 교수를 역임. 동교 중문학과 학과장 및 湖北省 民間文藝家協會 회장 역임. 非物質文化遺産 研究中心 主任. 『中國民間童話槪說』, 『比較故事學』, 『中國民間故事史』, 『中國民間故事類型 研究』, 『道敎和中國民間文學』 등 다수 논저.

▌역자

지수용(池水湧)

현 화중사범대학 敎授.
『朝鮮文學通史』(중), 『高麗時期漢文學硏究』, 『韓國文學作品選讀』 외 다수 논저.

배규범(裵圭范)

현 화중사범대학 敎授.
『佛家詩文學論』, 『佛家雜體詩硏究』, 『譯註 禪家龜鑑』 외 다수 논저.

서정애(徐禎愛)

현 화중사범대학 外敎.
동화 『곶감 딱 하나』, 『욕심 많은 깍깍이』, 번역 『오렌지 말』, 『關係』 외 다수.

중국민간고사경전

2019년 6월 30일 초판 1쇄 펴냄

주편자 유수화
역 자 지수용·배규범·서정애
펴낸이 김흥국
펴낸곳 보고사

책임편집 이경민
표지디자인 손정자

등록 1990년 12월 13일 제6-0429호
주소 경기도 파주시 회동길 337-15 보고사 2층
전화 031-955-9797(대표), 02-922-5120~1(편집),
        02-922-2246(영업)
팩스 02-922-6990
메일 kanapub3@naver.com/bogosabooks@naver.com
        http://www.bogosabooks.co.kr

ISBN 979-11-5516-912-4 03820

정가 36,000원

本书由华中师范大学出版社授权 限在韩国出版发行